CARLA EISFELDT

Lügen sind Rudeltiere

TÖDLICHE LÜGEN Die Trauerfeier des unter ungeklärten Umständen ermordeten Lukas Delbrück auf dem Frankfurter Hauptfriedhof verläuft alles andere als friedlich: Romy Sternek wird Zeugin eines Angriffs auf Siegfried Barg, der kurz darauf bewusstlos zusammenbricht. Als der im Mordfall Lukas Delbrück ermittelnde Kommissar Felix Radolin Romys Beobachtungen ignoriert, nimmt sie die Sache selbst in die Hand. Dabei muss sie feststellen, dass Siegfried Barg keinesfalls ein enger Freund der Familie Delbrück war, wie er ihr gegenüber behauptet hat. Auch einige der anderen Trauergäste hatten gute Gründe, sich an Barg zu rächen. Während Romy sich immer tiefer in den Kriminalfall verstrickt, wird ihr zunehmend klar: In diesem Spiel hat niemand ein reines Gewissen – erst recht nicht sie selbst. Der wahre Grund ihrer Anwesenheit bei der Beisetzung ist ein Geheimnis, das sie um jeden Preis schützen muss. Denn manchmal ist die Wahrheit tödlicher als jede Lüge …

Die Liebe zu Geschichten wurde Carla Eisfeldt von ihrer Omi in die Wiege gelegt: Aufgewachsen mit den Märchen der Brüder Grimm, entdeckte die Autorin bereits früh ihre kreative Ader, die sie schließlich zur Grafikerin machte. Schreiben? Lange nur beruflich. Erst der Corona-Lockdown brachte den Impuls, ihren ersten Kurzgeschichtenband zu veröffentlichen – ein zweiter ließ nicht lange auf sich warten. Heute lebt Carla Eisfeldt mit Mann, zwei Söhnen und einer Katze in Frankfurt, unweit des Hauptfriedhofs. Dort spaziert sie gerne und hält besondere Momente mit der Kamera fest. Einer dieser Streifzüge lieferte die Idee für ihren ersten Krimi. Ihr Motto? Geschichten warten überall darauf, entdeckt zu werden – manchmal sogar zwischen Grabsteinen.

CARLA EISFELDT

Lügen sind Rudeltiere

FRAU STERNEK UND DAS TRÜGERISCHE TOTENAMT

GMEINER

Bei Fragen zur Produktsicherheit gemäß der Verordnung über die allgemeine Produktsicherheit (GPSR) wenden Sie sich bitte an den Verlag.

Immer informiert

NEWSLETTER

Spannung pur – mit unserem Newsletter informieren wir Sie regelmäßig über Wissenswertes aus unserer Bücherwelt.

Gefällt mir!

Facebook: @Gmeiner.Verlag
Instagram: @gmeinerverlag

FSC
www.fsc.org
MIX
Papier | Fördert gute Waldnutzung
FSC® C014496

Besuchen Sie uns im Internet:
www.gmeiner-verlag.de

Im Ehnried 5, 88605 Meßkirch
Telefon 07575/2095-0
info@gmeiner-verlag.de

1. Auflage 2025

Satz: Mirjam Hecht
Umschlaggestaltung: U.O.R.G. Lutz Eberle, Stuttgart
unter Verwendung der Fotos von: © Stefan Oemisch
https://commons.wikimedia.org/wiki/File:2022AltesPortal.jpg und
Marcel Kessler / Pixabay
Druck: GGP Media GmbH, Pößneck
Printed in Germany
ISBN 978-3-8392-0888-5

Die Schauplätze dieses Krimis existieren zwar real in Frankfurt, alles andere ist aber reine Fiktion. Sollten Sie dennoch das Gefühl haben, jemandem verdächtig ähnlich zu sehen oder gar selbst in die Geschichte verwickelt zu sein, beruhigen Sie sich: Das wäre wirklich nur ein Zufall!

Für meine Großeltern – zwei echte Frankfurter Originale mit Herz, Humor und einem untrüglichen Gespür für das Wahre und Wichtige.

PROLOG

Lügen sind Rudeltiere. Begegnet man einer, lauert die nächste nicht weit entfernt – niemals sind sie allein auf Beutezug. Es ist die Macht der Gewohnheit, die uns alle subtilen Warnzeichen ausblenden lässt. Während wir noch glauben, was wir sehen wollen, haben sie sich längst in Stellung gebracht. Bereit, um zuzuschlagen, wenn wir nicht damit rechnen. Die Wahrheit hat in diesem Spiel kaum eine Chance.

Und das ist gut so, denn unter uns gesagt – wer von uns ist noch nie der Versuchung einer klitzekleinen Unwahrheit erlegen? Ist es denn wirklich so verwerflich, dem eigenen Leben einen Hauch von Extravaganz zu verleihen, wenn es um Geld, Karriere oder Sex geht? Selbst nach dem Tod hält man an Illusionen fest, weshalb man Nachrufe nur mit Vorsicht und in kleinsten Dosen genießen sollte. Meistens entsprechen sie nicht mal der Wahrheit – das rufe ich mir in Erinnerung, als ich in der Trauerhalle meinen Weg nach vorn suche. Eigentlich bevorzuge ich einen Platz in der hintersten Reihe, aber da sind bereits alle Stühle besetzt. Ich weiß, ich hätte andere Schuhe anziehen sollen, doch meine schwarzen Pumps sind die einzigen, die man mit halbwegs gutem Gewissen zu einer Trauerfeier ausführen kann. Die Absätze sind laut wie die Hölle, jeder Schritt knallt auf den Steinboden, als hätte ich den Teufel höchstpersönlich im Schlepptau. Alle Blicke sind mir gewiss, eine Welle aus Neugier und Sensationslust, untermalt von den leisen Klängen der Orgel – sollen sie ruhig starren.

In der zweiten Reihe links ist ein einzelner Platz für mich frei. Mit einem höflichen Lächeln animiere ich ein älteres Paar aufzurücken und zwänge mich neben sie. Beide mustern mich von Kopf bis Fuß; sie im überdimensionierten Fakefur-Kragen, er im Lodenmantel mit unverhohlenem Interesse. Ich gönne ihm ein Augenzwinkern, was ihm von seiner Gattin einen Rippenstoß einbringt. Schnell wendet er den Blick ab, ich muss mir ein Grinsen verkneifen.

Die Orgel dröhnt »Befiehl Du Deine Wege«, der Fakefur-Kragen singt inbrünstig mit. Kein einziges Mal muss sie auf den Text schauen, liegt aber konsequent eine halbe Note zu hoch. Das wiederum bringt mich völlig aus dem Takt, ich klappe das Liedblatt zu und stelle es so vor mir auf, dass ich dein Porträtfoto auf der Vorderseite betrachten kann. Ja, du schaust wirklich gut aus. Der blonde Undercut steht dir, genau wie der leichte Bartansatz und dieses unverschämte Grübchen im linken Mundwinkel … Ein sensationelles Bild, hinreißend lächelst du in die Kamera. Nicht so eine gewollte Studioaufnahme, nein, das hier, das wurde irgendwo draußen geschossen. Und wer auch immer dich durch den Sucher betrachtet hat, war wirklich in dich verliebt, nicht wahr?

Die Farbe deiner Augen ist nicht zu erkennen, dafür jedoch das Glitzern in deinen Augenwinkeln. Ich nehme an, du amüsierst dich gerade königlich über all das hier. Über diese aufgesetzte Veranstaltung, all die ernsten Gesichter, und erst recht über diese unmögliche Urne, die sie für dich ausgesucht haben. Schneeweiß und geschwungen, wie ein Champagnerkühler mit Deckel, den man mitten in einen Kranz aus – wie heißen diese krautigen Blumen noch mal? – gesteckt hat. Ich habe es nicht so mit der Botanik, Margit wüsste ihren Namen bestimmt. Außerdem wüsste sie, warum es diese seltsamen Blumen sein müssen, Blumen, die man immer nur auf einer Beerdigung sieht. Werden sie extra dafür gezüchtet? Mir kommt eine Beerdigungsgärtnerei in den Sinn, aber nein, das führt hier zu weit. Mit dir und deinem Leben hat dieses ganze Spektakel jedenfalls nicht das Geringste zu tun, und das ist ebenso absurd wie traurig. Alles, was dich ausgemacht hat, all deine Wünsche und Träume auf einen gedeckelten Sektkühler reduziert zu sehen, ist ein Gedanke, der mich bedrückt. Dennoch bin ich heute gekommen, harre aus zwischen Orgelklang und Dämmerlicht, hülle mich in distanzierte Trauer und gebe vor, genau so zu sein wie alle anderen in diesem Raum. Nur dafür bin ich hier – um dazuzugehören.

Gemessenen Schritts tritt eine Trauerrednerin an das Pult, die Kreppsohlen ihrer Schuhe sind ebenso zurückhaltend wie ihre Stimme. Ich kenne bereits einige, doch die habe ich noch nie gesehen.

»Wir sind heute hier zusammengekommen, um uns von Lukas Delbrück zu verabschieden.« Sie nennt deinen Namen, als würde sie ein Objekt beschreiben. Geboren am 23. März 1992, gestorben am 17. Oktober 2025 – gerade mal dreiunddreißig Jahre alt bist du geworden. Die Trauergemeinde lauscht, in der ersten Reihe schluchzt eine Frau. Deine Mutter? Ein Arm legt sich um sie, Taschentücher rascheln in einer Plastikverpackung – ein jüngerer Mann, der sich zu ihr beugt. Deine Familie, die sich von dir verabschiedet? Mir wird es ganz eng in der Kehle, und ich muss blinzeln.

»Wir teilen die Trauer, aber auch die Liebe zu Lukas, der uns zu früh genommen wurde.«

Bist wirklich du es, über den sie da spricht? Warst du dieser geliebte Bruder, Enkel und Sohn? Ein guter Freund?

Ein geschätzter Kollege? Je länger sie redet, desto weniger kann ich sie ernst nehmen, all die Ausführungen über diese ach so schönen Erinnerungen. Sie führt Augenblicke des Glücks an, die du mit deiner Familie geteilt hast. Ich lächele in mich hinein. Man muss dein Gesicht nur ansehen, um zu wissen, dass du nichts hast anbrennen lassen. Ein Playboy, bei dem nicht nur die Mädchen mitspielen durften.

Verstohlen schaue ich mich um, doch außer mir scheint niemand die Ironie ihrer Worte bemerkt zu haben. Von diesem Lapsus mal abgesehen, macht sie ihre Sache nicht schlecht, da habe ich schon ganz andere Ansprachen gehört. Natürlich verzichtet sie nicht auf die ewigen Floskeln, was soll sie auch anderes sagen? Für diese sanften Lügen, die sich so zart über die Wahrheit legen, hat deine Familie sie schließlich bezahlt. Über Tote spricht man nicht schlecht. Exakt dafür steht sie neben der Urne, um dein Leben aufzupolieren, hier noch ein bisschen aufhübschen und dort nicht allzu tief ins Detail gehen. Nichts anderes wollen sie hören, selbst wenn man tief im Inneren weiß, dass all das Gerede auf Lügen und Trügen basiert. Hier und heute will man gnädig über Offensichtliches hinwegschauen, die Augen vor der Wahrheit verschließen, will an das Gute und Wahrhaftige glauben. Meine Chance, unerkannt unter ihnen zu bleiben. Darf ich etwas verraten? Beileibe bin ich nicht, was ich vorgebe zu sein, obschon es wohl niemandem auffällt. Niemand ahnt auch nur eine Sekunde, dass sich eine Fremde zu Ehren des Toten in diese Feier geschlichen hat. Dass ich dich gar nicht kenne, dich nie in meinem Leben getroffen habe. Und wenn du mich nicht verrätst, wird es unser Geheimnis bleiben.

KAPITEL 1 – MARGIT

Frankfurt-Eckenheim
Freitag, 7. November, früher Nachmittag

Wie lange die Apfelchips wohl noch brauchen? Margit studiert das Rezept ein weiteres Mal. Je nach Sorte sind vier bis acht Stunden angegeben und ihre dörren bereits seit halb zehn im Ofen. Zufrieden betrachtet sie die goldgelben Apfelringe. Eigentlich ist es ganz simpel: Beträufelt man die Apfelscheiben mit Zitronensaft, werden sie beim Trocknen nicht so unansehnlich braun wie die von Roswitha. Die haben zwar nicht schlecht geschmeckt, aber gar nicht appetitlich ausgesehen – und das trotz des neuen Dörrapparats, den sich ihre Freundin hat andrehen lassen. Angeblich ein absolutes Schnäppchen, Margit rümpft die Nase. Nein, mit so einem Kasten würde sie sich auf keinen Fall die Küche verschandeln, zumal es sich ja genauso gut im Backofen dörren lässt. Nicht nur Roswitha würde Augen machen, nein, auch diese Leila. Oder Lea? Lena? Die neueste Eroberung ihres Enkels hat Margit nur ein einziges Mal zu Gesicht bekommen, das Treffen allerdings in keiner guten Erinnerung behalten. Der sei nicht vegan, hat das strichdünne Mädchen mit dem Nasenring ihren selbst gebackenen Pflaumenkuchen abgelehnt. Dabei ist das doch Niklas' Lieblingskuchen – wie sollte so eine Verbindung auf Dauer bloß gut gehen?

Margit öffnet die Ofentür und pickt sich einen der Apfelringe heraus. Köstlich! Am Rand knusprig, in der Mitte weich, und dann diese perfekte Kombination von süß und säuerlich … Es klingelt. Nanu, wer mag das sein? Bis zum nächsten Fußpflegetermin ist noch über eine Stunde Zeit, und die Hannelore kommt eh immer zu spät. Margit betätigt die Gegensprechanlage. »Ja, bitte?«

»Paket für Sternek!«

Sie drückt den Summer der Haustür und äugt durch den Spion. Erst als sie im Hausflur einen jungen Mann in rotgelber Jacke und einem Päckchen unter dem Arm auftauchen sieht, öffnet Margit ihre Wohnungstür. »Nadir! Na, immer noch im Einsatz?«

»Guten Tag, Frau Rotholz-Beck.« Nadir Çelik hält ihr einen Karton entgegen. »Ich habe eine Sendung für Romy Sternek. Ihre Nachbarin ist nicht zu Hause, würden Sie es für sie annehmen?«

Seltsam, Romy hat gar nicht erwähnt, dass sie weggehen würde? Margit hat sie auch nicht das Haus verlassen sehen, dabei bekommt sie aus ihrer Erdgeschosswohnung eigentlich alles mit, was sich im Treppenhaus tut. »Natürlich, Nadir. Ich weiß auch nicht, wo sie steckt, aber ich kümmere mich.« Also dieser Nadir ist aber auch ein gut aussehender Mann! Sein klassisches Profil, seine glänzenden schwarzen Haare und dazu diese dunklen Augen … Der wäre doch was für Romy, sie hat ihn ihrer Mieterin schon mehrfach ans Herz gelegt. Heutzutage spielt es doch keine Rolle mehr, wenn die Frau ein klein wenig älter ist. Im Gegenteil, die Ehe mit einer Frau, die sich von den Steuern bis hin zur Waschmaschine bestens auskennt, wäre für einen jungen Mann doch sehr bereichernd. Und mit ihren siebenunddreißig Jahren wäre Romy auch nicht zu alt, um Kinder zu bekommen. Was spricht also dagegen?

»Romy ist meist ab dem späten Nachmittag zu Hause.« Margit greift nach dem Karton. »Aber wenn du sie das nächste Mal persönlich antreffen möchtest, musst du nur ein wenig später kommen.« Bestimmt hat Nadir jede Menge Geschwister, Cousinen und vielleicht sogar noch Großeltern. So ein großer Familienclan, das würde Romy guttun, es ist Zeit, dass sie unter die Haube kommt. Und türkische Hochzeiten werden noch richtig groß gefeiert! Prächtige Feste sind das, nicht wie Carmens Sohn, der seine Zukünftige in der Mittagspause zum Standesamt im Römer geführt hat. Noch nicht einmal ein schickes Essen hat es im Anschluss gegeben; die arme Carmen hat ihnen allen ein wenig leidgetan.

»Ich stelle Sendungen gerne persönlich zu, allerdings sind die Routen im Vorfeld festgelegt.« Nadir lächelt verbindlich. »Da habe ich leider keinerlei Einfluss.«

»Aber Romy würde sich sehr freuen, dich zu sehen!« Margit kreuzt zwei Finger hinter ihrem Rücken. »Wirklich! Hat sie mir neulich erst gesagt. ›Margit‹, hat sie gesagt, ›der Nadir ist so ein zuverlässiger Paketbote, es ist immer so schön, wenn er zu uns kommt.‹« Ihre Nachbarin hat zwar nichts dergleichen erwähnt, aber um zwei Schicksalen auf die Sprünge zu helfen, darf man doch die Wahrheit ein wenig aufhübschen, oder? »Wann hast du denn eigentlich Feierabend, Nadir?«

»Ich muss leider direkt weiter. Einen schönen Tag noch!«

Margit seufzt. Wie schade, dass der junge Mann es immer so eilig hat! Vielleicht ein bisschen schüchtern, aber pflichtbewusst und so tüchtig. Nadir würde Romys Leben bereichern – wäre doch gelacht, wenn sich da nicht etwas arrangieren ließe. »Dir auch, Nadir, bis bald!« Sie gibt Acht, dass die Haustür ordentlich ins Schloss fällt, dann trägt sie das

Päckchen in die Küche. Was zieht man eigentlich zu einer türkischen Hochzeit an? Immerhin wäre sie ja nicht nur die mütterliche Freundin der Braut, sondern dann fast so was wie eine Schwiegermutter für Nadir. Bestimmt würde sie bei den Brautleuten am Tisch sitzen, vielleicht gäbe es sogar Bauchtanz und sicher jede Menge Leckereien …

Um Himmels willen – die Äpfel! Sie reißt die Ofentür auf, eine Dampfwolke quellt ihr entgegen. Mist. Die Apfelringe sind inzwischen ziemlich dunkel, eher bräunlich, aber auf der Unterseite gehen sie noch einigermaßen. Wenn Roswitha und Carmen zum Probieren kämen, muss Margit darauf achten, sie von der richtigen Seite zu präsentieren. Und in der Zwischenzeit … sie betrachtet das Paket. Die jungen Frauen finden ja heutzutage alles Mögliche im Internet. Was hat Romy da bloß wieder bestellt? Schuhe vielleicht? Nein, nach einem Schuhkarton sieht das Päckchen nicht aus, dafür ist es zu flach. Margit drückt ihr Ohr an das Päckchen. Eine Bombe scheint es gottlob nicht zu sein. Obwohl – ticken die heute überhaupt noch, oder sind Bombenbauer inzwischen auch eher digital unterwegs?

Vorsichtig schüttelt sie den Karton; aber drinnen bleibt es still. Das Päckchen zu öffnen, würde Romy auffallen, doch ein kurzer Blick aufs Etikett kann nicht schaden. Margit greift nach ihrer Lesebrille. »Ooooh…!« Ooooh – was ist das für ein Absender? Mit drei Punkten und einem Ausrufezeichen? *Ooooh Tannenbaum, ogottogott* oder – kurz muss sie an die türkische Hochzeit denken – gar: *oh, là, là*? Bestimmt würde Romy unbedingt erfahren wollen, dass Nadir ihr gerade ein Päckchen gebracht hat. Ob sie sie anrufen sollte? Ja, das ist eine hervorragende Idee. Vielleicht weiß Romy selbst nicht, was dieser »Ooooh…!« ihr geschickt hat, und würde Margit bitten, den Karton für sie zu öffnen? Zwar hat Margit viel zu tun, aber für diesen kleinen Gefallen würde sie sich gern Zeit nehmen – Hilfsbereitschaft stärkt schließlich den Zusammenhalt einer jeden Hausgemeinschaft.

Sie startet die Facetime-App auf ihrem Handy. Während des Verbindungsaufbaus betrachtet sie ihr Kamerabild. Ein gepflegtes Äußeres ist wichtig, besonders wenn frau sich im besten Alter befindet. Vielleicht noch ein wenig Parfüm? Niklas behauptet zwar immer, in ihrer Wohnung rieche es, als ob sie eine geheime Lavendelfarm betreiben würde, aber ein zusätzlicher Spritzer schadet bestimmt nicht. Schnell richtet sie ihr Haar und streicht die Bluse glatt – sie will schließlich nicht aussehen, als wäre sie gerade aus dem Bett gestiegen – da wird auch schon der Bildschirm lebendig. »Margit?«

»Romy? Ah, hallo, Romy!« Erst kürzlich hat Niklas ihr gezeigt, wie man diese praktischen Video-Anrufe tätigt. Dass man sein Gegenüber nicht nur hören, sondern auch sehen kann, bietet geradezu unglaubliche Möglichkeiten, Margit ist begeistert. »Du bist bestimmt beschäftigt. Ich auch. In einer Dreiviertelstunde kommt die Hannelore zur Fußpflege, ihrem Mann geht es übrigens schon viel besser. Die Salbe, die ich ihr empfohlen habe, hat Wunder gewirkt, der Ausschlag ist so gut wie …«

»Margit, was gibt's?«

»Ach so, ja! Ich habe gerade Äpfel gedörrt. Im Backofen! Stell dir vor, das geht genauso gut wie in diesem Dörrautomat, den Roswitha gekauft hat. Neunzig Euro hat sie bezahlt, und nun steht er neben dem Thermomix und dabei hat sie doch eh schon so wenig Platz in der Küche …«

»Margit!«

»Ist ja gut. Was ich sagen wollte: Rate mal, wer eben vor der Tür stand?«

Romy scheint zu überlegen. »Deine Zwillingsschwester. Die, von der du nichts wusstest?«

»Was?« Einen Moment ist Margit aus dem Takt gebracht. »Du sollst mich doch nicht auf den Arm nehmen«, beschwert sie sich.

»Sorry, ist mir gerade so herausgerutscht.« Romy grinst. »Also, wer hat eben bei dir geklingelt?«

»Nadir Çelik!«

»Aha. Und wer soll das sein?«

»Na, unser neuer Paketbote! Dieser junge, gut aussehende Türke, der mit den schönen Oberarmen!« Sehr gerne erinnert sich Margit an die zurückliegenden warmen Tage, an denen Nadir ein Poloshirt getragen hat.

»Ach, der.« Romy gähnt. »Ich weiß gar nicht, wie oft du mir das schon erzählt hast. Warum lädst du ihn denn nicht mal zum Apfelchips-Essen ein, wenn er dir so gut gefällt?«

»Was will der denn mit einer alten Schachtel wie mir?« Margit macht eine wegwerfende Handbewegung. »Aber für dich wäre der was, Romy! Ich, wenn ich jung wäre, ich würde auf alle Fälle …«

»MARGIT!«

»Warum schreist du denn so? Ich bin doch nicht schwerhörig!« Margit hält das Handy ein Stück weiter weg. »Also, weswegen ich anrufe: Nadir hat für dich ein Päckchen gebracht. Steht hier bei mir – wenn du nachher kommst, kannst du es gleich mitnehmen. Und«, sie macht eine Pause, »Nadir hat gesagt, dass er sich sehr freuen würde, wenn er es dir nächstes Mal persönlich geben könnte. Persönlich! Weißt du, was das bedeutet?«

»Das bedeutet, dass der arme Mann am Ende seines anstrengenden Arbeitstages bestimmt froh ist, alle seine Sendungen losgeworden zu sein.« Seufzen auf der anderen Seite. »Hast du schon mal gehört, dass man per E-Mail benachrichtigt wird, wenn ein Päckchen zugestellt wird?«

»Und hast du schon mal gehört, dass dir das überhaupt nichts nutzt, wenn du mich nicht hast, die deine ganzen Päckchen entgegennimmt?« Margit lächelt zufrieden. »Ich melde mich ja auch nur, weil da bestimmt was Wichtiges drin ist! Auf dem Absender steht ›Ooooh…!‹ und das klingt ja erst einmal ein wenig … dringlich. Soll ich für dich nachschauen?«

»Auf gar keinen Fall!«

»Aber es macht mir wirklich nichts aus.«

»Aber mir. Untersteh dich!« Romys Tonfall lässt keinen Zweifel, dass sie in dieser Angelegenheit auf Margits Unterstützung keinen Wert zu legen scheint.

»Also wenn du dir da ganz sicher bist … Es war lediglich ein gut gemeintes Angebot.« Margit beißt sich auf die Lippen. Andererseits – vielleicht würde Romy es nachher direkt hier auspacken wollen? Dann müsste sie den Versandkarton nicht erst hoch in ihre Wohnung tragen, um ihn später in der Altpapiertonne zu entsorgen. »Dann klingel doch, wenn du nach Hause kommst. Weißt du schon, wann? Wo bist du denn überhaupt?« Margit betrachtet das Display eingehender. Hinter Romy ragen Bäume auf, im Hintergrund ist etwas Weißes zu erkennen. Etwas Weißes, das verdächtig nach einem Grabstein aussieht. Margit kneift die Augenbrauen zusammen. Romy hat doch hoffentlich nicht schon wieder heimlich ein Totenamt besucht? Eine fremde Beerdigung, auf der sie nichts zu suchen hat? »Romy? Du bist doch nicht etwa schon wieder auf einem Totenamt?«

»Es ist kein Totenamt! Das gibt es nur an Allerseelen, wenn in der Kirche für die Verstorbenen gebetet wird.«

»Sei nicht so spitzfindig, du weißt genau, was ich meine. Bei uns hieß das früher so, wenn jemand beerdigt wurde. Außerdem hast du mich ganz genau verstanden. Also?«

Romys Schweigen auf der anderen Seite ist Antwort genug. Wie sie da auf ihrer Unterlippe kaut, sieht sie wie ein ertapptes kleines Mädchen aus, das sich auf eine Party geschlichen hat, zu der es nicht eingeladen ist.

»Romy, das hatten wir doch schon alles. Du kannst nicht einfach so zu einem fremden Totenamt gehen! Es gehört sich nicht, das ist respektlos. Und …« Margit zögert. »Es hilft dir auch nicht weiter. Das macht es nicht ungeschehen.«

»Ich weiß!«

Margit hört ein Schniefen; Romy blinzelt.

»Ich weiß, dass das hier absoluter Schwachsinn ist, aber es fühlt sich nicht so an.«

»Kind«, beginnt Margit behutsam, »es gibt Dinge im Leben, die man nicht nachholen kann. So schlimm das nun mal auch ist. Und du wirst auch dadurch nicht erfahren, was mit deinem Vater passiert ist …« Die Träne, die über Romys Wange kullert, lässt Margit sich den Rest des Satzes verkneifen. Romy Vorhaltungen zu machen, bringt jetzt nichts, wahrscheinlich hört sie ihr noch nicht einmal richtig zu. Besser wäre es, in Ruhe mit ihr zu sprechen. Vielleicht später, wenn sie das Päckchen holt. Vielleicht auch morgen, wenn sie etwas zugänglicher für dieses Thema ist. Mit Romy über ihren verschwundenen Vater zu sprechen, erfordert Fingerspitzengefühl.

»Wer ist es denn diesmal?«, lenkt sie das Gespräch in eine andere Richtung.

»Ein Lukas.« Geräuschvolles Schnauben auf der anderen Seite. »Lukas Delbürg oder so ähnlich.«

»Delbrück? Doch nicht etwa Lukas Delbrück?«

»Kann sein. Wieso? Kennst du den etwa?«

»Sag bloß, du weißt nicht, wer das ist? Diese schreckliche Geschichte war tagelang in der Zeitung! Den Artikel habe ich dir doch geschickt!«

»Welche schreckliche Geschichte?«

»Na dieses entsetzliche Verbrechen in Preungesheim! Lukas Delbrück«, Margit senkt die Stimme, »wurde in seiner eigenen Wohnung erschlagen aufgefunden. Stell dir das mal vor! Die Polizei ermittelt, man hat immer noch keine Ahnung, wer es getan hat. Und weißt du, was das bedeutet? Irgendwo in unserer Nachbarschaft läuft ein Mörder frei herum.«

KAPITEL 2 – LUKAS

Frankfurt, Honsellbrücke
Donnerstag, 21. August, früher Abend

»Kuckuck!«

Bitte, dachte Lukas, bitte lass es, doch da war es bereits zu spät.

»Gleich kommt das Vögelchen!«

Lukas verdrehte innerlich die Augen. Warum bloß musste David immer so peinliche Sachen sagen? Verdammt, es ging bloß um ein stinknormales Foto. Warum hielt er nicht die Klappe und drückte einfach nur auf diesen Scheiß-Auslöser? Ohne Vögelchen, Kuckuck oder weiß der Geier was.

»Lächeln!«

Brav hob er die Mundwinkel, obwohl er David am liebsten angebrüllt, geschüttelt oder eine imaginäre Landkarte in die Hand gedrückt hätte, mit der er den Weg ins wahre Leben eines Tages doch noch finden würde. Lächeln auf Knopfdruck konnte Lukas mühelos, selbst wenn seine Geduld nur noch an einem hauchdünnen Faden baumelte.

Klick! Klick!

David. Was zur Hölle hatte er sich eigentlich dabei gedacht, ausgerechnet mit David etwas anzufangen? Nicht allzu viel, denn wenn er sich recht erinnerte, war er zum Denken schon nicht mehr in der Lage gewesen, als er David im Tanzhaus West das erste Mal gesehen hatte.

Diese laue Frühsommernacht, der Bass, der durch seinen Körper gedröhnt und seinen Herzschlag in die Rhythmen der Musik gezwungen hatte. Mit jedem Drink hatte sich die Welt ein wenig schneller gedreht, und dann, inmitten dieses Zentrums aus stampfenden Beats und wirbelnden Lichtern, hatte er David gesehen. Einfach so. Wie von selbst hatten sich ihre Lippen gefunden und Lukas ziemlich schnell dazu gebracht, alles um sich herum zu vergessen.

Die folgenden Wochen waren ein einziger Trip. Seine seidige Haut, dieser verträumte Ausdruck in seinen riesigen braunen Augen und seine geschickte Zunge machten Lukas einfach nur verrückt. Und sein Loverboy wollte doch auch nur spielen – oder etwa nicht? Der Rausch war viel zu schnell verflogen. Statt leicht und wild fühlte sich die Zeit mit David zunehmend schwer und klebrig an, auch wenn Lukas tat, als bemerke er nicht, wie dessen Blicke an ihm hingen oder seine Küsse eine Spur zu innig ausfielen.

Klick! Klick! Klick!

Dabei war es ja nicht so, dass er David nicht mehr mochte. David war durchaus unterhaltsam, kochte hervorragend und sein Faible für die Zwanzigerjahre fand Lukas zwar seltsam, aber nicht weiter störend. Aber von einer Beziehung war nie die Rede gewesen, dafür waren sie viel zu unterschiedlich. David konnte Stunden damit verbringen, die perfekte Kameraeinstellung zu finden, während Lukas lieber auf der Playstation zockte. Und während die Sterne am Nachthimmel für David voller Geheimnisse und Rätsel steckten, sah Lukas in den funkelnden Lichtern nicht mehr als den perfekten Hintergrund der nächsten Party. Zwei Sichtweisen, die kaum zueinanderfinden konnten, dazwischen eine Kluft, die von Tag zu Tag größer wurde. Das musste David doch merken, oder?

Klick!

Am schlimmsten war, dass er David noch nicht einmal einen Vorwurf machen konnte. David war ein Guter, und genau das machte Lukas so fertig. David, dem es nichts ausmachte, ihn frühmorgens aus dem Club abzuholen, selbst wenn er dafür extra aufstehen musste. David, der mit ihm Burger essen ging, auch wenn er lieber Thailändisch mochte. David, auf den man zählen konnte, wenn am Ende des Geldes noch zu viel Monat übrig war. Nein, das Problem war nicht, dass David nett war, das Problem lag darin, dass Lukas es nicht war.

Klick! Klick!

Er beobachtete David, der sich auf das Display seiner Kamera konzentrierte. Was er sah, schien ihm zu gefallen; er lächelte. »Unglaublich! Du bist echt fotogen!«

Lukas war Komplimente über sein gutes Aussehen gewohnt, doch aus Davids Mund klangen sie unangenehm – erst recht, wenn er ihn dabei derart anhimmelte. Sein Blick konnte Flügel verleihen, nur war David nicht der richtige Mann dafür. Im Gegenteil – für Lukas fühlte es sich an, als hinge David mit dem Gewicht eines Mühlsteins an ihm.

»Schau mal!« David hielt ihm den Fotoapparat hin. »Wenn du die Wipptaste nach links drückst, siehst du die anderen Aufnahmen.«

Als Lukas nach der Nikon griff, berührten sich kurz ihre Fingerspitzen. Beinahe hätte Lukas die Kamera fallen gelassen. Obwohl, warum eigentlich nicht? Vielleicht war das genau der Donnerschlag, der ihn aus dieser Zwangsjacke befreien würde? Aber so was konnte er nicht bringen. Lieber wie ein feiger Idiot dastehen und gehorsam durch die Aufnahmen blättern. Dieses dämliche Shooting im Osthafen war natürlich Davids Idee, und nur weil er so genervt hatte, hatte Lukas am Ende nachgegeben. Das Ergebnis ging ihm am Arsch vorbei, auch wenn die Bilder gar nicht so übel waren. Eigentlich waren sie sogar ganz gut. Ziemlich gut, um ehrlich zu sein. Selbst auf dem Display konnte man das erkennen. Wobei »gut« echt untertrieben war, sie waren der Hammer. David war ein talentierter Fotograf, wie er hier allerdings den Moment eingefangen hatte, das war echt unglaublich.

»Und?«

Widerwillig musste sich Lukas eingestehen, dass er beeindruckt war. In der milden Abendstimmung mit der Frankfurter Skyline im Hintergrund sah er aus wie ein junger Gott. War es das, was David so faszinierte? Hatte der immer noch nicht erkannt, dass sich hinter Lukas' glanzvollem Auftritt nur ein leeres Nichts verbarg? Eine geschickte Inszenierung, eine hohle Mogelpackung? »Du bist nichts, du hast nichts, du kannst nichts«, hallte die Stimme seines Vaters in seinem Kopf. Wie lange würde es wohl dauern, bis der talentierte David das erkennen würde? Da war es wieder, dieses vertraute Gefühl der Minderwertigkeit. Im Grunde genommen hatte sein Alter recht – außer seinem hübschen Gesicht, dem durchtrainierten Körper und seinem guten Namen hatte er nichts vorzuweisen. Die Schule gerade so gepackt, diverse Studiengänge geschmissen, um letztendlich in der langweiligen Firma seines Alten zu landen. Mit seinem ach so tollen Bruder als Chef vor der Nase und einem Job, der ihm jeden Tag vor Augen führte, wie wenig er eigentlich auf dem Kasten hatte.

Ein Auto glitt vorbei, durch das heruntergelassene Fenster drangen die vertrauten Klänge eines Johnny-Cash-Klassikers.

»Ganz nett!«, rang sich Lukas ab. Schnell wandte er den Blick ab, um das Zucken in Davids Gesicht nicht sehen zu müssen. Nicht hinschauen, auf keinen Fall darüber nachdenken, dass er sich gerade wie ein Arschloch benahm. Nein, er wollte diese verdammten Gefühle nicht, nicht diese Enttäuschung in Davids Augen und auf gar keinen Fall die Verantwortung für dessen Herzschmerz.

»Wenn sie dir nicht gefallen, kann ich andere machen.« David, der mit Hundeaugen zu ihm aufsah. Darin zu viel des Guten – zu viel Liebe, zu viel Hingabe und dieses tiefe Vertrauen, das man einem wie ihm niemals schenken durfte. Hatte seine Mama ihn nicht vor Männern wie Lukas gewarnt? Im wahren Leben ritten die bösen Buben nämlich allein in den Sonnenuntergang und ließen die netten Kerle mit gebrochenem Herzen im Sand verbluten.

Lukas' Hand umkrampfte die Kamera. Schwer fühlte sie sich an, genau wie der vertraute Stich der Frustration in seinem Herzen. Er zog den Arm zurück und spannte die Muskeln an. Tief holte er Luft und dann, in einer einzigen explosiven Geste, schleuderte er die Kamera so weit, wie er nur konnte. Im hohen Bogen flog die Nikon durch die Luft, gute dreißig Meter weit, prallte mit einem dumpfen Geräusch auf dem Boden auf und landete in einem Gebüsch. Mit empörtem Gekrächze stieg ein Schwarm Vögel auf.

Schlagartig ging es ihm besser. Wie genial wäre es, alle unbequemen Gefühle so leicht loszuwerden! Er sah zu David, der ihn fassungslos anstarrte, sein Gesichtsausdruck eine Mischung aus Schock und Verwirrung. Normale Menschen müssten ein schlechtes Gewissen haben, aber Lukas fühlte sich einfach nur erleichtert. Allein dieses Strahlen in Davids Augen nicht mehr ertragen zu müssen, dafür hatte sich der Wurf gelohnt. Lukas musste sich zusammenreißen, um nicht loszulachen. Er sah zu dem Schwarm Vögel, der in einer wogenden Wolke über das Wasser wirbelte, bevor sie abdrehten und in Richtung Offenbach davonflogen.

»Da«, sagte er zu David, »da hast du sie, deine Vögelchen!«

KAPITEL 3 – ROMY

Frankfurt, Hauptfriedhof
Freitag, 7. November, früher Nachmittag

»Ermordet?«

Ein Mord – bei uns in Preungesheim? Bislang sind mir Mörder lediglich in Krimis begegnet, das hoffe ich doch zumindest. Mord und Totschlag sind nämlich nur faszinierend, solange sie im Sonntagabend-Tatort stattfinden. Und selbst wenn man von einem echten Mord hört, passieren die doch bitte entweder im nächsten Bundesland und oder Leuten, die man nicht kennt. Keinesfalls brauche ich so etwas im benachbarten Stadtteil. Allein die Vorstellung, mir könnte ein Mörder begegnen, wenn ich samstags auf der Homburger Landstraße einkaufen gehe, jagt mir einen Schauer über den Rücken.

»Aber das habe ich dir doch geschickt!«, unterbricht Margit meine Gedanken. »Das stand doch groß in der Zeitung!« Margit ist Abonnentin der Rhein-Main-Zeitung. Alle wichtigen Artikel fotografiert sie und schickt sie per WhatsApp. Und weil Margit ihre Zeitung sehr gründlich liest, entdeckt sie eine Menge Artikel, die für mich interessant sein könnten. So viele, dass wir nun einen eigenen »Rhein-Main-Zeitung«-Chat haben.

»Wann war das denn?« Ich bin mit dem Lesen zugegebenermaßen ein wenig im Rückstand und habe darum heimlich den Chat ein ganz klein wenig auf archiviert gestellt. Nicht viel, aber zumindest so, dass ich nicht andauernd hineinschauen muss.

»Das ist noch gar nicht so lange her, vielleicht vier Wochen?« Margit überlegt. »Das war an dem Tag, an dem das Herbstfest im Altenheim war. Ich hatte doch die Blasenentzündung und konnte nicht hin, hatte aber einen Nusskuchen gebacken, den die Carmen bei mir abgeholt hat. Weißt du noch? Das Rezept gebe ich dir auch mal, der ist wirklich fantastisch! Ich backe ja für mich selbst nicht mehr, du weißt ja, wie das ist – immer zu viel Kuchen im Haus und dann wird man nur noch dicker …«

Ich räuspere mich.

»Passiert ist es oben in der Jaspertstraße. Wo früher die Post war, noch ein Stück weiter, auf der linken Seite, da hat der junge Delbrück in einem dieser Mietshäuser gewohnt.«

In meinem Hinterkopf regt sich etwas. Wahrscheinlich habe ich es bei unserem lokalen Radiosender gehört, der einem jeden Morgen in den Nachrichten zuverlässig eine Leiche serviert – etwas, worüber ich mich echt aufregen könnte.

»Es gibt sogar eine Zeugin! Der Lukas hat in der obersten Etage gewohnt, und die Nachbarin in der Wohnung direkt darunter hat zum vermutlichen Tatzeitpunkt einen Mann auf der Treppe gesehen. Richtig gerannt sei der. Die Polizei sucht diesen Mann. Der muss ja aus Lukas' Wohnung gekommen sein, weiter oben wohnt ja keiner.«

»Woher weißt du das denn alles?«

»Wenn du es nicht weitersagst …«, Margit senkt die Stimme, »die Roswitha macht der Frau Delbrück die Füße und …«

Wer Frau Delbrück sei, will ich wissen. Wenn man Margit nicht ausbremst, nimmt sie nicht nur jeden verbalen Umweg, sondern verliert sich in sämtlichen Zwischenstopps der unnötigen Details.

»Lukas' Mutter. Was das für ein Schock war, als die Polizei vor der Tür stand! Die arme Frau war völlig fertig!«

Weshalb überrascht es mich nicht, dass Margit mal wieder alles weiß? Als Fußpflegerin reichen ihre persönlichen Kontakte mindestens bis zur Hälfte des Rhein-Main-Gebiets, den Rest decken ihre Kolleginnen Roswitha und Carmen ab. Die drei sind Frankfurts lebende Suchmaschinen und kennen nicht nur mehr Geheimnisse als Google, sogar solche, von denen man nicht wusste, dass man sie hat.

»Ist die Polizei auch da?«, erkundigt sich Margit. »Angeblich kehrt doch der Mörder immer an den Ort seines Verbrechens zurück!«

Können Mörder wirklich nicht anders oder legt man das nur den Fernsehkommissaren in den Mund, weil es sich so wunderbar unheilvoll anhört? Bestimmt ist es genauso ein Klischee, wie all die Ermittler, die ständig in spektakuläre Schießereien oder Verfolgungsjagden verwickelt sind. Außerdem wurde Lukas doch in seiner Wohnung ermordet, warum sollte dann der Mörder seine Beerdigung besuchen? Margit will meinen Einwand nicht gelten lassen. Laut Statistik kämen die meisten Täter aus dem privaten Umfeld, und darum müsse er sich beim Totenamt blicken lassen, um keinen Verdacht auf sich zu ziehen, mutmaßt sie. »Ist dir jemand Verdächtiges aufgefallen?«

»Bis auf diesen Kerl, der ein Namensschild mit ›Mörder‹ an seinem Revers und die Anzahl seiner Opfer auf den Gürtel gestickt hatte, eigentlich nicht.«

»Du willst mich schon wieder auf den Arm nehmen?«

»Auf gar keinen Fall!« Leider kann ich mir das Lachen nicht verkneifen, werde aber schnell wieder ernst. »Was soll ich denn auf so eine Frage antworten? Alle sind inzwischen zum Grab gegangen, außer mir sind hier nur noch zwei Nachzügler. Und ein Gärtner!«

»Ich habe mal einen Krimi gelesen, da war der Gärtner der Mörder.«

Während Margit von ihrer Lektüre berichtet, wandert mein Blick zu den beiden anderen Trauergästen. Ein ausladender Marmorengel versperrt mir zwar die Sicht, aber wie sie gestikulieren, ist auffällig.

»Wie spannend,« murmele ich abgelenkt. Einer der beiden schreit etwas, der Ärger in seiner Stimme ist nicht zu überhören. Wird da gerade ein alter Familienzwist ausgetragen oder geht es etwa ums Erbe? Beerdigungen sind schließlich auch nichts weiter als Familientreffen unter negativen Vorzeichen. Minus mal Minus ergibt Plus – wen wundert es, dass es bisweilen kracht, sobald die erste Trauerwelle verebbt ist?

Plötzlich ein Aufschrei, ein dumpfes Geräusch und dann – Stille. Das gefällt mir nicht.

»Kann ich zurückrufen?«, würge ich Margit ab und gehe ein, zwei zögernde Schritte in Richtung Marmorengel. Ausgerechnet heute ist einer dieser verhangenen Tage, an denen sich kaum etwas erkennen lässt.

»Hallo?« Keine Antwort. »Alles in Ordnung?« Wieder nichts. Soll ich nachschauen oder fange ich jetzt auch schon an, meine Nase in fremde Angelegenheiten zu stecken? Meine Zweifel folgen mir wie ein Schatten. Einer der Männer beugt sich über etwas, den anderen sehe ich nicht. »Hallo?«, versuche ich es nochmals und bleibe stehen. Einen Augenblick schaut er in meine Richtung, doch viel zu schnell, als dass ich sein Gesicht erkennen kann. »Brauchen Sie Hilfe?«

Mit einem Mal kommt Bewegung in ihn, blitzschnell spurtet er los. Was soll das denn? Warum rennt er davon, und wo zum Teufel steckt der andere Kerl? So schnell es geht, haste ich hinterher, bemüht, nicht umzuknicken. Gerne würde ich rennen, aber diese vermaledeiten Pumps haben andere Pläne. »Hey!«, keuche ich. »Stehen bleiben!« Wobei – ist es wirklich eine gute Idee, einem flüchtenden Mann hinterherzurufen, er solle stehen bleiben, oder lasse ich mich gerade von Margits Krimi-Gequatsche hinreißen? Was, wenn er tatsächlich stehen bleibt? Oder zurückkommt?

Meine Befürchtungen bleiben unbegründet, der Kerl legt sogar noch einen Zahn zu. Ehe man es sich versieht, ist er auf einem der Seitenwege verschwunden. Ich verlangsame mein Tempo. Meine Füße schmerzen höllisch, ich bin völlig aus der Puste. Den hole ich nicht mehr ein. Aber wo ist der andere? Mit zusammengebissenen Zähnen humpele ich weiter – und bleibe abrupt stehen. Direkt hinter dem Marmorengel liegt etwas, das da garantiert nicht hingehört. Ein dunkler Herrenschuh. Sämtliche Sinne sind in Alarmbereitschaft, als ich mich einen Schritt weiter wage. Ein schwarzer Strumpf, ein Hosenbein mit Bügelfalte, ein zweiter Schuh … Mit einem Mal ist mein Mund ganz trocken. Direkt vor mir liegt jemand am Boden. Ein Mann, und er rührt sich nicht.

KAPITEL 4 – ROMY

Frankfurt, Hauptfriedhof
Freitag, 7. November, früher Nachmittag

Ich fasse es nicht! Gerade wird ein Mordopfer zu Grabe getragen und hier liegt bereits der nächste Mann reglos zwischen zwei Grabeinfassungen. Die Schmerzen in den Zehenspitzen ignorierend stürze ich auf den älteren Herrn zu. Ist er etwa …? Mit zitternden Fingern berühre ich seine Schulter. »Hallo?«

Er schlägt die Augen auf, mir wird fast schwindelig vor Erleichterung. »Können Sie mich hören?«, schreie ich.

Er stöhnt leicht, während er sich aufsetzt. »Mein Kopf!«

Oh Gott, was macht man in solchen Situationen? Stabile Seitenlage? Einen Notruf absetzen? Das Friedhofstaxi bestellen? »Kann ich irgendetwas für Sie tun?«

Er lässt sich von mir auf die Beine helfen. Aufrecht sieht er um einiges jünger aus, als ich zuerst angenommen habe, ich schätze ihn auf höchstens Anfang sechzig.

»Bin ich etwa im Himmel?« Er schmunzelt, während er sich die Fichtennadeln von seinem Mantel klopft. »Da schließt man kurz die Augen und begegnet glatt einem Engel! Sie sind doch ein Engel, oder?«

»Ich kann auch ein Engel sein, manchmal zumindest.« Mir fällt ein Stein vom Herzen. Wer zu solchen Scherzen aufgelegt ist, kann nicht ernsthaft verletzt sein. »Nur vor den Ausnahmen sollte man sich in Acht nehmen!«

Er lacht und sein Gesicht verzieht sich schmerzhaft. »Au!«

»Soll ich einen Arzt rufen? Oder jemandem Bescheid geben?«

Nun schüttelt er den Kopf. »Nur einen kleinen Moment«, meint er, »Das geht gleich wieder!«

»Sind Sie sicher?« Ich erwische mich dabei, ihn anzustarren. Definitiv ist er einer dieser Männer, die mit dem Alter an Charme gewinnen. Nicht, dass ich auf ältere Herren stehe, aber wenn es denn schon einer sein müsste, wäre er genau mein Typ. Er hat diese entspannte Selbstsicherheit, die jemand ausstrahlt, der genau weiß, wer er ist und was er will. Sein Trenchcoat ist ein Burberry-Modell, die dunkle Anzughose sieht nach einem teuren Herrenausstatter aus und bei seinen Schuhen handelt es sich garantiert um Maßanfertigungen. Definitiv weiß dieser Mann die schönen Dinge des Lebens nicht nur zu schätzen, sondern kann sie sich auch leisten.

»Was ist denn eigentlich passiert?«, will ich wissen. »Was wollte der Mann von Ihnen?«

Er betrachtet ein Grabgesteck aus rosa Heidekraut. »Etwas, das er nicht bekommen wird«, murmelt er geistesabwesend.

»Wie bitte?« Perplex starre ich ihn an. Was soll das denn heißen? Hat es ihn doch schlimmer erwischt, als ich dachte?

Unsere Blicke treffen sich und mir scheint, als wäre er mit den Gedanken gerade ganz woanders gewesen. »Entschuldigen Sie – ich habe mich noch gar nicht vorgestellt.« Er reicht mir seine Hand. »Barg, Siegfried Barg. Und bei wem habe ich das Vergnügen, mich bedanken zu dürfen?«

Sein Griff ist überraschend angenehm. »Romy Sternek«, stelle ich mich vor.

»Romy.« Er lächelt. »Ein Name, der zu Ihnen passt.« Eine Feststellung, keine Frage. »Ich kannte mal eine Romy, aber das ist schon eine Weile her. Eine bemerkenswerte Frau – schön, schlau und charmant. Sie konnte jeden überzeugen, womit immer sie wollte.«

Sein Ton ist beiläufig und doch liegt eine subtile Spannung in der Luft.

»Können Sie das auch, Romy?«

Schnell lasse ich seine Hand los. »Kommt ganz darauf an, um was es geht«, antworte ich ausweichend.

»Dann muss man wohl aufpassen, was man Ihnen glaubt?«

Oh mein Gott! Weiß er etwa, dass ich mich auf diese Trauerfeier geschlichen habe? »Es hat noch niemandem geschadet, bei Fremden ein bisschen vorsichtig zu sein.«

Er lacht. »Romy Sternek, Sie gefallen mir.« In seinen Augen blitzt es verdächtig, dann wird er schlagartig ernst. »Waren Sie schon am Grab?«

Ich schüttele den Kopf. Normalerweise verschwinde ich direkt nach der Trauerfeier, doch das kann ich ihm ja schlecht erklären. Dieses Defilee am Grab vor den engsten Angehörigen, das bringe ich einfach nicht. Verstohlen schaue ich mich nach weiteren Trauergästen um. Sich aus einer Gruppe unauffällig zurückzuziehen, ist einfacher, als ihn hier allein stehen zu lassen; doch außer einer einzelnen Frau ist niemand in der Nähe.

»Lukas wird bei seinen Großeltern beerdigt. Kommen Sie, ich kenne den Weg.«

Wie selbstverständlich greift er nach meinem Arm und wohl oder übel bleibt mir nichts anderes übrig, als ihn zu begleiten. »Woher kennen Sie eigentlich Lukas, Romy?«, erkundigt er sich. »Ich darf Sie doch Romy nennen?«

Für gute Lügen empfiehlt es sich, so nah wie möglich an der zu Wahrheit bleiben. Da ich allerdings weder diesen Lukas noch die Wahrheit kenne, bleibt nur eines übrig: langweilig lügen! Am besten so langweilig, dass er erst gar nicht auf die Idee kommt, die Spur weiter verfolgen zu wollen. »Wir waren mal Nachbarn«, biete ich meine Standardantwort an. Nachbarn hat jeder, das kann von flüchtiger Bekanntschaft bis zur erbitterten Fehde alles bedeuten. Die allermeisten lassen sich damit gerne abspeisen, nicht so aber Siegfried Barg.

»In der Burgstraße?«

Ist das ein Test? »Nein, in der Jaspertstraße. Ich bin allerdings inzwischen umgezogen. Und Sie? Woher kennen Sie Lukas?« Besser schnell das Thema wechseln, bevor er noch auf die Idee kommt, sich nach Hausnummern oder anderen Mietern zu erkundigen.

»Ich kenne Lukas fast ein Leben lang.«

»Also sind Sie verwandt?«

»Ich würde mich eher als Freund der Familie bezeichnen.« Er beginnt eine Anekdote aus Lukas' Kindheit zu erzählen, irgendetwas mit einer Ostersuche im Palmengarten, doch bevor er zur Pointe kommt, haben wir die Urnenwand erreicht, in der Lukas beigesetzt werden soll. Oben rechts ist ein Fach geöffnet, darin dieser unsägliche Sektkühler von vorhin. Schweigend betrachten wir das traurige Arrangement, dann lässt Siegfried meinen Arm los.

»Lukas war für mich ...«, sein Gesicht ist nachdenklich, »... ein wichtiger Mensch. Trotz unseres Altersunterschieds. Der Austausch mit ihm hat mir immer viel bedeutet. Geben Sie mir einen Augenblick alleine?«

»Selbstverständlich!« Rasch wende ich mich ab. Nun, da ich Lukas' Geschichte kenne, fühle ich mich erst recht fehl am Platz. Was treibe ich hier eigentlich? Schon längst hätte ich mich verabschieden sollen, doch irgendwie will mir heute der Absprung nicht gelingen. Ich umrunde die Urnenwand, fast pralle ich dabei mit der Frau zusammen, die mir vorhin schon aufgefallen ist. Ich murmele eine Entschuldigung, doch sie starrt mich bloß missbilligend an. In Bio war ich noch nie besonders gut, aber eine Ziege erkenne ich, sobald sie vor mir steht – dann halt nicht. Langsam schlendere ich weiter, lese die Inschriften auf den Abdeckplatten, betrachte die vereinzelten Porträtmedaillons. So viele Namen, so viele Schicksale, mir wird das Herz schwer. Was würde ich darum geben, auch so einen Ort für meine Trauer zu haben …

»Romy?« Es ist Siegfried Barg, schnell blinzele ich die aufsteigenden Tränen weg. »Ich bin so weit, wir können gehen! Sind Sie mit dem Auto da?«

»Nein, mit den öffentlichen Verkehrsmitteln.« Das stimmt zwar nicht, zu Fuß ist es nur eine Viertelstunde nach Hause, aber das will ich ihm nicht auf die Nase binden.

Er legt den Kopf schief. »Dann können Sie mir bestimmt einen Gefallen tun!«

Oh Gott, was will er? Wenn Leute einem so kommen, muss man mit dem Schlimmsten rechnen. Trotzdem haut es mich fast aus meinen Pumps, als er mir sein Anliegen schildert. »Mein Auto steht an der Eckenheimer Landstraße. In Anbetracht meines Sturzes ist es sicher vernünftig, nicht aktiv am Straßenverkehr teilzunehmen. Wäre es vermessen, Sie zu bitten, mich mit meinem Auto zum Kondolenzempfang zu fahren? Für Sie wäre die Fahrt schneller, als mit den öffentlichen Verkehrsmitteln, und ich hätte das Vergnügen, Ihre Gesellschaft noch ein wenig länger genießen zu dürfen.«

Entgeistert starre ich ihn an. Habe ich das eben richtig gehört? Ich soll ihn jetzt auch noch zum Kondolenzempfang kutschieren? Auf gar keinen Fall! Abgesehen davon, dass das selbst mir eine Nummer zu heiß ist, würde es spätestens dort auffallen, dass ich weder den Verstorbenen noch seine Familie kenne. Und ich kann Siegfried Barg auch schlecht erklären, dass ich nicht mit hineinkommen werde, wenn wir dort erst einmal vor der Tür stehen.

»Normalerweise liebend gern, aber ausgerechnet heute habe ich leider nicht viel Zeit.«

»Hatten Sie etwa nicht vor, den Kondolenzempfang zu besuchen?« Er zieht die Augenbrauen hoch. »Das können Sie den Delbrücks doch nicht antun!«

Genau weil ich das dieser Familie nicht antun möchte, werde ich ihn nicht auch noch dorthin chauffieren. »Natürlich hatte ich das vor, nur muss ich im Anschluss noch unbedingt …«, Himmel, ich brauche ganz schnell einen triftigen Grund! »Ich muss noch etwas abholen.«

»Was denn? Vielleicht kann ich Ihnen dabei behilflich sein?«

Komm schon, Romy, lass dir was einfallen! Hektisch schaue ich mich um. Grabsteine, teilweise herbstlich geschmückt, rote Kerzen, eine Krähe, die mit ihrem Schnabel auf die Holzverlattung eines Abfallbehälters einhackt. »Einen Lattenrost!«, rutscht es mir heraus.

»Einen Lattenrost?« Er schaut mich erstaunt an. »Wo wollen Sie den denn abholen?«

Denk dir was aus, Romy, schnell! Etwas möglichst weit weg und dennoch ohne Auto erreichbar … »Neu-Isenburg! Ich muss nach Neu-Isenburg!«, improvisiere ich. »Ich habe ihn vorhin spontan bei den Kleinanzeigen gekauft, er muss aber heute noch abgeholt werden.« Zu spät bemerke ich den

Fehler in meiner Geschichte. Kein Mensch fährt in Trauerkleidung und Pumps mit den Öffis nach Neu-Isenburg, um einen Lattenrost abzuholen.

»Das trifft sich wunderbar!« Sofern es ihm ebenfalls aufgefallen ist, lässt er sich zumindest nichts anmerken. »Der Empfang ist auf dem Lerchesberg. Entweder fahre ich Sie im Anschluss oder – sollte es länger dauern – spendiere Ihnen ein Taxi. Sie würden mir wirklich einen großen Gefallen tun.«

Ausgerechnet der Lerchesberg! Eine schlechtere Ausrede als Neu-Isenburg hätte ich wohl kaum finden können. Ich will gerade widersprechen, da …

»Siegfried?« Es ist die Ziege. Im flatternden olivgrünen Popelinemantel rauscht sie auf ihn zu, wobei sie mich keines Blickes würdigt. »Siegfried, warte, ich muss mit dir sprechen!«

»Das ist gerade kein passender Moment«, wehrt er ab. »Hat das nicht Zeit bis später?«

»Nein, hat es nicht.« Sie reckt ihr Kinn. »Du weißt, welcher Tag heute ist?«

»Heute ist der Tag, an dem wir Lukas Delbrück die letzte Ehre erweisen.« Sieh an, der charmante Siegfried Barg kann also auch anders. »Alles andere kann warten.«

Die Ziege erstarrt. Etwas zuckt in ihrem Mundwinkel, als ob sie auf einer Antwort kaut, die sie dann doch lieber hinunterschluckt. Verstohlen mustere ich sie. Mit Wadenrock, solider Handtasche und halbhohen Schuhen bemüht sie sich vergeblich um Eleganz, das Schlimmste ist jedoch diese Haarschleife. So was trägt man bestenfalls zur Kommunion, nicht aber, wenn man in den Wechseljahren ist.

»Claudia, jetzt sei doch vernünftig!« Siegfried hebt beschwichtigend die Hand. »Wir reden später, ja? Du siehst doch, dass das nicht der richtige Zeitpunkt ist.«

»Ach ja?« Ihre Augen schießen in meine Richtung, ihr Blick verrät eindeutig, für was sie mich hält. Mir kribbelt bereits eine passende Antwort auf der Zunge, als ich Siegfried Bargs Hand auf meinem Arm spüre. »Wollen wir?«, fragt er, und in diesem Moment treffe ich einen Entschluss. Keinesfalls lasse ich mich von dieser Ziege wie ein Flittchen behandeln, selbstverständlich werde ich Siegfried zu diesem Kondolenzempfang fahren. Er ist schließlich nicht mehr der Jüngste, und vielleicht sollte man ihn nach dem Sturz wirklich nicht ans Steuer lassen, rede ich mir meine Trotzreaktion schön. Am Ende baut er womöglich noch einen Unfall? Das würde ich mir im Leben nicht verzeihen. Wäre es nicht geradezu verantwortungsbewusst, ihn am Lerchesberg abzusetzen? Irgendetwas wird mir schon einfallen, damit ich ihn nicht hineinbegleiten muss. Zum Beispiel so zu tun, als ob ich telefonieren müsse, zumindest so lange, bis er in der Gaststätte verschwunden ist. Und dann schnell das Weite suchen. Mit den Öffis vom Lerchesberg nach Eckenheim ist man zwar eine gute Stunde unterwegs, doch das wäre meine erste gute Tat an diesem Tag. Eine Tat, die mir bestimmt genügend Karmapunkte einbringen würde, um meine fragwürdige Teilnahme an dieser Beerdigung auszugleichen.

»Einverstanden«, höre ich mich sagen, schon fast selbst davon überzeugt, etwas Gutes zu tun.

Heute weiß ich, dass ich seine Bitte besser abgelehnt hätte. Denn wäre ich nicht so erpicht auf meine gute Tat gewesen, hätte sich Siegfried Bargs Schicksal in eine ganz andere Richtung entwickelt.

KAPITEL 5 – ROMY

Frankfurt, Lerchesberg
Freitag, 7. November, nachmittags

»Wer war eigentlich die Dame vorhin?« Wir warten gerade auf Höhe des Lokalbahnhofs an einer Ampel.

»Sie meinen Claudia Huck? Sie ist meine Assistentin.« Siegfried Barg weiß genau, wer gemeint ist. »Wir arbeiten schon ewig zusammen. Auf Claudia kann ich mich hundertprozentig verlassen, sie ist loyal, engagiert und bewahrt auch in stressigen Situationen immer einen kühlen Kopf. Manchmal ist sie etwas übereifrig und will alles sofort erledigt wissen, doch an einem Tag wie diesem muss die Arbeit auch mal hinten anstehen.«

Sein Vorzimmerdrache also. Während ich auf die Darmstädter Landstraße biege, überlege ich, wie Siegfried Barg als Vorgesetzter ist. Die Ziege hat sich vorhin einen ganz schönen Auftritt geleistet, das muss man sich erst mal trauen.

»Claudia ist manchmal nicht ganz einfach«, räumt er ein, als ob er meine Gedanken gehört hat. »Aber wenn man sie besser kennt, merkt man schnell, dass sie eine treue Seele ist.« Wie viele Jahre es wohl dauert, bis sie einem ihre treue Seele zeigt? Ich traue mich nicht zu fragen; Margit hätte da ja keine Skrupel. Garantiert wüsste sie bereits, ob er an Weihnachten Würstchen mit Kartoffelsalat bevorzugt und wann er das letzte Mal bei der Darmspiegelung war. Ob er verheiratet ist? Einen Ehering trägt er jedenfalls nicht.

Das Navi sagt, dass wir da sind, und ich halte Ausschau nach einem Parkplatz. Erwartungsgemäß ist alles mit SUVs zugeparkt, mangels Alternativen muss ich Siegfrieds Jaguar nicht ganz legal vor einer Baustellenausfahrt abstellen. Auch hier werden die großzügig geschnittenen Grundstücke mit Mehrfamilienhäusern nachverdichtet.

»Waren Sie schon mal bei Lukas' Eltern?«

Lukas' Eltern? Wie selbstverständlich bin ich davon ausgegangen, Siegfried vor einer Gaststätte abzusetzen. Zu meinem Entsetzen steuert er jedoch auf eine imposante Villa zu, deren Eingang von zwei mannshohen Kübeln mit perfekt arrangierter Herbstbepflanzung bewacht wird. Die Tür steht offen, aus dem Inneren dringt Stimmengemurmel. Eigentlich sollte ich jetzt schnellstens verschwinden. Mir irgendeine Ausrede einfallen lassen und mich davonschleichen. Sich einfach so unter die Trauernden zu mischen, erscheint mir mit einem Mal mehr als respektlos. Andererseits ziehen mich all diese Menschen da drinnen an wie die Motte das Licht. Solange man sich erinnert, lebt ein Mensch weiter – zumindest im Herzen. Wer wird sich an Papa erinnern, wenn ich eines Tages nicht mehr da bin?

Siegfrieds Hand auf meinem Rücken nimmt mir schließlich die Entscheidung ab. Wie von selbst tragen mich meine Füße die beiden Stufen hinauf. Ich folge ihm in einen Empfangsbereich so groß wie meine komplette Wohnung. Links geht es in einen Garderobenraum, ganz Gentleman hilft er mir aus dem Mantel.

»Wie kommt es eigentlich, dass Sie einen Herrenmantel tragen, Romy?« Er reicht mir einen Bügel.

Mist. Ich hatte gehofft, dass er nicht bemerkt, dass ich exakt den gleichen schwarzen Burberry-Trenchcoat trage wie er. Eines der wenigen Stücke, die ich noch von Papa habe, aber dieses Thema möchte ich jetzt lieber nicht anschneiden.

»Warum denn nicht? Der Mantel schien im Laden genauso begeistert von mir zu sein wie ich von ihm.«

Er lacht auf, doch dann verändert sich sein Blick. Seine Hand wandert zu seiner Innentasche und für den Bruchteil einer Sekunde wirkt er leicht angestrengt.

»Alles in Ordnung?«

»Sicher. Ich hab nur ... etwas vergessen.« Er zieht eine verschwörerische Miene, als er seinen Trenchcoat auf den Bügel direkt neben meinen hängt. »Meinen Sie, man kann die beiden zusammen alleine lassen?«

»Die beiden haben bestimmt genügend Stoff für eine gute Unterhaltung.«

Er grinst und wir betreten das Wohnzimmer, das die Dimensionen eines Speisesaals hat. In einer Immobilienanzeige habe ich mal was von »repräsentativen Räumlichkeiten« gelesen, jetzt weiß ich endlich, was man sich darunter vorzustellen hat. Mir klopft das Herz bis zum Hals. Überall stehen Leute in kleinen Grüppchen zusammen, das bedrückende Schweigen von vorhin ist lebhaftem Geplauder gewichen. Werden sich gleich alle zu mir umdrehen und mit dem Finger auf mich zeigen?

»Darf ich Ihnen einen Kaffee anbieten?«

Vor uns steht eine Servicekraft mit einem beladenen Tablett. Dankbar greife ich zu, doch Siegfried winkt ab.

»Ein kühles Helles würde besser zu meiner Stimmung passen. Sie haben doch sicher ein schönes Bier für mich?« Er schenkt der jungen Frau ein derart charmantes Lächeln, dass ihr die Röte ins Gesicht steigt.

»Entschuldigung, da muss ich erst nachfragen«, murmelt sie.

»Lassen Sie es gut sein, ich gehe selbst. Romy, ich darf Sie doch einen Augenblick alleine lassen?«

Bloß nicht! Hier allein herumzustehen, ist wirklich das Allerletzte, was ich mir vorstellen möchte, trotzdem höre ich mich »Selbstverständlich!« antworten. Tapfer lächele ich den leichten Anflug von Panik weg, als er kurz darauf in der Menge verschwindet. Garantiert kennt er hier Gott und die Welt, es wird also dauern, bis ich ihn wieder zu Gesicht bekomme. Ich greife meine Kaffeetasse fester und starte einen Rundgang, bei dem ich mich um einen möglichst unauffälligen Eindruck bemühe. Das Interieur erinnert an eine Hotellobby aus den Zweitausendern – eindeutig teuer, aber auch eindeutig an meinem Geschmack vorbei. Eine Weile gebe ich vor, mich für die langweiligen Landschaftsaquarelle zu interessieren, bis mir klar wird, dass mir hier sowieso niemand Beachtung schenkt. Alle unterhalten sich bestens, nur ich kenne keine Menschenseele. Siegfried, wo stecken Sie nur?

Direkt vor mir plaudert lebhaft eine Gruppe, vielleicht sollte ich mich einfach dazustellen? »Schlimm!«, höre ich eine Grauhaarige mit voluminöser Lockenfrisur klagen, »und das in so jungen Jahren!« Sie schaut direkt in meine Richtung, ich beeile mich zu nicken. Mit dreiunddreißig Jahren sterben zu müssen, ist wirklich tragisch. »Und wie oft habe ich ihm gesagt, dass er auf sich aufpassen soll.« Sie macht ein bekümmertes Gesicht. »Dabei kann man gar nicht vorsichtig genug sein, oder?«

»Unsinn, Christa! So was konnte doch kein Mensch ahnen.« Der Dicke neben ihr schnaubt verächtlich.

»Aber ich wusste, dass es so kommen wird, wenn er so weitermacht.«

»Du wieder mit deinen albernen Ahnungen!« Er verdreht die Augen. »Merkst du eigentlich nicht, wie lächerlich du dich machst?«

Betretenes Schweigen. Wieder einmal frage ich mich, was in manchen Menschen vorgeht, ihre Partner in der Öffentlichkeit so respektlos zu behandeln. Mir tut die arme Christa leid. »Sich um jemanden Sorgen zu machen, ist alles andere als lächerlich. Wir Frauen haben halt oft die bessere Intuition«, springe ich ihr bei. »Auch ich habe ihn gebeten, vorsichtig zu sein!«

»Ach, wirklich?«

»Ja, habe ich. Man muss einfach auf sich aufpassen. Genau das habe ich ihm auch immer gesagt!« Ruckartig wenden sich mir alle Köpfe zu. War das gerade ein bisschen zu dick zu aufgetragen? »Also, wir haben natürlich auch über andere Dinge gesprochen«, rudere ich zurück.

»Und worüber haben Sie so gesprochen?«

Himmel, worüber reden Männer gerne? »Über ETFs, diese unverschämten Auflagen neuerdings für Dienstwagen und … über die Bundesliga.«

»Über die Bundesliga? Sie?«

Diese Kerle, die einem so ungeniert in den Ausschnitt starren, habe ich ja gefressen. Ich schenke ihm ein zuckersüßes Lächeln. »Ab und an haben wir uns zum Fußballgucken getroffen. Ein paar Mal waren wir sogar zusammen im Waldstadion!«

»Mit unserem Schwiegersohn?« Seine Christa guckt irritiert. »Weiß unsere Tochter, dass Sie mit Henry zum Fußball gehen?«

Henry? Welcher Henry? »Ich, ähm, bin mir nicht ganz sicher«, murmele ich.

»Und woher wissen Sie überhaupt über Henrys Hämorrhoiden so gut Bescheid?«

Hämorrhoiden? In was habe ich mich denn da schon wieder hineinmanövriert? Sie mustert mich kühl.

»Ich kann mir nicht vorstellen, dass das unserer Tochter gefällt!«

Herrje, gibt es denn unter Frauen keine Solidarität mehr? Am liebsten würde ich im Boden versinken, stattdessen beuge ich mein feuerrotes Gesicht über meine Kaffeetasse. »Nanu, schon wieder leer!«, behaupte ich. »Möchte noch jemand einen Kaffee?« Ohne eine Antwort abzuwarten, eile ich einer der Servicekräfte hinterher. Nichts wie weg!

Mit einer frisch gefüllten Tasse suche ich am entgegengesetzten Ende des Raums Zuflucht hinter einem Paravent. Eingequetscht zwischen einem Servierwagen und einem Benjamini verbrenne ich mir prompt die Zunge. Warum zum Kuckuck kann ich meinen Mund nicht halten? Und was treibe ich hier überhaupt? Ich wusste doch, dass das hier keine gute Idee ist. Und wo um Himmels willen steckt dieser Siegfried Barg? Von wegen – zittrig auf den Beinen! Forschen Schritts ist er in der Menge verschwunden, garantiert hat er bloß eine Begleitung gesucht, um seiner Vorzimmerziege mit der treuen Seele zu entrinnen. Vielleicht ist er sogar schon nach Hause gefahren? Seit über einer Stunde drücke ich mich schon hier allein herum, es reicht mir. Gerade will ich mein Versteck verlassen, da …

»Ich hasse ihn! Dass der sich überhaupt hierher traut!«

Zwei Männer sind auf der anderen Seite des Paravents aufgetaucht.

»Es reicht!«, wettert der eine weiter. »Ich hatte ihn gewarnt, aber er hat einfach weitergemacht, als ob nichts wäre. Und dann dieses selbstgefällige Grinsen, dass er sich nicht schämt!«

Die Antwort des anderen ist so leise, dass ich sie nicht

verstehe. Außerdem will sich der erste nicht besänftigen lassen.

»Dieses Arschloch besitzt nicht den geringsten Funken Anstand. Der glaubt wohl, er kann sich mit seinem Geld alles kaufen«, regt er sich auf. »Aber diesmal ist er eindeutig zu weit gegangen, das wird Konsequenzen haben. Der wird schon sehen, wo ihn das hinführt!«

Ich presse mich dichter an die Wand. Du lieber Himmel, in was für eine Gesellschaft bin ich hier geraten? Die einen diskutieren ganz offen die Hämorrhoiden ihres Schwiegersohns, die anderen schmieden Rachepläne. Vergeblich schaue ich mich nach einem Fluchtweg um, doch an den beiden werde ich nicht vorbeikommen, ohne entdeckt zu werden. Der eine zetert immer noch wie ein Rohrspatz, während der andere versucht, ihn zu beruhigen. Mir bleibt also nichts anderes übrig, als abzuwarten, bis sie sich eine andere Ecke gesucht haben. Sicherheitshalber harre ich weitere fünf Minuten aus, bis ich es wage, mich um den Paravent herum zu schieben. Geschieht dir vollkommen recht, maßregelt mich eine Stimme in meinem Kopf, die sich verdächtig nach Margit anhört. Was treibst du dich auch auf einem fremden Totenamt herum? Das ist kein Totenamt, will ich gerade protestieren, als ich mit Wucht gegen eine Schulter pralle, die eben noch nicht da war.

»Vorsicht!«, rufe ich noch, doch da ist es auch schon zu spät – ein Großteil meines Kaffees ist auf einem fremden Sakko gelandet.

»Verdammt! Können Sie nicht aufpassen?« Erbost starrt sein Träger auf seinen bekleckerten Ärmel. »Sie haben wohl keine Augen im Kopf!«, herrscht er mich an. Er trägt einen Schnauzbart, dabei ist er gerade mal so alt wie ich. Warum machen Männer bloß so etwas?

»Tut mir echt leid!«, entschuldige ich mich. »Das war wirklich keine Absicht. Ein unglückliches Missgeschick …«

»Unglücklich? Mein Sakko ist ruiniert!«

»Bestimmt kann man den Fleck abtupfen.« Das Sakko scheint mir von guter Qualität, der Kaffee perlt auf dem dicht gewebten Stoff. Vorsichtig betupfe ich mit meiner Serviette seinen Ärmel, doch er weicht zurück.

»Bleiben Sie mir bloß vom Leib!«, ranzt er mich an. Er reißt mir die Serviette aus der Hand und beginnt so energisch den Stoff zu bearbeiten, dass ich gar nicht hinschauen mag.

»Tupfen, nicht reiben!«

»Jetzt auch noch schlaue Ratschläge geben, was?«

»Nein, aber wenn Sie mit der Serviette reiben, rubbeln Sie den Kaffee erst recht in den Stoff ein.« Noch etwas, das ich von Margit weiß.

»Sie müssen die Flüssigkeit abtupfen, damit keine Flecken bleiben!«

»Erklären Sie mir nichts von Flecken! Ohne Sie wäre das hier gar nicht erst passiert!« Dunkle Augen funkeln mich wütend an, dann dreht er sich abrupt um und lässt mich stehen. Meine Güte, sich wegen ein bisschen Kaffee so aufzuregen? Wozu gibt es denn eine Haftpflichtversicherung? Komisch, dass er mich gar nicht nach Namen oder meiner Adresse gefragt hat, aber ich habe auch nicht die geringste Lust, ihm hinterherzulaufen. Soll er doch sehen, wie er sein Sakko wieder sauber bekommt, ich werde jedenfalls schnellstmöglich von hier verschwinden. Schnurstracks eile ich zum Garderobenraum, um meinen Mantel zu holen. Die Einbaugarderobe ist so groß wie meine Küchenzeile, ich brauche eine Weile, um unter all den Jacken und Mänteln meinen eigenen Trenchcoat zu finden. Gerade will ich nach dem Bügel greifen, als etwas meine Aufmerksamkeit auf sich zieht.

Ein Déjà-vu, so unheimlich und klar, dass mir ein Schauer den Rücken hinaufkriecht. Es ist genau wie vorhin und doch wieder anders. Dort am Boden liegt nämlich etwas, das ich heute schon einmal gesehen habe. Ein Herrenschuh. Ganz langsam nähere ich mich. Am Ende des Garderobenschranks macht der Raum einen Knick, ein schmaler Gang führt zu einer Tür. Und dort, auf den ersten Blick fast verdeckt durch den riesigen Schrank, liegt reglos auf dem Fußboden Siegfried Barg.

KAPITEL 6 – ROMY

Frankfurt, Lerchesberg
Freitag, 7. November, nachmittags

»Herr Barg?« Ich rüttele an seiner Schulter, aber er reagiert nicht. »Um Himmels willen!« Mich beschleicht ein mulmiges Gefühl. Sein Gesicht ist blass, die Parallelen zu eindeutig. Hätte ich vorhin auf dem Hauptfriedhof sofort einen Arzt rufen sollen?

»Bitte, bitte sei in Ordnung«, murmle ich, während ich per Handy den Notruf aktiviere. »Wir brauchen sofort einen Krankenwagen!«, schreie ich, als sich auf der anderen Seite jemand meldet. »Bewusstlose ältere Person, er atmet nicht normal!«

Eine nüchterne Frauenstimme bittet um weitere Details. »Wo sind Sie?«

»Auf dem Lerchesberg!«

»Adresse?«

Ich habe nicht die geringste Ahnung, wo wir sind. Dass ich auf einem Leichenschmaus bin, bei dem ich keine Menschenseele kenne, wird nicht weiterhelfen. »Entschuldigung«, stammele ich, »aber ich weiß es nicht.«

Das Handy wird mir aus der Hand genommen, eine männliche Stimme gibt Straße und Hausnummer durch. Mein Blick wandert das schwarze Hosenbein nach oben, das wie aus dem Nichts neben mir aufgetaucht ist. Keine Ahnung, wer der Mann ist, doch ich bin grenzenlos erleichtert, dass er den Rettungsdienst mit weiteren Informationen versorgen kann. Sein Gesicht kommt mir merkwürdig bekannt vor. Irgendwo habe ich den schon mal gesehen, da bin ich mir sicher. Er reicht mir mein Handy.

»Was ist passiert?« In seiner Stimme dieser Tonfall, bei dem man weiß, dass alles gut wird.

»Keine Ahnung, was passiert ist. Ich wollte gerade meinen Mantel holen und habe Herrn Barg so gefunden.«

Auch wenn es vielleicht nicht der richtige Moment ist: Dieser Mann verhält sich nicht nur wie ein Superheld, er sieht auch aus wie einer. Himmel, er ist sogar geradezu unverschämt attraktiv!

»Vielleicht sollten wir ihn warm halten?«, murmele ich, um mich von diesem völlig unpassenden Gedanken abzulenken.

»Zuerst bringen wir ihn in die stabile Seitenlage.« Während der Superheld ihn vorsichtig auf die Seite rollt, greife ich nach einigen Mänteln, mit denen ich Siegfried Barg zudecke. Wie lange wohl ein Krankenwagen hierher braucht? Während wir warten, halte ich seine kalte Hand und rede ihm gut zu. Keine Ahnung, ob er mich hört, aber so habe ich zumindest das Gefühl, etwas Sinnvolles beizutragen.

Aus der Ferne nähern sich Sirenen, die vor dem Haus abrupt verstummen. Sekunden später höre ich Schritte hastig näherkommen – zwei Rettungssanitäter eilen auf uns zu. Erst jetzt bemerke ich die vielen Menschen im Flur, die mit ernsten Mienen herüberstarren.

Während der Superheld die Situation erklärt, überprüft einer der Sanitäter Siegfried Bargs Vitalfunktionen.

»Warten Sie bitte draußen!«, werde ich aus dem Zimmer geschickt; eine Aufforderung, der ich nur zu gern nachkomme. Eigenartig, dass sich dieses Haus, das mich vorhin noch mit seiner Größe so beeindruckt hat, mit einem Mal viel zu eng anfühlt. Ich setze mich auf einen Stuhl, von dem aus ich die Garderobentür gut im Auge behalte. Unablässig kreisen meine Gedanken dabei um Siegfried. Wo war er die ganze Zeit und vor allen Dingen: Was hat er gemacht? Dieser Gang hinter dem Einbauschrank ist nicht gut einzusehen. Wenn sich jemand nur darauf konzentriert, seine eigene Jacke unter all den Kleidungsstücken herauszusuchen, fällt er einem gar nicht erst auf. Theoretisch hätte Siegfried dort schon eine ganze Weile liegen können, ohne bemerkt zu werden. Fröstelnd reibe ich meine Hände. Das hier wird doch hoffentlich gut ausgehen, oder?

Bestimmt sind nur wenige Minuten vergangen, dennoch scheint es mir wie eine Ewigkeit, als die Tür sich erneut öffnet. Es ist der Superheld, und als er mich sieht, kommt er direkt auf mich zu. Sein Gesicht ist ernst. »Sie bringen Herrn Barg ins Krankenhaus. Er wird dort weiter untersucht.«

Ich muss mich zwingen tief durchzuatmen. Siegfried ist jetzt zwar in guten Händen, doch die Angst bleibt. Ist es am Ende meine Schuld? Dieser ganze Tag entwickelt sich zu einem nicht enden wollenden Albtraum, ich kann nur hoffen, dass Siegfried bald wieder bei Bewusstsein ist und keinen bleibenden Schaden davonträgt. Mit bangem Herzen beobachte ich, wie er auf einer Trage zum Rettungswagen geschoben wird. Sein Gesicht ist fast genauso weiß wie das dünne Laken, mit dem man ihn zugedeckt hat. Alle Augen folgen dem Geschehen, während das flackernde Blaulicht die Fragezeichen in meinem Kopf reflektiert. Was ist hier bloß passiert?

Der Rettungswagen setzt sich in Bewegung, ich schaue ihm nach, bis er aus meinem Blickfeld verschwunden ist.

Die Atmosphäre ist gedrückt, auch die anderen Gäste stehen unschlüssig herum.

»Taxi ist da!«, ruft jemand, und das ist meine Gelegenheit. Ich schnappe mir meinen Mantel und steige, so schnell es meine Schuhe zulassen, in den wartenden Mercedes. Während ich meine Adresse in Eckenheim nenne, mustert mich der Fahrer. »Wollte Se net uff die Schweizer Straaß?«

»Hab mich umentschieden!«, erkläre ich hastig, als ich in der Tür das ältere Paar auftauchen sehe, neben dem ich in der Trauerhalle gesessen habe. Zielstrebig kommen die beiden auf uns zu. »Fahren Sie los, ich habe es eilig!«

»Nur net hudele.« Gemächlich fährt er an. »Kenne Se die?«

»Nein!« Ich rutsche ein Stück tiefer in die Polster, um mir ihre empörten Gesichter nicht anschauen zu müssen. Dem Fakefur-Kragen das Taxi vor der Nase wegzuschnappen, kostet meinem Karmakonto mindestens zwei Minuspunkte, aber das ist es mir wert. In diesem Haus hätte ich es keine Sekunde länger ausgehalten!

Während der neue Henninger Turm an uns vorüberzieht, lehne ich meinen Kopf ans Fenster. Das Bild von Siegfried Bargs zusammengekrümmter Gestalt will mir nicht aus dem Kopf gehen. Er hat gesagt, dass er lieber nicht Autofahren wolle, und was mache ich? Ihm unterstellen, dass er mich nur ausnutzen wollte. Wenn ich nur daran denke, wie lange er womöglich hilflos dort gelegen hat, wird mir ganz schlecht. Wie zerbrechlich die Welt doch ist, wie rasch sich von einem Augenblick zum nächsten alles ändern kann! Die Gedanken tanzen in meinem Kopf, ein wirres Ballett aus Sorgen und Schuldgefühlen. Hätte ich es verhindern können? Hätte ich ihn doch bloß nicht allein gelassen!

Als das Taxi vor unserem Haus hält, bezahle ich den Fahrer und steige aus. Aus meinem Briefkasten ragt ein Stapel Umschläge, die ausschauen, als ob sie diesem unerfreulichen Tag noch die Krone aufsetzen wollten. Während ich die Briefe in meine Handtasche stopfe und den Hausflur betrete, öffnet sich eine Wohnungstür. Ich atme tief durch. Ich wusste es.

»Romy! Romy, wo warst du denn die ganze Zeit? Das Totenamt muss doch schon vor Stunden zu Ende gewesen sein? Ich wusste nicht, wann du wegen des Päckchens kommst. Ich hatte doch noch die Hannelore hier, die ist ja immer ein bisschen empfindlich, wenn zwischendurch jemand klingelt. Stell dir vor, der Ausschlag ihres Mannes ist wie weggeblasen.«

Als ich hier einzog, war ich dankbar, überhaupt eine Wohnung gefunden zu haben. Eine bezahlbare Abstellkammer zu ergattern, ist auf dem Frankfurter Immobilienmarkt bereits ein Glücksfall; drei Zimmer, Küche, Bad zu einer erschwinglichen Miete schienen mir wie ein Sechser im Lotto. Die Vermieterin wohne ebenfalls mit im Haus, erzählte mir die Kundin, von der ich den Tipp bekommen habe – die sei allerdings etwas speziell. So speziell, um mir dieses Schnäppchen entgehen zu lassen, konnte die Dame gar nicht sein, und wegen der günstigen Lage Eckenheims war ich willens, mich mit gewissen Dingen zu arrangieren. Dingen wie Dachschrägen, an denen ich mir ständig den Kopf stoße, oder der Tatsache, dass die Wohnung im Sommer tropisch ist und ich im Winter kräftig heizen muss. Sehr schnell begriff ich, warum meine Wohnung so günstig zu haben war, denn mit Unterzeichnung des Mietvertrags habe ich nicht nur einen Wohnungsschlüssel erhalten, sondern bin, ohne es zu wissen, in ein »Big-Sister-Haus«

gezogen. Die große Schwester residiert im Erdgeschoss, sieht alles, hört alles und weiß vor allen Dingen alles besser. Wie ein gut ausgebildeter Wachhund schlägt Margit Rotholz-Beck bei jedem an, der auch nur einen Fuß ins Haus setzt. Sie redet ohne Punkt und Komma, immer von mehreren Themen gleichzeitig und das am liebsten in doppelter Geschwindigkeit. Kurzum – sie nervte mich bis zum Anschlag, sodass ich mir vornahm, schnellstmöglich wieder auszuziehen.

Und jetzt? Ein Blick reicht aus und Margit sieht, dass gerade kein guter Zeitpunkt für Erklärungen ist. Sie sagt nichts weiter und hält mir mein Päckchen und eine Tupperbox hin, in der es raschelt, als ich danach greife. »Apfelchips«, meint sie, »selbst gemacht!« Dann schließt sich die Tür, und während ich die Treppe zu meiner Wohnung hinaufsteige, weiß ich wieder einmal, warum aus Nur-für-den-Übergang inzwischen mein Zuhause geworden ist.

Mann, was bin ich froh, diesen fürchterlichen Tag endlich hinter mir zu haben. Vielleicht sollte ich in einer heißen Badewanne entspannen? Ich schließe meine Wohnung auf und schlüpfe aus den Schuhen. Welch eine Wohltat! Am liebsten würde ich alles einfach fallen lassen, stelle aber stattdessen meine Tasche, Päckchen und Tupperbox auf die Kommode und hänge meinen Mantel ordentlich auf einen Bügel. Nanu, was ist das Gelbe da auf dem Kragen? Sieht irgendwie nach Senf aus, ich knibbele vorsichtig an den eingetrockneten Krümeln. Wann habe ich das letzte Mal eine Bratwurst gegessen? Ich betrachte das Revers genauer. Auf dem Label im Innenfutter entdecke ich zwei Buchstaben, die ich auch noch nie gesehen habe. Ein »S« und ein »B«. »SB«? Fassungslos starre ich den Trenchcoat an. Ist das etwa Siegfried Bargs Mantel? Kurz schließe ich die Augen.

Das darf ja wohl nicht wahr sein, oder? Offenbar habe ich mir in all der Hektik den falschen Mantel gegriffen. Wie konnte das nur passieren? Er ist ziemlich schwer, doch da ich in Papas Trenchcoat auch allen möglichen Kram mit mir herumtrage, ist mir die Verwechslung nicht aufgefallen. Mir wird flau im Magen, als ich begreife, was das bedeutet. Mit all den seltsamen Ereignissen dieses Tages wollte ich eigentlich nichts mehr zu tun haben, aber das Schicksal hat anscheinend andere Pläne mit mir. Hektisch durchsuche ich die Taschen. Vielleicht findet sich irgendein Hinweis, wo ich den Mantel zurückgeben kann? Tatsächlich, in einer der Innentaschen ertaste ich etwas. Ich greife zu und krame einen Umschlag hervor. Soll ich hineinschauen? Er ist so dick wie zwei Tafeln Schokolade, weder verschlossen noch mit einem Namen versehen, daher ziehe ich nur einen halben Karmapunkt ab, als ich hineinspähe. Einen kurzen Moment schwankt der Boden, dann muss ich mich erst einmal hinsetzen. Ich hole tief Luft, bevor ich mich traue, einen zweiten Blick zu riskieren, doch nein, der Inhalt bleibt exakt der gleiche. Geldscheine, ein ganzes Bündel, lauter Fünfhunderter, alle nagelneu. So viele, wie ich noch nie im Leben in der Hand gehalten habe.

KAPITEL 7 – ROMY

Eckenheim
Samstag, 8. November, vormittags

Ich muss an das Spiel »Ich packe meinen Koffer« denken. Dieses Spiel, bei dem man ausgedachte Gegenstände in einen imaginären Koffer packt, bis man am Ende die Reihenfolge durcheinanderbringt. Genau so geht es mir, als ich an gestern denke: Auf der Beisetzung des ermordeten Lukas Delbrück lerne ich einen Mann kennen, der am Ende des Tages nicht nur selbst im Krankenhaus landet, sondern in seiner Manteltasche einen Umschlag mit hunderttausend Euro mit sich herumträgt.

Ja, es sind exakt einhunderttausend Euro, ich habe die Scheine dreimal gezählt. Und gegen das Licht gehalten, um das Wasserzeichen zu prüfen. Auch das Satellitenhologramm macht einen originalen Eindruck, Falschgeld kann ich wohl ausschließen. Ich trinke einen Schluck Kaffee. Warum geht jemand mit hunderttausend Euro zu einer Beerdigung? Der gestern beobachtete Streit erscheint mir plötzlich in einem ganz anderen Licht. Wusste der andere von dem Umschlag, hat er auf eine günstige Gelegenheit gewartet? Mir fällt Siegfried Bargs Antwort auf meine Frage ein, was der Angreifer von ihm gewollt habe. Etwas, das er nicht bekommen hat, so waren doch seine Worte. Gestern habe ich mich gewundert, jetzt ergeben seine kryptischen Andeutungen mit einem Mal Sinn. Andererseits –

warum hat er nicht erzählt, dass der andere ihn ausrauben wollte? Ich hätte mir ja wohl kaum seine Brieftasche zeigen lassen, um zu prüfen, ob sich das auch wirklich lohnen würde. Nein, Siegfried Barg hatte bestimmt andere Gründe für seine ausweichende Antwort. Ich denke an seine Firma, von der er mir erzählt hat, Projektentwicklung für Immobilien. Angeblich wird in dieser Branche noch viel mit Bargeld bezahlt. Dinge, für die es Rechnungen gibt, genau wie Dinge, für die es keine Rechnungen gibt. Ist Siegfried Barg etwa ein Steuerbetrüger?

Auf alle Fälle sind hunderttausend Euro eine Menge Geld. Während ich mir ein Marmeladenbrot schmiere, wandert mein Blick zu dem Stapel Zahlungsaufforderungen, die direkt daneben auf dem Küchentisch liegen. Leider keine, mit denen ich als selbstständige PR-Beraterin an ausstehende Verbindlichkeiten erinnere, sondern solche, die ich selbst bezahlen soll. Ich greife nach meinem Handy und beginne, die Summen zu addieren. Ein Online-Yogakurs, den ich glaube ich kein einziges Mal besucht habe, neunundachtzig Euro für Kleiderbügel ... Kleiderbügel? Ach ja, diese Designerteile mit den wattierten Schulterpolstern. Taugen nichts, aber irgendwie habe ich vergessen, sie zurückzuschicken. Und warum bloß brauchte ich unbedingt diese Cowboystiefel für zweihundertvierzig Euro? Mir wird gerade etwas heiß. Kann das stimmen? Nein, bestimmt habe ich mich vertippt. Noch einmal beginne ich von vorn, aber die Summe bleibt die gleiche. Mist.

Mist. Mist. Mist.

Auf die nächste Scheibe kommt dick Nutella, noch so etwas, das ich mir dringend abgewöhnen sollte. Alles in allem fehlen mir rund fünftausend Euro, die ich bis nächste

Woche auftreiben muss. Fünftausend Euro. Eine Fünf mit drei Nullen. Im Kopf überschlage ich, was demnächst an Geld hereinkommen müsste. Die Kampagne für »Neudorf & Partner« ist gut gelaufen, aber die haben noch immer nicht gezahlt, genauso wenig wie »Jacobi-Solutions«. Berufen die sich etwa auch auf das vertraglich vereinbarte Zahlungsziel von dreißig Tagen? Andererseits bezahle auch ich meine Rechnungen erst auf den letzten Drücker.

Ich fange an, das Frühstücksgeschirr wegzuräumen. Fünftausend Euro sind für einen Siegfried Barg ein Fingerschnipsen, ich jedoch habe nicht den leisesten Schimmer, woher ich bis nächste Woche so viel Geld auftreiben soll. Anscheinend habe ich meine finanzielle Situation in der letzten Zeit ein wenig zu rosarot betrachtet. Dass es tatsächlich Menschen gibt, die ein Vielfaches der Summe einfach so mit sich herumtragen, erscheint mir geradezu absurd. Apropos – warum hat er das Geld eigentlich nicht im Auto gelassen? Mir fällt sein verblüffter Griff an seine Brusttasche ein – hat er etwa an den Umschlag gar nicht mehr gedacht?

Dieses viele Geld macht mich richtig nervös! Gedanken, die ich besser nicht haben sollte, drängen sich in meinen Kopf. Und obwohl ich ganz genau weiß, dass ich ihnen nicht folgen sollte, kann ich nicht verhindern, dass meine Finger sich selbstständig machen. Wie von allein halbieren sie den Stapel, teilen ihn in zwei Hälften und noch mal und noch mal … Dafür, dass ich gerade fünftausend Euro in den Händen halte, ist das Geldbündel erstaunlich dünn. Denk erst gar nicht daran, höre ich eine Stimme in meinem Kopf, die verdächtig nach meiner Vermieterin klingt. Margit kennt Geldsorgen selbstverständlich nicht. Sie hat mindestens ein Dutzend Konten, auf denen sie hier etwas anlegt oder dort in etwas investiert und sich am Ende von den Zinsen Urlaubsschnäppchen nach Teneriffa gönnt.

Wieder streicheln meine Finger die Scheine. Sie sind nagelneu! Und wie gut sie sich anfühlen, so glatt und so sauber. Fünftausend Euro sind in meiner Situation ein kleines Vermögen, für Siegfried Barg ein Betrag, dessen Fehlen er wahrscheinlich noch nicht einmal bemerken würde. Zumal er definitiv gerade andere Sorgen hat. Wie es ihm wohl geht? Sollte ich mich im Krankenhaus nach seinem Befinden erkundigen? Wahrscheinlich wird man mir gar keine Auskunft geben, in Fernsehkrimis werden solche Informationen immer nur mit nahen Angehörigen geteilt. Andererseits habe ich noch nie gehört, dass jemand seinen Ausweis zeigen musste, um zu erfahren, wie es einem der Patienten geht.

Heute ist Samstag, überlege ich, da passiert in Krankenhäusern eh nichts. Ich denke an Siegfrieds blasses, eingefallenes Gesicht. Es ist höchst unwahrscheinlich, dass er die Klinik vor Montag verlassen wird, eher am Dienstag, vielleicht auch erst am Mittwoch. Ich öffne meinen Kalender. Wenn Neudorf nächste Woche zahlt, wäre ich aus dem Schneider. Kein Mensch würde bemerken, wenn ich mir ein bisschen von dem Geld geliehen hätte. Nicht viel und nicht lange, sondern nur, bis mein Konto wieder im Plus ist. Also bis kommenden Mittwoch.

Hm. Rechne ich mir gerade schön, was man noch nicht einmal denken darf? Bestimmt ist es nicht rechtens, mit gefundenem Geld etwas anderes zu tun, als es unverzüglich abzugeben. Mein Karmakonto würde ich damit mindestens um hunderttausend Punkte überziehen – wobei, eigentlich sind es ja nur fünftausend … Und streng genommen ist es doch nur so etwas wie ein Überbrückungskredit – eine kleine Zwischenfinanzierung, eine Art temporäres Darlehen. Ja, vielleicht ist mein Plan ein wenig unkonventionell, aber er schadet ja auch niemandem. Definitiv hat Siegfried Barg gerade andere Sorgen, ich verwahre das Geld ja quasi nur für ihn. Manche würden bei einer solchen Summe in Versuchung geraten, doch ich bin definitiv eine ehrliche Finderin. Eine ehrliche Finderin, die ihm die gesamte Summe persönlich aushändigen wird, sobald es ihm wieder besser geht.

Ein letzter Blick auf meine Verbindlichkeiten lässt meine restlichen Zweifel dahinschmelzen.

Zusammen mit den Mahnungen stopfe ich den Umschlag in meine Handtasche, schlüpfe in meinen Mantel und verlasse die Wohnung. Bereits eine Stunde später spaziere ich leicht und frei durch die Innenstadt. Fünftausend Euro an einem Automaten einzuzahlen war ein Kinderspiel, und noch in der Filiale habe ich eine Rechnung nach der anderen beglichen. Während ich bei Starbucks auf meinen Cappuccino warte, überlege ich, was ich mit dem angebrochenen Vormittag anstellen könnte. Einen Stadtbummel vielleicht? Die Zeil ist mir zu überlaufen, aber ein Spaziergang durch die Goethestraße, darauf hätte ich Lust. Wobei ich mich ja jedes Mal frage, was mich mehr fasziniert – diese absurd teuren Auslagen der Luxusboutiquen oder die vielen Frauen, die tatsächlich dort shoppen gehen. Selbst ihre Papiertragetaschen sehen edler aus als meine abgewetzte Handtasche. Manchmal träume ich davon, auch eine dieser noblen Designertasche zu besitzen – nicht einfach nur praktisch, sondern etwas Besonderes, ein Statement. Eine wie die, die in genau diesem Moment direkt vor meinen Augen ins Schaufenster gestellt wird. Eine »Jackie 1961« in einem Grünton, der mir die Knie weich werden lässt. Ich muss schlucken. Wie kann eine Tasche so makellos sein? Unwillkürlich trete ich näher an die Scheibe. So fühlt sich Schicksal an. Es ist, als hätte das Universum in diesem Moment entschieden, mir keine andere Wahl zu lassen. Ich kann gar nicht anders – ich muss einfach in diese Boutique und mir dieses Gesamtkunstwerk näher ansehen. Nur ansehen, sage ich mir, obwohl ich jetzt schon weiß, wie schwer es wird, standhaft zu bleiben. Gegen Liebe auf den ersten Blick ist man meistens vollkommen machtlos.

KAPITEL 8 - ROMY

Frankfurt-Innenstadt
Samstag, 8. November, mittags

Eine halbe Stunde später betrachte ich zufrieden mein Spiegelbild in einem anderen Schaufenster. Groß, schlank und mit einer edlen Papiertragetasche in der Hand sehe ich aus wie eine Frau, die locker einen Modeblog führen könnte. Nur meine alte Handtasche stört den eleganten Gesamteindruck, aber ich konnte mich einfach nicht dazu durchringen, ihren Inhalt vor den Augen dieser vornehmen Verkäuferin in die neue Tasche zu packen. Weder wollte ich meine ungesunde Vorliebe für Zitronenbonbons offenbaren noch mich als jemand outen, der bei diesen Temperaturen auf sein Isoliersitzkissen nicht verzichten mag.

Ich seufze. Natürlich ist es Irrsinn, dreitausend Euro für eine Handtasche auf den Tisch zu blättern, andererseits … Die Papiertragetasche scheint mit einem Mal mehr zu wiegen. Oder ist es das schlechte Gewissen, das an meinem Arm zieht? Nein, es wird schon alles aufgehen. Irgendwie werde ich das Geld schon zusammenbekommen, damit es am Ende wieder hunderttausend Euro sind, das habe ich im Gefühl. Vielleicht ist es aber keine schlechte Idee, dem Glück ein wenig auf die Sprünge zu helfen. Sollte ich es mal mit Lotto versuchen? Als ob das Schicksal erneut meine Gedanken gelesen hat, stehe ich in der B-Ebene der Hauptwache direkt vor einer Lotto-Annahmestelle. Na, wenn das kein Zeichen ist? Aus der Box mit den Tippscheinen ziehe ich den drittletzten von hinten. Ich brauche ja gar keine sechs Richtigen, fünf würden es auch tun, zumindest, wenn die Zusatzzahl stimmt. Aber welche Zahlen soll ich ankreuzen? Mein Blick wandert über Regale mit Zeitschriften, Schokoriegeln und Getränken; neben mir die Samstagsausgabe der Rhein-Main-Zeitung. »BAULÖWE IM KOMA« lautet die fette Überschrift, darunter ein Foto von Siegfried Barg.

»Einmal die Rhein-Main-Zeitung, bitte!«

Vergessen ist der Lottoschein, ich suche mir ein ruhiges Plätzchen auf dem Trichterabgang zur Hauptwache und beginne zu lesen.

Baulöwe im Koma
(von Jürgen Kleiber)

Aus bislang ungeklärten Umständen liegt der einflussreiche Frankfurter Immobilienentwickler Siegfried Barg (62), Geschäftsführer der BargImpact, seit gestern im Koma.

Barg, bekannt für seinen Einfluss auf die Stadtentwicklung, wurde bereits des Öfteren mit kontroversen Entscheidungen im Immobiliensektor in Verbindung gebracht. Erst kürzlich hat die BargImpact den Zuschlag für den OsthafenTower für sich gewinnen können. Die Vergabe der Baugenehmigung für einen Hotelturm auf der Molenspitze im Gebiet des Frankfurter Osthafens kam überraschend, insbesondere angesichts massiver Zweifel an der Umweltverträglichkeit des Standorts. Die Entscheidung zur Genehmigung des Projekts wurde trotz heftiger Kritik seitens der Öffentlichkeit und verschiedener Umweltschutzinitiativen getroffen. Bargs Einfluss in der Branche und seine Verbindungen zu Entscheidungsträgern haben Spekulationen genährt, dass die Genehmigung möglicherweise nicht auf rein objektiven Kriterien beruhte. »Es ist ein Skandal«, sagt Brigitte Pfeiffer, Vorsitzende der Schutzgruppe Fledermausfreunde Frankfurt. »Das Gebiet am Osthafen ist eine der letzten verbliebenen Nist- und Raststätten für viele bedrohte Fledermaus- und Wasservogelarten in Frankfurt. Dass vor diesem Hintergrund ein solcher Bau überhaupt genehmigt wurde, ist für uns völlig unverständlich. Wir werden Einspruch einlegen und notfalls rechtliche Schritte prüfen.« Pfeiffer kündigte an, gemeinsam mit anderen Umweltorganisationen eine Protestkundgebung vor dem Rathaus zu organisieren, um auf die Umweltrisiken des Projekts aufmerksam zu machen. Unterdessen herrscht Rätselraten über die Ursache von Bargs plötzlichem Gesundheitszustand. Laut Informationen aus dem Umfeld des Immobilienentwicklers wurde er gestern Nachmittag bewusstlos aufgefunden. Gerüchten zufolge könnte Stress eine Rolle gespielt haben, da Barg in letzter Zeit häufig Ziel öffentlicher Kritik war. Die BargImpact hat bislang keine Stellungnahme zu den Ereignissen abgegeben.

Auf Seite drei geht der Artikel weiter, ich lasse die Zeitung sinken. Der OsthafenTower ist derzeit Frankfurts Aufreger schlechthin. Schon seit Wochen liegt mir Margit damit in den Ohren. Zusammen mit Carmen und Roswitha war sie sogar auf einer Demonstration, die sich für den Erhalt der

Molenspitze starkgemacht hat. Hätte ich ihre vielen Artikel in unserem Chat nicht nur überflogen, wäre der Groschen bestimmt schon früher gefallen. So erfahre ich erst, dass der Mann, der mit diesem Hotelturm eine absurde Menge verdienen wird, Siegfried Barg heißt. Die Gewinne solcher Projekte bewegen sich in Millionenhöhe. Wie weit würde jemand dafür gehen? Oder dafür, diesen Bau zu verhindern? Mir fröstelt, als ich an den Umschlag denke – geht es am Ende gar nicht nur um hunderttausend Euro, sondern um viel, viel mehr? Mir kommt ein neuer, beunruhigender Gedanke: Was, wenn uns Siegfried Bargs ominöser Angreifer zum Lerchesberg gefolgt ist? Bei den vielen Menschen im Hause Delbrück wäre er Barg vielleicht gar nicht aufgefallen. Ich stelle mir vor, wie dieser Mann ihn beobachtet und auf den richtigen Moment gewartet hat, um das zu tun, wofür er gekommen ist. Ein mulmiges Gefühl macht sich in meinem Magen breit. Bin auch ich in sein Visier geraten? Allein der Gedanke wiegt weit schwerer als die verboten teure Handtasche …

Mit zittrigen Fingern falte ich die Zeitung zusammen. In was auch immer ich da hineingestolpert bin, es scheint größer zu sein, als ich angenommen habe. Sollte ich zur Polizei gehen – zu meiner eigenen Sicherheit? Von dieser Auseinandersetzung auf dem Hauptfriedhof erzählen und dass es kein bedauerlicher Zufall sein kann, dass Siegfried Barg im Koma liegt? Dass ich mir Sorgen mache und dass ich … nun, den Rest kann ich mir auf der Fahrt ja noch überlegen.

Ich eile zur U-Bahn. Während die U2 unter der Stadt durchrauscht, kreisen meine Gedanken um meine bevorstehende Aussage. Treibt die Angst vor dem Unbekannten meinen Puls so nach oben oder eher die Tatsache, dass ich mich gerade auf den Weg mache, die Polizei zu belügen?

Es ist ja auch so einiges geschehen, das ich auf gar keinen Fall erzählen kann – angefangen vom wahren Grund meiner Teilnahme an Lukas Delbrücks Beisetzung bis hin zu diesem Umschlag mit den vielen Scheinen. Andererseits – ist es wirklich eine Lüge, wenn man nur einen Teil der Wahrheit erzählt? Nämlich den, der für die Polizei relevant ist? Unnötige Details verkomplizieren doch nur die Suche nach der Wahrheit, die Polizei muss sich doch auf das konzentrieren, was für die Ermittlungen wirklich von Bedeutung ist. Und wie gut ich nun Lukas Delbrück gekannt habe oder was Siegfried Barg in seiner Manteltasche stecken hat, ist da mit Sicherheit nicht von Belang.

Ich steige an der Miquel-/Adickesallee aus, von hier sind es nur wenige Schritte zum Polizeipräsidium. In seiner Schlichtheit wirkt das riesige Gebäude einschüchternd, ich muss all meinen Mut zusammennehmen, um den Wachhabenden in der Empfangsloge anzusprechen.

»Guten Tag, ich bin Romy Sternek und ich möchte eine Aussage machen.«

»Um was geht es?«

Ausdruckslos hört er sich eine stark zensierte Version meiner gestrigen Beobachtungen an, dann reicht er mir ein Formular. Während ich meinen Namen und mein Geburtsdatum eintrage, zittern meine Hände so sehr, dass ich meine eigene Schrift kaum erkenne. Oh mein Gott, ist mir mit einem Mal schlecht, ich bekomme kaum mit, was er in sein Telefon brummt.

»Kommt gleich jemand«, informiert er mich. Er händigt mir einen Besucherausweis aus, lotst mich durch die Sicherheitsschleuse und deutet auf eine Sitzgruppe, auf der ich Platz nehmen soll. Kurz muss ich warten, dann erscheint eine kleine, zackig wirkende Frau, die sich mir als Kriminalhauptkommissarin Sigrid Moosbach vorstellt. Passend zu ihrem Nachnamen ist sie vom Rollkragenpullover bis zu ihren Stiefeln in schlammiges Grün gewandet. Sie spricht kein Wort auf dem Weg nach oben, erst als wir in ihrem Büro angekommen sind, erkundigt sie sich, ob ich etwas trinken möchte.

»Einen Kaffee bitte, wenn es keine Umstände macht.«

»Mein Kollege kommt noch dazu«, erklärt sie, als sie kurz darauf einen Pappbecher vor mir abstellt, »einen Moment, wir sind gleich bei Ihnen.« Sie verschwindet auf dem Flur und zieht die Tür hinter sich zu. In Filmen sehen Polizeibüros entweder total stylish oder total chaotisch aus, doch das Zimmer, in dem ich jetzt warte, ist keines von beidem. Mit Ausnahme der Poster könnte sich dieses Büro in jedem x-beliebigen Verwaltungsgebäude befinden, ich bin fast ein bisschen enttäuscht. »Gemeinsam für mehr Sicherheit« lese ich auf einem der Plakate, ein anderes informiert über Sucht- und Drogenprävention, daneben hängen Fotos aus dem Palmengarten. Wo bleiben die nur, warum dauert das bloß so lange? Die Minuten kriechen dahin wie Nacktschnecken, und während ich auf das Ticken einer Wanduhr lausche, regen sich erste Zweifel. Ist das hier wirklich die richtige Entscheidung oder übertreibe ich gerade? Es könnte ja genauso gut sein, dass ich die Dinge vielleicht falsch interpretiert habe. Womöglich ist meine Beobachtung auf dem Hauptfriedhof gar nicht so wichtig, wie ich zunächst dachte? Wenn ich die Sache aus der Position des Angreifers betrachte und es ginge mir wirklich um den OsthafenTower – würde ich Siegfried Barg ernsthaft zu einem Kondolenzempfang folgen, um ihn hinter einem Marmorengel zur Rede zu stellen? Oder ist das alles nur ein Produkt meiner Fantasie, die gerade von einem überteuerten Einkauf und einem reißerischen Zeitungsartikel befeuert wird? Vielleicht habe ich mir das alles nur zusammengereimt?

Je länger ich hier sitze, desto überzeugter bin ich, einen weiteren Fehler zu begehen. Oh mein Gott, wie konnte ich mich nur so mitreißen lassen? Tauche hier im Polizeipräsidium auf, um eine Aussage zu machen, die so an den Haaren herbeigezogen ist, dass sie inzwischen sogar mir seltsam vorkommt ... Aber noch ist es ja nicht zu spät. Ich stehe auf, greife nach meinen Taschen und dem Kaffee. Er ist gar nicht mal so übel, den nehme ich mit. Ich halte die Klinke bereits in der Hand, als sich die Tür schwungvoll öffnet und mir beinahe gegen die Stirn knallt. Im Pappbecher schwappt es bedrohlich, als ich ihn gerade noch wegdrehen kann, um eine Kollision zu verhindern. »Vorsicht!«, rufe ich, doch da platscht es bereits auf den Boden. Eine Pfütze breitet sich auf dem Linoleum aus und einige Spritzer treffen auch die Hosenbeine des Mannes, der gerade die Tür aufgerissen hat.

»Verdammt noch mal!«, poltert er. »Das brauche ich heute nicht auch noch. Können Sie nicht aufpassen? Was machen Sie überhaupt hier hinter der Tür?«

Du lieber Himmel! Ich kenne diese Stimme, dieses Gesicht und erst recht diesen Zorn in diesen dunklen Augen. Gott steh mir bei – es ist der Schnauzbart!

KAPITEL 9 – ROMY

Frankfurt, Polizeipräsidium
Samstag, 8. November, mittags

»Sie schon wieder!«

Manchmal hat das Universum einen seltsamen Humor. Vor mir steht tatsächlich der Kerl, dem ich bereits gestern einen Kaffee übers Jackett gekippt habe. Kein Wunder, dass er mich so böse anfunkelt. Wahrscheinlich hält er mich für eine Stalkerin, die ihm mit Kaffeetassen auflauert, um seine Aufmerksamkeit zu gewinnen.

»Entschuldigung! Sie sind … Ich meine, gestern …«, ist alles, was ich rausbringe.

»Was machen Sie hier überhaupt?«, herrscht er mich an.

»Ich glaube, ich habe mich in der Tür geirrt.« Ein Satz, der mich schon oft im Leben gerettet hat, an diesem Mann jedoch wirkungslos verpufft.

»Und wo wollten Sie hin?«

»Ich, ähm …« Wie er mich gerade anstarrt, herrscht in meinem Kopf Grabesstille.

»Ja?« Eine Augenbraue wandert nach oben. Eigentlich mag ich das ja bei Männern, doch bei ihm wirkt es bedrohlich. Hilfe suchend schaue ich mich um. »Sucht- und Drogenprävention!« Mein Blick fällt auf eines der Plakate. »Da wollte ich hin!« Himmel noch mal, was erzähle ich hier für einen Mist?

Die Augenbraue hebt sich ein weiteres Stück.

»Für … meine Nachbarin!« Im Geiste kreuze ich zwei Finger hinter meinem Rücken; Margit möge es mir verzeihen. »Ich mache mir Sorgen um sie. Sie … trinkt regelmäßig Likör. Ziemlich viel sogar!« In seinem Gesicht regt sich kein Muskel. »Und sie isst Unmengen dieser Likörpralinen, die mit der Kirsche. Da ist ja auch eine Menge Alkohol enthalten. Sie ist schließlich nicht mehr die Jüngste, und dann auch noch ihr Diabetes – das darf man nicht auf die leichte Schulter nehmen, nicht wahr?«

Seine Miene ist undurchdringlich. »Und dafür hat man sie hierher gebracht?«

»Tja, ich kann mir das auch nicht erklären.« Ich bringe einen Auflacher zustande. »Vielleicht hat der Kollege am Empfang etwas verwechselt?«

Ohne eine Miene zu verziehen, hält er mir die Tür auf. Eine Millisekunde glaube ich tatsächlich, ungeschoren davonzukommen, wäre nicht ausgerechnet diese Moosbach gerade aufgetaucht.

»Entschuldigen Sie, aber heute ist viel los.« Sie zieht sich einen Stuhl heran. »Frau Sternek, Sie sind also hier, um eine Aussage zum Mordfall Lukas Delbrück zu machen?«

Moment mal. Eine Aussage zum Mordfall Lukas Delbrück? Da hat der Kerl am Empfang aber wirklich etwas komplett falsch verstanden.

»Nein, Frau Sternek möchte zur Sucht- und Drogenprävention.«

Ich hasse diesen Mann! Am liebsten würde ich durch eine Bodenklappe verschwinden, aber das funktioniert ja leider nur im Trickfilm.

»Hier? Bei uns?« Die Moosbach guckt irritiert.

»Frau Sternek macht sich große Sorgen um den Likörpralinenkonsum ihrer Nachbarin.«

Ich korrigiere meine Meinung. Nein, ich hasse ihn nicht nur, er ist gerade auf der Top-drei-Liste meiner lebenden Albträume gelandet. Und zwar ganz weit oben.

»Ich glaube, das ist ein Missverständnis.« Ich räuspere mich.

»Ein Missverständnis?« Sie kneift die Augen zusammen und schaut auf ihre Unterlagen. Mit Schrecken erkenne ich das Formular, das ich am Empfang ausgefüllt habe. »Sie sind doch Frau Romy Sternek?«

»Das stimmt zwar«, erkläre ich ausweichend, »ich glaube inzwischen nur, dass ich mich wohl geirrt habe. Und vielleicht etwas zu impulsiv hierher gekommen bin.«

Beide starren mich an, als ob ich komplett bescheuert wäre.

»Ich glaube«, sagt Sigrid Moosbach nach einem Moment des Schweigens, »wir sollten uns mal in Ruhe unterhalten.«

Und das tun wir dann auch. Um es kurz zu machen: Diese Unterhaltung war so unendlich peinlich, dass ich sie hier auf keinen Fall wiedergeben möchte. »In Ruhe unterhalten« bedeutet bei denen nichts anderes als ein Frage-Antwort-Spiel für Fortgeschrittene. Ich weiß gar nicht, wen ich schlimmer fand. Den schweigenden Schnauzbart – er ist übrigens auch ein Kriminalhauptkommissar und heißt Felix Radolin – oder diese naseweise Frau Moosbach, die die ganze Zeit auf irgendwelchen blöden Details herumgeritten ist. Details, zu denen ich größtenteils keine Antwort wusste und mir nach und nach wie die Hauptverdächtige in einem Krimi vorkam. Wobei es in einem Krimi beim Verhör zumindest einen *good cop* gibt, nur hier sind anscheinend alle guten Cops mit der Sucht- und Drogenprävention beschäftigt. Das Wort »Likörpralinen« will ich jedenfalls nie wieder hören.

»Wenn ich Ihre Aussage zusammenfasse, besuchten Sie also gestern die Beisetzung von Lukas Delbrück. Dort beobachteten Sie, dass Herr Barg mit einem Unbekannten in Streit geriet. Der Unbekannte flüchtete, als Sie Herrn Barg zu Hilfe eilten. Anschließend fuhren Sie Herrn Barg auf dessen Wunsch zum Kondolenzempfang der Familie Delbrück, wo Herr Barg einen Zusammenbruch erlitt.« Sigrid Moosbach mustert mich über den Rand Ihrer Brille. »Was genau wollen Sie uns eigentlich sagen, Frau Sternek?«

Es treibt mich zur Weißglut, wie die beiden da so mitleidig auf mich herunterlächeln. Trotzig erwidere ich ihren Blick.

»Ich will Ihnen mitteilen, dass es mir eigenartig vorkommt, wenn nach dieser Vorgeschichte Siegfried Barg in einem Haus voller Menschen auf einmal mutterseelenallein bewusstlos in einem Zimmer liegt. Das kommt mir doch alles höchst seltsam vor.«

»Das kommt Ihnen seltsam vor?« Zum ersten Mal mischt sich der Schnauzbart ein. »Wissen Sie, was mir seltsam vorkommt? Dass Ihnen all das einfällt, nachdem Sie gerade vom Shoppingbummel kommen.«

Mistkerl! Ich widerstehe nur knapp der Versuchung, meine Tüte mit dem Fuß unter meinen Stuhl zu schieben. »Natürlich fällt mir das nicht ein, wenn ich vom Shopping komme«, erkläre ich so würdevoll wie möglich. »Ich habe nur vorhin erst den Artikel in der Rhein-Main-Zeitung entdeckt und bin daraufhin sofort hierhergefahren.«

»Wie rührend, dass Sie sich so aufrichtig um Herrn Barg und Ihre Nachbarin sorgen.«

Allein für diesen süffisanten Unterton könnte ich ihn ungespitzt in den Boden rammen.

»Sie greifen manchmal nicht zufälligerweise zu tief in eine Pralinenschachtel?«

Wütend springe ich auf. Was bildet dieser Kerl sich überhaupt ein? »Wissen Sie was?«, platzt es aus mir heraus. »Vergessen Sie's einfach! Sie haben nicht mit Siegfried Barg gesprochen, Sie wissen gar nichts von ihm. Aber ich habe diesen Streit gehört. Und ich habe gesehen, wie dieser Mann davonrannte. Halten Sie das etwa für normal?«

»Frau Sternek, beruhigen Sie sich.« Sigrid Moosbach ist ebenfalls aufgestanden, aber ich will mich nicht beruhigen lassen.

»Vielleicht geht es hier nur um mein Bauchgefühl, aber ich weiß, dass da etwas nicht stimmt. Ich bin mit ihm im Auto gefahren. Er war völlig normal! Natürlich kann man einen Schwächeanfall erleiden, aber kommt Ihnen das nicht alles ein wenig zu zufällig vor?«

Eine halbe Minute lang ist es so still, dass man die berühmte Stecknadel fallen hören könnte, dann steht auch der Schnauzbart auf.

»Ich denke, wir sind hier fertig.« Als seine Kollegin nickt, sieht er zu mir. »Ich bringe Sie nach unten!« Keine Frage, sondern ein Befehl. Und dann sagt er Gott sei Dank nichts mehr, zumindest so lange nicht, bis er mich an diesem gläsernen Empfang abgeliefert und ich meinen Besucherschein wieder abgegeben habe. Schon bin ich erleichtert, ihn endlich losgeworden zu sein, als er sich noch einmal umdreht.

»Übrigens, Frau Sternek«, sagt er, »hier im Präsidium haben wir gar keine Beratung für Sucht- und Drogenprävention. Ich fürchte, dass Sie sich wegen der Vorliebe Ihrer Nachbarin an eine andere Stelle wenden müssen.«

Am liebsten würde ich ihm mit meiner Gucci-Tüte das Grinsen aus dem Gesicht schlagen. Habe ich bereits erwähnt, dass ich ihn hasse?

KAPITEL 10 – ROMY

Frankfurt-Eckenheim
Samstag, 8. November, nachmittags

Ich bin so aufgewühlt, dass ich zu Fuß nach Hause marschiere. Eigentlich mag ich den Weg durch den Pilz-Park vorbei an den Schrebergärten, doch jetzt kann ich ihn nicht genießen. Was bildet dieser Kerl sich eigentlich ein? Sigrid Moosbach kann einem fast leidtun. Sich mit solch einem Goldstück von Kollegen herumschlagen zu müssen, ist gewiss die reinste Freude. Wie sie das bloß jeden Tag erträgt?

Egal, das soll nicht mein Problem sein. Mich überfallen genügend Baustellen, kaum dass ich meine Wohnungstür hinter mir geschlossen habe. Siegfrieds Trenchcoat zum Beispiel, der mich von der Garderobe aus mahnend anschaut. Bilde ich es mir ein, oder deutet einer seiner Ärmel vorwurfsvoll auf meinen Einkauf?

Unsinn, Romy, so weit kommt's noch, dass du dich von einem Mantel ins Bockshorn jagen lässt. Dennoch ertappe ich mich dabei, meine Neuerwerbung hinter meinem Rücken zu verbergen, als ich sie ins Wohnzimmer trage. Stolz öffne ich den Karton und schlage das Seidenpapier auseinander. Die Tasche glänzt wie ein polierter Stern. Behutsam streichen meine Fingerspitzen über das glatte Leder. Ja, mit so einem Schmuckstück kann man in der City für Aufsehen sorgen! Vor meinem geistigen Auge sehe ich sie am Arm einer eleganten Frau, die im cognacbraunen Wollmantel und lässig geknotetem Kaschmirschal über die Fressgass flaniert. Einziges Problem dabei: Diese Frau bin nicht ich.

Abrupt ziehe ich die Hand zurück. Statt des rosaroten Glücksgefühls leuchtet plötzlich »Diebstahl in Gucci« in meinen Gedanken auf. So wunderbar diese Tasche auch ist – sie passt weder zu mir, geschweige denn zu meinem Budget. Was zum Teufel ist bloß in mich gefahren? Keinesfalls treffe ich mich ständig zum Champagnerfrühstück oder netzwerke in einem dieser exklusiven Frauenzirkel, in denen man damit eine gute Figur machen könnte. Auch bei meinen Kunden brauche ich mit einem solchen Luxusaccessoire gar nicht erst anzutanzen, wenn ich nicht den Eindruck erwecken will, mein Stundensatz sei etwas zu großzügig interpretiert.

Mir wird leicht übel, wenn ich an die Konsequenzen meiner Shoppingtour denke. Die Hunderttausend gehören mir nicht, kein einziger Cent davon, reiner Zufall hat mir das Geld in die Hände gespielt. Sich einen Teil davon als Überbrückungskredit auszuleihen, ist schon ziemlich hart am Wind gesegelt. Wenn Neudorf kommende Woche zahlt, werde ich das ausgleichen können – hoffe ich doch zumindest. Mir mal eben so für ein paar Tausender eine Handtasche zu gönnen, ist geradezu wahnwitzig. Warum bloß habe ich mich zu so etwas hinreißen lassen?

Die Wahrheit schmeckt bitter. Wenn ich ehrlich bin, musste ich dieses absurd teure Statussymbol nur besitzen, um meine Selbstzweifel für einen kurzen Moment zum Schweigen zu bringen. Die Angst, nicht gut genug zu sein. Und diese ewige Sehnsucht, mehr darzustellen, als ich tatsächlich bin. Nämlich eine Frau, die sich einfach mal eben so eine Gucci leistet. Eben genau so eine Frau, wie sie dieser überhebliche Schnauzbart vorhin in mir gesehen hat. Und auch wenn mir der Gedanke ganz und gar nicht gefällt – vielleicht hat er damit auch ein ganz klein wenig recht? Mein Auftritt im Polizeipräsidium hat mich nicht gerade als glaubwürdige Zeugin dastehen lassen. Erst recht nicht die Sache mit den Likörpralinen. Warum lasse ich mich auch immer zu solchen Geschichten hinreißen? Kein Wunder, dass er annimmt, ich habe im Überschwang Zusammenhänge gesehen, die gar nicht da sind. Beerdigungen sind keinesfalls so pietätvoll, wie man immer annimmt. Ich war mal auf einer, bei der sich zwei Schwestern dermaßen in den Haaren hatten, dass die eine zum Schluss mit den Gestecken um sich geworfen hat.

Und ganz ehrlich – was habe ich mit Siegfried Barg zu schaffen? Ich kenne ihn ja gar nicht. Was auch immer er mit dem vielen Bargeld vorhatte, es geht mich schlicht und ergreifend nichts an. Vielleicht wohne ich einfach schon zu lange bei Margit, dass ich nun auch schon anfange, meine Nase in anderer Leute Angelegenheiten zu stecken?

Ich bette die Tasche sorgfältig in ihren Karton zurück, lege den Umschlag dazu und schiebe beides unter mein Bett. Man kann nicht alle Probleme auf einmal lösen, aber eine Sache kann ich tun, um mein Karmakonto zumindest ein bisschen auszugleichen. Und genau das werde ich jetzt in Angriff nehmen.

Ich durfte Margits Auto ausleihen, daher brauche ich zum Lerchesberg nur eine halbe Stunde. Während sich der Käfer die Darmstädter Landstraße hinaufquält, habe ich Zeit, um nachzudenken. Das Geld werde ich besser gar nicht erst erwähnen. Ich will schließlich keine Rechenschaft ablegen, warum auf einmal etwas davon fehlt. Sobald es Siegfried besser geht, übergebe ich ihm den Umschlag persönlich. Er hat ja hoffentlich nicht die Nummern der Scheine notiert, daher wird ihm bestimmt nicht auffallen, dass ich mir zwischenzeitlich etwas ausgeliehen habe.

Die Parksituation zeigt sich heute deutlich entspannter, anscheinend sind alle gerade beim Ausritt oder beim Golfspielen. Neben den vereinzelten Luxuskarossen wirkt der Käfer wie ein Gruß aus dem letzten Jahrtausend, Margit wäre begeistert. Ich drücke den Klingelknopf eines makellos sauberen Messingschilds und hinterlasse prompt einen Fingerabdruck. Drinnen ertönt ein dumpfer Gong, nach einer Weile wird die Tür geöffnet.

»Ja, bitte?«

Die blauen Augen, die mich fragend anschauen, gehören keinesfalls einer Frau, die ihr Klingelschild eigenhändig auf Hochglanz poliert. Nein, vor mir steht zweifelsfrei die Dame des Hauses, Elsa Delbrück, Lukas' Mutter. Sie ist eine dieser Frauen, deren Ausstrahlung ihre Schönheit mit den Jahren nur noch zeitloser macht. Obwohl wir gestern kein Wort miteinander gewechselt haben, ist sie mir aufgefallen. Keine Frage, von wem Lukas sein gutes Aussehen geerbt hat.

»Entschuldigen Sie bitte die Störung. Ich war gestern nach der Beerdigung zu Gast und habe beim Aufbruch leider den falschen Mantel mitgenommen.« Ich halte Siegfrieds Trenchcoat in die Höhe. »Hängt meiner vielleicht noch bei Ihnen?«

Einen Moment sagt sie nichts. Dann wird mir wieder bewusst, dass diese Frau, die ich mit meiner Schusseligkeit behellige, gerade unter tragischen Umständen ihren Sohn verloren hat. Garantiert steht ihr gerade nicht der Sinn danach, Mäntel zu suchen.

»Was ich noch sagen wollte – das mit Lukas tut mir unendlich leid für Sie und Ihre Familie!« Das ist noch nicht einmal gelogen. Seit Papa verschwunden ist, weiß ich, wie schrecklich der Verlust eines nahen Angehörigen ist. Zwar habe ich selbst keine Kinder, doch allein die Vorstellung, als Elternteil den eigenen Sohn zu überleben, ist einfach nur fürchterlich.

»Vielen Dank. Sehr freundlich von Ihnen.«

Falls ich sie überrascht haben sollte, lässt sie es sich jedenfalls nicht anmerken.

»Ich weiß leider nichts von einem Mantel, aber das wird sich schnell klären. Kommen Sie erst einmal herein.«

Nichts liegt mir ferner, doch wie sie mir die Tür aufhält, bleibt mir keine andere Wahl. Hinter ihr taucht eine rundliche Frau auf. Ihre Schürze lässt unschwer erkennen, dass die Sauberkeit des Klingelschilds in ihrer Verantwortung liegt.

»Anita, diese junge Frau hier hat gestern ihren Mantel bei uns hängen lassen. Seien Sie doch so gut und schauen Sie nach, wo er sein könnte. Und würden Sie uns bitte den Tee im Wintergarten servieren? Sie leisten mir doch ein wenig Gesellschaft?« Ein Appell in der Verpackung einer höflichen Frage, die man unmöglich mit Nein beantworten kann.

Ich nicke stumm, und da mir eh nichts anderes übrig bleibt, folge ich ihr. Nichts zeugt davon, dass hier gestern um diese Uhrzeit über hundert Menschen Kaffee getrunken haben. Alles ist makellos, genau wie Elsa Delbrück. Schwarze Seidenbluse, Tweedrock und Pumps mit halbhohen Absätzen – sie sieht aus, als wolle sie eine Ausstellung eröffnen. Wir durchqueren ihre ungemütliche Hotellobby und betreten den Wintergarten, der mir gleich viel besser gefällt. Viel Licht dringt durch die großen Scheiben; riesige Grünpflanzen und eine Sitzgruppe aus weißem Rattan laden ein, sich wie im Urlaub zu fühlen. Auf dem niedrigen Tisch sind Karten, Umschläge und ein Kondolenzbuch ausgebreitet.

»Ich bin gerade dabei, die Danksagungskarten zu schreiben«, erklärt sie, während wir uns setzen. »Eigentlich hat das Zeit, aber ich ertrage es einfach nicht, hier untätig herumzusitzen.«

»Das kann ich nur allzu gut verstehen. Auch mein Vater …«, ich beiße mir auf die Zunge. »Seit er nicht mehr da ist, vergeht kein Tag, an dem ich nicht an ihn denke.«

»Oh Liebes! Das tut mir wirklich leid für Sie!« Mitfühlend schaut sie mich an, dann kommt ihr ein anderer Gedanke. »Entschuldigen Sie bitte, aber ich habe mir gestern Ihren Namen gar nicht merken können. Es waren einfach zu viele Leute.«

»Romy«, stelle ich mich vor. »Romy Sternek.«

»Helfen Sie mir kurz, Liebes – woher kannten Sie Lukas? Er hatte einen so großen Freundeskreis, irgendwann ist es mir schwergefallen, den Überblick zu behalten.«

Während ich mich vage über nachbarschaftliche Verbindungen auslasse, fällt mir auf, dass ich noch immer Siegfrieds Mantel über den Arm gelegt halte. »Haben Sie eigentlich etwas von Herrn Barg gehört? Geht es ihm besser?«

»Davon weiß ich nichts. Weshalb fragen Sie?«

»Weil ich meinen Mantel mit dem von Herrn Barg verwechselt habe.« Ich zeige auf den Trenchcoat. »Wären Sie so nett, ihn Herrn Barg zu übergeben? Sie sehen ihn doch bestimmt demnächst.«

»Wie kommen Sie denn darauf?«

Was ist denn das für eine Frage? Ich bin davon ausgegangen, dass die Delbrücks trotz all ihrer Trauer in irgendeiner Weise Anteil an Siegfrieds Schicksal nehmen. »Na, sind Sie nicht befreundet?«

»Befreundet?« Ihre Augenbrauen schnellen in die Höhe. »Wer behauptet denn so etwas?«

»Herr Barg hat sich mir als ein Freund der Familie vorgestellt.«

Den Bruchteil einer Sekunde flackert etwas in ihren Augen, dann hat sie sich wieder im Griff. »Siegfried Barg hatte schon immer einen seltsamen Sinn für Humor.«

»Ist er etwa kein Freund der Familie?« Kaum ist mir die Frage herausgerutscht, weiß ich auch schon, dass ich einen Fehler gemacht habe. Auf ihrer Stirn hat sich eine winzige Falte gebildet.

»Tut mir leid, wenn ich Ihnen hier nicht weiterhelfen kann. Wir haben mit Herrn Barg keinerlei Berührungspunkte, weshalb ich von Ihrer Bitte leider Abstand nehmen muss.«

Damit hatte ich nicht gerechnet. »Ich weiß gar nicht, wie ich Herrn Barg erreichen kann.«

»Ich gebe Ihnen eine Adresse, an die Sie sich wenden können.« Ihr Gesichtsausdruck ist reserviert, mit einem Mal ist jede Herzlichkeit daraus verschwunden. Suchend schaut sie sich auf dem Tisch um, dann steht sie auf und zieht ihren Rock glatt. »Bitte entschuldigen Sie mich kurz, Frau Sternek, ich bin gleich wieder bei Ihnen.«

Interessant, wie schnell aus »Liebes« wieder »Frau Sternek« wird. Diesen Wetterumschwung kann ich mir nicht erklären. Warum reagiert sie so reserviert nach all dem, was Siegfried Barg erzählt hat? Er kenne Lukas bereits seit Kindertagen und habe ihn aufwachsen sehen zu einem Menschen, der ihm wichtig war? Sogar die Adresse der Delbrücks war in seinem Navi eingespeichert, was man ja nicht macht, wenn es keinerlei Berührungspunkte gibt.

Mein Blick fällt auf das Kondolenzbuch. Einen Moment

lang zögere ich, dann blättere ich eine Seite zurück und entdecke Siegfried Bargs Namen und Adresse ganz unten auf der ersten Seite. Ich halte den Atem an und lausche. Leise Hintergrundmusik, ansonsten ist es still. Hastig gehe ich die zugeklebten Umschläge mit den Dankeskarten durch, die Elsa Delbrück bereits beschriftet hat. Keiner ist an Siegfried Barg adressiert. Hat sie ihn übersehen oder gar nicht vor, ihm eine Karte zu schicken? Und warum behauptet sie, seine Adresse nicht zu kennen? Es ist mehr Reflex als bewusste Entscheidung, die mich nach meinem Handy greifen und die Seite mit Bargs Adresse fotografieren lässt. Einen Augenblick überlege ich, dann blättere ich weiter. Ich fotografiere Seite um Seite; mir bleibt gerade noch Zeit, das Buch wieder an Ort und Stelle zu legen, als ich Elsa Delbrück auch schon wieder zurückkommen höre. Habe ich mich eben noch über ihre Pumps gewundert, bin ich jetzt dankbar, dass sie keine Hausschuhe trägt.

Sie hält mir einen Zettel hin. »Ich habe Ihnen den Namen seiner Firma notiert. Versuchen Sie es dort.« Ihre Stimme ist kühl. Hinter ihr sehe ich die Haushälterin mit einem Tablett in den Händen, doch Elsa Delbrück schaut demonstrativ auf ihre Cartier-Uhr. »Es tut mir leid, aber wir müssen unsere Plauderei auf ein andermal verschieben. Sie sehen ja, dass ich hier noch zu tun habe. Anita, begleiten Sie Frau Sternek bitte zur Tür!«

Die Audienz ist beendet, sie scheint es kaum erwarten zu können, mich loszuwerden. Na gut, dann eben nicht. Ich bedanke mich und folge der Haushälterin zum Ausgang. Kurz vor der Haustür zeigt sie schweigend auf einen Stuhl, auf dem einsam und allein Papas Trenchcoat liegt. Dankbar drücke ich ihn an mich, wie froh bin ich, ihn wiederzuhaben. Draußen auf dem Treppenabsatz drehe ich mich noch einmal um. »Vielen Dank noch mal!«, liegt mir auf der Zunge, doch die Haustür hat sich bereits geschlossen.

Diesen Besuch hatte ich mir ehrlich gesagt anders vorgestellt. Immerhin habe ich meinen eigenen Mantel zurückbekommen, und auch wenn ich den anderen nicht losgeworden bin, hat mir die Fahrt hierher eine weitere Erkenntnis gebracht: Nicht nur ich habe auf der Beerdigung nicht die Wahrheit gesagt. Keinesfalls ist Siegfried Barg so gut mit den Delbrücks befreundet, wie er den Anschein erwecken wollte. Und aus Gründen, die ich nicht erklären kann, neige ich dazu, in dieser Angelegenheit eher Elsa Delbrück zu glauben. Aber warum hat Siegfried Barg gelogen? Und welche seiner anderen Geschichten entsprechen ebenfalls nicht der Wahrheit?

KAPITEL 11 – ROMY

Frankfurt, Industriehof
Montag, 10. November, später Vormittag

Bis ich den düsteren Hintergrund des Lieds erfahren habe, war »I Don't Like Mondays« von den Boomtown Rats früher einer meiner absoluten Lieblingssongs. Seither glaube ich, dass der Wochenstart zurecht einen so schlechten Ruf hat – zumindest mein Montag bestätigt wieder einmal alle meine Vorurteile. Gleich heute Morgen habe ich bei Neudorf angerufen. Nach gefühlten Ewigkeiten in der Warteschleife hat man mich zur Buchhaltung durchgestellt, die mir mitteilte, meine Kostenaufstellung enthalte zwei unklare Positionen. Die Rechnung könne daher nicht angewiesen werden. Aha. Um was es dabei konkret geht, wusste die Maus am anderen Ende natürlich nicht, und die zuständige Projektleiterin sei gerade im Urlaub. Ich solle in zwei Wochen wieder anrufen, allerdings nicht gleich am Montag, da sei die Frau Chen gerade erst wieder zurück, besser wäre Dienstag oder Mittwoch.

Mir zog es fast die Schuhe aus. Zwei Wochen! Als ob ich nichts Besseres zu tun habe, als auf mein Geld zu warten – was glauben die denn eigentlich? Und als ob das nicht reichen würde, ist mir eingefallen, dass es keine gute Idee war, Elsa Delbrück meinen Namen zu nennen. Wenn es dem mysteriösen Fremden auf dem Hauptfriedhof wirklich die hunderttausend Euro ging, würde ich an seiner Stelle

Bargs prekäre Lage ausnutzen. Ist es zu weit hergeholt zu glauben, dass jemand Bargs Trenchcoat sucht? Erinnert sich Elsa Delbrück an meinen Namen, schickt sie ihn doch direkt zu mir. Wenn man nach Romy Sternek im Internet sucht, ist meine kleine PR-Agentur leicht zu finden. Und wie ich mein Glück kenne, wird dieser jemand eher früher als später bei mir auf der Matte stehen.

Ist das plausibel oder führt gerade mein schlechtes Gewissen bei all diesen beängstigenden Szenarien Regie? Am schlauesten wäre es, das Corpus Delicti schnellstmöglich loszuwerden. Kein Mantel, kein Umschlag, so einfach ist das. Bargs Anschrift in Eschersheim, die ich aus dem Kondolenzbuch abfotografiert habe, scheint sein Privatwohnsitz zu sein. Da brauche ich es gar nicht erst versuchen, wenn ich unnötige Fragen vermeiden will. Die Firmenadresse auf Elsas Zettel scheint mir für meine Pläne unverfänglicher, also mache ich mich auf den Weg zum Industriehof, wo die BargImpact in der Trakehner Straße ihren Sitz hat. Kaum habe ich Margits Käfer vor einem Rolltor abgestellt, hupt es hinter mir. »Da könne Se net stehe bleibe, da blockiere Se die Einfahrt!«, beschwert sich ein Lkw-Fahrer und lotst mich in den Hinterhof. Der ist weit größer, als man es von der Straße aus vermutet; ich quetsche den Käfer zwischen zwei dunkelblaue BMWs der Extraklasse. Zweifellos gehört die BargImpact zu den dicken Fischen in der Branche.

Ein Typ, der gerade einen Zaun repariert, schickt mich zu dem zweigeschossigen Gebäude an der Einfahrt. Ich drücke eine Glastür auf und stehe vor einem leeren Empfangstresen. Links zweigt ein kürzerer, rechts ein längerer Gang ab, alle Türen stehen offen. Gleich im ersten Zimmer hämmert jemand energisch auf eine Tastatur, ich beschließe, hier mein Glück zu versuchen.

»Entschuldigung?«

Eine Frau schaut von ihrem Monitor auf. Ihr Lächeln erstarrt, auch ich stutze – es ist die Ziege vom Hauptfriedhof. Offensichtlich erinnert sie sich an mich. »Ja bitte?«, fragt sie kühl.

»Hallo, Frau ...«, beginne ich und merke einen Tick zu spät, dass mir ihr Name entfallen ist. »Ich bin hier um Herrn Bargs ...«

»Herr Barg ist nicht zu sprechen!«

»Ich weiß, er ist im Krankenhaus, und darum ...«

Ihr Telefon klingelt. »Die BargImpact, Sie sprechen mit Claudia Huck, was kann ich für Sie tun?«, flötet sie zuckersüß in den Hörer. Definitiv klingt das schon eher nach der treuen Seele, als die Siegfried sie geschildert hat.

»Hören Sie«, versuche ich es zum dritten Mal, nachdem sie aufgelegt hat, aber sie hebt noch nicht einmal den Blick. »Den Gang entlang, dritte Tür rechts. Es kommt jemand.«

Meine Güte, hat die einen Teller Griesgram gefrühstückt oder warum ist die so mies drauf? Allein um mir ihr mürrisches Gesicht nicht mehr anschauen zu müssen, setze ich mich in den kleinen Besprechungsraum, zu dem sie mich geschickt hat. Um einen Tisch gruppieren sich acht Stühle, in einer Ecke steht ein Flipchart, in der anderen ein Pflanzenkübel mit einem üppigen Farn. Soll ich mich setzen oder im Stehen warten? Der Stuhl vor Kopf wäre übertrieben, also wähle ich den direkt daneben. Dann fällt mir ein, dass man selbstbewusster wirkt, wenn man mit dem Rücken zum Fenster sitzt, also wechsele ich auf die andere Seite. Wobei – habe ich das hier wirklich nötig? Neben der Tür entdecke ich einen Garderobenständer. Ich stehe erneut auf, rücke alle Stühle wieder an Ort und Stelle und hänge den Trenchcoat ordentlich auf einen Bügel. Reichen hundert

Karmapunkte für meine gute Tat oder ist ein Aufschlag von fünf Finderlohnpunkten gerechtfertigt? Eigentlich könnte ich ja direkt wieder gehen, aber ausgerechnet jetzt taucht ein Mann im Türrahmen auf.

»Vielen Dank für Ihre Geduld.«

Zögernd betrachte ich seine ausgestreckte Hand.

»Matthias Remsperger, stellvertretender Geschäftsführer der BargImpact.« Er zieht sich einen Stuhl heran und zeigt auf den, von dem ich gerade erst aufgestanden bin. »Nehmen Sie doch bitte Platz. Was kann ich für Sie tun?« Mit dem weißen Hemd und dem dunkelblauen Jackett könnte er genauso gut im Vorstand eines DAX-Unternehmens sitzen. Warum wohl fährt die Ziege mit so schwerem Geschütz auf und schickt mir Siegfried Bargs zweiten Kapitän? Gezwungenermaßen stelle ich mich ebenfalls vor und erzähle wieder einmal meine Mantel-Geschichte, die mir inzwischen recht flüssig von den Lippen geht.

»Danke, dass Sie extra dafür vorbeikommen«, sagt er, als ich geendet habe. »Gibt es sonst noch etwas?«

»Wie geht es Herrn Barg?«, nutze ich die Gelegenheit, mich nach seinem Befinden zu erkundigen. »Gibt es Neuigkeiten?«

»Herr Barg liegt weiterhin im Koma, jetzt heißt es abwarten.«

So bedauernd, wie er mich anschaut, fühle ich mich genötigt, etwas Mitfühlendes zu sagen. »Das ist bestimmt auch für Sie keine einfache Situation.«

»Das nun wirklich nicht.« Er seufzt. »Niemand weiß, wie lange er ausfallen wird, und das ausgerechnet jetzt …«

»Sie meinen nach dem letzten Artikel der Rhein-Main-Zeitung?«

Oh mein Gott, hätte ich das doch bloß nicht erwähnt! Es

ist, als ob ich einen Korken aus einer Flasche gezogen habe, er hört gar nicht mehr auf. Die Entwicklung der Molenspitze sei ja in der Öffentlichkeit eh schon umstritten, da brauche man nicht noch jemanden wie diesen Journalisten, der zusätzlich Öl ins Feuer gieße. Diese ganzen Gerüchte und Anschuldigungen, die dieser Jürgen Kleiber schon die ganze Zeit in die Welt setze, das grenze ja schon an Rufmord ... Ich verstehe gerade mal die Hälfte von dem, worüber er sich aufregt, aber es ist klar, dass die BargImpact gerade in einer Kommunikationskrise steckt. Und wenn es eine Sache gibt, von der ich etwas verstehe, dann davon.

»Natürlich ist das eine Herausforderung«, nutze ich den Moment, in dem er Luft holt, »aber auch eine Riesenchance für die BargImpact, ihr Engagement für den Standort Frankfurt zu beweisen!«

»Riesenchance?« Wie er das sagt, klingt es eher wie Riesenkatastrophe.

»Auf alle Fälle!« Ich greife nach einem der Wasserfläschchen vor mir auf dem Tisch. »Als Unternehmen wünscht man sich natürlich eine andere Publicity, aber da ist mir schon viel Schlimmeres untergekommen, glauben Sie mir. Solche Vorwürfe muss man proaktiv angehen. Offen Fakten kommunizieren und – ganz wichtig – Ihren Beitrag zur Stadtentwicklung betonen.«

Er reibt sich den rotblonden Kinnbart. »Sie kennen sich damit aus, hm?«

Ich ziehe eine Visitenkarte aus meiner Handtasche und reiche sie ihm. »Sternek Communications – Ihre Geschichte, neu erzählt«, liest er mit hochgezogenen Augenbrauen. »Was soll denn das heißen?«

»Das heißt, dass in jedem Unternehmen eigene Geschichten stecken. Geschichten, die die Identität eines Unternehmens zeigen, seine Werte und vor allen Dingen seine Menschen. Geschichten, die es zu etwas Besonderem machen. Einzigartig und herausragend – ein Unternehmen, das sich von der Konkurrenz abhebt.« Normalerweise kommt das gut an, doch Matthias Remsperger schaut, als hätte ich gerade behauptet, man könne ein Haus aus Legosteinen errichten.

»Davon kann man leben?«

»Definitiv. Auch wenn es sicherlich einfacher wäre, wenn ich einen Geldbaum im Garten hätte.« Solche Plattitüden kontert man am besten mit genauso platten Antworten. Immerhin, jetzt lacht er.

»Nehmen Sie es mir nicht übel, aber davon verstehe ich nichts. Und erst recht nicht, was einem das bringen soll.«

»In Ihrem Fall ist es jetzt das Wichtigste, das Vertrauen der Öffentlichkeit zurückzugewinnen«, versuche ich für ihn einen Bezug zur Praxis herzustellen. »In der Regel ist das gar nicht so schwer. Zeigen Sie den wertvollen Beitrag, den die BargImpact zur Gestaltung der innerstädtischen Lebensqualität leistet. Vertrauen ist wie ein Bumerang – einmal ausgeschickt, kommt es garantiert zu einem zurück.«

»Ich glaube, wir müssen eher aufpassen, dass uns die ganze Geschichte nicht plötzlich um die Ohren fliegt. Wissen Sie, was wir uns schon alles anhören mussten?«

Meinem Karmakonto kann es bestimmt nicht schaden, ihm ein bisschen unter die Arme zu greifen. Mit drei Schritten bin ich beim Flipchart und zeichne einen kleinen Leuchtturm. »Ich empfehle als Erstes, ein Krisenteam zusammenzustellen. Haben Sie hier jemanden für die Öffentlichkeitsarbeit?«

»Aktuell leider nicht …«

»Ist nicht so schlimm. Es reicht, wenn jemand das Ohr am Markt hält, aber das müssen Sie, um auf neue Entwicklungen schnell reagieren zu können.« Als Nächstes skizziere ich ein kleines Boot. Kommunikationsstrategie schreibe ich darüber und ergänze um einen Richtungspfeil aufs offene Meer. »Wenn einem der Wind entgegenbläst, muss man den Kurs ändern. Das heißt nicht, dass man sein Ziel aufgeben muss, sondern nur den Weg dorthin ändern sollte. Und was Sie dazu brauchen, ist eine Kommunikationsstrategie, die auf verschiedenen Kanälen ihre Zielgruppen kontinuierlich über Ihr Ziel und Ihre Fortschritte informiert.« Ich bin jetzt ganz in meinem Element, entwerfe diverse Inseln, die das Boot ansteuern könnte, und beschrifte sie mit Begriffen wie »Presse«, »Printmedien« oder »Website«. Um die Social-Media-Insel male ich einen dicken roten Kringel. »Die hier«, ich kringele ein weiteres Mal, »ist für ein positives Öffentlichkeitsbild besonders wichtig. Sie könnten eine Social-Media-Kampagne starten, die Ihr Engagement für ein lebenswertes Frankfurt hervorhebt. Am besten machen Sie eine Bestandsaufnahme Ihrer aktuellen Social-Media-Präsenz und schauen, auf welchen Kanälen Sie Ihre Zielgruppe erreichen. Anschließend brauchen Sie eine Content-Strategie, die auf relevante Themen eingeht und die Ihre Werte und Botschaften vermittelt.« Ich überlege kurz und ergänze die Social-Media-Insel um drei Strichmännchen. »Ich glaube, in Ihrem Fall würde ich tatsächlich auf Meinungsmacher setzen, um die Reichweite zu erhöhen und zusätzliches Vertrauen aufzubauen. Was meinen Sie?«

Eigentlich könnte er ja jetzt so was wie »Großartig, Frau Sternek, genau das, was wir brauchen« sagen. Oder eine Frage zur Integration potenzieller Stakeholder stellen. Oder sich erkundigen, wie man den Erfolg einer Krisenkommunikationsstrategie misst. Ich meine, er könnte mir auch sagen, dass er das alles für kompletten Unsinn hält. Nicht, dass ich mir das unbedingt wünsche, aber wie er da stumm den Farn anstiert und mit meiner Visitenkarte auf die Tischoberfläche tippt, irritiert mich dann doch sehr. Ich stecke die Kappen auf die Stifte. Hat er mir überhaupt zugehört? Gerade überlege ich, wie ich mich am elegantesten verabschiede, als das Getippe mit einem Mal verstummt. Matthias Remsperger hebt den Kopf.

»Frau Sternek?« Er schaut mir direkt in die Augen.

»Ja?«

»Könnten Sie sich vorstellen, diesen Job zu übernehmen?«

KAPITEL 12 – LUKAS

Frankfurt, Honsellbrücke
Donnerstag, 21. August, früher Abend

»Hast du sie noch alle?«

Nach einer Schocksekunde war David die Brücke hinuntergerannt und hatte sich durch das Gebüsch gekämpft, in dem die Kamera nach ihrem Aufprall gelandet war. Eigentlich war es ein Wunder, dass er sie in dem Gestrüpp überhaupt gefunden hatte, dachte Lukas, der gemächlich hinterhergeschlendert war. Er trat gegen ein Grasbüschel. Ein Stein löste sich und kullerte die Böschung hinunter. »Jetzt reg dich ab! Es ist doch nur eine Kamera!«

Davids Augen funkelten. »Nur eine Kamera? Für mich ist das nicht *nur eine Kamera*! Die hat mich eine halbe Ewigkeit gekostet! Hast du eine Ahnung, wie lange ich dafür schuften musste?«

»Hey, entspann dich. Das ist doch nicht das Ende der Welt.« Zugegeben, die Kamera sah übel aus. Das Objektiv war abgebrochen, am Gehäuse das Display gesplittert und eine Ecke eingedrückt – aber musste David deswegen so einen Aufstand machen?

»Du machst es dir ja einfach. Du hast nicht Monate gebraucht, um das Geld dafür zusammenzusparen. Hast du eine Ahnung, was man als Bildredakteur bei der Rhein-Main-Zeitung verdient?«

»Ich werd's dir ersetzen oder so.« Lukas verdrehte die Augen.

»Ersetzen? Meine Kamera ist mir wichtig, du Arsch! Kapierst du das? Sie ist mein Werkzeug, meine Leidenschaft, mein verdammtes Arbeitsinstrument!«

Lukas hob beschwichtigend die Hände. »Klar, versteh ich. Aber reg dich nicht so krass auf.«

»Das ist keine Entschuldigung!«

Das sollte es auch nicht sein. David hatte sich ja schließlich auch nicht entschuldigt, ihm mit seinem verliebten Getue in den letzten Wochen das Leben schwergemacht zu haben. So wie er sich gerade aufregte, gefiel er Lukas mit einem Mal wieder viel besser. Vielleicht hätte er schon früher zu drastischeren Maßnahmen greifen sollen? »Ist ja gut. Ich ersetze dir das Ding. Oder lasse es reparieren, oder was auch immer.«

»Darum geht es hier nicht, Lukas! Es geht um Vertrauen und Respekt – Dinge, von denen du nicht die geringste Ahnung hast.« David stand so dicht vor ihm, dass Lukas seinen Atem riechen konnte. Er roch nach Kaffee und Vanille und mit einem Mal verspürte Lukas das irrsinnige Bedürfnis, David zu küssen.

»Tut mir leid, okay? Ich war einfach … Zurzeit läuft's bei mir nicht so gut.«

»Ach, was du nicht sagt. Der Herr Delbrück macht gerade mal wieder eine seiner schwierigen Phasen durch.« Davids Stimme troff vor Ironie. »Mit deinem Job in der Firma deines Bruders und einer Familie, die Kohle ohne Ende hat, hast du doch keinen Grund zu jammern, oder?«

Dieser eben noch prickelnde Gedanke an Davids Lippen verflüchtigte sich, als hätte es ihn nie gegeben. Seit Gabriel die Firmenleitung übernommen hatte, wehte ein anderer

Wind. Lukas trat einen Schritt zurück. »Das sind Dinge, von denen du absolut keine Ahnung hast.«

»Aber klar doch, ihr armen, reichen Kinder mit euren schwerwiegenden Problemen. Muss echt schwer sein, so ein Rich-Kid zu sein, während der Rest von uns sich durch den Alltag kämpft. Ich kann froh sein, angesichts sinkender Auflagenzahlen meinen Job zu behalten. Glaubst du allen Ernstes, ich habe da Mitleid mit deinem Luxusleiden?« David schnaubte verächtlich. »Du hockst in deinem goldenen Käfig, weich gepolstert durch all euer Geld, aber es reicht dir immer noch nicht. Echt traurig, Lukas. Wovon andere nur träumen, hast du mit auf den Weg bekommen, und trotzdem jammerst du ununterbrochen herum, als ob das Leben dir nichts bieten würde.«

»Was bitte soll das denn sein, David, hm? Komm, sag mir das doch mal! Neben dem Erwartungsdruck meiner Alten, meinem ach-so-großartigen Bruder und dieser beschissenen Firma, der sich absolut alles unterordnet, bleibt nämlich nicht viel Platz fürs schöne Leben.« Zumindest nicht, seit sein Alter ihm den Geldhahn zugedreht hatte. »Erwachsen werden« hatte er das genannt. »Jemand wie du kann sich das vielleicht nicht vorstellen, aber aus einer reichen Familie zu kommen, bedeutet nicht automatisch Geigen und Zuckerguss. Manchmal fühlt sich das Leben einfach verdammt … leer an.«

Den letzten Satz hätte Lukas am liebsten sofort wieder eingefangen. Keinesfalls wollte er irgendjemandem Einblick in sein Seelenleben gewähren, doch nun war es zu spät.

»Ach wirklich?« Etwas glitzerte in Davids Augen; zum allerersten Mal hatte Lukas das Gefühl, sich vor ihm in Acht nehmen zu müssen. Spannung türmte sich zwischen ihnen auf wie eine Welle. »Und es ist nicht zufällig Siegfried Barg, der diese Leere in dir füllt?«, ließ David die Welle über ihm zusammenbrechen. »Kann es sein, dass du dich zu Siegfried flüchtest, um etwas *Echtes* zu fühlen?«

Davids Anschuldigung zog ihm den Boden unter den Füßen weg, und einen Moment glaubte Lukas, in diesen Worten zu ertrinken. »Du hast sie doch nicht alle«, fuhr er David an, »Siegfried ist einfach ein … ein väterlicher Freund, mehr nicht.«

»Ein väterlicher Freund? Du bist sicher, dass er nicht eher dein Sugar Daddy ist?«

»Was redest du da? Das ist lächerlich!« Zum Lachen war Lukas jedoch ganz und gar nicht zumute, im Gegenteil, er fühlte sich kreuzelend. Auf gar keinen Fall durfte er David merken lassen, wie nah er der Wahrheit gekommen war.

»Ach, komm, Lukas.« In Davids Stimme schwang ein bissiger Unterton. »Es ist offensichtlich, dass du mit Siegfried Barg was am Laufen hast. Diese ganzen heimlichen Telefonate zu allen möglichen Uhrzeiten, du denkst wohl, ich habe davon nichts mitbekommen?«

Hatte David ihn belauscht, kontrollierte er etwa sein Handy? Lukas versuchte, die aufsteigende Panik zu ignorieren. Sie waren doch so vorsichtig gewesen! »Das ist völlig absurd! Wie kannst du nur so einen Mist behaupten?«

»Ach ja? Dann erklär doch mal, warum du so verdammt wütend wirst, wenn ich deinen Siegfried auch nur erwähne.«

Innerlich wich Lukas einen Schritt zurück. Hatte er sich etwa so wenig im Griff, dass David ihm ansah, welche Gefühle gerade in ihm hochkochten? »Was soll das, David? Siegfried ist einfach ein Mann mit Lebenserfahrung, jemand, der mir zuhört, mit dem ich gut reden kann.«

David schnaubte verächtlich. »Oh ja, bestimmt. Ein Mann mit Lebenserfahrung, der mit dir in seinem Jaguar über die *harten* Seiten des Lebens philosophiert. Für wie blöd hältst du mich eigentlich? Ihr wurdet gesehen!«

Die Worte kamen mit einer Schärfe, die Lukas ins Mark traf. Dieses eine Treffen am Osthafen, von Anfang an hatte er gewusst, dass er damit ein Risiko eingegangen war. »Siegfried hat mehr Verständnis, als du je haben wirst«, konterte er kühl. »Er ist da, wenn ich ihn brauche.« Was wusste David womöglich noch alles? Und wer wusste sonst noch Bescheid? Lukas' Magen zog sich zusammen, sein Puls wurde schneller. Der Gedanke, dass sein Geheimnis vielleicht nicht mehr sicher war, erfüllte ihn mit Panik.

KAPITEL 13 – ROMY

Frankfurt, Industriehof
Dienstag, 11. November, vormittags

Dass mein Leben sich nicht an meine Pläne hält, kenne ich bereits. Andererseits darf man sich auch nicht vor unkonventionellen Pfaden fürchten, schließlich können sie einen zu bemerkenswerten Zielen führen. Nicht unbedingt Ziele, die man erreichen wollte, aber zu Einsichten, die man sonst nie bekommen hätte. Wie beispielsweise, dass man plötzlich aufflammenden Leidenschaften zu grünen Handtaschen nicht unbedingt nachgeben sollte.

Als Matthias Remsperger mich gestern fragte, ob ich mir vorstellen könne, die BargImpact in der aktuellen Kommunikationskrise zu beraten, lag mir das Nein schon auf der Zunge. Andererseits verfüge ich über eine ziemlich gute Vorstellungskraft. Ich kann mir beispielsweise hervorragend die Konsequenzen vorstellen, wenn mir nicht bald eine Idee kommt, wie ich diese peinliche Lücke in dem Hunderttausend-Euro-Umschlag auffüllen kann. Vor drei Wochen hat zwar eine Versicherung um ein Angebot gebeten, doch außer einer Eingangsbestätigung kam keine Antwort auf mein Angebot. Wie war das noch mit dem Spatz in der Hand? Wäre es nicht schlauer, die einfache, sich quasi auf dem Präsentierteller bietende Option zu nehmen?

Ich habe also die Finger hinter meinem Rücken gekreuzt und Remsperger einen Tagessatz genannt, mit dem ich nicht nur meinen Griff in Siegfried Bargs Barschaft, sondern auch die Gucci bald mein Eigen nennen kann. Und was soll ich sagen? Er hat akzeptiert! So schnell, dass ich mich frage, ob ich nicht zu tief gestapelt habe. Ich kann es kaum glauben, aber nun habe ich tatsächlich eine Lösung für meine finanziellen Sorgen. Auch wenn es irgendwie paradox ist, dass das Geld, mit dem ich den Umschlag wieder auffülle, nun quasi von seinem Eigentümer selbst stammt.

Heute habe ich jedenfalls meinen ersten offiziellen Arbeitstag bei der BargImpact. Meine dunkelblaue Bluse mit der schwarzen Hose hat die kritische Prüfung im Spiegel bestanden, nun radele ich entlang der Nidda in Richtung Hausen. Für Mitte November ist es erstaunlich mild, Nebelschwaden hängen über den Wiesen und überziehen die Landschaft mit einem geheimnisvollen Schleier. In der Ferne höre ich das gedämpfte Rufen eines Vogels, und einmal huscht ein Kaninchen direkt vor mir über den Radweg.

Matthias hat mir direkt das Du angeboten, was in der Firma so wohl üblich ist. Lediglich die Ziege besteht darauf, sich mit »Frau Huck« ansprechen zu lassen, was Matthias mit einer hochgezogenen Augenbraue quittiert hat. Die Idee, mich an den freien Schreibtisch in ihrem Büro zu platzieren, hat er schnell wieder verworfen und mir stattdessen den Besprechungsraum als behelfsmäßiges Büro angeboten.

Da ich noch nie für einen Immobilien-Projektentwickler tätig war, haben wir gleich um neun eine Besprechung vereinbart. Die Büros der Geschäftsführung liegen in dem Trakt links vom Empfangsbereich, die Tür steht offen, ich räuspere mich. Matthias hebt den Kopf.

»Morgen, Romy, komm rein. Ich muss nur kurz eine Mail fertig schrieben, einen Moment …«

Während er tippt, setze ich mich auf den angebotenen Stuhl und klappe meinen Laptop auf. Schwungvoll betätigt er die Enter-Taste.

»Schön, dass du so schnell an Bord kommen konntest.« Er lächelt herzlich, bevor er mit einem Überblick über das Unternehmen beginnt. Von der Identifizierung potenzieller Standorte über Konzeptentwicklung, Finanzierungssicherung, Genehmigungsverfahren und rechtlichen Angelegenheiten bis hin zum Projektmanagement während des Bauprozesses übernimmt die BargImpact sämtliche Aufgaben eines klassischen Projektentwicklers, einschließlich der Vermarktung und des Verkaufs der fertiggestellten Immobilien. Gestern Abend habe ich mir die Homepage der BargImpact vorgenommen und ein wenig recherchiert. Realisiert wurden Quartiere auf dem Riedberg, im Frankfurter Bogen, in Offenbach und im Hafenpark, spezialisiert ist die BargImpact allerdings auf Hotelanlagen. Aufmerksam höre ich Matthias' Ausführungen zu. So ein persönlicher Schnelldurchlauf hilft ungemein, um ein besseres Verständnis für die Arbeit eines Kunden zu bekommen.

»Vor Kurzem haben wir mit dem OsthafenTower ein interessantes Projekt für uns gewinnen können.« Er reicht mir eine Mappe. »Das Vorhaben konzentriert sich auf die Entwicklung eines Mixed-Use auf der Molenspitze im Frankfurter Osthafen.«

»Was ist denn ein *Mixed-Use?*« Den Begriff kenne ich nicht.

»Mixed-Uses sind Immobilien, die in einem Gebäude verschiedene Nutzungsarten integrieren. Wohnen, Gewerbe, Freizeit – prinzipiell lässt sich alles miteinander kombinieren. Mixed-Uses sind die Zukunft der Immobilienentwicklungen, besonders hier in Frankfurt.«

Ich betrachte den Hochglanzausdruck eines futuristisch aussehenden Turms, in dessen Fassade sich der Main spiegelt. »Eleganz in der Natur – wo Stil auf Nachhaltigkeit trifft.« Nicht schlecht. Wer auch immer das getextet hat, versteht etwas von seinem Handwerk. »Und welche Nutzungsarten habt ihr für den OsthafenTower geplant?«

»Der untere Bereich ist für die Gastro vorgesehen, darüber dann moderne Büroflächen. In den Stockwerken acht bis achtzehn ist ein Hotel vorgesehen.«

Will man wirklich in einem Hotel am Osthafen übernachten? Mir scheint das doch ein wenig ab vom Schuss, aber vielleicht zögere ich auch nur deshalb, weil hier früher das Rotlichtmilieu war. Mittlerweile hat sich viel verändert. Umfangreiche Bauaktivitäten haben dem Viertel ein ganz neues Gesicht gegeben und seit die Europäische Zentralbank ihren Sitz in der ehemaligen Großmarkthalle bezogen hat, hat sich der Ruf des Quartiers deutlich verbessert.

Matthias deutet auf die Spitze des Gebäudes. »Hier oben haben wir eine Rooftop-Bar geplant.«

Das gefällt mir schon viel besser. Also nicht, dass ich ständig in solchen Bars abhänge, aber die Idee eines Whiskey Sours mit Blick auf die Skyline hat schon etwas Verlockendes.

»Was diese negative Publicity vom Wochenende angeht, sehen wir uns hauptsächlich mit zwei Herausforderungen konfrontiert. Zum einen wäre da die Frischluftschneise …«

Ich schaue von meinen Notizen auf. »Was hat es damit auf sich? Im Artikel war lediglich von ›gravierenden Umweltbelastungen‹ die Rede.«

»Wenn du an die letzten Sommer denkst, erinnerst du dich bestimmt an die drückende Hitze besonders in der Innenstadt. Frankfurt hat ein typisches Stadtklima – im

Vergleich zum Umland höhere Temperaturen und dafür deutlich weniger Wind. Natürlich hat das etwas mit seiner geografischen Lage zwischen Taunus, Spessart und dem Odenwald zu tun, die Aufheizung wird aber durch den Klimawandel noch verstärkt.« Matthias legt die Fingerspitzen zusammen. »Die Belüftung der Stadt erfolgt größtenteils über sogenannte Frischluftschneisen. Entweder sind es miteinander verbundene Grünflächen oder Straßenzüge, die die Innenstadt mit frischer Luft versorgen und so für Abkühlung sorgen. Oder«, jetzt wird sein Gesicht ernst, »über den Main, der vom Osten her kühlere Luft in die flussnahen Stadtgebiete zieht. Für ein gesundes Stadtklima ist es wichtig, diese Schneisen nicht zu bebauen, damit die Luftströme weiterfließen können.«

»Und der OsthafenTower steht in einer solchen Schneise?«

Matthias schüttelt den Kopf. »Natürlich nicht, aber diese Behauptungen halten sich hartnäckig. Du kennst doch den Molenkopf zwischen der Honsell- und der Osthafenbrücke? Das Gelände liegt zwar am Fluss, ist jedoch Teil des Osthafens und befindet sich definitiv außerhalb der Frischluftschneise.«

Lauter Dinge, über die ich noch nie im Leben nachgedacht habe. So langsam betrachte ich die Bedeutung von Stadtplanung in ganz neuem Licht.

»Das zweite Problem ist die Wasserfledermaus.«

Fragend schaue ich ihn an. Wassermänner und Wasserratten kenne ich ja, aber von Wasserfledermäusen habe ich noch nie etwas gehört.

»Das Gelände ist nicht besonders groß mit knapp tausendvierhundert Quadratmetern, doch gibt es dort einiges an altem Baumbestand. Je älter die Bäume sind, desto größer ist die Wahrscheinlichkeit, dass Spechte dort ihre Bruthöhlen bauen. In solche verlassenen Baumhöhlen ziehen bisweilen Fledermäuse ein. Kaum wurde öffentlich, dass die Stadt eine Entwicklung des Geländes plant, behauptete prompt so eine Gruppe von Fledermaus-Fanatikern, dass angeblich dort Wasserfledermäuse ihr Quartier bezogen hätten.«

Ob Wasserfledermäuse wohl schwimmen können? Die Frage verkneife ich mir wohl besser. »Und was bedeutet das für den Bau des OsthafenTowers?«

»Nichts, zumindest nicht direkt. Es gibt ein Gutachten, das das Vorkommen von Wasserfledermäusen auf dem Molenkopf eindeutig widerlegt. Darauf stützen wir uns.« Er greift nach einem Kugelschreiber und lässt die Mine ein- und ausfahren. »Naturschutz ist uns natürlich wichtig, insbesondere im Stadtgebiet, dennoch dürfen wir uns nicht davon abhalten lassen, über den Tellerrand zu schauen. Es ist leicht, irgendwelche Fledermäuse zu instrumentalisieren, aber es gilt auch andere Aspekte zu berücksichtigen.«

Das Geklicke macht mich wahnsinnig, ich bin erleichtert, als er den Kugelschreiber zur Seite legt.

»Wir müssen einen ausgewogenen Ansatz finden, der nicht nur den Umweltschutz, sondern auch andere gesellschaftliche Bedürfnisse berücksichtigt. Letztendlich geht es darum, für Frankfurt eine nachhaltige und lebenswerte Zukunft zu entwickeln.«

Ich schreibe mit, mit ein bisschen Schliff lässt sich dieses Zitat bestimmt später gut verwenden. »Aber warum stellt dieser Bericht der Rhein-Main-Zeitung ein so großes Problem dar?«

Wieder greift er nach dem Kugelschreiber. »Nicht jeder sieht die Notwendigkeit, dass wir heute die Weichen für morgen stellen müssen. Wir müssen mit der Zeit gehen, um den Wirtschafts- und Finanzplatz Frankfurt attraktiv zu halten. Solche Schmutzkampagnen gießen lediglich Öl ins Feuer und schüren den Widerstand der Öffentlichkeit.«

Klick-klack, klick-klack – jedem anderen hätte ich den Stift schon längst aus der Hand genommen, aber bei ihm traue ich mich das nicht.

»Angesichts des Ausfalls von Herr Barg und den bevorstehenden Entscheidungen ist die derzeitige Situation zweifellos herausfordernd. Diese öffentliche Diskussion über seinen Gesundheitszustand könnte Verunsicherungen verursachen …« Er zögert, bevor er weiterspricht. »Verunsicherungen, die möglicherweise zu Verzögerungen und finanziellen Einbußen führen.«

Diese Verunsicherungen hören sich teuer an, ich mag mir gar nicht ausmalen, welche Konsequenzen sie für ein Projekt dieser Größenordnung haben könnte. »Habt Ihr über die Gründe nachgedacht, weshalb sich die Rhein-Main-Zeitung sich so sehr gegen den Bau des OsthafenTowers starkmacht? Ich meine, es geht ihnen doch nicht nur um Fledermäuse?« Bestimmt steckt mehr dahinter, als man auf den ersten Blick erkennen kann. »Ist der Protest politisch motiviert? Gibt es andere Interessen im Spiel? Habt ihr euch mal eure Mitbewerber angeschaut?«

Ein Stirnrunzeln zeigt seine Skepsis. »Das habe ich mir natürlich auch schon überlegt. Ich habe alle möglichen Szenarien durchgespielt, um herauszufinden, wer von dieser negativen Publicity profitieren könnte. Mitbewerber kamen mir natürlich auch in den Sinn, doch in der Endphase der Ausschreibung war außer uns nur ein anderer Entwickler im Rennen.«

Ich bin noch nicht bereit, meinen Gedanken aufzugeben. »Und wer war das?«

»Ich weiß nicht, ob dir der Name etwas sagt, aber in unserer Branche kennt man sich. Es ist die Delbrück-Projektbau.«

KAPITEL 14 – ROMY

Frankfurt-Industriehof
Mittwoch, 12. November, vormittags

Schon wieder eine Verbindung zu den Delbrücks! Dazu ein umstrittenes Bauprojekt im Osthafen und Siegfried Barg, der im Koma liegt. Für meinen Geschmack zu viele Verbindungen, um noch wirklich an Zufall zu glauben. Und auch wenn ich nicht in Worte fassen kann, was mich genau daran stört – irgendetwas an diesem ganzen Konstrukt ist schwarz wie die Nacht.

Leider habe ich gerade nicht wirklich Gelegenheit, mir darüber den Kopf zu zerbrechen, denn gerade rennt mir die Zeit davon. Den gestrigen Nachmittag habe ich damit verbracht, alle aktuellen News zu sichten, die sich auf den OsthafenTower, die BargImpact und ihren Firmeninhaber beziehen. In meinem Behelfsbüro habe ich mich einigermaßen häuslich eingerichtet und brüte nun über einer passenden Kommunikationsstrategie. Normalerweise würde ich in einer solchen Situation mit einer öffentlichen Stellungnahme kontern, doch Gott weiß, wann der Firmeninhaber wieder sprachfähig sein wird. Stattdessen lieber gleich auf Influencer setzen? Meinungsbildner aus Politik, Wirtschaft und Gesellschaft können die Vorteile des Projekts für die Stadt Frankfurt wunderbar betonen. Erste Stichpunkte habe ich auf Post-its festgehalten und an das Whiteboard geklebt, so langsam sprudeln die Ideen. Ich könnte mir noch zwanzig Punkte notieren, doch die bunten Klebezettel sind aufgebraucht. Vergeblich schaue ich mich nach Nachschub um, aber bis auf einen Stapel Firmenbroschüren ist das einzige Sideboard leer. Scheint mir nichts anderes übrig zu bleiben, als Claudia Huck aufzusuchen – sie bewacht unter anderem auch den Schrank mit den Büromaterialien. Als sie mir gestern auf Bitten von Matthias einen BargImpact-Kugelschreiber und einen Notizblock ausgehändigt hat, hat sie sich aufgeführt wie ein Drache, der seinen Schatz teilen soll. Ob sie wohl Feuer spuckt, wenn ich ihre Geduld überstrapaziere und sie um Post-its bitte? Auf dem Weg zu ihrem Büro erwische ich mich tatsächlich, leise aufzutreten. Warum mache ich mich bloß so klein? Okay, die Ziege kann mich nicht ausstehen, trotzdem brauche ich mir nicht wie ein ungebetener Gast vorzukommen. Obwohl ich streng genommen ja genau das bin. Habe ich deshalb so gehörigen Respekt vor ihr?

Durch die halb geöffnete Bürotür dringen Stimmen, ich bleibe stehen.

»Haben die Ärzte schon gesagt, wann er wieder aufwachen könnte? Ich mache mir wirklich große Sorgen«, höre ich die Ziege flöten.

Ah, es geht also wieder mal um Siegfried Barg. Durch den Türspalt erhasche ich einen Blick auf einen großen Mann mit breitem Kreuz.

»Sein Zustand ist nach wie vor unverändert. Die Ärzte sind sich nicht sicher, ob und wann er überhaupt aufwachen wird«, sagt er abweisend.

Offensichtlich prallt ihr geballter Charme wirkungslos an ihm ab. Sie seufzt bedeutungsschwer. »Ich mag mir gar nicht ausmalen, wie schwer das für dich sein muss. Gehst du täglich ins Krankenhaus? Dein Vater wird bestimmt spüren, dass du für ihn da bist.«

Ist das etwa Siegfrieds Sohn? Matthias hatte ihn gestern kurz erwähnt, da er allerdings noch studiert, habe ich dieser Information keine Bedeutung beigemessen. Jetzt allerdings ist meine Neugier geweckt, ich räuspere mich und klopfe an den Türrahmen. »Frau Huck, ich bräuchte noch ein paar Post-its, Sie haben nicht zufällig noch welche für mich?«

»Das kann doch warten, bis Herr Barg und ich hier fertig sind!«, fährt sie mich an. Ihre Augenbrauen wandern dabei so weit die Stirn hinauf, dass sie fast in ihrem Haaransatz verschwinden.

»Oh, Entschuldigung«, tue ich unwissend, »auf gar keinen Fall wollte ich stören!« Dann strecke ich dem Junior die Hand hin. »Ich glaube, wir kennen uns noch nicht, oder? Romy Sternek, Sternek Communications. Herr Remsperger hat mich an Bord geholt, um die BargImpact bezüglich des OsthafenTowers kommunikativ zu beraten.«

»Joris Barg.« Joris ist seinem Vater nicht unähnlich, auch wenn er deutlich mehr Gewicht auf die Waage bringt. Ich schätze ihn auf Mitte zwanzig. Mit seiner hellen Haut und den dunklen Haaren schaut er aus wie ein teigiger Vampir. Seine Hand ist weich wie ein Spülschwamm und genauso feucht, schnell lasse ich sie wieder los.

»Das mit Ihrem Vater tut mir wirklich leid. Ich hoffe sehr, dass es ihm bald wieder besser geht. Wenn es irgendetwas gibt, das ich …«

»Die Post-its sind da drüben im Schrank!«, funkt die Ziege dazwischen. Anscheinend ist es nur unhöflich, wenn ihre Gespräche unterbrochen werden, sie selbst hat keine Probleme, mir ins Wort zu fallen. Ich verkneife mir eine entsprechende Bemerkung. Stattdessen lächele ich lieblich, schnappe mir das Gesuchte und bemühe mich, bis zur Mittagszeit mit meiner Strategie voranzukommen.

Die Pause verbringe ich mit einer Kathrin, die ich gestern bei meiner Vorstellungsrunde durch die Firma kennengelernt habe. Sie scheint nett zu sein, sitzt aber als technische Planerin oben bei den Architekten im ersten Stock. Kathrin arbeitet seit acht Jahren für die BargImpact, ist tätowiert bis zum Anschlag und hat eine perfekt bestückte Lunchbox vor sich auf den Tisch gestellt. Viele bunte kleine Fächer, gefüllt mit vielen bunten kleinen Dingen. Karottensticks, Gurkenscheiben, Cherrytomaten, diese grünen Bohnen, die es immer beim Japaner gibt, und sogar gegrilltes Hühnchen.

Meine Beute kann da nicht mithalten. Die Fischbüchse habe ich aus dem Kühlschrank gemopst, den Apfel aus dem Kaffeeküchenobstkorb mitgehen lassen und den zerdrückten Schokoriegel hatte ich noch in meiner Handtasche. Unsere Mittagessensverpflegung verrät mehr über unser wahres Wesen, als man denkt.

»Ich versteh's echt nicht, warum er sich immer noch diese Plastikflaschen mit Duschgel holt«, beschwert sich Kathrin über ihren Mitbewohner, kaum dass wir uns hingesetzt haben. »Ich meine, er könnte doch wenigstens mal darüber nachdenken, auf Waschstücke umzusteigen, oder?«

Ich zumindest mag nicht darüber nachdenken, die ganze Pause über Seifen zu diskutieren, auch wenn Kathrin dazu viel zu sagen hat. »Ich habe vorhin Joris Barg kennengelernt«, versuche ich unser Gespräch in eine andere Richtung zu lenken.

Menschen, die einem nach zehnminütiger Bekanntschaft Vorträge über das Duschverhalten ihrer Mitbewohner halten, kommen in der Regel gut mit abrupten Themenwechseln klar. Auch Kathrin habe ich hier richtig eingeschätzt.

»Der kann einem echt leidtun!«, nimmt sie den Ball entgegen.

»Ja, das mit seinem Vater, das ist wirklich schrecklich. Ich hoffe nur, dass Herr Barg schnell wieder zu sich kommt.«

Sie beißt in eine Gurkenscheibe. »Na, ich glaube eher, der Joris ist erleichtert, seinen Alten eine Weile los zu sein.«

Verblüfft starre ich sie an.

»Also ich will nicht tratschen«, schiebt sie hinterher, »aber es ist echt kein Geheimnis, dass sich Junior und Senior nicht besonders mögen.«

»Ach ja?«

»Nee, die haben sich noch nie besonders verstanden. Irgendwie passen die auch nicht zusammen. Der Chef hätte sich wohl 'nen anderen Sohn gewünscht, und Joris umgekehrt genauso. Aber hey, Joris ist halt der Einzige, der infrage kommt, um die Firma mal zu übernehmen.« Sie hält mir ihre Lunchbox hin, ich wähle ebenfalls eine Gurkenscheibe. »Der Chef ist nicht gerade begeistert von Joris als Nachfolger. Aber – was soll's? Keine anderen Optionen in Sicht.«

»Und Joris – was will er?«

»Der hat null Bock auf den Laden hier, und ehrlich gesagt«, sie senkt die Stimme, »traut ihm auch keiner zu, dass er das Ding irgendwann mal leitet. Der Chef hat ihn auf diese schnieke Privatuni an der Adickesallee geschickt, wo er jetzt für 'nen Haufen Kohle den Studenten mimt und hofft, hier irgendwie drum herumzukommen.«

Tatsächlich kann ich mir Joris Barg mit seinem dicken Chronografen am Handgelenk eher mit einem Glas Wein auf der Terrasse der Kleinmarkthalle vorstellen, als in der Leitung der väterlichen Firma. »Warum lässt er das denn mit sich machen? Der Kerl ist doch mindestens Mitte zwanzig, in dem Alter muss man sich doch nicht mehr von seinen Eltern gängeln lassen?«

»Na, wenn man es gerne flauschig hat und dann auch noch mit Papas Porsche durch die Gegend cruisen will, muss man Kompromisse eingehen.«

»Und das geht auf Dauer gut?«

Krachend beißt sie in eine Möhre. »Wie man's nimmt. Die Beziehung der beiden war eh nicht immer die beste, aber seit so etwa zwei Monaten ist es richtig frostig. Keine Ahnung, was da los ist.«

Matthias streckt den Kopf in den Pausenraum. »Ah, Kathrin, hier bist du. Hättest du eine Minute für mich?«

Die hat sie natürlich, und ehe man es sich versieht, ist sie samt Lunchbox und ihren interessanten Einsichten auch schon verschwunden. Schade, über diese eigenartige Vater-Sohn-Beziehung hätte ich gerne mehr erfahren.

KAPITEL 15 - ROMY

Frankfurt, Industriehof
Mittwoch, 12. November, später Nachmittag

Ich nutze den Nachmittag, um erste Kernbotschaften zu formulieren. Kommunikation muss klar und unkompliziert sein. Nichts ist schlimmer als leere Worthülsen, die niemand versteht, und darum lohnt es sich, Zeit in die Vorarbeit zu stecken. Kurz vor sechs fahre ich mein Laptop herunter und packe meine Tasche. Obwohl ich nicht ganz fertig bin, habe ich heute viel erreicht. Das Einzige, das mich tatsächlich stört, ist Siegfrieds Mantel am Garderobenständer. Vorgestern hatte ich mich noch gefreut, ihn losgeworden zu sein, nun hängt er mir schon wieder wie ein Ausrufezeichen gegenüber und macht mir ein schlechtes Gewissen.

Es ist still im Gebäude, selbst im Ziegenstall brennt kein Licht mehr, anscheinend bin ich die Letzte hier. Eine hervorragende Gelegenheit, das Mantel-Problem ein für alle Mal zu lösen! Ich hänge ihn mir über den Arm, lösche das Licht und schleiche in den Trakt der Geschäftsführung. Kurz vor der mit Siegfried Bargs Namen beschrifteten Bürotür drehe ich mich nochmals um und horche. Nichts und niemand ist zu sehen. Also los! Vorsichtig drücke ich die Klinke herunter, zehenspitze in das dunkle Zimmer und knipse das Licht an.

Im ersten Moment bin ich ernüchtert. Das Büro ist vollgestellt mit diesen schweren Möbeln, die Männer für das

Gefühl brauchen, in einer Kommandozentrale zu sitzen. Hinter dem Schreibtisch ein Stadtplan von Frankfurt, in dem bunte Fähnchen stecken, gegenüber entdecke ich eines dieser gewöhnungsbedürftigen Kunstwerke, bei denen man nie weiß, wo oben und unten ist. Ein bordeauxroter Sessel vor einem kleinen Besprechungstisch scheint mir eine geeignete Ablage zu sein, ordentlich drapiere ich den Trenchcoat über die Lehne. Dann verlasse das Büro wieder … zumindest wäre das der Fall gewesen, hätte ich nicht auf dem Schreibtisch etwas entdeckt, bei dem mein Herz einen Moment aussetzt. Ich fasse es nicht – direkt vor mir steht das allerneuste Mac-Modell! Für dieses Gesamtkunstwerk aus Design und Funktionalität muss man ein kleines Vermögen auf den Tisch blättern, ich habe es mir neulich erst angesehen. Allein dieser seidenweiche Tastaturanschlag! Ohne nachzudenken, drücke ich die Entertaste. Ein Soundsignal ertönt, der Bildschirm erwacht zum Leben. Erschrocken stolpere ich zurück und stoße dabei mit der Hand gegen einen Papierstapel, der bedrohlich ins Wanken gerät. Ich will das Schlimmste gerade noch verhindern, doch zu spät: In einem Rutsch rauschen sämtliche Unterlagen vom Tisch. Lose Blätter fegen über den Teppich, während die übrigen Papiere ein chaotisches Durcheinander auf dem Boden bilden.

Die Stille, die auf das Chaos folgt, ist ohrenbetäubend. Das darf alles nicht wahr sein, oder? Hastig bücke ich mich und raffe zusammen, was ich greifen kann. Während ich die Unterlagen wahllos auf den Schreibtisch stapele, ärgere ich mich über mich selbst. So etwas Blödes kann auch nur mir passieren, warum kann ich nicht einfach … Moment! Was war das? Ich halte inne und horche.

Habe ich da gerade etwas gehört?

Da draußen auf dem Flur, das sind doch Schritte, oder? Schritte von harten Absätzen, Schritte, die lauter werden, Schritte, die eindeutig in meine Richtung kommen. Mir bleibt fast das Herz stehen – ich bin also doch nicht allein hier, irgendjemand hat das Licht in Bargs Büro entdeckt und kommt, um nach dem Rechten zu sehen. Allerhöchstens bleiben mir nur wenige Sekunden, panisch schaue ich mich nach einem Versteck um. Mein Blick fällt auf den leeren Raum unter dem Schreibtisch. Ohne zu zögern, rutsche ich darunter und greife mir die letzten Papiere. Keinen Moment zu früh, denn kaum habe ich den Bürostuhl zu mir herangezogen, betritt jemand den Raum. Ein Schatten zeichnet sich auf dem Boden ab, ich presse mich gegen die Schreibtischwand. Ein Schritt, dann noch einer. Wer auch immer sich gerade meinem Versteck nähert, ich kann ihn atmen hören, während mir die Luft buchstäblich in der Kehle stecken bleibt. Sofort würde ich sämtliche Karmapunkte dafür verwenden, um bloß nicht entdeckt zu werden.

Ein weiterer Schritt lässt einen Damenschuh in meinem Sichtfeld auftauchen. Dunkelblau, mit gerundeter Spitze und niedrigem Absatz – ein Ziegenschuh. Gott steh mir bei! Sollte Claudia Huck mich unter diesem Schreibtisch entdecken, wird sie mich eigenhändig an der Alten Brücke aufknüpfen!

Ein Schraubstock drückt meine Brust zusammen, während die Ziege näher kommt. Nur noch ein, ach was, ein halber Schritt reicht aus, dann wird sie mich entdecken. Siedend heiß fällt mir der Monitor ein; ich kann nur beten, dass er inzwischen wieder im Stand-by-Modus ist. Bitte, flehe ich stumm, bitte, bitte ... Sekunden, die sich wie Ewigkeiten ziehen, und als ich schon glaube, dass es das jetzt endgültig gewesen ist, hat das Universum ein Einsehen – ihre Schritte entfernen sich wieder. Mir fällt ein ganzes Gebirge vom Herzen, doch zu früh gefreut – sie macht keinesfalls Anstalten, den Raum zu verlassen. Stattdessen höre ich ein verächtliches Schnauben. Stoff raschelt und natürlich ist es wieder einmal dieser vermaledeite Mantel, der mich erneut in Schwierigkeiten bringt. Eine Schranktür wird geöffnet, Bügel klappern und ich höre, wie sie den Trenchcoat aufhängt. Ausgerechnet jetzt kratzt es in meinem Hals, ich kann den Drang zu husten kaum unterdrücken. Wieder bleibt sie stehen, und ich halte die Luft an. Was macht sie da bloß? Sie wird doch nicht etwa zurückkommen? Als ich glaube, es kaum noch aushalten zu können, verlässt sie das Büro. Endlich! Ich kann mein Glück kaum fassen, als sie das Licht ausschaltet und energisch die Tür hinter sich zuzieht, dann werden ihre Schritte im Flur leiser und immer leiser.

Oh mein Gott, was war das knapp! Ich bin so fertig, dass ich sogar vergesse, mich zu räuspern. Neugier ist der Katze Tod, und bevor mein Forschungsdrang mich endgültig ins Grab bringt, werde ich hier schleunigst verschwinden. Ich zähle bis hundert und dann sicherheitshalber noch mal bis fünfzig, bevor ich mich traue, meine Handytaschenlampe anzuschalten. Mit steifem Rücken krieche ich unter dem Schreibtisch hervor, meine Hände zittern, als ich die restlichen Papiere zurück auf den Schreibtisch packe. Kritisch betrachte ich mein Werk. Die blaue Unterschriftenmappe lag zuoberst, oder? Egal, nichts wie raus hier! Ich halte die Klinke schon in der Hand, als mir gerade rechtzeitig einfällt, dass ich die Unterlagen nicht als wahllosen Stapel liegen lassen kann. Nein, sämtliche Papiere müssen in Leserichtung und mit der Vorderseite nach oben zeigen, wenn niemand merken soll, dass sich jemand daran zu schaffen gemacht hat. Mir bleibt also nichts anderes übrig, als mir den Stapel erneut vorzunehmen.

Es dauert länger, als ich erwartet habe, im funzeligen Licht des Handys Blatt um Blatt zu wenden und ungefähr zu sortieren, was zusammengehören könnte. Fast bin ich fertig, als mir eine längliche Karte in die Hände fällt. Cremefarbener Büttenkarton, handgeschöpft, eindeutig ein Fremdkörper in all den Gutachten, Angeboten und ausgedruckten E-Mails. Ich drehe sie um und beginne zu lesen. Während meine Augen den Zeilen folgen, scheint die Luft mit einem Mal dünner zu werden. Mein Verstand rast, als ich zu begreifen versuche, was ich gerade in den Händen halte. Was zur Hölle geht hier vor?

KAPITEL 16 – MARGIT

Frankfurt-Eckenheim
Mittwoch, 12. November, abends

»Merhabbakomschu!«

»Mer habbe Komm-Schuh?« Romys Miene ist ein einziges Fragezeichen.

»Merhaba komşu!«, wiederholt Margit etwas langsamer. »Das ist türkisch und bedeutet ›Hallo, Nachbarin!‹«

»Seit wann begrüßen wir uns auf Türkisch?«

»Warum denn nicht? Es ist doch nie zu spät, sich für neue Kulturen zu interessieren.« Eine geschlagene Viertelstunde hat Margit mithilfe der Sprachübersetzung geübt, die ungewohnten Silben nachzusprechen. Sie ist ziemlich zufrieden mit ihrem Ergebnis.

»Das bringt Farbe ins Leben, erweitert den Horizont und gibt einem die Möglichkeit, neue Freundschaften zu schließen!« Sie zwinkert Romy verschwörerisch zu.

»Hast du was im Auge?«

Meine Güte, manchmal ist Romy aber auch schwer von Begriff. Kein Wunder, dass das mit den Männern in ihrem Leben immer in mittelprächtigen Katastrophen endet. Margit denkt an all die Male, in denen sie sie trösten musste, nachdem ein vielversprechender Anfang wieder einmal im Sande verlaufen ist. Dabei ist Romy weit mehr als nur hübsch anzusehen, sie ist clever, warmherzig und hat Feuer. Warum sucht sie sich bloß immer Männer, die ihre Qualitäten nicht zu schätzen wissen? Nadir Çelik ist garantiert nicht so ein oberflächlicher Charakter. In den letzten Tagen musste Margit immer wieder über den Paketboten nachdenken. Dass der Discounter um die Ecke ausgerechnet jetzt eine orientalische Aktionswoche gestartet hat, ist doch ein Zeichen, ein wenig Schicksal zu spielen, nicht wahr? Warum also nicht zu einem türkischen Festmahl einladen, um die beiden besser miteinander bekannt zu machen? Leider hat sich Nadirs Arbeitgeber strikt geweigert, seine Handynummer herauszurücken, auch wenn Margit mehrfach betont hat, in Bälde quasi mit ihm verwandt zu sein. Andererseits ist es vielleicht gar nicht schlecht, wenn Romy sich unbefangen ein wenig mit der türkischen Kultur vertraut machen kann. Beim ersten Date würde sie damit garantiert einen guten Eindruck hinterlassen.

»Komm erst mal rein«, lotst sie Romy ins Esszimmer. »Niklas ist auch schon da.« Man sieht es ihrem Enkel Gott sei Dank nicht an, aber Niklas ist ein guter Esser, der sich über die spontane Einladung sehr gefreut hat.

»Wir haben schon angefangen, es wird ja sonst alles kalt. Es gibt Köfte mit Bulgur, gefüllte Weinblätter, Börek mit Spinat und Käse und frisches Fladenbrot mit Joghurt. Den ganzen Tag habe ich in der Küche gestanden!«

Ihrem Enkel scheint es zu schmecken, bereits zum zweiten Mal füllt er sich den Teller. »Hey, Romy«, grüßt er mit vollem Mund. Bevor sie Romy eben im Treppenhaus erwischt hat, haben sie über IT-Sicherheit gesprochen, ein Thema, das Margit wie ein Buch mit sieben Siegeln erscheint.

»Mehrschichtige Sicherheitsstrategien, die auf Verschlüsselungstechniken, Zugriffssteuerung und regelmäßige Sicherheitsüberprüfungen setzen, sind die Grundvoraussetzungen für eine resiliente IT-Sicherheitsinfrastruktur«, nimmt Niklas gerade den Faden wieder auf.

Was der Junge nicht alles weiß! Faszinierend, was man in so einem IT-Studium alles lernt, bestimmt hat ihr Enkel eine beeindruckende Zukunft vor sich. Margit stellt einen voll beladenen Teller vor Romy ab und reicht ihr den Brotkorb. »Und – was bedeutet das?«, fragt sie vorsichtig. Keinesfalls soll Niklas denken, sie wäre von gestern.

»Dass es wichtig ist, Computer vor externen Angriffen zu schützen. Dazu verwendet man verschiedene Sicherheitsmaßnahmen und kontrolliert natürlich, wer auf die Systeme Zugriff hat.«

»Ist das das, was diese Hacker machen?« Erst am Sonntag lief dazu ein spannender Film im Fernsehen. Der Schauspieler, der den Bösewicht verkörperte, hat Margit ausgesprochen gut gefallen.

Ihr Enkel nickt. »Kann ich das Wasser haben?«

Margit reicht ihm die Sprudelflasche. »Lernst du auch, dich in Computersysteme zu hacken?« So nennt man das doch, oder?

»Nicht direkt, Oma«, Niklas schenkt sich ein. »Aber wir lernen, wie Angreifer im Netz denken und vorgehen. Um ein System erfolgreich zu verteidigen, muss man verstehen, wie ein Angreifer arbeitet. Wenn du dich in seine Denkweise hineinversetzt, kannst du besser erkennen, wo die Schwachstellen liegen und wie man sie schützt.«

Das ist bei der Fußpflege nicht anders, Margit nickt. Nur wenn man sich in die Bedürfnisse der Füße hineinversetzt, kann man erkennen, wie Fußprobleme entstehen und wie man sie behandeln muss.

»Du wüsstest also, wie man in einen Computer hineinkommt? So rein theoretisch?« Romy, die bislang nur ihr

Fladenbrot in kleine Brösel zerpflückt hat, sieht Niklas aufmerksam an. Ihr Enkel nickt kauend. »Hmmmm.«

»Und wenn du jetzt so ein Passwort knacken wolltest, wie würdest du da vorgehen?«

»Das hängt davon ab, wo du reinwillst. Ist es ein Unternehmen oder ein privater Account?«

Romy nippt an ihrem Tee. »Ein Unternehmen!«

»Groß, mittel, klein?«

»Eher klein!«

»Da würde ich es mit Social Engineering versuchen.« Niklas nimmt sich von den gefüllten Weinblättern. »Da gibt man sich als vertrauenswürdige Person aus, zum Beispiel als IT- oder Kundendienstmitarbeiter, und versucht, seinem Opfer Passwörter oder andere sensible Daten zu entlocken.«

Romy zieht die Nase kraus. »Wer verrät denn freiwillig einem wildfremden Menschen sein Passwort?«

»Hast du eine Ahnung.« Niklas legt seine Gabel zur Seite. »Stell dir vor, du bekommst eine Mail, in der steht, dass eine von dir häufig genutzte Website durch einen Cyberangriff attackiert wurde. Dabei seien deine Daten gestohlen worden, nun besteht der dringende Verdacht, dass Cyberkriminelle mit deiner Identität irgendjemanden abrippen. Um deinen Account zu schützen, müsstest du dich nur umgehend bei dieser Website anmelden und deine Identität verifizieren. Problem ist nur, dass diese Mail kompletter Fake ist. Sie hat das gleiche Design wie all die anderen Mails, die du normalerweise von diesem Anbieter bekommst, und enthält einen Link zu einer Startseite, die genauso täuschend echt aussieht. Tatsächlich ist sie auch nur eine perfekte Nachbildung der echten Website, inklusive Unternehmenslogo und den üblichen Menüoptionen. Du glaubst, es sei alles in

Ordnung, doch hinter dieser scheinbar authentischen Fassade lauern Cyberkriminelle, die nur darauf warten, dass du deine Zugangsdaten eingibst.«

Ob das wirklich so einfach funktioniert? Woher wissen denn diese Leute, was man sich im Internet ansieht?

Auch Romy scheint nicht hundertprozentig überzeugt. »Woher weiß denn ein Cyberkrimineller, welche Seiten ich besucht habe?«

»Da brauchst du natürlich eine gründliche Vorbereitung und musst dich im Vorfeld gut über das Zielunternehmen informieren. Man kann zum Beispiel über die Unternehmenswebsite herausfinden, wer dort in welcher Position arbeitet oder Mitarbeitern in sozialen Business-Netzwerken folgen, um mehr über sie zu erfahren. Es ist echt krass, wie viele Informationen öffentlich zugänglich sind, wenn du gezielt danach suchst.«

Im Internet gibt es alles Mögliche zu finden, dennoch erscheint Margit der Aufwand fragwürdig. Sie denkt an den gut aussehenden Schauspieler. »Also neulich habe ich einen Film gesehen, in dem ein Hacker ein paar Passwörter ausprobiert hat und damit Erfolg hatte! Der wurde nämlich von einer geheimen Regierungsbehörde rekrutiert, um in ein hochsicheres Computersystem einzudringen und ...«

»Oma, kein Hacker tippt irgendwelche Passwörter ein, die ihm gerade in den Sinn kommen. Wenn überhaupt, verwendet man gestohlene Zugangsdaten. Das ist weitaus effektiver als zufälliges Erraten irgendwelcher Buchstaben- und Zahlenkombinationen. Menschen sind Gewohnheitstiere und verwenden gerne überall ein und dasselbe Passwort.«

Romy zieht ein Gesicht, als ob sie auf ein Kümmelkorn gebissen hätte. »Andere Möglichkeiten gibt es nicht?«

»Bei gehashten Passwörtern kannst du es noch mit Wörterbuchangriffen versuchen.« Niklas spießt eine Köfte auf. »Aber das ist kompliziert.«

»Gehaschte Passwörter?« Hat das etwas mit diesen neuen legalen Drogen zu tun?

»Gehasht, nicht gehascht, Oma.« Niklas grinst. »Hashen bedeutet, Passwörter verschlüsselt abzuspeichern. Größere Unternehmen machen so etwas gerne. Doch selbst wenn du da rankommst, nutzt dir das erst mal nichts. Die Daten sehen aus wie Kauderwelsch, du musst sie erst übersetzen. Dabei testet man gängige Buchstaben- und Zahlenkombinationen aus gestohlenen Listen, um zu sehen, ob man eine Übereinstimmung findet. Ist aber sehr zeitaufwendig.«

»Also damit hätten diese Hacker bei mir keine Chance! Meine Passwörter finden die garantiert nicht auf irgendeiner Liste in Internet. Mein Zettel ist auf meinem Schreibtisch gut versteckt!« Beifall heischend sieht Margit ihren Enkel an.

»Oma! Echt jetzt, das kannst du nicht bringen! Niemals darfst du Passwörter aufschreiben und auch noch irgendwo offen herumliegen lassen. Das ist nicht sicher!«

Margit winkt ab. Der Zettel liegt ja keinesfalls offen herum, sondern klebt äußerst diskret auf der Unterseite eines Miniatur-Eiffelturms, den Roswitha als Souvenir von einer Paris-Reise mitgebracht hat. »Komm erst mal in mein Alter, da bist du dankbar, wenn du dir alles Wichtige gut aufgeschrieben hast.«

»Aber, Oma, das ist gefährlich! Was, wenn jemand deinen Zettel findet?«

»Genau darum geht es doch, dass man den Zettel finden soll. Wenn ich ein Passwort aufschreibe und dann diese Notiz nicht finde, hilft mir das auch nicht weiter!« Roswithas Passwörter stecken hinter dem Aufstellrahmen mit dem Foto ihres vergötterten Carlos, und Carmen hat ihre auf der Rückseite ihrer Tastatur notiert. Um dieses geniale Versteck hat Margit ihre Freundin anfangs ziemlich beneidet, bis Carmen sich beklagte, dass sie die Tastatur jedes Mal umdrehen müsse, um das Passwort ablesen und eingeben zu können. Das sei ziemlich umständlich, und nun ist Carmen auf der Suche nach einem neuen Versteck. Da Carmen allerdings keinen Nippes in der Wohnung und erst recht nicht auf ihrem Schreibtisch duldet, ist ihr bislang keine zündende Idee gekommen – zumindest hat Margit nichts mehr davon gehört. Und überhaupt – alle machen das so. Weiß Niklas das etwa nicht? Wenn es diese Zettel nicht gäbe, wie sollte sie dann für die alte Frau Jacklowski ihre Bankgeschäfte erledigen? Oder für Otto Wagner diese komplizierten Krankenkassenabrechnungen?

»Oma, du bist so Boomer-mäßig. Wenn jemand deinen Zettel findet, hat er Zugang zu all deinen geheimen Daten!«

»Mach dir mal keine Sorgen, meine wahren geheimen Daten sind nämlich hier gut aufbewahrt.« Margit tippt gegen ihre Stirn. Passwörter sind ein Übel, das man heutzutage in Kauf nehmen muss, doch die wirklich wichtigen Dinge, die vergisst sie nie. »Frag mich irgendetwas von früher, und ich werde dir die Geschichte dazu erzählen, als wäre es gestern gewesen.«

»Besser nicht.« Romy steht auf. »Margit, sei mir nicht böse, aber ich bin echt müde.«

»Sag bloß, du willst etwa schon gehen? Du hast doch kaum etwas gegessen.« Margit sieht auf Romys Teller. Vom Bulgursalat hat sie höchstens ein paar Gabeln gepickt, die beiden Köfte sind unberührt.

»Ich bin nicht hungrig! Außerdem muss ich morgen zu einer Bauausschusssitzung des Magistratsrats und deswegen früh raus.« Sie greift nach ihrem Teller, auch Niklas erhebt sich.

»Ich geh eine rauchen!«

Margit wartet, bis ihr Enkel auf der Terrasse verschwunden ist, dann folgt sie ihrer Nachbarin. Dass Romys merkwürdige Erlebnisse auf dem Delbrück-Totenamt ihr über Umwege einen neuen Auftrag beschert haben, weiß sie bereits, dennoch wird Margit das Gefühl nicht los, dass daran irgendetwas ganz und gar nicht stimmt.

»Magst du mir mal verraten, was los ist? Dass du meine Einladung zum Abendessen vergessen hast, habe ich allein daran gemerkt, dass du schon halb die Treppe oben warst, bevor ich die Tür aufgemacht habe. Aber dass du auf einmal abends keinen Hunger mehr hast, das nehme ich dir nicht ab! Also?«

»Ach, nur das Übliche. Der neue Auftrag ist umfangreicher, als ich angenommen habe.«

Margit beobachtet Romys Gesicht. Wenn ihre Nachbarin mit der Wahrheit nicht herausrücken will, vermeidet sie den Augenkontakt, und inzwischen kann Margit mit ziemlich hoher Trefferquote feststellen, wann sie schwindelt. Und während Romy kurz über den umstrittenen OsthafenTower und die garstige Chefsekretärin der BargImpact erzählt, schaut sie ganz eindeutig auf einen Punkt an der Wand schräg hinter Margit. Irgendetwas ist also im Busch. Nun gut, da würde sie später nachhaken. Margit schließt die Wohnungstür hinter ihrer Nachbarin und geht in die Küche, wo Niklas gerade von draußen hereinkommt.

»Guck mal, Oma!« Mit begeistertem Gesicht hält Niklas ihr etwas Rot-Weißes entgegen. »Habe ich gerade im Garten gefunden!«

KAPITEL 17 – MARGIT

Frankfurt-Eckenheim
Mittwoch, 12. November, abends

Margit kneift die Augen zusammen. »Das gibt es doch nicht! Ich dachte echt, ich hätte sie alle erwischt! Die sind wirklich eine Plage, jedes Jahr kommen die wieder. Ich habe schon Sand verstreut, den Boden gedüngt und es sogar mit heißem Wasser probiert, aber nichts hilft!«

»Mit heißem Wasser wirst du die nicht los.« Niklas betrachtet fasziniert seinen Fund. »Fliegenpilze gehen mit ihren Bäumen eine symbiotische Beziehung ein, am liebsten mit Birken. Selbst wenn du sie kurz über dem Boden abschneidest, bleibt immer noch so viel im Boden stecken, dass daraus neue Pilze wachsen.«

»Jetzt nimmst du deine Oma aber auf den Arm!« Wenn das stimmt, hat Carmen nicht nur völligen Unsinn erzählt, sondern ihr auch noch unnötig viel Arbeit verursacht. Wie oft ist sie mit dem Wasserkocher hin- und hergelaufen? Margit würde sie zur Rede stellen, wenn sie sie morgen sähe.

»Nein, echt nicht!« Niklas hebt die Hände. »Das hat mir der Juri erzählt, der aus meiner WG, der kennt sich mit Pilzen aus.«

»Ist der etwa Mykologe?« Endlich kann sie dieses Wort aus dem Kreuzworträtsel mal benutzen.

»Nee, der studiert Philosophie. Aber der weiß echt

Bescheid.« Er zwinkert. »Kann ich ihm den mitnehmen? Da sind übrigens noch mehr im Garten.«

»Willst du diesen Juri etwa loswerden?« Margit sieht ihren Enkel streng an. »Schnarcht er oder hat er dieser Lena schöne Augen gemacht?«

»Oma!« Niklas wird ein bisschen rot. »Mit Lia ist Schluss«, murmelt er nach einer Weile, während er den Pilz in seinen Händen dreht.

Na, Gott sei Dank sind wir die losgeworden, denkt Margit. Die würde hier nicht mehr an ihrem Pflaumenkuchen herummäkeln. Dennoch tut ihr Niklas leid. So traurig, wie er gerade den Pilz betrachtet, scheint das Kapitel für ihn noch nicht abgeschlossen. Andererseits – ihr Enkel ist doch ein gut aussehender Kerl, garantiert wird er sich schnell trösten. Und wer weiß, vielleicht hat Nadir Çelik eine hübsche Cousine?

»Was soll denn jetzt dein Mitbewohner mit diesem Fliegenpilz anfangen?«, lenkt sie das Gespräch zu einem etwas unverfänglicheren Thema.

Niklas räuspert sich. »Weißt du, Fliegenpilze sind wirklich faszinierend. Sie haben halluzinogene Eigenschaften. Der Juri kennt dazu alle möglichen Geschichten. Früher hat man den Pilzen magische Kräfte nachgesagt. Man hat geglaubt, dass sie ein Tor zur Anderswelt sind – so nannte man damals die Welt der Geister, Feen und allem, was man sich nicht erklären konnte. Manche haben sogar behauptet, Hexen hätten ihn in ihre Tränke gemischt, um mehr Macht zu bekommen oder Visionen zu haben. Und definitiv haben auch die Schamanen Fliegenpilze konsumiert, um sich in Trance zu versetzen.«

»Und dieser Juri ist Schamane?« Die jungen Leute heutzutage haben ja die seltsamsten Berufe. Roswithas Enkelin lässt sich gerade zur Klangschalen-Therapeutin ausbilden, warum sollte ein angehender Philosoph nicht auch Schamane sein?

»Nee, ist er nicht, obwohl ihm das bestimmt gefallen würde.« Niklas grinst. »Er experimentiert halt gerne mit Pilzen.«

Diese traurigen Experimente mit Tieren, davon liest man ja immer wieder, aber mit Pilzen? »Und was macht er denn damit?«

»Na, er trocknet und verkauft sie.«

»Wer kauft denn getrocknete Fliegenpilze? Damit kann man doch nichts anfangen!«

»Man kann davon einen besonderen Rausch kriegen. Du siehst alles bunter und hast das Gefühl, die Welt wäre anders – als würde man träumen, obwohl man wach ist.«

»Aber ist das nicht gefährlich?«

»Hängt davon ab, wie viel du nimmst. Und wie dein Körper reagiert. Manche sagen, sie hätten richtig krasse Hallus, andere spüren kaum was. Und dann gibt's welche, die richtig üble Trips haben.«

»Was bekommt man denn für so einen Pilz?«

»Er verkauft die Tütchen für zwanzig Euro. Keine Ahnung, wie viel da drin ist, ich rühr das Zeug nicht an. Giftig sind die allemal. Also?«

Margit hat ihrem Enkel noch nie etwas abschlagen können. »Gut, nimm ihn für deinen Juri mit. Aber nur den einen!«

Sie verabschiedet ihren Enkel, nicht bevor sie ihm noch ein ordentliches Restepaket zusammengestellt hat, dann wirft sie sich einen Schal über und tappt in den Garten zu der großen Birke. Mit einer Taschenlampe leuchtet sie den Boden ab, umrundet den Baum und tatsächlich, dahinter, da sind sie wieder. Vier, fünf … da drüben zwei weitere und am Nachbarzaun steht auch noch einer.

Margit betrachtet die silberweiße Rinde. Die Birke wird unserer Tochter Glück bringen, hat Gerhard erklärt, als er den Baum zu Irenes Geburt gepflanzt hat. Damals standen sie zu dritt vor dem schlanken Stamm, Margit als junge Ehefrau mit ihrem Baby auf dem Arm, Gerhard als stolzer Vater. Ist das wirklich schon fast fünfzig Jahre her? Zehn Jahre ist sie bereits Witwe und seit Irene in ihrer Anwaltskanzlei in Düsseldorf Partnerin ist, lässt sie sich nur noch selten zu Hause blicken. Geblieben ist ihr nur der Baum und Niklas, der sie ab und an besucht.

Eine Weile hängt Margit ihren Erinnerungen nach, dann geht sie zum Haus zurück und schließt die Terrassentür. Ihr Handy liegt auf der Flurkonsole, sie öffnet das Telefonverzeichnis und tippt auf einen Kontakt. Nur wenige Augenblicke später meldet sich eine vertraute Stimme. »Roswitha!«, begrüßt Margit ihre Freundin, »dachte ich es mir doch, dass du noch wach bist. Entschuldige die späte Störung, eigentlich wollte ich dich nicht zu dieser Zeit belästigen, aber bis eben war Niklas zum Essen da.« Ausführlich berichtet sie über das türkische Festmahl, um dann zum eigentlichen Anlass ihres Anrufs zu kommen. »Ja, ich habe etwas auf dem Herzen und wollte nicht bis morgen warten. Sag mal, Roswitha, diesen Dörrautomaten, könntest du mir den vielleicht mal ausleihen? Nur ganz kurz?«

KAPITEL 18 – ROMY

Frankfurt, Hauptfriedhof
Donnerstag, 14. November, vormittags

Immer wenn ich nachdenken muss, laufe ich über den Hauptfriedhof. Bereits nach wenigen Schritten vermitteln einem die großen Bäume das Gefühl, durch einen lichten Wald zu spazieren. Jetzt im Spätherbst hat der Friedhof seine ganz eigene melancholische Schönheit. Der Verkehrslärm vom Marbachweg ist kaum noch zu hören, ich bin mit mir und meinen Gedanken allein. Seltsamerweise spüre ich ausgerechnet hier immer eine tiefe Verbindung zum Leben, vielleicht, weil man es auf einem Friedhof aus einer anderen Perspektive betrachtet?

Ich atme tief ein, während ich meine Schritte in Richtung des südlichen Teils lenke. Seit gestern Abend beschäftigt mich nämlich eine weitere Perspektive, über die ich nachdenken muss. ICH WEISS, WAS DU TUST. WENN DU NICHT AUFHÖRST, WIRST DU ES BEREUEN. Siegfried Barg wurde bedroht, irgendjemand hat ihm eine Karte mit dieser Warnung geschickt. Mein Bauchgefühl hat mich also nicht getrogen. Dreizehn Worte, die alles ändern, dreizehn Worte, die aus einer diffusen Ahnung beängstigende Gewissheit machen. Wann er wohl die Nachricht erhalten hat? Keine Ahnung, aus welcher Mappe sie zu Boden gesegelt ist, auf die Idee, nach einem Umschlag zu suchen, bin ich erst gar nicht gekommen. Er muss den Inhalt ernst genommen haben, denn hätte er die Karte als Scherz abgetan, wäre sie bestimmt direkt im Papierkorb gelandet. Was er wohl empfand, als er sie gelesen hat? Und wusste er, worauf der anonyme Absender anspielte?

Wie würde ich auf eine solche Nachricht reagieren? Die einzig unangenehmen Briefe, die ich bekomme, sind Mahnungen. Ihr Inhalt ist bisweilen auch sehr fordernd, doch dass ich es bereuen würde, wenn ich nicht sofort bezahle, hat mir noch nie jemand geschrieben.

Grübelnd marschiere ich weiter und stelle fest, dass ich gar nicht so weit von der Stelle entfernt bin, an der ich letzten Freitag Siegfried Barg kennengelernt habe. Warum nicht einen Abstecher zu Lukas' Grab unternehmen? Die Abdeckplatte sitzt wieder an Ort und Stelle, jemand hat eine provisorische Plakette mit seinem Namen angebracht. Sacht biege ich sie beiseite und lese die Namen seiner Großeltern, »Hertha Delbrück, geb. Straub« und »Theobald Delbrück«. Theobald scheint früher verstorben zu sein, unter seinem Namen steht lediglich »In Gedenken an«, während der seiner Frau durch Geburts- und Sterbedaten ergänzt ist. Ich muss an die Villa auf dem Lerchesberg denken. Warum wählt eine Familie wie die Delbrücks ein so bescheidenes Grab? In Anbetracht ihres Wohlstands hätte ich eine aufwendigere Ruhestätte erwartet.

Mir fröstelt, ich ziehe meine Mütze ein wenig tiefer in die Stirn. Wieder fällt mir der Streit zwischen Siegfried Barg und dem Unbekannten ein. Noch so ein Rätsel, auf das ich keine Antwort weiß. Es muss um etwas Wichtiges gegangen sein, sonst wäre der andere nicht so in Rage geraten. War er der Absender der Karte und wollte seine Drohung wahr machen? Meine Beobachtung erscheint mir mit einem Mal in vollkommen anderem Licht. Doch was nutzt mir das? Der Schnauzbart würde mir garantiert nicht zuhören, wenn ich mit meinen neuen Erkenntnissen bei ihm auftauchte. Vielleicht sollte ich meinen nächsten Shoppingbummel direkt mit einem Besuch des Polizeipräsidiums verbinden, denke ich trotzig. Hallo, Herr Kommissar, so sieht man sich wieder! Sie werden es nicht glauben, ganz zufällig arbeite ich jetzt für die BargImpact und habe beim Durchstöbern von Siegfried Bargs Büro einen anonymen Drohbrief gefunden – schauen Sie mal, sogar mit Schreibmaschine geschrieben –, wenn das nicht ungewöhnlich ist? Ich stelle mir vor, wie ich meine Gucci demonstrativ vor ihm auf den Tisch stelle und mich lächelnd im Stuhl zurücklehne. Leider währt mein gedanklicher Siegeszug nur kurz. So seltsam die Karte auch ist, sie beweist keinerlei Zusammenhang zwischen dem Streit und der Tatsache, dass Siegfried jetzt im Koma liegt.

Außerdem – was geht mich das alles an? Warum mische ich mich überhaupt ein? Vielleicht, weil es schon viel zu viele Geschichten gibt, deren Ende niemand interessiert. Ein Gedanke, der mich traurig macht. Papa. Wo magst du nur sein? Ich frage mich, ob er überhaupt noch lebt. Ist er irgendwo da draußen, geht es ihm gut? Oder hat ihn das Leben bereits fortgeführt an einen Ort, an dem ich ihn nie finden werde? Keine Ahnung, ob ich jemals Antworten auf all die Fragen bekomme, dennoch bleibt da dieses Gefühl, etwas geraderücken zu müssen. Vor mir, der Welt und vielleicht sogar ein wenig vor dem arroganten Schnauzbart.

Ich bin am Alten Portal angekommen, zur U5 sind es nur wenige Schritte. Der Magistratsausschuss für Planen, Wohnen & Städtebau tagt heute in einer außerordentlichen Sitzung. Der OsthafenTower steht auf der Tagesordnung, daher hat Matthias mich gebeten, ihn zu begleiten, damit ich ein Gespür für die Stimmung im Magistrat bekomme. Der Einfachheit halber treffen wir uns vor dem Rathaus-Eingang in der Braubachstraße.

»Guten Morgen«, begrüßt er mich, kaum dass ich aus der Straßenbahn gestiegen bin. »Hast du gut hergefunden? Heute wird es garantiert voll. Wollen wir?«

Er hält mir die Tür auf. Hinter der imposanten Sandsteinfassade verbirgt sich ein noch imposanteres Treppenhaus.

»Warum wird es heute voll?«, will ich wissen, während wir die breiten Stufen in den dritten Stock nehmen. »Die Baugenehmigung ist erteilt, ihr habt den Zuschlag doch erhalten?«

»Das ist erst der Anfang. Ein Projekt dieser Größenordnung ist mit unglaublich viel Bürokratie verbunden. Jetzt geht es um zahlreiche Genehmigungen im Vorfeld, detaillierte Umweltverträglichkeitsprüfungen, komplexe Bauvorschriften …« Er lacht freudlos. »Und dann noch die Koordination mit den verschiedenen Regierungsbehörden und lokalen Verwaltungen, das ist ein Marathon.«

»Und heute geht es konkret um was?«

Wir betreten den Saal, in dem die Ausschusssitzung tagen wird. Der Raum ist lang gezogen, die Tische zu einem schmalen Rechteck aufgestellt. Fast alle Plätze sind bereits besetzt. Obwohl ich unsere Stadtverordneten nicht kenne, sieht man unschwer, wer eine Fraktion bildet. Matthias führt mich zu den Zuschauerstühlen am Ende des Raumes. »Heute geht es um einen Verkehrsleitplan, der durch die Baustelle notwendig ist. Aufgrund der Lage wäre es am günstigsten, die Honsellbrücke als Baustelleneinrichtungsfläche zu nutzen. Dazu müsste man sie allerdings sperren und den Verkehr umleiten. Wenn sich der Ausschuss gegen die Brückensperrung entscheidet, bedeutet das erheblich höhere Baukosten durch Just-in-time-Materiallieferungen und eine weiter entfernte Baustelleneinrichtungsfläche.«

Mir fällt ein Mann auf, der gerade den Raum betritt. Irgendetwas an seinen Bewegungen kommt mir vertraut vor, doch erst als ich sein Gesicht sehe, überrollt mich die Erkenntnis wie eine Welle. Ich fasse es nicht! Mein Herz beginnt schneller zu schlagen – es ist tatsächlich der Superheld! Ein leichtes Prickeln macht sich in meiner Magengegend breit. Keine zehn Meter von mir entfernt steht der Mann, der geholfen hat, Siegfried Bargs Leben zu retten. Was macht er hier? Während ich mich bemühe, ihn nicht allzu unverhohlen anzustarren, melden sich die Erinnerungen an diesen schrecklichen Moment. Die Situation war so unerwartet schnell vorüber, dass ich gar nicht dazu gekommen bin, mich vorzustellen oder nach seinem Namen zu fragen. Und es mich auch ehrlich gesagt nicht getraut hätte.

Seltsam, wie das Leben manchmal spielt. Sämtliche Gedanken an Baustelleneinrichtungsflächen verschwinden aus meinem Kopf, während ich ihn verstohlen betrachte. Es ist dieses gewisse Etwas, das ihn von allen anderen Männern im Raum abhebt. Heute trägt er einen dunkelblauen Anzug, der perfekt zu seinem markanten Gesicht und seinem dunkelblonden Haar passt. Er grüßt jemanden, sein Lächeln ist so betörend, dass es mich förmlich umhaut. Bitte, bitte, bettele ich in Gedanken, schau mich an, schau zu mir herüber! Und dann bleibt mir fast das Herz stehen, als sein Blick über die Anwesenden wandert und unsere Augen sich für eine Millisekunde treffen. Ich werde feuerrot. Himmel, er kann doch nicht etwa Gedanken lesen? Schnell nicke ich zu Matthias' Ausführungen und krame in meiner Tasche, als der Superheld an uns vorbeigeht. Während ich so tue, als ob ich meine Jacke über die Stuhllehne hänge, scanne ich unauffällig die Reihen hinter mir. Da, zwei Reihen weiter hat er Platz genommen und schaut direkt in meine Richtung, sein Gesichtsausdruck verrät nicht, was er denkt. Hat auch er mich wiedererkannt?

Vorn verschafft sich jemand Gehör, die Sitzung wird eröffnet. Einerseits bedauere ich, dass ich ihn nicht im Blickfeld habe, andererseits kann ich mich so besser auf die Inhalte konzentrieren. Da die Tagesordnung bereits im Internet veröffentlicht wurde, weiß ich, dass der OsthafenTower als letzter Punkt verhandelt wird. Es dauert geschlagene zwei Stunden, bis alle Toilettensanierungen und Erbpachtumwandlungen abgehakt und wir endlich dort angekommen sind, wofür wir hier sind. Die Luft ist zum Schneiden, schon zweimal ist mir der Fuß eingeschlafen, und ich kann kaum noch die Augen offen halten. Plötzlich wird die Tür aufgerissen, ein Mann stürmt herein. »Jürgen Kleiber, Rhein-Main-Zeitung«, verschafft er sich Aufmerksamkeit, auch ich bin sofort hellwach. Jürgen Kleiber – das ist doch dieser Journalist, der die Schmutzkampagne gegen die BargImpact und den OsthafenTower fährt? Er erinnert mich ein bisschen an den Fernsehkommissar Columbo, nur dass Kleiber noch zerknitterter aussieht und statt des Trenchcoats einen olivgrünen Parka trägt. Ich würde ihn auf Ende fünfzig, Anfang sechzig schätzen. Als eine Frau ihm etwas zuruft, das ich wegen des ansteigenden Gemurmels nicht verstehe, reckt er angriffslustig den Kopf.

»Werden hier Pressevertreter etwa außen vorgehalten?«, donnert er. »Ich dachte, das ist eine öffentliche Sitzung? Oder haben Sie etwas zu verbergen?«

Er scheint zu wissen, wie man den Finger in die Wunde legt.

»Will man der Öffentlichkeit etwa immer noch weismachen, die Baugenehmigung auf der Molenspitze wurde in Einklang mit geltendem Recht erteilt?« Mittlerweile ist ihm die Aufmerksamkeit aller Anwesenden sicher. »Kann dieses offizielle Gutachten, auf das man sich dabei beruft, bestätigen, dass eine umfassende und gründliche Untersuchung des Gebiets durchgeführt wurde, um das Vorhandensein geschützter Arten auszuschließen?«

Niemand rührt sich.

»Wurden die Untersuchungen zu einem geeigneten Zeitpunkt im Jahr durchgeführt, um sicherzustellen, dass potenziell saisonale Aktivitäten geschützter Arten berücksichtigt wurden? Und …«

Er ist wirklich gut, mittlerweile könnte man eine Stecknadel fallen hören.

»… wurden diese Untersuchungen wiederholt und über einen ausreichenden Zeitraum hinweg durchgeführt, um die Variabilität oder Veränderungen im Vorkommen geschützter Arten zu erfassen?«

Kleiber macht eine Pause, doch es ist nur die Ruhe vor dem Sturm. Keinesfalls will er nur den Finger in die Wunde legen, sondern mit Genuss noch ein wenig Salz hineinstreuen.

»Ist das nicht vielmehr alles nur eine rücksichtslose Taktik, die darauf abzielt, beträchtliche finanzielle Gewinne zu erzielen? Stehen bei dem Bau des OsthafenTowers nicht lediglich Profitstreben und Gier im Mittelpunkt, wofür man gerade die Integrität unberührter Naturgebiete aufs Spiel setzt?«

Er macht wieder eine Pause. Kein Mucks ist zu hören. »Ich hege berechtigte Zweifel an der Integrität dieses offiziellen Gutachtens, das man als Grundlage für die Erteilung der Baugenehmigung herangezogen hat. Angesichts der über Jahre hinweg gut dokumentierten Nachweise geschützter Tierarten auf der Molenspitze«, er wedelt mit einer Mappe, »drängt sich einem zwangsläufig die Frage auf, wie ein Gutachten zustande kommen konnte, das genau dieses Vorkommen negiert. Ein Schelm, der dabei an Manipulation denkt, insbesondere, wenn es dabei um sagenhafte Gewinne geht. Wurde hier wirklich im Interesse des Gemeinwohls entschieden?«

Matthias beugt sich zu mir. »Ich hatte dir doch erzählt, dass das Regierungspräsidium Darmstadt ein Gutachten erstellt hat«, flüstert er. »Das Ergebnis lautete, dass auf dem Grundstück keine Wasserfledermäuse nachgewiesen werden konnten. Aber nun hat diese Umweltinitiative gedroht, Beschwerde einzulegen.«

Vorn versuchen zwei Männer, den Journalisten zu bremsen, aber Kleiber ist in seiner Entschlossenheit nicht zu stoppen. Im Gegenteil, mir kommt es vor, als wäre er mit seiner flammenden Rede erst am Anfang. Kleiber ist ein Mann, der ohne Umschweife in den Kampf zieht, ein Veteran, der mit offenem Visier für seine Überzeugungen kämpft. Lebhaft kann ich mir vorstellen, wie er in jüngeren Jahren bestimmt ebenso engagiert gegen die Startbahn West demonstriert hat.

»Wie können wir verantworten, unser fragiles Stadtklima einer solchen Gefährdung auszusetzen? Wie können wir zulassen, dass gesetzliche Rahmenbedingungen durch die Einflussnahme skrupelloser Machthaber und Lobbyisten untergraben werden?« Sein Blick scheint jeden einzelnen zu fixieren. »Der OsthafenTower tangiert eine der wichtigsten Frischluftschneisen Frankfurts. Die Störung dieser Luftströme trägt unweigerlich zu einer Überhitzung der Stadt bei.«

Verstohlen mustere ich Matthias, der mit unbeweglicher Miene neben mir sitzt. Entweder ist er über sämtliche Anschuldigungen im Bilde oder er misst ihnen keinerlei Bedeutung bei.

»Kann er mit seinen Anschuldigungen an der geplanten Bebauung etwas ändern?«, erkundige ich mich im Flüsterton.

Matthias lässt den Journalisten keine Sekunde aus den Augen. »Nein. Die Baugenehmigung wurde ja bereits erteilt. Außerdem liegt der Standort definitiv außerhalb der Frischluftschneise.«

»Aber was meint er damit, dass der Turm die Schneise tangiert?«

»Aus der Luft gegriffene Argumente, völlig unverhältnismäßig.« Matthias schnaubt. »Der OsthafenTower steht eins zu eins im Einklang mit den geltenden Vorschriften. Wir haben sämtliche Maßnahmen zur Minimierung möglicher Auswirkungen auf die Luftströmung in der Umgebung des Turms bei der Planung berücksichtigt. Und das ist alles einwandfrei dokumentiert, geprüft und abgesegnet. Bedauerlich, dass es immer noch ewig Gestrige gibt, die sich den Tatsachen entgegenstellen und aus bloßem Opportunismus den Fortschritt verweigern. Ich meine, wir bauen hier ja nicht einfach mal so einen Aussichtsturm, sondern gestalten die Zukunft unserer Mainmetropole.«

Einen allzu ewig gestrigen Eindruck macht Jürgen Kleiber allerdings nicht. Im Gegenteil, ich sehe einen Mann, der genau weiß, was er tut. Trotz seines leidenschaftlichen Auftritts geht er ausgesprochen geschickt vor, indem er seine Position in Fragen verpackt und so vermeidet, seine Vorwürfe als Behauptungen in den Raum zu stellen.

»Ist es nicht von entscheidender Bedeutung, dass solche Hotelprojekte – sofern die Stadt Frankfurt tatsächlich noch ein weiteres Hotelhochhaus benötigt – nicht zulasten unseres Stadtklimas realisiert werden? Und, meine Damen und Herren, wenn wir an den Klimawandel denken ...«, er macht eine bedeutungsvolle Pause, »teilen Sie nicht auch meine Ansicht, dass wir die Interessen zukünftiger Generationen über kurzfristige Gewinnabsichten stellen müssen?«

Zwei Sicherheitsmitarbeiter betreten den Raum, zielstrebig steuern sie auf den Journalisten zu. Jürgen Kleiber zeigt sich unbeeindruckt, seine Stimme strotzt nur so vor Überzeugung.

»Angesichts der globalen Erwärmung können wir uns nicht erlauben, unsere Zukunft aufs Spiel zu setzen. Die Öffentlichkeit hat ein Recht darauf zu erfahren, welche vollumfänglichen Konsequenzen der Bau des Osthafen-Towers für unsere Stadt mit sich bringt.«

Inzwischen hat die Security ihn fast erreicht, doch im entscheidenden Moment ändert er die Taktik. »Sie werden noch von mir hören«, beendet er seine Ansprache. Widerspruchslos lässt er sich zum Ausgang führen, auf seinem Gesicht liegt ein äußerst zufriedener Ausdruck. Keinesfalls wirkt er, als würde man ihn gerade vor die Tür setzen, nein, hier wird ein siegreicher Feldherr vom Schlachtfeld eskortiert. Gegen meinen Willen bin ich beeindruckt. Davon sollte ich mir eine Scheibe abschneiden, wenn ich das nächste Mal mit Margit diskutiere, ob das Ausklopfen der Fußmatten zum Kehrdienst im Treppenhaus gehört oder nicht. Die Tür schließt sich hinter den Männern, der Saal atmet unwillkürlich auf. Aber auch wenn der Journalist den Raum verlassen hat, seine Fragen sind geblieben – unbeantwortet und unausweichlich.

Eine Hand auf meiner Schulter. »Alles gut?«, erkundigt sich Matthias und ich nicke.

»Ich hätte nicht gedacht, dass dieses Projekt so …« – Wie drücke ich es bloß unverfänglich aus? – »… komplex ist!« Ja, komplex ist die richtige Beschreibung, komplex wie ein Spinnennetz. Fragt sich nur, wer im Netz zappelt und wer die Spinne ist, die auf Beute lauert.

»Vielleicht verstehst du nun besser, warum es so wichtig war, an dieser Sitzung teilzunehmen. Ich hoffe, du hast dir einen besseren Überblick über die schwierige Stimmung in der Öffentlichkeit verschaffen können?«

Definitiv habe ich nun einen besseren Überblick, wenn auch vielleicht ein wenig anders, als Matthias es sich vorstellt. »Du entschuldigst mich ganz kurz?« Ich stehe auf. Wenn ich mich beeile, erwische ich Jürgen Kleiber vielleicht noch. Diese einmalige Gelegenheit, Informationen aus erster Hand zu bekommen, will ich mir nicht entgehen lassen. Forsch dränge ich mich durch unsere Stuhlreihe und ignoriere die verblüfften Blicke. Ich schlüpfe durch die Tür, haste die Treppe hinunter durch das Foyer und schaue mich suchend um. Nichts, kein Journalist weit und breit, auch draußen auf der Braubachstraße kann ich keinen olivgrünen Parka entdecken. Wohin ist er bloß so schnell verschwunden? Dabei hätte die Situation so gut gepasst, es wäre geradezu ideal gewesen, Kleiber direkt im Anschluss zu sprechen. Bestimmt hätte er sich gern Zeit für meine Fragen genommen und womöglich hätte ich außer über Luftströme und Fledermäuse noch andere interessante Dinge erfahren. Immerhin ist der OsthafenTower eine weitere Verbindung zwischen der BargImpact und den Delbrücks, auch wenn ich noch nicht so richtig einschätzen kann, inwiefern das von Bedeutung ist.

Ich kehre ins Rathaus zurück und folge dem Hinweisschild zur Damentoilette. Zum Glück ist außer mir gerade niemand hier. Aus dem Spiegel über dem Waschbecken schaut mir mein müdes Gesicht entgegen. Aus der Ferne betrachtet scheinen meine Augen dunkel, doch eigentlich sind sie grün. Grün mit einem grauen Rand und ockerbraunen Sprenkeln – krokodilfarben, wie Papa immer gesagt hat. Je nachdem, wie dicht man herantritt, sehen sie anders aus – wie so vieles im Leben. Ich zwinge mich, den Gedanken loszulassen, und konzentriere mich stattdessen aufs Händewaschen. Doch selbst während ich den Seifenschaum abspüle und dem Plätschern des Wassers lausche, kreisen die Fragen unablässig in meinem Kopf. Irgendetwas wabert hier im Hintergrund, nur was?

Als ich zehn Minuten später wieder im dritten Stock ankomme, ist die Ausschusssitzung gerade beendet. Im Flur haben sich Grüppchen gebildet; irgendwie scheint jeder jeden zu kennen, nur Matthias sehe ich nirgends. Suchend schaue ich mich um. Keine drei Meter von mir entfernt steht der Superheld. Diesmal ist es eindeutig, dass er mich anschaut, und kaum habe ich seinen Blick erwidert, kommt er auch schon auf mich zu. Hollywood unterlegt solche Momente gern mit romantischer Musik, und obwohl ich mir vor gut zwei Stunden nichts sehnlicher gewünscht habe, klingen die Geigen in meinem persönlichen Soundtrack gerade etwas panisch. Nicht ganz so wie in »Psycho«, aber »Love Story« hört sich definitiv anders an. Meine Nervosität steigt mit jedem seiner Schritte. Was will er?

»Sind wir uns nicht schon einmal begegnet?« Seine Stimme ist genauso gänsehauterregend, wie ich sie in Erinnerung habe. Zeit hat auf einmal keine Bedeutung mehr. Nichts hat mehr eine Bedeutung, außer die absolute Gewissheit, dass mein Leben gerade eine unerwartete Wendung nimmt.

»Nein!« Meine Gedanken überschlagen sich, während ich mich verzweifelt um Fassung bemühe. »Ähm, ja. Also ich meine – doch, wir sind uns schon einmal begegnet.«

Er hebt eine Augenbraue, was mich völlig fertig macht.

»Ich – ich erinnere mich. Es war am Freitag bei diesem Kondolenzempfang, als ...«, stottere ich. »Tut mir leid, aber ich weiß gerade nicht, was ich sagen soll.« Garantiert oute ich mich gerade als lebender Beweis, dass Verwirrtheit eine Lebensphilosophie sein kann. Doch anstatt eines ironischen Kommentars schaut er mich mitfühlend an.

»Es tut mir wirklich leid, es war keinesfalls meine Absicht, Sie an diese schreckliche Situation zu erinnern.«

Wie charmant ist das denn bitte, dass er meine konfusen Äußerungen auf sein eigenes Konto bucht? Ich senke die Lider. »Ja, das war wirklich fürchterlich«, murmele ich, während ich mir den Kopf zerbreche, wie ich unser Gespräch in eine andere Richtung lenken kann. »Sind Sie auch beruflich hier?«

»Keinesfalls.« Seine Augen blitzen. »Heute früh war mir ein wenig langweilig, warum also nicht dem Planungsdezernat einen Besuch abstatten?«

Okay, das war vielleicht nicht die schlaueste aller Fragen, aber irgendwie schafft er es, dass ich mir bei seiner Antwort nicht wie eine komplette Idiotin vorkomme. »Also ich kann mir auch nichts Schöneres vorstellen, als einen Donnerstagmorgen mit einer gepflegten Ausschusssitzung zu beginnen«, behaupte ich.

Er lacht leise, dann wird er ernst. »Eines der Neubauprojekte auf der heutigen Tagesordnung ist für unser Unternehmen von großem Interesse. Und Sie? Warum sind Sie hier?«

So schnell sind wir also beim Business-Talk angekommen. »Ich bin selbstständige Kommunikationsberaterin und begleite heute einen Kunden.«

»Klingt vielversprechend. Vielleicht lässt sich herausfinden, wie Ihre Expertise mit unserem Projekt eine Erfolg versprechende Partnerschaft ergeben könnte?«

Na, der geht aber ran. Oder interpretiere ich in sein typisches Geschäftsgeplänkel bewusst eine ganz andere Botschaft? »Klingt interessant, doch leider aktuell vergeben!«

»Wie bedauerlich! Andererseits – man soll die Hoffnung nie zu schnell aufgeben. Wer weiß, vielleicht bekomme ich ja das nächste Mal eine Chance?« Aus der Innentasche seines Jacketts zieht er ein Kartenetui, aus dem er mir eine Visitenkarte überreicht. Lange Finger mit gepflegten Nägeln, dazu eine klassische Rolex. Ihr blau-gelb gestreiftes Stoffarmband täuscht nicht über ihren Wert hinweg, schätzungsweise hat er für sie zwei- bis dreimal so viel wie ich für meine neue Gucci bezahlt.

Er lächelt, während ich mich bemühe, möglichst elegant eine Visitenkarte aus meiner Handtasche zu fischen.

»Romy Sternek«, liest er, nachdem ich sie ihm überreicht habe. »Ein Name, den ich mir merken muss.«

Wieder dieser Tonfall in seiner Stimme, der mir einen wohligen Schauer über den Rücken rieseln lässt. Zu spät merke ich, dass ich ihn wie blöde angrinse. Schnell senke ich den Blick. Ich betrachte das Firmenlogo auf seiner Visitenkarte, lese seinen Namen und in diesem Moment wird alles andere um mich herum ausgeblendet.

»Gabriel Delbrück«, sage ich mit aller Konzentration, die ich aufbringen kann. »Sehr erfreut.«

KAPITEL 20 – ROMY

Frankfurt, Industriehof
Donnerstag, 14. November, nachmittags

Faszinierend, was das Internet so alles weiß. Beispielsweise, dass sich Jürgen Kleiber bereits zweimal wegen Verleumdung vor Gericht verantworten musste. Oder dass Wasserfledermäuse tatsächlich schwimmen können. Oder auch, dass Gabriel Delbrück ziemlich höchstwahrscheinlich Single zu sein scheint. Margit behauptet ja immer, ein attraktiver, ungebundener Mann ohne nennenswerte Macken sei genauso selten wie ein Parkplatz samstags in der Innenstadt. Ist es vor diesem Hintergrund ein gutes oder ein schlechtes Zeichen, dass auf sämtlichen Fotos, die ich von ihm gegoogelt habe, nicht der kleinste Hinweis auf eine Frau in seinem Leben zu entdecken ist?

Inzwischen weiß ich auch, warum er mir so bekannt vorkam. Die Ähnlichkeit mit Lukas ist geradezu verblüffend, nur dass Gabriel dunklere Haare hat und ein bisschen erwachsener als sein Bruder aussieht. Der dunkelblaue Anzug scheint sein Markenzeichen zu sein, auf all diesen Fotos von irgendwelchen Standortbesichtigungen, Richtfesten und Investorenmeetings macht er darin eine hervorragende Figur. Einige Aufnahmen zeigen ihn auch beim Radklassiker Eschborn–Frankfurt, doch auch in dieser Amateurtruppe scheinen mit ihm nur Kerle in die Pedale zu treten.

Ich schaue aus dem Fenster. Gabriel Delbrück ist also ein Mann, der viel arbeitet und viel Rad fährt. Ist das der Grund, warum er noch Single ist? Letztes Jahr hat der die Geschäftsführung der Delbrück-Projektbau übernommen – hat er vielleicht schlicht und einfach keine Zeit für ein Privatleben?

Apropos Privatleben – eine derart ausführliche Recherche über Gabriel Delbrück ist auch nicht im weitesten Sinne mit meinem Arbeitsauftrag vereinbar, weshalb ich mir auf meiner Stundenliste dreißig Minuten und zusätzlich zwei Karmapunkte abziehe. Ein weiterer war es mir wert, die Ziege vorhin nicht zu grüßen, obwohl sie mich schon wieder so vorwurfsvoll angeguckt hat. Zusammengerechnet macht das zwar nur drei Punkte Abzug, da ich mein Schicksalskonto allerdings ein wenig im Minus wähne, wende ich mich mit verstärktem Elan Jürgen Kleiber zu. Der Journalist ist in der Frankfurter Umweltszene ein echtes Urgestein, ich brauche eine ganze Weile, bis ich mir aus der Vielzahl der Informationen einen Überblick verschafft habe.

Geboren und aufgewachsen in Frankfurt entschied sich Kleiber nach dem Abitur, an der Goethe-Universität Politikwissenschaften zu studieren. Bereits während seines Studiums engagierte er sich in verschiedenen Umweltinitiativen und veröffentlichte erste Artikel im Stadtmagazin »Pflasterstrand«. Nach seinem Diplom arbeitete Kleiber als freier Journalist und fokussierte sich in den 2000er-Jahren mehr und mehr auf Umweltthemen im Rhein-Main-Gebiet. 2011 wechselte er zur Rhein-Main-Zeitung, wo er inzwischen das Umweltressort leitet. Seine Artikel zeichnen sich durch eine gründliche Recherche aus, sein ansprechender Schreibstil gefällt mir. Kleiber erklärt umweltpolitische Themen so, dass man sie versteht, auch wenn er sich in seiner Bewertung für meinen Geschmack manchmal zu weit aus dem Fenster lehnt. Ich blättere durch meine Notizen. Eine Verleumdungsklage endete mit einer Richtigstellung, die andere mit einer Geldbuße. Außerdem erfahre ich, dass sich Kleiber für den Ausbau des Radwegenetzes engagiert und ebenfalls ein begeisterter Radler ist. Auch von ihm gibt es im Internet eine Aufnahme im Fahrraddress, die ich schnell wieder wegklicke. Ab einem gewissen Alter tun diese knappen Radhosen einfach nichts für Männer.

Dann betrachte ich eine Weile den Farn. Obwohl ich viele Informationen gefunden habe, habe ich keine Ahnung, was ich damit anfangen soll. Ich schlage meinen Notizblock auf, notiere »Siegfried Barg«, »Gabriel Delbrück«, »Jürgen Kleiber« und nach kurzem Zögern auch noch »Lukas Delbrück«. Barg kannte alle drei Männer. Bei Lukas bin ich mir nicht sicher, er ist derjenige, über den ich am wenigsten weiß. Logischerweise hatte Lukas eine Verbindung zu seinem Bruder und zu Siegfried Barg, aber kannte er Jürgen Kleiber?

Umgekehrt kennt der Journalist Siegfried Barg, mit Sicherheit ist ihm auch Gabriel Delbrück ein Begriff, doch was ist mit Lukas? Ich male ein dickes Outline-Fragezeichen unter die Namen. Während ich den Punkt schraffiere, drehen sich meine Gedanken im Kreis. Ein Karussell, das schwungvoll an etwas vorbeirauscht, das wichtig ist. Jürgen Kleiber hat angedeutet, dass Siegfried Barg auf die Erteilung der Baugenehmigung des OsthafenTowers Einfluss genommen hat. Wenn er wirklich etwas weiß, muss es etwas sein, mit dem er nicht so einfach an die Öffentlichkeit gehen kann. Andernfalls hätte er seine Informationen schon längst dazu verwendet, einen Riesenskandal anzuzetteln. Dennoch übt er Druck aus – sowohl in seinen Artikeln als auch vorhin bei seinem Auftritt im Rathaus.

Hat Kleiber versucht, Barg zu erpressen? Ich stelle mir vor, wie der Journalist die erpresserische Karte tippt, womöglich sogar noch weitere, mit denen er Forderungen oder Details zur Übergabe mitteilt. Seine ersten Artikel hat der junge Jürgen definitiv auf einer Schreibmaschine verfasst, garantiert steht irgendwo bei ihm zu Hause noch eine herum. Vielleicht ist ihm dann im Verlauf des Übergabetermins der Gedanke gekommen, dass da noch mehr zu holen sei? Zwar habe ich noch nie jemanden erpresst, doch bei jemandem, der einmal gezahlt hat, ist bestimmt noch mehr zu holen.

Ich male den oberen Teil des Fragezeichens aus, beim Herumscribbeln konnte ich schon immer am besten nachdenken. Auf der einen Seite haben wir also Siegfried Barg, der sich das Schweigen des Journalisten mit hunderttausend Euro erkaufen will, auf der anderen Seite Jürgen Kleiber, dem sein Wissen mit einem Mal viel mehr wert ist. Es kommt zum Streit, weil Kleiber mehr fordert, als vereinbart wurde, und Barg sich weigert, das Geld herauszurücken. Wenn ich es mir so recht überlege, kommt mir meine Geschichte ziemlich plausibel vor, gäbe es da nicht ein winziges Detail, das mich stört: Warum wählt Kleiber für seinen Erpressungsversuch ausgerechnet die Beisetzung von Lukas Delbrück? Gibt es eine Verbindung zwischen den beiden Männern, die ich noch nicht kenne? Während ich mein Fragezeichen mit einem Strahlenkranz ergänze, versuche ich mich an die Worte der Trauerrednerin zu erinnern. Ich glaube, sie erwähnte, dass Lukas ebenfalls für die Delbrück-Projektbau gearbeitet hat. Ein kurzer Check der

Firmenhomepage bleibt ergebnislos, auch bei LinkedIn ist er nicht zu finden. Nicht oder nicht mehr?

Wenn ich mehr über die Verbindung zwischen den beiden Männern herausfinden will, muss ich mich auf den Journalisten konzentrieren. Kleiber ist definitiv eine vielversprechende Quelle und der heutige Vormittag eine hervorragende Gelegenheit, ihn zu kontaktieren. Warum sich nicht auf seine Andeutungen in einer Mail beziehen und um ein Gespräch bitten? Als Ressortleiter ist sein Kontakt schnell recherchiert. Ich kaue auf meiner Unterlippe, als ich die Betreffzeile »Heutige Ausschusssitzung: Ihre Perspektive hat mein Interesse geweckt« formuliere. Die Kunst bei solchen Anfragen besteht darin, dem Empfänger so um den Bart zu gehen, dass man sein Interesse weckt. Andererseits darf man nicht zu dick auftragen, sonst wird man nämlich nicht ernst genommen. Kleiber ist Profi, er wird merken, wenn ich zu sehr lobhudele. Meine Finger pausieren über der Tastatur. Gar nicht so einfach, mein Interesse für Umweltthemen zu vermitteln und gleichzeitig die Notwendigkeit für ein Treffen zu signalisieren. Ich brauche eine Weile, doch am Ende bin ich zufrieden mit meinem Text und drücke auf »Senden«. Hoffen wir mal, dass meine blitzartige Eingebung etwas Licht ins Dunkle bringen wird.

Ein »Pling« ertönt, gleichzeitig taucht im Eingangsordner meiner Mailbox eine kleine Eins auf. Hat er einen Abwesenheitsassistenten geschaltet? Mein Herz setzt einen Schlag aus, als ich die Absenderadresse lese. Das kann nicht sein, oder? Gabriel Delbrück. Es ist eine Nachricht von Gabriel Delbrück! Vorhin erst haben wir Visitenkarten ausgetauscht und nun meldet er sich bereits? Natürlich ist genau das der Zweck von Visitenkarten, doch im Gegensatz zu

Jürgen Kleiber hätte ich mich nicht getraut, Gabriel Delbrück anzuschreiben. Es ist deutlich einfacher, eine E-Mail an einen Mann zu schicken, dessen Shorts locker um blasse Storchenbeine flattern, als an einen Mann, der in seinen Radhosen wie ein griechischer Gott aussieht.

Mehr als gespannt klicke ich das gelbe Briefsymbol an.

Liebe Frau Sternek,
finden Sie es nicht auch bedauerlich, dass unser Gespräch so abrupt unterbrochen wurde?

Oh ja, in der Tat war das außerordentlich bedauerlich. Kaum hatten wir uns einander vorgestellt, tauchte auch schon Matthias Remsperger auf und drängte zum Aufbruch.

Aktuell haben wir ein Projekt in Planung, bei dem Ihre Expertise hervorragend zum Einsatz kommen könnte – ich fände es großartig, unsere Unterhaltung alsbald fortzusetzen.
Da wir beide anscheinend eine Vorliebe für italienisches Essen teilen – zumindest hoffe ich das! –, wäre es doch eine gute Idee, sich morgen zum Lunch zu treffen. Das »La Dolce Vita« serviert nicht nur ausgezeichnete Ravioli di aragosta, sondern bietet auch das perfekte Ambiente für angeregte Gespräche. Ich habe für 12.30 Uhr einen Tisch reserviert – Sie bringen es doch nicht übers Herz, mich zu versetzen?

Ich freue mich auf morgen!

Gabriel Delbrück

Na, wenn das nicht mal ein Aufschlag ist. Neben beruflicher Neugier weckt die Vorstellung, mich mit Gabriel Delbrück zu einem Business-Lunch zu treffen, wieder dieses wohlige Kribbeln in meinem Bauch. Ich ertappe mich bei einem breiten Grinsen, als ich seine Nachricht ein zweites und ein drittes Mal lese. Damit hätte ich nun wirklich nicht gerechnet. Der Raum schrumpft auf die Größe meines Bildschirms, während ich sinniere, was ich antworten könnte. Und vor allen Dingen wann.

»Willst du gelten, mach dich selten«, behauptet Margit gerne, aber soll ich wirklich seine Einladung ausschlagen, nur um ein Spielchen zu spielen? Warum nicht einfach mutig sein und die Gelegenheit ergreifen? Es ist doch nur ein Lunchdate, oder? Mein Blick schweift durch das Büro, der langweilige Farn kommt mir mit einem Mal wie ein kleiner Gruß aus dem Palmengarten vor.

Ich beschließe auf mein Bauchgefühl zu hören. Ich werde zusagen und mich auf diese Ravioli-was-weiß-ich-was freuen. Meine Finger tanzen über die Tastatur, und mit jedem getippten Wort verstärkt sich meine Vorfreude. Ich werde Gabriel Delbrück wiedersehen – und das sogar schon morgen!

KAPITEL 21 – ROMY

Frankfurt, Innenstadt
Freitag, 15. November, mittags

Das Internet weiß doch nicht alles. Gibt man »Frauen Business-Outfit, in dem man seriös und verführerisch aussieht« ein, bekommt man Vorschläge, die eher als Kostüme für Stripperinnen durchgehen. Selbst als ich »verführerisch« durch »attraktiv« ersetze, wird es nicht besser. Ich frage mich, welches Image das World Wide Web von berufstätigen Frauen hat. Vielleicht sind aber meine Suchbegriffe auch einfach nicht die richtigen, denn als ich Margit per WhatsApp um Rat frage, schickt sie mir umgehend das Foto einer Bauchtänzerin. Momentan hat sie es ja irgendwie mit dem Orient, aber ich kann doch unmöglich zu einem beruflichen Termin in paillettenverziertem BH und fließendem Schleierrock aufkreuzen, oder?

Während ich den Inhalt meines Kleiderschranks auf meinem Bett ausbreite, denke ich nach. Es ist nur ein Mittagessen, es ist rein geschäftlich! Zu glauben, ein Outfit könne mein Leben verändern, ist albern – und trotzdem fühlt es sich überlebensnotwendig an, für diese Verabredung das richtige zu wählen. Aber was ist das richtige? Zweifelnd überlege ich zwischen einem dunkelblauen Blazer und einem Jackett in einem dunklen Marineton hin und her. Ich hatte doch auch mal eines in der Farbe Ocean, aber das finde ich gerade nicht. Vielleicht würde es meine Seriosität am besten unterstreichen? Und wäre heute nicht die Gelegenheit, die Gucci das erste Mal auszuführen? Andererseits hält er mich damit am Ende noch für eine reiche Erbin aus dem Vordertaunus oder glaubt schlimmstenfalls, ich habe mich für ihn so aufgebrezelt. Das ist nämlich die eigentliche Herausforderung: Keinesfalls soll es so aussehen, als hätte ich mich herausgeputzt.

Am Ende wird es ganz schön knapp, doch als ich kurz nach neun in meiner schmalen cognacfarbenen Hose, hohen Stiefeln und einer Wickel-Bluse mit leichtem V-Ausschnitt in der BargImpact auflaufe, ernte ich anerkennende Blicke. Ein Kollege, der mir bislang nur freundlich zugenickt hat, sucht mit einem Mal das Gespräch, und als ich sehe, dass die Mundwinkel der Ziege bei meinem Anblick noch ein wenig tiefer sinken, weiß ich, die richtige Wahl getroffen zu haben.

»Hui!«, pfeift Kathrin anerkennend durch die Zähne, »auf wen hast du es denn abgesehen?«

»Auf niemanden. Bin nur nachher noch zum Mittagessen in der Stadt verabredet.«

»Und für diesen Niemand machst du dich so chic? Na, dann bin ich ja mal gespannt, was du aufführst, wenn es mal was ist.« Sie grinst. »Ich hoffe, der Niemand ist es wert.«

Himmel, die hat aber auch einen Röntgenblick. Dennoch fühle ich mich nur ein winziges bisschen nervös, als ich mich zur Mittagszeit auf den Weg in die Innenstadt mache. Auch Gabriel Delbrücks Augen leuchten auf, als ich mit exakt geplanter sechseinhalbminütiger Verspätung vor ihm stehe. Zwar bin ich schon vor einer Viertelstunde am Opernplatz aus der U-Bahn gestiegen, es erschien mir aber unpassend, vor ihm in dem Restaurant zu sein. Als Frau will man ja nicht allzu enthusiastisch wirken, oder?

Um Zeit zu schinden, habe ich also einmal ganz langsam die Alte Oper umrundet und dabei beschlossen, ihn nicht auf seinen verstorbenen Bruder anzusprechen. Für einen Geschäftstermin wäre das ein zu privates Gesprächsthema, das mir im Umkehrschluss womöglich zu private Antworten abverlangen könnte.

»Entschuldigen Sie bitte die Verspätung«, begrüße ich ihn so entspannt, wie es mir möglich ist. »Es tut mir wirklich leid, die U-Bahn …«

»Frau Sternek – wie schön, dass Sie es einrichten konnten.« Er steht auf, um mich zu begrüßen, dabei lächelt er so herzlich, dass sich prompt wieder diese verflixte Nervosität meldet. Verstohlen schaue ich mich um. Dunkle Möbel und eine sanfte Beleuchtung verleihen dem Lokal ein heimeliges Ambiente. An den Wänden große Drucke mit Szenen aus italienischen Landschaften, die Tische sind mit Stoffservietten, langstieligen Gläsern und einem ganzen Arsenal an Besteck edel eingedeckt. Während wir auf die Speisekarten warten, tauschen wir den üblichen Small Talk über die Anfahrt und das Wetter aus. Ich erfahre, dass dies einer von Gabriel Delbrücks Lieblings-Italienern ist. Die Ravioli di aragosta – *aragosta* ist Hummer, immerhin hier wusste das Internet Bescheid – stehen heute nicht auf der Mittagskarte, dafür aber ein herbstliches Drei-Gänge-Menü, das Gabriel Delbrück für uns bestellt. Ein Ober bringt ein Brotkörbchen und während ich mich sehr am Riemen reißen muss, nicht allzu gierig von dieser fantastischen Olivencreme zu naschen, üben wir uns in gepflegtem Business-Geplänkel. Ich berichte von meiner PR-Agentur, er von seiner Firma. Höfliche Oberflächlichkeiten, die übliche Routine, während man darauf wartet, dass endlich das echte Gespräch beginnt.

»Welche Inhalte sind denn Ihrer Erfahrung nach bei solchen Kampagnen besonders wirkungsvoll?«, erkundigt er sich gerade, als man uns die Vorspeise serviert – Kürbisrisotto mit gerösteten Walnüssen und einem Hauch von Ziegenkäse.

Ich falte die Serviette auseinander. »Authentizität – das ist es, wonach sich die Menschen sehnen. Schauen Sie, die Welt wird zunehmend komplexer. Auf der einen Seite unendliche Möglichkeiten, auf der anderen Seite verzettelt man sich in den Tiefen des Internets. Das kann schnell überfordern.«

Gabriel Delbrück hört mir aufmerksam zu. Gott, hat dieser Mann schöne Augen!

»Menschen sehnen sich nach echten Verbindungen, nach etwas, mit denen sie sich identifizieren können. Studien zeigen, dass sie sich bevorzugt an Marken orientieren, die zumindest authentisch wirken. Mit authentischen Geschichten kann man tiefe Sehnsüchte ansprechen und eine starke emotionale Bindung schaffen. Zumindest, wenn sie gut gemacht sind.«

»Nur gut gemacht?« Er legt den Löffel beiseite und sieht mich an.

»Geschichten müssen sich nicht nur echt anhören, sie müssen auch schön anzusehen sein. Zu viel Realismus will kein Mensch, das erinnert zu stark an die eigenen Probleme. Man muss die richtige Mischung finden – einerseits sollen sich Menschen wiedererkennen, andererseits dabei aber bitte ansprechend und unterhaltsam bleiben. Das ist nicht einfach.«

Unsere Teller werden abgeräumt. »Und welche Geschichten erzählen Sie, Frau Sternek?«

Gerade habe ich das Wasserglas an meine Lippen gesetzt, prompt verschlucke ich mich. Meine Wangen glühen, während ich mich bemühe, möglichst damenhaft zu husten. Hoffentlich führt er mein knallrotes Gesicht nicht darauf, dass er mich gerade ertappt hat.

»Natürlich bleibe ich für meine Kunden so dicht wie möglich an der Wahrheit«, formuliere ich es vorsichtig, nachdem ich mich einigermaßen unter Kontrolle habe. »Aufrichtigkeit im Umgang mit der Zielgruppe hilft, Vertrauen aufzubauen.« War das ehrlich genug, ohne allzu viel von mir selbst preiszugeben?

»Das sehe ich genauso. Nicht nur im Business ist Integrität entscheidend.« Er schaut mich hintergründig an, und ich frage mich, über was wir hier gerade wirklich sprechen.

»Integrität braucht man zweifelsfrei, um langfristig erfolgreich zu sein«, stimme ich ihm zu. »Wenn man glaubhaft die eigenen Werte vermittelt, wirkt sich das immer positiv auf eine Beziehung aus.«

»Auch zwischen Ihnen und Ihren Kunden?«

Die Vorstellung, Gabriel Delbrück als Kunden zu betreuen, lässt mein Herz aufgeregt klopfen. Ich wage einen Augenaufschlag. »Selbstverständlich. Manchmal ergeben sich wunderbare Arbeitsbeziehungen, die einem auch persönlich so viel geben.«

»Und mit Herrn Barg führen Sie auch so eine wunderbare Arbeitsbeziehung?«

Himmel, nein! Das hört sich ja an, als ob ich mit Siegfried Barg eine romantische Affäre hätte! »Zusammenarbeit beruht auf gegenseitigem Respekt und klaren Grenzen. Und ja, innerhalb dieser Grenzen pflege ich zu meinen Kunden eine ausgesprochen professionelle Arbeitsbeziehung.« Hat er verstanden, was ich meine?

Die geschmorte Lammkeule kommt. Das Fleisch löst sich von den Knochen, sobald man es nur anschaut, und das Rosmarin-Kartoffelpüree mit dem glasierten Herbstgemüse ist einfach nur ein Traum. Dazu diese Soße …

»Barg kann sich wirklich glücklich schätzen, Sie für die Kommunikation rund um das OsthafenTower-Projekt gewonnen zu haben.«

Schwingt da eine Spur Bedauern mit oder wünsche ich mir das nur?

»Natürlich wäre der OsthafenTower ein großartiges Projekt, doch vorerst begleite ich die BargImpact nur in der Krisenkommunikation«, versuche ich ein wenig Abstand zwischen mich und den Firmeninhaber zu bringen. »Der stellvertretende Geschäftsführer hat mich nach dem letzten Artikel der Rhein-Main-Zeitung an Bord geholt.«

»So viel Kreativität hätte ich Remsperger gar nicht zugetraut.«

Hält er Matthias für einen fantasielosen Knochen oder traut er mir nicht zu, ein solches Projekt zu betreuen? »Sie kennen sich wohl schon länger, um das beurteilen zu können?«

»Ach, na ja, was heißt *kennen.* Die Branche ist nicht so groß, wie man glaubt, und das Rhein-Main-Gebiet eher klein. Wenn ich mich nicht täusche, ist er etwa seit fünf Jahren der zweite Kopf hinter Barg, da ist man sich zwangsläufig das eine oder das andere Mal über den Weg gelaufen.« Er schiebt ein Stück Pastinake auf seine Gabel. »Verstehen Sie mich bitte nicht falsch, Remsperger ist ein guter Mann, doch sehe ich seine Stärken eher in der kaufmännischen Leitung. Die treibende Kraft ist eindeutig Siegfried Barg.«

»Na ja, er ist doch auch der Inhaber und Firmengründer?«

Jetzt schaut er mich zweifelnd an. »Sie kennen sich wohl noch nicht so lange?«

Für die nächste Lüge ziehe ich mir einen Karmapunkt ab. »Wir haben uns vor Kurzem erst kennengelernt. Sie wissen ja, wie das so ist, in meiner Branche trifft man so viele Leute, da ist es schwer, das genaue Datum zu sagen.«

»Darf ich Ihnen einen Rat geben?« Er schaut mich ernst an. »Sie sollten ihn nicht unterschätzen. Barg lässt Visionen zu Realität werden. Ich bin immer wieder beeindruckt, wie mühelos er scheinbar unmögliche Hindernisse überwindet, um seine Ziele zu erreichen. Und er erreicht sie – immer.«

Ich muss an all die Nachrufe denken, die ich mir in den letzten Jahren angehört habe. Entschlossenheit klingt erst einmal gut, kann aber auch bedeuten, dass jemand über Leichen geht. Definitiv sieht auch Gabriel Delbrück seinen Konkurrenten nicht als Freund der Familie. Wie das Verhältnis der beiden Männer wohl zueinander ist?

»Ist es nicht fürchterlich, was ihm passiert ist?«, versuche ich ihn ein wenig aus der Reserve zu locken.

»In der Tat. Es tut mir leid zu hören, dass er im Krankenhaus liegt«, antwortet er glatt. »Bitte übermitteln Sie in der BargImpact meine besten Wünsche für eine rasche Genesung.«

Hm. Das kann alles und nichts bedeuten. Während ich in Gedanken meine nächste Frage formuliere, serviert man bereits den Nachtisch. Eigentlich bin ich pappsatt, doch beim Anblick der Apfeltarte mit Zimteis kommt es mir fast wie eine Sünde vor, den Teller unangetastet zurückgehen zu lassen. Ich probiere ein winziges Löffelchen und schließe verzückt die Augen. Oh mein Gott, ist das köstlich!

Gabriel Delbrück lächelt über meine Begeisterung, dann wird er ernst. »Wie ist es für Sie, für die BargImpact zu arbeiten, jetzt wo Herr Barg auf unbestimmte Zeit ausfällt? Ich weiß, dass er immer sehr genaue Vorstellungen hat. Ist es nicht schwierig, ohne seinen direkten Einfluss?«

Eine interessante Frage. »Nun, Sie haben den Artikel ja gelesen«, ich gönne mir einen weiteren Löffel, während ich die Antwort überdenke. »Sicherlich ist es eine Herausforderung, doch solche Situationen hatte ich schon öfter. Genau das ist ja meine Aufgabe, eine passende Lösung zu entwickeln, die die Visionen und Wünsche meiner Kunden berücksichtigt.« Ich kratze den letzten Rest auf meinem Dessertteller zusammen. »Was den OsthafenTower angeht, ist das Projekt ja gut dokumentiert, sodass ich in Absprache mit Matthias Remsperger entsprechende Schritte in die Wege leiten kann. Aber ja, natürlich hoffen wir alle, dass er bald wieder zurück ist.«

Sein Handy klingelt. Das Gespräch dauert nur kurz, doch als er auflegt, ist die Atmosphäre an unserem Tisch mit einem Mal verändert. Zwar entschuldigt er sich für die Unterbrechung, doch unser Gespräch will nicht mehr so recht in Fahrt kommen. Als wir unseren Espresso trinken, ist es so still zwischen uns, als hätte jemand den Lautstärkeregler auf null gedreht. Mir ist es schon fast unangenehm, dass er darauf besteht, für uns beide zu zahlen. Kaum ist der Ober verschwunden, schaut er auch schon auf seine Uhr. Das blau-gelbe Armband ist eine unerwartet frische Kombination. Vielleicht sollte ich mir auch so eines zulegen?

»Vielen Dank für diesen netten Lunch, Frau Sternek. Es mir war eine Freude, Sie besser kennenzulernen.«

Seine ausgesuchte Höflichkeit lässt mir das wunderbare Essen wie ein Stein im Magen liegen. Was habe ich falsch gemacht?

»Besten Dank für die Einladung!«, sage ich verhalten, kann mir aber ein bisschen Ironie nicht verkneifen. »Ich habe unsere Unterhaltung sehr genossen.«

»Absolut.« Er schaut mich ernst an. »Und ich hoffe, dass das hier nicht unser letztes Treffen war.«

Aus diesem Mann soll einer schlau werden. Meint er das jetzt so, wie ich es gern hören möchte oder ist das einfach nur dahingesagt? Ich drehe meine Espressotasse auf ihrem Unterteller herum. »Ja, das wäre nett. Auch mir ist es wichtig, berufliche Kontakte zu pflegen.«

»Berufliche Kontakte sind wichtig. Aber um sie zu wirklich guten Kontakten zu machen, sollten sie nicht nur geschäftlich erfüllend sein, sondern auch …«, er hebt den Blick und sieht mir direkt in die Augen, »persönlich.«

Persönlich? Was um Himmels willen meint er?

»Wie wäre ein Abendessen nächste Woche Donnerstag?«

Einen Moment hallen seine Worte in meinen Ohren nach, dann explodiert ein Feuerwerk aus Gedanken in meinem Kopf. Habe ich das gerade richtig verstanden – Gabriel Delbrück fragt mich nach einem Abendessen? Die letzten zehn Minuten hat er mich mehr oder minder angeschwiegen, und jetzt will er sich mit mir zum Abendessen verabreden? Meint er das ernst oder ist das nur so eine Art Scherz, den er gleich wieder zurücknehmen wird? Aber dann sehe ich sein Gesicht und weiß, dass er es wirklich ernst meint! Krampfhaft suche ich nach einer Antwort, die schlau und schlagfertig ist. Eine Antwort, die keinesfalls verrät, wie sehr ich mich freue. Eine richtig gute Antwort wie zum Beispiel … »Ja, warum nicht«, höre ich mich zu meinem Entsetzen sagen. Ich könnte mich ohrfeigen – das habe ich gerade nicht wirklich zu ihm gesagt?

Seine Augen verdunkeln sich. »Frau Sternek, es tut mir leid, ich hätte das nicht sagen sollen. Verzeihen Sie bitte, ich wollte nicht zu weit gehen.«

»Nein, nein, warten Sie!« Ich hebe die Hand. »Es ist nicht das, was Sie denken. Ich … ich würde mich sehr gerne mit Ihnen zum Abendessen treffen!«

Ein erleichtertes Lächeln breitet sich auf seinem Gesicht aus, ich spüre, wie sich die Spannung löst. Auf einmal ist es, als hätte es diese seltsame Distanz nie gegeben. »Und der Donnerstag passt auch. Ich freue mich, wirklich«, beeile ich mich zu versichern.

»Ich mich auch, Romy. Bis bald.«

Wir verabschieden uns, und auf dem Weg zur U-Bahn schaffe ich es tatsächlich, mich kein einziges Mal umzudrehen. »Romy«, nicht »Frau Sternek«, hat er gesagt. Der graue Novemberhimmel scheint mir mit einem Mal voller Möglichkeiten. Auf einmal ist alles irgendwie ganz leicht.

KAPITEL 22 – ROMY

Frankfurt, Industriehof
Freitag, 15. November, nachmittags

Als ich zur BargImpact zurückkehre, ist kaum noch jemand im Büro. Nach guter alter Bautradition ist auch hier am frühen Freitagnachmittag Feierabend. Mir kommt das mehr als gelegen, da ich dieses idiotische Grinsen auf meinem Gesicht einfach nicht in den Griff bekomme. Und nach dem Verhör heute Morgen wäre es mir ausgesprochen peinlich, Kathrin mit den Röntgenaugen Rede und Antwort stehen zu müssen.

Streng genommen hätte ich gar nicht zwingend zurück ins Büro gemusst. Da ich allerdings noch etwas erledigen will, habe ich vorhin ganz zufällig meinen Laptop hier vergessen, sodass ich meine Rückkehr plausibel begründen kann. Um den Schein zu wahren, setze ich mich tatsächlich an meinen Schreibtisch und versuche, die Aufmerksamkeit zurück zu meiner Kampagne zu lenken.

Konzentrier dich, Romy, mahne ich mich, doch meine Gedanken spulen unablässig den Moment ab, in dem Gabriel Delbrück mich um eine zweite Verabredung gebeten hat. Ist das jetzt ein Date? Ich brauche eine ganze Weile, aber dann gelingt es mir doch noch, mich auf die Ausarbeitung meiner Social-Media-Kampagne einzulassen. Es ist kurz nach halb fünf, als ich mit meinem präsentationsreifen Konzept fertig bin. Am liebsten würde ich es direkt

Matthias zeigen, doch das wird bis Montag warten müssen. Also fahre ich den Laptop runter und packe meine Sachen. Diesmal bin ich schlauer und überzeuge mich, tatsächlich allein zu sein, doch außer einer staubsaugenden Putzfrau in der ersten Etage ist niemand mehr im Gebäude.

Garantiert weiß Siegfried Barg am besten über all diese verworrenen Zusammenhänge Bescheid. Da er momentan verhindert ist, habe ich beschlossen, stellvertretend seinen Computer zu befragen. So zumindest mein Plan, sollte es mir gelingen, das Passwort zu knacken. Natürlich ist das riskant und absolut verboten, doch die Neugier überwiegt, als ich mich in sein Büro schleiche. Die Tür schließt nahezu lautlos hinter mir. Ich horche, aber es bleibt still, dann setze ich meine Stirnlampe auf, die ich extra mitgebracht habe. Der Schreibtisch sieht genauso aus, wie ich ihn vor zwei Tagen verlassen habe, ergo hat niemand mein sorgfältig geschichtetes Durcheinander angetastet. Vom Alter her ist Barg deutlich näher an Margit als an ihrem naseweisen Enkel – wie wahrscheinlich ist es, dass auch er irgendwo einen Hinweis auf sein Passwort versteckt hat? Mein Blick wandert über den Schreibtisch und tatsächlich – da steht ein Holzelefant. So ein kleines, handgeschnitztes Figürchen aus dunklem Holz mit weißen Stoßzähnen. Siegessicher drehe ich ihn um, doch auf der Unterseite – nichts. Genauso wenig wie unter dem Tesafilmabroller, dem Stiftköcher oder dem Telefon. Vergeblich wende ich die Schreibtischunterlage, dann bücke ich mich und schaue unter der Schreibtischplatte nach. Auch hier kein Versteck. Die Schubladen sind allesamt abgeschlossen, hier komme ich also nicht weiter. Die nächste Viertelstunde untersuche ich alles, was mir vor die Nase kommt, ohne Erfolg. Enttäuscht lasse ich mich auf seinen

Chefsessel fallen und betrachte ratlos den schlummernden Monitor. Was hatte ich denn erwartet? Margit erzählt viel, wenn der Tag lang ist, und das meiste hat absolut keinen Bezug zum realen Leben, zumindest nicht zu meinem. Ich schnicke die Maus an, prompt erwacht der Bildschirm aus seinem Stand-by-Modus. Das kleine weiße Eingabefeld schaut mich herausfordernd an und ich tippe »BargImpact« ein. Abgelehnt. »P@sswort«. Auch nicht. »Siegfried«. Nada. Verdammt, wie soll ich bloß sein Passwort erraten? Ich verschwende hier nur meine Zeit. Dass sämtliche ältere Menschen ihre Passwörter in der Nähe ihres Schreibtischs verstecken, ist doch auch nur ein Klischee. Margit und Carmen traue ich das durchaus zu – aber alle anderen? Und dann noch auf der Rückseite der Tastatur, wie umständlich ist das denn bitte? Das ist wirklich typisch Carmen! Ich betrachte die vor mir liegende Tastatur. Es ist eher Resignation als Hoffnung, die sie mich umdrehen lässt und … Ungläubig starre ich auf meine Entdeckung. Ich fasse es nicht! Tatsächlich klebt dort ein Post-it mit etwas Handgeschriebenem darauf. Keine Ahnung, ob es das wirklich ist, aber es sieht zumindest so aus, als ob es ein Passwort sein könnte. Eine Kombination aus Groß- und Kleinbuchstaben, aus Zahlen und Sonderzeichen, die sich weder ein Niklas noch sonst jemand merken kann; etwas, das man sich auf alle Fälle aufschreiben muss. Ein winziger Moment des Zögerns, doch dann überwiegt die Neugier. Ich tippe das Passwort ein, bestätige die Entertaste und tadaaa! – der Computer entsperrt sich. Ich kann es kaum glauben, aber ich habe es tatsächlich geschafft! Ehrlich gesagt bin ich gerade ziemlich stolz auf mich, dumm nur, dass ich von meinem Triumph niemals auch nur irgendjemandem erzählen kann.

Ich beginne, mich durch die Vielzahl der Dateien zu klicken. Die meisten sind geschäftlich, doch es gibt auch einige persönliche Notizen. Der Hauch eines schlechten Gewissens begleitet mich, aber ich kann nicht aufhören, wobei mir noch nicht einmal klar ist, nach was ich eigentlich suche. Als ich die Putzfrau mit ihrem Staubsauger unmittelbar vor der Bürotür fuhrwerken höre, ist gerade mal eine halbe Stunde vergangen, dennoch habe ich noch nicht mal einen Bruchteil der Dateien gesichtet. Es sind einfach viel zu viele Informationen. Natürlich könnte ich hierbleiben und versuchen, alles zu durchsuchen, aber das würde eine lange Nacht werden. Außerdem habe ich keine Ahnung, wann hier abgeschlossen wird. Ich muss an vorgestern denken, als mich die Ziege beinahe erwischt hat, so etwas darf nicht noch mal passieren. Wenn ich doch bloß ein bisschen mehr Zeit hätte! Es ist Freitagabend, vor mir liegen zwei freie Tage. Eigentlich ideal, denn kein Mensch würde es bemerken, wenn ich mir am Wochenende ganz in Ruhe den Computer vornehme. Vorausgesetzt, ich tue das auch wirklich ganz in Ruhe …

Manchmal ist es faszinierend zu erleben, wie sich Gedanken zu einer Lösung formen, die auf den ersten Blick unkonventionell erscheint, letztendlich aber perfekt funktioniert. Ich greife nach dem Kabel, das den Computer mit der Steckdose verbindet, ziehe es mit einem Ruck heraus und lege es ordentlich beiseite. Der Bildschirm wird dunkel. Der Computer ist jetzt frei, bereit, mit mir nach Hause zu kommen. Ich schließe ihn vorsichtig in die Arme, fotografiere das Passwort und stehe auf. Mein Herz pocht, als ich das Büro verlasse, der Putzfrau zunicke und mich schnellstmöglich auf den Heimweg mache.

Garantiert wird sein Fehlen niemand bemerken. Vielleicht war das etwas impulsiv, aber unumgänglich, denn die Gewissheit, dass hier etwas ganz und gar nicht stimmt, überlagert mein schlechtes Gewissen. Von daher werde ich mir weder Karmapunkte abziehen noch dazubuchen. Vorerst zumindest. Und dafür am Montag ganz früh den Computer wieder zurück ins Büro bringen, als wäre nichts geschehen. Genau so mache ich das!

Als ich daheim meine Tasche abstelle, komme ich mir vor, als hätte ich einen Marathon absolviert. Die Woche hat mich ganz schön geschafft. Alles, was ich jetzt brauche, ist mein Sofa und eine schnulzige Serie, doch kaum habe ich es mir zwischen den Kissen gemütlich gemacht, klingelt auch schon mein Handy. »Anja« steht auf dem Display. Ich bin schon fast versucht, es wieder beiseitezulegen, doch dann drücke ich auf den grünen Hörer. »Na, wie geht's?«

»Hey Romy! Wie schaut's aus?« Sie klingt aufgekratzt, im Hintergrund höre ich Stimmengemurmel. Obwohl Anja und ich uns schon eine halbe Ewigkeit kennen, hat unsere Freundschaft etwas Flüchtiges. Sobald sie einen Kerl am Start hat, verschwindet Anja regelmäßig in der Versenkung und taucht erst dann wieder auf, wenn sich ihr Beziehungsstatus geändert hat. Gerade ist sie wieder Single und siedend heiß fällt mir ein, dass wir für heute Abend locker verabredet sind. Sind wir doch, oder?

»Och, ziemlich kaputt. Viel zu tun momentan, was bin ich froh, dass Freitag ist«, gebe ich mich weitläufig.

»Oh ja, ich auch! Wann kommst du?«

So ein Mist! Der Friedberger Markt – vor drei Wochen hatten wir uns vorgenommen, in größerer Runde mal wieder hinzugehen.

Anja lacht. »Du hast's vergessen, stimmt's?«

»Auf keinen Fall!«, behaupte ich. »Ich bin nur echt total müde und erschöpft von der Woche und dachte, ich lege mich kurz hin.«

»Bullshit! Schwing deinen Arsch her, die anderen sind auch schon da.«

Anja erklärt mir wortreich, wie lange sie schon da ist, wo sie stehen und wer nachher vielleicht noch alles dazustoßen will. Und während ich Sachen wie »Ja« und »Ach!« und »Echt?« sage, frage ich mich, ob mir ein bisschen Ablenkung vielleicht nicht doch guttun würde. Manchmal sind es eben die spontanen Dinge, die den Kopf freimachen, warum also nicht? Ich verspreche, spätestens in einer halben Stunde da zu sein, dann lege ich auf.

Tatsächlich brauche ich fünfunddreißig Minuten, aber auch nur, weil ich meine Daunenjacke partout nicht finden konnte. Der ganze Friedberger Platz steht voll mit Menschen, die sich zwischen den Ständen drängen, schon von Weitem sehe ich Anja, Christina und Jule an unserem Treffpunkt. Sie haben sogar einen Stehtisch ergattert, ich werde mit großem Hallo begrüßt.

»Schau mal, wer da ist!«, ruft Anja. »Romy, na endlich, ich dachte schon, du kneifst und lässt uns sitzen!« Sie fällt mir um den Hals und drückt mir ein Glas Wein in die Hand.

Jule zwinkert mir zu. »Du hast definitiv den besten Teil des Markts verpasst – rate mal, wen wir eben gesehen haben?« Sie senkt verschwörerisch die Stimme. »Tobias!«

Oh Gott, bloß nicht! Tobias ist einer dieser Typen, die man immer auf dem Markt trifft. Aus einer Laune heraus habe ich mit ihm im Frühjahr mal geknutscht, aber ich schwöre, es war wirklich nur einmal und mehr ist wirklich nicht gelaufen. Trotzdem hat der Typ mich wochenlang mit Textnachrichten bombardiert und stand sogar ein paar Mal mit Blumen vor der Haustür. Das Ganze hatte erst ein Ende, nachdem Margit ihm unmissverständlich klargemacht hat, dass in ihrem Haus anständige Verhältnisse herrschen und sie keinen Besuch von alleinstehenden Herren duldet. Ob er ihr das wirklich geglaubt oder ob es eher etwas mit dem Eimer Wasser zu tun hatte, den sie dabei zufällig gerade aus dem Fenster geleert hat, weiß ich nicht, auf alle Fälle habe ich ihn seither nicht mehr gesehen.

»Wo?«, frage ich alarmiert. Die anderen gackern los.

»Sag bloß, du gehst ihm aus dem Weg?« Anja schaut mit blitzenden Augen in die Runde. »Hat Romy nicht immer behauptet, da wäre nicht groß was gelaufen?«

»Weniger ist manchmal eben mehr.«

Wir müssen so lachen, dass Christina sich an ihrem Wein verschluckt. Die Entscheidung, mich aufzuraffen und herzukommen, erweist sich als goldrichtig – ich habe so viel Spaß wie schon lange nicht mehr. Eine Flasche später rückt Anja endlich heraus, warum sie ihren neuesten Traummann ad acta gelegt hat. Im Bett habe es nicht harmoniert, erklärt sie ernsthaft, will jedoch keine weiteren Details preisgeben. Darauf stoßen wir an und ruckzuck ist auch diese Flasche leer. Ich erkläre mich bereit, die nächste Runde zu holen. Die Schlange am Weinstand ist länger als erwartet, ich muss warten, bis ich an der Reihe bin. Vorsichtig balanciere ich das Tablett mit den Weingläsern zurück zu unserer Gruppe. Es ist ziemlich unhandlich, die Gläser kippelig, und durch die Menschenmenge durchzukommen, ist schwieriger als gedacht. Kaum habe ich das Tablett auf unserem Stehtisch abgestellt, rempelt mich auch schon jemand von der Seite an. Ich stoße gegen eines der Gläser, der Wein kippt über meine Hose. »Kannst du nicht aufpassen?«

»Sorry, tut mir leid.«

Der Schauer, der mich durchrieselt, hat nichts mit meiner patschnassen Jeans zu tun, sondern mit dieser unangenehm vertrauten Stimme. Eine Stimme, die absolut nicht hierhergehört. Eine Stimme, von der ich mir gewünscht habe, sie nie wieder hören zu müssen. Ich hebe den Kopf, schaue in zwei dunkle Augen, und sofort schießt mir die Erinnerung an gleich mehrere ausgesprochen peinliche Momente durch den Kopf. Obwohl das hier eigentlich nicht sein kann, nein – nicht sein darf! – steht er doch direkt vor mir: der Schnauzbart.

KAPITEL 23 – ROMY

Frankfurt, Friedberger Platz
Freitag, 15. November, abends

»Na, wenn das keine Überraschung ist!«

Falls er wirklich überrascht ist, lässt er es sich zumindest nicht anmerken.

»Sie verfolgen mich doch nicht etwa?«

Ich lächele lieb. »Keinesfalls. Sie haben einfach nur Talent, zur falschen Zeit am falschen Ort aufzutauchen.« Immerhin hat Frankfurt über siebenhundertfünfzigtausend Einwohner, wie groß ist bitte da die Chance, sich innerhalb einer Woche gleich dreimal über den Weg zu laufen? Meine Hose klebt unangenehm kalt an meinem Oberschenkel. Das Schicksal hat also zurückgeschlagen; eigentlich nur eine Frage der Zeit, wobei ein Gleichstand für mich definitiv keine Option ist. Noch liege ich mit einem verkippten Kaffee in Führung …

»Ihr kennt euch?« Anja mustert den Schnauzbart mit Interesse.

»Kennen ist zu viel gesagt, aber es gab da diverse *Zusammenstöße.*«

»Herr Radolin und ich sind uns ein-, zweimal kurz begegnet«, korrigiere ich ihn. So wie er sich ausdrückt, könnte man meinen, wir wären zufällig miteinander im Bett gelandet.

»Dabei habe ich wohl einen bleibenden Eindruck hinterlassen – immerhin haben Sie sich meinen Namen gemerkt.«

»In der Tat. Jemanden wie Sie vergisst man nicht so schnell, erst recht nicht, wenn Sie auch noch meinen Wein verschütten«, antworte ich leicht giftig.

»Moment, das haben wir gleich!«

Er verschwindet im Getümmel. Kurz blitzt in mir die Hoffnung auf, ihn losgeworden zu sein, doch schneller, als mir lieb ist, steht er mit einer Weinflasche und einem weiteren Glas wieder bei uns. Warum geht das ausgerechnet bei dem so fix, wo ich doch eine halbe Ewigkeit in der Schlange warten musste?

Missmutig beobachte ich, wie er beides auf unseren Tisch stellt. Der will sich doch nicht etwa bei uns einklinken? Ist er etwa einer dieser Kerle, die jeden Freitag hier herumlungern und ahnungslosen Frauen mit ein wenig Alkohol ihre Gesellschaft aufnötigen? Billiger geht es nun wirklich nicht! Und wie durchschaubar er dabei vorgeht. Mich schüttelt es, wie er reihum anstößt und sich von jeder ihren Namen nennen lässt. Ich sage nichts, als ich an der Reihe bin, und schaue demonstrativ an ihm vorbei – weder will ich mich von ihm duzen lassen noch soll er glauben, mit einem Glas Wein sei alles vergeben und vergessen. Überhaupt kann ich kaum glauben, dass dieser Gockel hier derselbe ungehobelte Mensch sein soll, der mich im Polizeipräsidium mit seinen Fragen drangsaliert hat. Auf dessen Masche die anderen Hühner hier leider nur allzu begeistert hereinfallen. Es ist doch immer das Gleiche – kaum öffnet ein Mann sein Portemonnaie, vergessen Frauen jegliche Solidarität. Meine dummen Freundinnen lachen herzlich über seine Geschichten, ganz besonders Anja. Wie zufällig streift ihre Hand gerade seinen Arm.

»Felix, wir müssen uns hier unbedingt öfter treffen!« Wenn Anja ihren Balztanz aufführt, bedient sie alle Flirtklischees, die man sich nur vorstellen kann. Es ist zum Fremdschämen, wie sie ihr Haar zurückwirft und sich über jede noch so banale Bemerkung des Schnauzbarts ausschütten will vor Lachen. Der auf diese albernen Spielchen natürlich prompt einsteigt.

Mit zusammengepressten Lippen stiere ich in mein Weinglas. Natürlich hat er auch mir eingeschenkt, als Erstes sogar. Eigentlich mag ich Grauburgunder, trotzdem will ich davon nicht trinken. Andererseits kann ich auch nicht die Zicke spielen, die den Wein aus Protest stehen lässt, also probiere ich einen ganz kleinen Schluck. Leider schmeckt er ziemlich gut, was mir auch wieder nicht gefällt.

Düster nippe ich an meinem Weinglas, als ich aus dem Augenwinkel eine allzu vertraute Bewegung wahrnehme. Mit Gesichtern habe ich es nicht so, kann aber selbst aus größerer Entfernung jemanden daran erkennen, wie er geht, gestikuliert oder den Kopf schief legt. Darum bin mir auch hundertprozentig sicher, da drüben eben Margit gesehen zu haben. Wobei das eigentlich nicht sein kann, denn Margit kann diesen Freitagabenden auf dem Markt nichts abgewinnen. Ein einziges Mal habe ich sie mitgenommen und musste mir die ganze Zeit anhören, warum wir denn nicht lieber in diese Weinstube auf der Eckenheimer Landstraße gehen, in der es sich so schön sitzt. Ich recke den Hals, doch leider ist die Frau, die sich exakt wie Margit bewegt, nirgends zu entdecken. Sie trug ein kariertes Kopftuch, ein weiteres Ausschlusskriterium – keinesfalls würde Margit so aus dem Haus gehen. Anscheinend habe ich mich geirrt.

Christina reißt mich aus meinen Gedanken. »Ich glaube, wir müssen los!«, sagt sie zu Jule. Die beiden sind im Sandweg noch zum Essen verabredet und verabschieden sich wortreich.

Kaum sind sie abgezogen, beugt sich Anja zu mir. »Wo hast du den bloß aufgegabelt? Der ist ja total süß!« Sie sagt es so laut, dass man es unmöglich überhören kann. Ich finde, sie sollte ein bisschen langsamer machen mit dem Wein und schenke ihr Wasser nach.

»Kleine Pause für die Mädchen«, haucht sie. »Bin ganz schnell wieder da. Geht bloß nicht weg!«

Mit wiegendem Hüftschwung verschwindet Anja in der Menge, beide starren wir ihr hinterher. Ich weiß nicht, was ich schlimmer finde – wie sie sich an diesen Kerl ranschmeißt oder dass ich mich auf einmal mit ihm allein am Stehtisch wiederfinde. Prompt hat er wieder diesen lauernden Blick.

»Single?«, fragt er nach einer Weile.

Ich schnappe nach Luft. Wusste ich doch, dass er wieder irgendeine Unverschämtheit ausheckt! »Selbst wenn ich Single wäre, ist das eine private Angelegenheit, über die ich keinesfalls mit Ihnen sprechen möchte.«

»Doch nicht Sie.« Er legt den Kopf in den Nacken und lacht schallend. »Ich meine Ihre charmante Freundin, Anja.«

Ich wünschte, es würde sich ein Loch auftun und ihn auf Nimmerwiedersehen verschlucken. Oder wenigstens mich. Meine Wangen brennen. »Das fragen Sie sie am besten selbst«, antworte ich spitz. »Wobei ich auch da nicht wüsste, was Sie das angeht.«

»Es geht mich nichts an, mich würde nur interessieren, ob ich mich in Acht nehmen muss, falls ein eifersüchtiger Freund auftaucht.«

Das glaube ich nicht. Anjas letzter Mann fürs Leben war begeisterter Zen-Anhänger. Einer, der stundenlang meditierte, Chai-Latte im Thermosbecher mit sich herumtrug und ohne Unterlass über die Unbeständigkeit des Lebens philosophieren konnte. Von dem hätte dieser Felix garantiert nichts zu befürchten gehabt.

»Falls Sie es noch nicht bemerkt haben – wir sind hier auf dem Friedberger Markt und nicht beim Speed-Dating. Weder Anja noch ich haben so was nötig!«

Er lächelt ausgesprochen tückisch. »Speed-Dating wäre auch nichts, was ich mir bei Ihnen vorstellen könnte.«

Mir platzt der Kragen. »Jetzt reicht's mir aber! Nur weil mir neulich dieses blöde Missgeschick mit dem Kaffee passiert ist, bedeutet das noch lange nicht, dass Sie sich alles erlauben können.« Er hebt beschwichtigend die Hände, doch ich lasse mich nicht bremsen. »Wenn Sie glauben, dass Sie weiter so respektlos mit mir umspringen können, dann haben Sie sich verdammt noch mal geschnitten!«

»Respektlos?« Jetzt lächelt er nicht mehr. »Ausgerechnet Sie sprechen von Respekt? Glauben Sie allen Ernstes, dass Sie sich mir gegenüber respektvoll verhalten haben?«

»Ich habe mich zumindest bei Ihnen entschuldigt! Gleich am Anfang sogar. Ich wollte Ihnen sogar helfen, aber nein, Sie sind immer nur unverschämt zu mir, behandeln mich wie einen Fußabtreter. Haben Sie sich mal überlegt, wie es mir dabei geht?«

Er mustert mich kühl. »Für Ihr persönliches Unbehagen sind lediglich Sie selbst verantwortlich.«

»Persönliches Unbehagen?« Inzwischen bin ich auf hundertachtzig, ach was, mindestens auf zweihundertzehn. »Es geht hier doch nicht um mein ›persönliches Unbehagen‹! Es geht darum, wie Sie Leute behandeln, die Sie für unter Ihrer Würde halten. Zum Beispiel, als ich zu Ihnen gekommen bin, um eine Aussage zu machen. Anstatt meine Beobachtungen ernst zu nehmen, reiten Sie lieber die ganze Zeit auf diesen blöden Likörpralinen herum. Als ob das wichtig wäre!«

»Die haben Sie ins Spiel gebracht. Und wenn Sie sich dann auch noch so benehmen, als ob man sich Sorgen über Ihren Likörpralinenkonsum machen müsste, dürfen Sie sich nicht wundern.«

»Das ist genau das, was ich meine. Sie hätten meinen Hinweisen nachgehen können. Mal auf den Friedhof gehen und mit dem Gärtner sprechen. Aber so etwas kommt Ihnen ja nicht in den Sinn. So wie Sie arbeiten, würde ich gerne mal Urlaub machen.«

Er ist höchstens eine Handbreit größer als ich, trotzdem gelingt es ihm, von oben auf mich herabzuschweigen. »Frau Sternek«, sagt er nach einer Weile, »Sie können darauf vertrauen, dass wir Hinweise durchaus ernst nehmen. Zumindest solche, die man ernst nehmen kann.«

»Wissen Sie was? Vergessen Sie's einfach!« Ich knalle meinen Wein so heftig auf den Tisch, dass die anderen Gläser klirren. Keine Sekunde länger werde ich mich mit diesem aufgeblasenen Egomanen herumärgern. So etwas brauche ich echt nicht. Grußlos lasse ich ihn stehen, dränge mich durch die Menge und schließe mein Fahrrad los. Voller Zorn trete ich in die Pedale. Anja kann ihn gern geschenkt haben, ich jedenfalls lasse mir so ein Benehmen nicht bieten.

Daheim angekommen schenke ich mir ein Glas Rotwein ein. Eigentlich habe ich für heute genug getrunken, aber heute ist einer dieser Tage, die nach einem ganzen Weinfass verlangen. Was glaubt dieser Kerl eigentlich, wer er ist? Woher nimmt er bloß seine Arroganz? Und warum um Himmels willen läuft er mir immer wieder über den Weg? Ein weiterer Schluck bestätigt mir, dass der Typ nicht alle Tassen im Schrank hat. Man sollte Anja vor ihm warnen. Vielleicht ist er ein Psychopath? Die sollen ja sehr charmant auftreten, um ihre Ziele zu erreichen. Aber nicht mit mir, Freundchen, nicht mit mir!

Ein weiterer Schluck und ich finde mich auf einmal in der Trauerhalle wieder. Diesmal war ich schlauer und habe meine Ugg-Boots angezogen, darum bemerkt mich niemand, als ich mich lautlos unter die Trauernden mische. Anja ist da, auch Jule und Christina, sogar Margit, und neben der Urne steht Jürgen Kleiber. »Liebe Trauergemeinde«, begrüßt er uns, »wie können wir verantworten, die Gesellschaft einer solchen Gefährdung auszusetzen? Viel zu lange haben wir geschwiegen! Doch heute«, doziert er mit erhobenem Zeigefinger, »heute ist der Tag, an dem wir uns von den Ketten der Lüge befreien.« Jedes seiner Worte drückt schwer auf meine Schultern, und erst jetzt bemerke ich die massive Kette, die meinen Körper umklammert. Armdicke Glieder schlingen sich um meine Schultern, meine Taille, meine Beine und geben keinen Millimeter nach, egal, wie ich mich winde. »Heute ist der Tag, an dem wir uns erheben und für das einstehen, was richtig ist!«, donnert Jürgen Kleiber. Seine Augen leuchten, als er mit beiden Händen die Urne hoch über seinen Kopf hält. »Heute ist der Tag, an dem wir Licht ins Dunkle bringen!« Mit aller Kraft schleudert er die Urne, die mit ohrenbetäubendem Klirren auf dem Boden zerschellt. Aus den Scherben steigt ein riesiger Schwarm Fledermäuse auf, eine undurchdringliche Masse aus Krallen und Flughäuten verschluckt sämtliches Licht. Ich kann kaum etwas sehen, doch genauso plötzlich sind sie auch schon davongeflattert und hinterlassen nichts als dichten Nebel. Ich brauche einen Moment, bis ich erkenne, dass ich jetzt auf dem Friedhof stehe. Trübe Helligkeit verwischt die Konturen der Grabsteine, ich habe Schwierigkeiten, mich zu orientieren. Elsa Delbrück hastet an mir vorbei. »Wir müssen unsere Plauderei auf ein andermal verschieben!«, zischt sie mir zu. Unter ihrem Arm klemmt das Kondolenzbuch, in der anderen Hand hält sie ein Bündel Geldscheine, die sie auf den Gräbern verteilt. »Sie sehen ja, dass ich hier noch zu tun habe.« Ich versuche, mit ihr Schritt zu halten, doch die dicke Kette hindert mich. »Frau Delbrück?«, rufe ich, doch schneller als ich ihr folgen kann, ist sie auf einen der Seitenwege abgebogen. Mühsam humpele ich ihr hinterher, bei jedem Schritt klirrt die verdammte Kette ohrenbetäubend. »Frau Delbrück?« Keine Antwort, nur dieser Nebel, der immer dichter wird. Zögernd bleibe ich stehen. Hinter mir ein Knirschen auf dem Kies, irgendjemand ist auf mich aufmerksam geworden. Schritte, die sich mir nähern, viel schneller, als ich mit dieser schweren Kette vorankomme. Ich versuche zu rennen, aber meine Beine wollen nicht gehorchen. Soll ich mich verstecken? Noch während ich überlege, hinter welchen der Grabsteine ich mich ducken könnte, schält sich eine Gestalt aus den Nebelschwaden. Dunkel, groß – ein Mann in einem Mantel, der ihm fast bis zum Boden reicht. Sein Gesicht ist halb im Nebel verborgen und obwohl ich ihn noch nie im Leben gesehen habe, weiß ich, dass es Lukas Delbrück sein muss. Seine Augen haben einen unheimlichen Glanz. »Nimm dich in Acht!«, raunt er mir zu. Er streckt die Hände nach mir aus, seine Berührung ist eiskalt, als sie sich um meinen Hals legen. Finger für Finger umschließt er meine Kehle, drückt erst sanft, dann immer fester zu. »Nimm dich in Acht …«

Mit einem Schrei wache ich auf. Meine Hände zittern, als ich mich langsam auf dem Sofa aufrichte. Für einen Moment bin ich unsicher, ob ich wirklich wach bin, doch im Licht der Stehlampe erkenne ich die vertraute Einrichtung meines

Wohnzimmers. Der abgeschabte Kelim, von dem ich mich nicht trennen mag. Die Wand mit den vielen Fotos. Mein vollgestopftes Bücherregal, das ich dringend mal wieder aufräumen sollte. Nur ein Traum, Gott sei Dank!

Ich atme tief durch. Das eben war fürchterlich, keine Frage – und doch hat der Albtraum mich auf eine Idee gebracht. Vor mir auf dem Couchtisch liegt mein Handy, ich öffne den Bilderordner und blättere hastig durch meine Aufnahmen. Da sind sie, die Fotos, die ich von dem Kondolenzbuch aufgenommen habe. Seite eins – nichts, Seite zwei – Fehlanzeige, Seite drei … Mein Mund wird trocken. Da ist sie! Eine Handschrift, die ins Auge sticht. Genauso markant der Mann, der sich hier eingetragen hat. Jürgen Kleiber.

Ich lasse das Handy sinken. Eine Mischung aus Beklemmung und Euphorie brodelt in meinem Magen. Es gibt sie also tatsächlich, die Verbindung zwischen dem Journalisten und dem verstorbenen Bruder von Gabriel Delbrück. Jürgen Kleiber war ebenfalls letzten Freitag auf der Beerdigung von Lukas Delbrück. Fragt sich nur – warum?

KAPITEL 24 – ROMY

Frankfurt-Eckenheim
Samstag, 16. November, morgens

Mein Wochenende beginnt mit einer guten und einer nicht ganz so guten Nachricht. Die gute Nachricht: Jürgen Kleiber hat auf meine Mail geantwortet! Ich könnte schwören, mich gerade erst ins Bett gelegt zu haben, als mich der Benachrichtigungston aus dem Schlaf reißt. Nach meinem wirren Traum habe ich erstaunlicherweise doch noch ganz gut schlafen können. Ich schaue auf mein Handy, es ist gerade mal halb acht. Wer beantwortet zu dieser Uhrzeit geschäftliche E-Mails, noch dazu an einem Samstagmorgen?

Mit zusammengekniffenen Augen lese ich die kurze Antwort. »11 Uhr, Café Crema!« steht da – mehr nicht. Ein Mann der Tat also, auch wenn ich es ein bisschen unhöflich finde, so mir nichts, dir nichts einbestellt zu werden. Ich tippe eine Antwort, überlege kurz und lösche dann: »Lieber Herr Kleiber, gerne können wir uns zum vorgeschlagenen Zeitpunkt treffen. Viele Grüße, Romy Sternek«. Stattdessen antworte ich knapp »Okay«, das muss genügen.

Bis elf ist es noch eine Weile hin, also nutze ich die frühe Stunde, um mich Siegfried Bargs Computer zu widmen. Es dauert eine Weile, bis es mir gelingt, seinen hochmodernen Mac an meinen betagten Bildschirm anzuschließen, doch nach dem fünften Versuch erwacht der Monitor endlich zum Leben. Aufgeregt gebe ich das Passwort ein, bereit, die Wahrheit zu entwirren – wenn es denn so einfach wäre! Denn das ist die weniger gute Nachricht des Tages: Mit dieser Vielzahl an Dateien habe ich nicht gerechnet. Barg scheint kein Anhänger der Cloud-Technologie zu sein, die Menge an Dokumenten erschlägt einen geradezu. Wo anfangen? Sowohl auf der Desktopoberfläche als auch in den Verzeichnissen herrscht auf den ersten Blick völliges Chaos. Entweder hat er seine Daten planlos abgespeichert oder nach einem System, das sich mir nicht erschließt. Ich öffne hier ein Dokument, dort ein Excel-Sheet, ohne allerdings wirklich weiterzukommen. Die Zeit rinnt mir durch die Finger, ich werde Stunden, ach was, Tage benötigen, um mir hier einigermaßen einen Überblick zu verschaffen. Nachdenklich betrachte ich das digitale Chaos. Nie im Leben ist das an einem Wochenende zu schaffen, da müsste man schon … Obwohl, warum eigentlich nicht? Ruckzuck habe ich eine meiner externen Festplatten angeschlossen. Während der Kopiervorgang startet, mache ich mir die Nägel.

Womit lässt sich Jürgen Kleiber am besten aus der Reserve locken? So etwas muss man geschickt anstellen, sonst merkt er sofort, dass ich ihn nur aushorchen will. Aber – wie macht man das, ohne dass es zu offensichtlich ist? Vielleicht zum Anfang ein bisschen Small Talk? Ihn fragen, wie viele Fledermausarten er kennt oder wo er seine unglaublich zweckmäßigen Radhosen kauft? Ich lege die Nagelfeile beiseite. Was könnte ich ihm bloß Unverfängliches von mir erzählen? Weder möchte ich von meiner Neigung zum Besuch fremder Beerdigungen berichten, noch dass ich einen Hang zu Taschen habe, die ich mir nicht leisten kann. Vielleicht doch direkt zum Thema überleiten? Ich könnte von meiner Tätigkeit bei der BargImpact erzählen und beiläufig einfließen lassen, dass ich dabei auf ein paar Ungereimtheiten gestoßen bin. Vielleicht erzählt er mir dann von sich aus mehr über seine Sicht auf das OsthafenTower-Projekt, ohne dass ich nachfragen muss. Wichtig ist, entspannt zu bleiben und nicht wie Margit zu viele Fragen auf einmal abzufeuern. Andererseits habe ich Jürgen Kleiber als einen Mann erlebt, der ausgesprochen gern redet. Und immerhin hat er nicht nur zu dem Treffen zugestimmt, sondern direkt mit einem Terminvorschlag geantwortet. Das heißt doch, dass er Interesse an einem Gespräch hat, oder?

Einigermaßen zuversichtlich begebe ich mich zum Café Crema. Kurz vor elf bin ich vor Ort, ergattere den letzten freien Tisch und setze mich so, dass ich die Eingangstür im Blick behalte. Ich bestelle mir einen Cappuccino und zwanzig Minuten später eine Portion Tiramisu, damit ich etwas habe, womit ich mich beschäftigen kann. Mein Handy vibriert. Eine WhatsApp von Gabriel und sofort schlägt mein Herz schneller. Es ist ein Selfie – mit breitem Grinsen steht er vor seinem Rennrad, die Haare ein wenig zerzaust, im Hintergrund viel Landschaft und noch mehr Himmel. »Grüße vom Feldberg« steht da, nicht mehr, nicht weniger. Hat er einfach nur an mich gedacht und wollte das teilen? Aber warum schreibt er nicht mehr dazu? Kein »Wünsch dir einen schönen Tag« oder »Was machst du gerade?« Vielleicht lese ich in dieses Lächeln auch einfach zu viel hinein, vielleicht ist es ja wirklich nur ein spontaner Gruß. Soll ich antworten? Oder signalisiere ich damit zu viel Interesse? »Hey, cooles Bild! War bestimmt eine anstrengende Tour!«, tippe ich. Dann lösche ich es wieder. Zu neutral. »Wow, Feldberg mit dem Rad? Respekt!« Zu schleimig. Einfach nur ein Emoji? Nein, viel zu wenig. Mein Herz klopft wie verrückt. Warum kann das nicht einfacher sein? Und was denkt er gerade?

Als ich mir den letzten Löffel Tiramisu in den Mund schiebe, geht die Tür auf und Jürgen Kleiber kommt herein. Er ist fast eine halbe Stunde zu spät und trägt den gleichen olivgrünen Parka wie am Donnerstag. Suchend schaut er sich um, und als ich winke, kommt er mit langen Schritten an meinen Tisch. Mir gelingt es gerade noch, den Bissen herunterzuschlucken, da hat er bereits Platz genommen.

»Hallo, Herr Kleiber.« Sich im Sitzen die Hände zu reichen, ist immer etwas seltsam, daher beschränke ich mich darauf, ihn anzulächeln. »Ich bin Romy Sternek. Schön, dass Sie so kurzfristig Zeit für ein Treffen haben.«

Er legt sein Handy auf den Tisch und sieht mich abwartend an.

»Geht es Ihnen gut?«, erkundige ich mich.

Er nickt knapp, während er mir gegenüber Platz nimmt.

»Schön, dass Wochenende ist«, beginne ich meinen Small Talk. »Endlich mal Zeit, was zu unternehmen. Ich hatte überlegt, diese Radtour von der Nidda-Mündung bis zum Lohrberg zu machen. Soll sehr schön sein. Kennen Sie zufällig die Strecke, fährt sie sich auch jetzt im Herbst gut?«

»Frau Sternek, was wollen Sie?«

Okay, kein Vorgeplänkel. Ich räuspere mich. »Ich war vorgestern bei der Bauausschusssitzung im Römer und habe dort auch Ihren Redebeitrag gehört.«

»Das hatten Sie geschrieben.«

Irgendwie habe ich mir den Verlauf unseres Gesprächs anders vorgestellt. Aber gut, wenn er direkt ins Thema einsteigen will, kann ich mir die Abkürzung sparen. »Ich würde gerne mehr über die Hintergründe der Baugenehmigung für den OsthafenTower erfahren. Sie deuteten an …«

»Angedeutet habe ich gar nichts.«

»Nein, ich meine natürlich nicht angedeutet, sondern eher darauf hingewiesen, dass ...«

»Frau Sternek!« Er zieht die Augenbrauen zusammen.

»Ja?«

»Noch mal: Wer sind Sie und was wollen Sie?«

Okay – in meiner Mail zu behaupten, ein Treffen wegen des OsthafenTowers könne für ihn durchaus von Interesse sein, war womöglich ein kleines bisschen zu weit aus dem Fenster gelehnt, trotzdem muss er mich ja nicht ganz so abweisend mustern.

»Ich bin selbstständige Kommunikationsberaterin und arbeite aktuell für die BargImpact«, ändere ich meine Taktik.

»Aha. Und weshalb wollten Sie mich unbedingt treffen?«

»Na ja, ich habe inzwischen Zweifel, dass es bei der Vergabe der Baugenehmigung... «, ich zögere einen Moment, »vielleicht nicht ganz mit rechten Dingen zuging.«

Immerhin habe ich jetzt sein Interesse geweckt. »Wie kommen Sie darauf?«

Ich mache ein besorgtes Gesicht. »Ich habe langsam den Verdacht, dass Siegfried Barg möglicherweise in dubiose Machenschaften verwickelt ist. Korruption, Bestechung, Manipulation – das volle Programm.« Ich warte, wie er auf meine Behauptung reagiert, doch genauso abwartend starrt er zurück. Warum schluckt er den Köder nicht? In jedem guten Krimi würde Jürgen Kleiber jetzt mit der flachen Hand auf den Tisch schlagen und so etwas wie »Endlich jemand, der mir glaubt!« rufen. Um dann mit leuchtenden Augen berichten, welche Ungereimtheiten er über Siegfried Barg und das OsthafenTower-Projekt herausgefunden hat. Stattdessen schweigt er mich auf eine Weise an, bei der ich mich unangenehm genötigt fühle, etwas sagen zu müssen. Eine Weile schweige ich zurück, doch leider kann er das eindeutig besser. »Ich hatte Ihnen ja geschrieben, dass ich Sie auf der Bauausschusssitzung gesehen habe«, starte ich einen neuen Versuch. »Letzten Donnerstag im Römer. Ich war dort mit Matthias Remsperger, Sie kennen ihn ja bestimmt. Auf alle Fälle hat mich das, was Sie gesagt haben, sehr nachdenklich gestimmt. Und da hatte ich gehofft, Sie könnten mir etwas über Siegfried Barg erzählen. Aus Ihrer Sicht.«

»So. Dachten Sie sich das.«

Mein Lächeln prallt an ihm genauso ab wie alle bisherigen Fragen.

»Frau Sternek, ich habe immer noch keine Ahnung, wer Sie sind und was Sie von mir wollen.«

»Aber das habe ich doch gerade eben versucht zu erklären …«

Er hebt die Hand. »Ich habe Sie durchaus verstanden, kann allerdings kaum glauben, dass das der wahre Grund ist, weshalb Sie mit mir Kontakt aufgenommen haben.«

»Aha.« Ich rühre in den Resten meines Cappuccinos. »Und was, glauben Sie, ist der wahre Grund, weshalb ich Sie treffen möchte?«

Er verzieht die Mundwinkel zu einem Lächeln, und einen Moment begehe ich den Fehler, mich in Sicherheit zu wiegen. »Der BargImpact muss das Wasser ja bis zum Hals stehen, wenn sie jemanden wie Sie schicken.«

Jemanden wie mich? Fassungslos starre ich ihn an.

»Richten Sie Remsperger aus, dass ich mich von einer Anfängerin nicht über den Tisch ziehen lasse.« Er macht Anstalten, aufzustehen, mir bleiben nur noch wenige Sekunden. Also schlucke ich meinen Stolz herunter und schaue ihm fest in die Augen. »Herr Kleiber, ich weiß, dass Sie etwas gegen Siegfried Barg in der Hand haben.« Hoffentlich sieht er mir nicht an, dass mir wegen meiner aus der

Luft gegriffenen Behauptung gerade der Arsch auf Grundeis geht.

»Und was soll das sein?«

»Ich weiß, dass Sie auf der Beerdigung von Lukas Delbrück waren. Ich habe Sie dort gesehen.« Das stimmt zwar genauso wenig, doch ich beschließe, alles zu wagen. »Ich habe gesehen, dass Sie mit Siegfried Barg eine Auseinandersetzung hatten.«

Er lehnt sich zurück. »Wann soll das gewesen sein?«

»Nach der Trauerfeier«, spinne ich meinen Gedanken weiter. Immerhin sitzt er mir noch gegenüber, irgendwas hat sein Interesse geweckt. »Sie wissen, dass bei der Vergabe der Baugenehmigung für den OsthafenTower etwas schiefgelaufen ist. Aber Ihre Quelle ist nicht einwandfrei und darum können Sie nicht öffentlich gegen Siegfried Barg vorgehen. Stattdessen diese Scharmützel aus dem Hinterhalt, wie der Artikel von letztem Samstag oder Ihr gut inszenierter Auftritt bei der Bauausschusssitzung. Denn das war es ja wohl – eine Inszenierung, nicht wahr?«

In seinem Gesicht zuckt kein Muskel.

»Irgendetwas haben Sie gegen Siegfried Barg in der Hand. Irgendetwas, mit dem Sie versucht haben, ihn auf der Beerdigung zu erpressen. Aber etwas ist schiefgelaufen. Und nun liegt Siegfried Barg im Koma.«

Die Barista-Maschine zischt, um uns herum munteres Geplauder, nur zwischen ihm und mir scheint sich ein Vakuum auszubreiten. Kleiber schaut mich regungslos an, dann scheint er einen Entschluss getroffen zu haben.

»Frau Sternek?«

»Ja?« Ich beuge mich leicht vor.

»Wie alle anderen bin auch ich nach der Trauerfeier direkt zum Urnengrab gegangen. Und falls Sie mir nicht glauben, fragen Sie doch meinen Kollegen David de la Rosa – wir waren die ganze Zeit zusammen. Und noch etwas …« Mein Herz klopft, als er sich über den Tisch beugt. »Ich an Ihrer Stelle wäre mit meinen Anschuldigungen sehr, sehr vorsichtig. Insbesondere, wenn Sie keine Ahnung haben, worauf Sie sich hier einlassen.«

KAPITEL 25 - ROMY

Frankfurt-Eckenheim
Samstag, 16. November, nachmittags

Ich bestelle mir einen Ramazotti. Erstens, weil ich ihn auf den Schock brauche, und zweitens, weil ich diesem Jürgen Kleiber auf keinen Fall noch mal begegnen will. Wie ich mein Glück kenne, lungert er garantiert vor dem Café herum und belästigt arglose Eckenheimer mit seinen Unverschämtheiten. Während ich an dem bitteren Getränk nippe, muss ich mir leider eingestehen, diese Niederlage verdient kassiert zu haben. Ich meine, was habe ich auch erwartet? Dass sich Kleiber von mir ausfragen lässt, nur weil ich ihm nach einer Mail voller Andeutungen schöne Augen mache? Als Journalist ist er es gewohnt, Fragen zu stellen, nicht umgekehrt. Habe ich wirklich geglaubt, dass er mir seine Geheimnisse ausplaudert? Schon der schroffe Ton seiner Mail hätte mich stutzig machen müssen. Aber warum hat er überhaupt in ein Treffen eingewilligt? Ich lege einen Schein auf den Tisch und verlasse das Café. Habe ich Kleiber mit irgendetwas aufgeschreckt oder wollte er nur wissen, ob ich etwas weiß?

Einigermaßen mit mir versöhnt schließe ich meine Wohnungstür auf. Ich ziehe meine Schuhe aus, hänge die Jacke auf und gehe direkt in mein Arbeitszimmer. Meine Aufnahmen vom Kondolenzbuch habe ich inzwischen ausgedruckt. Tatsächlich hat sich direkt in der Zeile über Jürgen

Kleiber ein David de la Rosa eingetragen. Kleiber hat mir also einen real existierenden Namen genannt. Aber ist dieser David wirklich ein Kollege? Ich fahre meinen Laptop hoch, gebe den Namen in die Suchmaske ein und ergänze »Rhein-Main-Zeitung«. In der Tat gibt es dort einen Bildredakteur gleichen Namens, die Geschichte scheint zu stimmen. In welcher Beziehung stand er wohl zu Lukas Delbrück? Ich wechsele zur Bildersuche und betrachte eine Porträtaufnahme von David. Wie sein Name vermuten lässt, hat er leicht südländische Züge und irre große Augen. Wie Bambi aus dem Disney-Film, ein durchaus attraktives Kerlchen, sofern man auf niedliche Männer steht. Ich starte einen neuen Suchlauf, diesmal nur mit Davids Namen und »Frankfurt«. Wie zu erwarten jede Menge Treffer im Zusammenhang mit der Rhein-Main-Zeitung, dazwischen aber auch einen Link zu einer Domain »De-la-Rosa-Photographie.org«. Ein Klick öffnet eine ästhetisch gestaltete Homepage mit einer Galerie beeindruckender Schwarz-Weiß-Bilder. Ein Motiv kenne ich nur zu gut – das Mausoleum Gans auf dem Frankfurter Hauptfriedhof. Es ist zweifellos eines der beliebtesten Fotomotive des Friedhofs, doch hier wurde es aus einer ungewöhnlichen Perspektive aufgenommen. Fasziniert scrolle ich zu einer ganzen Galerie mit Aufnahmen des Hauptfriedhofs. Bei den allermeisten weiß ich, wo sie aufgenommen wurden, es gibt aber auch Bilder, die ich nicht eindeutig zuordnen kann. Mein Magen rumort nach all dem süßen Zeug heute Morgen, ich setze mir einen Pfefferminztee auf und kehre zurück an den Rechner. Im Hauptmenü der Homepage finde ich den Unterpunkt »Artist« mit exakt dem gleichen Porträtbild, das ich zuvor schon gesehen habe. David de la Rosa ist also nicht nur Bildredakteur, sondern hat in München Fotografie studiert. »Hier entwickelte der Künstler nicht nur seine technischen Fertigkeiten, sondern auch seinen individuellen kreativen Ausdruck«, steht darunter. »Sein Fokus liegt darauf, mit Licht und Schatten Geschichten zu erzählen.«

Aha. Ich liebe es ja auch, Geschichten zu erzählen, aber was David hier mit seiner Kamera eingefangen hat, ist wirklich faszinierend. Je länger ich stöbere, desto begeisterter bin ich von seinen Fotos. Es gibt sogar einen Shop, in dem man seine Bilder in verschiedenen Größen bestellen kann. In meinem Schlafzimmer habe ich noch Platz, diese spektakuläre Aufnahme des Mausoleum Gans würde garantiert hervorragend an der Wand über meinem Bett aussehen. Unwillkürlich denke ich an Gabriel Delbrück. Mein Herz schlägt schneller, als ich mir vorstelle, wie er meine Hand nimmt und mich ins Schlafzimmer führt. Wie er mich sanft an sich zieht, mich zärtlich küsst und vor Schreck erstarrt, als sein Blick auf das Bild fällt. Ist es vielleicht doch etwas merkwürdig, das Foto eines Mausoleums über dem Bett aufzuhängen? Unsinn, ermahne ich mich selbst. Die Chance, dass Gabriel Delbrück jemals mein Schlafzimmer betreten wird, tendiert gegen Null und sollte er sich in diesem Moment wirklich Gedanken über die Wanddekoration machen, wäre es eh … aber lassen wir das.

Ich scrolle weiter – so oder so kann ich mir dieses Kunstwerk gerade eh nicht leisten. David hat bei einigen Fotowettbewerben bereits Preise eingeheimst, dennoch lässt der große Durchbruch auf sich warten. Arbeitet er deshalb als Bildredakteur bei einer Tageszeitung? Der Menüpunkt »Events« leitet mich zu einer Seite mit Terminen. Sieh an, er bietet also auch Fotokurse an. Eine der Überschriften springt mir direkt ins Auge: »Fotospaziergang auf dem Frankfurter Hauptfriedhof«. Na, das wäre doch mal was!

Ich betrachte die stimmungsvollen Bilder vorangegangener Workshops. In der Kursbeschreibung verspricht David de la Rosa, unbekannte Plätze auf dem Friedhof zu besuchen und zu zeigen, wie man ihren Zauber mit der Kamera einfängt. Die Idee begeistert mich spontan. Soll ich mich anmelden? Natürlich sind alle Workshops ausgebucht bis auf – mit einem Mal bin ich hellwach. Der nächste Termin ist am kommenden Mittwoch, und wie es der Zufall will, gibt es noch einen einzelnen freien Platz! Wenn das kein Wink des Schicksals ist?

Ohne zu zögern, klicke ich auf die Anmeldeseite, trage meine Daten ein und drücke auf »Absenden«. Sekunden später habe ich bereits eine Anmeldebestätigung in meiner Mailbox, wunderbar. Hundertneunzehn Euro für zwei Stunden sind zwar nicht gerade ein Schnapper, doch wenn ich mich geschickter als heute Vormittag anstelle, werde ich am Ende nicht nur mit schönen Aufnahmen nach Hause kommen, sondern auch wissen, was der Bildredakteur mit Lukas Delbrück zu schaffen hatte. Außerdem – der Gedanke kommt mir jetzt erst – lässt sich der Workshop vielleicht sogar als Fortbildung steuerlich absetzen. Oder würde ich damit mein Karmakonto weiter überziehen?

Es ist bereits später Nachmittag, als ich mir Siegfrieds Computer vornehme. Die Festplatte ist kopiert, was bedeutet, dass ich mir die Daten in aller Ruhe auch noch nächste Woche anschauen kann. Lediglich seine Outlook-Mailbox habe ich mir noch nicht angeschaut. Hier scheint Barg etwas besser organisiert zu sein, zumindest gibt es eine einigermaßen übersichtliche Ordnerstruktur, in der er seine Mails abgelegt hat. Wie ein Schießhund achte ich darauf, nichts anzuklicken, das nach dem 7. November eingegangen ist, während ich mir seine Korrespondenz durchlese.

Auf den ersten Blick sieht alles rein geschäftlich aus. Mails zu Projekten, Ausschreibungen, Terminabstimmungen und ähnlich langweiligem Kram, nichts Ungewöhnliches will mir auffallen. Mein Magen knurrt, während ich in den digitalen Unterlagen wühle, doch der Blick in meinen Kühlschrank ist genauso wenig inspirierend wie in Siegfried Bargs Postfach. Lustlos beiße ich in eine von Margits türkischen Frikadellen. Alles, was in irgendeinem Zusammenhang mit dem OsthafenTower steht, liest sich absolut unauffällig. Nirgends auch nur der leiseste Hinweis, dass es bei der Vergabe der Baugenehmigung mit unrechten Dingen zugegangen sein könnte, so wie Kleiber es angedeutet hat. Entweder hat Siegfried Barg seine krummen Machenschaften verdammt gut versteckt oder er hat tatsächlich eine weiße Weste.

Meine Augen tränen, so lange habe ich heute auf diesen Bildschirm gestarrt. Am liebsten würde ich Schluss machen, doch da wäre noch sein Online-Kalender. Lieber heute durchziehen, als mir morgen den Rechner nochmals vornehmen; also klicke ich auf das Kalendersymbol. Als Erstes öffne ich den 7. November, den Tag von Lukas Delbrücks Beisetzung. Vormittags hatte Barg einen zweistündigen Termin mit der Steuerberatung Gröhne & Partner, für den frühen Nachmittag ist ein Blocker »Beer. Lukas« eingetragen. Und außer einem jährlichen Serientermin »F.H.« ist an diesem Tag nichts weiter vermerkt. Ein Geburtstag vielleicht? Ich blättere im Kalender zurück. Einige Einträge sind leicht zuzuordnen, andere sind mit Abkürzungen übertitelt, die sich mir nicht erschließen wollen. Ich google einige der Ortsangaben und komme zu dem Schluss, dass es sich in der Regel um Geschäftstermine zu handeln scheint. Was nun? Mehr aus Ratlosigkeit als aus echtem Interesse scrolle ich zu dem Tag, an dem Lukas ermordet wurde. Wie an allen anderen Tagen war Barg auch am 17. Oktober durchgetaktet: vormittags ein Termin mit einem Rechtsanwalt, danach die Besichtigung einer Baustelle im Gallus, eine Verabredung zum Mittagessen mit »S.K.«, am Nachmittag ein längerer Blocker für die Ziege, gefolgt von »Check-up Dr. Arndt«. Alles unverfänglich, lediglich ein Eintrag um 20 Uhr will nicht so recht zu all den anderen Einträgen passen: »Kittycat«. Ich überlege. Hatte Siegfried eine Katze? Ich hätte ihn ja eher für einen Hundetyp gehalten, aber ich kenne ihn ja auch kaum. Vielleicht ist es ein Tierarzttermin? Ich habe es nicht so mit Tieren, weiß nur, dass Christina mit ihrer Luna ständig beim Tierarzt sitzt. Ihre Labradorhündin erfreut sich zwar bester Gesundheit, doch der Herr Doktor sei eine absolute Sahneschnitte. Einmal hat sie mich sogar eingeladen, mitzukommen, doch das ist mir ehrlich gesagt dann doch etwas zu albern.

Ich tippe »Kittycat« in die Suchmaske des Kalenders ein und erhalte eine ganze Reihe von Treffern, die sich in relativ regelmäßigen Abständen wiederholen. Siebenmal Kittycat, immer abends, immer an unterschiedlichen Wochentagen. Meine Finger fliegen geradezu über die Tastatur, als ich nach weiteren Informationen über dieses mysteriöse Ereignis suche. Wie lange haben Tierarztpraxen eigentlich geöffnet? Von Christina weiß ich, dass es extra Sprechstunden für Berufstätige gibt, aber die gehen bestimmt nicht bis Mitternacht. Ich grübele. Nein, das mit dem Veterinär, das passt irgendwie nicht. Ich google auf meinem Laptop, welche Ergebnisse mir zu Kittycat in Kombination mit Frankfurt angezeigt werden. Ein Fachgeschäft für veganen Katzenbedarf in der Brückenstraße. Eine Tabledancebar im Bahnhofsviertel. Eine Katzenpension in Goldstein. Die Ankündigung für eine Band, die demnächst in der Brotfabrik auftritt.

Hm. Wenn man die Katzenpension mal ausklammert, passt von den Öffnungszeiten nur die Tabledancebar zu den Einträgen im Kalender. Ich starre auf meine Pinnwand und stelle mir Siegfried im Rotlichtmilieu vor, wie er durch einen schweren Samtvorhang ein Hinterzimmer betritt und einen Umschlag mit Geldscheinen auf einen Tisch legt. Keine schlechte Idee, aber dauert so etwas wirklich mehrere Stunden? Oder ist auch er ein Mann, der seinen Aufenthalt in solch einem Etablissement nutzt, um Nützliches mit Angenehmem zu verbinden?

In meinen Fingerspitzen kribbelt es. Dieser seltsame Termin just an dem Tag, an dem Lukas Delbrück starb, kann einfach kein Zufall sein. Dazu ist er einfach zu ... ungewöhnlich? Bin ich etwa auf eine Spur gestoßen? Vielleicht sollte ich mir dieses Kittycat mal anschauen? Eine Freundin, die ich noch aus dem Studium kenne, hat ihren Junggesellinnenabschied in einer Tabledancebar gefeiert. Leider musste ich wegen einer üblen Erkältung kurzfristig absagen, daher fehlt mir jegliche Erfahrung mit solchen Nachtclubs. Keine Ahnung, ob man da als Frau einfach so allein hingehen kann. Sollte ich vielleicht jemanden mitnehmen? Mit einer Freundin würde ich mich abends im Bahnhofsviertel auf alle Fälle wohler fühlen. Nur – wen kann ich fragen? Im Geiste gehe ich mein Telefonbuch durch. Am besten jemand, der die Aufmerksamkeit von mir komplett ablenkt. Es gibt ja solche Menschen, die allein durch ihre Anwesenheit sämtliche Blicke auf sich ziehen. Anja zum Beispiel – im Schlagschatten ihrer Ausstrahlung könnte ich mich komplett nackt ausziehen, ohne dass es irgendein

Mann bemerken würde. Ja, Anja ist eine gute Idee, wenn ich mich ein wenig unauffällig im Kittycat umschauen möchte. Ich nehme mein Handy tippe eine WhatsApp-Nachricht. »Heute Abend schon was vor?«

KAPITEL 26 – ROMY

Frankfurt, Bahnhofsviertel
Samstag, 17. November, abends

»Bist du dir sicher, dass wir hier richtig sind?« Margit runzelt die Stirn. »Ich wusste gar nicht, dass es hier ein Musicaltheater gibt!«

Hilft es, ihr das alles noch mal zu erklären? Garantiert hört sie mir genauso wenig zu wie gerade eben in der U-Bahn oder vorhin zu Hause, als ich mit meinem Anliegen bei ihr geklingelt habe. Anja hatte ein Date vorgeschoben und ansonsten hatte niemand Zeit oder Lust, mich heute Abend ins Kittycat zu begleiten. Lediglich Margit hatte freudestrahlend zugesagt, wobei ich ihre Begeisterung erst im Nachhinein verstanden habe. Warum auch immer glaubt sie, wir seien auf dem Weg zu einem Musical! Carmen hat neulich erst dieses Katzenmusical gesehen und dank Margit kenne ich inzwischen sämtliche Details so gut, als hätte ich mit im Publikum gesessen.

Wir laufen durch die Kaiserstraße, ich schaue auf mein Handy. Google Maps schickt uns die nächste Querstraße rechts, dann müsste es gleich auf der linken Seite kommen.

»Die Bustour, mit der die Carmen gefahren ist, war übrigens tipptopp organisiert. Die Sitze ausgesprochen bequem, und es gab sogar eine Toilette im Bus, die hat die Carmen aber nicht benutzt, weil sie so viele Pausen gemacht haben. Und einen Reiseleiter hatten sie dabei, der sich vor Ort um alles gekümmert hat …«

Ich packe Margit am Ärmel und navigiere sie um einen am Boden liegenden Döner herum. Vor einer glänzend schwarzen Fassade bleibe ich stehen. Über dem Eingang prangt ein pinkfarbenes Schild mit dem Namen der Tabledancebar. An dem geschwungenen »K« reibt sich eine stilisierte Katze, deren Schwanz die Silhouette einer Frau formt. Die Fenster sind aus verspiegeltem Glas, und zwei Türsteher, die ihrem Klischee jede Ehre erweisen, bewachen den Eingang.

»Wir sind da!«

»Kittycat?« Margit legt den Kopf schief. »Das Musical, das Carmen gesehen hat, hieß irgendwie anders!«

»Glaub mir, wir sind hier richtig!«

Ich steuere auf die Tür zu und bin ich froh, mir mit meinem Outfit so viel Mühe gegeben zu haben. Beim Durchwühlen meines Kleiderschranks für die Verabredung mit Gabriel ist mir ein kurzes Kleid mit tiefem V-Ausschnitt in die Hände gefallen, von dem ich gar nicht mehr wusste, dass ich es besitze. Schwarz soll ja angeblich schlank machen, eine Illusion, die man als Frau immer gebrauchen kann. Dazu meine rattenscharfen Lackstiefel, die ich so selten trage, weil auch sie leider eine Idee zu klein sind, Strass-Ohrringe und einen Lippenstift in der Farbe »Himbeerhauch«. Ein Abend in einer Tabledancebar ist schließlich der perfekte Anlass, um mutig zu sein.

Die beiden Schränke in ihren Lederjacken mustern uns ausdruckslos. Margit war ebenfalls mutig: Mit ihrem glitzernd grünen Strickkleid, dem grünen Wintermantel und einem Haarreif mit roter Glitzerblume sieht sie ein bisschen wie ein übermütiger Weihnachtsbaum aus. Kurz zweifle ich, ob sie uns durchwinken, doch dann hält einer schon den Vorhang beiseite; wir treten ein. Jede von uns erhält eine Chipkarte und wir müssen Euros in Dollars wechseln.

»Katzenfutter«, raune ich Margit zu, die darauf ausnahmsweise keine Antwort parat hat. Ein dumpfer Bass dröhnt uns entgegen, als wir das Innere der Bar betreten. Es ist brechend voll, erwartungsgemäß mehr Männer, doch auch einige Frauengruppen. Lichtblitze zucken über die Wände. In der Mitte des Raums verspiegelte Laufstege mit Poledance-Stangen, um zwei davon drehen sich junge Frauen mit geschmeidigen Bewegungen synchron zur Musik. Alle Blicke sind auf sie gerichtet, der Raum pulsiert vor Energie. Ich schiebe mich durch das Gedränge in Richtung Bar, Margit dicht hinter mir. »Wo sind denn die Katzen?«, brüllt sie mir ins Ohr.

»Da drüben«, schreie ich zurück und zeige auf eine Leopardin in Stilettos, die gerade die Bühne betritt. Katzengleich bewegt sie sich um die Pole und lässt sich Dollars in den Rand ihres knappen Outfits stecken. Jeden Schein quittiert sie mit einem verführerischen Lächeln. Direkt vor uns werden zwei Hocker frei, ich winke dem Barkeeper. Margits bevorzugter Moselwein steht leider nicht auf der Karte, also bestelle ich zwei Gin Tonics, die hier wahrscheinlich so viel kosten wie eine Flasche Gin und ein Kasten Tonic zusammen. Noch während wir anstoßen, beginnt direkt vor uns ein neuer Showact. Nicht nur die anwesenden Frauen kreischen, als ein durchtrainierter Mann eine der Bühnen betritt. Selbst Margit sitzt mit einem Mal kerzengerade, als dieses Naturwunder sich zu bewegen beginnt.

»Bin gleich wieder da«, versuche ich, mich über das Gejohle hinweg verständlich zu machen, und stehe auf. Sie nickt geistesabwesend, den Blick fest auf die Bühne gerichtet. Dieser Kater wird in der Fußpflegerinnenszene noch lange Gesprächsthema sein, da bin ich mir sicher.

Es dauert eine gefühlte Ewigkeit, die Toiletten zu erreichen. Ich überprüfe, ob der Himbeerhauch noch an Ort und Stelle sitzt, dann wende ich mich im Gang nach links. Ein schmaler Flur, beklebt mit Plakaten vorheriger Shows, ein weiterer Gang. Eine Tür wird aufgerissen, eine Tänzerin stürzt heraus. Klack-Klack – ihre Absätze donnern an mir vorbei. Sie würdigt mich keines Blickes, aber immerhin weiß ich jetzt, wo sich die Garderobe befindet. Ich fasse mir ein Herz und drücke die Klinke herunter. Die Umkleide ist enger, als ich es erwartet habe und bei Weitem nicht so glamourös, wie es einem das Kino gerne vorgegaukelt. Wären da nicht die beleuchteten Schminkspiegel, könnte man genauso gut in einem Lagerraum stehen. Überall geschäftiges Treiben: Show-Girls in knappen Kostümen tragen letzte Make-up-Schichten auf, während andere sich aufwärmen oder ihre Outfits zurechtzupfen. Es riecht nach Parfum, Haarspray und Secondhandshop; dabei ist es warm wie in einem Backofen. Eine Frau in Margits Alter schimpft auf ein dunkelhaariges Mädchen ein. Sie trägt eine schwarze Lederhose und klingt ausgesprochen verärgert. Als sie mich sieht, wird die Falte zwischen ihren Augenbrauen noch tiefer.

»Bist du die Vertretung für Shirin?«

Ich drehe mich um, doch hinter mir steht niemand. Meint sie etwa mich?

»Dobra nebesa, das wird ja immer schlimmer, was Sandro einem da schickt. Und mit so was soll man arbeiten?« Sie ringt die Hände. »Schwing deinen Arsch da rüber und sieh zu, dass du fertig wirst. Du bist spät!«

Ich verdrücke mich in die Ecke, in die sie gezeigt hat, und setze mich neben eine Blonde in blauen Dessous, die hingebungsvoll ihre Haare bürstet. »Hey!«, grüße ich freundlich, doch sie reagiert nicht. »Hallo!«, versuche ich es etwas lauter und diesmal fliegen alle Köpfe herum.

»Halt die Klappe!«, motzt mich prompt die Lederhose an. »Hier ist keine Zeit für Kaffeekränzchen. Mach hin, Fräulein, oder du wirst mich noch kennenlernen!«

»Pass bloß vor der auf!« Das Mädchen kämmt ungerührt weiter, doch im Spiegel begegnen sich unsere Blicke. »Swetlana ist voll die Bitch!«

»Ach was, das kann ich auch. Von einer, die fast aus ihrer Lederhose platzt, lasse ich mich nicht ins Bockshorn jagen.« Ein winziges Lächeln huscht über ihr Gesicht. »Wie heißt du?«

»Melissa.«

»Ich bin Romy…na«, fällt mir gerade noch rechtzeitig ein.

Sie schaut aus großen Augen. »Weißt du, wo die Shirin ist?«, wispert sie.

Ich zucke wahrheitsgemäß die Achseln.

»Die Shirin hat auch immer Stress mit der Swetlana. Die hat echt gedroht, sie rauszuschmeißen. Ich glaub, die macht das auch. Ich hab versucht, die Shirin anzurufen, aber die geht nicht ans Handy. Ich mach mir voll die Sorgen!«

»Was quatscht ihr dahinten? Hab ich mich nicht klar genug ausgedrückt?«

Meine Güte, im Vergleich mit der ist die Ziege ja geradezu ein Ausbund an Charme. »Hör mal, Melissa«, ich greife nach einem Puderpinsel, »ich habe leider keine Ahnung, wo deine Freundin steckt, aber ich suche auch jemanden.« Aus meiner Handtasche ziehe ich einen Ausdruck mit einem Foto von Siegfried Barg. »Hast du den schon mal hier gesehen?«

Sie rückt ein Stück von mir ab. »Weiß nicht«, murmelt sie. »Wieso?«

»Weil … er mir Geld schuldet«, behaupte ich. »Ich habe mich von ihm bequatschen lassen und bin mit ihm … na ja, du weißt schon. Er ist dann auf und davon und nun stehe ich da und soll für den ganzen Abend auch noch …«, ich muss an die gesalzenen Preise denken, »die Getränke bezahlen.« Langsam beginnt mir meine Geschichte Spaß zu machen. »Wir hatten Wodka und Champagner und nun will Pjotr sein Geld haben.«

Melissa reißt die Augen auf. »Oh my God! Sag nicht, dass du Pjotr Geld schuldest?«

Einen Moment bin ich zu verblüfft, dass dieser eben gerade ausgedachte Pjotr real zu existieren scheint, dann nicke ich langsam. »Jetzt weißt du, warum ich ihn unbedingt finden muss.« Erneut halte ich ihr meinen Ausdruck hin. »Bitte! Kommt er dir nicht irgendwie bekannt vor?«

»Nee, echt nicht.«

»Wirklich nicht? Schau dir das Foto ruhig genau an.«

Diesmal betrachtet sie es länger. »Kenn ich echt nicht.«

»Ich war schon in allen möglichen anderen Clubs. Gestern hat mir eine geraten, es mal hier zu versuchen, angeblich würde er öfters herkommen. Das ist echt meine letzte Chance! Pjotr hat mir eine Frist gesetzt, und wenn er bis dahin das Geld nicht hat …« Ich drücke auf die Tränendrüse. »Meinst du, du könntest dich hier für mich umhören?«

Melissa zuckt die Achseln. Auf keinen Fall will sie in meiner Haut stecken, doch um mir zu helfen, reicht ihr Mitgefühl dann doch nicht aus. »Pass auf«, flüstere ich, »du bekommst von mir hundert Euro, wenn du jemanden findest, der diesen Mann hier im Kittycat gesehen hat. Und der bereit ist, mir zu erzählen, was er hier wollte. Das wäre mir noch einmal hundert Euro wert.« Ich merke selbst, dass meine Lügengeschichte an dieser Stelle ein bisschen dünn wird, aber Melissa scheint mir auch nicht schlauer als eine Katze zu sein, die ihrem Schwanz nachjagt.

»Zweihundert. Jetzt und später.« Ihr Gesicht hat einen gierigen Ausdruck bekommen, und ich ärgere mich, dass ich sie offenbar unterschätzt habe. Zähneknirschend zücke ich mein Portemonnaie, ein Glück, dass ich vorher noch einmal in den Umschlag gegriffen habe. »Du kannst mich jederzeit anrufen«, drücke ich ihr die Scheine zusammen mit dem Ausdruck in die Hand, auf den ich meine Nummer notiert habe. »Du kannst meine Nummer auch ruhig weitergeben, vielleicht hat eine deiner Freundinnen ihn gesehen?«

Ich stehe auf und stoße dabei fast mit Swetlana zusammen.

»Du bist ja noch nicht mal umgezogen! Wie stellst du dir das vor? Du bist dran! Hopp, hopp!«

Wie – ich bin dran? Verwechselt sie da nicht etwas? Ich schaue von der bürstenden Melissa zu Swetlana, die guckt, als ob sie kurz davor ist zu explodieren. Mit einer rot lackierten Kralle pickt sie mir grob in den Ausschnitt.

»Mir egal, wie du ausschaust. Auf die Bühne mit dir, beweg dich! Wir haben keine Zeit!«

Moment mal! Sie erwartet doch wohl nicht allen Ernstes, dass ich mich hier gleich an einer Stange winde, oder?

»Ich kann gar nicht tanzen!«, murmele ich unbehaglich.

Sie lacht, aber es klingt überhaupt nicht fröhlich. »So, so, du kannst also gar nicht tanzen? Soll Pjotr es dir beibringen?«

Bitte nicht der schon wieder. Kein Mensch möchte seinen eigenen Lügen im wahren Leben begegnen, zumal dieser Pjotr ein genauso unangenehmer Charakter zu sein scheint, wie ich ihn mir ausgedacht habe.

»Es geht leider wirklich nicht.« Ich versuche, mich an ihr vorbeizuschieben. »Mir geht es gerade nicht so gut. Hier drinnen ist es so stickig, mir ist ganz schwummerig.«

»Dir geht es gerade nicht so gut?«

Ich nicke. »Ich muss ganz kurz raus an die frische Luft. Nur ein paar Minuten, dann geht es bestimmt wieder! Ich bin auch sofort wieder da.«

»Aber sicher, Süße, nur ein paar Minuten an die frische Luft. Soll ich dir auch ein kaltes Handtuch bringen oder will die Dame vielleicht noch einen Scheiß-Kamillentee?« Ein Spucketropfen landet auf meiner Wange. Nur mühsam kann ich den Impuls unterdrücken, ihn wegzuwischen.

»Wo du frische Luft schnappst, ist mir scheißegal, solange du jetzt da draußen ablieferst. Du schwingst jetzt deinen Arsch an die Stange oder ich sorge persönlich dafür, dass es dir nicht gut geht! Und glaube mir …«, sie packt mich am Handgelenk, »dann geht es dir eine ganze Weile nicht mehr gut!«

Hilfe suchend schaue ich zu Melissa, die ihre Lippen nachzieht und tut, als würde sie das alles nichts angehen. Wie alle anderen hier ist sie garantiert erleichtert, dass sich das Gewitter diesmal über einer anderen entlädt. Einerseits kann ich ihr das nicht verübeln, andererseits hilft mir das auch nicht weiter. Swetlana ist einen ganzen Kopf kleiner als ich, aber bedeutend kräftiger – es ist mir unmöglich, ihren Klammergriff abzuschütteln. Notgedrungen stolpere ich ihr hinterher, als sie die Garderobentür aufreißt, den Gang entlang marschiert und mich ein paar Stufen hoch in einen Vorraum schubst. Gegenüber hängt ein dicker Vorhang, durch den ein wenig Licht fällt, dahinter stampfender Beat; mir schwant Übles. Meine Peinigerin schreit irgendetwas, das ich nicht verstehe, und dann werde ich auch schon durch den Vorhang geschoben. Im ersten Moment stehe ich da wie eine Katze im Scheinwerferlicht, bis mich die Erkenntnis trifft, dass ich gerade mitten in einem meiner schlimmsten Albträume gelandet bin. Mutterseelenallein stehe ich auf einer Bühne, während mich Dutzende, ach was, Hunderte von Gesichtern erwartungsvoll anstarren. In Panik drehe ich mich um und versuche zu fliehen, doch der Vorhangschlitz wird von der anderen Seite zugehalten und dann bricht die Hölle über mich hinein. Ohrenbetäubendes Johlen brandet auf, inzwischen gibt es wohl niemanden in diesem Club, der nicht zu mir schaut. Direkt vor mir am Bühnenrand erkenne ich einen Junggesellenabschied, lauter junge Männer in blauen T-Shirts mit albernen Kappen. Einige wedeln mit Dollarscheinen, ein anderer brüllt etwas.

»Come on, Baby, zeig's uns!«

Meinen die etwa mich?

Die Musik legt noch einen Zahn zu, mit zaghaftem Lächeln versuche ich ein paar Dancemoves. Irgendwann muss der Zerberus hinter dem Vorhang seinen Posten ja aufgeben, wenn es mir gelingt, die Meute ein bisschen hinzuhalten, kann ich vielleicht unbemerkt entkommen.

Ich lasse mich also von der Musik mitreißen und wage sogar eine kleine Drehung. Sicherlich nicht die perfekte Choreografie, doch soweit ich durch die grelle Bühnenbeleuchtung erkennen kann, wird geklatscht. Hände mit Dollarscheinen strecken sich mir entgegen und auch wenn ich es mir eben noch nicht vorstellen konnte, macht es sogar ein bisschen Spaß. Im Takt der Musik umrunde ich eine der Poles und schiele in Richtung Vorhang. Jegliches Zeitgefühl ist mir abhandengekommen, keine Ahnung, wie lange eine Showeinlage normalerweise dauert. Oder was die da unten von mir erwarten. Vielleicht ein bisschen mehr Action? Mit Akrobatik an der Stange kann ich nicht glänzen, dazu besitze ich weder die Kraft, geschweige denn die Beweglichkeit. Aber – mein Kleid hat einen breiten schwarzen Stretchgürtel, den ich löse und über dem Kopf schwinge. Dazu bewege ich meine Hüften im Takt und drehe mich um meine eigene Achse. Es fühlt sich ganz gut an, und das Publikum scheint die unvorhergesehene Abwechslung ebenfalls zu genießen. Die Jungs in der ersten Reihe jubeln. Erst verstehe ich nicht so richtig, was sie da rufen, doch als ich mich nach vorn beuge, um mir einen weiteren Dollarschein zu greifen, höre ich es deutlich: »Ausziehen! Ausziehen!«

Schlagartig ist jeglicher Hauch von Spaß verschwunden, stattdessen macht sich ein mulmiges Gefühl in mir breit. Eigentlich hätte ich es mir ja denken können, dass diese blöde Gürtelschwingerei die Erwartungen des Publikums in eine Richtung lenkt, die ich auf keinen Fall bedienen will. Aber wie so oft geht es nicht darum, was ich will, denn inzwischen brüllt der ganze Club, dass ich mich ausziehen soll. Noch einmal marschiere ich um die Stange und lasse mir den Gürtel lasziv über die Schulter gleiten. Ich versuche, verführerisch zu lächeln, auch wenn mir fast die Mundwinkel verkrampfen. Die Musik stampft erbarmungslos; ich tanze in der naiven Hoffnung weiter, dass Swetlana inzwischen ihre Stellung aufgegeben hat. Schritt für Schritt arbeite ich mich in Richtung Vorhang, als mich eine Hand grob an der Schulter packt. Im ersten Moment befürchte ich, dass es Swetlana ist, die mich zurück auf die Bühne schubsen will, doch vor mir steht eine andere Tänzerin.

»Was zum Teufel machst du hier?« Ihre Augen funkeln vor Wut, trotzdem würde ich ihr am liebsten um den Hals fallen. »Versuchst du etwa, meine Show abzugreifen?«

»Auf gar keinen Fall! Das ist ein Missverständnis. Ich bin nur zufällig hier gelandet, ich habe gedacht, ich fange schon mal an, bevor du kommst.«

»Keiner will sehen, wie du tanzt!«, zischt sie mir zu.

Warum ist die denn so unhöflich? Es ist ja keinesfalls so, dass ich mich um diesen Auftritt gerissen habe, liebend gern hätte ich ihr den Vortritt gelassen. Und bis auf die Idee mit dem Gürtel habe ich mich doch ganz gut geschlagen, oder? In meinen Stiefeln und in meinem Ausschnitt stecken Dutzende von Dollarscheinen, es ist ja nicht so, dass ich auf dieser Bühne nichts geboten habe. »Dann komm halt nächstes Mal pünktlich!«, schreie ich über den Lärm hinweg. Mich nach dieser unhöflichen Swetlana auch noch von der hier zur Schnecke machen zu lassen, das brauche ich echt nicht. Mit einer Mischung aus Trotz und Entschlossenheit starre ich ihr in die Augen und tänzele zurück zur Bühne. Bevor ich kampflos das Feld räume, werde ich es ihr noch mal zeigen! Erneut lasse ich mich auf die Musik ein, drehe mich und konzentriere mich ganz auf meinen Junggesellenabschied. Die Jungs winken, einer öffnet den Mund und zeigt auf etwas hinter mir. Ich will mich umdrehen, doch da spüre ich auch schon den Stoß und komme ins Straucheln. Meine Absätze finden auf der glatten Tanzfläche keinen Halt, ich stolpere nach vorn. Ein weiterer Schritt und dann noch einen. Miststück, denke ich noch, dann katapultiert mich die Schwerkraft auch schon über den Bühnenrand.

KAPITEL 27 – ROMY

Frankfurt, Bahnhofsviertel
Sonntag, 18. November, am frühen Morgen

»Du kannst froh sein, dass du dich nicht ernsthaft verletzt hast!«

Erleichtert, ja, das bin ich, mein unfreiwilliges Stagediving ohne größere Blessuren überstanden zu haben. Aber froh? Nein, das passt nicht. Dafür war es einfach zu peinlich. Wie soll ich mich freuen, wenn ich am liebsten im Boden versinken würde? Auf meine Fans aus der ersten Reihe war Verlass, zuverlässig haben sie mich aufgefangen und auf die Füße gestellt, lediglich ein paar Gläser sind zu Bruch gegangen. Das Ganze läuft immer wieder vor meinem inneren Auge ab, und jedes Mal schüttelt es mich vor Scham. Binnen Sekunden tauchte die Security auf und ruckzuck hat man mich in das Büro des Geschäftsführers eskortiert. Der Typ sah aus, wie man sich eine Führungskraft in diesem Milieu vorstellt, und genauso benahm er sich. Dass Swetlana mich zu meinem Auftritt genötigt hat, schien ihn nicht die Bohne zu interessieren, stattdessen hat er mir eine »Aufwandsentschädigung« in Höhe von tausend Euro in Rechnung gestellt und mir verboten, das Kittycat jemals wieder zu betreten. Noch nie in meinem ganzen Leben hatte ich irgendwo Hausverbot. Sein Rausschmiss ärgert mich fast noch mehr als die unverschämt hohe Geldstrafe, auch wenn ich sicher nicht vorhatte, in diesem Etablissement Stammgast zu werden. Frohsein fühlt sich jedenfalls definitiv anders an.

Nun stehen Margit und ich wieder dort, wo dieser unrühmliche Abend vor ein paar Stunden begonnen hat. »Tut mir leid«, murmele ich.

»Was meinst du, Romy?«

Wenn ich nur wüsste, wo ich da anfangen soll! Vielleicht damit, dass ich sie hierher geschleift und dann allein gelassen habe? Dass ich mich in Dinge einmische, die mich nichts angehen, obwohl ich es besser wissen müsste? Oder meine notorischen Lügen, die ich mir selbst als harmlose Schwindeleien schönrede? Ich traue mich kaum, Margit anzuschauen. »Alles«, antworte ich nach einer Weile.

»Ach, sei nicht so streng mit dir«, sagt sie, während wir zum Willy-Brandt-Platz schlendern. »Das passt nicht zu der Romy, die ich kenne, und außerdem – was ist schon groß passiert?«

Erstaunt mustere ich sie von der Seite.

»Weißt du, als ich in deinem Alter war, habe ich mir oft gewünscht, einfach mal etwas … Unkonventionelles zu tun. Mal über die Stränge schlagen, mich etwas Verrücktes trauen. Aber damals war das nicht so einfach. Alle um einen herum wussten besser, was für eine junge Frau gut ist, nur man selbst hatte nichts zu entscheiden. Man hatte sich zu fügen und durfte bloß nicht aus der Reihe tanzen.«

Hm. Margits Leben schien mir bislang wie der perfekte Hausfrauentraum. »Ich dachte, Gerhard war deine große Liebe?«

»Das war er auch, aber nicht unbedingt zu dem Zeitpunkt, als wir uns kennenlernten und ich kurz darauf mit Irene schwanger wurde. Es gab einfach nie Raum für meine eigenen Träume. Eigentlich wollte ich Fremdsprachensekretärin werden und«, sie hakt sich bei mir unter, »getanzt habe ich auch immer gerne. Das mit der Stange hätte ich auch gerne mal ausprobiert!«

Lieber Gott, bitte nimm diese Bilder aus meinem Kopf!

»Fandest du mich denn eben nicht peinlich?«

»Ich finde, dass du dir viel Mühe gegeben hast.«

Gut, dass man im Dunklen nicht sieht, wie ich rot anlaufe.

»Aber du warst gar nicht so schlecht. Jeder schätzt Situationen mal falsch ein, und du hast dich tapfer geschlagen. Gerade diese Fehler machen uns doch menschlich, oder?«

Das ist zwar nett gemeint, aber wer will schon »menschlich« tanzen, wenn es doch auch so schöne Adjektive wie »elegant«, »hinreißend« oder »sexy« gibt?

»Aber sag mal, Romy, warum sind wir heute Abend wirklich hergekommen?«

Woher kommen eigentlich all die Ausreden her, die mir augenblicklich auf der Zunge liegen? Hat mein Hirn einen eingebauten Notfallknopf, der bei Gefahr sofort den Lügenmodus aktiviert? Schon will ich antworten, da drückt Margit meine Hand.

»Romy, ich kenne dich. Inzwischen so gut, dass ich spüre, wenn etwas nicht stimmt. Und irgendetwas stimmt nicht, seit du auf diesem Totenamt von Lukas Delbrück warst. Du weichst mir aus, beantwortest meine Fragen nicht, aber ich merke, dass irgendetwas an dir nagt. Und dass das etwas mit heute Abend zu tun hat.« Sie bleibt stehen und schaut mich an. »Meinst du nicht, dass du mir anvertrauen magst, was dich beschäftigt?«

»Es ist kein Totenamt, es war eine Urnenbeisetzung!«

»Du weißt genau, was ich meine!«

Ich denke an die hunderttausend Euro, meinen Besuch bei Elsa Delbrück und an ihren radhosentragenden Sohn

Gabriel, ich denke an Siegfried Bargs Computer in meinem Arbeitszimmer, meine neue Gucci, das Treffen mit Jürgen Kleiber und warum auch immer an den Schnauzbart. In mir krampft sich alles zusammen. Was würde Margit von mir denken, wenn sie auch nur einen Bruchteil der Geschichte wüsste?

»Da ist nichts!« Ich ziehe sie weiter und eine Weile gehen wir stumm nebeneinanderher.

»Na ja«, meint sie unvermittelt, »was ich jedenfalls sagen will: Sei froh, dass du die Freiheit hast, solche Missgeschicke überhaupt erleben zu dürfen. Das ist für viele Menschen und insbesondere für uns Frauen immer noch nicht selbstverständlich. Lass dir von niemandem einreden, dass du perfekt sein musst. Kopf hoch und einfach weitermachen. Roswitha sagte gerade neulich …«

Hinter uns höre ich Gelächter und werfe einen Blick über die Schulter. Im Abstand von etwa zehn Metern folgt uns eine ganze Gruppe junger Kerle. Kein feuchtfröhlicher Junggesellenabschied, sondern gelangweilte Halbstarke auf Suche nach Unterhaltung.

»Margit, lass uns hier links gehen.« Eigentlich müssten wir weiter geradeaus, doch die Situation hinter uns gefällt mir nicht. Als wir um die Ecke biegen, riskiere ich einen weiteren Blick. Das Rudel ist stehen geblieben, wie sie in unsere Richtung schauen, verursacht mir eine Gänsehaut.

»Ich wünschte, ich könnte Niklas solche Begebenheiten aus meinem Leben erzählen«, sinniert Margit. Von dem, was sich da hinter uns zusammenrottet, hat sie Gott sei Dank noch nichts mitbekommen. »Die kleinen Pannen sind doch die besten Anekdoten, über die man später lachen kann. Deine Enkel werden die Geschichte bestimmt lieben, wie du in einer Tabledancebar auf der Bühne getanzt hast.«

»Mit Sicherheit ist das keine Geschichte für Kinder«, widerspreche ich. »Außerdem bezweifle ich, dass ich jemals Enkel haben werde.«

»Ach Romy, du bist gerade erst siebenunddreißig, der Richtige wird schon noch kommen. Wer weiß, vielleicht ist er sogar schon in dein Leben getreten?«

Mein Herz beginnt aufgeregt zu klopfen, als ich an Gabriel Delbrück denke. »Meinst du?«

»Oh, da bin ich mir ganz sicher. Du musst nur ein bisschen die Augen offen halten und dem Zufall eine Chance geben. Manchmal überrascht uns das Glück in einem Menschen, den man vorher gar nicht in Betracht gezogen hat. Und vielleicht hat dein Zukünftiger ja eine nette, große Familie, die dich herzlich willkommen heißt?«

Margits Ausführungen über den Zusammenhalt türkischer Großfamilien höre ich nur mit einem halben Ohr zu. Gabriel ist so ein Zufall, dem ich gern eine Chance geben würde, auch wenn ich bezweifle, dass seine Mutter mich herzlich willkommen heißen wird. Andererseits – vielleicht revidiert sie ihr Urteil, wenn sie mich richtig kennengelernt hat? Ich bin so in meine Gedanken vertieft, dass ich erst nach geraumer Zeit merke, dass wir schon viel zu weit sind. Ich schaue auf mein Handy.

»Wir müssen zurück, sonst laufen wir einen Riesenumweg!« Kaum haben wir uns umgedreht, stockt mir der Atem. Da sind sie wieder, diese halbstarken Kerle, und diesmal laufen wir direkt auf sie zu.

»Margit, lass uns die Straßenseite wechseln, ja?«

Ich beschleunige leicht unser Tempo. »Da vorne«, deute ich auf nächste Querstraße, »da müssen wir hin.« Sie sieht deutlich belebter aus, aber bis dahin sind es noch gut hundert Meter. In größtmöglichem Abstand versuche ich Margit an der Gruppe vorbeizuführen. Einer ruft irgendetwas, aber ich tue, als wären wir nicht gemeint. Beinahe glaube ich, es geschafft zu haben, als ich die Geräusche von schnellen Schritten auf dem Asphalt höre. Gleich zwei von ihnen schießen an uns vorbei und schneiden uns den Weg ab. »Ey, warum rennt ihr so?«

»Bleib ruhig«, flüstere ich Margit zu, auch wenn jede Faser meines Körpers nach Flucht schreit.

»Wir wolln doch nur ein bisschen Spaß!« Die beiden lachen grölend. »Ey, die reden nicht mit uns!«, beschweren sie sich bei ihren Kumpels, die nach und nach aufschließen.

»Lasst uns in Ruhe«, gebe ich mir Mühe, autoritär zu klingen. Sie sind zu siebt, wenn es hart auf hart kommt, haben wir nicht die geringste Chance.

»Ey, warum ist die Kleine so frech?«

Die Kleine? Meint er etwa mich? Die sind zwar höchstens halb so alt wie ich, aber meine Angst interessiert das herzlich wenig.

»Wohin geht's?«, will der Erste wissen. Inzwischen haben sie einen Kreis um uns gebildet. »Sag doch!«

»Wir haben keine Lust, uns zu unterhalten!« Hoffentlich merken die nicht, wie meine Knie zittern. »Lasst uns einfach in Ruhe und verschwindet!«

»Ey, was ist mit der?«, stichelt einer mit schwarzer Basecap. Er scheint der Anführer zu sein. Panik breitet sich in meiner Magengegend aus, als sich der Kreis um uns verkleinert. »Lass denen mal ein bisschen Respekt beibringen!«

Margit hebt den Kopf. »Emil?«

»Margit? Ey, was machst du hier?«

Verblüfft schaue ich sie an, auch Emils Kumpels wirken überrascht.

»Ich war mit meiner Nachbarin Romy im Kittycat«, erklärt sie nicht ohne Stolz. Während sie über unseren Abend berichtet, zischt dieser Emil dem Kerl neben sich etwas zu. »Krass, Alter!« Er reißt die Augen auf. »Stabiler Stoff!«

»Warum belästigt ihr Damen auf der Straße?«, will Margit wissen.

Emil tritt nervös von einem Fuß auf den anderen. »Ey, sorry, Margit. Hab dich nich erkannt. War doch nur Spaß.«

»Spaß? Das hat sich überhaupt nicht spaßig angefühlt, Emil!«

»Ey, sorry!« Einer murmelt irgendetwas und erntet dafür eine Kopfnuss. »Wir wollten euch wirklich keine Angst machen.«

»Das ist kein Verhalten, das ich toleriere«, sagt Margit streng. »Und von dir, Ahmed, und dir, Franjo, hätte ich mehr erwartet!«

Woher kennt Margit überhaupt dieses Gesindel? Es ist mucksmäuschenstill, die Jungs starren verlegen auf ihre Fußspitzen.

»Ja, schon!« Emil kratzt sich am Kopf, die anderen nicken zustimmend. »Guck mal, wir wollten das echt nicht. Wir machen das nicht mehr!«

»Das will ich hoffen. Wir hatten einen schönen Abend und wollen uns auf dem Nachhauseweg nicht die Stimmung von euch verderben lassen!«

Sie bestehen darauf, dass wir mit einem Uber nach Hause fahren. »Ist besser«, erklärt mir einer, der ausschaut, als wolle man ihm auf gar keinen Fall im Dunklen begegnen. »Du weißt nicht, wer hier rumläuft und dich abziehen will.«

Während wir auf den Fahrer warten, gesellen sich zwei weitere Kerle zu uns, kurz darauf ein dritter. Alle sind hocherfreut, Margit zu sehen, und meine Nachbarin scheint sich bestens zu unterhalten. Fast kommt es mir vor, dass sie es ein wenig bedauert, als die Limousine vorfährt.

»Ich hoffe, so etwas kommt nicht mehr vor. Jetzt geht nach Hause und denkt darüber nach«, ermahnt sie ihr Gefolge hoheitsvoll, während wir einsteigen.

»Machen wir.« Sie winken brav, als sich der Wagen in Bewegung setzt, und Margit lehnt sich in die bequemen Lederpolster zurück. »Alles in Ordnung, Romy. Es war nur ein kleines Missverständnis.«

»Magst du mir mal verraten, seit wann du in solchen Kreisen verkehrst?« Mein Puls ist noch lange nicht im Normbereich angekommen. »Woher kennst du überhaupt so ein Gesindel? Und komm mir nicht damit, dass das Kommilitonen von Niklas sind.«

»Natürlich sind das keine Kommilitonen von Niklas, das sind Kunden.«

»Kunden? Seit wann kommen denn solche Galgenvögel zu dir zur Fußpflege?« Beinahe sofort tut es mir leid, sie so angefahren zu haben.

»Ach, Romy«, seufzt sie. »Ich habe nicht erwartet, Emil und die Jungs hier zu treffen. Die Geschichte ist ein bisschen kompliziert.«

Ich überlege eine Weile. »Vielleicht sollten wir doch einmal miteinander reden?«

KAPITEL 28 - MARGIT

Frankfurt-Eckenheim
Sonntag, 18. November, nachmittags

»Also?« Romy sieht Margit auffordernd an. »Was hat es mit deinen neuen Fußpflegekunden auf sich?«

Mit einem selbst gebackenen Apfelkuchen hat Margit vor einer halben Stunde bei Romy geklingelt. Sich über lauwarmem Apfelstreusel zu streiten, ist doch ein Ding der Unmöglichkeit, aber für alle Fälle hat Margit noch zwei Becher Sahne geschlagen.

»Ich habe nie behauptet, dass die Jungs zur Fußpflege kommen!« Sie spießt ein Stückchen Kuchen auf.

»Aber du doch hast gesagt, sie sind deine Kunden …«

»Sind sie ja auch.« Margit kaut. »Aber sie kommen nicht zur Fußpflege.«

»Sondern?«

»Niklas hat mich neulich auf eine Idee gebracht. Eigentlich wollte ich es ja nur mal ausprobieren. Hätte ich gar nicht gedacht, dass das auf Anhieb so gut klappt. Reichst du mir noch mal die Sahne?«

»Hättest du vielleicht die Güte, mir zu erzählen, was für eine Idee das ist?« Romy hält ihr die Schüssel hin. »Du bist doch sonst nicht so kurz angebunden!«

Margit tut sich großzügig auf. Apfelkuchen ohne Sahne ist nur eine halbe Sünde und von halben Sachen hält Margit nichts. Entweder durchziehen oder es von vornherein bleiben lassen.

»Es war letzten Mittwoch. Als ich dich zum türkischen Essen eingeladen habe und du es vergessen hast.« Diese Spitze kann sie sich nicht verkneifen. »Niklas hat es wunderbar geschmeckt, aber du hast kaum etwas gegessen. Und dafür habe ich den ganzen Tag in der Küche gestanden! Die restlichen Köfte habe ich eingefroren, das Fladenbrot auch, das kann man prima wieder aufbacken und …«

»Margit, bitte!«

»Als du dich so überhastet verabschiedet hast, ist Niklas zum Rauchen auf die Terrasse. Seit mit dieser Trulla Schluss ist, raucht er wieder, dabei kann er froh sein, dass er die los ist.« Margit beginnt zu erzählen, wie Niklas hinten im Garten die Fliegenpilze entdeckt hat. »Die braucht er für seinen Mitbewohner. Der ist Schamane und studiert Philosophie.« Margit überlegt. »Oder war es umgekehrt?«

»Du hast deinem Enkel nicht wirklich einen Giftpilz mitgeben?«

»Wieso denn nicht? Die sind erwachsen, die machen doch eh, was sie wollen. Und der Schamane kennt sich damit aus, das hat mir Niklas versichert.«

»Du kennst diesen Schamanen doch gar nicht!« Romy sieht sie fassungslos an. »Und was hat das alles mit diesen Emils aus dem Bahnhofsviertel zu tun?«

»Wenn du mich nicht dauernd unterbrechen würdest, hätte ich dir das schon längst erzählt.« Margit pickt einen Krümel von der Tischplatte. »Also, der Schamane dörrt die Fliegenpilze und verkauft sie weiter. Ich habe das gegoogelt – man kann damit angeblich sein Bewusstsein erweitern. Es gibt eine große Nachfrage für Fliegenpilze, man verdient damit nicht schlecht, hat Niklas gesagt.« Margit schiebt sich einen weiteren Bissen Apfelkuchen in den Mund. »Jedenfalls dachte ich mir, ich könnte das ja auch mal ausprobieren. Die Roswitha hat doch diesen Dörrautomaten, ich habe sie am Mittwochabend noch angerufen und gefragt, ob ich mir den mal ausleihen kann. Auf die Roswitha ist ja Verlass, gleich am Donnerstagmorgen hat sie ihn mir vorbeigebracht. Es passte ihr ganz gut, weil sie doch jetzt donnerstags immer in der Altenwohnanlage im Frankfurter Bogen ist und …«

»Das ist jetzt nicht dein Ernst!«

»Doch! Was meinst du, wie glücklich die Roswitha ist, da endlich einen Fuß in der Tür zu haben. Stell dir vor, ein Dreivierteljahr hat sie mit der Heimleitung verhandelt und …«

»Mich interessiert einen Scheiß, wie viele Fußnägel deine Freundin im Frankfurter Bogen schneidet, ich will wissen, was du mit diesen Pilzen zu schaffen hast!«

Romys Gesicht ist blass geworden; Margit unterdrückt ein Augenrollen. Meine Güte, ihre Nachbarin ist aber heute dünnhäutig! Hat sie zu wenig Schlaf bekommen? Immerhin ist es ganz schön spät, beziehungsweise schon wieder ziemlich früh gewesen, als sie endlich zu Hause angekommen sind. »Du weißt ja, im Ofen geht das genauso gut, aber ab einer gewissen Menge ist so ein Profigerät einfach praktischer. Ich habe die Pilze mit der Briefwaage genau abgewogen und in kleine Tütchen verpackt. Weißt du, wenn man eine Hose kauft, dann sind doch die Ersatzknöpfe immer in so kleinen Plastiktütchen mit dabei, die habe ich alle aufgehoben und …«, Margit stutzt. »Romy, ist dir nicht gut?«

»Weiter!«

»Soll ich dir ein Glas Wasser holen? Wirklich nicht? Na, jedenfalls bin ich dann an die Konstablerwache gefahren.

Soll ja für solche Geschäfte eine gute Adresse sein. Ich habe einen Korb mitgenommen und mir ein Kopftuch umgebunden, damit ich wie eine Kräuterhexe aussehe, das macht die Elfi bei ihrem Stand auf dem Mittelaltermarkt auch immer. Und dann habe ich auf Kundschaft gewartet.« Margit lächelt. »Der Anfang ist etwas holprig gewesen, kein Mensch hat sich für den Inhalt meines Korbes interessiert. Erst nach einiger Zeit ist mir dann aufgegangen, dass ich an der falschen Stelle auf Kundschaft gehofft hab. Jetzt weiß ich, wo man sich hinstellen muss und wie es funktioniert! Man muss warten, bis einer allein vorbeikommt. Bloß nicht so demonstrativ anstarren, mehr so aus den Augenwinkeln gucken. Und dann macht man ›Pst! Pst!‹, und wenn er dann auf dich zukommt, dann hast du ihn im Sack!«

»Du hast allen Ernstes an der Konsti mit Giftpilzen gedealt?«

»Fliegenpilze sind überhaupt nicht so giftig, wie immer behauptet wird. Um sich ernsthaft zu vergiften, müsste man schon eine ziemlich große Portion essen. Ich habe immer nur ein Scheibchen am Tag empfohlen, auf gar keinen Fall mehr!«

Romy presst die Lippen zusammen. »Warst du vorgestern auf dem Friedberger Markt?«

Margit nickt. »Da habe ich meinen Restbestand verkauft.«

»Margit, das ist jetzt nicht wahr, oder?« Romys Gesichtsausdruck ist eine Mischung aus Fassungslosigkeit und Entsetzen. Eigentlich müsste sie sich mal im Spiegel sehen, denkt Margit mit einem Funken Schadenfreude. »Traust du mir das allen Ernstes zu?«

»Es stimmt also nicht?« Romy atmet hörbar aus. »Du hast gar keine Fliegenpilze verkauft?«

»Nein, keine Fliegenpilze, es waren Rotkappen.«

»Rotkappen?«

»Ganz normale Speisepilze. Als ich am Mittwoch für unser Essen eingekauft habe, waren sie beim Discounter im Angebot. Ich habe eine ganze Steige gekauft, die sahen aus wie gemalt, da konnte ich einfach nicht vorbeigehen.«

»Und meinst du nicht, dass jemandem der Unterschied auffällt?«

»Glaub mir, getrocknet machen die nicht mehr viel her, das fällt keinem auf.«

»Ich meine eher die Wirkung!« Romy räuspert sich. »Deine Kunden, die erwarten doch schließlich etwas, oder etwa nicht?«

»Tja, das hat mich auch gewundert. Der Emil war ganz begeistert, der hat am Freitag gleich noch mal gekauft.« Vielleicht ist das dieser Placeboeffekt? Erst neulich hat eine Ärztin im Radio darüber gesprochen. Wenn man fest an eine Wirkung glaube, könne diese unter bestimmten Umständen tatsächlich eintreten. Und hat sie nicht bei jedem Verkauf beteuert, die Pilze würden ganz besondere Erlebnisse bescheren? Wer hätte auch ahnen können, dass sie den Jungs so schnell wieder über den Weg laufen würde!

»Aber wie kommst du überhaupt auf so eine Idee? Du hast doch keine Geldsorgen, oder?«

»Ach was, wo denkst du hin? Ich wollte lediglich mal was ausprobieren.« Mit ihrer Fußpflege verdient sie prinzipiell nicht schlecht, dazu kommt das Haus und Gerhards Rente. Andererseits … Margit lächelt versonnen. Carmen hat eine Kundin, deren Sohn beim gleichen Unternehmen wie Nadir Çelik arbeitet und versprochen hat, seine Handynummer zu organisieren. Sehr bald schon würde sie für Romy eine Verabredung arrangieren können. »Es könnte doch sein, dass demnächst ein großes Familienfest ansteht.«

»Was denn für ein Familienfest?«

»Vielleicht eine Hochzeit?« Margit strahlt.

»Was, Niklas heiratet?«

»Ach was, der ist frischgebackener Single. Rate noch mal!«

»Doch nicht etwa Irene? Du hast gar nicht erzählt, dass sie wieder einen Freund hat.«

Nein, Romy denkt in die ganz falsche Richtung, so hat das keinen Zweck. Margit seufzt. »Egal, ich erzähle es dir später, das ist eine längere Geschichte. Ich dachte mir jedenfalls, es wäre nicht schlecht, sich ein zweites Standbein aufzubauen.«

Romy schüttelt den Kopf. »Da spricht ja nichts dagegen, aber warum erzählst du mir diesen Quatsch mit den Fliegenpilzen?«

»Vielleicht, damit du mal merkst, wie das ist, wenn jemand einem dauernd einen Bären aufbindet?« Margit wollte das Romy schon länger sagen, nur hat sie nie den richtigen Zeitpunkt gefunden. Oder die richtigen Worte. Oder beides. Gibt es für falsche Dinge überhaupt die richtigen Worte?

Romy sieht sie mit versteinerter Miene an. »Das kannst du doch gar nicht vergleichen.«

»Und warum nicht? Hast du dir jemals überlegt, wie es sich für andere anfühlt, wenn du sie anlügst, nur weil es für dich gerade praktisch oder in irgendeiner Weise zweckdienlich ist?«

Romy weicht ihrem Blick aus.

»Romy, du weißt, dass ich dich sehr gerne mag. Wirklich! Aber bei aller Freundschaft – in letzter Zeit bist du nicht ehrlich mit mir.« Margit überlegt eine Weile. »Kind, ich mache mir Sorgen um dich. Weißt du, in meinem Alter hat man eine gewisse Menschenkenntnis. Ich spüre doch, dass dich irgendetwas bedrückt. Willst du mir nicht verraten, um was es hier geht?«

Romy dreht ihre Kaffeetasse in den Händen. Ihre Augen wandern immer wieder zum Fenster, dann zur Uhr, aber nie zu Margit. In Gedanken scheint sie weit weg zu sein. Margit wartet. Sekunden vergehen, dann Minuten, und endlich, als es fast schon unerträglich wird, stellt Romy ihre Tasse auf den Tisch zurück.

»Du hast recht«, murmelt sie, »Es gibt in der Tat etwas, worüber ich mit dir reden wollte.«

Die nächsten zwanzig Minuten hört Margit einfach nur zu. Konzentriert sich auf das, was Romy ihr erzählt, und verkneift sich jeglichen Kommentar, auch wenn ihr Tausend Fragen auf der Zunge bitzeln. Geduld war noch nie Margits Stärke, doch sie weiß, wie wichtig es ist, Romy reden zu lassen.

»Das alles ist schon ziemlich merkwürdig«, meint Margit, nachdem Romy geendet hat. »Du hast nicht zufällig einen Obstler?«

Während Romy in der Küche rumort, sortiert Margit ihre Gedanken. In was ist ihre Freundin da bloß wieder hineingerutscht? Und wie soll sie darauf reagieren, ohne Romy vor den Kopf zu stoßen? Dank ihrer blühenden Fantasie hat sie bestimmt ein paar Dinge missverstanden – aber wie erklärt man ihr das, ohne ihr das Gefühl zu geben, sie nicht ernst zu nehmen? Sie kann doch nicht einfach Detektivin spielen, denkt Margit, so etwas kann böse enden. Misstrauisch betrachtet sie den Gin Tonic, den Romy vor ihr hingestellt hat.

»Weißt du, Romy, manchmal bemerkt man Dinge, die anderen gar nicht auffallen. Ich weiß, dass du einen ganz besonderen Blick für solche Dinge hast.«

»Du glaubst mir also nicht!« Der Vorwurf ist nicht zu überhören.

»Doch!«, widerspricht Margit. »Ich glaube dir, dass du alles, was du mir berichtet hast, genau so beobachtet hast.«

»Warum stellst du es dann so dar, als ob ich mir das alles nur einbilde?«

»Ganz bestimmt bildest du dir das nicht alles ein. Ich weiß halt nur nicht ...«, Margit bemüht sich, es einigermaßen neutral auszudrücken, »ob zwischen dem Mord an Lukas Delbrück und der Tatsache, dass dieser Siegfried Barg jetzt im Koma liegt, irgendein Zusammenhang besteht. Ja, die beiden kannten sich, aber du weißt doch überhaupt nicht, ob bei Barg jemand nachgeholfen hat? Er ist ja auch nicht mehr der Jüngste, vielleicht ist er einfach so zusammengeklappt?«

Romy schnaubt. »Ich wusste, du glaubst mir nicht!«

»Kind, sei doch vernünftig!« Margit legt Romy die Hand auf den Arm. »Bestimmt bist du auf etwas gestoßen, das nicht ganz koscher ist, ich bin mir nur nicht sicher, ob du die richtigen Schlüsse daraus ziehst. Wenn es um viel Geld geht, wird doch immer getrickst und gemauschelt. Bei richtig großen Summen, schauen die Leute in ihrer Gier doch gar nicht mehr so genau hin. Diese Immobilienhaie haben alle Dreck am Stecken.«

»Barg ist Projektentwickler.«

»Die sind keinen Deut besser, glaub mir. Siegfried Barg ist schon viel zu lange viel zu erfolgreich, um noch eine weiße Weste zu haben. Allein, dass er einfach so hunderttausend Euro in der Manteltasche mit sich herumträgt, stinkt doch zum Himmel. Ich war schon auf einer Menge Beerdigungen, aber mehr als einen Fünfziger habe ich noch nie in einem Briefumschlag mitgenommen.« Margit nippt an ihrem Gin Tonic. »Ich verstehe ja, dass diese Ungereimtheiten auf dich eine gewisse Faszination ausüben, aber hast du dir auch nur ein einziges Mal überlegt, was dich am Ende erwarten könnte, wenn du dieser Spur weiter folgst?« Der Gin mit seinem Wacholderaroma erinnert sie unangenehm an eine entfernte Tante, die sie als Kind nie leiden konnte. Jahrzehntelang hat kein Mensch Gin getrunken. Was finden die jungen Leute bloß daran? »Allein diese Geschichte mit der Tabledancebar. Stell dir vor, du hättest wirklich herausgefunden, dass Siegfried Barg dort regelmäßig verkehrt und in irgendwelche krummen Geschäfte verwickelt ist. Was würdest du mit deinen Erkenntnissen anfangen?«

»Zur Polizei gehen, natürlich. Diesem schnauzbärtigen Schnösel beweisen, dass die Polizei hier durchaus ihren Ermittlungspflichten nachkommen muss.«

Ah, daher weht der Wind. Margit denkt daran, was sie über Romys Vater weiß. Rolf Sternek, von einem auf den anderen Tag unter fragwürdigen Umständen spurlos verschwunden, Romys verzweifelte Suche, die halbherzigen Ermittlungen der Polizei, die sich im Nichts verliefen. Am Ende die niederschmetternde Aussage, dass nichts auf ein Verbrechen hindeute und ihr Vater als erwachsener Mann tun und lassen könne, was er wolle. Hätte die Polizei damals ein wenig mehr Fingerspitzengefühl bewiesen, hätte sich Romy vielleicht nicht wie ein Hund in diesen Fall verbissen.

»Romy, ich weiß, dass es dir um Gerechtigkeit geht, doch selbst wenn du der Polizei beweist, dass sie sich wegen Barg geirrt haben, werden sie die Ermittlungen im Fall deines

Vaters nicht wieder aufnehmen. Egal, was du tust, das alles hier, das wird ihn dir nicht zurückbringen.«

In Romys Augenwinkeln glitzert es, eine Träne rinnt über ihre Wange.

»Romy, du hast einen großen Platz in meinem Herzen. Wenn ich höre, wie tief du schon in all diesen ganzen Dingen steckst, habe ich Angst um dich.« Margit legt sich ein weiteres Stück Kuchen auf den Teller. »Wenn der Mord wirklich mit dem zu tun hat, was Siegfried Barg passiert ist, muss auch jemand dafür verantwortlich sein. Glaubst du wirklich, dass jemand, der zwei Menschen auf dem Gewissen hat, wartet, bis du ihm die Polizei schickst?«

»Es ist wie verhext, es lässt mich einfach nicht los.« Romy starrt ins Leere. »Immer, wenn ich es gut sein lassen will, taucht ein neues Puzzlestück auf.«

»Romy, du bist hartnäckig und schlau, aber du hast keine Ahnung, worauf du dich da einlässt und was das am Ende bedeuten könnte. Und darum bitte ich dich – lass es gut sein. Sieh zu, dass du das Geld schnellstmöglich loswirst, verschwinde aus dieser Firma und lass diese Bargs und Delbrücks ihre eigene Suppe kochen. Das alles ist eine Nummer zu groß für dich!«

Eine Weile rührt sich Romy nicht, dann nickt sie. Ein kleines, verhaltenes Nicken, aber immerhin ein Nicken.

»Und du stimmst mir jetzt nicht nur zu, damit ich dich in Ruhe lasse?«

»Nein. Du hast ja recht. Vielleicht ist es wirklich besser so.« Romys Blick ist unergründlich. Keinesfalls würde Margit die Hand dafür ins Feuer legen, dass Romy es ehrlich meint, doch zumindest scheint ihre Freundin zum ersten Mal darüber nachzudenken, welche Konsequenzen ihr Handeln mit sich ziehen könnte.

Margit leert ihr Glas in einem Zug und stellt es auf den Tisch zurück. So schlecht schmeckt dieser Wacholderschnaps eigentlich gar nicht. »Hast du dir schon überlegt, wie du Bargs Computer morgen wieder zurückschaffen willst?«

»Ich schleiche mich morgen ganz früh in sein Büro, schließe ihn an und bin sofort wieder draußen.«

»Das wird nie und nimmer funktionieren.« Margit schüttelt den Kopf. »Wenn diese Ziege auch nur annähernd so tickt, wie du sie beschrieben hast, sitzt sie am Montagmorgen als Erste im Büro.« In ihrer Generation gibt es viele solcher Frauen, die nicht begreifen, dass bedingungsloser Fleiß einen nicht unbedingt weiterbringt. »Vorschlag: Du machst mir noch einen Gin Tonic und ich erzähle dir, wie wir sie überlisten können.«

KAPITEL 29 – ROMY

Frankfurt, Industriehof
Montag, 19. November, morgens

»Siehst du!«

Wir stehen vor der BargImpact, und obwohl es erst kurz nach sieben ist, brennt in einem der Büros bereits Licht. In dem hellen Fensterviereck zeichnet sich eine allzu vertraute Silhouette ab. Genau wie Margit vermutet hat, hält die Ziege bereits die Stellung.

»Ist ja gut.« Von Kathrin weiß ich, dass die Firmenräume morgens von einer Sicherheitsfirma aufgeschlossen werden. Nie im Leben hätte ich jedoch damit gerechnet, dass um diese Uhrzeit allen Ernstes jemand arbeitet. »Wollen wir?«

Margits Plan ist ebenso simpel wie genial. Unter einem Vorwand wird sie die Ziege in ein Gespräch verwickeln, während ich die Gelegenheit nutze, den Computer zurückzubringen. Wir haben sogar den Ansprechpartner einer Firma zwei Häuser weiter gegoogelt, damit Margit glaubhaft vorgeben kann, sich in der Adresse vertan zu haben. Ich lasse ihr eine Minute Vorsprung, bevor ich mich auf Zehenspitzen in den Bürotrakt der Geschäftsführung begebe. Keine drei Minuten später steht der Computer wieder da, wo er hingehört, und ich pirsche zurück zum Eingang. Hier gebe ich mir viel Mühe, gehört zu werden. Schwungvoll reiße ich die Tür auf, grüße lauthals in Richtung Ziegenstall und stiefele geräuschvoll in mein Behelfsbüro, damit mein Eintreffen auch ja nicht unbemerkt bleibt.

Nachdem ich meinen Laptop hochgefahren habe, schaue ich, was sich seit Freitag alles getan hat. Natürlich muss man auch übers Wochenende die Lage im Blick behalten, doch die gründliche Analyse mache ich immer erst montagmorgens. Heute schaut jedenfalls alles gut aus. Ich überfliege die lokalen Nachrichten, dann überprüfe ich unseren Account auf LinkedIn, Instagram und Facebook. Bis auf einen kritischen Kommentar entwickelt sich die Lage positiv. Mein Handy klingelt, es ist Matthias. Ob ich kurz zu ihm ins Büro kommen könne? »Natürlich, bin gleich da.«

Eigentlich wäre es praktisch, gleich die komplette Auswertung mitzunehmen, doch den Rest kann ich auch im Laufe des Vormittags nachreichen.

Die Tür zu seinem Büro steht offen, ich trete ein. »Guten Morgen, Matthias, du wolltest mich sprechen?«

»Danke, Romy, dass du dir gleich Zeit genommen hast.« Anstatt an seinem Schreibtisch hat er an dem kleinen Besprechungstisch Platz genommen, und neben ihm sitzt die Ziege. »Setz dich bitte.«

Irgendwie komme ich mir vor wie damals, als ich ins Büro unseres Schulleiters zitiert wurde, weil ich behauptet hatte, dass eine Klassenarbeit ausfällt und die halbe Klasse daraufhin nach Hause gegangen ist. Ich kann noch nicht einmal sagen, was mir mehr Unbehagen bereitet – Claudia Hucks zufriedenes Lächeln oder Matthias' ernster Gesichtsausdruck.

»Romy«, beginnt er, »ich will nicht lange um den heißen Brei herumreden. Kannst du erklären, was du im Büro unseres Geschäftsführers zu suchen hattest?«

Seine Worte treffen mich wie ein Kübel Eiswasser. Sie wissen es! Irgendjemandem ist der fehlende Computer aufgefallen. Und man muss wahrhaft kein Hellseher sein, um aus meiner frühen Anwesenheit und der Tatsache, dass der Mac wie durch Zauberhand wieder aufgetaucht ist, die richtigen Schlüsse zu ziehen.

»Das muss ein Missverständnis sein!«

»Sie lügen, Frau Sternek!«, fällt mir die Ziege ins Wort. »Ich weiß, dass Sie unerlaubt das Büro von Herrn Barg betreten haben.«

Das ist nicht möglich, Margit hat sie doch heute Morgen abgelenkt. Gibt es Überwachungskameras, die ich übersehen habe? Kontrolliert sie stündlich den Schreibtisch ihres Chefs? Klebt sie jeden Abend ein Haar an seine Bürotür und überprüft morgens, ob es noch da ist? Die beiden tauschen einen Blick, der Bände spricht. Sie glauben mir kein Wort. Werden sie mich fristlos vor die Tür setzen? Im Geiste sehe ich mich bereits von einem Security-Mann aus den Firmenräumlichkeiten eskortiert. Was, wenn sich die Geschichte in der Branche herumspricht? Meine Kunden legen größten Wert auf Diskretion und Zuverlässigkeit, bei meinen Aufträgen bekomme ich Einblick in jede Menge Firmeninternas. Sollte irgendjemand erfahren, dass ich ohne Erlaubnis auch nur eine Fußspitze in das Büro eines Geschäftsführers gesetzt habe, kann ich meinen Laden dichtmachen.

»Ich weiß nicht, was Sie meinen, Frau Huck«, stottere ich.

»Herrn Bargs Trenchcoat!«, ereifert sie sich. »Vielleicht hilft er Ihrem Gedächtnis auf die Sprünge?«

Der Trenchcoat? In meinem Kopf rattert es. Was meint sie bloß? Warte mal ... Natürlich! Ich hatte schon völlig verdrängt, dass ich ihn letzte Woche in Siegfried Bargs Büro loswerden wollte und das Unheil damit seinen Lauf nahm.

Dieser verflixte Mantel beschert mir aber auch nichts als Scherereien.

»Ach, ja!« Ich tue, als müsse ich überlegen. »Gerade ist es mir wieder eingefallen. Letzte Woche habe ich Herrn Bargs Trenchcoat in sein Büro gebracht. Es könnte am Mittwochabend gewesen sein, da habe ich noch länger an der Kampagne gearbeitet.«

»Und dafür haben Sie unerlaubt ein fremdes Büro betreten?«

»Der Mantel hing immer noch bei mir im Besprechungsraum. Bevor er in Vergessenheit gerät, dachte ich, ich bringe ihn der guten Ordnung halber da hin, wo er hingehört.«

»Und haben dabei gleich auch noch ein bisschen herumgeschnüffelt?«

»Also bitte!«, gebe ich mich entrüstet. »Erstens war ich eh schon viel zu spät dran. Ich war an dem Abend nämlich noch zum Essen eingeladen, wollte hier aber noch eine Sache fertig machen und habe darüber die Zeit vergessen. Fragen Sie doch die Putzfrau, die ist mir noch begegnet. Und zweitens – was glauben Sie, hätte mich denn in Herrn Bargs Büro interessieren können? Um was geht es hier eigentlich, was unterstellen Sie mir, Frau Huck?« Okay, das ist jetzt ein bisschen dick aufgetragen, aber Angriff ist die beste Verteidigung.

»Niemand unterstellt dir irgendetwas.« Matthias rückt seine Brille zurecht. »Aber Romy, warum hast du das denn nicht gleich gesagt?«

»Herrgott noch mal, ich habe die Tür aufgemacht, den Mantel über einen Stuhl gelegt und bin wieder gegangen. Die ganze Sache ist so banal, dass es mir gerade eben nicht direkt eingefallen ist. Ich habe nicht im Traum daran gedacht, dass das für irgendjemanden ein Problem sein könnte.«

»Aber natürlich ist es ein Problem, wenn Sie sich ohne ausdrückliche Genehmigung in einem Bereich aufhalten, in dem Ihre Anwesenheit nicht gestattet ist«, wettert die Ziege los. Ihre Stimme hat das Pathos eines Priesters, der das Jüngste Gericht ankündigt. »Das ist ein eindeutiger Verstoß gegen unsere Unternehmensrichtlinien und muss Konsequenzen haben!«

»Claudia«, Matthias hebt beschwichtigend die Hand, »es ist doch gut, dass es hier eine plausible Erklärung gibt. Ich für meinen Teil glaube wirklich, dass Romy sich nichts dabei gedacht hat.«

Oh, das hätte er besser nicht sagen sollen. Sie geht hoch wie eine Cola, in die man eine Brausetablette geworfen hat. Endlich hat sie ein Ventil für ihre ganze aufgestaute Abneigung gegen mich gefunden. »In Herrn Bargs Büro befinden sich hochsensible Informationen. Jegliche unautorisierte Anwesenheit ist ein absolutes Sicherheitsrisiko.«

So ganz unrecht hat sie damit nicht. Ich bin quasi aus dem Nichts in der BargImpact aufgetaucht und habe als Referenz lediglich eine dürftige Geschichte und den Mantel des Geschäftsführers vorzuweisen. An ihrer Stelle würde ich da ebenfalls misstrauisch werden. Andererseits würde man wohl kaum so ungeschickt vorgehen, wenn man wirklich an Insiderwissen herankommen will, oder?

»Prinzipiell hast du ja recht, Claudia.« Matthias greift wieder nach seinem Kugelschreiber. »Und es ist gut, dass du so ein aufmerksames Auge hast. Nur – wie sich gerade herausstellt, hat sich Romy anscheinend nichts dabei gedacht.«

»Tut mir wirklich leid!« Ich gucke so zerknirscht, wie es mir möglich ist. »Hätte ich geahnt, dass ich damit so eine Lawine lostrete, hätte ich den Trenchcoat im Besprechungsraum gelassen. Ich habe es wirklich nur gut gemeint! Frau

Huck, wenn Sie sich recht entsinnen, bin ich doch letzten Montag damit direkt zu Ihnen gekommen. Sie wollten den Mantel aber auch nicht nehmen, sondern haben mich zu Herrn Remsperger geschickt.« Sie wirft mir einen giftigen Blick zu, doch diese kleine Spitze konnte ich mir einfach nicht verkneifen.

Matthias nickt mir zu. »Gut, dann hätten wir das ja geklärt.«

»Danke, Matthias! Passiert mir garantiert nicht wieder.«

»Na, dann können wir ja alle beruhigt in die Woche starten. Wie läuft es mit der Kampagne, Romy?«

Ich gebe ein kurzes Update. Es fühlt sich gut an, sich auf sicherem Terrain zu bewegen, Matthias nickt wohlwollend. »Ich denke, wir sind hier fertig«, entlässt er uns nach zehn Minuten in den Montag. Die Ziege und ich sind schon fast durch die Tür, als ihm noch etwas einfällt. »Übrigens«, ich drehe mich um, »halte ich es für eine gute Idee, wenn ihr beide euch ab heute ein Büro teilt.«

Einen Moment ist es so still, dass man die Staubkörner durch die Luft schweben hört. Wie in einer schlechten Komödie starren die Ziege und ich zuerst ihn und dann uns gegenseitig an. Ihr Gesicht spiegelt das gleiche blanke Entsetzen wider, das ich bei seinem Vorschlag empfinde; ich glaube, wir sind das allererste Mal einer Meinung.

»Du meinst, in meinem Büro?« Ihre Stimme ist nicht mehr als ein Krächzen.

»Genau. Da ist doch noch ein Schreibtisch frei, oder?« Matthias lehnt sich zurück.

»Das geht auf gar keinen Fall! Als Assistenz der Geschäftsführung habe ich Zugang zu sensiblen Inhalten. Außerdem führe ich regelmäßig vertrauliche Gespräche. Nur ein Einzelbüro stellt sicher, dass diese Informationen geschützt bleiben und nicht von unbedarften Dritten eingesehen oder mitgehört werden.«

Ausnahmsweise ist ihre Unverschämtheit Wasser auf meine Mühle. »Und ich brauche meine Ruhe, um mich auf unsere Kampagne konzentrieren zu können«, ergänze ich. »Dir brauche ich ja gar nicht erst zu erzählen, dass es beim Umgang mit negativer Publicity auf jedes Wort ankommt.«

Matthias klickt mit seinem Kuli. »Genau deshalb ist ein gemeinsames Büro eine hervorragende Idee. Ich weiß, dass ihr beiden sehr gut voneinander lernen könnt. Romy, niemand hier kann dir die Zusammenhänge so umfassend erklären wie Claudia und umgekehrt ...« Er lächelt die Ziege an. »Du wirst von Romys Wissen in puncto Öffentlichkeitsarbeit profitieren können. Das Thema gewinnt für uns eine immer stärkere Bedeutung, und wie ich dich kenne, Claudia, ist das eine Herausforderung, der du dich gerne stellen wirst.«

Ich habe Matthias unterschätzt. Was ein Fuchs! Anstatt sich in unseren Konflikt hineinziehen zu lassen, hat er uns geschickt gegeneinander ausgespielt. Und wie raffiniert er uns über den Tisch gezogen hat! Weder die Ziege noch ich sind von der Idee begeistert, dennoch kann man sich seiner Anweisung kaum widersetzen.

»Das klingt vernünftig«, presst sie schließlich heraus.

»Perfekt.« Matthias sieht mehr als zufrieden aus. »Romy, bitte räume deinen Arbeitsplatz direkt im Anschluss, ich brauche den Besprechungsraum nachher. Euch einen schönen Montag!« Er greift nach seinem Handy, die Audienz ist beendet.

In größtmöglichem Abstand folge ich der Ziege, die grußlos in ihrem Büro verschwindet und demonstrativ die Tür hinter sich schließt. Na, das sind ja rosige Aussichten!

»Das kann da nicht stehen bleiben«, belehrt sie mich, ohne den Kopf zu heben, als ich zehn Minuten später mein Whiteboard in den Ziegenstall rolle. »Sie blockieren meine Schränke! Darin befinden sich wichtige Dokumente, die ich für meine tägliche Arbeit brauche.«

Ich verkneife mir die Frage, warum sie ihre wichtigen Dokumente dann nicht in den Schränken hinter ihrem Schreibtisch aufbewahrt, wenn sie sie denn wirklich jeden Tag benötigt. »Wenn Sie etwas brauchen, können wir ja das Board zur Seite schieben.«

»Nur damit eines klar ist: Ich schiebe Ihr Board garantiert nirgends hin. Finden Sie einen Platz, wo es nicht stört!«

Die Klügere gibt nach, auch wenn ich mir ziemlich blöd dabei vorkomme, als ich das Board in den Flur zurückschiebe. Wie zu erwarten, gefällt ihr auch das nicht, aber es gelingt mir, ihren Vortrag über Brandschutz und Fluchtwege kommentarlos über mich ergehen zu lassen.

Mein Handy vibriert zum wiederholten Mal. Diese permanenten Anrufe und Nachrichten treiben mich langsam in den Wahnsinn. Schon wieder irgendeine Frau, die Siegfried Barg gesichtet haben will – wobei die Beschreibungen vom Model bis zum Möbelpacker reichen, mit Bart optional und gelegentlich sogar asiatischen Zügen für die kulturelle Vielfalt. Jede hat ihn irgendwo gesehen – oder behauptet zumindest, mir für zweihundert Euro beschreiben zu können, wo er sich angeblich aufgehalten hat. Das mit der Belohnung war eine ausgesprochen dumme Idee, Melissa und ihre Freundinnen machen mich echt fertig. Keine Ahnung, wie viele Girls inzwischen meine Nummer haben.

»Könnten Sie Ihr Handy stumm schalten, Frau Sternek? Wir sind hier nicht im Callcenter!«

Ich spüre, wie meine Wangen heiß werden. Nicht nur, weil sie recht hat – ich meine, ja, das Handy meldet sich wirklich ununterbrochen –, sondern auch, weil sie ihre Kritik immer mit dieser Extra-Überheblichkeit serviert, die sich anfühlt wie eine Ohrfeige in Zeitlupe. »Tut mir leid«, sage ich und aktiviere den Flugmodus, auch wenn ich insgeheim weiß, dass ich das Handy früher oder später wieder brauchen werde. Was, wenn jemand tatsächlich Siegfried Barg im Kittycat gesehen hat?

In einer Atmosphäre so angenehm wie eine Wurzelbehandlung arbeiten wir schweigend bis zur Mittagspause. Punkt zwölf Uhr sperrt sie ihren Computer, schließt unter lautem Getöse sämtliche Schränke ab und rauscht aus dem Büro. Du lieber Himmel, soll diese Zwangsehe wirklich die restliche Zeit andauern, in der ich für die BargImpact tätig bin?

Ich schalte mein Handy wieder ein und warte, bis es sich beruhigt hat. Zwischen all den Nachrichten wildfremder Menschen auch eine WhatsApp von Margit. »Alles erledigt?«, will sie wissen. Ich schicke ein Daumen-hoch-Emoji und warte, was sie antwortet. »Claudia Huck ist überhaupt keine Ziege, ich finde sie sehr nett und hilfsbereit!«, erscheint Sekunden später, nur mühsam kann ich ein Auflachen unterdrücken. »Du solltest wirklich deine Einstellung ändern!«, schreibt sie dann auch noch allen Ernstes. Ich packe das Handy beiseite. Fällt sie mir jetzt etwa auch noch in den Rücken? Was sie von all dem hier hält, hat sie mir ja gestern mehr als deutlich zu verstehen gegeben und selbstverständlich spielt sie hier nicht nur auf das Verhältnis zu meiner neuen Stubenkameradin an.

Papas Gesicht taucht vor meinem inneren Auge auf. Als er von einem auf den anderen Tag verschwand, schien sich kein Mensch dafür zu interessieren. Auch nicht die Polizei, die davon ausging, er sei untergetaucht. Alle Hinweise sprachen dafür, aber ich weiß, dass das nicht stimmen kann. Auf gar keinen Fall würde er einfach gehen, ohne sich von mir zu verabschieden. Ich weiß gar nicht, wie oft ich das der Polizei erzählt habe, aber sie winken nur ab. Als wäre ich ihnen lästig, als würde ich mir das alles nur einbilden. Mein Magen zieht sich zusammen, als ich an die vorletzte Woche denke. Spielt mir etwa mein Unterbewusstsein einen Streich, nur weil der Schnauzbart mich mit meinen Beobachtungen genauso wenig ernst nimmt wie seine Kollegen bei Papas Verschwinden vor drei Jahren? Geht es mir wirklich um Siegfried Barg oder benutze ich ihn lediglich, um mir etwas zu beweisen? Glaube ich wirklich, dass ich die Suche nach meinem Vater wieder in Gang bringen kann, nur weil ich nachweise, dass die Polizei sich einmal geirrt hat?

Ich schaue aus dem Fenster. Draußen fliegt eine Elster vorbei, anmutig verschwindet sie über den Dächern. Niemals werde ich Papa aufgeben, eines Tages finde ich ihn, egal, was es kostet. Aber nicht, in dem ich mich in ein Abenteuer stürze, das nicht meines ist. Und genau darum werde ich einen Schlussstrich ziehen. Ich werde mich darauf konzentrieren, die Kampagne für die BargImpact so erfolgreich wie möglich umzusetzen und mich ansonsten aus allem rauszuhalten. Aus den Machenschaften eines Siegfried Bargs, aus seinen wie auch immer gearteten Verstrickungen zu wem auch immer und erst recht aus irgendwelchen Grabenkämpfen mit der Ziege. Das alles geht mich nichts an, das habe ich jetzt endgültig verstanden. Entschlossen öffne ich eine Excel-Tabelle. Ich schwöre, ich hätte die Finger von allem gelassen, aber das Schicksal hatte andere Pläne.

KAPITEL 30 – ROMY

Frankfurt, Industriehof
Montag, 19. November, mittags

»Wie kommst du eigentlich mit der Z… mit Frau Huck aus?«

Wieder einmal frage ich mich, wann Kathrin morgens aufsteht, um dieses ganze Grünfutter für ihre Lunchbox in mundgerechte Happen zu portionieren. Ist sie einer dieser Early Birds, die bereits einen Sonnengruß und eine akustische Meditation hinter sich haben, bevor ich es überhaupt aus dem Bett schaffe?

Sie zuckt die Achseln. »Ich habe nicht so viel mit ihr zu tun, aber eigentlich ist sie ganz in Ordnung. Überkorrekt halt, aber das tut ja keinem weh.«

Nicht unbedingt die Antwort, die ich erhofft habe. Bin ich wirklich die Einzige, die die Ziege nicht leiden kann?

»Vielleicht hattet ihr einfach keinen guten Start?«, mutmaßt Kathrin. Ich denke an unsere Begegnung auf dem Hauptfriedhof. Von der ersten Sekunde an war die Ziege ablehnend und einfach nur garstig zu mir und das, obwohl ich ihr überhaupt keinen Grund gegeben habe.

»Sieh es ihr nach.« Kathrin kaut eine Weile. »Die Claudia hat schon eine Menge mitgemacht.«

»Was denn?«

»Das ist zwar schon eine ganze Weile her, aber sie hat ihr Kind verloren. Ganz schlimme Geschichte, das wünscht man seinem ärgsten Feind nicht. Claudia hat uns allen damals unglaublich leidgetan. Vielleicht wird man so, wenn einem das Schicksal so übel mitspielt?«

Verblüfft starre ich Kathrin an. Ich kann mir die Ziege in vielerlei Rollen vorstellen. Als Blockwart, als Feldwebel oder meinetwegen auch als Verhörspezialistin in Team Schnauzbart würde sie mit Sicherheit für Zucht und Ordnung sorgen. Aber als Mutter? Da fehlt mir echt die Vorstellungskraft. »Sie hatte ein Kind?«

Kaum sind mir meine Worte herausgerutscht, merke ich auch schon, wie herzlos meine Gedanken sind. Sofort schäme ich mich, dass ich mich mehr darüber wundere, dass die Ziege ein Kind hatte, als Mitgefühl für ihren Verlust zu empfinden.

»Ja, hatte sie. Eine Tochter. Die Kleine ist gerade mal dreizehn oder vierzehn Jahre alt geworden, so genau weiß ich das nicht mehr. Irgendeine seltene Form von Leukämie, ging total schnell, da war nichts zu machen.«

»Ich wusste gar nicht, dass Frau Huck …«, ihr Name will mir immer noch nicht flüssig über die Lippen, »verheiratet ist?«

»Ist sie auch nicht. Alleinerziehend. Der Kindsvater hat sich schon vor der Geburt aus dem Staub gemacht, der ganze Scheiß hing nur an ihr.«

Wie schrecklich! Ich weiß ganz genau, wie es sich anfühlt, wenn auf einmal jemand, den man lieb hat, nicht mehr da ist. »Wie lange ist das denn jetzt her?«

»Ich habe am ersten Februar vor acht Jahren hier angefangen, da war die Kleine aber schon in Behandlung. Gestorben ist sie ein paar Monate später.« Sie trinkt einen Schluck. »War schon bizarr, das alles damals. Ich meine, alle wussten Bescheid, aber niemand durfte die Claudia darauf ansprechen. Noch nicht mal fragen, wie es ihr geht oder so. Das wollte sie einfach nicht.«

Das kann ich sehr gut nachvollziehen. Ich würde auch nicht wollen, dass sich jeden Tag das halbe Büro mit betrübtem Gesicht nach dem Stand der Dinge erkundigt.

»Zur Beerdigung durfte auch nur die Frau Brückmann, und, ich glaube, der Chef war auch dabei. Anni Brückmann ist schon lange in Rente, die hat damals die Buchhaltung gemacht, so eine rheinische Frohnatur. Die hat sich halt einfach nicht abschrecken lassen, und ich glaube, das hat der Claudia ganz gutgetan.«

Hat Claudia Huck überhaupt Freunde? So richtig kann ich mir das nicht vorstellen. Wie einsam muss man sich fühlen, wenn man bei einem solchen Schicksalsschlag niemanden hat, dem man sein Herz ausschütten kann?

Draußen im Hof röhrt es, Kathrin steht auf und schaut aus dem Fenster. »Guck mal!«, sagt sie. Gemeinsam beobachten wir einen dicken Porsche, der auf einen für die Geschäftsführung reservierten Parkplatz fährt. Die Tür springt auf und der künftige Juniorchef hievt sich aus dem Sitz. Sieh an, Joris Barg gibt uns die Ehre! Elegant sieht anders aus, die engen Ledersitze sind definitiv zu klein für den bulligen jungen Mann. Er stiefelt auf die andere Seite und öffnet mit großer Geste die Beifahrertür. Eine Frau steigt aus. Sie hat langes dunkles Haar und trägt einen schwarzen Anorak mit Fellkapuze.

»Holla!«, rutscht es mir heraus, als sie sich umdreht. So wie sie aussieht, könnte sie locker für Bikinis posieren. Oder Lippenstifte, Designer-Parfums und Luxusuhren an den Mann oder die Frau bringen. Ich schätze sie auf Anfang zwanzig, und auf Anhieb fallen mir ein Dutzend Kampagnen ein, für die ich dieses Gesicht vom Fleck weg buchen würde. Ihr Hüftschwung ist selbstbewusst, sie weiß ganz genau, wie sie sich bewegen muss, damit die Welt sich ihr zu Füßen wirft. Joris ist jedenfalls sichtlich stolz auf das flotte Schneewittchen an seiner Seite, fürsorglich legt er die Hand um ihre Taille.

»Der Junior mit seinen teuren Spielzeugen. Schon spannend, was Geld alles bewirkt, oder?«

»Wie meinst du das mit ›was Geld alles bewirkt‹?«

»Glaubst du im Ernst, die steht auf seine inneren Werte?«

Ich gebe zu, der Kontrast zwischen den beiden könnte nicht größer sein, andererseits wird ja immer wieder behauptet, wie sich Gegensätze anziehen. »Vielleicht ist er ja ganz nett?«

Kathrin betrachtet mein zweifelndes Gesicht. »Asja Pavlova und dieser Sack? Träum weiter, Romy!«

»Asja Pavlova?« Der Name sagt mir nichts. »Muss man sie kennen?«

»Du bist doch hier die Social-Media-Tante!« Kathrin schüttelt den Kopf. »Asja Pavlova ist eine total erfolgreiche Influencerin! Macht groß in Fitness und Mode – wieso kennst du die nicht?«

»Weil sich von denen Hunderttausende im Netz tummeln, und jeden Tag gefühlt dreitausend dazukommen. Kein Mensch kann die sich alle merken.«

»Aber die kommt doch aus Frankfurt!« Das ist nicht unbedingt ein Aushängeschild, zumindest nicht in diesen Kreisen. »Angefangen hat sie mit Yoga, aber jetzt zeigt sie hauptsächlich sich selbst in heißen Klamotten. Tut, als könne sie nicht bis drei zählen, macht ihr Business aber echt clever.«

Dass das gut funktioniert, glaube ich Kathrin aufs Wort. Asja Pavlovas endlos lange Beine stecken in endlos engen

Leggins, dazu trägt sie hochhackige Stiefel aus hellem Leder. An ihrem Unterarm baumelt eine Handtasche mit dem vertrauten Monogramm eines französischen Luxuslabels. Wenn ich es auf die Entfernung richtig einschätze, hat sie mindestens so viel wie meine Gucci gekostet, nur dass ihre Trägerin sich das Geld garantiert nicht aus einem fremden Briefkuvert organisieren musste.

»Wenn ich so eine Menge Kohle hätte, würde ich nicht nur Luxusklamotten shoppen.« Kathrin berichtet von zwei Freundinnen, die in Nordhessen eine solidarische Landwirtschaft betreiben. Kartoffeln, Rüben, Sauerkirschen, dazu eine Schafherde – mir wäre es zu ländlich, aber Kathrin ist entzückt. Ihre Augen leuchten, während sie erzählt, wie sie so etwas aufziehen würde. Wir kommen richtig ins Quatschen und prompt überziehe ich die Mittagspause.

Claudia Huck schaut demonstrativ auf ihre Armbanduhr, als ich mich an meinen Schreibtisch setze. Noch heute Vormittag hätte ich mich über ihr missbilligendes Schnauben aufgeregt, jetzt muss ich an das denken, was ich von Kathrin erfahren habe. Verstohlen mustere ich ihre hängenden Mundwinkel und die steile Falte auf ihrer Stirn. Plötzlich sehe ich nicht mehr die grimmige Ziege, die mich nicht leiden kann, vielmehr sitzt mir eine Mutter gegenüber, die ihr Kind beerdigen musste. Ein Stich geht durch mein Herz. Wie schwer muss es sein, allein damit fertig werden zu müssen? Wenn man niemanden an seiner Seite hat, der einem ein paar aufmunternde Worte sagt, die Hand hält oder einfach nur da ist, ist die Last der Einsamkeit besonders schwer. Vielleicht stammt ihr sauertöpfisches Gesicht gar nicht aus der Abneigung mir gegenüber, sondern aus tiefer, andauernder Traurigkeit?

Ein wenig beschämt nehme ich mir vor, mich in Zukunft ihr gegenüber zusammenzureißen. In Worten und erst recht in Gedanken. Und darum will ich auch von den fünf Karmapunkten, die meine innere Stimme mir sofort anbietet, gar nichts wissen. Im Gegenteil – mich jetzt dafür zu belohnen, wie schäbig ich die ganze Zeit von ihr gedacht habe, ist wirklich kein Zeichen von Größe.

»Möchten Sie auch ein Wasser?«, frage ich freundlich, als ich nach einer halben Stunde aufstehe. »Soll ich Ihnen etwas aus der Küche mitbringen? Einen Kaffee vielleicht?«

Sie schaut noch nicht einmal auf. »Wenn ich etwas brauche, hole ich es mir selbst, dafür brauche ich Sie nicht.«

Ich zucke nur die Achseln. Jetzt, wo ich die Hintergründe kenne, macht mir ihre schroffe Art nichts aus. Während ich die Taste des Sprudlers drücke, piept mein Handy. Gabriel! Mein Herz klopft, als ich seine Nachricht öffne.

Freue mich schon sehr auf Donnerstag. Tisch ist reserviert, bin gespannt, wie dir meine Idee gefällt!

Gott sei Dank bin ich gerade allein in der Küche. Das fehlt mir gerade noch, dass irgendjemand die rosaroten Herzchen in meinen Augen bemerkt! Ich mag es mir kaum eingestehen, aber ja, ich freue mich schon wahnsinnig auf unser Wiedersehen.

Und gleichzeitig habe ich ein bisschen Angst. Dinge, auf die man sich besonders freut, sind oft am Ende nicht so toll, wie man sie sich vorgestellt hat. Aber das wird doch hoffentlich nicht passieren?

Ich tippe den Link an, den er mitgeschickt hat, und gelange zur Seite eines Restaurants, das sich selbst als eines der schönsten Rooftop-Etablissements Frankfurts anpreist. Schicke Fotos zeigen schickes Essen in schickem Ambiente, und ich weiß jetzt schon, dass ich meinen Kleiderschrank wohl oder übel ein zweites Mal ausräumen werde. Falls ich darin überhaupt etwas finde, das zu so einem Japaner passt und in dem Gabriel Delbrück mich umwerfend finden wird. Asja Pavlova würde mich wahrscheinlich auslachen. Die sitzt mit ihrem dicken Joris garantiert ständig in solchen Schuppen herum, trinkt Champagner und sieht dabei jedes Mal wie aus dem Ei gepellt aus.

Vielleicht schadet ein bisschen Inspiration von einem Profi nicht? Ich öffne Instagram und suche nach ihrem Profil. Sieh an, Asja Pavlova ist erfolgreicher, als ich dachte. Sie hat viel mehr Follower, als ich ihr zugetraut habe – und mit jedem Swipe durch ihren Content verstehe ich auch, warum. In ihren Fitness-Posts wirkt sie so beweglich, dass man fast glauben könnte, sie hätte ein paar Gelenke mehr als normale Menschen. Darüber hinaus gibt es eine Menge Bilder, auf denen sie ihre Sinnlichkeit betont – eine verführerische Eleganz, die gleichzeitig sexy und stilvoll ist. Definitiv ist sie eine dieser Frauen, die in einem Müllsack einen Modetrend setzen kann, während andere in den teuersten Klamotten ewig deplatziert wirken. Auf einigen Fotos ist ziemlich viel Haut zu sehen, ansonsten ist sie erstklassig gestylt. Eine Aufnahme zeigt sie sogar in einer pinkfarbenen Robe auf einem roten Teppich. Bei welcher Gelegenheit das Foto wohl aufgenommen wurde? Unter dem Post steht nur eine Reihe kryptischer Hashtags, auch die Sponsorenlogos im Hintergrund lassen sich nicht gut erkennen. Ich betrachte Asjas strahlendes Gesicht, ihre knallrot geschminkten Lippen, die funkelnden Ohrringe. Sie steht halb mit dem Rücken zur Kamera und zwinkert frech über die Schulter. Zwischen ihren sanft über den Rücken fallenden Haarsträhnen blitzt ein Tattoo hervor. Ist es ein Schmetterling oder eines dieser abstrakten Muster? Ein paar Posts weiter ist das Motiv besser zu erkennen. Verblüfft starre ich es an, während mein Herzschlag dumpf in meinen Ohren hallt. Wieder und wieder wandert mein Blick über die feinen Linien – die all meine guten Vorsätze vom Vormittag in einem einzigen Augenblick bedeutungslos machen.

KAPITEL 31 – ROMY

Frankfurt, Messe
Dienstag, 19. November, früher Abend

Ich weiß, ich hatte mir vorgenommen, die Sache mit Siegfried Barg auf sich beruhen zu lassen, aber da kannte ich dieses Tattoo auf Asja Pavlovas Schulter noch nicht. Es passt einfach zu gut zu den geheimnisvollen Einträgen in seinem Kalender, um nicht wenigstens kurz über eine mögliche Verbindung nachzudenken.

»Kittycat«. Ein Schriftzug in schwungvollen Bögen, die perfekte Kombination aus elegant und sexy, genau wie sie. Kein Wunder, dass die Männer auf sie stehen. Auch Siegfried Barg? Vom Alter her könnte er ihr Vater sein.

Kittycat. Wenn die Termine in seinem Kalender wirklich mit Asja zu tun haben, ging es dabei bestimmt nicht um ihren nächsten Businessplan. Dazu hätte er sie zu einer vernünftigeren Uhrzeit getroffen und garantiert nicht unter ihrem Spitznamen eingetragen. Kittycat. Mir fällt ein, was mir Kathrin über Joris erzählt hat: ein schwacher Sohn, der nie aus dem Schatten seines Vaters herausgetreten ist. Joris ist ebenfalls im Kondolenzbuch eingetragen, also hat auch er die Beisetzung besucht. Und er hätte durchaus einen Grund zur Rache, wenn er wüsste, dass sein Vater seine Freundin datet.

Ich habe Asja um ein Treffen gebeten. In der Hoffnung, die Location würde für sie reizvoll sein, habe ich die Bar auf der obersten Etage des One-Towers an der Messe vorgeschlagen. Jetzt sitze ich schon über eine Stunde hier und warte. In der Welt der Influencer ticken die Uhren natürlich anders, dass sie allerdings den Nerv hat, gar nicht erst aufzutauchen, damit habe ich nicht gerechnet. Ich stehe bereits wieder vor dem Fahrstuhl, als die Türen sich öffnen und Asja herausrauscht.

»Romy Sternek«, spreche ich sie an. »Wir waren vor einer Stunde verabredet!« Okay, das klingt genauso angesäuert, wie ich mich fühle, doch wenn ich eines hasse, dann Unzuverlässigkeit. Meine schlechte Laune prallt allerdings ungehindert an ihr ab. Sie fällt mir um den Hals, als wären wir alte Freundinnen.

»Hey, Rosi.«

»Romy«, korrigiere ich, »nicht Rosi.«

»Wie du meinst.« Sie steuert auf einen der Tische vor der Glasfront zu und gleitet mit großer Geste aus ihrem Mantel. Darunter kommt etwas Giftgrünes zum Vorschein, bei dem ich mir nicht sicher bin, ob es noch als Kleid durchgeht oder ob man es eher als Badeanzug bezeichnen würde. Graziös nimmt sie auf einem der Sessel Platz und schlägt die langen Beine übereinander.

»Wow, die Aussicht ist wieder meeeeega!« Ihren Akzent kann ich schwer einordnen – irgendetwas osteuropäisches, auch wenn sich die Vokale ein bisschen französisch anhören.

»Beeindruckend, nicht wahr? Danke übrigens, dass das so kurzfristig geklappt hat.«

Erst gestern habe ich sie über ihren Instagram-Account kontaktiert, ihre Antwort kam innerhalb einer Stunde.

»Du hast Glück, dass gerade jemand abgesagt hat. Sonst hätte ich das unmöglich einrichten können.« Asja greift nach ihrem Handy und steht auf. »Und der Vibe hier ist einfach perfekt für Pics!«

Okay, soll sie ihre zwei, drei Aufnahmen machen, das kann ja nicht so lange dauern. Dachte ich mir zumindest, werde jedoch schnell eines Besseren belehrt. Ich warte also ungeduldig, während sie ihr Handy in verschiedenen Winkeln hält, die Posen wechselt und anschließend die Aufnahmen überprüft. Sie zieht einen Schmollmund, schminkt die Lippen nach und beginnt von vorn.

»Bist du bald fertig?« Es vergehen geschlagene zehn Minuten, bis Asja mit ihren Aufnahmen endlich zufrieden scheint. Nach einem letzten Blick auf ihre Ausbeute, richtet sie sich die Haare und kommt an unseren Tisch zurück.

»Sehr schön«, sage ich. »Wenn das erledigt ist, können wir ja …«

»Warte!« Sie springt auf. »Bestell mir doch schon mal ein großes Glas Leitungswasser, aber zimmerwarm und mit zwei Scheiben Zitrone!« Beinahe ehrfurchtsvoll weichen die anderen Gäste zur Seite, während sie mit wiegendem Gang in Richtung der Waschräume verschwindet.

»Asja, hast du etwas dagegen, wenn ich unser Gespräch aufzeichne?«, frage ich direkt, als sie mir wieder gegenübersitzt. Eine Parfümwolke umhüllt sie wie ein unsichtbarer Schleier, ich muss husten.

»Absolut gar nicht, Rosi! Aber bevor wir anfangen …«, sie schaut sich um, »müssen wir noch ein Foto von uns beiden machen.« Schon ist sie wieder auf den Beinen. »Das Licht da drüben ist perfekt! Meine Follower feiern solche Behind-the-Scenes. Damit kann ich schon mal die Mega-Überraschung teasern!«

Gott bewahre, ein gemeinsames Foto in den sozialen Medien ist das Letzte, was ich brauchen kann. Schließlich habe ich Asja gegenüber ja nur behauptet, dass die Rhein-Main-Zeitung auf der Suche nach Testimonials für eine Kampagne ist. Und dass ich ein Interview mit ihr führen müsse, um zu sehen, ob sie für die Kooperation infrage komme.

»Ich … ähm, ich glaube, ich fühle mich heute nicht so fotogen …«

»Stimmt.« Sie lässt sich wieder auf den Sessel fallen. »Deine Haare könnten echt mehr Volumen vertragen und dein Make-up ist voll retro.« Sie schaut mich an, als ob sie mir einen großen Gefallen tut. »Und du solltest echt mehr darauf achten, was du anziehst. Ein bisschen mehr Stil würde auch dir nicht schaden.«

Wie bitte? Ich muss mich sehr beherrschen, nicht laut zu lachen. Keine Frage sieht Asja gut aus, aber ihre überirdische Schönheit auf Instagram verdankt sie definitiv einer Reihe von Filtern und den geschickten Händen ihres Beauty-Docs. Ihre Lippen schauen jedenfalls aus, als hätte sie mit einem Wespennest geknutscht. »Vielen Dank für den guten Rat, Asja«, sage ich ernsthaft. Sie lächelt huldvoll; Ironie scheint nicht gerade ihre Stärke zu sein. »Dann lass uns anfangen. Wie bist du dazu gekommen, Influencerin zu werden, was hat dich inspiriert?«

Eine junge Frau mit Nasenring tritt an unseren Tisch und fragt nach unseren Wünschen. Asja bestellt die Lobster Roll. »Aber ohne Mayonnaise, nur mit einer leichten Zitronen-Vinaigrette. Und dann noch die BBQ-Tacos. Keine Zwiebeln, dafür mit Avocado. Ach, und die BBQ-Soße in einem extra Schälchen.«

»Für mich nichts, danke«, erkläre ich.

»Ach, und fast hätte ich es vergessen!« Asja senkt die Stimme, als wäre ihr gerade etwas Lebenswichtiges eingefallen. »Die Tacos in Maistortillas, keine Weizentortillas! Ich vertrage keinen Weizen. Und eine kleine Schale mit Sour Cream dazu. Aber nur, wenn es keine Umstände macht.«

Himmel, ist die anstrengend! »Wo wir das erledigt haben, würde ich gerne mit dem Interview beginnen.«

»Klar!« Sie schenkt mir ein strahlendes Lächeln. »Weißt du, ich habe gleich noch einen megawichtigen Termin und nicht mehr so viel Zeit.« Demonstrativ schaut sie auf ihr Handy. »Sekunde, da muss ich ganz kurz antworten!« Als sie allen Ernstes anfängt, eine Antwort zu tippen, platzt mir der Kragen.

»Asja, ich schätze deinen Enthusiasmus wirklich, aber ich habe einige Fragen an dich, auf die ich mich gerne konzentrieren würde.«

»Shhhht!« Sie hebt den Zeigefinger. »Nur eine Minute, dann können wir uns auf deine Fragen stürzen.«

»Bist du sicher, dass du ernsthaftes Interesse an einer Zusammenarbeit mit der Rhein-Main-Zeitung hast?«

Sie lässt das Handy sinken und ein missbilligender Blick huscht über ihr Gesicht. »Du bist echt so ernst, Rosi! Kannst du nicht einfach mal locker sein? Das hier ist einfach Teil meines Lebens, Teil meines Erfolgs!«

Natürlich wird ausgerechnet jetzt das Essen gebracht. Mit gerümpfter Nase lässt Asja die Tacos zurückgehen und ordert eine Portion Gurkenscheiben – »Aber geschält!« –, bevor sie den Teller von allen Seiten fotografiert und endlich einen Happen von der Lobster Roll pickt. Während sie kaut, nutze ich die Gelegenheit, in unser Interview einzusteigen. Zur Sicherheit habe ich ein paar Fragen vorbereitet, doch das wäre nicht nötig gewesen. Asja selbst ist ihr Lieblingsthema, über das sie ausdauernd und gern spricht, ihr Redefluss ist kaum zu bremsen. Lediglich als ich nach ihrer Kindheit frage, gibt sie sich wortkarg.

»Ich hatte einen schweren Start«, haucht sie.

»Inwiefern?«

Asja zückt ein Taschentuch und betupft ihre Augenwinkel. »Ich hatte niemanden, der mir die Tür geöffnet hat. Ich habe es allein geschafft, weil ich es schaffen wollte. Unzählige Stunden habe ich hart gearbeitet; manchmal drei, vier Jobs gleichzeitig, nur um meine Träume zu leben. Aber ich habe nie aufgegeben!« Sie wirft ihr Haar zurück und ein weiterer Schwall ihres Parfum weht in meine Richtung.

»Und was hat dich motiviert, weiterzumachen?«, frage ich gepresst.

»Meine Attitude!«

Auf dieses Buzzword habe ich insgeheim schon die ganze Zeit gewartet. Natürlich, ihre Einstellung ist das große Geheimnis hinter ihrem Erfolg, genau wie bei all den anderen selbst ernannten Stars, die ihr Leben als Realityshow betrachten. Ihre Attitude habe sie durch ihre härtesten Zeiten getragen, schwadroniert sie prompt weiter. Jede Niederlage sei nur ein weiterer Schritt auf dem Weg ihres Erfolgs gewesen, bla, bla, bla …

»Meine Attitude ist positiv und authentisch. Ich glaube echt, dass man nur dann wirklich erfolgreich sein kann, wenn man ehrlich zu sich selbst und zu anderen ist.«

Trotz all dieser selbstgefälligen Worthülsen muss man ihr eines lassen: Sie weiß, wie man sich in Szene setzt. Weder spielt sie mit ihren Haaren, noch weicht sie meinem Blick aus, kein einziges Mal ein »Ähm« oder auch nur ein Stocken. Ich beschließe, ihr ein bisschen auf den Zahn zu fühlen.

»Asja, du teilst viele Aspekte deines Lebens mit deinen Followern. Magst du auch etwas über deinen Freund erzählen?«

Sie lächelt professionell. »Mein Freund heißt Joris, und wir sind seit einem halben Jahr zusammen. Er unterstützt mich bei allem, was ich tue, und ist eine unglaublich wichtige Person in meinem Leben.«

Es hört sich an, als ob sie ihren Hauptsponsor beschreibt und nicht über ihre große Liebe spricht. »Wie genau unterstützt dich Joris denn?«

»Ach, das ist ganz verschieden.« Sie macht eine weit ausholende Geste. »Er hilft mir, meinen Content auf die nächste Stufe zu bringen, stellt mich richtig coolen Leuten vor und hat die besten Kontakte, die mir echt weiterhelfen. Joris ist immer da, um mich zu pushen und mir zu helfen, weiterzukommen.«

Joris tut mir ein bisschen leid. Mit jemandem zusammen zu sein, der so viel Wert auf Äußeres und so wenig auf Substanz legt, ist bestimmt nicht einfach. Wenn ich sie schon nach einer Stunde so anstrengend finde, wie muss es sein, ständig Zeit mit ihr zu verbringen?

»Siegfried Barg, der Vater deines Freundes, liegt im Krankenhaus. Wie geht ihr damit um?«, ziehe ich die Daumenschrauben ein winziges Stück weiter an.

Während sie den Blick senkt, betrachte ich fasziniert ihre Wimpern. Sie sind so dicht und dunkel, dass es aussieht, als trüge sie zwei kleine Handfeger auf ihren Oberlidern. Sind die echt oder klebt sie sich diese Dinger jeden Morgen auf?

»Für uns ist das wirklich gerade eine sehr harte Zeit. Sehr hart, ein Schock für die ganze Familie. Die ersten Tage waren besonders schlimm. Wir wissen immer noch nicht, ob er sich jemals vollständig erholen wird, und das ist sehr…« Sie überlegt.

»Belastend?«, biete ich an.

Sie nickt. »Joris ist echt total fertig. Es ist so wichtig, dass er merkt, dass er nicht allein ist und wir gemeinsam stark bleiben.«

Auch wenn ihre Stimme leicht zittert, nehme ich ihr das Theater nicht ab. »Und wie gehst du ganz persönlich mit der Situation um? Du und Siegfried Barg – standet ihr euch nah?«

»Siegfried hat mich von Anfang an voll in die Familie aufgenommen. Er ist ein unglaublich großzügiger und humorvoller Mann! Es ist mir megawichtig, der Familie jetzt beizustehen.«

Wie rührend. »Kann es sein, dass die Beziehung zwischen dir und Siegfried Barg mehr als nur freundschaftlich ist?«, erkundige ich mich im Plauderton.

Entrüstet reißt sie die Augen auf. »Keine Ahnung, was du da redest. Wer so etwas sagt, sollte sich echt schämen.«

Ich schäme mich nicht direkt, dennoch drückt etwas Flaues in meiner Magengegend. Ein Glück, dass sie nicht sieht, wie ich unter dem Tisch nervös mit dem Fuß wippe. »Hast du eine Ahnung, wie diese Gerüchte überhaupt entstanden sind?«

Sie knallt ihr zimmerwarmes Leitungswasser auf den Tisch. »Manche Menschen suchen einfach Drama, wenn es um öffentliche Personen geht. Weil es nicht in ihr Weltbild passt, dass Siegfried und ich uns gut verstehen und weil sie neidisch auf meinen Lifestyle sind, erfinden sie dann irgendwelche Gerüchte.« Blitzschnell hat sie sich mein Handy gegrapscht und die Aufnahme beendet. Ihr Blick ist eiskalt, als sie es auf den Tisch zurückpfeffert, ihre Stimme völlig verändert – eine Raubkatze, kurz vor dem Sprung.

»Was soll das hier überhaupt werden? Um was geht es hier, was willst du wirklich von mir?«

Na gut, wenn sie es so haben will? Ich lehne mich leicht nach vorn und sehe ihr direkt in die Augen. Als ich meinen Mund öffne, hoffe ich inständig, dass sie nicht hört, wie sehr mein Herz in meiner Brust hämmert. »Ich weiß«, sage ich nach einer kleinen Pause, »dass du ein Verhältnis mit Siegfried Barg hast!«

KAPITEL 32 – ROMY

Frankfurt, Messe
Dienstag, 19. November, früher Abend

Wenn man uns so sieht, könnte man uns für Freundinnen halten, die sich zu einem After-Work-Cocktail verabredet haben. Um uns herum die üblichen Bargeräusche untermalt von leiser Musik, doch all das scheint weit weg. Das Schweigen zwischen uns schirmt uns ab wie eine Glasglocke, in der es nur Asja, mich und meine Behauptung gibt. Ihr Gesichtsausdruck verändert sich von Überraschung zu etwas, das ich nicht ganz zuordnen kann. Wut? Oder Schmerz? Ich halte die Luft an.

»Scheiße, du bist aber auch eine Bitch!« Sie lacht so laut, dass sich gleich mehrere Köpfe zu uns drehen. Mit allem hätte ich gerechnet, nur damit nicht, dass sie sich überhaupt nicht mehr einkriegt.

»Wollt ihr noch was?«

Ich bestelle eine Weißweinschorle, Asja einen Whiskey Sour – ausnahmsweise ohne Extrawünsche – und in stillschweigender Übereinkunft warten wir, bis sich Fräulein Nasenring wieder verzogen hat. Asja wühlt in ihrer Handtasche und fördert einen Taschenspiegel zutage. Sorgfältig überprüft sie ihr Augen-Make-up, gönnt sich ein hinreißendes Lächeln und wirft den Spiegel in die Tasche zurück.

»Also?« Eindeutig ist sie einer dieser Menschen, die

ihren Charme wie eine Lampe an- und ausknipsen kann, fast fröstele ich, als sie mich so anschaut.

»Was willst du wirklich von mir? Schickt dich Jürgen Kleiber?«

Ich lächle ganz natürlich, damit sie nicht merkt, wie mir das Adrenalin durch die Adern schießt. Sieh an, schon wieder der Herr Kleiber – langsam wird es wirklich interessant. »Und wenn?«

»Ich weiß genau, was du vorhast. Nur weil er bei mir nicht landen kann, schickt er jetzt etwa dich?« Sie schnaubt. »Ich lasse mich nicht von dir ausfragen. Sucht euch jemand anderen für eure Spielchen und lasst mich in Ruhe. Kapiert?«

»Ich komme nicht von Jürgen Kleiber, okay?« Anscheinend ist der Journalist also der gleichen Spur gefolgt wie ich. »Ich könnte mir niemals vorstellen, mit ihm zusammenzuarbeiten, ich finde ihn nämlich auch unmöglich«, gestehe ich in der Hoffnung, sie versöhnlich zu stimmen.

Wie ein Geschenk des Himmels bringt unsere Kellnerin genau in dieser Sekunde die Getränke. Asja beäugt skeptisch ihr Glas und fragt nach der verwendeten Whiskeysorte. Natürlich ist es die falsche, sie schnalzt mit der Zunge. »Bourbon mag ich nicht. Nimm den wieder mit, ich will einen mit schottischem Single Malt. Und nicht so viel Eis, ja?« Sie macht eine Handbewegung, als ob sie eine Fliege verscheucht, dann wendet sie ihren Unmut wieder mir zu. »Was willst du dann?«

Die Säure meiner Weißweinschorle prickelt auf meiner Zunge. Wenn ich Asja jetzt nichts anbiete, ist sie schneller davongesegelt, als ich ein Selfie machen kann. »Okay …«, sage ich langsam, während ich meine Worte sortiere, »ich gebe es zu, ich war nicht ganz ehrlich. Ich bin nicht im Auftrag der Rhein-Main-Zeitung hier.«

»Wusste ich doch, hier stimmt was nicht«, ereifert sie sich. »Du hast mich von vorn bis hinten belogen. Ich wette, du heißt gar nicht Rosi!«

»Stimmt. Ich heiße nämlich Romy!« Als ob es sich um ein giftiges Insekt handelt, greift Asja mit spitzen Fingernägeln nach der Visitenkarte, die ich ihr hinhalte.

»Romy Sternek. Sternek Communications – Ihre Geschichte, neu erzählt«, liest sie halblaut vor. »Und was für eine Geschichte willst du über mich neu erzählen?«

»Ehrlich gesagt geht es mir mehr um die Geschichte hinter Siegfried Bargs Zusammenbruch …« Sie zieht eine Flunsch. »Zu der du mit Sicherheit einen prominenten Beitrag leisten kannst.«

Jetzt runzelt sie die Stirn. »Siegfried hatte einen Schwächeanfall. Was gibt es da groß zu erzählen?«

»War es wirklich nur ein Schwächeanfall? Ich habe mich auf der Beisetzung von Lukas Delbrück mit ihm unterhalten. Da ging es ihm noch hervorragend, er machte auf mich einen vollkommen unauffälligen Eindruck. Und plötzlich liegt er bei den Delbrücks in der Garderobe, muss mit dem Notarztwagen ins Krankenhaus gebracht werden und liegt seither im Koma – da stimmt doch was nicht, oder?«

»Er ist über sechzig.« Sie zuckt die Achseln.

»Aber ich habe jemanden gesehen!« Während ich von den Handgreiflichkeiten und dem flüchtenden Angreifer erzähle, serviert unsere Servicekraft dezent einen Whiskey Sour. Das Glas sieht exakt so aus wie das, das sie vor wenigen Minuten wieder mitnehmen musste. Asja beäugt ihren Drink und probiert misstrauisch.

»Hallo! Moment mal!«, schnipst sie der davoneilenden Kellnerin hinterher, doch die scheint sie nicht gehört zu haben. Asja trinkt einen weiteren Schluck und überlegt.

»Joris wusste, dass da was mit Siegfried läuft«, sagt sie nach einer Weile.

Ich starre sie an. Bis eben war das alles hier nur eine Theorie, aber jetzt weiß ich, dass ich mit meiner Vermutung richtig lag. Blitzschnell gehe ich meine Optionen durch. Wenn ich zu großes Interesse zeige, wird sie mir kein Wort mehr verraten, trete ich zu zögerlich auf, finde ich die Wahrheit vielleicht nie heraus.

»Woher wusste Joris denn, dass du dich mit Siegfried triffst?«, entscheide ich mich für einen Mittelweg.

»Von mir natürlich.«

Sie betrügt ihren Freund mit seinem Vater und erzählt es ihm dann auch noch brühwarm? Wollte sie, dass Joris Schluss macht? Oder ihr Gewissen erleichtern und hat gehofft, dass es einfach weitergeht wie bisher? Fragen, die sich in meinem Kopf stapeln, ohne klare Antworten zu finden. »Aber wieso?«

»Weißt du, wir wollten eigentlich nach Ibiza, im Herbst ist das meine absolute Lieblingsinsel! Eigentlich war schon alles safe, Joris hätte nur noch die Flüge buchen müssen. Dann kommt er auf einmal damit an, er hätte keine Kohle!« Sie schaut mich an, als erwarte sie mein volles Verständnis. »Und da habe ich es ihm halt gesagt.«

Einen Moment bin ich sprachlos. »Und wie hat er reagiert?«

»Phhh …« Asja stößt Luft aus. »Riesendrama. Voll die Szene hat er gemacht – total peinlich!«

»Hattest du denn kein schlechtes Gewissen?« Ich bin immer noch geplättet – anscheinend bereut Asja ihren Seitensprung kein bisschen.

»Nope. Wozu auch?« Sie wirft ihr Haar zurück. »Weißt du, Joris und ich führen eine Beziehung auf gegenseitigem

Nutzen. Er liebt es, Zeit mit mir zu verbringen, und ich bekomme dafür den Lifestyle, den ich verdiene.«

Gibt es in dieser Generation denn keine Partnerschaft aus Liebe mehr? Asja klingt so ungerührt, als wäre diese »Beziehung auf gegenseitigem Nutzen« die selbstverständlichste Sache der Welt. Ich komme mir vor wie ein Kind, das gerade eine Lektion im Erwachsenenleben erhält. »Du bist also nur wegen des Geldes mit ihm zusammen?«

»Du schnüffelst doch auch nur in Dingen herum, die dich nichts angehen, weil du dir davon irgendwas versprichst.«

Der Schlag kam aus dem Nichts; sie hat dabei noch nicht einmal die Stimme gehoben. Ich verstecke mein Gesicht hinter meinem Weinglas in der Hoffnung, dass sie nicht sieht, wie ich rot anlaufe. »Aber dann erklär mir doch mal eines – wenn du einen reichen Boyfriend hast – warum betrügst du ihn denn dann mit seinem Vater?«

»Es gibt immer Potenzial nach oben, weißt du? Siegfried ist einfach der viel bessere Catch. Mehr Kohle, mehr Kontakte …« Sie breitet die Arme aus. »Ich meine, wen der alles kennt! Er ist ständig auf den coolsten Events und hat überall Connections. Das macht einen riesigen Unterschied.«

Wirklich herzallerliebst, die gute Asja. »Wie kam es überhaupt dazu?«

»Ach, du weißt doch, wie so was läuft.«

Soll ich mich geehrt oder schockiert fühlen, dass sie annimmt, ich wisse, wie so etwas läuft?

»Hat sich einfach so ergeben. Wir hatten Tickets für den Tigerpalast, aber Joris bekam Corona. Wäre echt schade gewesen, nicht hinzugehen. Vier-Gänge-Menü, Front Row – also war ich mit seinem Daddy dort. Es war mega, wir waren hinterher noch Cocktails trinken und irgendwann sind wir dann ins Hotel gegangen.«

Mit viel Fantasie kann ich mir gerade noch vorstellen, wie Alkohol in einem bezaubernden Ambiente die guten Vorsätze einmal über Bord gehen lässt, doch in Siegfrieds Kalender habe ich definitiv weitere Kittycat-Einträge gefunden. Wie um Himmels willen passiert so etwas mehrmals?

»Wie oft habt ihr euch denn getroffen?«

»Nicht so oft. Siegfried ist immer total busy. Vielleicht so sechs-, siebenmal?« Sie fischt die Cocktailkirsche aus dem Glas. »Nein, sechsmal war es. Einmal hat er einfach so abgesagt. Per WhatsApp!« Vorwurfsvoll schaut sie mich an.

»War das vielleicht am 17. Oktober?«

Sie mustert mich aus schmalen Augen, dann öffnet sie ihr Handy. »Korrekt!«, meint sie nach einer Weile. »Woher weißt du das? Er wollte zu mir ins Appartement kommen, ich hatte extra Sushi bestellt. Und dann kommt er noch nicht mal! Ihm sei was dazwischengekommen, er könne heute Abend doch nicht. Das war echt der Abfuck!«

Siegfried Barg cancelt also an dem Abend, an dem Lukas Delbrück ermordet wird, kurzfristig das Tête-à-Tête mit seiner Geliebten. Wieder ist da diese seltsame Verbindung, die ich einfach nicht zu fassen bekomme. Mir kommt ein neuer, ungeheuerlicher Gedanke. Hat Siegfried Barg doch mehr mit dem Tod von Lukas zu tun, als ich bisher vermutet habe? Lebt er eigentlich allein oder gibt es jemanden, der mitbekommt, wann er kommt und wohin er geht?

»Was ist mit Joris' Mutter?«

»Siegfried und seine Frau sind schon ewig getrennt, aber noch nicht geschieden. Sie haben sich irgendwie arrangiert. Joris' Mutter lebt in Málaga auf ihrem Anwesen, baut Wein an, chillt in der Sonne und genießt das Leben.«

Man merkt, dass Asja sich auch gerne arrangieren würde. Anscheinend ist bei all dem Lifestyle, den die Herren Barg ihr bieten können, immer noch Luft nach oben. »Wusste Joris eigentlich, dass du dich weiterhin mit seinem Vater triffst?«

»Safe. Ich habe ja echt gedacht, dass er sich mal ein bisschen mehr Mühe gibt, weißt du? Aber anstatt dass er mit mir mal nach Paris fährt oder irgendwas Cooles macht, hat er nur Stress gemacht und ständig behauptet, er würde schon dafür sorgen, dass Siegfried die Finger von mir lässt. So weird einfach.«

Mir kommt die mit Schreibmaschine geschriebene Drohung in den Sinn, die ich daheim feinsäuberlich in einer Klarsichthülle aufbewahre. *ICH WEISS, WAS DU TUST. WENN DU NICHT AUFHÖRST, WIRST DU ES BEREUEN.* In einem der vielen Artikel, die Margit mir geschickt hat, habe ich mal gelesen, dass man inzwischen Ausdrucke problemlos ihren jeweiligen Druckern zuordnen kann. Fast alle Hersteller drucken Codes in Form von kleinen gelben Punkten auf das Papier, mit denen man jedes Dokument, das aus einem Laserdrucker stammt, zurückverfolgen kann. Hat Joris sich deshalb eine analoge Alternative überlegt, um seinen lüsternen Vater in die Schranken zu verweisen? Unter aller Garantie kannte Siegfried die Handschrift seines Sohnes, daher finde ich die Idee mit der Schreibmaschine ziemlich raffiniert.

»Und ganz ehrlich, irgendwann war mir das dann auch zu langweilig mit Joris.« Asja inspiziert ihre Fingernägel. »Es war immer nur dieses Gejammer, weißt du? Irgendwann hatte ich einfach keinen Bock mehr und habe Schluss gemacht.«

»Ach ja?« Vorhin im Interview klang das noch ganz anders. »Wann denn?«

»Freitag vor zwei Wochen. Joris ging mir so was von auf

den Zeiger. Ich meine, der hat mich schon die ganze Zeit genervt, dass ich mit ihm auf eine Beerdigung soll, aber mal echt jetzt – was soll ich da? Ich kenne den Typen, der da beerdigt wird, doch überhaupt nicht. Habe ich Joris auch von Anfang an gesagt, dass daraus nichts wird. Vorletzten Freitag fing er dann schon wieder mit der Leier an. Hat immer weiter genervt und dann habe ich ihm gesagt, dass er mich einfach in Ruhe lassen soll. Dass er aufhören muss zu klammern. Und ich habe ihm auch gesagt, dass ich einen richtigen Mann an meiner Seite brauche und dass es das Beste ist, wenn wir zukünftig getrennte Wege gehen.«

»Und das hat er einfach so hingenommen? Was ist dann passiert?«

Sie nippt an ihrem Cocktail. »Nichts weiter. Hat sein Stein-Gesicht gemacht, seinen schwarzen Anzug angezogen und ist zu dieser Beerdigung.«

Ich atme tief ein. Die Liste meiner Verdächtigen hat sich gerade eben um einen zusätzlichen Namen erweitert – Joris Barg. Er hatte Gelegenheit und Motiv, wäre mit Siegfrieds Tod einen unliebsamen Nebenbuhler losgeworden und würde zudem als Alleinerbe auch finanziell profitieren. Keine Ahnung, wie viel die BargImpact wert ist, doch allein das private Vermögen der Bargs schätze ich beachtlich. Ich muss an Lukas' Trauerfeier denken. Wie mochte sich Joris gefühlt haben, neben dem Mann auszuharren, der ihm seine Freundin ausgespannt hat? Und Siegfried – hat er das Unbehagen seines Sohnes bemerkt? Ist er darüber hinweggegangen oder hat er Joris mit einem vielsagenden Blick oder einem spöttischen Lächeln provoziert? Vielleicht konnte Joris auf dem Weg zum Urnengrab seinen aufgestauten Zorn nicht länger unterdrücken? Wieder muss ich an Siegfrieds Worte denken, der Angreifer hätte von ihm etwas verlangt, das er nicht bekommen habe. Wie auch, wenn Asja bereits Schluss gemacht hat?

Und dann platze ich in diesen Konflikt. Störe Joris in seiner Wut, unterbreche ihn bei was auch immer. Auf dem Weg zum Kondolenzempfang hatte er jedenfalls genug Gelegenheit, sich weiter in Rage zu versetzen. Und dann, wenn sich alle von den Anstrengungen der Trauerfeier mit Blechkuchen und Small Talk ablenken, lockt er seinen Vater unter einem Vorwand in den Garderobenraum und … Ja, und was dann? Nach wie vor habe ich keine Ahnung, was genau der Täter mit Siegfried angestellt hat. Außerdem gibt es da noch etwas, das ich nicht verstehe. »Warum hast du mir vorhin erzählt, dass Joris dein Freund ist? Seid Ihr etwa wieder zusammen?«

Sie schaut mich an, als wäre ich schwer von Begriff. »Da wäre ich ja schön blöd, wenn ich mich ernsthaft von Joris trenne, jetzt wo Siegfried im Krankenhaus ist. Ich will doch am Ende nicht ohne jemanden dastehen, der mich supportet.«

Asja versteht es wirklich meisterhaft, aus jeder Situation das Beste für sich zu ziehen. »Wie hast du denn erfahren, was Siegfried Barg passiert ist?«

Ihr Handy gibt einen Summton von sich. Während sie die Nachricht liest, hellt sich ihre Miene auf. »Joris hat mich angerufen und es mir erzählt«, murmelt sie abgelenkt.

Ich warte, bis sie das Handy wieder zur Seite gelegt hat und schaue sie auffordernd an. »Klang echt fertig, da habe ich ihm gesagt, er soll mich abholen, damit wir gemeinsam hinfahren.«

»Das ist jetzt nicht dein Ernst, oder? Wie kannst du in einer solchen Situation nur an dich denken? Dein Freund ist völlig aufgelöst, weil sein Vater gerade ins Krankenhaus eingeliefert wurde, und du verlangst, dass er dich auch noch abholt?«

Sie lehnt sich zurück und verschränkt die Arme vor der Brust. »Warum denn nicht? Ich meine, ich hatte kein Auto dabei und er kam direkt von der Mainzer Landstraße.«

»Von der Mainzer Landstraße? Der Kondolenzempfang fand am Lerchesberg statt!«

»Nein, da ist Joris gar nicht mit hin. Der hatte einen Termin zum Reifenwechseln, ist direkt nach der Beisetzung losgefahren.«

Eine Weile starre ich schweigend auf die funkelnden Lichter der City. Meine schöne Theorie ist gerade wie ein Kartenhaus in sich zusammengefallen. Wenn Joris nicht beim Kondolenzempfang war, kommt er auch als Täter nicht infrage. Andererseits – wer weiß schon, ob er wirklich beim Reifenwechseln war oder den Termin nicht als Alibi vorgeschoben hat?

»Ich muss los!« Asja leert den Rest ihres Cocktails in einem Zug. Bevor ich aufstehen kann, hat sie sich auch schon Mantel und Handtasche geschnappt. Sie winkt kurz mit den Fingerspitzen, wirft einen letzten prüfenden Blick in die große Glasscheibe und ehe man sichs versieht, ist sie auch schon davongestöckelt. Zurück bleibe ich – mit vielen Fragen, einer lauwarmen Weißweinschorle und einer happigen Rechnung, die die Servicemitarbeiterin mir umgehend präsentiert. »Das geht zusammen?«

Ich muss an die »Beziehung auf gegenseitigem Nutzen« denken. Wer mit Asja Pavlova Zeit verbringen will, der zahlt.

KAPITEL 33 – ROMY

Frankfurt, Hauptfriedhof
Mittwoch, 20. November, morgens

Fast hätte ich vergessen, dass ich für heute zu diesem Fotokurs bei David de la Rosa angemeldet bin. Ich teile Matthias per WhatsApp mit, dass ich etwas später ins Büro komme, und mache mich auf den Weg zum Hauptfriedhof. Die Sonne ist noch nicht aufgegangen, doch die Dämmerung taucht die Umgebung bereits in milchiges Licht. Ich finde ja immer, dass dieser Übergang zwischen Nacht und Tag einfach etwas Magisches hat. Es ist dieser Moment voller Möglichkeiten – niemand weiß, was der neue Tag bereithält.

Als ich am Treffpunkt zwischen Trauerhalle und den Verwaltungsgebäuden ankomme, warten dort bereits die anderen Teilnehmer. Fünf Männer stehen vor dem Bronze-Adam und diskutieren über Blendenzahlen und Megapixel. Wenn man ihre Ausrüstung betrachtet, könnte man meinen, sie planen die nächste Expedition ins Tierreich.

»Hast du von denen das neue 70-200mm-Objektiv gesehen?«, höre ich einen kräftigen Mann mit einer Kamera, die schwer genug ist, um als Waffe durchzugehen.

»Das Ding ist ein Biest! Damit habe ich letzte Woche ein paar Hammer-Nahaufnahmen gemacht«, antwortet ein anderer im grauen Anorak.

Ich grüße freundlich, doch außer einem Glatzkopf mit Rucksack schenkt mir niemand Beachtung. »Wo bleibt der Chef?«

»Der Chef?« Keine Ahnung, wen er meint.

»Na, wann der große Künstler kommt, um uns ein paar Tipps zu geben?«

Offenbar hält er mich für David de la Rosas Assistentin. »Ich weiß nicht«, sage ich. »Ich bin auch beim Kurs dabei.«

»Wusste gar nicht, dass wir heute Aktaufnahmen machen.« Er lacht dröhnend über seinen eigenen Witz, man kann ihm direkt ansehen, wie sehr er sich dafür innerlich auf die Schultern klopft.

»Bleib lieber angezogen, wir wollen ja nicht, dass du dich verkühlst!«

Er schaut irritiert. »Hä?«

Ein Blitzmerker scheint er ja nicht gerade zu sein. »Ich habe mich als Teilnehmerin angemeldet«, erkläre ich langsam und deutlich.

»Ohne Kamera?«

Ich halte wortlos mein Handy in die Höhe.

»Damit wird das nichts«, erklärt er. »Damit kann man nicht ernsthaft fotografieren!«

»Seriöse Fotografie ist mehr als nur Knipsen«, belehrt mich jetzt auch der Kräftige. »Da braucht es schon ein bisschen mehr als für ein paar Selfies.«

Ich spüre, wie mein Gesicht heiß wird. »Ich denke, das bekomme ich schon hin.«

»Wirklich?«, stichelt der Glatzkopf. »Ich wette, du hast überhaupt keine Ahnung von Blende, ISO und Belichtungszeit.« Feixend schaut er in die Runde. »Aber wenn du mal einen richtigen Apparat in der Hand halten willst«, er hält seine Kamera in Hüfthöhe und lässt das Objektiv ausfahren, »der Didi kann aushelfen.«

»Ich kann mir nicht vorstellen, dass der Didi da besonders viel beitragen kann«, lächele ich zuckersüß. »Der beste Apparat nützt einem nichts, wenn keiner an der Steuerung sitzt.«

Die Kerle glucksen verhalten, Didi wird rot.

»Guten Morgen zusammen!«, ertönt in diesem Moment eine gut gelaunte Stimme, und da ist er – David de la Rosa, unser Kursleiter. Wieder muss ich an ein Reh denken, alles an ihm wirkt zart und grazil. »Sogar eine Dame in unserer Runde«, wendet er sich direkt mir zu. »Sehr schön, dich heute dabeizuhaben.«

Er strahlt so viel Herzlichkeit aus, dass ich gar nicht anders kann, als ihn spontan zu mögen.

»Ist es in Ordnung, wenn wir uns alle duzen?« Seine Stimme ist sanft und kommt mir irgendwie vertraut vor.

»Die hat nur eine Handykamera!« Didi hat sich berappelt, anklagend zeigt sein feister Zeigefinger auf mich.

»Das macht überhaupt nichts! Jeder hat seine eigene Ausrüstung und seinen eigenen Stil, und das ist vollkommen in Ordnung. Heute geht es darum, das Auge zu schulen, nicht unbedingt nur um Technik.«

Hatte ich schon erwähnt, dass ich David mag?

»Ich bin sicher, jeder von uns wird schöne Aufnahmen machen. Und wenn du irgendwelche Fragen hast, stehe ich dir jederzeit zur Verfügung.« Der letzte Satz geht in meine Richtung, ich schöpfe Zuversicht. Vielleicht kann ich mit meinem Smartphone doch noch etwas Brauchbares einfangen?

Wir laufen los. David lotst uns in den historischen Teil des Friedhofs, Didi folgt ihm bei Fuß, sein voluminöser

Rucksack wippt vor mir auf und ab. An der Frontklappe heftet ein Button mit der Aufschrift »Als Gott mich schuf, wollte er angeben« und ich hoffe inständig, dass er in seinem Rucksack nicht noch mehr dieser lustigen Witze eingepackt hat.

Unsere erste Übung besteht darin, ein Foto des Mausoleums Reichenbach-Lessonitz aufzunehmen. David fordert uns auf, uns auf die architektonischen Details und Verzierungen zu konzentrieren, die das Sandsteingebäude so einzigartig machen. Während um mich herum sofort die Kameras klicken, stehe ich ratlos vor dem byzantinisch anmutenden Bau. Trotz Weitwinkel will er nicht so recht ins Format passen, meine Aufnahmen sehen ziemlich belanglos aus.

»Brauchst du Hilfe?« Es ist David.

»Ich bin mir nicht sicher, wie ich das Mausoleum überhaupt aufs Bild bekommen soll«, gestehe ich. »Geschweige denn so, dass es am Ende auch noch gut aussieht.«

»Ja, der Bildausschnitt spielt eine wichtige Rolle.« Er zeigt auf das Gebäude. »Welches Detail gefällt dir am besten?«

Da muss ich nicht lange überlegen. »Die achteckige Kuppel mit ihren Pinakeln.«

»Meinst du diese steinernen, in die Höhe gezogenen Verzierungen?«

Ich nicke und er lacht. »Ich habe hier schon so oft fotografiert und lerne eben erst, wie man die Dinger nennt.« In seinen Augen blitzt es vergnügt. »Komm, dafür zeige ich dir, wie du davon eine sensationelle Aufnahme machst.« Er führt mich zu einem Baum. »Schau, wenn du ein wenig in die Knie gehst und den Fokus auf die Äste und die Kuppel legst, wird das Ergebnis gleich viel spannender.«

Verblüfft betrachte ich meine Aufnahme. Die kahlen Äste scheinen nach den Pinakeln zu greifen, ihre bizarre Form bildet einen reizvollen Kontrast zu der strengen Architektur.

»Lass dich durch die teuren Kameras der anderen nicht einschüchtern«, meint er, als ich mein Ergebnis stolz präsentiere. »Am Ende zählt nur, was du mit deinem Herz und deiner Kreativität einfängst.«

Die zwei Stunden gehen schneller um, als ich erwartet habe. David entpuppt sich als wahrer Schatz an Fotowissen und teilt großzügig seine Tricks und Tipps mit uns. Auch er fotografiert heute mit dem Handy und zeigt anhand seiner Schnappschüsse, wie man mit einem geschickten Fokus auf Vorder- und Hintergrund Motive viel interessanter gestaltet. Während wir langsam zurück zum Haupteingang schlendern, überlege ich, wie ich David am besten in ein Gespräch verwickeln könnte. Leider bin ich nicht die Einzige, der Fragen auf dem Herzen liegen – kaum hat sich David bei allen bedankt, nimmt ihn auch schon Didi in Beschlag. Während er David mit einer Flut von Fragen bombardiert, stelle ich mich ein wenig abseits und betrachte die weitläufigen Rasenflächen. Heute wird ein klarer Tag. Die Natur um mich herum wirkt wie erstarrt, nur in mir nagt die Ungeduld. Die anderen Kursteilnehmer sitzen bestimmt längst gemütlich zu Hause und haben sich vermutlich den ersten Kaffee gegönnt, nur ich stehe mir hier die Beine in den Bauch.

Als Didi endlich von dannen zieht, atme ich erleichtert auf. Das ist mein Moment.

»Entschuldige bitte«, lächle ich David an, »aber ich hätte auch noch ein paar Fragen, falls du noch Zeit hast.«

»Klar doch.« Er betrachtet mich aufmerksam. »Weißt du übrigens, dass wir uns schon mal begegnet sind?«

»Ach, ja?« Auch ihm ist es also aufgefallen.

»An Lukas' Beisetzung. Du kamst nach allen anderen in die Trauerhalle. Und danach habe ich dich noch auf dem Kondolenzempfang bei den Delbrücks gesehen.«

Schlagartig fällt es auch mir wieder ein. Seine Stimme, natürlich! David ist einer der beiden Männer, deren Gespräch ich unfreiwillig hinter dem Paravent belauscht habe. Der, der aus seinem Hass auf Wen-auch-immer keinen Hehl gemacht hat ...

»Woher kanntest du Lukas eigentlich?«, will er wissen. Es soll beiläufig klingen, doch seine Hände, die sich um seine Kamera krampfen, verraten seine Anspannung.

Ich spule meine Nachbarschaftsgeschichte ab, dabei gehen mir Tausend Gedanken durch den Kopf. Der sensible Künstler von eben ist verschwunden. Kommt es mir nur so vor oder hat sein Blick mit einem Mal etwas Lauerndes? »Und du?« Ich bringe einen Schritt Abstand zwischen uns. »In welcher Beziehung standest du zu Lukas?«

»Ich ...« Er zögert, und dann passiert etwas, womit ich nicht gerechnet habe. Dieser kalte Ausdruck in seinen Augen ist wie weggewischt, seine Mundwinkel zucken und zu meiner Überraschung bricht er in Tränen aus. Für einen Augenblick stehe ich sprachlos da. Soll ich etwas sagen, ihn trösten? Oder ihn einfach in Ruhe lassen? Aber so heftig, wie er schluchzt, kann ich ihn hier nicht stehen lassen.

»Hey, das tut mir wirklich leid, wenn meine Frage etwas Unangenehmes ausgelöst hat. Das wollte ich nicht.« Er weint nur noch heftiger, ich krame in meiner Handtasche nach einem Taschentuch. »Kann ich irgendwie helfen?«

Er schüttelt den Kopf, über seine Wangen rinnen dicke Tränen. So bitterlich, wie er weint, tut er mir unendlich leid.

»Manchmal tut es gut, wenn jemand einfach nur zuhört«, biete ich vorsichtig an.

Hinter dem Taschentuch gibt David ein Geräusch von sich, von dem ich nicht recht weiß, ob es zustimmend oder ablehnend gemeint ist. Ich berühre seinen Arm, und als ich keinen Widerstand spüre, führe ich ihn zu einer der weiß gestrichenen Bänke in den Arkaden der Trauerhalle. Das Holz ist eiskalt, ich wickele meinen Schal ab und breite ihn als Unterlage für uns aus.

»Lukas war die Liebe meines Lebens«, flüstert er nach einer Weile. »Ich habe das vom ersten Moment an gespürt. Wir hatten sofort eine Verbindung auf einer tiefen Ebene, das war etwas ganz Besonderes. Und das, obwohl wir uns noch gar nicht so lange kannten.«

Ich wusste gar nicht, dass Lukas einen festen Freund hatte, in der Traueransprache wurde David jedenfalls mit keinem Wort erwähnt. »Ich glaube, man braucht nicht Jahre, um zu merken, dass jemand etwas Besonderes für einen ist.« Warum nur muss ich gerade an Gabriel Delbrück denken? »Viel wichtiger ist doch, wie intensiv und tief die Verbindung ist, die man spürt.«

David nickt. »Ich dachte wirklich, dass wir eine gemeinsame Zukunft haben. Aber dann wurde alles anders.«

Ich spüre den Schmerz in seinen Worten. »Was wurde anders?«

»Ein anderer Mann.« Wieder glitzern Tränen in seinen Augenwinkeln. »Einer, der Lukas besser verstanden hat. Jemand, der in seinem Leben eine Rolle spielte, die ich anscheinend nicht ausfüllen konnte.«

»Es ist schwer, wenn man plötzlich nicht mehr wichtig ist«, versuche ich es diplomatisch. Die Tragik in seinen Worten schneidet mir ins Herz. Wer betrügt denn bitte seine große Liebe nach kürzester Zeit mit einem anderen Kerl? Oder hat sich David mit seinen Gefühlen zu Lukas in etwas verrannt?

»Lukas hat behauptet, der andere sei nur ein Freund. Aber ich wusste, dass da mehr ist. Die ganze Zeit hat mir mein Instinkt gesagt, dass er mir etwas verschweigt.«

Diese Art von Magengrummeln kenne ich nur zu gut. »Oh ja, so ein Verdacht kann einen wahnsinnig machen!«

Seine Miene verdüstert sich. »Wie oft habe ich versucht, mit Lukas zu sprechen, aber er hat nur gemauert. Oder total genervt reagiert. Ich würde mir alles einbilden, hat er behauptet.« Langsam redet er sich in Rage. »Dabei ist der Kerl fast doppelt so alt wie Lukas. Ein Mann mit Lebenserfahrung, hat er gesagt. Da war ich noch misstrauischer, verstehst du?« Ich nicke. »Ich habe Lukas so oft geholfen, habe ihn unterstützt, war immer für ihn da.« Seine Hände ballen sich zu Fäusten, die Knöchel treten weiß hervor. »Aber mit einem Siegfried Barg kann ich natürlich nicht mithalten!«

»Siegfried Barg?« Das ist jetzt nicht sein Ernst, oder? Lukas Delbrück soll seinen Freund ausgerechnet mit Siegfried Barg betrogen haben? Ich meine, ich traue Siegfried Barg inzwischen eine Menge zu, aber das klingt dann eher wie aus einer schlechten Vorabendserie. »Du meinst doch nicht etwa den Projektentwickler?«

»Du glaubst mir wohl auch nicht?« David schaut mich vorwurfsvoll an.

Nein, ehrlich gesagt nicht. Ganz bestimmt hat er in Lukas seine große Liebe gesehen, der aber diese Gefühle womöglich nicht in der gleichen Tiefe erwidert hat. Dass Siegfried Barg nichts hat anbrennen lassen, weiß ich ja inzwischen, aber beim besten Willen kann ich ihn mir nicht als Lukas Delbrücks Sugar Daddy vorstellen. »Wieso glaubst du denn, dass es sich bei dem älteren Freund ausgerechnet um Siegfried Barg handelt?«, weiche ich seiner Frage aus.

»Weil ich die beiden zusammen gesehen habe.«

»Und was haben sie gemacht?« Ich rechne damit, dass David sie beim Händchenhalten, heißen Küssen oder gar auf dem Weg in ein Hotel beobachtet hat, aber es kommt noch besser.

»Sie saßen zusammen in Siegfrieds Angeberkarre.«

Na, das ist ja wirklich ausgesprochen verdächtig. Ich unterdrücke ein Kopfschütteln; ganz offensichtlich ist David Opfer seiner eigenen Eifersucht geworden. »Hast du mal überlegt, ob es dafür eine einfache Erklärung gibt? Ich meine, nur weil man zusammen in einem Auto sitzt, bedeutet das ja noch lange nicht, dass man eine Affäre hat.«

»Ich weiß ganz genau, wie sich das anhört, aber glaub mir, die Geschichte ist viel komplizierter«, erklärt er düster. »Ich hasse diesen Siegfried Barg! Taucht mit all seinem Geld aus dem Nichts auf und macht alles kaputt, was Lukas und ich uns gemeinsam aufgebaut haben. Ich bin mir langsam wie ein Statist in meinem eigenen Leben vorgekommen.« Wie sich David so ereifert, hat er etwas Verbissenes, fast Manisches an sich, etwas, das ich unangenehm finde. Verstohlen schaue ich mich nach anderen Friedhofsbesuchern um, aber wir sitzen allein hier. Er packt meine Hand, sein Blick bohrt sich regelrecht in meine Augen. »Dieses Arschloch«, zischt er, »ich weiß es, er ist schuld an Lukas' Tod!«

KAPITEL 34 – LUKAS

Frankfurt-Preungesheim
Mittwoch, 19. September, abends

Lukas marschierte in seinem Wohnzimmer auf und ab, die Hände in den Taschen seiner Jeans vergraben. Fünf Schritte hin, fünf Schritte zurück. Irgendwoher kam die Erinnerung an seinen Zoobesuch mit seiner Großmutter, als er noch ganz klein gewesen war. Da hatte er einen Tiger gesehen, der hinter seinen Gitterstäben genauso unablässig auf und ab gelaufen war. Hin und her, rastlos und ohne Pause. Keine Ahnung, warum er ausgerechnet jetzt an diese eingesperrte Raubkatze denken musste, wahrscheinlich, weil er sich genauso verzweifelt fühlte.

Sein Zeigefinger schwebte für einen Moment über dem Display seines Handys, dann tippte er auf den Kontakt. Lukas biss sich auf die Unterlippe, doch wie schon die Male zuvor blieb eine Antwort aus. Verdammt, warum ging Siegfried nicht ran? Seit David vorhin aus der Wohnung gestürmt war, hatte er ihn vergeblich zu erreichen versucht. Jedes Mal nur dieses monotone Tuten, kein Siegfried, der abhob. Inzwischen wusste Lukas, dass nach dem sechsten Klingeln die Mailbox ansprang, aber er wollte keine Nachricht hinterlassen.

Mit dem Handy in der Hosentasche begann eine neue Runde in seinem Wohnzimmer. Wohnzimmer – was für eine absurde Bezeichnung für einen Raum, den Lukas kaum nutzte, da er sich entweder im Bett, im Bad oder in der Küche aufhielt. Wie oft hatte ihm David vorgeschlagen, das Zimmer etwas gemütlicher zu gestalten, hatte seine Hilfe beim Streichen angeboten und ihm sogar eines seiner Bilder überlassen wollen.

Gemütlich. Lukas stieß verächtlich die Luft aus. Gemütlichkeit ging ihm am Arsch vorbei, seine schwarze Ledercouch, den Fernseher und seine Anlage, mehr brauchte er nicht. Überhaupt wäre es ihm am liebsten gewesen, nichts und niemanden mehr zu brauchen. Er strich sich mit fahrigen Händen durchs Haar und warf einen Blick aus dem Fenster. Die Sonne ging gerade unter und tauchte die Wände in orangefarbenes Licht. Ein leerer Kaffeebecher stand auf dem Fensterbrett, das einzige Geräusch in dieser unangenehmen Stille war das leise Summen des Kühlschranks in der Küche. Die Fensterscheibe fühlte sich unter seinen Fingerspitzen kühl an. Da draußen ging alles in seinem gewohnten Gang weiter, während sein Leben gerade im Chaos versank. Wie hatte es nur so weit kommen können?

Erneut drückte er auf seine Nummer und lauschte dem Verbindungsaufbau. In der vergangenen halben Stunde hatte er nicht aufhören können, darüber nachzugrübeln, was er sagen sollte, falls Siegfried endlich abhob. Wie oft waren ihm die Worte schon durch den Kopf gegangen, aber sie fühlten sich einfach nicht richtig an, erschienen unzureichend …

»Ja?« Im ersten Moment fühlte sich Lukas überrumpelt, Siegfrieds vertraute, leicht raue Stimme zu hören. »Wo zum Teufel steckst du?«, fuhr er ihn an.

»Einen wunderschönen guten Abend.« Es klang ironisch. »Ist dir schon mal in den Sinn gekommen, dass ich auch anderes zu tun habe, als deinen Anruf entgegenzunehmen?«

»Ich … ich hab mir einfach Sorgen gemacht.« Lukas wünschte, seine Stimme wäre fester. »Du warst ewig nicht erreichbar.«

»Vielleicht war ich mit Wichtigerem beschäftigt?« Im Hintergrund war ein Klicken zu hören. »Also, was willst du? Was gibt es so Dringendes?«

»Ich habe die Infos, die du brauchst. Aber es gibt ein Problem.«

Am anderen Ende der Leitung blieb es kurz still. »Was für ein Problem? Du weißt, dass ich keine Überraschungen mag.«

»Es ist David.« Lukas schluckte. »Ich glaube, er hat Verdacht geschöpft. Er hat angefangen, Fragen zu stellen.«

»Das tut dein eifersüchtiger Betthase doch schon die ganze Zeit.«

»Aber heute …« Lukas zögerte. »Ich habe nicht aufgepasst, okay? David kam spontan vorbei, ich hab echt nicht mit ihm gerechnet. Der hat mich quasi im Flur schon überfallen.« So unpassend der Gedanke auch war, doch die Erinnerung an David, der ihn ins Schlafzimmer gezerrt hatte, löste eine wohlige Erregung in ihm aus. »Ich schwöre, ich war danach nur ganz kurz im Bad, echt nicht lange, aber als ich wieder zurückkam – der Laptop war halt noch offen und da war David, und er war am Lesen, und ich weiß nicht, wie lange er da schon …«

Siegfried seufzte leise. »Das ist nicht gut, Lukas.« Eiswürfel klirrten, Lukas hörte, wie ein Drink eingeschenkt wurde. »Ich habe dich für klüger gehalten, aber anscheinend hast du noch immer nicht kapiert, um was es hier geht.« Siegfrieds Stimme hatte sich keine Nuance verändert. »Was, glaubst du, wird passieren, wenn dein verhungertes Frettchen herausfindet, was du da treibst?«

»Ich … ähm …« Die Situation war weit ernster, als Lukas es sich vorgestellt hatte. Aber David würde ihn nicht ans Messer liefern, oder?

»Sieh zu, dass er den Mund hält. Am besten wirst du ihn ganz los.«

»Ihn loswerden? Wie meinst du das?« Um Himmels willen, was erwartete Siegfried von ihm? »Siegfried, ich kann nicht. David hat … Das ist nicht so einfach, wie du dir das vorstellst.«

»Und warum nicht?«

»Er … Es ist …« Lukas schloss die Augen. »Ich schulde ihm Geld«, sagte er nach einer Weile. »Eine ganze Menge. Er würde es sofort zurückhaben wollen. Ich kann nicht einfach so mit ihm Schluss machen.«

»Wer redet denn von Schluss machen?« Siegfrieds leises Lachen verursachte Lukas eine Gänsehaut. »Es geht nicht darum, was wir wollen, Lukas. Du musst eine Entscheidung treffen, bevor er weiter nachforscht. Aber sei vorsichtig. Wenn die falschen Leute herausfinden, dass du plauderst, kann es sehr schnell sehr unangenehm für dich werden!«

Lukas spürte, wie sich die Tränen in seinen Augenwinkeln sammelten. War es Wut oder Hilflosigkeit? »Das kannst du nicht von mir verlangen.«

»Ich lasse dir da völlig freie Hand, aber ich will die Sache erledigt wissen. So bald wie möglich. Haben wir uns verstanden?«

Lukas nickte, aber da hatte Siegfried das Gespräch bereits beendet. Der plötzliche Abbruch machte Siegfrieds Worte noch bedrohlicher. Lukas starrte auf die Wand gegenüber, an der nie eines der Kunstwerke von David hängen würde. Alles in ihm sträubte sich bei der Vorstellung, was ihm jetzt bevorstand, aber er würde einen Weg finden müssen. Er öffnete WhatsApp und begann, eine Nachricht zu tippen. *Ich muss dich sehen. Es ist wichtig!* Lukas drückte auf Senden und legte das Handy auf den Tisch zurück. In seinem Inneren loderte nichts als Panik. Ließ man sich mit dem Teufel ein, bekam man keine zweite Chance, aber das begriff er jetzt erst.

KAPITEL 35 – ROMY

Frankfurt, Hauptfriedhof
Mittwoch, 20. November, vormittags

Siegfried soll also schuld an Lukas' Tod sein? Mein Verdacht fällt mir wieder ein – hat er etwa Lukas doch umgebracht? »Wie kommst du denn darauf?«

»Ich weiß es einfach!« David starrt zum Bronze-Adam. »An dem Tag, als Lukas starb, hatte ich Tickets für ein Konzert in der Batschkapp. Ich wollte ihn überraschen, hatte gehofft, dass …«

Seine Stimme verliert sich, ich warte, bis er sich wieder gesammelt hat. »Und dann?«

»Und dann hat er mich abblitzen lassen. War angeblich schon verabredet.«

Ich verstehe nicht ganz. »Hat Lukas dir gesagt, dass er sich mit Siegfried treffen wollte?« Laut Kalender war an diesem Abend ein Schäferstündchen mit Asja angesetzt, das kurzfristig abgesagt wurde. Wegen Lukas?

»Das musste er gar nicht. Er war schon wieder so ausweichend, genau wie in den letzten Wochen. Da wusste ich schon, dass es wieder um den glorreichen Siegfried geht, auf den er bereitwillig wartet.« David verzieht das Gesicht. »Wenn ich mal zu spät war oder kurz was erledigen musste, war er gleich genervt. Aber kaum schickte Siegfried eine Nachricht, stand Lukas Gewehr bei Fuß.«

So langsam interessiert auch mich das Verhältnis der beiden. »Und was hat Siegfried Lukas so geschrieben?«

»Ach, was weiß ich denn! Einmal hat Lukas vergessen, seinen Laptop zu sperren. Na ja, ich hab's halt gesehen, okay? Ich meine, würdest du da nicht wissen wollen, was los ist? Also hab ich kurz in seine Mails geschaut ... und was sehe ich? Eine Nachricht nach der anderen. Ich meine, wie viel kann man sich denn bitte schreiben? Keine Ahnung, worüber, aber es waren jede Menge. Und dann kam er plötzlich wieder rein. Ich hab kaum Zeit gehabt, irgendwas zu lesen.«

Ob das wohl stimmt? Weiß David wirklich nichts, oder will er sich nur nicht in die Karten schauen lassen? »Aber wenn Lukas am 17. Oktober kein Treffen mit Siegfried erwähnt hat – wieso soll dann Siegfried schuld an seinem Tod sein?«

David holt tief Luft. »Wäre Lukas an diesem Abend mit zum Konzert gekommen, wäre alles nicht passiert. Das liegt doch auf der Hand, oder?«

Das soll alles gewesen sein? Ehrlich gesagt komme ich mir gerade auf den Arm genommen vor. Natürlich wäre der Abend für Lukas anders verlaufen, hätte er sich mit David ins Nachtleben gestürzt, anstatt zu Hause seinen Mörder zu empfangen. Oder er hätte sich auf dem Friedberger Markt die Kante gegeben. Oder beschlossen, in die Alte Oper zu gehen. Nach all diesen ominösen Andeutungen hatte ich zumindest erwartet, dass David aus dem Putzschrank heraus beobachtet hat, wie Siegfried sich mit erhobener Rohrzange an den ahnungslosen Lukas heranschleicht – oder so etwas Ähnliches. Wobei ich keine Ahnung habe, ob es in Lukas' Wohnung überhaupt einen Putzschrank gibt oder ob Siegfried Barg stets eine Rohrzange mit sich führt, aber darum geht es auch nicht. Diese Mutmaßungen hier sind doch nicht Davids Ernst, oder?

Ich beiße mir auf die Zunge. Bestimmt ist es schlauer, David in dem Glauben zu lassen, dass ich seinen Verdacht teile.

»Das kann schon sein«, sage ich daher diplomatisch, »Jede Entscheidung verändert unweigerlich den Lauf der Dinge.«

Er sieht mich dankbar an. »Das Schlimmste war, diesem Arschloch an der Beisetzung zu begegnen. Zu sehen, wie er da herumstolzierte, als ob er sich keiner Schuld bewusst wäre, während Lukas …« Ein weiterer Weinkrampf überwältigt ihn, etwas überfordert tätschele ich seinen Oberarm. »David, gibt es denn jemand, der dir beisteht, jemand, der für dich da ist?«

»Jürgen«, schnieft er, »ein Kollege. Mit ihm kann ich reden, er versteht mich. Ohne ihn hätte ich den Tag nicht überstanden.«

Sieh an, der Herr Kleiber also mal wieder. In der Rolle des verständnisvollen Trösters kann ich ihn mir zwar nicht vorstellen, aber vielleicht ist er zugänglicher, wenn man nicht gerade versucht, ihn plump in einem Café auszuhorchen. Oder auch motivierter, falls David in den Mails zwischen Lukas und Siegfried etwas Interessantes entdeckt und Jürgen davon berichtet hat. Was wiederum für meine Theorie sprechen würde, dass Jürgen etwas über Siegfried weiß, mit dem er aber nicht offiziell an die Öffentlichkeit kann. »Hat dich dein Kollege auch zum Kondolenzempfang begleitet?«

»Er hat sich extra einen halben Tag freigenommen. Hat mich abgeholt und wieder nach Hause gebracht. Wir sind dann noch die Fotos durchgegangen.«

»Fotos?« Es gibt Fotos? Meine Gedanken überschlagen sich, hoffentlich merkt David mir mein Interesse nicht zu sehr an. »Du hast auf dem Kondolenzempfang fotografiert?«

»Ja, klar. Wieso?«

Weil das die Spur sein könnte, die mich weiterbringt. Vielleicht hat David den entscheidenden Moment eingefangen? Was, wenn Siegfried auf einem der Bilder zu sehen ist? Vielleicht ist zu erkennen, mit wem er spricht? Diese Fotos könnten alles verändern, ich muss sie unbedingt sehen! »Weißt du, ich habe auf dem Empfang jemanden kennengelernt, der mich wirklich beeindruckt hat.« Mein Herz stolpert aufgeregt, als ich an Gabriel denke – insofern ist meine Geschichte ja noch nicht einmal gelogen. Dann fällt mir der Schnauzbart ein, der ebenfalls einen bleibenden Eindruck hinterlassen hat, aber anderer Natur; ärgerlich wische ich den Gedanken zur Seite. »Irgendwie haben wir verpasst, Handynummern auszutauschen. Ich dachte, vielleicht habe ich ja Glück, und er ist auf einem der Fotos zu sehen?«

»Wer war es denn?«

»Wenn ich das nur wüsste!« Ich versuche, ein wenig verlegen zu wirken. »Ich weiß noch nicht einmal seinen Namen. Wir haben nur kurz gesprochen, aber irgendwie würde ich ihn gerne wiedersehen!«

»Das kann ich verstehen.« Mit einem Mal sieht er unglaublich traurig aus. »Ich schicke dir die Fotos, wenn du magst. Ich packe die Bilder in eine Dropbox und maile dir später den Link. Deine Mail-Adresse habe ich ja aus deiner Anmeldung. Vielleicht hast du ja Glück?«

Eigentlich hätte ich die Fotos ja am liebsten gleich, aber wenn es nicht anders geht, muss ich mich halt gedulden. »David, das ist total lieb von dir. Ich danke dir!«

»Immer gern. Ich hoffe, du findest ihn.« Sein Lächeln hat etwas Wehmütiges.

»Das hoffe ich auch.« Schon wieder erlauben sich meine Gedanken einen Umweg über Gabriel Delbrück.

»Romy?« Er schaut mich ernst an. »Danke, dass du mir zugehört hast. Es hat gutgetan, sich alles von der Seele zu reden. Dieser ganze Druck der letzten Wochen, all das, was passiert ist ...« Er hält inne, als hätte er es sich anders überlegt. »Danke!«

Wir stehen auf, und dann eilt er auch schon in Richtung der U-Bahn-Station. Nachdenklich schaue ich ihm hinterher. So ganz sauber ist dieser David auch nicht. Irgendwie hat er so etwas Manisches an sich, jedenfalls bekomme ich den sympathischen Fotografen nicht so recht mit dem eifersüchtigen Liebhaber zusammen, der sich so sehr nach Zuwendung sehnt. Und ob ausgerechnet Lukas Delbrück diese Sehnsucht stillen konnte, wage ich zu bezweifeln. Ich wickele mir meinen Schal wieder um. Apropos – wo ist eigentlich meine Mütze? Vergeblich krame ich in meinem Rucksack; erst jetzt merke ich, wie durchgefroren ich bin. Während des Kurses hatte ich sie doch noch, glaube ich mich zumindest zu erinnern. Ich überlege. Es war an der Station mit der Pyramide. Ja, genau, da habe ich sie mir unter den Arm geklemmt. Und dann? Danach sind wir zum Schopenhauer-Grab, aber hatte ich die Mütze da noch? Mist! Jetzt noch einmal über den halben Friedhof zu laufen, das fehlt mir gerade noch, aber auf die Mütze mag ich keinesfalls verzichten. Es ist die einzige, die nicht nur warmhält, sondern mit der ich nicht aussehe, als wäre ich ein »Vorher«-Bild für eine Styling-Show. Ich schultere meinen Rucksack und beginne missgestimmt, unseren Rundgang abzulaufen. Schon kurz davor, aufzugeben, entdecke ich auf einer Bank doch noch einen vertrauten Farbtupfer. Jemand hat sie aufgehoben und sorgsam auf die Sitzfläche gelegt, fast so, als würde sie dort auf meine Rückkehr warten.

»Is des Ihr Mütz?« Ein Mann schaut neugierig in meine Richtung. Von oben bis unten ist er grün angezogen, Sigrid Moosbach hätte an ihm bestimmt ihre helle Freude.

»Ja, das ist meine. Ich dachte schon, ich hätte sie verloren!«

»Isch war dahinne am Abbeide, da hab isch se gefunne. Laach midde uffm Weesch.«

»Oh, dann waren Sie so nett, sie hier auf die Bank zu legen?«

»Jo, des habb isch.« Er ist sichtlich zufrieden mich sich. »Da habbe se wäkklisch Glick gehobt. Mansche von de Kollesche, die schmeiße alles gleisch fodd. Se glaube ja gor net, was die Leut hier alles vergesse dun! Mer muss scho uff sei Zeusch e bissi uffbasse.«

Er greift nach seinem Rechen, und da durchzuckt mich eine Erinnerung. Ein Friedhofsgärtner, natürlich! Am Tag von Lukas' Beisetzung, der Streit zwischen Siegfried Barg und dem Unbekannten – da habe ich doch einen Gärtner in der Nähe gesehen! Na, wenn das kein Wink des Schicksals ist? Aus der Innentasche meiner Jacke ziehe ich mein Portemonnaie.

»Das ist aber wirklich sehr aufmerksam von Ihnen!« Blitzschnell halte ich ihm meinen Presseausweis unter die Nase und lasse ihn sofort wieder verschwinden. »Wo ich Sie gerade treffe – ich bin Margit Rotholz-Beck von der Kripo Frankfurt.« Amtsanmaßung kann mit einer hohen Geldstrafe sanktioniert werden – ob fünfundzwanzig Karmapunkte ausreichen? »Ich suche den Friedhofsgärtner, der am 7. November am frühen Nachmittag im Gewann

1 gearbeitet hat. Er könnte wichtige Beobachtungen zu einem tätlichen Angriff auf einen älteren Herrn gemacht haben.«

»Des war de Kurt. Awer de Kurt hod erzählt, die Polizei hod scho mid em gered.«

Die Polizei war schon hier? Interessant, dann ist der Schnauzbart ja doch meinem Hinweis nachgegangen.

»Reine Routine«, behaupte ich. »Für ein vollständiges Bild müssen wir alle Informationen doppelt prüfen.«

Mein Gegenüber nickt. »Für so e schnuggelisches Meedsche, da nimmt sisch de Kurt bestimmt gern Zeit. Mer abbeide schon seit Jahre zamme. En nedder Kerl, de Kurt, immer hilfsbereid.«

»Genauso hilfsbereit wie Sie?« Ich gönne ihm einem Augenaufschlag. »Sie wissen doch bestimmt, wo ich Ihren Kollegen finde?«

»De Kurt is middem Philipp im Gewann 26 zugange. Do hods noch viel Laub, des wolle die heut noch abtransportiere.« Er legt die Stirn in nachdenkliche Falten. »Des is awer noch emol e ganzes Stigg zu laafe …«

Mein Dackelblick funktioniert, bereits kurz darauf darf das »schnuggelische Meedsche« neben Gerhard Möhring – so hat sich mir mein stolzer Chauffeur vorgestellt – auf seinem Gärtnerwägelchen Platz nehmen.

Gerhard fährt einen flotten Reifen. Hinter uns stieben die Blätter in die Luft, es macht Spaß, wie er die Kurven schneidet. Er ist lustig und ich fühle mich auf Anhieb wohl in seiner Nähe, obwohl der diesem Didi von vorhin ziemlich ähnlich sieht. Das ist dann aber auch die einzige Gemeinsamkeit. Ein freundlicher Charakter macht so viel aus, davon könnten sich die Didis dieser Welt echt mal eine Scheibe abschneiden.

Gerhard bremst, abrupt kommen wir vor zwei Männern zum Stehen. »Kurt!«, ruft er dem Älteren der beiden zu, »gugg emol, die Fraa Becker von de Polizei is hier.« Gott sei Dank hat er sich meinen falschen Namen nicht merken können. »Die Fraa Becker, die hod noch e paar Fraache an disch!«

Drei Männer-Augenpaare mustern mich, als ich von meinem Sitz klettere.

»Ich hab Ihren Kollegen schon alles erzählt«, wehrt der Angesprochene ab. »Mehr weiß ich nicht.«

Ja, und ich weiß, dass das so vor diesem Publikum nichts werden wird mit meiner Befragung. »Das ist richtig. Allerdings kommt es häufig vor, dass man sich mit etwas Abstand an weitere Details erinnert. Es wäre uns eine große Unterstützung, wenn Sie sich noch mal ganz kurz Zeit für ein Gespräch nehmen würden.« Ich lächele charmant. »Lassen Sie uns doch ein paar Schritte gehen, es dauert auch nicht lange.«

Hilfe suchend schaut Kurt zu seinen Kollegen. Als die beiden nicht reagieren, nickt er gottergeben und lässt sich von mir in einen der Seitenwege dirigieren.

»Es gibt immer noch Unklarheiten zu einer tätlichen Auseinandersetzung am 7. November hier auf dem Friedhofsgelände.« Also ich finde, dass sich meine Zeugenbefragung sehr professionell anhört. »Erzählen Sie doch einfach, wo Sie an diesem Tag waren und was Sie genau gemacht haben.«

Kurt kratzt sich am Kopf. Sehr knapp berichtet er, dass er in Gewann 1 gearbeitet habe, um dann umso ausführlicher die Bedeutung der Pflege von Grünanlagen im Spätherbst zu erläutern.

»Kommen wir zu dem Vorfall, bei dem ein älterer Mann in einen Streit verwickelt und zu Boden gestoßen wurde«, hake ich ein, als wir gerade bei den Vorteilen unterschiedlicher Laubblasgeräte angekommen sind. »Haben Sie zufällig etwas beobachtet?«

»Na ja, ich habe zwei Männer gesehen, aber keine Ahnung, was die miteinander geredet haben.« Er überlegt einen Moment. »Wissen Sie, wenn man mit dem Laubbläser arbeitet, ist eine Schutzbrille und ein Gehörschutz Pflicht ...«

Himmel noch mal, was interessieren mich diese blöden Laubbläser? »Können Sie sich daran erinnern, wie der Mann aussah, der den älteren Herrn angegriffen hat? Jede Information kann uns bei den Ermittlungen helfen!«

Kurt denkt nach. Hoffentlich nicht darüber, dass ich mir keine Notizen mache. »Der hat einen schwarzen Mantel angehabt«, sagt er nach einer Weile, dann hellt sich sein Gesicht auf. »Und eine schwarze Hose. Und die Schuhe waren, glaube ich, auch schwarz.« Kurze Pause. »Bin mir ziemlich sicher, er ist nämlich direkt an mir vorbeigerannt.«

Schwarzer Mantel, schwarze Hosen, schwarze Schuhe – na, das ist ja mal wirklich eine Personenbeschreibung, die einem auf einem Friedhof weiterhilft. »Fällt Ihnen vielleicht noch irgendetwas anderes ein, mit dem Sie den Mann beschreiben können?«, versuche ich es ein letztes Mal. »Jedes Detail könnte wichtig sein!« Hatte er vielleicht eine Brille? Einen Bart? Ein Holzbein? Doch egal, was ich anbiete, Kurt zuckt nur die Schultern und irgendwann sagt er gar nichts mehr. »Das war sehr hilfreich«, verberge ich meine Enttäuschung. »Ich glaube, wir sind hier fertig. Vielen Dank, dass Sie sich noch mal die Zeit genommen haben.« Voller Frust denke ich an all die aufmerksamen Zeugen, die sich zwanzig Jahre später noch an Modell und Marke des Autos erinnern, das mitten in der Nacht an einer einsamen Landstraße geparkt hat. Und sogar noch die letzten drei Ziffern des Kennzeichens angeben können. Nach solchen Details brauche ich diesen Kurt erst gar nicht zu fragen, der erinnert sich höchstens an die Seriennummer seines Laubbläsers.

»Frau Becker?«

Ich brauche kurz, bis mir klar wird, dass er mich meint. »Ja?«

»Da war doch noch was«, sagt er. »Gerade eben, wie Sie auf die Uhr geschaut haben, da ist mir eingefallen, dass der Kerl auch eine Armbanduhr hatte.«

Eine Armbanduhr, welch bahnbrechende Beobachtung. »Und weiter?«

»Das war eine ganz normale Armbanduhr. Aber eine Sache war merkwürdig.«

»Was denn?«

»Das Armband. Das war aus Stoff. So wie früher die Kinderuhren waren. Und die Farbe – blau mit gelb!«

KAPITEL 36 – ROMY

Frankfurt-Eckenheim
Donnerstag, 21. November, früher Abend

Mir ist schleierhaft, wie ich den Rest des gestrigen Tages überstanden habe. Zum ersten Mal war ich – na ja, ich würde es nicht gerade dankbar nennen, aber ich war zumindest erleichtert, dass Frau Huck nicht das geringste Interesse an mir zeigt. Falls ihr überhaupt aufgefallen ist, dass ich den ganzen Tag nur wie ein Zombie auf meinen Bildschirm gestarrt habe, hat sie es sich zumindest nicht anmerken lassen.

Eine ganz normale Armbanduhr also. Mit blau-gelbem Stoffarmband.

Wenn Kurt damit ein klassisches Modell mit Zeigern gemeint hat, gibt es eine Menge Menschen, die so eine Uhr tragen. Auch Uhrenarmbänder aus Stoff sind schon lange nicht nur an Kinderhandgelenken zu finden. Diese Nato-Straps haben sich seit einigen Jahren auch im Luxusuhrensegment durchgesetzt. Trotzdem fällt mir nur ein einziger Mann ein, der nicht nur eine Uhr mit einem blau-gelben Stoffarmband besitzt, sondern damit auch am Nachmittag des 7. Novembers auf dem Hauptfriedhof war: Gabriel Delbrück. Der Mann, mit dem ich heute Abend ein Date habe.

Rücklings lasse ich mich auf mein Bett fallen. Wie groß ist bitte die Wahrscheinlichkeit, dass Kurt sich geirrt hat?

Oder dass auf einer Beisetzung zwei Männer nicht nur die gleiche Abneigung gegen Siegfried Barg, sondern auch den gleichen Uhrengeschmack pflegen? Mein Magen zieht sich zusammen, wenn ich daran denke, was das im Endeffekt bedeutet. Soll ich die Verabredung absagen? Oder versuchen, mehr über Gabriels Beweggründe herauszufinden, bevor ich falsche Schlüsse ziehe? Vielleicht gibt es ja für alles eine ganz vernünftige Erklärung?

Ganz bestimmt, Romy! Hast du dir mal überlegt, warum er sich wirklich mit dir treffen will? Mit einem Mal komme ich mir unglaublich dämlich vor. Ein Mann wie Gabriel Delbrück bewegt sich doch in ganz anderen Kreisen. Er ist faszinierend, erfolgreich und sieht geradezu fantastisch aus. Habe ich mir wirklich eingebildet, dass sich so jemand ernsthaft für mich interessiert? Wie konnte ich nur so leichtgläubig sein?

Ich vergrabe mein Gesicht in den Kissen. Die ganze Vorfreude ist verpufft. Wie ein Hund, der schwanzwedelnd angesprungen kommt, sobald jemand ein freundliches Wort an ihn richtet, bin ich auf seinen Charme hereingefallen. Wie konnte ich bloß so naiv sein? Gabriel Delbrück will sich mit mir treffen, weil er irgendetwas wissen will – warum habe ich das nicht gesehen?

Du bist doch selbst nicht anders, höhnt eine Stimme in meinem Kopf. Du lügst doch auch das Blaue vom Himmel herunter, wenn es dir einen Vorteil bringt. Ich schnäuze die Nase. Wer hat mir das neulich vorgeworfen? Ach ja, Asja. Ich habe über sie die Nase gerümpft, weil sie Joris nach Strich und Faden ausnutzt. Bin ich wirklich so viel besser? Ich muss an den hilfsbereiten Gerhard denken, dem ich weisgemacht habe, von der Polizei zu sein, an Kathrin, die ich in unseren Mittagspausen aushorche, und an

David, dessen Kummer ich mir angehört habe, um an weitere Informationen zu gelangen.

Mit dem Handrücken wische ich eine Träne aus meinem Augenwinkel und setze mich auf. Was bringt es mir, mich im Bett zu verkriechen, jetzt, wo ich Gabriel durchschaut habe? Garantiert sehe ich total verheult aus, aber das ist nichts, was man mit dem richtigen YouTube-Tutorial und einer ruhigen Hand nicht wieder hinbekommt. Und darum werde ich die Verabredung nicht absagen, auf gar keinen Fall. Ich werde hingehen, Gabriel in die Augen sehen und abwarten, was er von mir will. Und dann sehen wir weiter.

Eine Stunde später betrachte ich nicht unbeeindruckt das Ergebnis meiner Bemühungen. Aus dem Spiegel schaut mir eine Kriegerin entgegen, gerüstet, um in die Schlacht zu ziehen. Das kurze, dunkelblaue Kleid bringt nicht nur meine Beine perfekt zur Geltung, ich sehe darin seriös und gleichzeitig verheißungsvoll aus. Dazu die silbernen Pumps, die ich viel zu selten trage, weil sie Unsummen gekostet haben, aber sie sind genau das Richtige für diesen Abend. Mit meinen Haaren habe ich mir besonders Mühe gegeben, in glamourösen Wellen fallen sie locker über meine Schultern. Bestimmt eine halbe Stunde habe ich mit dem Glätteisen herumexperimentiert, um endlich eine Frisur zustande zu bringen, die nicht aussieht, als ob ich neben einem Elektrozaun übernachtet hätte. Ein leichter Lidstrich betont meine Augen, ein Hauch von Rouge und ein Lippenstift in einem warmen Rosenholzton – auf den Himbeerhauch habe ich diesmal besser verzichtet – bringen mein Gesicht zum Strahlen. Ganz kurz habe ich überlegt, die Gucci auszuführen, dann aber eine silberne Clutch entdeckt, die perfekt zu den Schuhen passt. Ein letztes Mal begutachte ich mich von allen Seiten, dann bestelle ich mir ein Uber.

Als ich das noble japanische Restaurant erreiche, wundere ich mich fast selbst, wie ruhig ich bin.

Bislang geht alles gut. Ich habe mir fest vorgenommen, mich nicht beeindruckt zu zeigen und keinesfalls auf seine Anziehungskraft hereinzufallen. Doch als ich Gabriel sehe, wie er an der Bar auf mich wartet und mich mit seinem unwiderstehlichen Lächeln begrüßt, werden mir die Knie weich. Ich muss mich sehr konzentrieren, ganz normal auf ihn zuzugehen.

»Schön, dich zu sehen!« Seine Augen leuchten. »Du siehst fantastisch aus.«

Ich weiß, ich sollte Distanz wahren, aber seine Stimme hat eine geradezu verheerende Wirkung auf mich. Sie ist warm und samtig; ich kann gar nicht anders, als mir vorzustellen, wie er in einem ganz bestimmten Moment meinen Namen flüstert. Er legt mir leicht die Hand auf den Arm, und als seine Wange flüchtig die meine streift, verliere ich für einen Moment jeglichen Bezug zur Realität.

»Danke!« Abrupt mache ich mich von ihm los. Mein Vorsatz, ihm die kalte Schulter zu zeigen, funktioniert ja geradezu hervorragend. Wir setzen uns. Als ich die Menükarte aufschlage, zittern meine Hände. Seine Nähe, seine Berührung und wie er mich ansieht – das alles hat eine viel stärkere Wirkung, als ich erwartet habe. Himmel, worauf habe ich mich hier bloß eingelassen?

»Einen Aperitif?«, fragt er, und schnell stimme ich ihm zu. »Vielleicht suchst du etwas für uns aus? Du warst ja schon öfter hier?«

Gabriel empfiehlt verschiedene Speisen, deren Namen ich noch nie gehört habe, ich nicke gottergeben. Aus lauter

Nervosität stürze ich meinen Sparkling Sake viel zu schnell herunter. Ich weiß, ich muss stark bleiben, aber seine Augen und vor allem die Art, wie er seine Hände bewegt, ziehen mich magisch an. Mein Körper scheint völlig gegen mich zu arbeiten, ich bin sehr erleichtert, als eine entzückende Japanerin ein Lacktablett mit exquisiten kleinen Kunstwerken zwischen uns abstellt.

Ich probiere etwas, das wie marinierter Fisch aussieht. Keine Ahnung, was ich da gerade esse, und ehrlich gesagt ist es mir auch egal. Für einen Moment treffen sich unsere Blicke, Gabriel schaut mich nachdenklich an. Da ist etwas in seinen Augen, etwas Echtes, das mich fast hoffen lässt, dass es ihm heute Abend doch um mich geht. Kann es sein? Nein, Romy, dieser Mann weiß ganz genau, welche Wirkung er auf Frauen hat, lass dich nicht einwickeln.

»Warst du schon mal in Japan?«, erkundigt er sich gerade. »Die Küche dort ist einfach unglaublich.«

»Leider nein.« Ich zwinge mich zu einem Lächeln. »Aber Japan steht definitiv auf meiner Wunschliste. Und du – warst du schon mal dort?«

Er beginnt, von seinen Reisen zu berichten. Während ich vorgebe, zuzuhören, an den richtigen Stellen lache und nicke, wenn es angebracht scheint, schweifen meine Gedanken ab. Alles an ihm strahlt eine solche Aufrichtigkeit aus, als gäbe es nichts, was er lieber täte, als hier mit mir zu sitzen. Wie kann ich mich so sehr in ihm getäuscht haben? Immer wieder trinke ich von meinem Weißwein, lächele unablässig, aber meine Augen verraten anscheinend, dass meine Gedanken woanders sind.

»Ist etwas nicht in Ordnung, Romy?«, fragt er nach einer Weile. »Du wirkst so nachdenklich.«

»Ich … ich hatte gestern einen seltsamen Tag.« Ich zögere.

Soll ich es sagen? »Ich habe etwas erfahren, das mich ziemlich aus der Fassung gebracht hat.« So, jetzt ist es raus.

Er sieht mich aufmerksam an. »Oh, das tut mir leid. Was ist passiert? Magst du es mir erzählen?«

Es ist so unglaublich schwer, zwischen Herz und Verstand zu entscheiden, ich fühle mich gleichzeitig angezogen und abgestoßen. Trotzdem bleibt mir keine andere Wahl. »Ja, es gibt etwas, das ich dir erzählen möchte. Gestern war ich nämlich auf dem Frankfurter Hauptfriedhof und habe dort mit einem der Gärtner gesprochen.« Nicht das leiseste Zucken in seinem Gesicht verrät, dass er in irgendeiner Weise beunruhigt ist. Entweder ist dieser Mann ein begnadeter Lügner oder er hat wirklich keine Ahnung, worauf ich hinauswill. »Vor zwei Wochen, auf der Beisetzung deines Bruders, habe ich einen Streit zwischen Siegfried Barg und einem anderen Mann beobachtet. Ein Streit, der eskaliert ist.«

Jetzt runzelt er doch die Stirn. Ich muss meinen ganzen Mut zusammennehmen, um die nächsten Worte auszusprechen.

»Gabriel, die Beschreibung des Mannes, der Siegfried Barg zu Boden gestoßen hat und dann weggerannt ist, trifft genau auf dich zu.« Meine Stimme ist überraschend fest. »Und das ist der wahre Grund, warum du mich zu diesem Date eingeladen hast, nicht wahr? Um nichts anderes geht es hier heute Abend, oder?«

Alles um uns herum scheint für einen Moment stillzustehen, während Gabriel über meine Worte nachdenkt. In seinen Augen liegt eine Mischung aus Überraschung und noch etwas anderem, das ich nicht zu fassen bekomme.

»Ich kann verstehen, dass dich das beunruhigt«, sagt er und legt seine Stäbchen beiseite.

Mein Herz schlägt wild, aber ich habe keine Angst – das Schlimmste habe ich geschafft. Denke ich zumindest, nicht ahnend, dass mir das Allerschlimmste noch bevorsteht. Denn das Allerschlimmste ist der Moment, in dem er mich ansieht und sagt: »Aber glaube mir, ich kann dir alles erklären.«

KAPITEL 37 - ROMY

Frankfurt-Innenstadt
Donnerstag, 21. November, abends

Ich kann dir alles erklären.

Ein Satz, mit dem man Zeit schindet und Optionen abwägt. Nichts weiter als Taktik, um sein Gegenüber zu besänftigen, um das Netz aus Lügen im Hintergrund weiterzuspinnen. Ein Satz, den jeder versierte Lügner kennt. Natürlich kann ich erklären, warum unter meinem Bett ein Umschlag mit hunderttausend Euro liegt. Und warum davon nur noch knapp neunzigtausend übrig sind. Und selbstverständlich auch, wie ich an eine Kopie von Siegfrieds Festplatte gekommen bin oder woher ich Name und Adresse jedes einzelnen Gasts von Lukas Delbrücks Beisetzung weiß.

»Ich kann dir alles erklären« hallt unablässig in meinem Kopf. Ich kenne diese Worte gut genug, um zu wissen, dass er längst die Wahrheit gesagt hätte, wenn er es wirklich ernst meinen würde. Gabriel macht eine Bewegung, als wolle er nach meiner Hand greifen. Bis vor wenigen Augenblicken hätte ich etwas darum gegeben, aber jetzt werde ich mich nicht mit irgendwelchen hohlen Phrasen abspeisen lassen. Ich springe auf, jetzt bleibt mir nur mir noch die Flucht.

»Romy!«

Seinen überraschten Blick ignorierend, stürze ich durch das Restaurant. Es ist mir egal, dass alle mich verwundert anstarren, ich will nur noch weg. Ich reiße die Glastür auf und renne in den Flur, Gott sei Dank wartet direkt der Fahrstuhl.

»Romy, warte!«

Ich beschleunige meine Schritte, schaffe es gerade noch rechtzeitig, bevor die Türen sich schließen. Der Fahrstuhl setzt sich langsam in Bewegung, ich presse meine Stirn gegen die Wand. Die Kühle des Spiegels ist eine willkommene Ablenkung, um nicht an das Chaos denken zu müssen, aus dem ich gerade geflüchtet bin.

Als sich die Fahrstuhltüren im Erdgeschoss öffnen, habe ich keine Ahnung, wohin. Draußen bläst mir ein eiskalter Wind ins Gesicht. Links geht es zur U-Bahn. Ich fröstele bei dem Gedanken, dass Gabriel mir folgen könnte, und wende mich nach rechts. Tränen laufen mir über die Wangen, hastig wische ich sie weg. Wider besseren Wissens habe ich mich von ihm um den Finger wickeln lassen – warum nur?

Ich renne, so schnell ich kann, und es ist mir egal, dass ich dabei meine Pumps ruiniere. Irgendwann bin ich so außer Atem, dass ich keuchend stehen bleibe. Direkt vor mir ist eine Bar, und ohne nachzudenken trete ich ein. Ich war noch nie hier; der Raum ist nicht besonders groß und gerade mal zur Hälfte gefüllt. Wo soll ich mich am besten hinsetzen? Einem Mann allein an einem Tisch nimmt man ab, über die tiefgründigen Geheimnisse des Universums zu sinnieren, während Frauen ohne Begleitung immer wirken, als würden sie nur darauf warten, dass jemand ihr Leben aufregender macht. Ich entscheide mich für die Bar, da kann man sich immer hinstellen, egal ob mit oder ohne Begleitung. Direkt neben mir unterhalten sich zwei Freundinnen.

»Wenn der glaubt, ich mache das noch länger mit, dann hat er sich geschnitten!«, echauffiert sich gerade die eine, und ja, ich weiß genau, was sie meint. Anscheinend sind die Männer alle gleich.

Hinter dem Tresen hantiert eine Barkeeperin, aber egal, wie sehr ich mich um ihre Aufmerksamkeit bemühe, sie schaut einfach nicht in meine Richtung. Von hinten drängt sich jemand an mir vorbei.

»Einen doppelten Whiskey!«, ruft er und prompt hebt sie den Kopf.

»Für mich auch!«, schließe ich mich spontan an. Ich hatte noch nie einen doppelten Whiskey, geschweige denn einen einfachen, doch wenn ich schon den Abend allein in einer Bar verbringen muss, dann zumindest in Gesellschaft eines passenden Getränks. Der Mann dreht sich zu mir um, und als ich sein Gesicht sehe, klappe ich fast zusammen. Es ist der Schnauzbart!

Das darf einfach nicht wahr sein, oder? Dieser Mann ist wirklich der letzte, den ich an so einem katastrophalen Abend ertragen kann. Ist mein Karmakonto dermaßen überzogen, dass das Schicksal es heute besonders übel mit mir meint? Wieso ist er überhaupt hier? Es gibt Hunderte von Bars in Frankfurt, kann er nicht woanders jemanden nerven? Schnell drehe ich mich zur Seite, vielleicht erkennt er mich gar nicht, aber nein, er hat mich schon gesehen.

»Frau Sternek, na, wenn das keine Überraschung ist.« Seine Augen funkeln wieder in dieser unerträglichen Mischung aus Selbstgefälligkeit und Spott. »Sie sind doch nicht etwa eine Stalkerin?«

»Warum? Suchen Sie eine?« Ein Drink. Ich brauche dringend einen Drink.

Er lacht. »Oder kommen Sie gerade vom Speed-Dating?«

Unser letztes Zusammentreffen auf dem Friedberger Markt fällt mir wieder ein. Sein Ton ist scherzhaft, doch die Worte treffen härter, als ich erwartet habe. Bevor ich es verhindern kann, rinnt mir auch schon eine Träne über die Wange. Weitere folgen und lassen meine Sicht verschwimmen. Es sind Tränen der Erschöpfung, der Frustration, des Nicht-mehr-Könnens – es ist einfach alles zu viel.

»Das sollte ein Scherz sein!« Augenblicklich wird er ernst. »Hey, alles in Ordnung?«

Ich sehe mich außerstande, überhaupt irgendetwas zu erklären. »Nichts ist in Ordnung«, schluchze ich.

Er zieht mir einen Stuhl heran und reicht mir eine Serviette. Die Geste ist so ungewohnt fürsorglich, dass sie mich fast noch mehr zum Weinen bringt. Keine dummen Sprüche, kein »Ach, das wird schon wieder« – gerade von ihm hätte ich das nie erwartet. Stattdessen Ernsthaftigkeit und – Mitgefühl? Mir schaudert. Was für eine erbärmliche Figur gebe ich hier bloß ab, dass mich jetzt auch noch der Schnauzbart bemitleiden muss!

Die Barkeeperin serviert unsere Drinks, und noch nie in meinem Leben bin ich für eine Unterbrechung so dankbar gewesen. Unsere Blicke treffen sich kurz, dann hebt er sein Glas. »Dzięki!«

»Dschinki?«

»Das sagen wir in meiner Heimat. Los – trinken Sie!«

Ich probiere einen Schluck und augenblicklich weiß ich, warum man Probleme mit Whiskey herunterspült. Der Alkohol brennt derart, dass ich sofort ausblende, was wirklich wehtut. Immerhin tränen meine Augen jetzt aus einem anderen Grund.

»Entschuldigung«, huste ich. Warum verhalte ich mich eigentlich immer wie eine komplette Idiotin, sobald dieser Felix Radolin – so heißt er doch, oder? – auch nur in meiner Nähe ist? Eigentlich könnte mir ja egal sein, was er denkt, trotzdem würde ich am liebsten im Boden versinken.

Er stellt sein Glas auf den Tresen. »Also, was gibt's?«

Spürt er, dass ich jemanden brauche, der mir einfach nur zuhört, oder steht vor mir nur der Kommissar, der eine Aussage aufnimmt? Wie gern würde ich mir alles von der Seele reden, doch das meiste, was ich in den letzten Tagen getrieben habe, ist absolut illegal. Allein wenn ich daran denke, dass ich die anonyme Drohung von Siegfrieds Schreibtisch habe mitgehen lassen, wird es mir ganz anders. Beweismittel verschwinden zu lassen, ist garantiert ebenso eine Straftat, wie Kriminalkommissare anzulügen.

Er schaut mich immer noch abwartend an. »Meine Nachbarin hat gar kein Problem mit Likörpralinen«, gestehe ich schließlich.

Im ersten Moment ist er zu verblüfft, um zu reagieren, dann lacht er schallend. Die beiden Freundinnen neben uns schauen misstrauisch in unsere Richtung, dann rücken sie ein Stück von uns ab.

»Ich weiß«, sagt er, nachdem er sich wieder beruhigt hat, »auch wenn mir die Geschichte ausgesprochen gut gefallen hat.«

Ich trinke einen großen Schluck, damit er nicht sieht, wie rot ich geworden bin.

»Frau Sternek, ich will auch etwas loswerden. Bei unseren Begegnungen hätte ich vielleicht das eine oder andere Mal gelassener reagieren sollen. Manchmal überkommt es einen einfach. Ich möchte mich entschuldigen, wenn ich nicht immer fair zu Ihnen war.«

Sämtliche meiner schmutzigen Geheimnisse fühlen sich von seinen dunklen Augen geradezu magisch angezogen. »Wir sind alle nur Menschen«, antworte ich ausweichend, um bloß nichts zu beichten, was ich später bereuen könnte. Diesen Drang, reinen Tisch machen zu wollen, habe ich echt unterschätzt.

»Ja«, sagt er mit einem nachdenklichen Lächeln, »ich würde sehr gerne einen Neuanfang machen.«

Ist das einer der Verhörtricks aus dem Handbuch der guten Cops? Er klingt aufrichtig, und dennoch traue ich ihm nicht.

»Okay«, murmele ich in mein Glas. Hoffentlich habe ich diesen schlimmen Whiskey bald geschafft! Ich versuche, die Noten herauszuschmecken, die alle immer loben – Vanille, Eichenholz, einen Hauch von Karamell – aber alles, was ich wahrnehme, ist eine überwältigende Bitterkeit.

Schweigend stehen wir nebeneinander, meine Gedanken sind zu schnell, um sie in Worte fassen zu können. Dieser Schnauzbart, der hier neben mir in seinen Drink starrt, zeigt auf einmal eine ganz andere Seite von sich. Ich hätte es nie für möglich gehalten, aber seine Gesellschaft tut mir gerade sogar gut.

»Romy!« Eine Hand auf meiner Schulter. Als ich mich umdrehe, setzt mein Herz einen Schlag aus. Gabriel. Augenblicklich explodiert in mir ein Chaos aus Gefühlen – Enttäuschung, Wut, Schmerz und Erschöpfung, aber auch Hoffnung und dieses irre Herzrasen, für das ich mich augenblicklich schäme.

»Du hast etwas vergessen.« Er hält meine Daunenjacke in die Höhe. »Romy, lass mich erklären. Bitte hör mir zu!«

Ich springe auf, der Stuhl kippelt bedenklich. »Erklären? Was gibt es da noch zu erklären, Gabriel? Noch mehr Lügen?«

»Guten Abend, Herr Delbrück.« Radolins Miene ist undurchdringlich. Kennen die beiden sich etwa? Gabriel hebt eine Augenbraue. »Radolin«, sagt er knapp und da fällt mir wieder ein, dass der Schnauzbart der ermittelnde Kommissar im Mordfall seines Bruders ist. Oh mein Gott, dieser Abend wird immer absurder.

Radolin dreht sich zu mir. »Sind Sie mit ihm hier?«, fragt er. Eine ganz einfache Frage, auf die es keine ganz so einfache Antwort gibt. Die entspannte Stimmung ist verflogen. Es ist so verdammt seltsam, hier zwischen den beiden zu stehen, dabei habe ich ja weder den einen noch den anderen herbestellt. Auf der einen Seite der arrogante Schnauzbart, mit dem ich gerade eben noch so entspannt geschwiegen habe. Auf der anderen Seite Gabriel, der mein Herz schneller schlagen lässt. Und bei beiden weiß ich nicht, ob ich ihnen trauen kann. Warum muss das eigentlich immer alles so kompliziert sein?

»Es tut mir leid, Romy.« Gabriels Hand auf meinem Arm lässt Tausende kleine Härchen aufrichten. »Wirklich. Ich weiß, dass ich Fehler gemacht habe, aber ich wollte dich niemals verletzen.«

Diese verflixten Tränen sammeln sich schon wieder in meinen Augen. »Fehler gemacht? Gabriel, es waren nicht einfach nur Fehler. Du hast mir ...« Schöne Augen gemacht? Hoffnungen? Das Gefühl gegeben, es ginge um mich? Ach, was weiß ich.

»Romy, bitte.« Da ist er wieder, dieser Ton, bei dem mir die Knie weich werden. »Gib mir eine Chance zu erklären, was passiert ist. Ich weiß, dass ich dir viel zugemutet habe, aber bitte hör mir zu.«

Warum ist er hier? Was will er denn jetzt noch? Dummerweise gibt es tief in meinem Herzen einen Teil, der immer noch glauben will, dass Gabriel es diesmal ehrlich meint. Einen Teil, der noch immer hofft, dass es für all das eine

Erklärung gibt. Meine Abwehr bröckelt. Was, wenn das die letzte Chance ist, alles zu retten? Ach was, schreit meine Vernunft, schick ihn zum Teufel, trink lieber weiter mit dem Schnauzbart. Apropos – wo zum Teufel steckt er eigentlich? Der Platz an meiner Seite ist leer, auf dem Tresen liegen zwei Geldscheine. Ich schwenke mein Glas und betrachte die bernsteinfarbene Flüssigkeit. Sie sieht aus wie flüssiges Gold. Verlockend, als würde sie etwas Sanftes verbergen, dabei ist sie der pure Schmerz.

Ein weiterer Schluck, diesmal langsamer. Vielleicht braucht es einfach Zeit. Vielleicht ist alles eine Frage des Moments und der richtigen Einstellung. Nein, so kann es nicht enden, so darf es nicht enden. Ich hole tief Luft. Vielleicht ist es ein Fehler, bestimmt ist es naiv, aber in diesem Moment treffe ich eine Entscheidung. »Okay, Gabriel, du bekommst eine Chance«, sage ich. »Gleich.«

KAPITEL 38 – ROMY

Frankfurt-Innenstadt
Donnerstag, 21. November, später Abend

Als ich aus der Bar stürze, bin ich mit einem Schlag hellwach – draußen ist es eiskalt. »Herr Radolin!«, schreie ich und renne los. Ich hole ihn gerade noch ein, bevor er um die nächste Straßenecke verschwinden kann. »Herr Radolin, warten Sie!« Mein Herz pumpt, nicht nur wegen des Sprints, sondern auch wegen der Entscheidung, die ich gerade getroffen habe. Keuchend bleibe ich vor ihm stehen. »Es tut mir leid!« Gern würde ich ihm in die Augen sehen, doch sein Gesicht ist im Halbdunkel kaum zu erkennen. »Ich will wirklich mit Ihnen reden, aber nicht jetzt. Das alles …«, ich mache eine vage Handbewegung, »ist so kompliziert, ich brauche einfach ein bisschen Zeit.«

In seinem Gesicht zuckt kein Muskel, als er meine Visitenkarte einsteckt, dann zieht er eine Karte aus seiner Tasche. »Ich werde geduldig auf Ihren Anruf warten.«

Für seinen ironischen Tonfall könnte ich ihm jetzt schon wieder in den Hintern treten, aber er hat sich bereits umgedreht. Sofort spüre ich die alte Antipathie wieder aufkochen. Dieses Gefühl von – ja, was war das eben gerade eigentlich? Nennen wir es – »Verbundenheit« ist garantiert nur dem Whiskey geschuldet.

Ich stecke die Visitenkarte in meine Handtasche. Ein Kloß bildet sich in meinem Hals, während ich zur Bar zurückkehre. Dieser ganze Abend ist ein einziges beschissenes Durcheinander, und ich habe nicht den leisesten Schimmer, was ich eigentlich will. Oder wie ich dem begegnen soll, was auch immer Gabriel mir gleich erzählen wird.

»Sorry, ich musste mich nur kurz sammeln,« erkläre ich, als ich mich zu ihm setze. Keine Ahnung, wie er es geschafft hat, diesen ruhigen Tisch in dieser Nische zu ergattern. »Es ist alles gerade ein bisschen viel.«

Er nickt verständnisvoll. »Ich muss mich entschuldigen, Romy. Danke, dass du zuhörst!«

Vor uns stehen frische Cocktails, meiner ist gelb und macht allein optisch schon mehr her als dieser grauenvolle Whiskey, den der Schnauzbart bestellt hat. Tatsächlich schmeckt er wunderbar. Ich lasse die bittere Süße auf der Zunge zergehen – kein Vergleich zu dem scharfen Gesöff, das ich mir gerade mit Radolin hineingequält habe. »Also?«

»Romy, ich weiß, was ich getan habe, war falsch. Und bei Gott, wenn ich an Siegfried Barg denke, dann tut es mir wirklich leid. Ich weiß nicht, was in mich gefahren ist.« Er hebt den Blick und sieht mich an. »Doch, ich weiß es. Und das ist etwas, das ich mir nicht verzeihen kann.«

Oh mein Gott, was kommt jetzt? »Was hast du getan, Gabriel?«

Er zögert. »Es ist eine längere Geschichte, ich muss ausholen, um dir die Zusammenhänge zu erklären.«

Ich nicke. »Ich habe Zeit!«

»Also gut.« Er atmet tief durch. »Die Delbrück-Projektbau ist ein Familienunternehmen. Mein Großvater Theodor hat sie in den Nachkriegsjahren gegründet, damals war es ein reines Bauunternehmen. Für meinen Vater Anton war es selbstverständlich, die Firma eines Tages zu übernehmen.

Siegfried Barg hingegen kam aus einfachen Verhältnissen. Mein Vater und er lernten sich im Studium kennen – Bauingenieurswesen –, und obwohl ihre familiären Hintergründe so unterschiedlich waren, wurden sie Freunde.« Mit einem schnellen Blick vergewissert er sich, dass ich aufmerksam zuhöre. »Nach dem Studium lag mein Vater meinem Großvater in den Ohren, seinem Freund in der Firma eine Chance zu geben. Anfangs lief auch alles gut – Siegfried beeindruckte durch unermüdlichen Einsatz und mit seiner innovativen Denkweise. Schon damals hatte er den Weitblick, dass man weit höhere Gewinnmargen erzielt, wenn man als Projektentwickler die gesamte Wertschöpfungskette einer Immobilie kontrolliert.« Gabriel fährt sich durchs Haar. »Mein Großvater hat mir kurz vor seinem Tod anvertraut, dass er damals aus Furcht Siegfrieds Ideen nicht gefolgt ist. Sein Sohn Anton war zwar fleißig, doch Siegfried hatte einen unerschütterlichen Ehrgeiz, es im Leben weit zu bringen. Theodor erkannte das Potenzial in Siegfrieds Plänen, befürchtete aber, damit die Stellung seines Sohnes zu untergraben.«

Ein ehrgeiziger, junger Mitarbeiter, der sich nach oben kämpfen will und ein Unternehmersohn, dem seine Stellung in die Wiege gelegt wurde – dass das nicht lange gut gehen kann, kann ich mir vorstellen. »Und wie ging es weiter?«

»Als mein Vater bei der Kalkulation einer Gewerbeimmobilie auf der Mainzer Landstraße einen entscheidenden Fehler beging, war das für meinen Großvater ein willkommener Anlass, den unliebsamen Konkurrenten ein für alle Mal loszuwerden. Die Schuld für die erheblichen Kostenüberschreitungen wurde dem damaligen Projektleiter zugeschoben.«

»Lass mich raten – Siegfried Barg?«

Gabriel nickt. »Er wurde fristlos entlassen. ›Das wird euch noch leidtun‹, waren angeblich seine Abschiedsworte, dann verschwand er aus Frankfurt, als hätte er nie existiert.«

Na, wenn das nicht mal eine krasse Geschichte ist – ich habe regelrecht Gänsehaut! Mir schwant langsam, warum die Delbrücks nicht gut auf Siegfried Barg zu sprechen sind.

»Gut zehn Jahre lang hörte niemand etwas von ihm. Mein Vater übernahm die Geschäftsführung und baute die Firma nach Siegfrieds Ideen zu einem Projektentwickler um. Eines Tages verloren wir kurz hintereinander zwei Aufträge an einen unbekannten Konkurrenten.«

»Siegfried Barg?«

»Mein Vater erfuhr, dass der Gründer und Geschäftsführer dieser Firma niemand anderer als Siegfried war, der nach all den Jahren wieder aufgetaucht ist. Er hatte sein eigenes Unternehmen gegründet und es geschafft, sich zu einem ernst zu nehmenden Wettbewerber zu entwickeln.«

Das scheint mir ein bisschen weit hergeholt. »Dein Vater hat vorher nicht gemerkt, dass sein ehemaliger Freund und Weggefährte, den er so viele Jahre lang aus den Augen verloren hatte, auf einmal sein direkter Geschäftsrivale war?«

»Das war Ende der Neunziger, da war das Internet noch nicht so verbreitet wie heute.«

Auch wieder wahr. »Und dann?«

»Mein Vater entschied sich, auf Siegfried zuzugehen, um die Dinge zu klären. Doch der zeigte sich ganz unbekümmert, als ob niemals etwas zwischen ihnen vorgefallen wäre. Im Gegenteil, Siegfried suchte sogar wieder ein wenig den Kontakt zu meinem Vater.«

»Nicht dein Ernst!« Ich muss an den Freund der Familie denken. »Dein Vater hat sich wirklich wieder mit ihm abgegeben?«

»Halte deine Freunde nahe bei dir, aber deine Feinde noch näher.«

Natürlich kenne ich das Zitat aus dem Paten, nur frage ich mich, wer da wen nah bei sich gehalten hat. »Und wie ging es dann geschäftlich weiter?«

»Siegfried war ein harter Brocken. Die haben sich gegenseitig nichts geschenkt.« Gabriel runzelt die Stirn. »Mein Vater hat sich aus gesundheitlichen Gründen letztes Jahr aus dem Geschäft zurückgezogen. Ich übernahm die Delbrück-Projektbau als Geschäftsführer.«

Ein Lächeln huscht über sein Gesicht, und ich frage mich, ob er überhaupt ahnt, wie hinreißend er aussieht.

»Ich hatte so große Pläne mit der Firma, doch die Euphorie schlug schnell in Schock um. Mein Vater …«, jetzt presst er die Lippen zusammen, während er nach den richtigen Worten sucht. »Romy, ich kann nicht ins Detail gehen, aber mein Vater hat sich auf etwas eingelassen, das er besser nicht getan hätte.« Er schaut mich direkt an. »Vor Kurzem hat sich Siegfried Barg bei mir gemeldet. Er machte gar keinen Hehl daraus, dass er Bescheid weiß, und bot einen Handel an.«

In seinem Blick liegt so viel Verzweiflung, dass ich glaube, darin zu ertrinken. »Siegfried Barg hat dich also erpresst«, sage ich leise. Mit einem Mal wird es mir eiskalt. Warum nur habe ich so eine ungute Ahnung, wie diese Geschichte weitergehen wird?

»Ich weiß nicht, ob du dir meine Situation auch nur im Ansatz vorstellen kannst? Er hat für sein Schweigen Geld gefordert, und als ob das nicht reichen würde, als Übergabe die Beisetzung von Lukas gewählt. Nach der Trauerfeier haben wir uns abgesondert, doch nachdem ich Siegfried die geforderte Geldsumme gegeben habe, hat er nur gelacht und den Preis erhöht.« Gabriel zögert. »Jetzt verlangt er die Delbrück-Projektbau.« Er wirft mir einen gequälten Blick zu. »Romy, was ich getan habe, tut mir unglaublich leid. Ich weiß selbst nicht, wie das passieren konnte. Gerade habe ich meinen Bruder verloren, besonders meine Mutter leidet unter seinem Verlust, und nun fordert Barg all das, was mein Großvater und mein Vater über Jahre aufgebaut haben. Das soll es nicht entschuldigen, aber vielleicht kannst du nachvollziehen, wie es mir an diesem Tag ging. In dem Moment sind einfach die Sicherungen bei mir durchgebrannt.«

In meinen Gedanken sortieren sich die Puzzleteile, wie versteinert sitze ich Gabriel gegenüber. Meine ganzen Mutmaßungen – es war also alles falsch. Ich muss an Jürgen Kleibers zornigen Artikel denken, das Gespräch mit Asja, Davids bittere Enttäuschung. Keineswegs war Siegfried Barg der charmante ältere Herr, für den ich ihn gehalten habe. Ich fasse es nicht! Ich hatte alle Informationen direkt vor mir, aber war so in meiner eigenen Blase gefangen, dass ich die andere Seite der Wahrheit nicht sehen wollte.

»Später tauchte Barg mit dir auf dem Kondolenzempfang auf. Du bist mir sofort aufgefallen, doch niemand wusste, wer du bist. Ich habe versucht, ihn abzupassen, wollte noch mal mit ihm reden, aber es war einfach zu viel los, und dann war es zu spät.«

Wir schweigen beide bei dem Gedanken an jenen schrecklichen Moment in der Garderobe.

»Ich weiß, das entschuldigt nichts, aber versuch bitte, mich zu verstehen«, fährt Gabriel fort. »Meine Mutter sagte, dass du am nächsten Tag noch mal bei ihr warst, aber sie war zu aufgewühlt, um sich deinen Namen zu merken. Du glaubst gar nicht, wie erleichtert ich war, als ich dich bei der Bauausschusssitzung gesehen habe. Nur darum ging es mir bei unserem ersten Treffen – ich hatte gehofft, durch dich irgendetwas über den Verbleib des Geldes oder des Beweismaterials zu erfahren.« Er sieht mich schuldbewusst an. »Und ich kann auch verstehen, wenn du jetzt gehen möchtest.«

Gehen? Oh ja, am liebsten möchte ich das Haupt verhüllen und die Stadt verlassen, irgendwohin weit weg, wo mich niemand kennt. Innerlich winde ich mich vor Scham. Gabriel hat keine Ahnung, dass ich ihn um hunderttausend Euro erleichtert habe, und entschuldigt sich auch noch bei mir. Was habe ich bloß angerichtet? Und wie bekomme ich das wieder geradegebogen? »Danke, dass du mir das erzählt hast«, murmele ich lahm.

»Romy, ich verstehe, dass du das erst mal verarbeiten musst, aber unsere Unterhaltung beim Italiener, das hat etwas verändert. Du bist so anders, als alle Menschen um mich herum. Bitte glaube mir, dass ich heute Abend nur mit einer Absicht hergekommen bin – dich wiederzusehen. Ich habe mich wirklich sehr auf dich gefreut.«

Einladend liegt seine Hand auf dem Tisch. Mein Herz schlägt schneller, obwohl ich mir einzureden versuche, dass es nur eine simple Geste ist. Es wäre so einfach, sie zu nehmen. Eine kleine Bewegung, doch sie fühlt sich riesig an. In seinem Blick liegt eine Wärme, die in meiner Brust ein angenehmes Kribbeln auslöst. Bin ich bereit für das, was das bedeuten könnte? Meine Finger bewegen sich leicht, fast unmerklich, als wollten sie aus eigenem Willen nach seiner Hand greifen. Ein letztes Zögern, ein letzter Moment des Nachdenkens. Aber warum zögere ich überhaupt? Ich mag ihn, das weiß ich. Und er? Ich atme ein, zähle innerlich bis drei – und dann, ohne weiter nachzudenken, lege ich meine Hand sanft auf seine. Und in dem Moment, in dem sich unsere Hände berühren, spüre ich, dass ich die richtige Entscheidung getroffen habe.

Später, im Taxi auf dem Heimweg, sitzen Gabriel und ich still nebeneinander. Worte sind überflüssig, ich fühle die Wärme seiner Hand in meiner. Als das Taxi in der Eckenheimer Schulstraße hält, wage ich den Sprung ins kalte Wasser. »Magst du noch auf einen Spaziergang mit nach oben kommen?«

»Ein Spaziergang?« Er grinst, doch in seinem Blick spiegelt sich eine Frage wider. Bist du dir sicher, scheinen seine Augen zu fragen, und ich nicke. Gabriel bezahlt den Taxifahrer, und Hand in Hand gehen wir die letzten Schritte bis zur Haustür. Bis auf eine streunende Katze ist die Nacht still, und ich setze ein stummes Stoßgebet ab, dass Margit bitte nicht ausgerechnet jetzt hinter ihrem Türspion lauert. Mein Schlüsselbund klimpert leise, als ich meine Wohnungstür öffne. Kurz halte ich die Luft an, als mir einfällt, welches Chaos mich erwartet – die Kissen quer über das Sofa verteilt, der Couchtisch voll mit Kaffeetassen und dann diese Pizzaschachtel von gestern … Warum habe ich vorhin nicht ein bisschen aufgeräumt?

Ich hoffe, mein Lächeln wirkt nicht zu verkrampft, als ich Gabriel in die Küche lotse. Wenigstens hier schaut es einigermaßen passabel aus. Meine Rettung ist der Rotwein, den ich noch hinten im Regal versteckt habe. Als ich den Korkenzieher ansetze, nimmt er mir sanft die Flasche aus der Hand.

»Ich mache das«, bietet er an, und ich nicke dankbar.

Okay, das verschafft mir ein paar Augenblicke Luft. »Bin sofort wieder da«, sage ich hastig und husche ins Schlafzimmer. Das Bett ist eine Katastrophe, überall liegen Klamotten verstreut. Ich fege alles von der Matratze und schiebe die Sachen unter das Bettgestell. Hastig ziehe ich die Decke glatt und lasse die halb aufgegessene Tafel Schokolade in meiner Nachttischschublade verschwinden. Mein Blick fällt auf Paulchen, meinen abgeliebten Plüschhasen, den ich schon seit meiner Kindheit habe. Oh mein Gott, was, wenn Gabriel ihn sieht? Schnell stopfe ich ihn in eine Schublade meiner Kommode. Mein Schlafzimmer ist immer noch weit entfernt von perfekt, aber sieht jetzt zumindest so aus, als würde hier eine erwachsene Frau schlafen.

Im Bad inspiziere ich mein Spiegelbild. Die Haare sind ein bisschen zerzaust, aber das lässt sich mit ein paar Handgriffen richten. Mein Kajal hat sich im Laufe des Abends verabschiedet, also ziehe ich ihn nach, um wieder frischer auszusehen. Ein letzter prüfender Blick – okay, das muss reichen. Zufrieden verlasse das Bad, diesmal ein wenig ruhiger.

Die Küche ist leer, dafür brennt im Wohnzimmer Licht. Oh mein Gott, ausgerechnet das Wohnzimmer, aber jetzt ist es eh zu spät. Gabriel hat bereits auf dem Sofa Platz genommen, ein Bein lässig über das andere geschlagen und hält ein Weinglas in der Hand. Auf dem Couchtisch brennen Kerzen.

»Ich dachte, ich mache es mir schon mal bequem«, sagt er und reicht mir das zweite Glas.

Ich setze mich mit einem halben Platz Abstand neben ihn und lehne mich zurück. »Auf einen schönen Abend!«

Wir stoßen an, und in diesem Moment fühle ich mich zum ersten Mal wirklich entspannt. Mein Blick wandert über den Raum. Die Kissen sind ordentlich auf dem Sofa arrangiert, die Zeitschriften, die vorher wild verteilt waren, liegen jetzt gestapelt auf dem Couchtisch. Selbst die leeren Kaffeetassen und der Pizzakarton sind verschwunden.

»Du hast aufgeräumt?« Wie peinlich ist das denn bitte?

»Du doch auch, oder?« Gabriel lacht leise, und ich werde ein bisschen rot. »Nur ein bisschen«, sagt er und in seiner Stimme ist wieder dieser Klang, der mich zum Schmelzen bringt. »Ich dachte, ich helfe ein wenig nach. Weißt du, ich mag es, wenn es nicht so perfekt ist. Es fühlt sich … echter an.«

Vor lauter Nervosität trinke ich großzügig von meinem Wein. Der erste Schluck geht schnell hinunter, und gleich danach nehme ich noch einen zweiten, dritten, diesmal etwas langsamer. Während ich trinke, merke ich, dass die Aufregung langsam abklingt. Es liegt nicht am Wein – es ist Gabriel. Er sitzt einfach nur da, und ohne ein Wort zu sagen, streckt er die Hand aus und legt sie sanft auf meine. Seine Berührung strömt wie eine beruhigende Welle durch meinen Körper, selbst mein Herz schlägt ein wenig langsamer. Die leise Musik im Hintergrund, das Flackern der Kerzen – es ist, als ob die ganze Welt stillsteht, und nur noch wir beide auf diesem Sofa existieren.

Und ich weiß, was als Nächstes kommt; es ist wie vorherbestimmt. Gabriel beugt sich zu mir. Ein wohliger Schauer läuft mir über den Rücken, als ich den sanften Hauch seines Atems spüre. Ich schließe die Augen. Als ich seine Lippen auf den meinen spüre, ist es eine Berührung, die all meine Erwartungen übertrifft. Seine Lippen sind weich, sein Kuss ist zärtlich und doch voller Gefühl. Ich spüre seine Hand, die sich sanft um meine Wange legt, und lasse mich völlig in diesen Moment fallen. Es ist, als würden wir uns zum ersten Mal begegnen – einfach nur wir beide, genau hier und jetzt. Es ist ein Kuss, der mir sagt, dass ich bei ihm genau richtig bin, genau wie ich bin – unperfekt, aber echt.

Sein Kuss wird allmählich intensiver. Seine Hände gleiten langsam von meinem Gesicht über meinen Nacken und ziehen mich näher zu ihm hin. Hitze breitet sich in meinem Körper aus, meine Gedanken beginnen sich aufzulösen. Ich spüre nur noch ihn, seine Wärme und das brennende Verlangen, ihm noch näher zu sein. Jede Berührung seiner Lippen lässt mich tiefer in diesen Augenblick eintauchen, bis alles andere um mich verschwimmt …

KAPITEL 39 – ROMY

Frankfurt-Eckenheim
Freitag, 21. November, morgens

Wer jemals behauptet hat, sich wie gerädert zu fühlen, hat keine Ahnung, wie es mir am nächsten Morgen geht. Als ich mühsam die Augen aufschlage, kommt es mir vor, als würde in meinem Kopf ein Presslufthammer direkt hinter meinen Schläfen auf vollen Touren laufen. Die Nachttischlampe blendet mich und mein Mund ist staubtrocken.

Immerhin, ich liege in meinem Bett, auch wenn ich nicht die geringste Idee habe, wie ich hierhergekommen bin. Langsam setze ich mich auf, mein Magen rebelliert. Mit einem mulmigen Gefühl registriere ich den Eimer neben meinem Bett. Ein übler Geschmack auf meiner Zunge bestätigt meine allerschlimmsten Befürchtungen: Offensichtlich habe ich ihn benutzt, auch wenn ich nicht mehr weiß, wie es zu diesem unappetitlichen Vorfall kam. Nur träge schleicht der gestrige Abend zurück in mein Bewusstsein – Probleme, zu viel Alkohol und ein Tacken zu wenig Verantwortungsbewusstsein haben offensichtlich ihren Tribut gefordert.

Auf meinem Nachttisch entdecke ich ein Glas Wasser, daneben eine Kopfschmerztablette, ich spüle sie herunter. Das Wasser tut gut, ich trinke es in einem Zug aus. Diesen Effekt von Alkohol kenne ich natürlich – Spaß in der Nacht, doch die Reue am nächsten Morgen ist gnadenlos.

Offenbar hatte jemand Mitleid mit meinem Zustand und hat entsprechend vorgesorgt. Offenbar hat jemand ... Oh mein Gott, Gabriel!

Hastig schaue ich mich um, ein Schmerz schießt durch meine Schläfen, der mich aufjaulen lässt. Ist er etwa noch hier?

Gestern Abend – wir sind mit dem Taxi hergekommen, haben Wein getrunken, uns geküsst ... und dann? Vergeblich versuche ich die Erinnerungsfetzen zusammenfügen, doch die Bilder bleiben verschwommen. Als ich aufstehen will, geben meine Knie nach. Ein Schwindel rauscht durch meinen Kopf, ich klammere mich an mein Bettgestell.

»Gabriel?« Meine Stimme hört sich an, als käme sie aus einer anderen Welt. Will ich wirklich, dass er hier ist? Ehrlich gesagt weiß ich gar nicht, was ich schlimmer fände: Wenn Gabriel mich so sehen würde, oder wenn er nicht da wäre, weil ... weil er keine Lust auf diesen Anblick hätte?

Nach zwei Anläufen gelingt es mir, mich aufzurichten. Der Raum dreht sich, bevor mein Gleichgewicht endlich so stabil ist, dass ich ins Badezimmer wanken kann. Mein Spiegelbild bestätigt, wie ich mich fühle – fahler Teint, tiefe Augenringe und eine Frisur, als hätte irgendetwas darin ein Nest gebaut. Am liebsten würde ich zurück ins Bett, mir die Decke über den Kopf ziehen und so tun, als wäre Samstag, doch ein kurzer Blick auf die Uhr verrät, dass mir nicht allzu viel Zeit bleibt, um mich von den Strapazen der vergangenen Nacht zu erholen.

Ich schaufele mir eiskaltes Wasser ins Gesicht. Leider macht es meinen Kopf nicht klarer, der dumpfe Pulsschlag bleibt. Irgendwo klingelt mein Handy und ich brauche eine ganze Weile, bis ich es schließlich in meinem Arbeitszimmer entdecke. Der Bildschirm ist dermaßen grell, dass ich die Augen zusammenkneifen muss, um den Namen des Anrufers zu entziffern: Gabriel.

Mein Herz setzt einen Schlag aus. Soll ich rangehen? Was wird er sagen? Und was soll ich sagen? Ich würde ja gern seine Stimme hören, andererseits habe ich keine Ahnung, was ich mir gestern alles geleistet habe … Ich starre auf das Display. Rangehen oder ignorieren? Die Neugier überwiegt schließlich, ich drücke den grünen Button, bevor ich es mir anders überlegen kann. »Gabriel?«

»Meine Schöne, wie geht es dir heute Morgen?«

Er hört sich weder genervt noch verärgert an.

»Ich …«, beginne ich. Wie geht es mir eigentlich? »Es geht so.« Klingt lahm, ist aber gerade das Beste, was mir einfällt. »Die Nacht war etwas rau«, gebe ich zu. »Vielleicht ein bisschen zu viel gefeiert gestern Abend.«

»Kann passieren.«

Kein Vorwurf, nur Besorgnis – anscheinend ist er nicht nachtragend.

»Aber ernsthaft, Romy, wie geht es dir? Muss ich mir Sorgen machen?«

»Ich bin … irgendwie durcheinander.« Meine Stimme ist immer noch im Bar-Modus, ich räuspere mich.

»Das kann ich mir gut vorstellen.« Er schweigt einen Moment. »Ich wollte auch nur hören, ob alles in Ordnung ist. Und ob ich irgendwas für dich tun kann.«

»Danke, Gabriel«, flüstere ich. »Das ist sehr lieb.«

»Mache ich gerne. Wenn du etwas brauchst, melde dich, ja?«

Ich nicke, obwohl er es nicht sehen kann. »Okay. Mach ich.«

Noch ein kurzes Schweigen, dann verabschieden wir uns. Kaum habe ich aufgelegt, packt mich die Unruhe.

Was ist letzte Nacht zwischen Gabriel und mir passiert? Der Sake Spritz, zwei Weißwein, ein doppelter Whiskey, der Cocktail und was weiß ich wie viele Gläser Rotwein haben mir einen satten Filmriss beschert. Ich schaue an mir herunter, ich trage noch mein Kleid von gestern. Auch die Strumpfhose sitzt an Ort und Stelle, ich bin also in voller Montur im Bett gelandet. Ohne zu zögern, wähle ich Gabriels Nummer. Dabei knabbere ich nervös an einer Haarsträhne. Was tue ich hier eigentlich? In mir rotiert ein Satz: Ich kann mich zwar an nichts erinnern, aber haben wir gestern zufällig miteinander geschlafen? Kann ich ihn das fragen? Nein, beim besten Willen nicht, das wäre zu peinlich! Leider meldet er sich gerade, als ich auflegen will.

»Ja, Romy?«

»Ach, ja, ähm ... hey, Gabriel!«

Er lacht. »Was gibt's noch?«

»Du, Gabriel ...« Im Hintergrund vernehme ich Fahrgeräusche, anscheinend sitzt er gerade im Auto. »Sorry, wenn das jetzt komisch klingt, aber war gestern Abend noch irgendetwas ... Besonderes?«

»Etwas Besonderes? Was meinst du?«

Herrgott, ist das kompliziert! »Na ja«, drücke ich mich um die beschämende Wahrheit, »ich wollte nur wissen, ob gestern noch irgendetwas passiert ist ... zwischen uns.« Ich halte den Atem an, während ich dem Geräusch des Blinkers lausche.

»Nachdem wir die Bar verlassen haben, sind wir zu dir nach Hause. Du hast mich in deine Wohnung eingeladen und dort haben wir zusammen Rotwein getrunken.«

Ich atme erleichtert aus.

»Und wir haben uns geküsst.«

Verlegenheit macht sich in mir breit. Selbstverständlich erinnere ich mich an seinen umwerfenden Kuss, doch wie ging es danach weiter?

»Wie romantisch«, rutscht es mir heraus, »da habe ich wohl den Höhepunkt des Abends verpasst!« Das habe ich jetzt nicht wirklich gesagt? Ein Glück, dass er nicht sehen kann, wie knallrot ich gerade anlaufe!

»Du erinnerst dich nicht?«

Ist das Bedauern oder Erleichterung in seiner Stimme? »Doch, selbstverständlich!«, beeile ich mich zu versichern. »Ich weiß halt nur nicht … wo dieser Kuss hingeführt hat.« So, jetzt ist es raus.

»Der Kuss war auch mein Höhepunkt des Abends.« Gabriel lacht leise. »Und ich hätte wirklich gerne mit dir …«

»Gerne mit mir – was?«

»Romy, was denkst du eigentlich von mir? Nach dem Rotwein ging es dir irgendwann nicht so gut. Also habe ich dir ins Bad geholfen und dich dann ins Bett gebracht. Dir die Schuhe ausgezogen, dich zugedeckt und dann bin ich gegangen.«

Ich beiße mir in den Handballen. Meine glamouröse Hollywood-Nacht endete weit schlimmer, als ich angenommen habe. »Das tut mir so leid«, stottere ich. »Ich weiß gar nicht, was ich sagen soll.«

»Süße, mach dir keinen Kopf. Das kann jedem passieren. Und ganz ehrlich«, seine Stimme wird ernst, »ist das glaube ich auch meine Schuld. Ich habe dir gestern wirklich viel zugemutet. Viel zu viel. Keinesfalls hätte ich noch mit dir nach oben kommen sollen.«

Seine Worte sind ein Schlag in die Magengrube. »Oh«, murmele ich schließlich. »Du wolltest also gar nicht … mit mir …« Meine Stimme bricht. Der Gedanke, dass er mich nicht will, schmerzt mehr als die Tatsache, dass ich mich gerade bis auf die Knochen blamiere.

»Romy, um Himmels willen, das meine ich nicht.« Er klingt fast ärgerlich. »Verdammt, du warst so hinreißend, aber es wäre einfach nicht richtig gewesen. Ich wollte nichts tun, was ... na ja, nicht anständig wäre.«

Ich brauche einen Moment, um seine Worte zu begreifen. Es war also nicht so, dass er mich nicht wollte – im Gegenteil. Gabriel Delbrück will mich! Er hat sich einfach nur zurückgehalten, weil er Gentleman ist? Ich weiß gar nicht, was ich sagen soll.

»Romy?«

»Ja?« Oh Himmel, was kommt jetzt?

»Ich würde dich wirklich gerne besser kennenlernen. Und mehr Zeit mit dir verbringen.« Seine Stimme hat wieder diesen verheißungsvollen Klang, mich durchfährt ein wohliger Schauer.

»Ich auch, Gabriel«, murmele ich. »Danke!«

»Nicht dafür, Süße!« Er lacht leise. »Ich habe jetzt gleich eine Baustellenbesichtigung, aber ich rufe dich heute Abend an, ja?«

»Ja«, sage ich und dann hat er auch schon aufgelegt. Ich lasse das Handy sinken und lehne mich gegen die Wand. Statt meiner Kopfschmerzen spüre ich nur noch diese Achterbahn in meinem Herzen, die mit dem Alkohol von gestern garantiert nichts zu tun hat. Ich streiche mir eine Haarsträhne aus dem Gesicht. Am liebsten würde ich ihn sofort wieder anrufen, einfach nur um seine Stimme zu hören, aber es gibt keinen Grund zur Eile. Alles wird gut, ich weiß es jetzt.

Als ich es mit deutlicher Verspätung endlich ins Büro geschafft habe, wirft mir Frau Huck zwar einen misstrauischen Blick zu, verkneift sich aber jeglichen Kommentar. Was mir sehr recht ist, denn die Auswirkungen der wilden Nacht sind kaum zu übersehen. Während ich mich durch die Statementtexte für meine Testimonials quäle, mustert sie mich von der Seite.

»Geht es Ihnen nicht gut?«, will sie wissen.

Ich bin zugegebenermaßen ein wenig gerührt über ihre Anteilnahme. »Nein, nicht so besonders«, gebe ich zu. Meine Augen brennen, ich unterdrücke ein Gähnen. Habe ich mich in ihr getäuscht, besitzt sie doch so etwas wie ein Herz?

Doch weit gefehlt. »Sie wissen schon, dass es verantwortungslos ist, krank ins Büro zu kommen?«, wettert sie los, als wäre ich der Auslöser der nächsten Pandemie. »Sie setzen mich damit einem nicht kalkulierbaren gesundheitlichen Risiko aus!« Die Missbilligung steht ihr ins Gesicht geschrieben.

Ah, daher weht der Wind! Mein kleines Sympathieflämmchen erlischt so schnell, wie es aufgeflackert ist. Aber da ich mir vorgenommen habe, nett zu ihr zu sein, ignoriere ich ihren Sermon, auch wenn sich die selbst ernannte Gesundheitsbeauftragte nach wie vor wie eine Ziege verhält. Ich verkneife mir sogar den Hinweis, dass uns ihr Vortrag sechs Minuten Arbeitszeit gekostet hat. Und dass es der Gesundheit nicht förderlich ist, im November jede Stunde für zehn Minuten die Fenster aufzureißen. Aber was soll man auch von jemandem erwarten, der außer einem ganzen Arsenal an Medikamentenfläschchen keinen einzigen persönlichen Gegenstand auf seinem Schreibtisch stehen hat?

Um 13 Uhr fährt sie endlich ihren PC herunter, schließt demonstrativ sämtliche Schränke ab und verschwindet grußlos in den Feierabend. Mit einem Anflug von Neid schaue ich ihr hinterher. Mir geht es immer noch nicht besonders, aber ich muss mir unbedingt noch Produktionspläne für die Reels anschauen, die wir nächste Woche drehen wollen. Grundsätzlich passen die Termine, nur am kommenden Mittwoch wird es ein bisschen knapp, von Höchst ins Ostend zu kommen.

Ich überlege gerade, eine weitere Kopfschmerztablette einzuwerfen, als ich Schritte auf dem Gang höre. Mein Herz setzt einen Schlag aus. Ich bin nicht mehr allein, irgendjemand ist noch hier, alarmiert drehe ich mich um. Der Schrei bleibt mir gerade noch im Hals stecken, als ich vor Schreck zusammenfahre. Es ist Joris Barg und er steht viel zu nah hinter mir. »Himmel, haben Sie mich erschreckt!«

Ich muss an das Treffen mit Asja denken – hat sie ihm von unserem Gespräch erzählt? Ist er gekommen, um mich zur Rede zu stellen? Er ist schwer einzuschätzen, und genau das macht die Situation so unheimlich.

»Wo ist Frau Huck?«, will er wissen, als ob es völlig normal sei, sich hinterrücks an jemanden heranzuschleichen, der konzentriert arbeitet.

»Frau Huck ist bereits im Feierabend.« Mein Ton ist gleichmütig, doch das unangenehme Gefühl lässt sich nicht abschütteln. Als Sohn des Firmeninhabers müsste er doch wissen, dass hier freitags früher Schluss ist, oder?

»Die Rechnung für meine Winterreifen wurde noch nicht bezahlt, jetzt haben sie eine Mahnung geschickt. Claudia wollte sich darum kümmern!«

Vorwurfsvoll wedelt er mit einem Papier, auf dem ich in fetten Großbuchstaben »Mahnung« lese. Mir schaudert. Manchmal glaube ich wirklich, dass ich gegen das Wort allergisch bin, ich brauche es nur zu sehen und schon bekomme ich eine Gänsehaut. »Tja, keine Ahnung.« Ich zucke mit den Schultern.

»Interessiert mich nicht, was da schiefgelaufen ist«, hält er mir seine Zahlungsaufforderung direkt unter die Nase. »Aber das muss schnellstens geklärt werden, sonst haben wir ein Problem!«

Sonst haben *wir* ein Problem? Erwartet er etwa, dass ich jetzt alles stehen und liegen lasse, um mich mit Hingabe *seinen* Problemen zu widmen?

»Frau Huck wird sich der Sache am Montag bestimmt gerne annehmen!«, wehre ich ab. Nicht meine Mahnung, nicht mein Problem.

»Regeln Sie das!« Er knallt das Blatt auf meinen Schreibtisch, dann wendet er sich auch schon zum Gehen. »Schönen Feierabend!«, befiehlt er noch, bevor er verschwindet – es klingt eher wie »Rührt euch!« oder »Zack, zack!«.

Ich bleibe noch fünf Minuten sitzen, dann packe auch ich meine Sachen. Diese Empfindlichkeiten in der BargImpact sind nichts für meinen angeschlagenen Magen. Und das Letzte, was ich heute noch brauchen kann, ist ein schnöseliger Student, der Chef spielen will. Wegen Winterreifen!

KAPITEL 40 – ROMY

Frankfurt-Eckenheim
Samstag, 22. November, früher Abend

Es hat einen Tag gedauert, bis die Elefantenherde in meinem Kopf endlich weitergezogen ist. Sogar mit Gabriel habe ich gestern Abend nur noch kurz telefonieren können, so müde war ich. Fast war ich sogar ein wenig erleichtert, dass er gerade auf dem Weg zu einem Geschäftsessen war und erst für heute ein Treffen vorgeschlagen hat – keinesfalls hätte ich mich gestern zu was auch immer noch aufraffen können.

Heute sind wir im Hombi verabredet, und ich weiß jetzt schon, dass ich einen großen Bogen um jeden Bembel machen werde.

War das ein Kater! Mit klarem Kopf und etwas Abstand versuche ich mich an das zu erinnern, was Gabriel mir vorgestern in der Bar erzählt hat. Ich sitze an meinem Schreibtisch, vor mir aufgeschlagen liegt die Mappe mit meinen Recherchen. Was es wohl ist, das Siegfried Barg gegen Gabriel in der Hand hat? Ich blättere in meinen Notizen. Eine Münze hat immer zwei Seiten. Früher habe ich diesen Spruch als Binsenweisheit abgetan, doch nun, wo ich mitten in dieser verdrehten Geschichte stecke, merke ich, wie wahr er ist. Dabei war ich mir so sicher, dass Siegfried das Opfer war. Aber jetzt? Gabriel stellt es ganz anders dar. Ich will ihm wirklich glauben, aber die Zweifel stecken wie kleine Splitter in meinem Kopf, auch wenn der Umschlag mit den hunderttausend Euro für seine Version der Geschichte spricht. Stimmt es, was er mir erzählt hat, oder suche ich gerade nach der dritten Seite der Münze?

Eines zumindest ist sicher: Siegfried Barg ist ein ausgemachtes Arschloch. Joris hat jedenfalls allen Grund, seinen Vater zu hassen. Gabriel behauptet, von ihm erpresst worden zu sein. Jürgen Kleiber hat ihn auf dem Kieker wegen angeblicher Mauscheleien im Zusammenhang mit dem OsthafenTower, zumindest gehen seine Andeutungen in diese Richtung. Und dann ist da noch diese seltsame Verbindung zu Lukas, von der David erzählt hat ... Apropos David! Wollte der mir nicht die Fotos vom Kondolenzempfang schicken? Ich checke meine Mailbox, doch offenbar hat der Herr Fotograf mich vergessen. Soll ich ihm eine Erinnerung schicken?

Ich betrachte Jürgen Kleibers Artikel, den ich ausgeschnitten habe. Was, wenn meine Suche mich in eine komplett falsche Richtung geführt hat? Ich habe eine Menge herausgefunden, doch nichts deutet darauf hin, dass Siegfried Barg mit dem Mord an Lukas Delbrück in irgendeiner Verbindung steht. Habe ich im Überschwang Dinge verknüpft, die gar nichts miteinander zu tun haben? Ich klappe die Mappe zu und packe sie zurück in die Schublade. Zu gern wüsste ich ja, worum es bei dieser Erpressung geht. Soll ich Gabriel nachher darauf ansprechen? Und wenn ja, wie?

Ein Blick auf die Uhr verrät, dass es höchste Zeit ist, sich fertig zu machen. Meine Wohnung habe ich sicherheitshalber heute Vormittag schon auf Vordermann gebracht, alles blitzt und blinkt. Sogar das Bett habe ich bezogen, frische Bettwäsche, nur für den Fall, dass Gabriel heute noch mal mit hochkommen möchte. Wenn wir wirklich ... Nein, stopp! Wenn es passieren soll, passiert es. Und wenn nicht … Nun ja, dann habe ich wenigstens ein aprilfrisches Bett.

Ein letzter Check im Spiegel. Gude, Zuggerschneggsche! Bereit für Gabriel, bereit für den Abend? Bloß nicht zu viele Gedanken machen, sonst laufe ich am Ende noch wie ferngesteuert durch die Gegend. Also los!

Der Hombi ist eine Apfelweinwirtschaft, die rustikale Atmosphäre und charmantes Flair auf den Punkt kombiniert. Die langen Tische mit den roten Filzkissen rufen förmlich nach »Heimatfilm mit Happy End«. Gabriel sitzt bereits an einem Ecktisch und wie immer werden mir bei seinem Anblick ein bisschen die Knie weich. Er trägt ein Hemd, keinen Pullover, auch er hat sich also Mühe gegeben.

»Hey …«, sage ich. Hoffentlich verrät meine Stimme gerade nicht, dass mein Herz Achterbahn fährt.

»Da ist ja meine Frau Rauscher!« Er küsst mich auf die Wange. Nicht so ein flüchtiges Lange-nicht-gesehen-Ding, sondern ein Kuss, der einen winzigen Moment länger dauert.

»Ach, weißt du, ich arbeite noch an meinem Signature-Cocktail. Vielleicht nenne ich ihn ja den Rauscher-Spezial?« Meine Stimme klingt fast normal, aber nur fast. Keine Ahnung, ob mein Gesicht von der Wärme seines Kusses glüht oder weil er mich aufzieht, jedenfalls kribbelt die Stelle, die seine Lippen berührt haben, noch immer.

Wir schauen in die Karte. Äppler wäre hier Pflichtprogramm, doch ich entscheide mich für eine vernünftige Apfelsaftschorle. Und dann – Schnitzel? Oder lieber etwas Leichtes, damit ich nicht wie ein Stein ins Bett rolle? Man weiß ja nie, wie der Abend enden wird. Überlegt Gabriel auch gerade, ob er noch Platz für den Schokopudding danach lassen soll?

»Was nimmst du?«

»Das Frankfurter Schnitzel! Mit Bratkartoffeln. Und du?«

Gott sei Dank hat er sich für das Schnitzel entschieden, dann kann ich das auch bestellen. Schließlich will ich nicht mit einem Salat dasitzen und mir die ganze Zeit Gedanken machen, wie ich heimlich an seine Bratkartoffeln komme. »Ich nehme das Gleiche.«

Der Kellner bringt die Getränke und nimmt unsere Bestellung auf, wir stoßen an.

»Geht's dir denn wieder besser?« Gabriel stellt sein Gerипptes auf den Bierfilz zurück.

»Ja, alles im Lot. Ich glaube, ich hatte einfach ein bisschen zu viel Alkohol. Nichts Wildes«, umschreibe ich elegant die Tatsache, dass ich mich gestern Abend in Selbstmitleid und Netflix-Serien gesuhlt habe. »Keine Ahnung, wie das passiert ist. Ich trinke sonst eigentlich nicht so viel.«

»Das behaupten sie alle.« Er grinst.

»Nein, wirklich!« Die verflixte Röte schießt mir wieder ins Gesicht. »Normalerweise bin ich total vernünftig. Mal ein Glas Wein oder auch ein Cocktail, aber vorgestern, keine Ahnung, was da los war. Jedenfalls geht's mir wieder bestens. Und danke, dass du nicht darüber lachst.«

»Für wen hältst du mich eigentlich?« So empört, wie er mich gerade anschaut, sieht er ziemlich süß aus. »Nein, Romy, ich habe mir ehrlich Sorgen um dich gemacht.«

Am Nachbartisch nehmen zwei Pärchen Platz, die sofort in eine lebhafte Unterhaltung einsteigen. Ein wenig beneide ich sie um ihren ungezwungenen Abend. Wie gerne würde ich mit Gabriel einfach nur hier sitzen und mich auf das Essen und gute Gespräche freuen! »Gabriel, darf ich dich etwas fragen?«, fasse ich mir ein Herz.

»Fragen darfst du mich alles. Ob ich dir alles beantworten kann – wer weiß?«

»Ich denke die ganze Zeit an das, was du mir vorgestern erzählt hast«, taste ich mich langsam vor.

Sein Lächeln verblasst ein wenig. »Und? Was denkst du?«

»Dass Siegfried Barg dich erpresst hat, das ist schon eine ziemlich heftige Geschichte. Und auch eine schwerwiegende Anschuldigung.« Er will etwas sagen, doch ich bin noch nicht fertig. »Gabriel, sei mir nicht böse, aber das alles klingt für mich ein bisschen wie aus einem Krimi.«

Er dreht sein Glas in den Händen. »Ich weiß, Romy. Mir ist klar, dass das schwer zu glauben ist. Und ich kann deine Zweifel auch absolut verstehen. Ehrlich, würde mir das jemand erzählen, ginge es mir nicht anders.« Er greift nach meiner Hand. »Und grundsätzlich finde ich es gut, dass du so skeptisch bist. Ich mag Menschen, die sich ihre eigene Meinung bilden.«

»Ich will dir ja glauben, Gabriel. Wirklich.« Ist es seine Berührung oder sind es seine Worte, die meine Gedanken zu einem Wirbel aus Gefühlen werden lassen? »Aber kann es nicht sein, dass du irgendetwas falsch verstanden hast? Was, wenn es ein Missverständnis ist?«

»Ein Missverständnis?« Sein Auflachen ist trocken, fast sarkastisch. »Siegfried Barg weiß sehr genau, was er will. Und was er tun muss, um es zu bekommen. Dass er mich erpresst, ist auf gar keinen Fall ein Zufall und erst recht kein Missverständnis!«

Ich ziehe meine Hand unter seiner hervor. Wie von selbst wandern meine Finger zu der Kerze, die zwischen uns auf dem Tisch brennt. Nervös knibbele ich an den Wachsrändern. »Ich meinte eher das, was er gegen dich und deinen

Vater in der Hand hat. Was kann so schlimm sein, dass er euch damit erpresst?«

»Etwas, das mein Vater niemals hätte tun dürfen.« Gabriel schweigt eine Weile. »Damals glaubte er, es wäre seine einzige Option. Romy, versteh mich bitte nicht falsch, das soll es nicht entschuldigen, aber erklärt es vielleicht zumindest ein bisschen. Jedenfalls sitzt Siegfried auf diesen Informationen wie eine Spinne in ihrem Netz. Er wartet nur darauf, dass ich den nächsten falschen Schritt mache, damit er zuschlagen kann.«

»Aber was will er denn von dir, wenn es doch etwas ist, das dein Vater getan hat?«

»Weil ich inzwischen die Geschäftsführung übernommen habe und damit die Verantwortung für die Firma trage. Weißt du, wenn ein Projektentwickler einen Fehler macht, zieht das erhebliche Konsequenzen nach sich – auch Jahre später noch. Insbesondere, wenn es sich um etwas …«, Gabriel zögert, bevor er weiterspricht, »… Illegales handelt. Romy, es ist besser, wenn du nicht mehr weißt. Ich will dich da nicht reinziehen.«

»Mich nicht reinziehen?«

Er ahnt nicht, wie tief ich schon in der ganzen Sache drinstecke! Nervös pule ich ein Loch in die Seitenwand der Kerze, das Wachs fließt plätschernd ab. Fünf Karmapunkte Abzug für die Sauerei auf der Tischoberfläche.

»Romy, ich glaube, du verstehst nicht.« Gabriel schiebt die Kerze außerhalb meiner Reichweite. »Wenn du wüsstest, womit Siegfried mich erpresst, dann würdest du vielleicht anders denken – über mich, über uns. Und das will ich nicht riskieren.«

Oh Gott, hat er am Ende wirklich Angst, dass ich das Vertrauen in ihn verliere? Mein Herz hüpft, während ich gleichzeitig darüber grübele, was sein Vater wohl angestellt haben könnte. »Gabriel, was auch immer es ist, es gibt doch bestimmt einen Ausweg?«

»Ich bin schon alle Möglichkeiten durchgegangen.« Er seufzt. »Barg ist ein Profi, hat das alles genau geplant. Es gibt nichts, was ich tun könnte, ohne dass es nicht noch schlimmer wird.«

»Dann verrate wenigstens, was er geplant hat!« Das Wachs auf dem Tisch ist inzwischen abgekühlt, ich drücke meinen Zeigefinger in die weiche Masse. Noch immer habe ich nicht den leisesten Schimmer, um was es hier eigentlich geht.

»Eine Eigentümergemeinschaft hat wegen eines Baumangels reklamiert. Weil die Sache ganz knapp außerhalb der Gewährleistungsfrist lag, habe ich mir die Unterlagen noch mal genauer vorgenommen. Dabei bin ich auf etwas gestoßen, das …« Er bricht ab. »Ich habe meinen Vater natürlich zur Rede gestellt«, fährt er nach einer Weile fort. »Das war kein einfaches Gespräch. Mein Vater war für mich immer ein Vorbild. Mein Leben lang habe ich zu ihm aufgesehen. Festzustellen, wie feige und korrupt er gehandelt hat, war doppelt enttäuschend. Nicht nur wegen dem, was er angerichtet hat, sondern weil es alles kaputtgemacht hat, was ich in ihm gesehen habe.« Er betrachtet den Wachsfleck auf unserem Tisch, dann sieht er mir direkt in die Augen. »Es gibt von diesem Gespräch einen Tonmitschnitt.«

»Einen Tonmitschnitt?«

»Lukas hat unser Gespräch heimlich mit einem Diktiergerät aufgezeichnet und die Aufnahme an Siegfried Barg weiterverkauft.«

In meinem Kopf rattert es. »Ich verstehe nicht. Lukas –

er war doch dein Bruder? Warum um Himmels willen hat er das getan?«

»Mein Bruder?« Gabriel schnaubt. »Lukas und ich haben uns noch nie verstanden. Schon als Kinder gab es ständig Streit. Ich war der Große, der Vernünftige – der, der den Erwartungen der Familie gerecht werden musste. Für Lukas zählte immer nur der Moment, ohne an das Danach auch nur einen Gedanken zu verschwenden. Wozu auch?« Ärger schwingt in seiner Stimme mit und noch etwas anderes – Bedauern? »Lukas hat immer nur seinen Spaß und seine Freiheit gesucht, nie wusste er, wann es Zeit ist, aufzuhören. Es war ihm egal, was andere von ihm dachten.«

Meine Gedanken schweifen kurz zu David – auch er war von Lukas' Verhalten bitter enttäuscht.

»Jahrelang hat er meinen Eltern auf der Tasche gelegen. Spielschulden, Affären, immer irgendwelche Eskapaden – Lukas hat das Geld förmlich zum Fenster hinausgeworfen. Eines Tages ist er damit wohl an die Falschen geraten. Leute, die sich nicht mit seinen Ausreden abspeisen ließen, sondern nicht lange gefackelt haben und ihr Geld mit Zins und Zinseszins zurückforderten. Keine Ahnung, ob er sich in seiner Not an Barg gewandt oder ob der von der Sache irgendwie Wind bekommen hat, jedenfalls hat er Lukas' Schulden beglichen …«

»Und im Gegenzug von Lukas Insiderinformationen aus der Delbrück-Projektbau gefordert?« Es ist nur ein Gedanke, doch Gabriels Gesicht spricht Bände. Mir ist, als ob in einem dunklen Raum das Licht angeht. Lukas und Siegfried – endlich habe ich die Verbindung, die alle losen Enden zusammenführt. »Glaubst du, dass Siegfried etwas mit dem Tod von Lukas zu tun hat?«

Gabriel schüttelt den Kopf. »Auf gar keinen Fall. Barg wäre niemals so dumm, einen wichtigen Informanten um die Ecke zu bringen. Inzwischen weiß ich, dass Lukas schon eine ganze Weile Informationen an Siegfried verkauft und unserem Unternehmen damit einen massiven Schaden zugefügt hat.«

»Zweimal das Frankfurter Schnitzel mit Bratkartoffeln!« Ausgerechnet jetzt taucht der Kellner mit zwei dampfenden Tellern auf. Die Bratkartoffeln duften verführerisch, dennoch kann ich es kaum erwarten, dass er verschwindet.

»Wie hast du davon erfahren?«

»Barg hat sich kurz nach Lukas' Tod bei mir gemeldet. Hat mich angerufen und das Band abgespielt. Dabei hat er auch gar nicht lange um den heißen Brei herumgeredet, sondern für sein Schweigen direkt Geld gefordert. Mir blieb gar nichts anderes übrig, als einem Treffen zuzustimmen.«

»Und du hast ihm allen Ernstes geglaubt, dass er dir das Band aushändigen wird?« Erpressungen enden selten mit der ersten Zahlung, zumindest in den Filmen, die ich gesehen habe, sind sie erst der Anfang vom Ende.

Gabriel legt sein Besteck zur Seite. »Nachdem ich ihm das Geld ausgehändigt habe, hat er nur vielsagend gelächelt und das Diktiergerät zurück in seine Tasche gesteckt. Da war mir klar, dass er nicht im Traum daran denkt, sich an unsere Abmachung zu halten.« Er schaut mich schuldbewusst an. »Romy, ich wusste einfach nicht mehr weiter. Und ja, ich hatte vor, es ihm notfalls mit Gewalt abzunehmen. Ich habe einfach keinen anderen Ausweg mehr gesehen. Aber dann lag er auch schon am Boden und du kamst angelaufen … mir sind einfach die Nerven durchgegangen.« Während Gabriel spricht, wird der Kloß in meinem Hals immer größer. Wäre ich doch nur nie zu Lukas Delbrücks Trauerfeier geschlichen, hätte ich mich doch bloß nicht eingemischt! »Und jetzt?« Ich glaube, von meinen Bratkartoffeln bekomme ich keinen Bissen mehr herunter.

»Jetzt ist beides verschwunden – das Geld und die Aufnahme. Wenn irgendjemand sie findet, bin ich geliefert.«

Eigentlich wäre das der perfekte Zeitpunkt, ihm von dem Umschlag unter meinem Bett zu erzählen, doch die Beichte will mir einfach nicht über meine Lippen. Unmöglich kann ich ihn mit der Wahrheit konfrontieren. Wenn Gabriel erfährt, dass ich mir von seinem Schweigegeld eine Tasche gegönnt habe, wird er aufstehen und mich hier mit zwei halb aufgegessenen Schnitzeln sitzen lassen – etwas, das ich ihm nicht mal verübeln könnte.

»Es kann doch nicht so schwer sein, ein Diktiergerät zu finden?«, lenke ich mich von meinen unbequemen Gedanken ab. »Ich meine, er hatte doch gar nicht viel Zeit, bevor er zusammengebrochen ist. Garantiert liegt es irgendwo in seinem Auto oder es steckt in seiner Hosentasche.«

»Wenn es so einfach wäre! Glaubst du, daran habe ich nicht auch schon gedacht?« Gabriel verschränkt die Arme vor der Brust. »Barg hat mir eine SMS geschickt – wenig später nach unserer …« Er macht mit den Fingern eine Geste, als wolle er das Wort in Anführungszeichen setzen, »*Auseinandersetzung*. Ich bräuchte mir nicht noch mal die Finger schmutzig zu machen, das, was ich suche, sei so gut versteckt, das würde ich im Leben nicht finden.«

»Unsinn«, sage ich. »Du darfst nur nicht aufgeben! Egal, wie schwierig es wird oder wie aussichtslos alles scheint – solange man weitermacht, gibt es immer eine Chance.«

»Du warst doch an diesem Tag danach die ganze Zeit bei ihm.« Gabriel schaut mich hoffnungsvoll an. »Du hast nicht irgendetwas mitbekommen? War er an seinem Kofferraum, hat er vielleicht irgendwo ein Päckchen aufgegeben, sich mit jemandem getroffen?«

Ich schüttele den Kopf. »Ich war nicht die ganze Zeit in seiner Nähe. Bei euch habe ich ihn ziemlich schnell aus den Augen verloren. Und dann war es ja schon zu spät.« Ich durchforste mein Gedächtnis. Wie gern würde ich Gabriel helfen, doch mir will nichts einfallen.

»Schmeckt's?« Der Kellner steht wieder vor unserem Tisch.

»Ausgezeichnet!« Gabriel bestellt noch einen Äppler und für mich eine Schorle. »Aber komm, lass uns über etwas anderes reden.« Da ist dieses Lächeln, das aber nur seine Mundwinkel erreicht. Seine Augen sind ganz ernst. »Romy«, beginnt er schließlich und seine Stimme klingt ganz weich. »Ich wollte dir nur sagen, dass es schön ist, mit dir Zeit zu verbringen. Du bist …« Er macht eine Pause, und ich schwöre, ich sehe ihn förmlich nach einem Wort kramen. »Einzigartig.«

Einzigartig? Ist das nicht der Code für: komisch, aber irgendwie süß? Ich ziehe die Nase kraus.

»Aber da gibt es etwas, das ich dich fragen muss.«

Ich hebe die Hände. »Was auch immer es ist – ich war es nicht!«

Er schmunzelt, aber nur kurz. »Es geht um dich und Henry.«

»Henry?« Außer dem Sohn meiner Freundin kenne ich keinen Henry, und diesen Rotzlöffel wird er ja kaum meinen.

»Christa hat mit meiner Mutter telefoniert. Sie war total aufgelöst.« Er zögert. »Wegen euch beiden.«

Wovon redet er? Ich starre ihn an. »Wegen uns beiden?« Wer sind diese Menschen?

»Als Mutter macht sie sich natürlich Sorgen um die Ehe ihrer Tochter. Das mit Henry und Martina war schon immer schwierig, aber das ist deren Sache. Und wenn er mit dir Zeit verbringt und ihr zusammen Fußball schaut, ist das natürlich seine Entscheidung.« Er sieht mich an, die Augen skeptisch, aber immer noch warm. »Romy, ich habe mich wirklich auf diesen Abend gefreut. Sehr sogar. Aber ich will einfach wissen, wo ich stehe. Falls da noch ein anderer ist.«

Einen Moment sitze ich da, wie vom Blitz getroffen, dann fällt mir diese kleine Frau mit den vielen Locken wieder ein, die auf dem Kondolenzempfang so freimütig über die Hämorrhoiden ihres Schwiegersohns erzählt hat. Und nur weil ich mal wieder meinen Mund nicht halten konnte, glaubt Gabriel nun, ich hätte was mit diesem Henry? Am liebsten würde ich laut loslachen, aber sein Gesichtsausdruck sagt mir, dass das wohl kaum der richtige Moment ist.

»Was? Das meinen die doch nicht ernst! Henry? Ich?« Instinktiv setze ich mich etwas gerader hin. »Da läuft nichts. Absolut gar nichts. Henry ist für mich wie …«, ich denke kurz nach, »wie ein großer Bruder. Du solltest ihn mal hören, wenn die Eintracht verliert – das Geheule ist schon fast zum Fremdschämen. Glaub mir, es gibt nichts zwischen uns.«

»Ja, das klingt nach Henry – der Mann hat mehr Emotionen für die SGE als für seinen eigenen Geburtstag. Ein verlorenes Spiel und er würde am liebsten eine Kerze anzünden.«

Gabriel sieht irgendwie erleichtert aus, und auch mir fällt ein Stein vom Herzen. Zum Glück glaubt er mir. »Wie findest du die Grüne Soße?«, frage ich schnell, bevor er noch auf die Idee kommt, das Thema weiter zu vertiefen.

Er stutzt, und dann tanzt der Schabernack in seinen Augen. »Atemberaubend«, sagt er leise. »Ich finde sie wirklich atemberaubend.«

Die Grüne Soße ist hier wirklich ausgezeichnet, doch ich glaube, dass er mit »atemberaubend« etwas anderes im Sinn hat. Und gut eine Stunde später beginne ich zu ahnen, was er damit andeuten wollte. Ein Glück, dass ich das Bett frisch bezogen habe.

KAPITEL 41 – MARGIT

Frankfurt-Eckenheim
Sonntag, 23. November, morgens

Margit drückt Romys Klingelknopf. Bibbernd tappt sie von einem Fuß auf den anderen, bemüht, ihre Begeisterung in Schach zu halten. Hier oben im Treppenhaus ist es ziemlich frisch – dabei ist es erst Mitte November und noch gar nicht mal so kalt. Schläft Romy etwa noch? Es ist doch schon nach neun Uhr, warum macht sie denn nicht auf? Margit klingelt ein weiteres Mal, dann legt sie ihr Ohr an die Tür – nur zur Sicherheit. Es dauert eine ganze Weile, bis sie Schritte hört. Der Schlüssel wird herumgedreht, und endlich öffnet sich die Tür einen Spalt. Dahinter steht ihre Nachbarin, das Haar zerzaust, ihr Blick irritiert.

»Margit! Um Himmels willen, ist was passiert?«

»Romy! Ich muss dir etwas ganz Tolles erzählen. Du wirst es nicht glauben!« Margit drängt sich an Romy vorbei in die Wohnung. »Ich übertreibe nicht, wirklich nicht. Du wirst begeistert sein, wir werden …« Ihr Blick fällt auf einen Mann, der gerade dabei ist, seine Manschettenknöpfe zu schließen, überrascht bleibt sie stehen. Ist der gerade etwa aus Romys Schlafzimmer gekommen? Und was macht seine Hand auf Romys Taille?

»Ich melde mich«, sagt er mit einer Stimme, mit der er problemlos James Bond synchronisieren könnte. Margit bedauert auf einmal sehr, sich nur den alten Morgenmantel übergeworfen zu haben. Und dass sie zu bequem gewesen ist, ihre Lockenwickler aus dem Haar zu nehmen. Aber wer konnte schon ahnen, dass einem in Romys Wohnung ein solcher Adonis begegnen würde?

Der Adonis bedenkt Margit mit einem Lächeln, drückt Romy einen Kuss auf den Mundwinkel und schon ist er zur Tür hinaus. Margit sieht ihm nach. Hat Romy etwa einen Verehrer? Und wie kann es sein, dass sie davon nichts mitbekommen hat?

»Wer war das?«

»Ein … ein IT-Experte.« Romy schließt die Tür.

»Ein IT-Experte?« Margit folgt Romy in die Küche. »Um diese Uhrzeit? Wir haben Sonntag, es ist gerade mal neun!«

»Ach, was du nicht sagst! Warum klingelst du dann bei mir Sturm?«

»Du bist selbst schuld, wenn du nicht ans Handy gehst«, erklärt Margit würdevoll. »Ich weiß gar nicht, wie oft ich bei dir angerufen habe. Meine Nachrichten hast du auch alle nicht gelesen.«

»Man muss eben Prioritäten setzen.«

Das sagt Roswitha auch immer, wenn sie ihren Freundinnen kurzfristig absagt, um ihren Carlos nicht einen Abend allein lassen zu müssen. Margit verzieht das Gesicht. »Und was wollte der Kerl hier?«

»Es geht dich zwar nichts an, aber wenn du es unbedingt wissen willst: Er hat ein großes Softwareupdate vorgenommen.«

»Ein Softwareupdate? Bei dir?«

»Es war mehr so ein umfassendes Paket.« Romy grinst. »Der IT-Experte hat gestern Nacht gleich mehrere Updates gemacht. Dafür hat er die ganze Nacht durchgearbeitet.«

Margit starrt Romy verblüfft an. »Die ganze Nacht? Was hat er denn da alles aktualisiert?«

»Oh, du weißt schon, die üblichen Dinge.« Romy senkt verschwörerisch die Stimme. »Ich glaube, er ist ein Genie! Alles lief wie geschmiert. Aber damit will ich dich jetzt nicht langweilen. Was gibt es denn so Wichtiges?«

Margit räuspert sich. »Ich wollte dich fragen, ob du kommenden Freitag Zeit hast.«

»Nächsten Freitag? Wieso?«

»Bist du bereit für ein bisschen Fasching?«

»Fasching? Margit, in einem Monat ist Weihnachten.«

»Ach was, die Saison hat doch schon am 11.11. begonnen!« Margit ist eine leidenschaftliche Anhängerin der Karnevalstraditionen, die sich die jährliche Kampagneneröffnung im Nordwestzentrum auf keinen Fall entgehen lässt. »Du kennst doch hier unseren Karnevalsverein. Die feiern jetzt am Freitag den Kampagnenstart im Haus Ronneburg. Ich habe Karten besorgen können und dachte, es wäre eine wundervolle Gelegenheit, wenn wir zusammen hingehen.« So zumindest die eine Hälfte ihres Plans. Die andere Hälfte ist aufregender und heißt Nadir Çelik. Carmen hat alle ihre Kontakte spielen lassen und es tatsächlich einfädeln können, dass Nadir am Freitag die große Sause ebenfalls besuchen wird. Margit ist wild entschlossen, diese Gelegenheit zu nutzen.

»Wie kommst du ausgerechnet darauf, mich zu diesem Event einzuladen?«

»Du hast mich letzten Samstag auf eine Idee gebracht. Wir gehen viel zu wenig aus. Und man muss die Feste feiern, wie sie fallen.« Margit folgt Romy in die Küche. »Frag mich doch mal, ob ich einen Kaffee möchte!«

»Ich hatte auch noch keinen.« Romy gießt Wasser in

die Kaffeemaschine, öffnet die Dose mit dem Kaffeepulver und misst drei Kaffeelote ab. »Ehrlich gesagt, Fasching im November ist nicht ganz mein Ding. Mir ist momentan eher nach ruhigen Abenden.«

»Ach was, ruhige Abende wirst du noch mehr erleben, als dir lieb ist, da brauchst du nicht ausgerechnet nächsten Freitag damit anfangen. Warst du nicht diejenige, die mir letztes Wochenende erzählt hat, ich soll offen für Neues sein? Als wir in diesem Schuppen im Bahnhofsviertel waren, in dem die Katzen sich ausgezogen haben? Es ist doch schön, mal etwas anderes zu erleben. Carmen kommt übrigens auch! Und bringt sogar jemanden mit.«

»Wen denn?«

Margit klatscht erfreut in die Hände. »Das bleibt ein Geheimnis. Nur so viel: Es ist jemand, den du bestimmt interessant finden wirst!« Warum zieht Romy denn so eine Schnute? »Es wird bestimmt ein unterhaltsamer Abend!«

»Ich glaube dir ja, dass das ein unterhaltsamer Abend wird …«

»Wunderbar! Du wirst es nicht bereuen.« Margit ist hocherfreut. »Das wird großartig, versprochen! Um unsere Kostüme kümmere ich mich, du brauchst überhaupt nichts zu machen.«

»Ich glaube, du hast mich falsch verstanden!« Romy greift nach den Kaffeetassen. »Ich kann leider nicht mit zu deiner Party kommen. Tut mir echt leid, Margit, aber mir ist gerade eingefallen, dass ich da schon eine andere Verabredung habe.«

Margit beschleicht ein leiser Verdacht. »Doch nicht etwa mit diesem IT-Fuzzi?« Sie gießt Milch in ihre Tasse.

»Er hat mich gebeten, mir den Freitag freizuhalten.«

Margit zieht die Stirn in Falten. Die ganze Welt beklagt den Mangel an IT-Fachkräften, doch für ihre Nachbarin scheint dieser Spezialist rund um die Uhr Zeit zu haben. »Muss das denn ausgerechnet am Freitagabend sein? So oft kann doch kein Computer Probleme haben, oder? Diese Feier zur Kampagneneröffnung ist doch nur einmal im Jahr. Vielleicht kann dein IT-Mensch seinen Besuch auf übermorgen oder den Donnerstagabend verschieben?«

»Das ist wirklich etwas kurzfristig, weißt du?«, beginnt Romy zögernd. »Der IT-Experte hat einen vollen Terminkalender, ich glaube nicht, dass er das so leicht verschieben kann.«

»Mein Terminkalender platzt auch aus allen Nähten! Gleich morgen um neun kommt die Frau Hahn mit ihrem eingewachsenen Zehennagel, direkt danach der Heinrich Siebert um elf Uhr und am Nachmittag um vierzehn Uhr hab ich noch der Orhan, dem ich eine Spange setzen muss.« Ein voller Terminkalender mag eine Hürde, doch keinesfalls ein Hindernis sein. »Du kannst nicht immer nur an die Arbeit denken! Vielleicht wird es ja viel schöner als gedacht?« Sie zwinkert Romy zu. »So ein ›bunter Abend‹ steckt manchmal voller Überraschungen.«

»Ich verstehe ja, was du meinst, wirklich. Aber zum Update des Virenscanners ist er nicht mehr gekommen, das will er unbedingt nachholen.«

»Noch ein Update, also? Die gleichen wie letzte Nacht?« Romy tut immer so unbeeindruckt, aber vielleicht steckt da mehr dahinter, als sie zugibt. Könnte es sein, dass da was Ernsthaftes läuft? So wie der vorhin aus ihrem Schlafzimmer gekommen ist, frisch wie der junge Morgen, und dann dieser Kuss auf die Wange …

»So in der Art.«

»Na, der scheint mir ja wirklich ein Spezialist auf seinem Gebiet zu sein.« Margit bleibt skeptisch. »Aber, Romy, mal ganz ehrlich – du weißt, dass ich dir nur Gutes will. Ein bisschen Tanzen ist doch eine wunderbare Gelegenheit, einfach mal abzuschalten. Und außerdem gäbe es da jemanden, den du bestimmt kennenlernen möchtest.« Margit lässt den letzten Satz geheimnisvoll klingen. Bis eben hat sie gedacht, mit ihrem kleinen Verkupplungsplan besonders schlau zu sein. Nadir Çelik wäre perfekt für Romy, nur hoffentlich hinkt sie mit ihren Plänen nicht der Zeit hinterher.

»Ich weiß deine Mühe zu schätzen, Margit, ehrlich, aber ausgerechnet nächsten Freitag ist es wirklich schlecht. Sei mir nicht bös', ja?«

Margit überlegt. So ein schöner Mann ist nicht alltagstauglich, das sieht man ihm von Weitem an. Was will dieser Computerfritze überhaupt von ihr? Vielleicht ist es nur eine kleine Schwärmerei? Romy würde bestimmt schnell merken, dass auf so ein Womanizer kein Verlass sei. Nein, Romy braucht jemanden mit Substanz. Jemanden, der für sie da ist, wenn es drauf ankommt. Jemanden wie Nadir.

Ja, der steht mit beiden Beinen im Leben. Nadir ist ein anständiger Kerl, solider Beruf, gutes Einkommen, und überhaupt – Männer wie ihn findet man heutzutage selten. Und darum muss sie jetzt geschickt vorgehen. Nicht zu forsch, das geht bei Romy schnell nach hinten los. Wenn die beiden sich erst mal richtig kennengelernt haben, wenn sie merken, wie gut sie sich verstehen, dann könnte es ganz bestimmt knistern. Aber nur nichts überstürzen, Margit, nur nichts überstürzen. Kleine Schritte.

»Na gut, Romy, ich verstehe dich. Es ist nur so schade, ich hatte wirklich gehofft, du würdest mitkommen. Und die Carmen hatte sich auch schon so auf dich gefreut!« Sie seufzt. »Aber wenn es nicht geht, dann geht es halt nicht. Ich will dir ja auch keine Probleme bereiten.«

»Tut mir echt leid, Margit. Aber wir holen das nach, versprochen! Ich werde auf jeden Fall an euch denken.«

»Das will ich hoffen.« Ein kleines Lächeln stiehlt sich auf Margits Lippen, als sie an den IT-Experten denkt. Seine blauen Augen mögen verführerisch sein, aber ob er damit ernsthaft gegen ihre Lebenserfahrung bestehen würde, das würde sich zeigen!

KAPITEL 42 – ROMY

Frankfurt, Industriehof
Montag, 24. November, vormittags

Die letzte Faschingssause mit Anja und den Mädels werde ich mein Lebtag nicht vergessen. Wir hatten uns als Polizistinnen verkleidet. Unsere Idee, die Tanzfläche zu überwachen und jeden zu ermahnen, der zu wenig tanzte, brachte Anja ziemlich in die Bredouille. »Komm, beweg dich, oder es gibt ein Knöllchen!«, brüllte sie einem Typen im Hühnerkostüm ins Ohr, der offensichtlich eher zum Biertrinken als zum Tanzen gekommen war. Erst als er sich umdrehte, erkannte sie ihn – ausgerechnet ihr Chef! Dumm nur, dass Anja genau an diesem Tag blaugemacht und eine Magenverstimmung vorgetäuscht hatte …

So lustig der Abend auch war, ich bin alles andere als erpicht darauf, ausgerechnet mit Margit dieses Event zu wiederholen. Ihren Geschmack finde ich etwas gewöhnungsbedürftig, und wer weiß, wen sie mir da unbedingt vorstellen will. Außerdem, wie klingt das denn später, wenn man die Frage beantworten soll, wo man sich kennengelernt hat? »Ach, bei der Polonaise hinter der Faschingskapelle?« Nein, das geht auf gar keinen Fall.

Ich überlege, wo Gabriel und ich uns zum ersten Mal begegnet sind. Die Antwort »Beim Kondolenzempfang seines ermordeten Bruders, über seinen bewusstlosen Erpresser gebeugt« ist allerdings auch nicht viel besser. Mir fällt die Bauausschusssitzung im Römer ein. Genau – im beruflichen Kontext, das hört sich gleich viel seriöser an. Als hätten wir uns zwischen der Frankfurter Kleingarten- und Freizeitstrategie und dem Tagesordnungspunkt über das Rödelheimer Gewerbeflächenentwicklungsprogramm zu tief in die Augen geschaut.

Gestern Abend ist er noch spontan vorbeigekommen. Eigentlich sind wir erst für Dienstag wieder verabredet, aber genau wie ich hat er es einfach nicht aushalten können. Voller guter Vorsätze haben wir Pizza bestellt und es uns auf dem Sofa gemütlich gemacht, aber dann … Ich seufze, als ich an das denke, was dann passiert ist. Keine Ahnung, ob Margit mir den IT-Experten abgenommen hat, doch um bei dem Beispiel zu bleiben – Gabriel weiß definitiv, wie man ein System auf Touren bringt. Noch immer saust mir dieses Kribbeln im Bauch herum, es war Magie pur. Anders kann ich es nicht beschreiben – etwas Ähnliches habe ich mit einem Mann noch nie erlebt. Vor lauter Aufregung bin ich letzte Nacht gleich ein paar Mal aufgewacht. Jedes Mal konnte ich es kaum glauben, ihn schlafend neben mir zu sehen. Und jedes Mal, wenn ich ihn ansah, schlug mein Herz ein wenig schneller.

Noch jetzt fühle ich mich ein bisschen aufgewühlt, auf eine gute Art. Sein Duft hängt nach wie vor auf meiner Haut und in meinem Haar. Alles ist so intensiv – ob er das auch spürt? War es für ihn genauso besonders? Am liebsten würde ich ihm sofort eine WhatsApp schicken, doch ich will diesen Moment nicht kaputtmachen, immerhin ist sein Leben gerade ein einziges Chaos. Beruflich steht er an einem Scheideweg, kämpft mit Entscheidungen, die er nicht treffen will. Und dann die Sache mit Lukas … Ich habe gesehen, wie es ihn beschäftigt. Diese Trauer, die wie ein Schatten über ihm hängt, selbst wenn er sich Mühe gibt, sie zu verbergen.

Kann er sich da überhaupt auf mich einlassen? Auf uns? Oder ist das alles für ihn nur ein kurzer Moment der Flucht, ein Augenblick, der ihn die Last vergessen lässt?

Und was ist mit mir? Mir wird das Herz schwer bei dem Gedanken, dass ich am Ende nur jemand bin, der ihn kurz tröstet und mehr nicht. Kann ich das aushalten? Ich will ihn nicht verlieren, nicht jetzt, wo wir uns gerade so nahegekommen sind. Die beiden Nächte haben sich so richtig angefühlt. Keine Ahnung, was als Nächstes kommt, aber in diesem Moment scheint zumindest alles irgendwie in Ordnung. Und das reicht erst mal.

Ich pfeife leise vor mich hin, als ich den Laptop hochfahre. Seltsamerweise ist der Platz mir gegenüber leer. Meine Laune hebt sich schlagartig ein weiteres bisschen, zumindest bis ich sehe, was da auf meinem Schreibtisch liegt. Die Mahnung! Als hätte der Montag nur darauf gewartet, mir zu beweisen, dass ihm nicht zu trauen ist. Natürlich hat Joris Barg sie am Freitag dort hingelegt – ich hatte das nur völlig verdrängt.

Augenblicklich verpufft die rosarote Wochenendstimmung. Es ist zwar nicht meine Mahnung, trotzdem kenne ich dieses kalte Unbehagen allzu gut, sobald jemand behauptet, man hätte etwas nicht bezahlt. Ob das Joris Barg auch so geht? Wie das wohl ist, wenn man von Beruf Sohn ist? Ist da eine Mahnung nur eine lästige Formalität, etwas, das man weiterdelegiert, etwas wie Autowaschen – nervig, aber letztlich belanglos?

Generell bin ich ja der Ansicht, dass das mit den Mahnungen zu streng gehandhabt wird. Ich meine, man könnte doch erst mal freundlich nachhaken. So ein kleines »Hey, ich wollte nur mal nachfragen, ob du meine Rechnung gesehen hast« klingt gleich viel netter und ist wahrscheinlich viel effektiver. Zumindest bei den Rechnungen, die ich zu bezahlen habe – umgekehrt habe ich natürlich auch gerne mein Geld pünktlich. Ich denke an Neudorf & Partner, auf deren Überweisung ich noch immer warte. Mein Blick fällt auf den Wandkalender, den Frau Huck ordentlich hinter ihrem Schreibtisch aufgehängt hat. Warum kommen diese Reifenheinis eigentlich jetzt schon mit einer Mahnung?

Lukas Delbrücks Beerdigung liegt keine drei Wochen zurück. Ich studiere das Schreiben von TyreMaxx Service eingehender. Ausgestellt wurde es am 19. November, also hat Joris den Brief am 20. oder 21. November erhalten. Die Mahnung bezieht sich auf den 17.; allerdings nicht November, sondern – und jetzt wird es interessant – Oktober. Ich prüfe das Datum erneut. Laut dieses Schreibens erfolgte der Reifenwechsel am 17. Oktober, was bedeuten würde, dass die gesetzliche Zahlungsfrist längst überschritten ist. Aber hatte Asja nicht gesagt, dass Joris von Lukas' Beerdigung direkt zum Reifenwechseln gefahren ist? Wieder schaue ich zum Kalender – die Beerdigung war am 7. November. Jetzt bin ich verwirrt. Wenn Joris seine Winterreifen erst am 7. November bekommen hat, ist das Zahlungsziel noch lange nicht überschritten und es wäre voreilig, eine Mahnung zu schicken. Irgendetwas stimmt hier nicht. Entweder hat die Firma sich vertan, oder Joris hat gelogen. Fragt sich nur – warum?

Inzwischen ist es kurz nach zehn, von Frau Huck weit und breit keine Spur. Ich schließe sacht unsere Bürotür, dann wähle ich die Nummer von TyreMaxx Service. Nach dreimaligem Tuten meldet sich eine freundliche Stimme, ich räuspere mich. »Guten Tag, Claudia Huck von der BargImpact. Ich rufe an wegen einer Mahnung, die wir für eines unserer Firmenfahrzeuge erhalten haben. Ich glaube, hier liegt ein Missverständnis vor.«

»Dann schauen wir doch einfach mal. Sie haben bestimmt die Rechnungsnummer und das Kennzeichen für mich?«

Ich gebe die gewünschten Informationen durch und warte.

»Ah, hier habe ich es. Um was geht es konkret?«

»Nun, wir haben letzte Woche eine Mahnung erhalten, weil wir angeblich im Zahlungsverzug sind. Dabei war der Reifenwechsel für den Porsche erst am 7. November. Eigentlich bewegen wir uns noch im Rahmen des gesetzlichen Zahlungsziels, deswegen bin ich etwas irritiert.«

»Hm, das ist in der Tat seltsam. Laut meinen Unterlagen wurden die Reifen für Ihr Fahrzeug bereits am 17. Oktober getauscht und eingelagert.«

»Das kann nicht sein.« Ein beklemmendes Gefühl breitet sich in mir aus. »Ich bin mir hundertprozentig sicher, dass der Wagen am 7. November bei Ihnen in der Werkstatt war. Gibt es vielleicht eine Verwechslung?«

Die Mitarbeiterin bleibt ruhig. »Tut mir leid, aber ich habe keine Information zu einem Vorgang mit Ihrem Kennzeichen für den 7. November.«

Ein Schauer rieselt über meinen Rücken. »Könnten Sie bitte noch mal nachschauen?«, frage ich, um ganz sicherzugehen. »Freitag, der 7. November – vor zweieinhalb Wochen? Vielleicht wurde der Termin kurzfristig umgelegt?«

»Freitag vor zweieinhalb Wochen, sagen Sie?«

Ich höre sie im Hintergrund tippen.

»Nein, garantiert nicht. Jetzt erinnere ich mich nämlich. Wir mussten fast alle Termine für den 7. November absagen, da mehrere unserer Mechaniker aufgrund von Corona-Erkrankungen ausgefallen sind. Garantiert haben wir an diesem Tag niemanden spontan dazwischengeschoben, das kann ich definitiv ausschließen.«

»Das erklärt natürlich einiges«, behaupte ich, wobei es überhaupt nichts erklärt, eher im Gegenteil. »Bestimmt liegt der Fehler dann bei uns, tut mir leid.«

Ich entschuldige mich nochmals für die Verwirrung und versichere, den Betrag so schnell wie möglich anzuweisen. Dann beende ich das Gespräch und lege die Mahnung ordentlich in Frau Hucks Posteingangskorb. Vielleicht noch schnell ein Foto für meine Rechercheunterlagen? Mir gelingt es gerade, eine Aufnahme zu machen, als die Tür aufgerissen wird.

»Was suchen Sie an meinem Schreibtisch?«

Ich fahre zusammen. Mann, hat die mich aber erschreckt! Ich brauche einen Moment, um mich zu sammeln, dann beschließe ich direkt zum Angriff überzugehen. »Nur ein bisschen gegen die Unternehmensrichtlinien verstoßen«, erkläre ich. »Da das Büro von Herrn Barg ja jetzt für mich tabu ist, muss ich mir eben einen anderen vertraulichen Bereich suchen, in dem ich ein bisschen herumschnüffeln kann.«

»So eine Unverschämtheit! Was erlauben Sie sich?«

»Ich erlaube mir nur ein wenig, Ihre Vorurteile zu bedienen, Frau Huck. Oder was glauben Sie, was ich hier mache?«

»So nicht, mein Fräulein!«, zischt sie. »Das wird …«

»Konsequenzen haben, ich weiß. Wollen wir sofort zu Matthias oder soll ich einen Termin für uns vereinbaren?«

Sie schnaubt verächtlich, aber sagt nichts weiter. Seltsam! Normalerweise kann sie es kaum erwarten, mir Kontra zu geben. Nicht ein Satz von mir, der nicht direkt voller Abneigung zerpflückt wird. Aber heute? Nicht der leiseste Hauch von Energie, den sie sonst gegen mich aufbringt. Ob sie vielleicht krank ist? Sie sieht jedenfalls nicht gut aus. Blass ... fast schon ungesund. Und ihre Augen ... irgendwie müde.

»Soll ich Ihnen einen Tee mitbringen, Frau Huck?«, gebe ich mich versöhnlich. Ich muss eh in die Kaffeeküche, doch sie antwortet nicht. Dann halt nicht. Die nächste Stunde verbringe ich damit, mich in die Auswertungen unseres Wochenreportings zu vertiefen, aber so richtig kann ich mich nicht konzentrieren.

Ich warte, bis sie mit ihren ganzen Medikamentenfläschchen in die Mittagspause verschwunden ist, dann nehme ich mir einen Stift und einen Moment Zeit, um das, was ich heute erfahren habe, zu sortieren. Etwas an dieser Reifenwechselgeschichte stimmt hinten und vorn nicht. Definitiv war Barg junior am 7. November nicht bei TyreMaxx Service, sondern hat sich irgendwo anders herumgetrieben. Dass Asja sich im Datum geirrt hat, halte ich für abwegig. Ihre angebliche Trennung von Joris, die Fahrt ins Krankenhaus, das Warten auf Nachricht über den Zustand ihres heimlichen Liebhabers – an diesem Tag ist einfach zu viel passiert, als dass sie damit durcheinanderkommen könnte.

Bleibt die andere Möglichkeit, nämlich dass sie mich angelogen hat. Ein vorgeschobener Reifenwechsel wäre für Joris das ideale Alibi, während er Siegfrieds Wagen unbemerkt zum Lerchesberg folgt. Bei den vielen Menschen ist garantiert niemandem aufgefallen, wie er seinen Vater in die Garderobe lockt, um sich an ihm zu rächen. Danach verlässt er den Tatort und ruft Asja an. Ganz genau weiß er, dass sie praktisch, effizient und ohne den unnötigen Ballast von Herzschmerz einfach an dem festhalten wird, was gerade zur Hand ist. Der eine ist weg? Kein Grund, sich

Sorgen um die Zukunft zu machen. Nein, denn da gibt es ja den zuverlässigen Joris, der sie früher so gut versorgt hat. Warum sich also die Mühe machen, nach etwas Neuem zu suchen, wenn das Altbewährte nur einen Anruf entfernt ist?

Je mehr ich darüber nachdenke, desto plausibler scheint mir diese Version. Asja und Joris – verbunden durch ein dunkles Geheimnis, von dem niemand erfahren darf? Könnte es das sein? Ich kaue auf dem Ende eines Bleistifts. Soll ich Asja darauf ansprechen oder lieber im Hintergrund ermitteln? Obwohl – wird sie sich überhaupt noch mal mit mir treffen, jetzt, wo sie weiß, dass ich ihr nichts zu bieten habe?

Ich grübele den ganzen Nachmittag, während mir eine verdächtig ruhige Claudia Huck gegenübersitzt. Sie macht mich fast noch hibbeliger als das Reifen-Rätsel. Soll ich fragen, wie es ihr geht? Als Feindin war sie mir fast lieber, ich weiß nicht, was ich von diesem Schweigen halten soll. Normalerweise würde ich mich ja freuen, wenn sie mich mal in Ruhe lässt, aber so?

Die Lüge mit den Winterreifen lässt mir genauso wenig Ruhe. Wenigstens hierfür habe ich handfeste Beweise. Kein Werkstattbesuch, kein Reifenwechsel, ergo auch kein Alibi. Es ist Zeit, Joris mal auf den Zahn zu fühlen. Auf der Mahnung ist praktischerweise seine Handynummer vermerkt, ich beginne zu tippen.

Sie waren am 7. November nicht beim Reifenwechsel. Der Termin ist eine vorgeschobene Ausrede. Ich weiß mehr, als Sie denken, und es wäre besser, wenn Sie es mir direkt erzählen, bevor andere Mittel nötig werden. Melden Sie sich noch heute!

Ich lese mir die Worte noch einmal durch, bevor ich auf »Senden« drücke. Der subtile Druck ist klar, ohne es direkt auszusprechen. Und siehe da, seine Antwort lässt keine fünf Minuten auf sich warten. *Wann und wo?* Schau an, er weicht weder aus noch fragt er nach. Ich tippe schnell meinen Vorschlag für ein Treffen – ein neutraler Boden, der sich für solche Gespräche bewährt hat, öffentlich genug, dass ich mich sicher fühle, aber ausreichend ruhig für einen ernsten Austausch. *Ich werde da sein.* Ich atme tief durch. Das flaue Gefühl in meinem Magen löst sich langsam. Endlich werde ich Antworten bekommen. Vielleicht gibt es eine harmlose Erklärung, vielleicht bin ich aber auch gerade dabei, das Rätsel um Siegfried Barg zu lösen. Vielleicht ist es … Mein Handy vibriert erneut. Noch eine Nachricht. Ich öffne sie, mein Blick bleibt an zwei Worten hängen. *Keine Polizei!*

KAPITEL 43 – ROMY

Frankfurt, Hauptfriedhof
Dienstag, 25. November, nachmittags

Schon von Weitem erkenne ich seine massige Gestalt, als ich durch das Neue Portal haste. Im Gegensatz zu seiner Partnerin ist Joris Barg viel zu früh. Wir sind zwar erst in zehn Minuten verabredet, doch er tigert bereits in den Arkaden auf und ab. Was macht er bloß schon hier?

Ich kann es nicht leiden, wenn Leute so überpünktlich sind, das setzt mich immer total unter Druck. So wie neulich bei diesem Teams-Meeting, als ich dachte, ich hätte noch Zeit. Dabei hatten sich alle klammheimlich dazugeschaltet – inklusive meines Auftraggebers. Und anstatt dass irgendjemand mal was sagte, haben sie mir stillschweigend zugesehen, wie ich mich noch schnell geschminkt habe …

Mein Puls beschleunigt sich und das nicht nur, weil mir gerade diese blöde Geschichte wieder eingefallen ist. Eigentlich wollte ich das Gespräch mit Joris ruhig angehen, aber jetzt, wo er schon hier wartet, habe ich irgendwie das Gefühl, mich beeilen zu müssen. Ich sprinte die Treppenstufen nach oben. »Herr Barg?«

In einem Ruck dreht er sich um. »Sie!« Sein Gesicht verzieht sich. »Dachte ich es mir doch!«

Die Arme vor der Brust verschränkt bleibe ich vor ihm stehen. Die Temperaturen sind gefallen, die Luft riecht nach

Schnee. Bin ich nervös? Das hier wird auf alle Fälle nicht leicht. »Wir müssen reden«, sage ich bestimmter, als mir zumute ist.

»Müssen wir das?« Er ist gut einen Kopf größer als ich und schaut auf mich herunter. »Claudia hat mich vor Ihnen gewarnt, sie hatte recht. Wollen Sie Ärger machen oder geht es um etwas anderes?«

»Ich will keinen Ärger. Ich will Antworten.« Ich zwinge mich, ihn anzusehen. Wenn er auf Konfrontation aus ist, na gut, das kann ich auch. »Ich will nicht um den heißen Brei herumreden. Herr Barg, ich weiß von dem Verhältnis zwischen Ihrem Vater und Asja Pavlova.«

Ist er gerade etwas blass um die Nase herum geworden? »Was erlauben Sie sich?«, braust er auf. »Das ist eine unverschämte Unterstellung!«

»Am Nachmittag des 7. Novembers habe ich mit Ihrem Vater den Kondolenzempfang von Lukas Delbrück besucht.« Ich habe beschlossen, mich nicht aus dem Konzept bringen zu lassen. »Als wir auf dem Lerchesberg ankamen, ging es ihm hervorragend, danach habe ich ihn aus den Augen verloren. Wenig später fand ich ihn bewusstlos in der Garderobe – und den Rest kennen Sie ja.« Abwartend schaue ich ihn an, doch Joris antwortet nicht. »Letzten Freitag haben Sie mir eine Mahnung auf den Schreibtisch gelegt. Ich habe mir daher erlaubt, mir das Schreiben mal genauer anzuschauen.« Langsam weicht sein wütender Ausdruck einer Mischung aus Unbehagen. »Herr Barg, bei Ihrem Porsche wurden am 17. Oktober die Winterreifen aufgezogen. Leider wurde die Rechnung bislang noch nicht beglichen, weshalb TyreMaxx Service eine Zahlungserinnerung geschickt hat.«

»Ich habe keine Ahnung, worauf Sie hinauswollen!«

»Natürlich kann einem eine Rechnung ja mal durchrutschen.« Ich lächele verständnisvoll. »Aber ich finde es schon spannend, dass Sie Ihrer Freundin gegenüber behauptet haben, der Werkstatttermin wäre am 7. November gewesen, genau zu dem Zeitpunkt, als der Kondolenzempfang für Lukas Delbrück stattfand. Und genau zu dem Zeitpunkt, an dem Ihr Vater unter ungeklärten Umständen zusammengebrochen ist.«

»Ich wüsste nicht, was Sie das angeht.«

»Ein praktisches Alibi, nicht wahr?«, erlaube ich mir einen Hauch von Sarkasmus. »Wenn die …«, ich zögere einen Moment, doch dann spreche ich es laut aus, »*Polizei* davon wüsste, dass Sie in dieser Angelegenheit flunkern, könnte das durchaus wichtig sein. Was meinen Sie?«

Genau jetzt müsste Felix Radolin hinter einer der Arkaden hervortreten, doch nichts passiert. Joris reibt sich das Kinn. »Sind Sie verdeckte Ermittlerin oder um was geht es hier?«

»Nein, ich bin keine verdeckte Ermittlerin der *Polizei!*« Noch einmal betone ich unser geheimes Codewort. »Ich will nur wissen, was mit Ihrem Vater passiert ist!« Himmel noch mal, der Schnauzbart sollte längst da sein. Wozu habe ich ihm denn gestern Abend diese ausführliche WhatsApp geschrieben? Ganz genau habe ich ihm erklärt, dass er in der Nähe warten und sich auf mein Zeichen zu erkennen geben soll. Wo steckt er bloß?

Joris schnaubt verächtlich. »Keine Ahnung, woher Sie diesen Schwachsinn haben, aber Ihre Anschuldigungen sind absolut haltlos!«

»Ich habe gestern bei TyreMaxx Service angerufen.«

»Oktober, November – das ist doch völlig egal, das Datum sagt gar nichts.«

»Am 7. November hatte die Werkstatt nur einen Notbetrieb, da gab es gar keine Termine zum Reifenwechseln.« Verstohlen schaue ich mich um, doch ich stehe mit Joris immer noch allein hier. Er kommt einen Schritt auf mich zu. »Vielleicht«, sagt er langsam, »hat Asja sich ja auch geirrt?«

»Ich weiß, was Sie getan haben«, stoße ich hervor. Das hier läuft überhaupt nicht so, wie ich es mir vorgestellt habe. Wo zum Teufel bleibt bloß dieser verdammte Schnauzbart? Vielleicht habe ich mich mit meiner Behauptung, ich würde ihm den Täter von Siegfried Barg überführen, doch ein wenig zu weit aus dem Fenster gelehnt. Was, wenn er überhaupt nicht kommt? Ich kann das hier doch nicht allein durchziehen!

»Und was ist das, das ich angeblich getan habe?«

»Sie wissen genau, was ich meine!« Jetzt wird meine Stimme lauter. »Ich weiß, dass Sie nicht in der Werkstatt waren, wie Sie es gegenüber Asja behauptet haben.«

»Sie glauben das wirklich, oder?« Er lacht. Kein freundliches Lachen, sondern eines, das mich frösteln lässt. »Sie halten mich für einen Verbrecher?«

»Ja!« Hilfe suchend schaue ich mich um. In zwanzig Metern Entfernung läuft ein älterer Herr an uns vorbei in Richtung der U-Bahnstation, ansonsten ist weit und breit niemand hier. Ich ziehe mein Handy aus der Tasche und tippe auf Radolins Handynummer. »Und ich habe Beweise!«

Sein Lächeln verschwindet, und für einen Moment sehe ich etwas in seinen Augen aufflackern – Überraschung? Angst? Nein, keine Angst, es ist Wut.

»Sie haben keine Ahnung«, sagt er gefährlich leise.

Das Handy tutet, doch er nimmt nicht ab. »Die *Polizei*

ist hier«, sage ich und diesmal zittert meine Stimme. »Die Kripo weiß Bescheid. Sie hören alles mit.«

Doch weit gefehlt. Kein Schnauzbart, keine Sirenen, kein Retter in Uniform – wo bleiben die Freunde und Helfer, wenn man sie dringend braucht? In mir macht sich Panik breit.

»Niemand kommt, oder?« Joris' Augen verengen sich zu Schlitzen.

»Er steht hier gleich um die Ecke!« Was, wenn er mich hängen lässt? Und was, wenn Joris das gemerkt hat? Ich hatte es mir so einfach vorgestellt, ihn hier zur Rede zu stellen, ihn als Täter zu überführen, aber jetzt?

»Frau Sternek«, Joris kommt noch einen Schritt auf mich zu, »kann es sein, dass Sie gerade einen Fehler gemacht haben?«

Ich weiche zurück. Der Ausdruck in seinen Augen jagt mir einen Schauer über den Rücken. Mein Daumen schwebt immer noch über Radolins Handynummer, doch bevor ich entscheiden kann, was ich tun soll, höre ich Schritte hinter mir. Ich fahre herum – und da ist er endlich. Gott sei Dank! »Na das hat ja gedauert!«, zische ich ihm zu.

»Kriminalhauptkommissar Felix Radolin«, zückt er seinen Ausweis. »Alles in Ordnung?«

»Schön, dass Sie es auch schon geschafft haben!« Einerseits bin ich erleichtert, dass er da ist, aber gleichzeitig möchte ich ihm am liebsten in den Hintern treten. Ich werfe Joris einen herausfordernden Blick zu. »Herr Barg, wollen Sie nicht erklären, was hier wirklich los ist?«

»Erklären?« Joris schaut fragend zu Radolin. »Das sollten wir wohl eher Frau Sternek überlassen. Sie ist diejenige, die sich hier merkwürdige Anschuldigungen ausdenkt.«

Der Schnauzbart zieht die Augenbrauen zusammen. »Um was geht es hier eigentlich?«

Gerade will ich zu einer Erklärung ansetzen, da hebt Joris die Hand. »Lassen Sie mich kurz klarstellen«, sagt er. »Frau Sternek hat mich für eine Aussprache hergebeten. Ich dachte, es ginge um etwas Berufliches, aber sie verdächtigt mich allen Ernstes, meinem Vater etwas angetan zu haben.«

Ich will protestieren, doch er ist schneller.

»Sie behauptet sogar, ich hätte dafür einen Werkstatttermin als Alibi vorgeschoben.« Bedauernd schüttelt er den Kopf. »In Wahrheit war ich zum fraglichen Zeitpunkt beim Arzt.«

»Beim Arzt?« Ich starre ihn fassungslos an. Das darf doch wohl nicht wahr sein! Ich wusste, dass Joris etwas verheimlicht. »Das ist doch absurd!«

»Ich bin seit einiger Zeit wegen eines Burn-outs in Behandlung. Sie verstehen sicher, dass ich das nicht unnötig an die große Glocke hängen möchte, darum habe ich auch meiner Freundin nichts davon erzählt. Ich wollte nicht, dass sie sich unnötig Sorgen macht. Tut mir echt leid, aber ich hatte keine Ahnung, dass das für die Polizei relevant sein könnte.«

Radolins Miene ist unergründlich. »Können Sie das belegen?«

Joris zieht sein Handy aus der Tasche und zeigt auf eine Reihe von Einträgen in seinem Kalender. »Frau Dr. Vogtländer hat ihre Praxis auf der Mainzer Landstraße. Sie wird Ihnen meine Termine sicherlich gerne bestätigen.«

Mir wird leicht übel. »Das stimmt doch so gar nicht! Ich wollte mit Herrn Barg reden, weil er seiner Freundin gegenüber behauptet hat, er wäre nach der Beerdigung von Lukas Delbrück zum Reifenwechseln gefahren. Per Zufall habe ich herausgefunden, dass er nicht die Wahrheit gesagt hat – die Werkstatt hat an diesem Tag gar keine Termine vergeben. Herr Barg hätte also durchaus die Gelegenheit gehabt, zum Kondolenzempfang nachzukommen, um …« – sich an seinem Vater zu rächen, liegt mir auf der Zunge, doch etwas in Joris' Gesicht lässt mich zögern. »… um unbemerkt mit seinem Vater einen Konflikt auszutragen«, formuliere ich es neutraler.

»Was ist das denn für ein Konflikt, Herr Barg?«

»Alles Hirngespinste!« Joris seufzt. »Frau Sternek hat auf der Beisetzung die Nähe meines Vaters gesucht und …«

»Ich habe doch nicht die Nähe seines Vaters gesucht«, protestiere ich. »Warum sollte ich?«

»Sie können sich gar nicht vorstellen, was manche Frauen für eine Designertasche alles bereit sind zu tun.«

Joris' trockenes Lachen brennt wie Säure in meinen Ohren. Ein unpassenderes Beispiel hätte er sich wohl kaum aussuchen können. Unter Radolins forschendem Blick werde ich feuerrot.

»Es gibt diese Sorte Frauen, die sich an Männer wie meinen Vater heranmachen, in der Hoffnung, einen Fuß in die Tür zu bekommen«, fährt Joris fort. »Als dann dieser verleumderische Artikel in der Rhein-Main-Zeitung erschien, tauchte Frau Sternek in unserer Firma auf und konnte unseren Geschäftsführer überzeugen, sie als sogenannte Kommunikationsexpertin zu engagieren. Ein mehr als seltsamer Zufall, oder?«

Radolin wendet sich mir zu. »Haben Sie Beweise für Ihre Behauptungen, Frau Sternek? Irgendetwas Konkretes?«

Mir weicht die Farbe aus dem Gesicht. Beweise? Natürlich weiß ich, was Asja mir erzählt hat, aber Joris dreht es gerade so geschickt, dass alles nur noch wie reine Spekulation aussieht. »Das stimmt so nicht!«, krächze ich. »Er lügt!«

»Ich lüge?« Joris schaut mich kühl an. »Bevor Sie mir Lügen unterstellen, sollten wir lieber über Ihre eigenen Falschaussagen nachdenken.«

»Falschaussagen? Ich sage die Wahrheit!«

»Sie?« Höhnisch verzieht er die Mundwinkel. »Das ist schon ziemlich heuchlerisch, nachdem Sie im Büro meines Vaters herumgeschnüffelt haben.«

Meine Güte, jetzt reitet der auch noch auf dieser Sache herum! Woher weiß er überhaupt davon?

»Das stimmt nicht! Das war ein Missverständnis, Frau Huck hat da etwas falsch verstanden.«

»Wirklich? Also ich finde diese Häufung von Missverständnissen schon ziemlich eigenartig. Vor allen Dingen, weil es immer nur die anderen sind, die etwas falsch verstehen, während Sie sich immer absolut korrekt verhalten.«

»Herr Barg, ich kann verstehen, dass Sie das seltsam finden, aber diesen Vorwurf habe ich mit Matthias Remsperger geklärt. Das gehört nicht hierher.«

»Ich habe keine Probleme, alles ganz offen zu besprechen. Für mich sieht es jedenfalls sehr danach aus, als wären Sie mehr als notwendig an unseren Firmeninternas interessiert.«

Das alles ist aus der Luft gegriffen, aber der Schnauzbart sieht mich an, als wäre ich diejenige, die den Bogen überspannt hat. »Ich bin keine Spionin, ich stehle doch keine Firmengeheimnisse.«

»Frau Sternek, ich bin Sie und Ihre seltsamen Ausreden wirklich leid. Meiner Meinung nach sind Sie ein ernsthaftes Risiko für unsere Firma, das ich nicht bereit bin, weiter zu tragen. Und da mein Vater aktuell dazu nicht in der

Lage ist, werde ich in seiner Vertretung und in Verantwortung für die BargImpact eine Entscheidung treffen. Nach der Aktion hier und heute führt kein Weg daran vorbei: Ihr Beratervertrag ist mit sofortiger Wirkung gekündigt.«

Ist das sein Ernst? Eine fristlose Kündigung ist nicht nur eine Katastrophe, das ist völlig übertrieben. »Herr Barg, es tut mir wirklich leid!«, stammele ich. »Mir ist bewusst, dass ich Fehler gemacht habe, aber ich kann das alles erklären.«

»Für mich gibt es nichts zu erklären. Ich werde gleich im Anschluss Herrn Remsperger in Kenntnis setzten, dass Ihre Dienste nicht länger benötigt werden. Sollten Sie es wagen, auch nur einen Fuß in die Firma zu setzen, wird das juristische Konsequenzen haben. Und das ist keine leere Drohung!«

Was habe ich da bloß losgetreten? Hilfe suchend sehe ich Radolin an, der meinen Blick kühl erwidert.

»Es tut mir leid, dass Sie durch diese Missverständnisse belästigt wurden, Herr Barg. Möchten Sie gegen Frau Sternek Anzeige erstatten?«

Anzeige erstatten? Ein kalter Schauer läuft mir über den Rücken. Er ist doch hier, um mich zu unterstützen – fällt er mir jetzt etwa in den Rücken?

»Ich denke, das wird nicht nötig sein.« Joris schaut mich herablassend an. »Ich möchte mich mit Frau Sternek nicht weiter belasten. Ist sonst noch etwas, Herr Kommissar, haben Sie noch Fragen?«

»Nein, Herr Barg, ich denke, wir sind hier fertig.«

Joris nickt und ohne ein weiteres Wort dreht er sich um und geht. Ich starre seinem immer kleiner werdenden Rücken hinterher, unfähig, mich zu rühren. Wie um Himmels willen konnte diese Sache dermaßen aus dem Ruder laufen?

»Was zur Hölle haben Sie sich eigentlich dabei gedacht?«, fährt mich Radolin an. Seine Stimme hat nichts mehr von der ausgesuchten Höflichkeit, die er bei Joris noch an den Tag gelegt hat. »Anscheinend haben Sie ein ernsthaftes Problem, zwischen der Realität und Ihren persönlichen Fantasien zu unterscheiden. Haben Sie überhaupt eine Ahnung, was Sie mit Ihren haltlosen Anschuldigungen alles anrichten?«

»Meine Anschuldigungen sind nicht haltlos«, protestiere ich. »Ich ermittle vielleicht anders als die Kripo, aber ich habe schon eine ganze Menge herausgefunden!«

»Schluss!«, donnert er. »Vor zwei Wochen haben Sie mich mit unbegründeten Hinweisen zu einem angeblichen Anschlag auf Siegfried Barg in einer anderen Ermittlung behindert. Letzte Woche hat sich hier eine Frau als Kriminalbeamtin ausgegeben, um Zeugen zu befragen. Und jetzt das hier.«

»Aber das ist etwas anderes!« Ich laufe knallrot an. »Joris … ich meine, Herr Barg, ich wusste, dass er gelogen hat. Es war vielleicht nicht das, was ich vermutet habe, dennoch wusste ich, dass er etwas verheimlicht.«

»Ist Ihnen eigentlich klar, wie Sie mit Ihren lächerlichen Fantasien echte Ermittlungen gefährden? Das hier ist keine Spielerei und schon gar keine Privatermittlung.« Er hat wieder diesen wütenden Blick wie neulich, als ich ihm den Kaffee übers Sakko geleert habe. »Sie verschwenden unsere Zeit und die knappen Ressourcen der Polizei auf unverantwortliche Weise – und das alles ohne einen einzigen handfesten Beweis!«

Ich wage nicht zu protestieren, so böse funkelt er mich an. Das alles hier ist ein einziger Albtraum.

»Sollten Sie sich nur noch ein einziges Mal in meine Ermittlungen einmischen oder mit anderen haltlosen

Anschuldigungen bei uns aufkreuzen, werde ich ohne zu zögern rechtliche Schritte einleiten. Im Klartext bedeutet das eine Anzeige wegen Ermittlungsbehinderung, übler Nachrede und, wenn nötig, Verleumdung. Haben wir uns verstanden?«

Die Schärfe seiner Worte lässt keinen Raum für Zweifel. In meinen Augen sammeln sich Tränen.

»Es tut mir leid«, flüstere ich. »Ich dachte nur …«

»Noch eine einzige Einmischung«, seine Stimme ist gefährlich leise, »und ich verspreche, dass das Konsequenzen nach sich ziehen wird. Dafür werde ich persönlich sorgen.«

Es ist sein Blick, der mir den Rest gibt. Minutenlang, nachdem er gegangen ist, stehe ich immer noch starr unter den Arkaden. Mein Herz rast, doch gleichzeitig steht alles in mir still. Die Welt um mich herum verschwimmt, wird dumpf und taub – als wäre ich am absoluten Tiefpunkt angekommen. Dachte ich zumindest. In diesem Moment ahne ich noch nicht, was mich zu Hause erwartet …

KAPITEL 44 – ROMY

Frankfurt-Eckenheim
Mittwoch, 26. November, nachmittags

Wer auch immer die Bettdecke erfunden hat, verdient ein Denkmal. Dieser unbesungene Held der Komfortkultur sollte wirklich posthum für seine geniale Erfindung geehrt werden, denn wirklich nichts wärmt mehr vor dem kalten Griff der Realität. Ohne meine Bettdecke hätte ich den heutigen Tag wahrscheinlich nicht überstanden. Es ging schon damit los, dass ich am Morgen Matthias nicht erreichen konnte. Nach dem Fiasko gestern Abend habe ich mich nicht getraut, in der BargImpact aufzukreuzen; doch sämtliche meiner Anrufe hat er ignoriert. Am späten Vormittag kam eine knappe Mail, in der er sich für die Zusammenarbeit bedankte und mich für alles weitere an die Assistenz der Geschäftsführung verwies. Joris hat seine Drohung also wahr gemacht. Dass Matthias mich auf Abstand halten will, kann ich fast verstehen, doch dass er mich ausgerechnet an Frau Huck verweist, kann nur eines bedeuten: Mein Karmakonto ist satt in den Miesen.

Das Handy bimmelt, es ist Kathrin. Anscheinend hat sich mein Rausschmiss sogar schon bis zu ihr herumgesprochen; ihre Nachrichten fliegen fast so schnell herein wie meine Gedanken dazu. »Was ist los? Meld dich mal, ich mache mir Sorgen!«, schreibt sie. Ich lege das Handy beiseite. Was soll ich ihr auch schreiben – dass ich es gründlich versemmelt habe? Dass ich wieder unbedacht losgestürmt bin, felsenfest überzeugt, das Richtige zu tun – nur um mir ein Eigentor zu schießen und am Ende ohne Auftrag dazustehen? Nein, zu solchen Erklärungen bin ich heute nicht fähig, ich drücke die Taste der Fernbedienung. »Das Schicksal ist ein mieser Verräter« ist ein wunderbarer Film, besonders wenn einem eh schon zum Heulen zumute ist. Die letzten Momente zwischen Hazel und Gus sind immer wieder herzzerreißend, auch jetzt fehlt nicht mehr viel zum Taschentuchalarm.

Es klingelt wieder, diesmal an der Tür. Herrgott noch mal, kann die Welt mich nicht wenigstens heute in Ruhe lassen? »Ja?«, brumme ich ungehalten in die Gegensprechanlage.

»Bereit für ein kleines Abenteuer?«

Oh mein Gott – Gabriel! Siedend heiß fällt mir ein, dass er heute vorbeikommen wollte, doch über meinen Katzenjammer habe ich unsere Verabredung total verschwitzt. Entsetzt schaue ich an mir herunter. Der Jogginganzug ist ja gemütlich, aber ungeschminkt und mit meinem zerzausten Dutt sehe ich nicht gerade wie eine verführerische Geliebte aus. Mit gemischten Gefühlen drücke ich den Türöffner. Mir bleibt gerade noch Zeit, mit Mundwasser zu gurgeln und mein Deo aufzufrischen, dann steht er auf der Matte. »Also dieser Ich-habe-das-Haus-nie-verlassen-Look steht dir gar nicht so schlecht!«

»Danke! Es nennt sich übrigens ›Entspanne Eleganz‹.« Gegen meinen Willen muss ich schmunzeln. »Bist du etwa auf der Suche nach dem neuesten Modetrend?«

»Ich komme natürlich nur vorbei, um zu sehen, ob du immer so bezaubernd aussiehst, wenn du dich gehen lässt.« Seine Augen funkeln gefährlich, ich weiß, dass er gerade auf etwas ganz anderes anspielt.

»Wenn das der Fall ist, sollte ich mich vielleicht öfter gehen lassen«, murmele ich und lasse mich von ihm in die Arme ziehen. Ich schließe meine Augen. Sonst lässt mich seine Wärme alles um mich herum vergessen, doch jetzt stehe ich da wie festgefroren.

»Hey?« Er hält mich ein Stück von sich weg. Bloß nicht weinen, Romy, bloß nicht vor ihm heulen, denke ich noch, da ist es zu spät. Schmerz, Angst und Unsicherheit spülen wie eine Welle nach oben; unkontrolliert fange ich an zu schluchzen. Ich presse mein Gesicht gegen seine Brust und er macht Gott sei Dank keinen Versuch, mich zu stoppen. Meine Finger krallen sich in seine Jacke und Gabriel hält mich einfach nur fest, so fest, dass es sich anfühlt, als könnte nichts Schlimmes mehr an mich. Eine ganze Weile werde ich von meinen Schluchzern geschüttelt, höre nur mein heftiges Ein- und Ausatmen und Gabriels gleichmäßigen Herzschlag, der mich beruhigen sollte, es aber nicht schafft. Nicht ganz zumindest, doch irgendwann werden die Tränen weniger. Vorsichtig löse ich mich von ihm. Auf der Vorderseite seiner Jacke prangt ein nasser Fleck. Das ist mir so peinlich, dass mir sofort neue Tränen in die Augen steigen.

»Romy«, murmelt er in mein Haar. Es tut so gut, gehalten zu werden. »Romy, was ist los?«

Wenn ich nur wüsste, wo ich anfangen soll! Ich beiße mir auf die Lippen. Gabriel nimmt meine Hand und führt mich ins Wohnzimmer; ich folge ihm.

»Was ist das denn?« Abrupt bleibt er stehen. Ich folge seinem Blick zu dem Albtraum aus Chiffon und Pailletten, der auf einem Bügel an meinem Bücherregal hängt. Bevor ich ihn aufhalten kann, hat er den billigen Stoff auch schon auseinandergezogen. »Ein Bauchtanzkostüm?«

Mir schießt das Blut ins Gesicht. Manchmal könnte

ich Margit echt auf den Mond schießen! »Meine Nachbarin dachte, es ist eine gute Idee, wenn ich mich ein bisschen ablenke. Sie will, dass ich sie zu einer Faschingsparty begleite.« Klipp und klar habe ich ihr erklärt, dass ich nicht mitkommen werde, was gibt es denn da nicht zu verstehen? Trotzdem hat sie mir heute Mittag diese absurde Mischung aus Neonpink und Türkis gebracht und wollte sich einfach nicht abwimmeln lassen. Es sei schließlich noch Zeit, die richtige Entscheidung zu treffen, hat sie behauptet. Und dass sie genau das Richtige wüsste, um mich auf andere Gedanken zu bringen.

Gabriel hält den Kleiderbügel hoch. »Hast du es schon anprobiert?«

»Nein!«, protestiere ich. »Und das wird auch nicht passieren. Definitiv nicht.«

Er legt den Kopf schief. »Also ich finde, es hat was. Ich überlege gerade, wie du darin wohl ausschaust.«

»Eine Frage, auf die du niemals eine Antwort bekommst.« Ich reiße ihm den Fummel aus den Händen und pfeffere ihn hinters Sofa.

»Schade.« Er zieht dabei so eine übertrieben enttäuschte Miene, dass ich schon wieder lächeln muss, obwohl mir gerade noch zum Weinen zumute war. Wir setzen uns aufs Sofa, und Gabriel nimmt meine Hand. Sein Daumen streicht über meinen Handrücken. Er will wissen, was los ist, aber er drängt mich nicht. Diese Art von Geduld wühlt mich fast noch mehr auf als die Tränen eben. Ich schließe die Augen und lehne meinen Kopf gegen seine Schulter. »Es ist kompliziert.« Angefangen vom Beziehungsstatus bis hin zur Steuererklärung passt das perfekt für jede Lebenslage, doch hier wird es nicht reichen. Wie zum Kuckuck soll ich das Chaos in Worte fassen? Am liebsten würde ich mir alles von der Seele reden, gleichzeitig habe ich allerdings unglaubliche Angst, was meine Beichte nach sich ziehen könnte. »Ich habe versucht herauszufinden, wer hinter dem Anschlag auf Siegfried Barg steckt«, wage ich einen Anfang.

»Barg?« Das Fragezeichen in Gabriels Stimme ist kaum zu überhören. »Wie kommst du darauf, dass auf ihn ein Anschlag verübt wurde?«

»Kommt es dir denn nicht seltsam vor, dass ein kerngesunder Mann einfach so bewusstlos bei deinen Eltern in der Garderobe liegt?« Ich schaue ihn an. »Ich jedenfalls kann das nicht glauben. Und inzwischen bin ich absolut überzeugt, dass da jemand nachgeholfen hat, auch wenn alle so tun, als sei das völlig normal.«

»Romy ...«

»Also habe ich angefangen, nachzuforschen«, unterbreche ich ihn. »Vielleicht bin ich dabei das eine oder andere Mal etwas ... unkonventionell vorgegangen. Aber je mehr ich herausgefunden habe, desto mehr habe ich gemerkt, dass da etwas nicht stimmt. Barg hat einigen Menschen Grund gegeben, sich an ihm zu rächen, du bist längst nicht der Einzige.« Ich hole tief Luft. »Und darum habe ich eine Liste mit Verdächtigen erstellt. Zwischenzeitlich hatte ich dich auch im Verdacht. Zumindest für eine Weile.«

»Na ja, es sah für dich auf dem Friedhof ja auch ganz danach aus.« Seine Stimme enthält nicht den leisesten Vorwurf. Im Gegenteil – er nimmt mein Misstrauen hin, als hätte ich ihm gerade erzählt, dass es heute leicht regnen könnte. Und so liebevoll, wie er mich dabei anschaut, macht es alles nur schlimmer. Wie soll ich ihm bloß jemals erklären, dass sich sein Schweigegeld unter meinem Bett befindet?

»Du hast absolut nichts falsch gemacht«, sagt er obendrein, als könne er meine Gedanken lesen. Doch genau das ist es: Ich will ihm erklären, wie leid es mir tut, will mich entschuldigen, stattdessen zieht er mich sanft in seine Arme. Meine Stirn sinkt gegen seine Schulter, die Tränen lassen sich nicht mehr zurückhalten. Vielleicht ist das der richtige Zeitpunkt, ihn einzuweihen, schließlich habe ich mich an der ganzen Sache lange genug allein abgearbeitet. »Gestern«, ich zögere, »gestern kam das hier mit der Post.« Ich reiche ihm die Klappkarte, die mich nicht schlafen lässt, seit ich sie am Dienstagabend aus dem Briefkasten gefischt habe. Auf der Vorderseite das Schwarz-Weiß-Porträt einer Frau, in der ich erst auf den zweiten Blick mich selbst erkannt habe. Mein Gesicht ist leicht zur Seite gedreht, als ob ich in die Ferne schaue. Ich erinnere mich an diesen Spätherbsttag, an das milchige Licht des frühen Vormittags. Aber diesen Moment? David muss das Foto aufgenommen haben, als ich völlig in Gedanken versunken war. Genau deshalb gefällt es mir so gut. Es ist nicht gestellt, nicht gekünstelt, es ist einfach ich.

»Ein schönes Porträt von dir!« Gabriel betrachtet das Foto. »Darf ich?« Ich nicke, als er die Karte aufklappt und zu lesen beginnt. Den Text kenne ich inzwischen auswendig.

Liebe Romy,

Du hast mir in einem Moment zugehört, in dem ich es am meisten gebraucht habe. Deine Geduld und Empathie haben mir mehr gegeben, als du es vielleicht ahnst. Ich hoffe, dieses Bild gibt ein wenig davon zurück.

David

Er lässt die Karte sinken. »Ich verstehe nicht ganz?«

»Letzte Woche habe ich an einem Fotokurs teilgenommen. Der Kursleiter hat es aufgenommen. Du kennst ihn – David de la Rosa.« Gabriel sieht mich ratlos an. »Der Ex-Freund deines Bruders!«

»Kann sein.« Er zuckt die Schultern. »Da gab es einige. Lukas war nicht besonders wählerisch.«

»Nach dem Kurs haben wir noch über persönliche Dinge gesprochen. David wollte sich anscheinend mit dieser Karte bei mir bedanken.«

»Und weiter?«

»David hat mir erzählt, dass Lukas seine große Liebe war. Und darüber, wie sehr er Siegfried gehasst hat. Er …«, ich zögere, »er hat geglaubt, dass Siegfried und Lukas ein Verhältnis hatten.«

»Ein Verhältnis?« Gabriel lacht auf, aber es klingt alles andere als fröhlich. »Wenn es das nur gewesen wäre!«

Wieder denke ich daran, wie schamlos Siegfried Lukas erpresst hat, um an Firmeninternas aus der Delbrück-Projektbau zu kommen. »Warte kurz, ja? Ich muss nur etwas holen.« Keine Minute später halte ich ihm die Klarsichthülle mit der Drohung unter die Nase, die ich von Siegfrieds Schreibtisch habe mitgehen lassen. »Fällt dir was auf?«

»Was ist das?« Er runzelt die Stirn.

Während ich ihm erzähle, wie ich sie gefunden habe, hört Gabriel aufmerksam zu. »Die Schreibmaschinenschrift hier«, ich zeige auf die Karte, »ist die gleiche wie in dem Brief, den David mir gestern geschrieben hat.«

Gabriels Blick wandert über die Zeilen. Ich weiß, dass er es nun auch sieht. Das I ein bisschen schief, fast wie ein kleiner Haken. Genau dasselbe wie in dem anderen Schriftstück. Und das O mit diesem winzigen, kaum sichtbaren

Pünktchen in der Mitte. Zufall? Kaum. Ich lege beide Seiten nebeneinander. Das T hat den gleichen winzigen Knick, und das E sieht so aus, als hätte jemand ganz leicht daran gezerrt. Es ist wie ein Fingerabdruck, einzigartig und unverkennbar. Die gleichen kleinen Makel, die gleichen Unregelmäßigkeiten. Kein Zweifel – beide Schriftstücke wurden mit derselben Schreibmaschine getippt.

»Das heißt also, dass dieser David sowohl den Drohbrief an Barg als auch diese Karte an dich geschrieben hat?« Er überlegt eine Weile. »Warst du damit bei der Polizei?«

»Nein!« Ich schaue ihn entsetzt an. »Bloß nicht!«

Er runzelt die Stirn. »Aber Romy, warum nicht?«

»Weil ich nicht zur Polizei kann!« Nervös drehe ich am Knopf meiner Strickjacke.

»Du hast doch nichts falsch gemacht!«

»Eigentlich nicht. Aber vielleicht gibt es einen anderen Weg, ohne dass man die Polizei einschalten muss?«

»Ohne dass man die Polizei einschalten muss? Was meinst du damit?«

Ich senke wieder den Blick. »Ich glaube, die Polizei ist gerade nicht so gut auf mich zu sprechen«, murmele ich unbehaglich. Und weil Gabriel nichts sagt, sondern einfach nur dasitzt und abwartet, traue ich mich, weiterzuerzählen. »Ich habe den einen oder anderen Fehler gemacht.« Den verschütteten Kaffee und die Likörpralinen lasse ich aus, berichte Gabriel aber von meinem Besuch auf dem Polizeipräsidium und wie es dazu kam, dass mir der Schnauzbart seine Visitenkarte gegeben hat. Und dass ich ihn gestern auf den Hauptfriedhof bestellt habe, weil ich dachte, er könne Joris als Täter gleich dingfest machen. »Es war ein dummes Missverständnis«, beende ich meinen Bericht. »Aber der Schnauz… also Radolin war richtig sauer. Er hat gedroht, mich anzuzeigen, sollte ich mich noch ein einziges Mal in seine Ermittlungen einmischen. Er meinte, ich hätte genug von ihrer Zeit verschwendet.«

Gabriel starrt mich an. Einen winzigen Moment bin ich unsicher, ob er vielleicht sauer ist, da greift er nach meiner Hand. »Du hast einen Fehler gemacht, okay. Aber das hier, das ist was anderes.« Er überlegt. »Du hast Beweise«, sagt er nach einer Weile. »David hat Barg bedroht, das muss Radolin ernst nehmen, auch wenn du es herausgefunden hast.«

»Du verstehst nicht.« Der Schnauzbart wird keine Sekunde zögern, seine Drohungen in die Tat umzusetzen. »Egal, mit was auch immer ich da ankomme, er wird mir entweder nicht glauben, mich anzeigen oder sogar beides. So oder so bin ich diejenige, die Ärger bekommt.«

»Romy, lass dich von diesem Kerl nicht so einschüchtern! Okay, du hast dich geirrt, aber diese seltsamen Schreibmaschinenkarten sind viel schlimmer als ein falscher Alarm.«

Alles in mir sträubt sich. »Ich kann das nicht riskieren, Gabriel. Und ich will es auch nicht. Was, wenn das auch wieder schiefgeht?«

Er nickt, als würde er verstehen, aber ich merke, dass er noch an etwas anderes denkt. »Also, was ist dein Plan? David konfrontieren und hoffen, dass er dir verrät, was er getan hat?«

»Keine Ahnung.« Ich zucke mit den Schultern. »Aber *never ever* gehe ich zur Polizei.«

Gabriel schaut nachdenklich aus. »Dann tue ich es«, sagt er nach einer Weile. »Und zwar sofort.«

»Nein, Gabriel!« Ich klammere mich an seinen Arm. »Das darfst du nicht! Bitte!«

»Romy, mir bleibt keine andere Wahl. Was du mir erzählt hast, das ändert alles. Schau, es geht auch um Lukas.

Wir wissen immer noch nicht, wer …« Die Anspannung in seinen Schultern verrät ihn. Er schluckt. »Ich kenne David kaum, aber wenn er sich in seiner Eifersucht so weit hineinsteigert, Drohbriefe zu schreiben, dann ist das etwas, von dem die Polizei erfahren muss. Meine Mutter leidet fürchterlich unter der Situation, sie verdient es, die Wahrheit zu erfahren.« Aufgrund meiner vergleichsweise kleinen Sorgen habe ich nicht mehr daran gedacht, dass Lukas' Mörder weiterhin auf freiem Fuß ist. Mir fällt dieses manische Glitzern in Davids Augen wieder ein. Sind ihm in seiner Eifersucht die Sicherungen durchgebrannt, hat er Lukas im Affekt getötet? »Ich bin kein Jurist, keine Ahnung, was das letztendlich bedeutet und ob der Brief als Beweismittel überhaupt noch zulässig ist. Aber …« Hoffnung leuchtet in Gabriels Augen. »… es ist zumindest eine Spur!«

»Ich glaube nicht, dass das so einfach funktioniert.« Sein Vertrauen in die Polizeiarbeit mag ich nicht teilen. »Radolin und diese Moosbach werden einen Haufen Fragen stellen. Sie werden alles wissen wollen!« Ich sehe mich schon wieder auf dem Polizeipräsidium sitzen, in diesem Zimmer mit dem Plakat zu Suchtprävention. Das letzte Mal war schon ein absoluter Albtraum, aber diesmal wird es richtig düster …

»Romy, hör mir zu.« Sanft hebt er mein Kinn. »Ich kümmere mich. Am Ende wird alles gut, versprochen! Radolin ist kein Monster, ich halte ihn für einen guten Mann. Unkonventionell, aber fähig. Und du musst keine Angst haben. Ich kenne einen guten Anwalt, den rufe ich an. Auf gar keinen Fall wirst du mit der Polizei alleine sprechen müssen. Ich lasse nicht zu, dass dir irgendetwas passiert.«

»Was, wenn sie dich nicht ernst nehmen?«

»Das wird nicht passieren.« Woher nimmt er bloß immer diese Zuversicht? Liegt es daran, weil er von klein auf gelernt hat, dass sich mit Geld fast alles lösen lässt? »Ich spreche mit Radolin, und dann sehen wir weiter.« In seinem Gesicht entdecke ich nicht den geringsten Zweifel. Er hat sich entschieden. »Ich muss das tun«, sagt er, und ich merke, dass er in Gedanken wieder bei Lukas ist. »Das hier muss ein Ende haben. Für mich, für meine Familie … und auch für uns beide.«

Für uns beide. Drei kleine Worte, die trotz meiner Angst in mir etwas aufblühen lassen. Ein Lichtstrahl, der durch die Wolken bricht. Ich bin nicht mehr allein. Es gibt ein »uns«. Ein Team, ein Wir. Eine Erkenntnis, die mich überwältigt. Ich kann es kaum glauben, dass dieser fürchterliche Tag am Ende doch noch etwas Schönes für mich bereitgehalten hat. Vielleicht gibt es einen Ausweg aus diesem Chaos? Gabriel zieht mich an sich und küsst mich. Und diesmal … diesmal kann ich mich fallen lassen. Keine Zweifel, keine Ängste – nur das Hier und Jetzt. Sein Atem ist warm auf meiner Haut. Vielleicht war es immer so einfach? Vielleicht beginnt alles genau hier?

KAPITEL 45 – LUKAS

Frankfurt-Preungesheim
Freitag, 17. Oktober, früher Abend

Aus halb geschlossenen Lidern beobachtete Lukas die Schatten, die die Lichter der Straßenlaternen an die Wände seines Schlafzimmers malten. Der Wind, der an den Ästen der großen Platane vor seinem Fenster zerrte, verursachte immer neue Muster auf der Raufasertapete. Sein Handy gab einen Summton von sich. Eine Nachricht von Eike, der wissen wollte, wo heute Abend die Party stattfand. Lukas warf das Handy auf den Nachttisch zurück und trank einen Schluck Bier. Kam zwar selten vor, doch heute war er überhaupt nicht in Stimmung fürs Nachtleben.

Sein Blick folgte wieder den Schatten, die ihn für einen Moment von leeren Flaschen auf der Fensterbank, den Klamotten auf dem Boden und dem zerwühlten Bettzeug ablenkten. Er lehnte sich in die Kissen zurück. Keine Ahnung, wann es angefangen hatte, wann sein Leben zu einer Aneinanderreihung von Nächten geworden war, in denen er mit lauter Musik, blitzenden Lichtern und fremden Gesichtern die Zeit totschlug. Ein Leben auf Pump, finanziert von Kreditkarten, die längst überzogen waren, und dem Versprechen, dass irgendwann alles besser würde. Nur wann? Lukas leerte die Flasche in einem Zug. Irgendwas fehlte. Freiheit? Oder diese Leichtigkeit von früher, als das Leben noch nach Abenteuer und nicht nach einem endlosen Rausch geschmeckt hatte?

Er dachte an letzte Nacht. Ethan oder Nathan hatte der Typ geheißen. Er hatte gut ausgesehen, das wusste Lukas noch, und die Drinks hatten den Rest erledigt. Sie hatten kaum geredet. Wozu auch? Vielleicht gegen vier oder fünf Uhr hatte Ethan oder Nathan den Anstand besessen, sich zu verpissen. Gott sei Dank. Kein unangenehmes Frühstück, keine unnötigen Fragen, kein krampfhaftes Geplänkel darüber, ob man sich wiedersehen würde. So lief das immer. Ein Spiel auf Zeit, kein Bock auf Verbindlichkeiten, keine Routine, keine Gesichter, die ihm am nächsten Morgen fremder vorkamen als in der Nacht zuvor. Aber warum spürte er jetzt diese schleichende Unruhe?

Ein Klingeln an der Tür ließ ihn zusammenzucken, endlich, der Pizzabote. Wenigstens einer mit perfektem Timing, dachte er, während er in den Flur schlurfte und den Summer drückte. Hoffentlich half die Pizza Diavola gegen dieses drückende Gefühl im Magen. Lukas öffnete die Wohnungstür und erstarrte. Statt des Geruchs von heißem Käse und Tomatensoße der eines lange verdrängten Aftershaves. Seinem Herzen blieb gerade noch Zeit, einen Schlag auszusetzen, als David im Türrahmen auftauchte. David.

Lukas brauchte einen Moment, um sich zu fangen. Sein Ex sah verändert aus, hagerer, ein bisschen ernster. Kein Vergleich zu dem Jungen, den er vor wenigen Wochen ohne Erklärung abserviert hatte. Ein bisschen war es der Druck von Siegfried gewesen, doch David war einfach irgendwann zu anstrengend geworden. Zu besitzergreifend, zu intensiv und auch zu neugierig. Lukas hatte die Flucht ergriffen, so wie immer. Und jetzt stand er wieder hier, und dieses ungute Gefühl, das Lukas bereits seit Stunden in der Magengrube drückte, wurde noch fieser, als hätte jemand einen Stein darauf gelegt. Was wollte David?

»Hey, Lukas.« Dieser leichte Akzent in Davids Stimme hatte ihn damals angezogen wie ein Magnet. »Können wir reden?«

»Ähm, klar«, brachte er hervor, obwohl Lukas genau wusste, dass nichts an diesem Moment klar war. Reden? Das Letzte, was er jetzt brauchte, war eine weitere Aussprache mit David. Es nervte, wenn Dinge kompliziert wurden. Außerdem hatte Lukas seine Entscheidung längst getroffen – was gab es da bitte noch zu reden? »David, hey, sicher, Mann. Aber jetzt gerade, weißt du, heute ist echt nicht so ein guter Tag.« Lukas bemühte sich um ein Lächeln. »Die Pizza kommt gleich, verstehst du? Ist ein bisschen schlecht im Moment.«

»Die Pizza kann warten.« David trat einen Schritt näher. »Ich aber nicht, Lukas.«

»Herrgott, David, was gibt's denn noch zu sagen?« Lukas' Mundwinkel verkrampften sich. »Wir haben das Ding doch durch.« Er versuchte locker zu klingen, während er halbherzig in Richtung Tür deutete. »Vielleicht ist es besser, wenn du wieder gehst.«

»Ich glaube aber nicht, dass alles gesagt ist.« David sah ihn an.

»David, echt jetzt. Es bringt doch nichts, das alles wieder aufzuwärmen. Ich will einfach nur mein Leben leben, verstehst du?«

»Dein Leben? Ist das hier wirklich dein Leben, Lukas?« David zog schon wieder dieses Weltuntergangsgesicht, wie jemand, der gerade erfahren hat, dass er nicht auf der Gästeliste der angesagten Party stand, oder schlimmer noch, dass das Koks alle war. »Ich hab keine Lust auf Drama«, fuhr er ihn an. Herrgott noch mal, warum war David bloß so schwer von Begriff?

»Okay, okay. Kein Drama, Lukas. Vielleicht müssen wir auch gar nicht über all das reden. Ich dachte nur …«, er verknotete seine Finger, »vielleicht können wir auch einfach Freunde sein. Ganz locker. Kein Stress.«

Freunde also? Lukas rieb sich das Kinn, während er über die Bedeutung dieses Vorschlags nachdachte. Freund sein mit David? Nach allem, was passiert war? Irgendetwas daran fühlte sich falsch an, aber gleichzeitig war es vielleicht auch ein Ausweg. Ein Weg, die Situation zu entschärfen, ohne in tiefere Gespräche abtauchen zu müssen. »Freunde?«

»Ja, einfach so. Kein großes Ding.« David griff in seine Jackentasche. »Ich habe Tickets für ein Konzert in der Batschkapp heute. Dachte, du hast Bock mitzukommen? Nichts Großes. Wir müssen nicht reden, wenn du nicht willst. Einfach nur Musik hören. Freunde eben.«

Lukas' Blick wanderte von den Karten zu Davids Gesicht. Dieser beschissene Abend bekam plötzlich eine neue Farbe. Ein Konzert also. Pause von all dem. Lukas konnte den dumpfen Bass in seinem Kopf fast schon hören. Andererseits war da dieses ungute Gefühl. David wollte mehr, das spürte er. Und doch war das Konzert vielleicht eine Möglichkeit, auf neutralem Boden eine Art Frieden zu schließen. »Was für ein Konzert?«

David lächelte das erste echte Lächeln, seit er hier aufgetaucht war. »Du kennst die Band. Haevn.«

Lukas zuckte innerlich zusammen. Klar wusste David, wie sehr er deren Musik mochte. Die Versuchung, zuzusagen, wurde stärker. Vielleicht war es wirklich so einfach, vielleicht wollte David nur, dass sie wie normale Menschen miteinander Zeit verbrachten.

»Also? Was sagst du?« In Davids Ton lag etwas Hoffnungsvolles. »Einfach ein bisschen Musik und gute Laune. Sonst nichts.«

Lukas starrte auf die Tickets. Ein Teil von ihm wollte losziehen, die Musik genießen und für ein paar Stunden die ganzen Probleme vergessen. Aber da war noch etwas, das er nicht verdrängen konnte. Siegfried. Die Realität brach wie ein kalter Schauer über ihn herein. Siegfried wartete auf seinen Anruf. Es war dringend, und es ging um Geld. Geld, das er bitter nötig hatte, um wieder klarzukommen. Siegfried war bereit zu zahlen, wenn Lukas ihm die Informationen lieferte, die er wollte. Und Lukas konnte es sich nicht leisten, das zu vermasseln. Der Gedanke an die Schulden, die ihn weiter in die Enge trieben, hing über ihm wie eine dunkle Wolke. Nein, er konnte jetzt nicht zum Konzert. Es war eine Illusion, zu glauben, dass er für ein paar Stunden all dem entfliehen konnte.

»David, ich weiß nicht.« Lukas machte einen Schritt rückwärts. »Das mit dem Haevn-Konzert klingt echt gut, aber ich hab noch ein paar Sachen zu erledigen.«

»Sachen? Was für Sachen, Lukas?« Seine Stimme war ruhig, aber da war diese unterschwellige Schärfe, als ahnte David bereits, dass hier mehr war, als Lukas zugab.

»Ach, du weißt schon«, versuchte er ein wenig Zeit zu gewinnen. »Ein paar Sachen, die sich aufgestaut haben. Es passt einfach gerade nicht. Ein andermal vielleicht, ja?«

»Geht's etwa wieder um Siegfried?« Die Frage traf Lukas wie ein Schlag. Er zögerte genau eine Millisekunde zu lang, das reichte bereits, David hatte begriffen. »Es geht also wieder um Siegfried, oder?« David war immer eifersüchtig auf Siegfried gewesen, obwohl er Gott sei Dank nicht den leisesten Schimmer gehabt hatte, was zwischen ihnen wirklich lief. »Was ist es diesmal? Was macht dieser Typ, dass du ihn mir immer wieder vorziehst? Ich hab's nie verstanden, Lukas. Nie.«

Lukas schluckte. Er konnte David doch nicht erklären, was da wirklich lief, keinem konnte er das erklären. Es ging nicht um Gefühle, es ging ums Überleben. Siegfried war der Tropfen Gift im Lebenselixier – er hielt ihn am Leben und saugte ihn gleichzeitig vollständig aus. Aber auch das konnte er David nicht sagen, nicht so. »Es ist nicht das, was du denkst«, begann er, obwohl er wusste, dass David ihm nicht glauben würde. »Siegfried, er hilft mir nur.«

»Er hilft dir? Wie denn? Etwa indem er dich weiter in dieses Loch zieht? Sag endlich die Wahrheit, Lukas. Was läuft da wirklich zwischen euch?« Da war schon wieder dieses nervöse Zittern in Davids Stimme, das Lukas gut kannte. David gab sich an der Oberfläche immer gechillt, aber wenn der Punkt kam, an dem er glaubte, etwas zu verlieren, explodierte er.

»Es ist nicht, was du denkst«, versuchte er es halbherzig.

»Was denke ich denn? Dass du dich seit Monaten mit diesem Kerl getroffen hast, während du mir ständig ausgewichen bist?« Davids Augen glitzerten vor Wut. »Ich soll glauben, es sei nichts? Du hast mich so oft stehen lassen, aber für deinen Siegfried hast du immer Zeit. Egal, ob wir verabredet waren oder ob du sagtest, du brauchst mal 'ne Pause. Immer Siegfried. Willst du mir wirklich weismachen, dass da nichts gelaufen ist? Komm schon, Lukas!« Davids Stimme war jetzt rauer, verletzter. »Du hast mich sitzen lassen für diesen Siegfried, einfach so. Und jetzt kommst du mir immer noch mit dieser billigen Ausrede?«

»David, hör auf.« Lukas hasste diese Situationen, in denen alles außer Kontrolle geriet, und das hier lief gerade völlig aus dem Ruder; genau das, was er immer hatte vermeiden wollen. »Ich kann es dir nicht erklären. Es ist kompliziert, okay?«

»Kompliziert?« David spuckte das Wort aus, als wäre es eine Beleidigung. »Weißt du, was kompliziert ist, Lukas? Zu sehen, wie du dich selbst kaputtmachst, und nichts dagegen tun können, weil du immer wegrennst. Vor allem vor mir! Du lässt mich im Dunkeln tappen, während du dich immer weiter in diese Scheiße reitest!«

Da war sie wieder, diese ätzende Mischung aus Schuld und Wut, die er mit allen Mitteln versucht hatte zu ersticken. Lukas war Meister darin geworden, sich in Ablenkungen zu stürzen, bloß um nicht nachdenken zu müssen, um dem bohrenden Gefühl zu entkommen, dass da etwas war, das er schon viel zu lange vor sich herschob. Er hatte seine Gründe, und diese Gründe gingen David schlicht und ergreifend nichts an.

»David, ich hab dir doch gesagt, das hier, das ist einfach nicht der richtige Moment.«

»Es ist nie der richtige Moment, oder?« David schnaubte verächtlich. »Und weißt du was? Freunde, okay, das hab ich versucht. Aber du schiebst mich immer nur zur Seite, sobald dein Siegfried nach dir pfeift. Fahr zur Hölle, Lukas, ich hab genug!«

Hatte er nicht, so gut kannte Lukas seinen Ex inzwischen. Vielleicht würde er sich und Lukas eine Woche Pause gönnen, ihn spätestens danach weiter bedrängen, bis es keinen Platz mehr gab, um sich zu verstecken. Wie hätte er denn auch ahnen können, dass hinter Davids niedlicher Fassade ein solcher Stalker steckte?

»Weißt du was, David?« Lukas hasste sich selbst dafür, aber wenn er sich in die Ecke getrieben fühlte, war ihm kein Ausweg zu schäbig. »Kein Wunder, dass du alleine bist. Du klebst an den Menschen wie ein verdammter Kaugummi, und irgendwann haben sie einfach genug von dir. Deshalb bist du mir egal. Immer gewesen.«

David starrte ihn an, als hätte er ihn geschlagen. Seine Augen weiteten sich, und dann sah Lukas darin etwas explodieren. »Du …« Davids Stimme brach, seine Hände zitterten. »Du verdammtes Arschloch!«

Lukas sah die Faust auf sich zukommen; zu spät begriff er, dass er zu weit gegangen war. Alles passierte wie in Zeitlupe, und bevor er reagieren konnte, traf ihn der Schlag mit voller Wucht. Sein Kopf schleuderte zurück, ein stechender Schmerz durchzuckte sein linkes Auge, dann wurde es dunkel. David, die Wohnungstür, die Deckenlampe, alles verschwand in einem tiefen, dumpfen Nichts.

KAPITEL 46 – ROMY

Frankfurt-Eckenheim
Donnerstag, 27. November, vormittags

Erstaunlich, was ein bisschen Sonne ausmacht! Gestern hatte ich noch das Gefühl, mich würde ein unsichtbares Gewicht nach unten ziehen; aber heute ist bereits beim Aufwachen etwas anders. Liegt es daran, dass sich Gabriel gestern Abend alle Mühe gegeben hat, mich meine Probleme vergessen zu lassen?

Beschwingt springe ich aus dem Bett und ziehe die Vorhänge auf. Sonnenschein strömt herein und genauso, wie ich gestern den Tag im Bett verbringen wollte, zieht es mich jetzt nach draußen. Natürlich haben sich meine Sorgen nicht in Luft aufgelöst, ein bisschen was hat sich dennoch verändert. Vielleicht nicht viel, doch die Welt schaut heute definitiv wieder anders aus.

Ich tappe barfuß in die Küche, setze mir einen Kaffee auf und fahre den Laptop hoch. Da ist nämlich eine Sache, die ich noch erledigen will: Wenn schon nicht den Stier, werde ich heute zumindest ein anderes Tier bei den Hörnern packen.

Die liebe Claudia Huck wird Augen machen! Ich habe nämlich nachgedacht und finde, dass ich unter den gegebenen Umständen für die BargImpact eine mehr als gute Arbeit abgeliefert habe. Zum Osthafentower gab es seither durchweg positive Berichterstattung, keine Skandale, keine Querschläger – alles läuft glatt. Ich habe nicht nur ihren Ruf aufpoliert, sondern Siegfried Barg den Rücken freigehalten. Und nur weil Joris glaubt, mich rauszuwerfen zu können, heißt das noch lange nicht, dass ich meine Arbeit umsonst geleistet habe.

Und darum werde ich heute die Rechnung stellen. Punkt. Meine Resultate sprechen für sich, und nur weil jemand plötzlich kalte Füße hat, lasse ich mich nicht einfach so abspeisen. Mag sein, dass mein Job erledigt ist, aber meine Zeit hat nun mal ihren Preis.

Ich öffne die Excel-Datei und überprüfe meine Stundenauflistung. Jede Minute, die ich in dieses Projekt gesteckt habe, wird auf dieser Rechnung stehen. Und zwar bis auf die letzte Dezimalstelle. Während ich tippe, wächst etwas in mir. Es ist nicht Wut, es ist Genugtuung. Sie wollen mich loswerden? Gut, das ist ihnen gelungen, aber sie werden jeden verdammten Cent zahlen. Keinesfalls mache ich mich klein, im Gegenteil – mit Genuss vermerke ich das Zahlungsziel »Bitte um Begleichung innerhalb von vierzehn Tagen«. Mehr braucht es nicht, oder?

Meine Finger schweben über der Maus. Soll ich das wirklich abschicken? Ist das zu viel des Guten, überspanne ich den Bogen? Ich muss an den Umschlag unter meinem Bett denken. Es ist genau richtig. Und ich habe es mir verdient, also klicke ich auf »Senden«. Es fühlt sich befreiend an. Kein Triumph, keine Schadenfreude, sondern das gute Gefühl, für mich selbst eingestanden zu sein.

Ich schließe den Laptop, nehme noch einen Schluck von meinem Kaffee. Die Rechnung ist raus, dieses Kapitel ist für mich abgeschlossen. Soweit ich erkenne, ist der Himmel wolkenlos und hat dieses klare Leuchten, das selbst Novembertage erträglicher macht. Es ist genau das richtige

Wetter für einen ausgiebigen Spaziergang, also dusche ich, putze mir die Zähne und ziehe mich an. Die Wetter-App verspricht nicht mehr als drei Grad, ich greife nach meinem Wollmantel und dem weichen Fransenschal, schnappe mir meine Mütze und schlüpfe in meine Stiefel.

Als ich die Haustür öffne, pralle ich fast mit Margit zusammen. Sie hält einen Besen in der Hand, neben ihr steht ein Eimer und ich ziehe unwillkürlich den Kopf ein. Ich weiß, sie meint es gut, aber ich will nicht schon wieder mit dieser Faschingsparty zugetextet werden. Zum Glück hat sie bereits ein anderes Opfer gefunden, einen älteren Herrn mit einer Promenadenmischung an der Leine. Der Mann sieht aus, als wolle er jeden Moment die Flucht ergreifen, aber Margit redet mit leuchtenden Augen auf ihn ein. So wie sie gerade in Fahrt ist, wird das hier eine Weile dauern. Ich gehe an den beiden vorbei und schlage den Kragen meines Mantels hoch. Kaum habe ich den Hauptfriedhof betreten, ist da wieder dieses Gefühl, als würde die Welt ein bisschen langsamer werden. Vielleicht komme ich deshalb so gerne hierher? Die Stille um mich herum tut gut. Kein Hupen, kein Verkehrslärm, nur ab und zu raschelt ein einsames Blatt über den Boden. Keine Aufgaben, keine Projekte und erst recht keine Frau Huck, die mir den Tag schwer macht. Ich habe gerade die Lindenallee erreicht, als mein Handy in der Jackentasche vibriert. Keine Ahnung warum, aber irgendwie habe ich ein merkwürdiges Gefühl im Bauch, als ich auf dem Display Gabriels Namen lese. Eigentlich ruft er nicht einfach so am Vormittag an, eher schreiben wir uns kurz mal ein schnelles »Wie war die Nacht? ;o« oder etwas Lustiges, das einem den Morgen versüßt. Doch nach unserem gestrigen Gespräch kann sein Anruf am frühen Morgen nur eines bedeuten – er will mich vorwarnen, dass die Kripo sich bei mir melden wird. Ich bleibe stehen. »Hey, Gabriel, alles okay?«

»Guten Morgen, Romy.« Er klingt anders als sonst, dieses leichte Lächeln in seiner Stimme fehlt, und sofort spannt sich etwas in mir an. »Wo bist du gerade?«, will er wissen.

»Auf dem Hauptfriedhof«, antworte ich. »Ein bisschen frische Luft schnappen. Und du?«

»Ich muss dir was erzählen, Romy.« Kurze Pause. »Wir müssen reden.«

Wir.

Müssen.

Reden.

Ich kenne diesen Satz. Jeder weiß, was er bedeutet. Ich ziehe den Schal fester um mich, mit einem Mal ist mir eiskalt.

»Ich war gestern noch bei der Polizei«, sagt er nach einer Weile.

»Okay.« Ich weiß jetzt schon, dass das ein Gespräch wird, das ich nicht führen will. »Was haben sie gesagt?«

»Sie haben meine Aussage sehr ernst genommen. Davids Karte lenkt die Ermittlungen im Fall meines Bruders in eine völlig neue Richtung.«

»Was genau haben sie denn ernst genommen?« Ich steuere eine der Parkbänke an. Die Erinnerung an Siegfrieds Büro kommt hoch, an den Moment, als ich diesen verdammten Drohbrief zum ersten Mal in den Händen gehalten habe. Damals habe ich mich lediglich in meinem Verdacht bestätigt gefühlt, dass jemand Siegfried etwas Böses wollte; ich hatte ja keine Ahnung, was er wirklich bedeutet – und wie ernst es werden würde.

»Romy?« Gabriels Stimme holt mich zurück. »Bist du noch da?«

»Ja, ich höre dich.« Sein Schweigen auf der anderen Seite der Leitung dauert zu lange. Da ist noch etwas, oder? Etwas, das er mir nicht sagen will, dazu kenne ich ihn inzwischen gut genug. »Gabriel?« Meine Finger umklammern das Handy. »Was ist noch?« Schweigen. »Sag es mir bitte!«

Ich höre ihn ausatmen. »Ja, da ist noch etwas. Die Kripo …« Er stockt. »Sie sind direkt zu David de la Rosa gefahren, um ihn zu befragen.«

Das Gefühl der Enge in meiner Kehle wird immer drückender. »Und was haben sie herausgefunden?«

»Ich sollte eigentlich nicht mit dir darüber sprechen …«, beginnt er zögernd.

Ich halte den Atem an. Oh Gott, jetzt kommt es. Ist der Schnauzbart etwa mit einem Haftbefehl zu mir unterwegs? »Gabriel, bitte, sag mir einfach, was los ist!«

»Sie haben David gefunden.«

Sie haben David gefunden? Er war also zu Hause, sie haben ihn erreicht, konnten mit ihm sprechen … Etwas Dunkles ballt sich in meiner Brust, ganz langsam, bevor ich die Bedeutung seiner Worte wirklich begreife. »Was meinst du, sie haben David gefunden? Wo ist er?«

»David hat sich das Leben genommen.« Ein Riss, wie eine dünne Schicht Eis, die unter zu viel Druck bricht. Nichts in seinem Satz ergibt irgendeinen Sinn und daran klammere ich mich. Das kann nicht sein.

»Er hat einen Abschiedsbrief hinterlassen.« Gabriel zögert. »Darin gibt er zu, Lukas im Affekt getötet zu haben.«

Eine Schockwelle rollt über mich. »Was genau hat er geschrieben?«, krächze ich. Ist das wirklich meine Stimme?

»Er hat zugegeben, Lukas aus Eifersucht erschlagen zu haben«, sagt Gabriel leise, als würde das die Schwere mildern. »Und dass er ohne ihn nicht mehr leben kann. Die Polizei hat ihn eindeutig als Täter identifiziert. Er hat wohl alles aufgeschrieben.«

»Oh Gott«, murmele ich. Ein Teil wusste, dass mit ihm etwas nicht stimmt, aber ich wollte es nicht glauben. David war also wirklich derjenige, der für den Mord an Lukas verantwortlich ist? »Und was ist mit Siegfried?«

»Anscheinend war David felsenfest davon überzeugt, dass Lukas ihn mit Siegfried betrogen hat. Lukas wurde das irgendwann zu viel. Er hat mit David Schluss gemacht, was dieser aber nicht akzeptieren wollte. Für Lukas war David nur eine seiner Affären, aber David hat wohl mehr darin gesehen, er hat sich regelrecht reingesteigert. Am 17. Oktober wollte er Lukas abends mit Konzertkarten überraschen und dann ist die Sache wohl aus dem Ruder gelaufen.«

Taubheit breitet sich in mir aus, als ob die Welt sich gleich von mir verabschieden will. Fühlt es sich so an, wenn man ohnmächtig wird?

»Die Kripo wollte auch wissen, woher ich die Karte mit der Drohung habe«, höre ich Gabriels Stimme wie von weiter Ferne. Schlagartig bin ich wieder da.

»Was hast du ihnen gesagt?«

»Ich habe natürlich keine Auskunft über die Herkunft des Beweisstücks gegeben. Das hatte ich dir doch versprochen! Sie wissen nicht, dass du sie gefunden hast.«

Wissen sie es wirklich nicht? Die Vorstellung, dass die Kripo plötzlich vor meiner Tür stehen könnte, lässt mich schlagartig die letzten zehn Jahre meines Lebens hinterfragen. Wie ich den Schnauzbart einschätze, wird er sich noch nicht einmal von Margit aufhalten lassen. »Was, wenn sie es trotzdem herausfinden? Wenn sie in der BargImpact nachfragen? Oder schlimmer noch – wenn Radolin nach den

Vorwürfen von Joris, ich hätte in Bargs Büro geschnüffelt, eins und eins zusammenzählt?

»Süße, du musst keine Angst haben! Solange du nichts Unüberlegtes tust, wird nichts passieren.«

»Gabriel, ich habe Angst!«

»Dir wird nichts passieren, Romy, mach dir keine Sorgen«, versichert er mir. »Ich habe gestern Nacht noch mit unserem Anwalt telefoniert. Im Moment sollten wir die Ermittlungen erst einmal ihren Gang gehen lassen.« Im Hintergrund höre ich Fahrgeräusche, also ist er gerade im Auto unterwegs. »Und ich halte dich auf dem Laufenden. Sobald ich mehr weiß, gebe ich dir Bescheid, versprochen. Du musst das nicht alleine durchstehen, ich bin bei dir. Aber du musst jetzt stark sein, nicht nur für dich, sondern auch für uns. Versprich mir das, ja?«

Ich nicke, auch wenn er es nicht sehen kann. Der Gedanke an diesen Anwalt gibt mir einen Hauch von Hoffnung. »Okay, Gabriel. Ich versuche es.«

»Das ist mein Mädchen!«, sagt er, und in dem Moment will ich nichts weiter, als mich in seine Arme stürzen.

»Ich … ich vermisse dich, Gabriel!« Die Sehnsucht frisst mich fast auf.

»Ich vermisse dich auch, Romy«, antwortet er sanft. »Mehr, als du dir vorstellen kannst.«

»Kannst du vielleicht herkommen?«, frage ich. »Ich weiß, das ist viel verlangt, aber … ich brauche dich.« Er schweigt einen Moment zu lange, ich presse mir den Daumennagel in den Handballen. Warum hab ich das bloß gesagt?

»Mein Schatz, wenn ich könnte, würde sofort zu dir kommen, aber ich muss mich um meine Eltern kümmern.«

»Oh, natürlich. Ja, klar.« Ich schließe die Augen. Was mag es für seine Eltern bedeuten, wenn man den Mörder ihres Sohnes endlich gefasst hat? Und warum habe ich nicht gleich daran gedacht? »Tut mir leid, das war – das war blöd von mir.«

»Hey, nein, das war es nicht«, unterbricht er mich. »Nichts, was du tust, finde ich blöd, im Gegenteil. Es ist völlig okay. Und wir werden uns ganz bald sehen, versprochen.«

»Wirklich?«

»Wirklich. Egal, was passiert, du bist nicht allein. Wir schaffen das«, verspricht er. »Glaube mir, meine Süße, am Ende wird alles gut.«

Wir verabschieden uns, Gabriel schickt ein Küsschen durchs Telefon und dann legt er auf. Wie versteinert bleibe ich noch eine ganze Weile sitzen. Erst als die Kälte der Bank durch meinen Mantel dringt, setze ich mich langsam wieder in Bewegung. Trotz des strahlenden Sonnenscheins ist die Leichtigkeit, die ich noch vor wenigen Augenblicken gefühlt habe, verschwunden. Zurück bleibt nichts als ein Gefühl der Schuld, das zentnerschwer auf meine Schultern drückt.

KAPITEL 47 – ROMY

Frankfurt-Eckenheim
Donnerstag, 27. November, nachmittags

Wenn Katzen nicht wissen, ob sie angreifen oder flüchten sollen, setzen sie sich hin und putzen sich. Man nennt das Übersprunghandlung; ich habe das in dem Unnützes-Wissen-Buch gelesen, das mir Roswitha letztes Jahr zum Geburtstag geschenkt habt. Gerade merke ich, dass ich mich gar nicht so anders verhalte. Ich stehe nämlich gerade in meinem Wohnzimmer und sortiere Bücher, nur um nicht nachdenken zu müssen. Um nicht stillstehen zu müssen. Um irgendwie mit der Angst klarzukommen.

Die Nachricht von Davids Tod macht mich völlig fertig. Keine Ahnung, wie das biologisch funktionieren kann, aber mir ist gleichzeitig heiß und kalt, während in meinem Kopf ein Schwarm Dämonen herumsaust. David hat also Suizid begangen. Mir krampft das Herz zusammen, wenn ich daran denke, wie verzweifelt er gewesen sein muss, keinen anderen Ausweg mehr zu sehen.

Auf Wackelpuddingbeinen schleiche ich in die Küche, mit irgendetwas muss ich mich beschäftigen. Im Kühlschrank nichts, was mich inspiriert – weder habe ich Lust auf die Reste der Asia-Pfanne noch gelüstet es mich nach sauren Gurken. Eigentlich habe ich überhaupt keinen Hunger, also knalle ich die Tür zu und wische stattdessen über die Arbeitsplatte. Sie ist zwar sauber, aber irgendwie ist es wichtig, immer weiterzuwischen, nur damit die Gedanken nicht die Oberhand gewinnen. Entnervt schmeiße ich den Lappen ins Spülbecken und tigere ins Wohnzimmer zurück. Die Sofakissen sind total verknautscht, also arrangiere ich sie ordentlich. Margit wäre garantiert stolz, auch wenn ich mir das mit dem Handkantenschlag in der Mitte verkniffen habe. Keine Ahnung, warum ich das hier mache, aber während ich die Bezüge glatt streiche, bin ich von all den anderen Sorgen abgelenkt.

Ungewollt taucht Davids Gesicht vor mir auf. Wie freundlich er beim Fotokurs war, seine Geduld, mir bei der Motivwahl zu helfen. Das schöne Foto und die netten Zeilen, die er mir geschickt hat. Aber auch dieses manische Glitzern in seinen Augen, als er über seinen Liebeskummer gesprochen hat und seine hasserfüllte Drohung auf dem Kondolenzempfang.

Mörder. Das Wort geistert mir die ganze Zeit im Kopf herum. Wie mag es Davids Familie und seinen Freunden damit gehen, dass er seinem Leben ein Ende gesetzt hat? Gabriel hat nichts über die näheren Umstände verraten, aber ehrlich gesagt möchte ich das auch gar nicht wissen. Allein der Gedanke, wie verzweifelt David gewesen sein muss, bedrückt mich zutiefst.

Ich schalte den Fernseher an und zappe durch die Programme. Nachrichten, eine Kochshow, irgendeine Doku-Soap. Wann sich der Schnauzbart bei mir melden wird? Diese verdammte Ungewissheit macht mich ganz kribbelig, genervt schalte ich den Fernseher wieder aus. Ich öffne auf dem Handy einige Nachrichten-Apps, checke meine E-Mails – aber auch da ist nichts los. Vielleicht ein bisschen Instagram? Ziellos swipe ich mich durch die sorgfältig kuratierten Lebensausschnitte unbekannter Menschen.

Ein paar unvermeidliche Katzen-Reels gefolgt von biegsamen Frauen, die vor beruhigenden Hintergründen Sonnengrüße praktizieren. Sie schauen alle so mühelos aus, so entspannt in ihrem Gleichgewicht; eben alles, was ich gerade nicht bin. Vielleicht würde auch mir Yoga guttun? Auf einer Matte zu atmen und nicht an David de la Rosa denken zu müssen, stelle ich mir überaus verlockend vor.

Mein Blick bleibt an einem der Fotos hängen. Ist das nicht Asja? In der Tat, sie ist es. In einer Haltung, bei der mir schon vom Zusehen die Knie schmerzen, posiert sie auf einem Bootssteg und lächelt gelassen in die Kamera. Mehr aus Langeweile als aus Neugier klicke ich auf ihr Profil und entdecke einen neuen Link; anscheinend hat sie eine weitere Kooperation an Land gezogen. Geschäftstüchtig ist sie ja, das muss man ihr lassen. Und da ich eh nichts Besseres zu tun habe, folge ich der Verlinkung und lande direkt im siebten Yogahimmel – anders lässt sich meine Begeisterung beim Anblick dieser stylishen Leggings, Bustiers und Tops kaum beschreiben. Alles strahlt einen Hauch von Luxus aus, und das Beste ist, dass es heute dreißig Prozent auf alles gibt! Eine lavendelfarbene Leggings lässt jeden Gedanken an David augenblicklich im Hintergrund verschwinden. Wow, die sieht fantastisch aus! Ich merke direkt, wie sehr mich das Scrollen durch diese sanften Farben beruhigt und vielleicht ist ja genau dieser zartrosa Sport-BH mein Weg, mich nicht weiter mit der Realität herumschlagen zu müssen. Mir wird eine locker geschnittene Yogahose in Salbeigrün angezeigt, sie landet direkt im Warenkorb. Dann ein Tanktop in einem feinen Nude-Ton, fast wie Elfenbein, das mir förmlich entgegenflüstert, wie bequem es ist. Weiter unten entdecke ich eine leichte Kapuzenjacke, wieder in Salbeigrün. Ich stelle mir vor, wie ich mich eingekuschelt fühle – gekauft. Dann eine Yogamatte in pudrigem Blau, die perfekt zu all den anderen Sachen passt, so unaufgeregt, dass ich sie einfach mitnehmen muss.

Mein innerer Yogaguru nickt zustimmend, als ich mich bei den Accessoires umschaue: Socken in hellem Beige, Fitnessbänder, ein babyblaues Handtuch aus schnelltrocknendem, nachhaltigem Material – ich klicke wahllos weiter. Ein Klick, noch ein Klick und während der Warenkorb voller und voller wird, legt sich eine seltsame Ruhe über mich. Es ist, als hätte ich endlich die Kontrolle über mein Leben zurückgewonnen, wäre da nicht diese kleine Anzeige über dem Warenkorb. »Reserviert für dreizehn Minuten«, lese ich; daneben ein Countdown, der erbarmungslos herunterzählt. Mein Puls beschleunigt sich. Was, wenn ich mich nicht rechtzeitig entscheiden kann? Ich scrolle zurück zum Shop, da muss doch noch mehr sein! Eine weitere Leggings, diesmal in sanftem Beige, ist die perfekte Ergänzung zu den anderen Sachen. Klick. Ein Crop-Top in Mauve, so dezent, dass ich es einfach haben muss. Noch zehn Minuten. Ich atme schneller, während die Uhr tickt. Eine Yogadecke – »perfekt für Meditation«, steht da, und obwohl ich noch nie im Leben meditiert habe, schiebe ich sie in den Warenkorb. Verdammt, die Zeit rast mir davon! Meine Hände sind feucht, während ich auf immer kleiner werdende Zahlen starre. Es ist ja nur ein Warenkorb, aber die Angst, etwas zu verlieren, treibt mich an. Dreißig Prozent Rabatt – was, wenn ich etwas vergesse? Ich finde noch eine stylishe Trinkflasche und dann muss noch eine letzte Sache mit dazu – ein Set mit nudefarbenen Haarbändern, weil sie so wunderbar schlicht aussehen. Klick.

Noch fünf Minuten! Ich bin jetzt schon total gestresst, als ich den Zur-Kasse-Button drücke. Eine neue Seite öffnet sich: »Bitte melden Sie sich an oder erstellen Sie ein Kundenkonto.« Ein Konto erstellen? Jetzt? Ich suche nach einer Möglichkeit für eine Gast-Bestellung, aber die gibt es nicht. Verflixt und zugenäht! Ich habe weder Zeit noch Lust, einen Account anzulegen.

Noch drei Minuten. Hektisch gebe ich meinen Namen, dann meine E-Mail-Adresse ein und vertippe mich prompt. Konzentrier dich, Romy! Ich lösche die falschen Buchstaben, versuche es noch mal und fülle die Adressangaben aus. Die verbleibende Zeit schrumpft gnadenlos. Mit angehaltenem Atem gebe ich ein Passwort ein, aber das System will es nicht akzeptieren. Zu kurz. Also noch mal, diesmal mit Zahlen und einem Sonderzeichen. Während der Countdown weitertickt, aktualisiert sich die Website. »Ein Verifizierungscode wurde an Ihre E-Mail-Adresse gesendet.« Das darf doch nicht wahr, oder?! Noch sechzig Sekunden auf der Uhr. Hastig öffne ich mein Mailprogramm, wo ist nur diese verdammte Mail? Nichts. Kein Code, rein gar nichts. Ich klicke hektisch auf »aktualisieren«, um das zu beschleunigen, was längst hätte da sein müssen, aber der Eingangsordner bleibt leer. Mir bricht der Schweiß aus. Was, wenn ich meine ganzen Rabatte verliere? Ich drücke auf Code erneut senden, wieder die gleiche Nachricht. »Ein Verifizierungscode wurde an Ihre E-Mail-Adresse gesendet. Überprüfen Sie bitte auch Ihren Spam-Ordner.« Der Spam-Ordner! Wie konnte ich den vergessen? Noch dreißig Sekunden. Ich wechsele ins Spam-Verzeichnis, und da ist sie, die ersehnte Verifizierungsmail. Na endlich. Gerade will ich sie anklicken, als ein vertrauter Name meine Aufmerksamkeit auf sich zieht. Ich lese die Absenderadresse und mir rieselt ein eiskalter Schauer über den Rücken – die Nachricht ist nämlich von David. Schreibt er mir jetzt etwa aus dem Jenseits? Vergessen sind die Yogaschnäppchen. Was ich hier gerade in den digitalen Tiefen meines Postfachs gefunden habe, ist wichtiger als jedes zeitliche Limit. Ich hole tief Luft, dann öffne ich seine Nachricht.

Liebe Romy,

ich habe dir einen Ordner mit den Fotos von Lukas' Kondolenzempfang zusammengestellt. Anbei der Downloadlink. Liebe ist so unglaublich kostbar und zerbrechlich; ich hoffe, derjenige, den du suchst, ist es wert.

Herzliche Grüße,
David

Verblüfft halte ich inne. Diese Mail ist keinesfalls nur irgendein Spam, nein, es sind die Fotos vom Kondolenzempfang bei den Delbrücks, auf die ich schon so lange vergeblich gewartet habe. Das Herz wird mir schwer, als ich sehe, dass David sich am Tag des Fotokurses die Mühe gemacht hat, mir die Dateien zusammenzustellen. Und ich habe ihm unterstellt, er hätte es vergessen!

»Verzeih mir«, flüstere ich, als ich den Link öffne und zu einem Online-Speicher gelange. Der Ordner heißt schlicht »Lukas« und beinhaltet zweiundvierzig Aufnahmen. Zwar brauche ich sie eigentlich nicht mehr, da der Fall ja jetzt gelöst ist, dennoch bin ich neugierig. Gleich auf dem ersten Bild entdecke ich Gabriel im Gespräch mit einem anderen Mann, aber auch auf den Folgeaufnahmen sehe ich bekannte Gesichter. Elsa Delbrück an der Seite eines gebrechlich wirkenden älteren Herrn, den ich für Gabriels Vater halte. Jürgen Kleiber mit einem Kuchenteller, Hämorrhoiden-Henrys Schwiegereltern und sogar den Schnauzbart. Obwohl ich ihm erst eine Stunde später den Kaffee übers Sakko kippen werde, schaut er grimmig in die Kamera. Seine schlechte Laune scheint also nicht zwingend etwas mit mir zu tun zu haben; ein Gedanke, der mich irgendwie beruhigt.

Auch von Siegfried gibt es eine Aufnahme, die mir seltsam bekannt vorkommt. Ich brauche eine Weile, bis ich darauf komme, dass es das Foto aus Jürgen Kleibers Artikel ist. Für die Veröffentlichung wurde ein Bildausschnitt gewählt, erst jetzt fällt mir auf, dass auf dem Originalfoto noch eine weitere Person zu sehen ist. Das ist doch …! Verblüfft vergrößere ich die Bildschirmansicht. Aber nein, ich habe mich nicht geirrt, diesen Rücken kenne ich definitiv. Nur dass ich diese Person nicht auf dieser Veranstaltung erwartet hätte. Wie eigenartig!

In meinem Kopf arbeitet es, während ich zu begreifen versuche, was ich gerade entdeckt habe. Um wie viel Uhr wurde das Bild aufgenommen? Siegfried und ich sind etwa gegen halb vier bei den Delbrücks angekommen, und ein Blick in die Dateiinformationen verrät, dass dieses Foto wohl kurz nach unserer Ankunft geschossen wurde. Mit einem Mal spüre ich regelrecht, wie die Verbindungen einrasten und mein Hirn mir eine Lösung präsentiert, die so unglaublich und gleichzeitig so präzise ist, dass sich mir die Nackenhaare aufstellen. Wenn das, was ich hier vor mir sehe, wirklich das ist, was ich meine darin zu erkennen, dann dreht sich noch mal alles. Fassungslos starre auf das Foto. Kann es wirklich sein, dass ich die Lösung die ganze Zeit vor der Nase hatte und erst jetzt die Zusammenhänge begreife?

KAPITEL 48 – ROMY

Frankfurt, Hauptfriedhof
Freitag, 28. November, früher Nachmittag

Ich laufe so schnell, dass es mir jetzt schon in den Seiten zwickt. Ganz bestimmt bin ich nicht zu spät, und trotzdem werde ich dieses dumme Gefühl nicht los, mich beeilen zu müssen. Warum hetze ich mich eigentlich so? Weil ich meinem eigenen Gefühl nicht traue – auch wenn diesmal alles so perfekt passt, dass es fast schon unheimlich ist. Ich weiß, es gab schon einige Momente, in denen ich glaubte, mir sicher zu sein, aber heute ist es anders. Diesmal weiß ich definitiv, was passiert ist und warum ich hier bin.

Ich bin nämlich hier, weil ich jemanden suche. Einen absoluten Gewohnheitsmenschen, jemanden, der immer zur selben Zeit die gleichen Wege geht. Und ich hoffe, dass genau das uns am Ende zusammenführen wird. Da vorn ist es endlich, aber ich sehe niemanden. Bin ich etwa zu spät? Nein – da drüben, eine Bewegung, ich bleibe stehen. Und tatsächlich, da ist genau die Person, die ich erwartet habe. Sie steht vor einem hellen Granitgrabstein und scheint völlig in Gedanken versunken zu sein.

Und nun? Natürlich bin ich hier, um Antworten zu bekommen, doch der Schmerz, der von diesen gebeugten Schultern ausgeht, ist unübersehbar. Ich zögere. Einem trauernden Menschen muss man die Zeit lassen, die er braucht – man darf ihn dabei nicht stören. Also warte ich ein wenig abseits. Zu beobachten, wie aufmerksam das kleine Grab gepflegt wird, wie liebevoll die Blumen in der Vase arrangiert werden, macht mich beklommen. Selbst das bunte Windrad und das Plüscheinhorn macht die Schwere dieses Schicksals nicht leichter.

Mein Herz flattert regelrecht, als die einsame Gestalt sich zum Gehen wendet. Den ganzen Vormittag habe ich gegrübelt, was ich sagen könnte, doch jetzt ist alles aus meinem Kopf verschwunden. »Frau Huck?«

Sie hebt den Kopf.

»Sie?« Ihre Augen verengen sich, eine Falte vertieft sich zwischen ihren Augenbrauen. »Was wollen Sie hier?«

»Ich bin hier, weil ich mit Ihnen reden will.«

»Ich wüsste nicht, was wir zu bereden hätten!« Schon macht sie Anstalten, weiterzugehen, doch ich lasse mich nicht beiseiteschieben.

»Ich will wissen, ob Sie nachts noch ruhig schlafen können«, sage ich. »Nach dem, was Sie getan haben.«

»Was ich getan habe?« Nun bleibt sie doch stehen. »Ich habe Joris lediglich darin bestärkt, Ihre«, sie mustert mich kühl, »*Dienste* nicht weiter in Anspruch zu nehmen. Überrascht Sie das etwa?«

»Nicht so sehr wie das, was ich über Sie herausgefunden habe, Frau Huck.«

»Ich weiß nicht, wovon Sie da reden.«

»Ach nein?« Ihr linkes Augenlid zuckt, so ganz nehme ich ihr das Erstaunen nicht ab. »Anscheinend bin ich nämlich nicht die Einzige, die Sie loswerden wollten. Oder irre ich mich, Frau Huck?« Wieder versucht sie sich an mir vorbeizudrängen, ich verstelle ihr den Weg.

»Was erlauben Sie sich?«, zischt sie mich an.

Wenn Blicke töten könnten, würde ich garantiert auf der Stelle leblos im Gras liegen, doch seltsamerweise habe ich keine Angst mehr. Dieses flatternde Augenlid hat sie verraten. »Ich will nur, dass Sie mir zuhören«, sage ich. »Ansonsten gehe ich direkt zur Polizei.« Das fällt mir zwar im Traum nicht ein, aber ein wenig bluffen kostet nicht mehr als zwei Karmapunkte und schadet ja nicht, oder?

»Tun Sie, was Sie nicht lassen können.« Ihre Stimme ist völlig emotionslos – blufft sie genauso gut? »Umgekehrt wüsste ich auch über Sie so einiges, was die Polizei sicherlich höchst interessant finden wird. Von einem billigen kleinen Flittchen wie Ihnen lasse ich mich nicht einschüchtern!«

»Ein billiges kleines Flittchen also? Das ist es, was Sie von Anfang an in mir gesehen haben, nicht wahr? Aber wissen Sie was, Frau Huck? Dabei haben Sie einen Fehler gemacht!«

»Was auch immer Sie sich gerade hier zusammenfantasieren, Frau Sternek, es interessiert mich nicht. Es ist sowieso nur wieder eine Ihrer Lügengeschichten.«

»Lügengeschichten?« Wir stehen so dicht voreinander, dass ich ihr Parfum riechen kann. Irgendetwas Schweres, Blumiges, als hätte sich ein ganzer Rosengarten in eine Flasche gepresst und dabei ein bisschen übertrieben. Mir wird leicht schwummerig.

»Sie waren schon immer gut darin, Märchen zu erfinden, wenn es darum ging, Ihre Haut zu retten«, giftet sie. »Bei Ihrer Schnüffelei in Herrn Bargs Büro haben Sie sich ja noch herausreden können, aber mit Ihren Unterstellungen gegenüber seinem Sohn haben Sie den Bogen eindeutig überspannt. Glauben Sie ernsthaft, dass noch irgendjemand Ihren Geschichten glauben wird?«

»Also wenn ich eines wirklich gut kann, dann ist es, fesselnde Geschichten zu erzählen.« Ich beschließe, alles auf eine Karte zu setzen. »Eine, die mich erst kürzlich sehr zum Nachdenken angeregt hat, geht folgendermaßen: Es war einmal eine junge Frau, die bei einem aufstrebenden Projektentwickler als Sekretärin anfing. Zuverlässig, engagiert und anspruchslos war sie genau die Art von Mitarbeiterin, die für ihren Job alles gab und dafür nichts forderte. Vorgesetzte lieben solche fleißigen Bienchen, und selbstverständlich gefiel das auch ihrem Chef.« Keine Ahnung, ob sie mir gleich ihre Handschaufel in die Brust rammen oder die Gießkanne über den Kopf ziehen wird, aber immerhin hört sie mir zu. »Ein Mann wie aus dem Bilderbuch – attraktiv, charmant, und vor allem wusste er, wie man Menschen für sich einnimmt. Vielleicht waren es am Anfang nur belanglose Gespräche in der Kaffeeküche oder nichtssagende Komplimente für geleistete Überstunden, doch die junge Frau fühlte sich geschmeichelt. Endlich jemand, der sie nach ihrer Meinung fragte, vor den anderen lobte und ihr das Gefühl gab, ihre Arbeit wertzuschätzen.«

»Sie sind erbärmlich, wissen Sie das?«

»Jedenfalls dauerte es nicht lange, bis die junge Frau bis über beide Ohren in ihren Chef verliebt war.« Ich habe beschlossen, mich nicht unterbrechen zu lassen. »Und am Anfang war es wie im Traum, nicht wahr, Frau Huck? Dieser charismatische Mann, der Ihnen das Gefühl gab, etwas Besonderes zu sein. Bestimmt haben Sie alles für ihn getan. Zusätzliche Aufgaben übernommen, bis spätabends im Büro ausgeharrt, an Wochenenden parat gestanden – das Übliche halt. Er bat sie um Rat, vertraute Ihnen Persönliches an, und irgendwann verbrachten sie auch nach Feierabend Zeit zusammen. Sie glaubten wirklich, dass Sie ihm wichtig waren. Nicht nur irgendeine Angestellte, sondern jemand Besonderes, jemand …«, hier zögere ich nun doch, »jemand, den er liebte.«

»So etwas muss ich mir von Ihnen nicht gefallen lassen!« Jederzeit könnte sie sich zum Gehen entscheiden – und doch tut sie es nicht.

»Doch Siegfried Barg war nicht der Mann, den Sie in ihm gesehen haben«, erzähle ich weiter. »Für ihn waren Sie nicht mehr als eine nützliche Ressource – im Job, emotional und erst recht im Bett. Sicher war es für ihn ein Kinderspiel, Ihre Zweifel zu zerstreuen. Ließ er Sie glauben, Sie hätten eine gemeinsame Zukunft? Mit charmanten Worten oder heimlichen Treffen, die sich so geschickt als geschäftliche Verpflichtungen tarnen ließen? Bestimmt hat er davon gesprochen, seine nur auf dem Papier bestehende Ehe bald hinter sich zu lassen. Bat immer wieder um ein bisschen Geduld, ein wenig Vertrauen, Joris war ja noch so klein und eine Scheidung konnte man dem sensiblen Jungen nicht zumuten.« Ich kann mir gut vorstellen, wie sehr sie sich nach Siegfried Barg verzehrt und darüber all die kleinen Warnzeichen ausgeblendet hat. Die Anrufe, die er nicht beantwortete, die Wochenenden, die er mit seiner Familie verbrachte, während sie in ihrer kleinen Wohnung auf ihn wartete. Allein. »Sie klammerten sich an diese Nächte, in denen Sie zumindest etwas von ihm hatten, wenn auch nur im Geheimen. Wenn er tagsüber wieder auf Distanz ging, konnten Sie so leichter an der Illusion festhalten, er würde eines Tages Ihnen gehören. Wie lange lief das so, Frau Huck? Monate, Jahre? Wahrscheinlich wäre es ewig so weitergegangen, wären Sie nicht eines Tages schwanger geworden.«

»Was fällt Ihnen ein!«, faucht sie, doch ihr Tonfall hat sich verändert. Weniger Aggression, mehr Unsicherheit.

»Sie wussten nicht, wie Sie es ihm sagen sollten, oder? Von einem Kind war nie die Rede gewesen, aber vielleicht würde ein Baby alles ändern? Würde er jetzt seine Frau verlassen und zu Ihnen stehen? Bestimmt waren Sie hin- und hergerissen, doch als Sie ihm schließlich die Nachricht überbrachten, reagierte er ganz anders, als Sie erwartet hatten.«

Ihr Gesicht ist kreideweiß. Wie allein muss sie sich gefühlt haben, ohne dass jemand an ihrer Seite war? »Und da war es, das schmerzliche Ende eines süßen Traums. Alles, was Sie für ihn getan hatten, alles, was Sie geopfert hatten, alles war auf einmal bedeutungslos. Siegfried Barg hatte Sie lediglich ausgenutzt, für seinen Erfolg, für seine Bedürfnisse – und jetzt, da Sie ihm ein Problem bereitet hatten, ließ er Sie damit allein. Jahre der Selbstaufgabe, der Hingabe – und alles, was Sie bekamen, war die kalte Schulter.«

Claudia Huck hält den Griff der Handschaufel fest umklammert. In ihrem Gesicht regt sich kein Muskel, selbst das Augenlid steht still. Nicht mal im Ansatz kann ich mir vorstellen, wie hart es gewesen sein muss, ihre Tochter ganz allein großzuziehen und dabei noch Vollzeit arbeiten zu gehen.

Ich schaue auf den kleinen Grabstein. Frida. Hat Siegfried von seiner Tochter jemals Notiz genommen? Wusste die Kleine, wer ihr Vater war?

»Am Anfang war es besonders schwer, aber Sie haben sich durchgekämpft. Haben sich eingeredet, dass es irgendwann ein gutes Ende nehmen würde. Für Ihre Tochter. Und vielleicht auch ein bisschen für sich. Denn trotz allem konnten Sie nicht loslassen und irgendwann war es wieder so weit – das Verhältnis mit Siegfried Barg begann von Neuem. Weiter im Verborgenen, immer zu seinen Bedingungen.«

Könnte auch ich in so eine einseitige Affäre rutschen? Es ist leicht, zu behaupten, so was würde einem nie passieren, aber weiß man das wirklich, bevor man plötzlich mittendrin steckt? Würde ich genauso die Augen verschließen, wenn es um Gabriel ginge? Und wie weit würde ich gehen, um ihn zu halten? Meistens merkt man es viel zu spät. Erst ist da die große Liebe, dieses Gefühl, dass der andere alles für einen ist. Und dann? Wie viel würde ich aufgeben, nur um dem Mann meiner Träume nahe bleiben zu dürfen?

»Es war ein Teufelskreis, nicht wahr? Sie wussten, dass er sie benutzte, aber Sie konnten nicht anders. Er rief, und Sie kamen. Er nahm sich, was er wollte, und verschwand wieder zurück in sein echtes Leben – ein Leben, in dem Sie keinen Platz hatten. Wie lange ging das so, Frau Huck?«

Eine Träne glitzert in ihrem Augenwinkel, noch immer gibt sie keinen Mucks von sich. Ich verstehe es nicht. Nach all den Jahren muss sie es doch irgendwann gewusst haben, dass er sich niemals zu ihr und Frida bekennen würde?

»Und dann passierte etwas, das alles änderte.« Meine Augen wandern über die Zeile mit Fridas Geburts- und Sterbedaten. Gerade mal dreizehn Jahre alt ist sie geworden. Es zerreißt mir das Herz, wenn ich daran denke, was sie alles nicht erleben durfte. Mochte sie lieber Vanille- oder Schokoladeneis? Hatte sie eine beste Freundin, mit der sie alles teilte, oder blieb sie eher für sich? Was brachte sie wohl zum Lachen? »Es war eine bittere Ironie des Schicksals, dass Lukas Delbrück ausgerechnet am 7. November beigesetzt werden sollte – der Tag, an dem Frida vor acht Jahren an Leukämie verstarb. Deshalb waren Sie hier auf dem Friedhof, Frau Huck. Sie haben Einsicht in Siegfried Bargs Kalender, wussten, dass er an der Beerdigung teilnehmen würde, und haben gehofft, er würde im Anschluss mit Ihnen das Grab Ihrer gemeinsamen Tochter besuchen, nicht wahr?«

Eine Träne rinnt über ihre Wange und auch mir brennen die Augen. Dass Siegfried Barg jede Menge Dreck am Stecken hatte, wusste ich ja, aber dass er so ein Arschloch war, da fehlen mir die Worte. Ich meine, wir sprechen hier von seiner Tochter! Sein eigenes Kind, das ihm in seinem Outlookkalender nicht mehr als ein Serientermin mit der Abkürzung »F.H.« wert war. Noch nicht einmal ihren vollen Namen hat er eingetragen – es schüttelt mich, wenn ich nur daran denke. Wie kann man nur so kaltherzig sein?

»Ich …«

Ist das wirklich Frau Huck? So fremd und so verletzlich kenne ich sie gar nicht.

»Ich hatte gehofft, dass er endlich zeigt, dass wir … dass wir ihm doch etwas bedeuten.« Sie nestelt nach einem Taschentuch.

»Aber er ist gar nicht erst aufgetaucht, oder?«

»Nein.« Sie schüttelt den Kopf. »Natürlich nicht, wieder einmal. Ich habe gewartet, auf mein Handy gestarrt, aber es kam nichts. Also bin ich in Richtung Trauerhalle, weil ich dachte, dass sich bei der Delbrück-Beisetzung irgendetwas verzögert hat. Und dann sehe ich ihn. Steht da mit Ihnen, als ob nichts wäre, mit diesem Lächeln, das er immer hat, wenn er auf Jagd ist. Wie bei all diesen anderen Frauen.« Ihre Mundwinkel verziehen sich voller Bitterkeit. »All diese Architektinnen, Projektmiezen und Vertriebsbienen … Jedes Mal, wenn ich dachte, ich hätte es geschafft, tauchte er mit einer anderen auf.« Sie schüttelt den Kopf, als ob sie sich selbst für ihre Naivität verurteilt. »Natürlich kam er immer wieder, aber er ging auch genauso oft. All die Jahre ging es nie um mich. Und immer wieder hat er versprochen, dass alles anders wird und dass ich ihm wirklich etwas bedeute. Aber es war alles eine Lüge, ich war nichts weiter als eine bequeme Lösung, eine von vielen. Das ist mir letztlich erst richtig klar geworden, als ich gesehen habe, wie Sie zusammen gelacht haben.« Zornig funkelt sie mich an, ich kann es ihr nicht übel nehmen. Wie weh muss es ihr getan haben, Siegfried so mit mir zu sehen!

»Sie haben zusammen gelacht!«, schreit sie und fuchtelt mit der Handschaufel gefährlich nah vor meiner Nase, sicherheitshalber trete ich einen Schritt zurück. »Sie haben zusammen gelacht, als wäre Frida nicht wichtig! Und wie oft habe ich mir eingeredet, dass er tief im Herzen doch etwas für seine Tochter empfindet? Dass er eben nur wie alle Männer zu feige ist und mit dem Tod nicht umgehen kann? Wie oft habe ihm vergeben, wenn er mich wieder und wieder belogen hat?«

»Ich weiß nicht, ob es etwas ändert, wenn ich Ihnen sage, dass ich Herrn Barg erst wenige Minuten zuvor kennengelernt hatte? Ich hatte keinesfalls vor, mit ihm zu flirten oder ihm in irgendeiner Weise ...« Ich weiß gar nicht, wie ich es ausdrücken soll, aber so hasserfüllt, wie sie mich anschaut, spielt es eh keine Rolle. »Sie sind uns gefolgt, Frau Huck. Haben ihn beobachtet, wie er geflirtet und keinen einzigen Gedanken an Sie und Ihre Tochter verschwendet hat.« Ich nehme meinen ganzen Mut zusammen. »Und plötzlich war er da. Dieser Gedanke, dass es reicht. Wie konnte er es wagen, Sie so lange an der Nase herumzuführen, Sie zu belügen, Sie nicht ernst zu nehmen? All die Male, als Sie ihm verziehen habe, immer in der Hoffnung, dass er sich ändert. Anstatt Liebe war da auf einmal etwas anderes, etwas Dunkles, das Sie bisher immer unterdrückt haben. Wut. Richtig tiefe, alles verschlingende Wut.« Einen Moment überlege ich, ob das wirklich eine gute Idee ist, sie weiter zu provozieren. Außer Frau Huck und mir ist weit und breit niemand zu sehen, und die Spitze dieser Schaufel sieht höllisch scharf aus. Andererseits bin ich zu weit gegangen, um jetzt noch einen Rückzieher zu machen. »Da war dieser Gedanke, dass er dafür bezahlen müsse. Er sollte spüren, wie es sich anfühlt, so verletzt zu werden, so gedemütigt – so wie Sie es über so lange Zeit ertragen mussten. Sie wollten, dass er merkt, dass Sie nicht länger die Dumme sind, die auf ihn wartet. Sie wollten, dass er leidet. Genau so, wie er Sie hat leiden lassen.« Mein Puls beschleunigt sich. »Sie wollten es ihm heimzahlen. Kein Mitleid, keine Gnade – eben so, wie er es verdient hat. Und diesmal waren Sie an der Reihe, die Spielregeln zu bestimmen. Nicht wahr, Frau Huck?«

KAPITEL 49 – MARGIT

Frankfurt-Eckenheim
Freitag, 28. November, nachmittags

Au, das tut höllisch weh! Betrübt begutachtet Margit ihren Fuß. Der linke Knöchel ist nicht nur geschwollen, sondern verfärbt sich allmählich in Schattierungen, die nur ein Künstler interessant finden würde. Und alles nur, weil sie Herrn Ahmadi beim Aufstehen helfen wollte! Sie hat es wirklich gut gemeint, ihm nach der Fußpflege den Arm gereicht und dabei seinen Krückstock übersehen. Direkt als sie auf dem Boden landete, raubte ein stechender Schmerz ihr die Luft. Margit konnte nur noch keuchen und war für einen Moment sicher, nie wieder aufstehen zu können.

Nun liegt sie auf dem Sofa, hat das Bein auf einem Kissen platziert und lagert mit schmerzverzerrtem Gesicht den Beutel Tiefkühlerbsen um. Jeder Versuch, den Fuß auch nur zu bewegen, fühlt sich wie ein kleiner Stromschlag an. Warum musste sie sich eigentlich ausgerechnet heute den Fuß verknacksen? Wobei – gibt es dafür überhaupt einen guten Zeitpunkt? Natürlich nicht. Nie kommt der Moment, in dem man sich denkt: Ach, jetzt passt es mir gerade wunderbar, mich mal ordentlich zu verletzen. Aber warum geschieht so etwas immer dann, wenn man es absolut nicht gebrauchen kann?

Dabei hätte der Tag so schön werden sollen! Die ganze Woche hat sie sich gefreut. Ihr Kostüm hängt aufgebügelt im Schlafzimmer bereit, die Pumps sind frisch geputzt, und heute früh hat sie sich einen Friseurbesuch gegönnt.

»Das hätte genauso gut morgen passieren können, oder?«, beschwert sie sich bei Gerhards Porträtfoto an der Wand gegenüber. Aber nein, sie muss sich natürlich ausgerechnet am Tag ihrer großen Liebesmission verletzen, an dem Tag, an dem sie gehofft hat, zwei einsame Herzen endlich zueinanderzuführen.

Romy hat sich ja anfangs ganz schön gesträubt, ein bisschen unter Leute zu gehen. Das sei nichts für sie, hat sie abgewunken und Arbeit vorgeschoben. Arbeit? Pah! Das ist so typisch für sie, sich lieber in ihre Kampagnen und sozialen Netzwerke zurückzuziehen, als dem Glück eine Chance zu geben. Aber Margit kennt ihre Nachbarin gut genug, um sich davon unbeeindruckt zu zeigen. Hinter Romys widerspenstiger Fassade steckt auch nur eine Frau, die sich nach ein bisschen Romantik sehnt.

Margit seufzt. Es brauchte einiges an Überzeugungskunst, aber zuletzt war sie optimistisch, dass Romy sie heute Abend begleiten würde. Allein ihr Gesichtsausdruck, als Margit das schöne Bauchtanzkostüm vorbeigebracht hat! Welche Frau kann schon der Versuchung widerstehen, in Tüll und Pailletten wie eine Prinzessin zu strahlen? Margit ist ausgesprochen zufrieden mit sich. Wenn Romy wüsste, was sie da noch für ein Ass im Ärmel hat! Sobald sie Nadir erst mal richtig kennengelernt hat, wird sie sich fragen, warum sie bisher gezögert hat, da ist sich Margit sicher. Sie hat sich das Szenario für heute Abend genau ausgemalt. Mit ein paar gezielten Bemerkungen über die Türkei würde sie Romy dezent in ein Gespräch mit Nadir verwickeln, und ein paar funkelnde Augenblicke später – zack! – ist das nächste Nachbarschaftstraumpaar geboren.

Ein wenig Bedenken hat sie zwischenzeitlich wegen dieses ITlers, den sie in letzter Zeit verdächtig häufig die Treppe zu Romys Wohnung nehmen sieht. Was findet Romy bloß an so einem? So aalglatt wie der wirkt, scheint dieser Tastaturakrobat mehr an Romys Hardware interessiert zu sein als an echten Softwareproblemen. Auf Dauer habe doch so einer keine Chance, hat Margit ihr Misstrauen beruhigt, nicht wenn Romy erst mal Nadir richtig kennengelernt hat. Der andere mag zwar geschickt mit seinen Updates sein, aber gegen einen tüchtigen jungen Mann mit einem Herz für eine große Familie wird er verblassen wie ein Lochkartencomputer neben einem Cloud-Server.

Hat Margit sich zumindest so ausgemalt. Aber jetzt, mit ihrem lädierten Knöchel? Wie soll sie denn von hier aus Amor spielen, denkt sie verzweifelt, während sie den Verband um ihren Knöchel etwas lockert. Eine Liebesgeschichte zum Scheitern verurteilt – bloß, weil sie hier auf dem Sofa festsitzt?

So ein Pech aber auch! Kurz überlegt sie, wie es wohl wäre, mit ihrem steifen Bein elegant durch den Saalbau zu humpeln, doch dann schüttelt sie den Kopf. Ehe man sichs versieht, würde sie womöglich noch im kalten Büfett landen, nein, das braucht sie nun wirklich nicht. Margit seufzt. Langsam dämmert ihr, dass es keine gute Idee wäre, auf der Feier zu erscheinen. Aber absagen geht auch nicht – das Schicksal darf schließlich nicht an einem verstauchten Fuß scheitern. Gibt es denn keine Möglichkeit, die beiden unauffällig zu verkuppeln, selbst wenn sie nicht dabei ist? Vielleicht könnte sie Romy einfach einen schönen Gruß ausrichten lassen – mit einer guten Ausrede. Aber was soll sie sagen? Fuß verknackst bei der Rettung eines bedürftigen Nachbarn? Die Vorstellung klingt heldenhaft und gleichzeitig so wunderbar dramatisch, dass ein Lächeln über Margits Gesicht huscht. Es wäre doch gelacht, wenn sie es nicht schaffen würde, zusammenzubringen, was zusammen gehört!

KAPITEL 50 - ROMY

Frankfurt, Hauptfriedhof
Freitag, 28. November, nachmittags

Viele behaupten ja, wie erleichternd es doch sei, wenn die Wahrheit endlich ans Licht kommt. Schlagartig falle die Last der Lügen von einem ab, genauso wie der Druck, ständig neue Ausreden erfinden zu müssen. Mir geht es anders. Mir ist es immer grottenpeinlich, wenn mir jemand auf die Schliche kommt, was vielleicht auch daran liegt, dass es an meiner Berufsehre kratzt, wenn ich mit meinen Geschichten nicht überzeugen kann. Und Claudia Huck?

»Ja, genau so war es.«

Mit einem Mal steht sie aufrechter, als wäre eine Last von ihr abgefallen. »Ich habe immer nur gewartet, habe alles hingenommen. All die Ausreden, die Lügen, seine Versprechen, die nie etwas wert waren. Vielleicht war es einfach die Summe von allem.« Sie betrachtet die Blumen auf dem Grab ihrer Tochter. »Als ich ihn an diesem Tag mit Ihnen gesehen habe, war es ein Szenario, wie ich es schon so oft erlebt habe. Die nächste Frau, für die er mich und Frida stehen lässt.«

Was muss das für ein Schmerz sein, eine solche Liebe zu empfinden und doch zu wissen, dass sie in den falschen Händen ist? Auch wenn ich sie nicht wirklich mag, macht es mich doch traurig zu sehen, wie diese stolze Frau so viel für jemanden geopfert hat, der es nicht wert ist.

»Mich so abzukanzeln vor einer dahergelaufenen …« Sie funkelt mich böse an, verkneift sich jedoch das Schimpfwort, das ihr auf der Zunge liegt. »Ich habe mir geschworen, dass es diesmal das letzte Mal war, habe gar nicht groß nachgedacht, sondern bin einfach seinem Auto gefolgt. Ich wusste, dass er mich nicht bemerken würde. Er sieht schließlich nie wirklich hin.«

Eine Feststellung so bitter, dass ich schlucken muss. »Und dann, bei den Delbrücks?«

»Auch Sie haben mich nicht bemerkt, als man Ihnen den Kaffee angeboten hat, nicht wahr, Frau Sternek?« Auf ihrer Stirn pocht eine Ader. »Als Siegfried sagte, er würde sich ein Bier organisieren, bin ich ihm einfach hinterher. Eine Gelegenheit, ihn zur Rede zu stellen, würde sich schon ergeben. Auf dem Weg zur Küche hat er natürlich sofort jemanden getroffen, den er kannte, also habe ich das Bier besorgt und dann … na ja, dann ist es irgendwie so über mich gekommen.«

»Was ist über Sie gekommen, Frau Huck?«

»Ich weiß noch ganz genau, wie mein Herz raste, ich dachte wirklich, ich verliere jeden Moment das Bewusstsein. Ich habe also meine Betablocker genommen und dann …«, sie lächelt versonnen, »ist der Rest davon wohl irgendwie in Siegfrieds Bierglas gelandet.«

Es dauert einen Moment, bis ich begreife, was sie gerade gesagt hat. Oh. Mein. Gott. Die überkorrekte Claudia Huck hat es tatsächlich zugegeben! Mir läuft eine Gänsehaut über den Rücken. Ich kann kaum fassen, dass ich recht habe, dennoch fühlt es sich überhaupt nicht nach einem Triumph an. Eher, als ob ich gerade eine Tür geöffnet hätte, hinter der etwas unberechenbar Unangenehmes lauerte. »Sie haben ihn also vergiftet? Mit Ihrem Herzmedikament?« Funktioniert das denn überhaupt so einfach? Reichen ein paar simple Tropfen wirklich aus, um jemanden dauerhaft ins Koma zu schicken?

»Wer sagt denn, dass es nur der Betablocker war?« Sie kommt so nah, dass ich unwillkürlich einen Schritt zurücktrete. »Weil ich mit Tabletten Probleme habe, nehme ich meine Medikamente nur in Tropfenform. Ich fühle mich beruhigter, wenn ich sie alle immer mit mir führe. Auch die gegen Diabetes, Bluthochdruck und Depression. Und auch die gegen Schlaflosigkeit. Man weiß ja nie, in welcher Situation man sie brauchen kann …«

Mir fällt dieses Arsenal von Fläschchen ein, das sie jeden Morgen auf ihrem Schreibtisch aufbaut. Ich hatte meine Zweifel, ja, aber dass sie wirklich hinter all dem steckt, macht mich sprachlos. Also doch eine Racheaktion. Ich kann es kaum glauben, dass dieses graue Gretchen zu solch drastischen Maßnahmen gegriffen hat. Sie ist wirklich die Letzte, der ich das zugetraut habe.

»Dann bin ich zu Siegfried und habe ihm das Bier gebracht. Ich habe mich für meine Szene auf dem Hauptfriedhof entschuldigt und ein bisschen auf die Tränendrüse gedrückt. Heulende Frauen waren Siegfried schon immer ein Gräuel, darum hat er mich zurück in den Empfangsbereich geführt.« Ihre Augen glitzern. »Letztes Jahr hatte er einen kleinen Herzinfarkt, nichts Dramatisches, aber es hat wohl gereicht, damit es sehr schnell ging. Erst war ihm schwindelig, dann wollte er sich kurz setzen. Ich konnte ihn gerade noch in die Garderobe ziehen, da ist er auch schon zusammengebrochen. Dann lag er da auf dem Fußboden und ich …« Sie schaut mich direkt an. »Ich habe ihn in die Nische hinter den Garderobenschrank gezerrt«, sagt sie schließlich. »Und dann bin ich gegangen. Ich wollte einfach nur weg, wollte bloß nicht darüber nachdenken, was ich gerade angerichtet habe.« Ein Schatten huscht über ihr Gesicht. »Ich wollte ihn nicht umbringen, ich wollte einfach nur, dass er leidet, wenigstens etwas – so wie ich gelitten habe, all die Jahre.«

Ist sie einfach nur kaltschnäuzig oder war sie wirklich so verzweifelt, dass sie keinen anderen Ausweg mehr gesehen hat? Hinter ihrer biederen Fassade verbirgt sich definitiv eine beeindruckende Lügnerin. Ist es ihr deshalb so gut gelungen, sich ein halbes Leben lang selbst zu belügen?

»Wie haben Sie es herausgefunden?« Sie mustert mich aus kühlen grauen Augen.

»Es gibt ein Foto, das Sie und Siegfried Barg zusammen auf dem Kondolenzempfang zeigt.« Es ist das Foto, das als Ausschnitt in der Presse zu sehen war. Da sich David beim Fotografieren auf Siegfried konzentriert hat, sieht man Claudia Huck zwar nur von hinten, aber diese Kommunionshaarschleife würde ich unter Tausenden erkennen.

»Ja – und? Da waren viele.« Sie runzelt die Stirn. »Die Delbrücks sind eine bekannte Frankfurter Familie, es war eine große Beerdigung.«

»Stimmt. Es waren wirklich viele Menschen da – aber nicht Sie. Sie, Frau Huck, haben nicht an der Trauerfeier teilgenommen.«

»Woher wissen sie das?«

Ich erlaube mir einen kurzen Blick auf die Handschaufel. »Menschen haben Gewohnheiten«, beginne ich vorsichtig. »Die einen mehr, die anderen weniger. Sie, Frau Huck, haben auch viele. Sie sind unglaublich ordentlich und halten sich immer an die Regeln. So sind Sie einfach.«

In ihrem Gesicht regt sich kein Muskel.

»Hätten Sie wirklich vorgehabt, an der Trauerfeier teilzunehmen, hätten Sie wie alle anderen etwas Schwarzes angezogen. Und Sie hätten sich in das Kondolenzbuch eingetragen. Sie sind die Letzte, die so was vergessen würde. Als ich Sie mit Ihrer hellen Kleidung auf dem Foto gesehen habe und Ihren Namen nicht im Kondolenzbuch entdecken konnte, wusste ich, dass da etwas nicht stimmt.«

»Das ist alles, was Sie haben? Das ist lächerlich!«

»Vielleicht klingt es lächerlich, aber mit einem Mal passt alles zusammen. Bei unserer ersten Begegnung habe ich nicht weiter darüber nachgedacht, aber im Nachhinein kommt es mir doch eigenartig vor, dass Sie Ihren Chef ausgerechnet auf dem Hauptfriedhof treffen wollten, um etwas Geschäftliches zu besprechen, so wie er es dargestellt hat.« Ein Schwarm Krähen fliegt krächzend vorbei, doch ich lasse Claudia Huck nicht aus den Augen. »Wäre es wirklich um etwas Geschäftliches gegangen, hätten Sie ihn ja auch anrufen oder eine E-Mail schreiben können. Aber es ging Ihnen um etwas ganz anderes, etwas, das Ihnen so wichtig war, dass sie sich von Siegfried nicht vertrösten lassen wollten.« Keine Reaktion. Ist das ein gutes oder ein schlechtes Zeichen? »Dann ist mir eingefallen, wie pünktlich Sie jeden Freitag gehen. Punkt dreizehn Uhr verschwinden Sie aus dem Büro. Sie, die sonst immer früh kommt und spät geht. Also habe ich mich gefragt, was Sie so dringend wegtreibt. Die erste Woche dachte ich noch, es sei vielleicht ein Spanischkurs oder so, aber dann habe ich mich gefragt, ob da nicht mehr dahintersteckt. Jetzt weiß ich, dass Sie jeden Freitag das Grab Ihrer Tochter besuchen. Es war reiner Zufall, dass Siegfried am 7. November ebenfalls hier auf dem Hauptfriedhof war. Ein Zufall, den Sie nutzen wollten.«

»Woher wissen Sie von Frida?«

»Ach, das habe ich mal gehört.« Ich kann Kathrin da unmöglich mit reinziehen, das will ich wirklich nicht riskieren. »Sie wissen ja, wie das ist. Man bekommt was mit, ohne zu wissen, woher es genau kommt.« Sie nickt langsam und ich fahre damit fort, wie ich heute Vormittag bei der Friedhofsverwaltung angerufen habe. Die freundliche Dame mit dem breiten hessischen Dialekt von der Friedhofsverwaltung hat mir verraten, dass von den etwa fünfundsechzigtausend Grabstellen auf dem Hauptfriedhof nur sechs auf den Nachnamen Huck eingetragen sind. »Als sie mir die dazugehörigen Vornamen nannte, war mir klar, dass ich gefunden hatte, wonach ich gesucht habe. Also habe ich mir Gewannbezeichnung und Grabnummer geben lassen und bin direkt hierhergekommen.«

Das Schweigen zieht sich wie Kaugummi, doch plötzlich, ohne Vorwarnung, bricht es aus ihr heraus. »Als ich ihm damals sagte, dass wir ein Kind erwarten, hat er mich angestarrt, als hätte ich einen schlechten Scherz gemacht. Er hat gesagt, das sei niemals Teil der Abmachung gewesen.« Ihre Stimme zittert. »Das könne doch nicht mein Ernst sein, das müsse ich schon selbst regeln – für so etwas hätte er keine Zeit.«

Für so etwas. Worte, die weit über das hinausgehen, was ich mir vorgestellt habe. Ich meine, es war doch sein eigenes Kind! Wie konnte er nur so herzlos sein – hatte er denn gar kein Mitgefühl? Mein Blick wandert zu dem kleinen Grabstein. Offenbar hat diese kleine Seele für Siegfried Barg nie existiert. Mir wird leicht übel, ich muss tief durchatmen, um mich zu sammeln.

»Sie wissen, dass Sie zur Polizei müssen, oder?«, klammere ich mich an den einzigen Gedanken, der mir in dieser Situation vernünftig erscheint.

»Vergessen Sie's!«

Klar doch – weil man in so einer Situation auch einfach seine Präferenzen äußern kann. Gerade habe ich sie eines Verbrechens überführt, doch für Frau Huck steht es nicht zur Debatte, zur Polizei zu gehen? Mein Gesichtsausdruck ist wahrscheinlich nicht gerade der intelligenteste.

»Sie haben keinerlei Beweise, niemand wird Ihnen glauben!«

Dummerweise hat sie damit gar nicht so unrecht. »Frau Huck, hören Sie zu«, versuche ich eine andere Taktik. »Die Polizei glaubt, dass zwischen dem Mord an Lukas Delbrück und dem Anschlag auf Siegfried Barg ein Zusammenhang besteht.« Darf ich ihr überhaupt erzählen, was ich von Gabriel erfahren habe? Andererseits geht es schließlich um Gerechtigkeit. »Im Moment wird David de la Rosa verdächtigt, Lukas' Ex-Freund. Es gibt wohl Hinweise, die darauf hindeuten, dass er aus Eifersucht erst seinen Freund getötet und sich dann an Siegfried rächen wollte.«

»Umso besser. Wenn es bereits einen Verdächtigen gibt, besteht für mich erst recht keine Veranlassung, zur Polizei zu gehen.«

»Aber David ist tot, er kann sich nicht mehr verteidigen – und das ist nicht fair.« Noch immer schaut sie mich mit diesem sturen Blick an. »Seine Familie, seine Freunde ... sie glauben womöglich, dass er auch hinter dem Anschlag auf Siegfried Barg steckt. Finden Sie nicht, dass sie es verdienen, die Wahrheit zu erfahren? Dass auch David das verdient hat?«

Ich kann mir schon vorstellen, was sie gerade denkt. Sie weiß genau, dass ich es mit der Wahrheit auch nicht immer so genau nehme, aber wenn es um Familie geht, sieht die Sache anders aus. Ich kenne das Gefühl und die Sorgen, nicht zu wissen, was genau passiert ist und wie sehr einen das umtreibt. Diese Ungewissheit frisst einen von innen heraus auf, und ich will nicht, dass Davids Familie das durchmachen muss. »Wenn man jemanden liebt, verdient man es, die Wahrheit zu erfahren!« Ich meine in ihrem Augenwinkel eine Träne zittern zu sehen. »Frau Huck …«, setze ich nach, doch sie hebt die Hand.

»Lassen Sie es gut sein, Frau Sternek.« Sie mustert mich kühl. »Ich weiß genau, was Sie denken, aber mir ist Ihre Meinung egal. Wenn ich zur Polizei gehe, dann tue ich es nur für meine Tochter. Ich war immer stolz auf Frida und habe sie zu einem ehrlichen, aufrichtigen Menschen erzogen. Sie verdient eine Mutter, die sich an diese Werte hält. Deshalb werde ich mich der Polizei stellen – aber nur unter einer Bedingung!«

KAPITEL 51 – ROMY

Frankfurt, Hauptfriedhof
Freitag, 28. November, später Nachmittag

Wir laufen schweigend nebeneinanderher. Kein angenehmes Schweigen, eher wie beim Zahnarzt, wo im Wartezimmer jeder still in seinen eigenen Befürchtungen versinkt. Ich zum Beispiel frage mich, in was zum Teufel ich mich diesmal wieder habe hineinziehen lassen. Als das Bürgerhospital vor uns auftaucht, würde ich am liebsten auf dem Absatz kehrt machen, auch Claudia Huck bleibt stehen.

»Sie haben es versprochen«, erinnere ich sie und bin mir nicht ganz sicher, ob ich damit nicht vielleicht gerade meinen eigenen Schweinehund antreibe. Zweifel nagen an mir, wenn ich an das denke, was ich vorhabe. Habe ich mich zu sehr auf ihre Bedingung verlassen und nicht genug auf mein eigenes Bauchgefühl gehört?

»Wenn ich mich der Polizei stelle, dann …«, sie sieht mich aus glasigen Augen an, »dann wird niemand mehr nach ihrem Grab sehen.«

Auf der Nibelungenallee donnert der Feierabendverkehr an uns vorbei. Es geht also um ihre Tochter, das verstehe ich, aber es geht auch um David. Und – auch wenn ich mich dafür ein bisschen schäme – ein kleines bisschen um mich. Darum, dass ich von Anfang an mit meinem Verdacht richtiglag.

»Niemand wird sich um sie kümmern.« Ihre Stimme ist rau. »Verstehen Sie das?«

Jeden anderen Menschen würde ich in diesem Moment in den Arm nehmen, aber ihre ruppige Art hält mich auf Abstand. Keine Ahnung, ob sie es als Trost oder als Schwäche auslegen würde, doch ich will sie nicht vor den Kopf stoßen, daher treffe ich einen Entschluss. »Ich werde nach dem Grab schauen.« Das ist ja wirklich nichts Großes, oder? Ab und zu ein bisschen Unkraut zupfen, eine Blume hinstellen, ich meine, wie schwer kann das schon sein? Außerdem wird mir mein Engagement bestimmt den einen oder anderen Karmapunkt bescheren. »Ich gehe hin, so oft ich kann. Versprochen!«

Ihre Miene ist undurchdringlich; ich habe nicht die geringste Ahnung, was in ihr vorgeht. Ruckartig dreht sie sich um und stapft die wenigen Stufen zum Eingang hinauf. Ich folge ihr durch die Glastür des Empfangs. Drinnen riecht es nach Desinfektionsmittel, gewischten Böden und Kartoffeleintopf. Claudia scheint sich auszukennen, zielstrebig steuert sie auf die Aufzüge zu und drückt den entsprechenden Knopf.

Siegfried Barg liegt in der Neurologie, einer Station, in der die Grenze zwischen Hoffnung und Verzweiflung schmal ist und das Leben oft an einem dünnen Faden hängt. Eine Pflegekraft kommt uns entgegen, sie lächelt, als sie uns sieht.

»Frau Barg, wie schön! Da wird sich Ihr Mann aber freuen, dass Sie ihn besuchen kommen.«

Ihr Mann? Verblüfft starre ich sie von der Seite an. »Warum hat die Sie denn gerade Frau Barg genannt?«, will ich wissen, sobald wir um die nächste Ecke sind.

»Ich wüsste nicht, was Sie das angeht!«

Mein Gesicht scheint Bände zu sprechen, sie schnaubt. »Das versteht jemand wie Sie natürlich nicht.«

»Nein, jemand wie ich versteht das wirklich nicht.« Sofort tut es mir leid, sie so angefahren zu haben, aber ich begreife es echt nicht. Ist das eine Art Besessenheit, dieses verzweifelte Festhalten an etwas, das sie nicht bekommen kann? Ich verkneife mir den Kommentar, folge ihr stattdessen, bis sie schließlich vor einer der Türen stehen bleibt.

»Ich habe fast ein Leben lang auf ihn warten müssen. Vielleicht verstehen Sie deshalb, dass ich ihn noch einmal sehen will.« Mit einem Mal wirkt sie ungewohnt nachdenklich. »Hier im Krankenhaus, da gehört er endlich mir.«

Ich könnte sie schütteln, wirklich. Manche Frauen lernen es anscheinend nicht. Siegfried Barg ist ein egoistisches Arschloch, doch sie spricht von ihm, als wäre er der Held aus einem Liebesroman. Wie kann sie immer noch so an ihm hängen, was muss er sich denn noch leisten, damit es endlich genug ist?

Schräg gegenüber ist ein Aufenthaltsraum. »Nehmen Sie sich ruhig Zeit, ich warte hier auf Sie«, sage ich. Sie nickt leicht, aber um ihren Mund liegt ein Zug, bei dem ich es ratsam finde, die Tür im Auge zu behalten. Wer weiß, was sie im Schilde führt. Für einen winzigen Moment blitzt ein ungeheuerlicher Gedanke in meinem Kopf auf. Was, wenn sie Siegfried etwas antun will, etwa seine lebenserhaltenden Maßnahmen abstellen? Aber nein, so etwas funktioniert nur im Krimi. Sobald Claudia Huck ihn auch nur anrühren würde, ginge sofort ein Alarm los, das Personal wäre in Sekunden zur Stelle.

Viel wahrscheinlicher halte ich es, dass sie versucht, sich doch noch irgendwie aus der Verantwortung zu stehlen? Durchs Fenster wird sie sich wohl kaum abseilen, dazu sind wir zu hoch – aber was ist mit dem Notausgang am Ende des Flurs? Ein Gedanke, der mir nicht gefällt. Sollte ich vielleicht die Polizei informieren – nur für alle Fälle? Damit sie Claudia Huck gleich hier festnehmen können? Merkwürdig, dass ich daran nicht schon früher gedacht habe. Sie ist groß und kräftig, und wenn sie wirklich vorhat, mich zu überwältigen und abzuhauen – wer weiß, ob ich sie überhaupt aufhalten kann.

Andererseits bildet sich beim Gedanken an den Schnauzbart ein harter Knoten in meinem Magen. Ich starre auf den Fleck an der Wand, den ich mir zum Nachdenken ausgesucht habe. Zu deutlich geistert mir seine Drohung durch den Kopf. Sollten Sie sich nur noch ein einziges Mal in meine Ermittlungen einmischen … Aber diesmal ist es anders, oder? Diesmal habe ich wirklich eine Verbrecherin überführt – das muss doch zählen! Kann er mir dann überhaupt noch etwas anhaben? Bevor ich es mir anders überlegen kann, schicke ich ihm eine Sprachnachricht. So, Herr Radolin, damit haben Sie wohl nicht gerechnet. Mal schauen, was Sie jetzt daraus machen!

Dann versuche ich mich zu entspannen, was auf dem harten Plastikstuhl nicht so ganz einfach ist. Vergeblich konzentriere ich mich auf meinen Atem. Ich kann es drehen und wenden, wie ich will, doch die Zweifel wollen sich nicht abschütteln lassen. Dieser Mann ist absolut unberechenbar, ich traue ihm nicht von hier bis Offenbach. Leider – oder Gott sei Dank? – hat sich dieser Anwalt noch nicht bei mir gemeldet, also schicke ich auch Gabriel eine Nachricht, in der ich ihm die Situation erkläre. Wenn ich schon dem Schnauzbart gegenübertreten muss, will ich jemanden an meiner Seite wissen, dem ich vertrauen kann.

Direkt neben mir liegt auf einem Tischchen ein ganzer Stapel Klatschblätter. Tratsch, Glamour und Adelshäuser, man kann kaum glauben, wie viele skandalöse Geschichten hier zusammenkommen. Die Wer-mit-wem-Schlagzeilen schreien geradezu danach, sich in die Welt der Reichen und Schönen zu stürzen. Während ich blättere, denke ich daran, wie schnell das mit Gabriel und mir gegangen ist. Ein warmes Gefühl breitet sich in mir aus. Sein Lachen, seine Art, mich zum Schmunzeln zu bringen, selbst an den stressigsten Tagen – all das gibt mir ein Gefühl von Geborgenheit. So, als ob wir uns schon ewig kennen. Hat Claudia mit Siegfried auch solche Momente erleben dürfen?

Im Hintergrund piept irgendetwas, ich lege die Zeitschrift wieder zurück. All die Paare in diesen Magazinen starten so glücklich, so voller Hoffnung und Begeisterung in ihre gemeinsamen Abenteuer, dagegen wird es den wenigsten vergönnt sein, eine wirklich starke Beziehung aufzubauen. Bemerkt man den Punkt, an dem man falsch abbiegt? Gibt es überhaupt diesen einen Moment, an dem sich alles verändert, oder ist es eher ein schleichender Prozess? Vielleicht ist es gar nicht nur ein Punkt, sondern eine ganze Reihe von Entscheidungen – kleine Dinge, die sich im Laufe der Zeit summieren und einen am Ende zu einem Scherbenhaufen führen?

Mein Gott, kann mal jemand dieses Gepfeife da draußen abstellen? Das ist ja völlig nervig! Hektische Schritte auf dem Flur, doch der Alarm schrillt weiter. Ist etwas passiert? Ein seltsames Gefühl kriecht mir über den Rücken, eine Mischung aus Neugier und Anspannung. Was ist da bloß los? Irgendetwas stimmt hier nicht, und bevor ich es mir richtig überlege, bin ich auch schon aufgestanden. Vor einer Tür gestikuliert eine Ärztin hektisch mit zwei Krankenschwestern. Ich pirsche näher und schlagartig wird mir eiskalt. Es ist die Tür, hinter der Frau Huck vor einer halben Stunde verschwunden ist, die Tür zu Siegfried Bargs Zimmer. Mein Mund wird trocken.

»Gehen Sie zurück in den Wartebereich!«, schnauzt mich eine der Krankenschwestern an, aber ich denke gar nicht daran. Warum diese Hektik? Frau Huck ist mit Siegfried Barg allein in diesem Zimmer. Hört sie, was hier draußen passiert? Hat sie selbst um Hilfe gerufen, ist Siegfried etwas zugestoßen?

Die Ärztin rüttelt an der Klinke, aber die Tür bleibt verschlossen. Erst als ich sehe, dass sie nach ihrem Telefon greift, sickert ein unangenehmer Gedanke in mein Bewusstsein: Warum geht die Tür nicht auf? Sie kann doch nicht … Nein! Oder doch? Mein Herz pocht schwer in meiner Brust, als hätte es plötzlich doppelt so viel Gewicht. Hat sich Frau Huck etwa dort verbarrikadiert? Lassen sich diese Türen überhaupt so einfach von innen abschließen?

Ich spüre, wie meine Hände zittern. Was geht da drinnen vor sich? Ein Teil von mir will glauben, dass alles gut wird, aber die angespannten Gesichter des Klinikpersonals verraten nur zu deutlich den Ernst der Lage. Inzwischen steht eine ganze Traube von Menschen vor der verschlossenen Tür. »Machen Sie auf!«, donnert die Ärztin, aber nichts passiert. Wie ein schleichendes Gift sickert eine weitere beunruhigende Erkenntnis in mein Bewusstsein: Ich war diejenige, die Frau Huck hierher gebracht hat. War es ein Fehler, sie zu Siegfried zu lassen, hätte ich etwas bemerken müssen?

»Lasse Se misch ma dorsch!« Ein korpulenter Mann im grauen Kittel schiebt sich an uns vorbei. Offenbar ist es der Hausmeister, dem man bereitwillig Platz macht. Aus einem dicken Schlüsselbund steckt er einen der Schlüssel ins

Schloss und versucht ihn zu drehen. Vergeblich. Er schüttelt den Kopf, probiert es ein weiteres Mal, doch wieder ohne Erfolg.

»Es muss doch irgendwie gehen!«, murmelt jemand neben mir, und der Hausmeister nickt. »Des habbe mer gleisch!«

Er verschwindet den Flur hinunter und kehrt nach kurzer Zeit mit einer Brechstange zurück. Alle weichen zur Seite und ich nutze die Gelegenheit, mich nach vorn zu drängen. Aus nächster Nähe beobachte ich, wie er die Brechstange an der Kante des Türblatts ansetzt und mit kräftigem Schwung dagegen drückt. Erst passiert nichts, dann ein Knall und die Tür gibt mit einem krachenden Geräusch nach.

Einen Moment bleiben alle wie erstarrt stehen, dann stürzt die Ärztin an mir vorbei. Ich kann nicht gleich erkennen, was ich sehe, weil alles rot ist.

»Nicht!«, packt mich jemand an der Schulter, doch da ist es bereits zu spät. Der Anblick ist surreal, schockierend und gleichzeitig so herzzerreißend. Claudia und Siegfried auf dem Krankenhausbett, Seite an Seite, ihre leblosen Körper vereint in einer letzten, verstörenden Umarmung. Decke, Kissen, ja sogar die Matratze, alles ist von einem tiefen Rot durchtränkt. Die Spritzer ziehen sich über die halbe Wand und sogar der Boden vor dem Bett ist mit kleinen, roten Spuren gesprenkelt. Ich schreie, als sich das Rot mit einer Wucht in mein Gedächtnis ätzt, die alles andere auslöscht. Von heute an werde ich diese Farbe nie wieder ertragen können.

KAPITEL 52 - ROMY

Frankfurt, Bürgerhospital
Freitag, 28. November, abends

Es ist nicht wie im Film. Niemand hat mir eine dieser goldfarbenen Folien über die Schultern gelegt und ein Kaffee wurde mir auch nicht angeboten. Die Polizei ist da; zwei Frauen, die ich nicht kenne und denen ich alles erzählt habe, was ich weiß. Jetzt sitze ich wieder in diesem Aufenthaltsraum und verfolge die Muster des Linoleumbodens, als hätten sie Antworten für mich. Ich solle warten, wurde mir gesagt, worauf, weiß ich nicht.

Warum hat Claudia Huck das getan? Die Wahrheit schmeckt bitter. Gute Absichten bewirken bisweilen genau das Gegenteil. Es ist wie ein Reflex, etwas, das ich nicht unter Kontrolle habe, wenn es mich packt. Dabei war ich so sicher, das Richtige zu tun. Nur – wer bestimmt, was das Richtige ist? Ich? Meine Intuition? Oder am Ende das Schicksal?

Eine allzu vertraute Stimme auf dem Flur lässt mich erstarren. Diese Mischung aus Selbstgefälligkeit und subtiler Schärfe würde ich überall wiedererkennen. Am liebsten würde ich davonlaufen. Vielleicht geht er ja einfach weiter, macht jemand anderen zur Schnecke oder wird mich gar nicht erst bemerken? Kindische Gedanken, ganz genau weiß er, dass ich hier bin, schließlich habe ich ihn ja herbestellt. Schritte, die näher kommen wie ein Urteil, das sich unerbittlich seinen Weg bahnt, und dann taucht er im Türrahmen auf – Felix Radolin.

Sein Blick trifft härter, als Worte es können. Er sieht nicht einmal richtig wütend aus, es ist viel schlimmer – irgendwie wirkt er traurig. Am liebsten würde ich mich erklären, aber was könnte ich nur sagen, das alles nicht noch schlimmer macht?

»Sie hatten also recht, Frau Sternek.«

Ich presse die Lippen zusammen. Darum geht es doch gar nicht. Recht haben fühlt sich gerade überhaupt nicht richtig an, eher wie eine Niederlage. Hätte ich mich doch bloß geirrt, hätte ich die Dinge einfach laufen lassen, aber nun ist es zu spät. Mir wäre lieber, er würde mich anbrüllen, mir eine gehörige Standpauke halten, damit es endlich raus ist, aber in seiner Stimme ist nur Enttäuschung und Schmerz.

»Ich wollte das nicht«, sage ich fast mehr zu mir selbst, »jedenfalls nicht so.« Nun bin ich doch dabei, mich zu rechtfertigen. »Als ich Ihnen von meinen Beobachtungen erzählt habe, wollten Sie mir nicht glauben. Was hätte ich denn machen sollen? So tun, als wäre mir nichts aufgefallen? Ich hatte gleich so ein seltsames Gefühl, aber Sie haben meine Bedenken einfach abgetan.« In seinem Blick liegt eine Kälte, die mir das Herz zusammenschnürt. »Vielleicht hätte ich mich trotzdem raushalten sollen«, sage ich schließlich. »Aber ich wollte nur verhindern, dass David zu Unrecht beschuldigt wird, auch Siegfried Barg etwas angetan zu haben. David kann sich schließlich nicht mehr verteidigen.«

»Woher wissen Sie von David de la Rosa?« Da ist er wieder, dieser Unterton, der mir einen Schauer über den Rücken jagt. Ich atme tief ein; jetzt ist es eh zu spät. »Von Gabriel. Er hat mir alles erzählt.«

»Delbrück?« Ich sehe, wie es in ihm arbeitet. »Gabriel Delbrück hat mit Ihnen über vertrauliche Ermittlungsdetails gesprochen?«

Oh mein Gott, Gabriel wird doch jetzt hoffentlich keinen Ärger bekommen? Wir sind zusammen; er darf mir doch erzählen, wie sich die Ermittlungen im Mordfall seines Bruders entwickeln? Ich meine, das ist doch selbstverständlich, oder?

Radolin scheint das anders zu sehen, eine Falte taucht zwischen seinen Augenbrauen auf.

»Gabriel und ich ...«, versuche ich die Situation irgendwie zu retten, »wir sind uns nahe. Ich dachte nicht, dass das ein Problem ist, wenn er mich auf dem Laufenden hält, nachdem er seine Aussage bei der Polizei gemacht hat. Außerdem hat er mich erst gestern angerufen und mir erzählt, was passiert ist.« Nimmt das Gabriel ein wenig aus der Schusslinie?

Radolin sieht mich mit einem Ausdruck an, den ich nicht deuten kann. Es ist weder Erleichterung noch Wut, eher die traurige Gewissheit, als wäre jedes Wort eine Bestätigung seiner Enttäuschung. »Haben Sie eigentlich irgendetwas nicht verstanden, Frau Sternek?«, fragt er nach einer Weile.

»Es tut mir leid«, murmele ich.

Er fixiert mich mit diesem abschätzigen Blick, der jegliche Verteidigung wie eine Seifenblase platzen lässt. »Wieder einmal haben Sie sich in meine Ermittlungen eingemischt! Was denken Sie sich eigentlich? Hat sich das hier wenigstens für Sie gelohnt?«

Seine Vorwürfe knallen durch den Raum wie Peitschenhiebe. Ich verkrampfe total, werde aber den Teufel tun, mir das anmerken zu lassen.

»Sie funken dazwischen, ohne zu überlegen, welche Konsequenzen Ihr kindisches Detektivspiel haben könnte.« Sein Gesicht ist jetzt nur noch wenige Zentimeter von meinem entfernt. »Das sind meine Ermittlungen, Frau Sternek. Meinen Job mache ich seit Jahren, und bisher bin ich auch ohne Sie sehr gut zurechtgekommen.« Ich will widersprechen, doch er lässt mir keine Gelegenheit. »Glauben Sie wirklich, Sie wissen mehr als ich? Oder müssen Sie sich einfach nur wichtigmachen? Das hier ist doch kein Krimi-Dinner, in dem jeder mal ein bisschen miträt.« Seine Standpauke trifft, das weiß er auch, und doch regt sich in mir leise ein Widerstand. »Oder haben Sie so ein gewaltiges Problem mit Ihrem Selbstwertgefühl, dass Sie sich in jede Kleinigkeit einmischen müssen, nur um sich selbst zu beweisen, dass Sie irgendwas beitragen können?«

Das reicht. Meine Hände ballen sich zu Fäusten, ich spüre eine Welle aus Wut und Trotz. Einiges mag ja richtig sein, doch keinesfalls habe ich aus selbstsüchtiger Unsicherheit gehandelt. »Ja, ich habe Fehler gemacht. Und es stimmt, ich hätte mich zurückhalten sollen. Aber ich habe mich nach der Beisetzung von Lukas Delbrück eingemischt, weil ich etwas gesehen habe, das Sie übersehen haben. Und das war weder eine Schwäche noch der Wunsch, mich wichtig zu machen, sondern das Gefühl, dass da etwas absolut schiefläuft.« Ja, schau mich ruhig böse an. »Und wissen Sie was? Manchmal habe ich Probleme, Grenzen zu ziehen, aber das macht mich nicht selbstsüchtig. Das können Sie natürlich nicht verstehen. Jemand, der so empathielos wie Sie durch die Welt stampft, hat natürlich kein Gespür dafür, wenn jemand sich Sorgen macht.«

»Wollen Sie mir etwa gerade weismachen, dass Sie sich aus Mitgefühl eingemischt haben?« Er mustert mich mit diesem unerträglich überlegenen Blick, für den ich ihn jedes Mal an die Wand nageln könnte. »Sie reden sich das doch nur ein, weil Sie nicht über einen Funken Disziplin verfügen, sich an Regeln zu halten. Wer nur nach Gefühl handelt, kann keine professionelle Distanz wahren.«

»Weil Sie selbst so kalt und gefühllos sind, dass jeder menschliche Impuls für Sie ein Fehler ist? Das ist Ihr Problem, Herr Radolin, nicht meins.«

»Ach ja?« In seinen Augen ist ein kaum merkliches Funkeln, als hätte ich ihm genau die Antwort geliefert, auf die er gewartet hat. »Warum lassen Sie sich dann so leicht aus der Fassung bringen, Frau Sternek? Ich dachte, Sie können Kritik besser wegstecken. Oder liegt es am Ende gar an mir?«

Ich starre ihn einen Moment ungläubig an. »An Ihnen?« Am liebsten würde ich ihm sein süffisantes Grinsen aus dem Gesicht schlagen. »Was auch immer Sie hier gerade andeuten, an Ihnen liegt mir gar nichts.«

»Interessant, in welche Richtung Ihre Gedanken gehen, Frau Sternek. Scheint, als würden Sie das Ganze persönlicher nehmen, als ich dachte.«

»Interessant ist höchstes, dass Sie glauben, ich würde mich durch Sie aus der Ruhe bringen lassen«, schieße ich zurück. »Ich rege mich nur auf, weil Ihr unglaublicher Mangel an Empathie mich schlicht entsetzt. Sie sind der allerletzte Mensch auf Erden, für den ich mich jemals interessieren würde. Sie haben nicht die geringste Ahnung, wie es ist, aus Intuition zu handeln, weil Sie ja außer zu Ihrer überheblichen Selbstgefälligkeit zu anderen Gefühlen überhaupt nicht in der Lage sind. In Ihrem Leben gibt es doch nur Regeln, Protokolle und Vorschriften!«

»Bei dem, was ich tue, kann ich keine Gefühle brauchen.« Er betrachtet mich mit einem Anflug von Langeweile, als hätte ich gerade etwas ausgesprochen Naives gesagt. »Gefühle trüben die Wahrnehmung und lenken nur ab. In meinem Job kann ich es mir nicht leisten, mich von persönlichen Empfindungen beeinflussen zu lassen. Wenn ich vor der Wahl stehe, mich auf Emotionen zu verlassen oder auf Logik zu setzen, entscheide ich mich immer für letzteres.«

Sein herablassender Ton zeigt deutlich, dass er mich für jemanden hält, der in diesem Fall die falsche Wahl treffen würde.

»Und wissen Sie, was das Traurige bei Ihren Gefühlen ist? All Ihre *guten* Absichten haben niemandem geholfen. Zwei weitere Menschen sind tot – und das ist das Ergebnis Ihrer großartigen Intuition. Gratulation, Frau Sternek.«

Ich öffne den Mund, will mich rechtfertigen, irgendetwas erwidern, doch bevor ich ein einziges Wort herausbringe, ruft auf dem Flur jemand seinen Namen. Er dreht sich um, als hätte ich ihn keine Sekunde ernsthaft beschäftigt. Im Türrahmen prallt er fast mit Gabriel zusammen. Endlich, das wurde aber auch langsam Zeit! Beide mustern sich, ein knappes Nicken, dann ist Gabriel auch schon bei mir. Er sieht mich fragend an, dann zieht er mich in seine Arme. Seine Umarmung ist diese vertraute Nähe, die ich in diesem Moment dringender als alles andere brauche.

Radolin wirft uns einen letzten Blick zu. »Ich hätte von Ihnen mehr erwartet, Frau Sternek«, sagt er kühl und dann verschwindet er endlich.

Gott sei Dank! Ich schließe die Augen und spüre die beruhigende Beständigkeit von Gabriels Herzschlag. Es gibt nur uns, nichts anderes zählt in diesem Augenblick, und ich lasse mich einfach fallen, als wäre alles andere weit weg und völlig unwichtig.

KAPITEL 53 - ROMY

Frankfurt-Eckenheim
Freitag, 28. November, später Abend

Gabriels Finger zeichnen sanfte Kreise auf meiner Haut. Wir liegen auf meinem Bett; doch selbst die Wärme seiner Berührung lässt mich nicht zur Ruhe kommen. Unablässig drehen sich meinen Gedanken um die schrecklichen Ereignisse der letzten Tage. Lukas, David, Siegfried, Claudia – alle tot. Wie konnte es nur so weit kommen?

Auch Gabriel scheint mit seinen Gedanken woanders. »Woran denkst du?«, will ich wissen.

Er schweigt. Vorhin hatte ich noch gehofft, unsere Nähe könnte die Kälte vertreiben, doch jetzt befürchte ich, ihn in dieser Stille zu verlieren.

»Ich denke an Siegfried«, sagt er nach einer Weile. Natürlich, die Erpressung. Siegfried hatte Gabriel in der Hand. Ein einziger falscher Schritt und alles hätte böse enden können. »Jetzt kann er dir doch nichts mehr anhaben, oder?«

»Ich habe nicht die geringste Ahnung, wo er dieses verdammte Diktiergerät gelassen hat.« Sein Blick verrät, dass das Kapitel für ihn noch nicht abgeschlossen ist.

»Was würde passieren, wenn es jemand findet?«, frage ich, obwohl die Antwort auf der Hand liegt.

»Die Firma steht wirtschaftlich nicht gut da.« Er schließt die Augen, als wolle er die Vorstellung abschütteln. »Wir brauchen unbedingt den Zuschlag für weitere Projekte.

Aber sollte je ans Licht kommen, was mein Vater damals getan hat und dass ich darüber Bescheid weiß, ist alles aus.«

Ich sehe die Sorgenfalten auf seiner Stirn und beiße mir auf die Lippen. Würde das Geld aus Siegfrieds Manteltasche helfen, seinen Druck ein wenig zu lindern? Die ganze Zeit überlege ich schon, wie ich es Gabriel zurückgeben könnte, habe mir eingeredet, auf den richtigen Moment zu warten, doch wann ist der? Ich könnte ihm einfach jetzt die Wahrheit sagen, ihm erklären, dass ich ihm den Rest schon irgendwie zurückzahlen werde, aber der Gedanke an seine Reaktion lässt mich zögern. Was, wenn er wütend wird? Oder noch schlimmer – am Ende glaubt, ich habe gemeinsame Sache mit Siegfried Barg gemacht? Langsam wünschte ich wirklich, ich wäre diesem Mann nie begegnet. Zwar sind seine Drohungen mit ihm verschwunden, dennoch bleibt da diese Ungewissheit, die nun Gabriel den Seelenfrieden raubt. Wenn ich ihm bloß helfen könnte, wenn ich nur ... Und in diesem Moment trifft es mich, ein Gedanke so verlockend, dass ich mit einem Schlag hellwach bin. Dieses Dilemma lässt sich auch ganz anders lösen! Siegfried wird mich nicht mehr verraten, daher könnte ich doch auf der Suche nach dem erpresserischen Material den Umschlag mit dem Geld *zufällig* wiederfinden! Ein Fund, der mich aus meiner Zwickmühle befreit und Gabriels Situation erleichtert, ohne dass er misstrauisch wird. Hundert, ach was, hunderte von Karmapunkten extra! Ich müsste es nur geschickt anstellen, behaupten, das Geld an einem Ort gefunden zu haben, der nach Siegfried und seinen Spielchen klingt. Und rein theoretisch hätte er sich vorher ein paar Scheine aus dem Umschlag entnehmen können, oder? Ich überlege. Ja, es könnte funktionieren!

»Glaubst du, dass außer Siegfried noch jemand von dieser Aufzeichnung weiß?« Ich muss an mich halten, nicht allzu aufgeregt zu wirken.

»Ich denke nicht.« Er wirkt nachdenklich. »Aber ich habe keine Ahnung, was er geplant hatte. Im ersten Moment dachte ich, mit seinem Tod sei alles vorbei, aber jetzt fühlt es sich nur noch bedrohlicher an.«

»Dann müssen wir das Diktiergerät finden!« Ich ziehe die Decke fester um mich.

»Ich wüsste nicht einmal, wo ich da anfangen soll.« Er starrt ins Leere. »Was, wenn es herauskommt? Was, wenn alles ans Licht kommt? Als Geschäftsführer bin ich jetzt für die Delbrück-Projektbau verantwortlich.«

Eine Weile sitzen wir schweigend nebeneinander. »So schwer kann das doch nicht sein, schließlich hatte Siegfried nicht viel Zeit. Als er versucht hat, dich nach der Trauerfeier zu erpressen, hatte er es ja noch bei sich.« Ich schäme mich ein bisschen, als ich sehe, wie in Gabriels Augen die Hoffnung aufleuchtet. Aber ist es am Ende nicht der Zweck, der die Mittel heiligt?

»Hat er es vielleicht im Auto gelassen?«, überlegt er gerade.

»Nein, da wäre es mir aufgefallen. Er war weder am Kofferraum noch kann ich mich erinnern, dass er das Handschuhfach geöffnet hat.«

»Und wenn er es doch mit ins Haus genommen hat? In der Manteltasche zum Beispiel?«

»Nein, das wäre viel zu riskant«, wiegele ich ab. Dass sich Gabriel Gedanken über den Inhalt von Siegfrieds Manteltaschen macht, ist wirklich das Letzte, was ich jetzt gebrauchen kann. Außerdem passt sein Elternhaus absolut nicht zu meinem Plan. Selbst wenn er mich demnächst mit auf den Lerchesberg mitnimmt, kann ich schlecht so tun, als hätte ich dort gerade zufällig einen Geldumschlag unter einem der Perserteppiche gefunden. Nein, etwas Besseres muss her, etwas, das leichter zugänglich ist und sowohl als Versteck für die Erpresserbeweise als auch für das Geld durchgeht. »Vielleicht ist es noch auf dem Hauptfriedhof?«

»Auf dem Friedhof?« Gabriel schnaubt. »Gottbewahre, Romy, wie kommst du denn darauf?«

»Wieso denn nicht?« Mir gefällt meine Idee sogar ziemlich gut. »Er wollte zu eurem Kondolenzempfang und wusste, dass er dir dort begegnen würde, darum hat er dir ja auch diese Nachricht geschickt. Was hat er noch geschrieben?«

Gabriel runzelt die Stirn. »Keine Ahnung. Ich habe sie gelöscht. Irgendwas von wegen, ich brauche mir keine Hoffnungen zu machen, ich würde die Beweise im Leben nicht finden.«

»Na also! Das klingt doch sehr danach, dass er es irgendwo versteckt hat, um es später in Ruhe wieder abzuholen.«

»Also ich weiß nicht.« Gabriel scheint nicht überzeugt. »Warum ist Siegfried denn überhaupt zu uns auf den Lerchesberg gefahren? Wozu der ganze Aufwand?«

Eine berechtigte Frage, bis mir Claudia Huck wieder einfällt. »Siegfried brauchte eine plausible Ausrede, um nicht zu Fridas Grab zu müssen. Der Kondolenzempfang war der perfekte Vorwand, um Claudia Huck loszuwerden.«

Gabriel nickt nachdenklich. »Den du ihm praktisch geliefert hast.«

»Wie bitte? Ich hatte doch keine Ahnung, dass er nur deshalb dort sein wollte. Woher hätte ich das wissen sollen?«

»Süße, so war das doch nicht gemeint.« Er zieht mich in seine Arme. »Siegfried hatte einfach eine Schwäche für schöne Frauen. Die Idee, sich mit dir in unserem Elternhaus zu zeigen, hat ihm gefallen. Das passte perfekt in sein Bild von sich.«

»Genau! Und darum glaube ich, dass wir auf dem Hauptfriedhof suchen sollten.« Der Gedanke, diesen Umschlag auf so einfache Weise endlich loszuwerden, macht mich regelrecht euphorisch. Da gibt es tausend gute Verstecke, bei denen wir per Zufall fündig werden können.

»Selbst wenn du recht hast, ich habe keine Ahnung, wo wir überhaupt anfangen sollten. Das Gelände ist riesig, wir könnten Tage verbringen, alles abzusuchen und selbst dann – wer weiß, ob es überhaupt noch da ist.« Er schüttelt den Kopf. »Nein, Romy, das ist aussichtslos. Leider hat er auch diesmal wieder recht – wir werden es im Leben nicht finden.«

»Aber wir wissen doch beide, wie durchtrieben Siegfried war. Wenn er es wirklich versteckt hat, dann dort, wo niemand so schnell draufkommt.« Will er etwa aufgeben? Herrje, so wird das nichts. Unter irgendeinem Vorwand muss ich ihn auf den Hauptfriedhof bekommen, sonst werde ich diesen Umschlag nie los. Fieberhaft lasse ich meine Begegnung mit Siegfried Revue passieren. Siegfried, wie ich ihm beim Aufstehen helfe; Siegfried, den ich zu Lukas' letzter Ruhestätte begleite. Unsere gemeinsame Fahrt auf den Lerchesberg, seine zusammengekrümmte Gestalt in der Garderobe. Siegfried, der ein Diktiergerät so gut versteckt, dass wir es im Leben nicht finden werden. Im Leben nicht finden … und da fällt endlich der Groschen. »Die Urnenwand!«, keuche ich.

Gabriel schaut mich verständnislos an.

»Das, was du suchst, ist im Fach von Lukas' Urne!« Meine Gedanken überschlagen sich. Die Lösung ist ebenso einfach wie genial. Oh mein Gott, warum bin ich nicht schon früher drauf gekommen? »Siegfried und ich waren die Letzten, die sich von Lukas verabschiedet haben. Vor der geöffneten Urnenwand hat er mich um einen Augenblick allein gebeten. Ich dachte, er wolle ein paar Minuten für sich, dabei hat er lediglich das Diktiergerät versteckt.« Es ist die einzige Möglichkeit. Siegfried wusste genau, dass Gabriel ihn früher oder später erneut konfrontieren würde, also brauchte er ein todsicheres Versteck. Etwas, das er im Leben nicht finden würde, weil Siegfried es im Tod versteckt hat. »Wir müssen auf den Hauptfriedhof, sofort!«

»Jetzt?« In Gabriels Gesicht arbeitet es. »Romy, es ist mitten in der Nacht.«

»Genau darum ist es die perfekte Zeit.« Ich bin ganz aufgeregt. »Ich weiß, es klingt verrückt, aber was, wenn da wirklich etwas ist?«

»Du willst allen Ernstes mitten in der Nacht auf den Hauptfriedhof und ein Urnenfach aufbrechen?« Er schaut mich noch immer an, als könnte er nicht glauben, dass ich das wirklich ernst meine. »Dir ist schon klar, dass das gleich mehrere Straftaten auf einmal sind, oder?«

Den Gedanken an meine Friedhofsgärtner verwerfe ich genauso schnell, wie er gekommen ist. Selbst wenn ich dem gutmütigen Gerhard noch so schöne Augen mache, würde er mir bestimmt nicht einfach so ein Urnenfach öffnen.

»Tagsüber ist es viel zu auffällig, wenn du und ich uns an dem Fach zu schaffen machen.«

»Wenn wir erwischt werden, riskieren wir bestenfalls eine Anzeige wegen Hausfriedensbruch und Sachbeschädigung, wahrscheinlich sogar schlimmer.« Gabriel schüttelt den Kopf. »Und wie willst du das Fach überhaupt aufbekommen?«

»Du hast doch bestimmt Werkzeug im Auto?« Täusche ich mich oder glimmt gerade ein Hoffnungsfunken in seinen Augen? »Wenn da nichts ist, gehen wir einfach wieder. Aber wenn doch, dann können wir alle Sorgen endlich hinter uns lassen.«

Ich sehe Gabriel an, wie er das Risiko abwägt, dann schleicht sich ein Lächeln auf sein Gesicht. »Mit dir hab ich mir ja echt was eingehandelt!«

»Was soll das denn heißen?«

»Dass du meine ganz persönliche Gangsterbraut bist.« Er hebt die Hände, als wolle er sich ergeben. »Immer einen illegalen Plan in der Hinterhand, und so überzeugend, dass ich einfach mitziehen muss.«

»Also gehen wir?« Ich schwinge die Beine aus dem Bett.

Gabriel seufzt, als gäbe er sich einen letzten Ruck. »Na schön. Aber wenn das in einer Katastrophe endet, bist du diejenige, die das der Polizei erklärt, verstanden?«

Ich nicke. Kein Problem, darin habe ich schließlich Übung – beim Schnauzbart rede ich mich ja schon seit Wochen um Kopf und Kragen.

KAPITEL 54 – ROMY

Frankfurt-Eckenheim
Freitag, 28. November, später Abend

»Romy, warte.« Ich bin gerade dabei, die Haustür aufzuschließen, als Gabriel mich am Ärmel festhält. »Wie wollen wir im Dunkeln überhaupt Lukas' Urnenfach finden?«

»Ich kenne den Hauptfriedhof wie meine Westentasche. Und die Baustelle an der Friedhofsmauer, wo wir reinkönnen, ist nicht weit weg von der Urnenwand.«

»Und was, wenn uns jemand sieht?« Er bleibt skeptisch. »Das ist nicht bloß ein nächtlicher Spaziergang.«

»Vertrau mir einfach!« Ich ziehe die Haustür auf und greife seine Hand. »Es ist kurz vor elf, niemand wird uns sehen. Wer um diese Uhrzeit noch unterwegs ist, hat anderes im Sinn.«

Und genauso ist es auch. Die Nacht ist unser stummer Verbündeter, und wir finden sogar in der Rat-Beil-Straße einen Parkplatz direkt in der Nähe der beschädigten Mauer.

»Hast du das Werkzeug?«, frage ich beim Aussteigen. Gabriel nickt. »Okay. Jetzt müssen wir nur noch ungesehen reinkommen.«

Wir stehen vor der Mauer, die durch ein Metallgerüst gesichert wird. Ich spähe die Straße entlang. Keine Passanten, kaum Verkehr, alles ist ruhig. »Jetzt«, flüstere ich. Mit wenigen Griffen ist Gabriel auf das Gerüst geklettert und auf der anderen Seite verschwunden. Ich folge ihm, mein

Herz schlägt schneller, als meine Füße den Boden berühren. »Das hätten wir schon mal geschafft!«

»Wohin?« Gabriel schaltet seine Taschenlampe ein, ich meine Stirnlampe. »Ich habe keine Ahnung, in welche Richtung wir müssen.«

»Hier entlang, dann die nächste Abzweigung links.«

»Dass du dir so was merken kannst?«

»Es ist nicht so kompliziert, wie es im Dunkeln aussieht. Bleib einfach bei mir.« Die Nacht verleiht dem Friedhof eine geheimnisvolle Aura, es ist ein komplett anderes Erlebnis als am Tag. »Da vorne, siehst du die beiden Parkbänke? Die sind unser erster Orientierungspunkt.«

»Okay, und dann?«

»Da gehen wir rechts bis zu einer Sammelstelle für Friedhofsabfälle. Da biegen zwei Pfade ab, wir nehmen den linken bis zu dem Grabmal mit der großen Sandsteinurne. Ab da sind es nur noch ein paar Meter.«

»Na, dann führen Sie uns, Frau Friedhof-Expertin.«

Eine Weile gehen wir schweigend nebeneinanderher. Der Vollmond wirft bleiche Schatten auf karge Wege, die Bäume zeichnen sich schwarz gegen den Nachthimmel ab. Wie in einem schlechten Film ruft ein Käuzchen.

»Hast du eigentlich Angst?«, will Gabriel wissen.

»Nicht wirklich. Zumindest nicht vor denen, die hier begraben sind.« Einsam brennt eine Kerze vor einem der Grabsteine. Ihr flackerndes Licht wirft tanzende Schatten auf die umliegenden Gräber. »Aber vor den Lebendigen auf alle Fälle.«

»Wie meinst du das?«

»Hier gibt's einen Sicherheitsdienst. Die laufen nachts wegen der Kunstwerke auf den Grabdenkmälern regelmäßig Patrouille.«

»Und das sagst du mir erst jetzt?« Gabriel bleibt abrupt stehen. »Was, wenn die uns erwischen?«

»Wir dürfen uns halt nicht erwischen lassen. Entspann dich, wir …« Eine Kuhle im Boden lässt mich straucheln, sofort schießt ein scharfer Schmerz durch meinen Knöchel. »Au! Verdammt!«

»Was ist?«

»Ich weiß nicht.« Ich muss die Zähne zusammenbeißen, um nicht aufzustöhnen, als ich mein Gewicht auf den schmerzenden Fuß verlagere. »Irgendwas habe ich mir vertreten, glaube ich.«

»Sollen wir zurück?« Er schaut mich besorgt an.

»Auf gar keinen Fall! Wir sind doch fast da!« Der Schmerz pocht bei jedem Schritt, aber aufzugeben kommt nicht infrage. Auf seinen Arm gestützt humpele ich entschlossen weiter, und bereits nach wenigen Augenblicken tauchen die steinernen Urnenwände vor uns auf. Im Licht der Mondstrahlen wirken sie beinahe gespenstisch.

»Da sind wir«, flüstert Gabriel.

Ein flaues Gefühl macht sich in meinem Magen breit. Ist das, was wir vorhaben, Störung der Totenruhe? Oder gilt das nur für Sargbestattungen? Mein Blick wandert über die Fächer, über all die Inschriften, die uns still beobachten. Jetzt kommen mir doch Bedenken. »Vielleicht sollten wir …«, ich weiß nicht so ganz, wie ich es sagen soll, »Lukas besser nicht stören?«

Gabriel schnaubt. »Romy, ganz ehrlich, der hätte das als großen Spaß gefeiert. Für meinen Bruder war das Leben nichts als Party.«

Ich schaue ihn von der Seite an. »Meinst du?«

»Wahrscheinlich hätte er uns sogar einen Drink spendiert, wenn er nicht wieder mal knapp bei Kasse gewesen wäre.« Er sagt es scherzhaft, doch die Bitterkeit in seiner Stimme ist nicht zu überhören. Mir fällt wieder ein, was er mir über seinen Bruder erzählt hat – seine Exzesse, dieser endlose Rausch aus Sex, Drugs und Rock 'n' Roll. Ohne Lukas' Sorglosigkeit wäre Gabriel nie in diese schlimme Situation geraten, also ist es wohl nur gerecht, was wir hier tun, auch wenn es sich nicht so anfühlt.

Gabriel gibt sich einen Ruck. Die Grabplatte ist an allen vier Ecken mit je einer Abdeckkappe gesichert.

»Okay«, sagt er, während er die erste ins Visier nimmt, »fangen wir an. Hier, halt mal die Taschenlampe.« Er setzt etwas Flaches an der Kante an, hebelt ein wenig und schon fliegt das kleine Stück Metall im hohen Bogen in die Dunkelheit. Es dauert eine Weile, es zu finden.

»Die behalten wir besser zusammen.« Ich stecke sie in meine Jackentasche. »Damit wir das später wieder so hinbekommen, dass niemand es merkt.«

»Hoffentlich.« Er kommt schneller voran, als ich dachte. Doch als die letzte Kappe abgehebelt ist und ich die vier massiven Sechskantschrauben sehe, die die Abdeckplatte sichern, kommen mir Zweifel.

»Das gibt es doch nicht«, schimpft Gabriel, als die Schraube sich weigert, sich auch nur einen Millimeter zu bewegen. Auch der nächste und der übernächste Versuch zeigen keinen Erfolg, sein Werkzeug rutscht ab. Klirrend schlägt es auf den Boden; er flucht leise. »Verdammt, so wird das nichts.«

»Sollten wir es morgen noch mal versuchen – mit besserem Werkzeug?«

»Nein.« Um seinen Mund liegt ein entschlossener Ausdruck. »Wir sind so weit gekommen, jetzt will ich es auch wissen. Bestimmt habe ich noch etwas Stabileres im Kofferraum. Was ist mit deinem Fuß, schaffst du den Weg zurück?«

Ich nicke tapfer, doch als ich vorsichtig auftrete, weiß ich, dass das unmöglich ist. »Geh. Ohne mich bist du schneller. Ich warte hier auf dich.«

Er zögert. »Ist das wirklich okay, wenn du hier alleine wartest?«

Ehrlich gesagt mag ich nicht allein hierbleiben, aber ich kann seinen Tatendrang nachvollziehen. So kurz vor dem Ziel will auch ich nicht aufgeben. »Klar, kein Problem. Findest du den Weg?« Ich ringe mir ein Lächeln ab, von dem ich selbst nicht überzeugt bin.

»Ich denke schon.« Er hält inne. »Ich beeile mich, ja?«

»Ach, lass dir ruhig Zeit. Ich wollte schon immer mal den Hauptfriedhof ganz für mich.«

»Dann biete ich dir gerade die perfekte Gelegenheit.« Er drückt mir einen Kuss auf die Lippen. »Mach's dir nicht zu gemütlich, ja?«

Ich sehe ihm nach, wie der Schein seiner Taschenlampe kleiner und kleiner wird, und dann stehe ich auch schon allein zwischen den Urnenwänden. Wie lange es wohl dauert, bis er wieder hier ist? Hoffentlich verirrt er sich nicht! Ich klimpere mit den Abdeckkappen in meiner Jackentasche. Was, wenn er eine falsche Abzweigung nimmt? Die Pfade schlängeln sich teilweise so verwirrend durch den Friedhof, dass Gabriel schnell tiefer in das Gelände geraten könnte, anstatt zurück zum Auto. Hätte ich ihm noch mal den Weg erklären sollen? Ich verlagere mein Gewicht und wechsele schnell wieder zurück, als ich auf etwas Hartes trete. Es ist das Werkzeug, mit dem Gabriel eben noch so verbissen die dicken Schrauben lösen wollte. Ich bücke mich ungelenk und hebe das verbogene Metallteil auf. Was soll das denn sein? Es ist eines dieser absurden Gadgets, die einem das Internet als das einzig Wahre anpreist und die am Ende für gar nichts taugen. Gabriel hat doch nicht ernsthaft geglaubt, damit etwas auszurichten? Himmel, was mag er da gerade aus seinem Auto holen? Noch so ein Wundergerät, das alles kann, außer das, was es soll? Ich wühle in meinem Rucksack, ganz genau weiß ich, wonach ich suche – das Multitool, das ich noch von Papa habe. Er hatte immer den richtigen Dreh. Gutes Werkzeug ist wie eine Versicherung, hat er gerne gesagt, es kann einem den Plan retten. Ich habe das Multitool ewig nicht benutzt, aber jetzt wäre der perfekte Moment, und da ist es endlich. An Gabriels Dingsbums ist eine Einkerbung wie bei einem Maulschlüssel, vielleicht kann ich mein Werkzeug als Hebel nutzen? »Bitte, bitte, halte durch«, rede ich der Billigkonstruktion gut zu, als ich sie am Schraubenkopf ansetze und mein Tool dahinterklemme, um den notwendigen Druck zu erzeugen. Keine Ahnung, ob mir das hier jeden Moment um die Ohren fliegt, ich halte die Luft an. Die Schraube bewegt sich einen Hauch, ich drücke vorsichtig weiter und nach gefühlt unzähligen weiteren Drehbewegungen halte ich sie in der Hand. »Tja, Gabriel, anscheinend bin ich der bessere Handwerker.«

Vor lauter Euphorie registriere ich den Schmerz in meinem Knöchel kaum noch, als ich die nächste Schraube angehe. Jetzt, wo ich den Kniff raushabe, komme ich überraschend gut voran. Sollte es mir wirklich gelingen, die Abdeckplatte zu entfernen, kann ich den Umschlag, den ich in meinem Rucksack hergeschmuggelt habe, direkt im Fach deponieren, ohne dass es Gabriel auffallen wird. Apropos, wo bleibt er nur? Gefühlt ist er eine Ewigkeit unterwegs, er wird sich doch hoffentlich nicht verlaufen haben? Die letzte

Schraube löst sich, der Widerstand der Platte lässt nach. Sie gibt ein schabendes Geräusch von sich, als ich sie aus ihrem Fach hebe und vorsichtig auf den Boden stelle. Mein Herz schlägt so wild, dass ich es bis in die Fingerspitzen spüre. Bin ich diesmal auf der richtigen Spur? Im Licht meiner Stirnlampe erkenne ich Lukas' Urne, dahinter eine zweite. Unter einigen welken Rosen liegt etwas Längliches, eingewickelt in etwas Weiches. Ich kann es kaum fassen – sollte ich am Ende wirklich recht behalten? Der Gegenstand ist schwerer, als ich erwartet habe, vorsichtig schlage ich den Stoff auseinander. Es ist ein Herrentaschentuch, eines von der altmodischen Sorte, und als ich die Initialen »S.B.« in der Ecke erkenne, wird mir eiskalt. Also doch! Ich schiebe die letzte Schicht beiseite, zum Vorschein kommt ein Diktiergerät. Ich starre es an. Da ist es. Das, wonach wir die ganze Zeit gesucht habe. Es ist wirklich hier. Es war immer real. All die Hinweise, all die Momente, in denen ich mich gefragt habe, ob ich diesen Streit zwischen Siegfried Barg und dem Unbekannten nicht überinterpretiert habe. Aber ich wusste es. Irgendwo tief in mir wusste ich, dass dieses Geheimnis keine Einbildung war. Und jetzt halte ich es in meiner Hand.

Ein Knacken lässt mich herumfahren.

»Gabriel?« Meine Stimme geht in der Stille unter. Bilde ich es mir nur ein oder sind auch die Nachtgeräusche verstummt? Verflixt, wo steckt er bloß? Und warum fällt mir eigentlich jetzt erst auf, dass ich mich hier wie auf einem Präsentierteller befinde? Im Licht des Vollmonds wirkt der kleine, quadratische Platz wie eine Kulisse aus einem Horrorfilm. Zu allen Seiten führen Wege in die Dunkelheit, und ich kann mir nicht helfen, ich komme mir irgendwie beobachtet vor. Ist da jemand? Ich bin echt nicht ängstlich, trotzdem läuft mir ein Schauer über den Rücken, als ich meine Umgebung scanne. Im Licht meiner Stirnlampe ist nichts Ungewöhnliches zu erkennen, dennoch bleibt dieses nagende Gefühl der Unsicherheit. Hat mir meine eigene Nervosität gerade einen Streich gespielt oder war das bloß ein Tier? Ein Fuchs vielleicht?

»Gabriel?«

Keine Antwort, keine Schritte, nichts.

Unschlüssig wende ich mich wieder dem Diktiergerät zu. Was, wenn es nicht das ist, was ich erhofft habe? Ich weiß, es geht mich nichts an, und trotzdem will sich die Ungewissheit nicht abschütteln lassen. Was hat Siegfried aufgezeichnet, das hunderttausend Euro wert ist? Es ist falsch, darüber nachzudenken, doch es nicht zu wissen, ist genauso unerträglich. Das hier ist der Moment, auf den ich so lange hingearbeitet habe. Ich will, ich muss es einfach wissen. Mein Daumen schwebt über der Abspieltaste, das Gefühl, etwas Verbotenes zu tun, kribbelt in meiner Magengrube. Höchstens einen oder zwei Karmapunkte Abzug, oder? Ich drücke auf »PLAY«.

KAPITEL 55 – LUKAS

Frankfurt-Preungesheim
Freitag, 17. Oktober, abends

Die Wodkaflasche war von einer dünnen Eisschicht überzogen. Lukas biss die Zähne zusammen, als er sie auf sein geschwollenes Auge presste. »Ich brauche fünf Mille.«

»Fünftausend Euro?«

»Ich habe von Branco einen Tipp für eine Pokerrunde in Eschborn. Wenn ich den Einsatz zusammenkriege, kann ich ordentlich abräumen.«

»Hast du noch immer nicht begriffen, dass Pokern nur was für Männer ist?« Die Stimme aus dem Handy troff vor Sarkasmus. »Versuch es doch mal mit Monopoly, bevor du an einen echten Tisch gehst. Ist ungefährlicher, erst recht für dich.«

»Ich meine es ernst, Mann.« Lukas drückte die Flasche fester gegen seine Schläfe. Die Kälte war beißend. »Ich brauche das Geld, und zwar heute noch.« Das Pochen hielt sich hartnäckig, genau wie die Bilder vor seinem inneren Auge. David, der mal wieder auf der Nervspur unterwegs gewesen war und den er provoziert hatte. Der Schlag kam ansatzlos, präzise und vor allem unerwartet. Ein Volltreffer. Mitten ins Gesicht. Sein Kopf brummte, nachdem er rücklings auf den Boden gekracht war. David hatte sich über ihn gebeugt, das Gesicht kreidebleich. »Lukas? Lukas, verdammt! Lukas, bitte, sag was!«

»Was zum Teufel …« Lukas' Gesicht hatte sich angefühlt, als hätte es jemand mit einem Ziegelstein poliert.

»Das war keine Absicht, Mann!«

»Keine Absicht? Du schlägst mir fast die Lichter aus und behauptest, es sei keine Absicht?« Halb benommen, halb ungläubig hatte er David angestarrt. David, der schmale Kerl, der kaum eine Flasche Wein vernünftig aufbekam, hatte ihn beinahe ausgeknockt. »Raus!«

»Lukas, ich wollte das nicht, echt nicht!«

»Ich sagte, raus!«

»Es tut mir leid!« David hatte einen Moment gezögert, dann war er aufgestanden. »Ehrlich.« Lukas hatte ihn nur wortlos angesehen, bis David schließlich aus der Wohnung gestürmt war.

»Tja, dann wirst du dir wohl etwas anderes einfallen lassen müssen.« Siegfrieds Stimme holte ihn zurück in die Gegenwart. »Oder – und das wäre für uns beide die bessere Option – du lieferst endlich was Verwertbares.«

»Was soll das, Siegfried? Ich hab dir doch schon alles Mögliche geliefert, was willst du denn noch?«

»Etwas mit Substanz, Lukas, ich will etwas mit Substanz. Strategiepapiere, die Bewerbungsunterlagen eurer Projekte oder auch ein paar nette kleine E-Mails, in denen dein Bruder über Steuerhinterziehung plaudert. Du weißt genau, was ich meine.«

»Das ist verdammt riskant.« Wie stellte Siegfried sich das eigentlich vor? Lukas hatte jetzt schon das Gefühl, zu weit gegangen zu sein. Das Risiko war zu groß geworden. Es war nicht mehr so leicht wie am Anfang. Die Blicke von Gabriel waren aufmerksamer geworden, seine Fragen gezielter. Aus der Bewerbung für das OsthafenTower-Projekt hatte ihn sein Bruder weitestgehend herausgehalten –

unbewusst – oder hatte Gabriel gemerkt, dass etwas nicht stimmte? Lukas hatte trotzdem alle relevanten Informationen abgreifen können, doch der Aufwand war größer geworden und das ungute Gefühl blieb. Es gab tausend Möglichkeiten, erwischt zu werden.

»Riskanter als mit zwielichtigen Typen um fünf Mille zu pokern? Sei kein Idiot, Lukas. Tu, was ich dir sage, und dann reden wir auch wieder über Geld.«

Lukas starrte auf die Wodkaflasche. Wie zum Teufel sollte er aus dieser Sache jemals wieder rauskommen? Siegfried hatte ihn in der Hand. Ein schrilles Klingeln ließ Lukas zusammenzucken.

»Bleib dran, bin gleich wieder da.« Er ging in den Flur, deponierte Handy und Flasche auf der Konsole und griff nach dem Päckchen, das er vorhin für die Nachbarin entgegengenommen hatte. Lukas öffnete die Wohnungstür, doch da stand niemand, also drückte er den Summer. Dass dieser Scheiß-Paketbote inzwischen die Pakete fürs ganze Haus bei ihm ablud, war noch so etwas, das ihm tierisch auf den Sack ging. Er lauschte den Schritten im Treppenhaus und kurz darauf sah er einen Mann auf der Treppe auftauchen – groß, mit breiten Schultern und einem Gesichtsausdruck, der nichts Gutes verhieß.

»Was willst du? Ich habe keine Zeit …«

Die Tür krachte gegen die Wand, als sein Bruder an ihm vorbei in die Wohnung stürmte.

»Spinnst du? Einfach so hier reinzuplatzen?« Lukas schloss die Tür. Musste ja nicht jeder alles mitbekommen, die Alte in der Wohnung unter ihm war eh schon viel zu neugierig.

»Soll ich mir etwa einen Termin geben lassen, wenn mein eigener Bruder uns ruiniert?« Gabriel wirbelte herum. »Hast du sie eigentlich noch alle?«

»Kein Plan, wovon du redest.« Oh Gott. Wusste Gabriel Bescheid?

»Barg hat mich heute angerufen.«

»Ach ja?« Lukas' Herz begann wie ein Vorschlaghammer zu pochen.

»Ja, hat er. Stell dir vor, die BargImpact hat den Zuschlag für den OsthafenTower bekommen. Eine Ausschreibung, auf die wir uns monatelang vorbereitet haben.«

Der Druck auf seinem Auge war nichts gegen die Angst, die Lukas mit einem Mal erfüllte. »Kann passieren. Barg ist halt clever.«

»Clever?« Gabriel ging einen Schritt auf ihn zu. »Ja, ist er. Aber weißt du, was noch viel cleverer ist? Dass er ganz genau wusste, wie unser Konzept aussieht. Er kannte alle Details, Lukas.«

»Zufall?« Lukas trat der Schweiß auf die Stirn.

»Oh, glaub mir, das habe ich im ersten Moment auch gedacht. Aber dann habe ich eins und eins zusammengezählt. Und weißt du, was mir dann klar wurde?« Gabriels Stimme hatte einen gefährlichen Unterton angenommen. »Dass du es warst.«

»Ich?« Lukas' Blick huschte zur Wohnungstür, zu seinem Handy, zur Wodkaflasche. Wie oft hatte er hier einen vermeintlichen Ausweg gefunden?

»Ja, du.« Gabriel stand jetzt direkt vor ihm, die Fäuste so fest geballt, dass die Knöchel weiß hervortraten. »Barg wusste Dinge, die nur jemand wissen kann, der Zugang zum Projekt hat. Jemand wie du. Jemand, der so verzweifelt Geld braucht, dass er bereit ist, alles zu verkaufen. Sogar seine eigene Familie!«

»Das ist Bullshit!«

»Bullshit?« Gabriel senkte die Stimme. »Dein Leben,

Lukas, ist Bullshit genug. Diese ewigen Eskapaden, die ganzen Partys, das Geld, das du für Alkohol und Drogen raushaust, und dann deine Spielsucht – all diese Schulden, die du ständig anhäufst. Glaubst du wirklich, wir bekommen davon nichts mit?«

Lukas rieb sich die Stirn. Siegfried war doch echt ein Arschloch. Warum hatte er Gabriel auch noch unter die Nase reiben müssen, dass er die Delbrück-Projektbau so offensichtlich ausgestochen hatte? »Das ist doch lächerlich«, murmelte er.

»Wirklich?«, fauchte Gabriel. »Dann verrate mir mal, woher Barg die Details für unser Nutzungskonzept so gut kannte? Unsere Standortanalyse? Unseren Zeitplan?« Er schlug mit der flachen Hand gegen die Wand. »Hast du überhaupt eine Sekunde darüber nachgedacht, was das bedeutet? Du ruinierst uns alle, mich, die Firma, unsere Familie!«

»Ich war das nicht!« Jetzt schrie auch Lukas.

»Lüg mich nicht an!« Gabriel packte ihn am Kragen, wie ein Schraubstock legten sich seine Finger um Lukas' Hals. Vergeblich versuchte er, den eisernen Griff seines Bruders zu lösen. Panik stieg in ihm auf, der mangelnde Sauerstoff machte es unmöglich, einen klaren Gedanken zu fassen.

»Okay!«, krächzte er schließlich. »Ich hab's getan! Ich hab ihm die Infos gegeben!«

Gabriels Griff lockerte sich und Lukas sackte keuchend nach vorn. Sein Hals brannte, er rang nach Atem. »Ich brauchte Geld.« Lukas hustete. »Es ist nicht persönlich, ich schwöre, es war nur …«

»Nicht persönlich?« Gabriels Gesicht verzog sich vor Abscheu. »Du hast unsere Existenz aufs Spiel gesetzt! Alles, was wir aufgebaut haben! Damit du deine beschissenen Schulden bezahlen kannst? Damit du weiterfeiern kannst?«

»Ich hatte keine Wahl!«

»Keine Wahl?« In den Augen seines Bruders glomm eine derart unbändige Wut, dass Lukas Angst bekam. »Du hattest keine Wahl, aber hast dich mit Siegfried Barg eingelassen? Weißt du überhaupt, was du getan hast?«

»Ich hab nichts Großes rausgegeben, okay? Nur ein paar Kleinigkeiten!«

»Kleinigkeiten? Das sind keine Kleinigkeiten, das sind vertrauliche Informationen, die die Firma ruinieren können!« Gabriel stieß ihn kräftig zurück. »Weißt du eigentlich, wie oft ich mich bei unserem Vater für dich eingesetzt habe? Weißt du, wie oft ich gesagt habe, der Lukas kriegt das hin, Lukas ist nicht so ein Idiot? Und dann finde ich raus, dass Vater recht hatte, dass du genau das bist – ein gottverdammter Idiot, ein mieses Arschloch!«

Ja, ihr Vater hatte den schlauen, smarten, souveränen Gabriel schon immer bevorzugt. »Ich hab gesagt, ich hatte keine Wahl!«, brüllte Lukas zurück.

Gabriel griff nach seinem Arm, seine Augen funkelten. »Man hat immer eine Wahl! Nur du bist zu gedankenlos, sie zu treffen! Du denkst, du kannst dich mit deinen üblichen Lügen aus allem rauswinden? Diesmal nicht!«

»Ach nein?« Lukas riss sich los. »Und was willst du jetzt tun? Mich bei unseren Eltern verpetzen?«

»Verpetzen? Das ist alles, was dir einfällt?«

»Weil du nichts anderes kannst!«, schrie Lukas. »Immer schön den Moralapostel spielen, aber keine Ahnung, was wirklich abgeht!«

»Du hast nicht die geringste Ahnung, was du angerichtet hast, oder?« Gabriel packte die Wodkaflasche. »Hat es sich denn wenigstens hierfür gelohnt?«

»Ich …« Lukas hob die Hände, aber Gabriel war schon bei ihm.

»Halt dein beschissenes Maul!« Die Flasche traf ihn in einer blitzschnellen Bewegung. Ein Aufprall wie ein zerplatzender Luftballon, gefolgt von einem knackenden Geräusch. Lukas gab ein ersticktes Röcheln von sich, dann sackten ihm die Beine weg. Hände, die ins Leere griffen, bevor sein Körper auf dem Boden aufschlug. Blut sickerte aus einer Wunde an seiner Schläfe, das Rot bildete einen scharfen Kontrast auf den weißen Fliesen. In dem leeren Blick, mit dem Lukas an seinem Schuhschrank vorbeistarrte, hatte die Zeit angehalten. Keine zwei Minuten später schloss sich sacht die Wohnungstür. Das einzige Geräusch, das danach noch die Stille durchbrach, war das leise Klicken, mit dem ein Gespräch beendet wurde.

KAPITEL 56 - ROMY

Frankfurt, Hauptfriedhof
Freitag, 28. November, nachts

Gabriel. Meine Finger beben, als das Diktiergerät stoppt. Es ist Gabriel. Der Mann, mit dem ich mir eine Zukunft erträumt habe, hat seinen eigenen Bruder getötet. Mir wird schlecht. Ich sehe sein Gesicht vor mir – sein Lächeln, wie er mich ansieht, als wäre ich für ihn die einzige Person auf der Welt. Alles eine Lüge. Genau wie die Geschichte, seinen Vater schützen zu wollen. Der angeblich mit irgendeinem Schindluder die Firma gefährdet hat. Lüge. Keinesfalls ist das die Aufzeichnung eines kompromittierenden Gesprächs zwischen Gabriel und seinem Vater, sondern der handfeste Beweis für den Mord, den er an seinem Bruder begangen hat.

Und ich war auch noch dumm genug, ihn auf die richtige Spur zu bringen! Wie oft lag ich falsch mit meinen Vermutungen, warum muss ich ausgerechnet dieses Mal die Wahrheit lügen? Es ist nur eine Frage der Zeit, bis er hier auftauchen wird. Der mir sonst so vertraute Hauptfriedhof ist jetzt ein Ort ohne Zeugen. Und ich bin allein.

Ein Geräusch lässt mich zusammenfahren. Ist er das? Oder nur der Wind? Ich schalte meine Stirnlampe aus. Die Dunkelheit ist gnadenlos, alles sieht gleich aus. Weglaufen ist keine Option, nicht mit meinem verletzten Fuß. Die andere Alternative ist aber auch nicht viel besser: Einfach hierbleiben? Wenn ich mir nichts anmerken lasse, glaubt er womöglich, alles sei in Ordnung. Aber wie soll ich ihm mit diesem Wissen weiter in die Augen schauen? Außerdem wird ihm auffallen, dass das Fach geöffnet wurde ... Mein Magen zieht sich zusammen. Nein, mir bleibt nur noch eine Möglichkeit: ein Versteck zu finden. Nur wo? Mit meinem Knöchel werde ich nicht weit kommen. Ich schaue mich um. Die Rückseite der Urnenwand liegt im Schatten. Wenn ich es bis dorthin schaffe und mich ganz ruhig verhalte, bemerkt er mich vielleicht nicht. Also los! Gegen die Urnenwand gestützt arbeite ich mich mit kleinen Hopsern auf die andere Seite. Mein Fuß protestiert bei jedem Schritt, aber ich beiße die Zähne zusammen.

Wieder ein Geräusch, diesmal ganz nah. Meine Hände klammern sich an den Stein. Ist er das? So vorsichtig wie möglich drehe ich mich um und spähe um die Ecke. Der Platz zwischen den Urnenwänden liegt verlassen im Mondlicht. Vielleicht habe ich Glück. Vielleicht kommt er ja gar nicht?

Eine Bewegung aus den Augenwinkeln, in der nächsten Sekunde stoße ich hart gegen etwas, das plötzlich hinter mir auftaucht. Ich schreie, als ich zurücktaumle. Mein Fuß knickt weg, beinahe verliere ich das Gleichgewicht, als mich zwei Hände packen.

»Romy.« Gabriels Gesicht direkt über mir, ein Gesicht, das mich bis vor Kurzem noch so fasziniert hat. Jetzt sieht er aus wie ein Fremder. »Was machst du hier im Dunkeln?«

Der Schmerz in meinem Knöchel ist unbeschreiblich, doch er zieht mich nicht aus diesem Albtraum heraus. Mein Hirn schreit, dass ich etwas antworten muss, aber kein einziger Gedanke ist klar. Weiß er, was ich entdeckt habe? Er wirkt so normal. Fast liebevoll. Kann so ein Mörder sein? Oder ist es genau das, was ich von ihm denken soll?

»Du warst lange weg«, krächze ich. »Mir wurde es langsam unheimlich.«

»Ich dachte, du hast nachts auf dem Friedhof keine Angst?«

»Ich habe mir nur Sorgen um dich gemacht. Wo warst du denn so lange?« Vorsichtig winde ich mich aus seinen Armen. Wenn er mich auch nur eine Sekunde länger berührt, bekomme ich einen Schreikrampf. »Das schaffe ich schon alleine.«

»Ein paar Mal falsch abgebogen.« Seine Stimme ist ruhig, aber da ist ein seltsamer Unterton. Etwas, das ich nicht deuten kann und das mich dazu bringt, mich noch enger an die Mauer zu pressen. »Du solltest nicht allein hier im Dunkeln stehen.« Gabriel beugt sich zu mir, und ich rieche diese vertraute Mischung aus Sandelholz und Minze, die mich so verrückt gemacht hat, aber jetzt wie Gift wirkt.

»Was hast du da?« Er zeigt auf das Diktiergerät in meiner Hand. Mist.

»Nichts.« Ich presse es an mich, obwohl das überhaupt nichts bringt.

»Zeig es mir.« Er streckt die Hand aus.

»Ach, nur ein GPS-Gerät. Zum Geocachen. Ich wollte mir ein bisschen die Zeit vertreiben, während ich auf dich gewartet habe und …«

»Romy.« Gabriel ist jetzt so nah, dass ich seine Wärme spüre. »Gib es mir!«

Sanft windet er mir das Diktiergerät aus der Hand. Langsam heben sich seine Augen, sein Blick trifft meinen, sein Gesicht verändert sich. »Das hättest du nicht finden sollen.«

Ja, ich hätte so einiges nicht tun sollen, doch in diesem Moment knallt eine Sicherung bei mir durch. »Ich weiß, was du getan hast, Gabriel«, zische ich. Er ist viel zu nah, ich stoße ihn von mir weg. »Du warst es! Du hast Lukas umgebracht! Du bist ein Mörder!«

»Ein Mörder?« Er lacht leise. »Lukas war nichts weiter als ein Problem, das ich gelöst habe.«

Er streitet es noch nicht einmal ab?

»Mein Bruder war ein Idiot«, fährt er fort. »Schon immer. Einer, der nur Ärger bedeutet hat. Jemand musste ihn stoppen, bevor er alles zerstört.«

»Wie kannst du so etwas sagen?« Ich habe mir immer Geschwister gewünscht. Nie hätte ich gedacht, dass man so viel Hass für jemanden empfinden kann, der zur eigenen Familie gehört. Der Gedanke allein macht mich sprachlos. »Wie konntest du ihm das antun?«

Gabriel zuckt mit den Schultern. »Lukas war ein Spieler, jemand, der andere ausgenutzt hat. Eine Zecke. Ein Taugenichts. Wertlos. Über Monate hinweg hat er Informationen aus der Firma an Barg verkauft. Ich habe geahnt, dass irgendetwas nicht stimmt. Richtig Bescheid wusste ich aber erst, als dieses alte Arschloch mich angerufen hat, um mir unter die Nase zu reiben, dass die BargImpact den Zuschlag für den OsthafenTower bekommen hat. Ich bereue keine Sekunde, was ich getan habe. Es war überfällig, diesen Parasiten loszuwerden. Ich habe ihn mit seiner eigenen Wodkaflasche erschlagen. Und weißt du was?« Seine Stimme wird zu einem Flüstern. »Sie steht bei mir zu Hause. Im Kühlschrank. Hin und wieder gönne ich mir einen Schluck daraus.«

Mir dreht sich der Magen um. »Und David?« Am liebsten würde ich mich übergeben, doch mein Körper ist wie gelähmt vor Angst.

»Was ist mit David? Die Tunte war ein noch größerer Vollpfosten als Lukas. So eifersüchtig, so gestört, und dann noch so dämlich, diese alberne Drohung an Barg zu schicken.« Er grinst, als würde er sich über einen schmutzigen Witz amüsieren. »Du hast mir den idealen Sündenbock geliefert, Romy. Ich glaube, ich habe mich noch gar nicht bedankt?«

Ich starre ihn an.

»Von dir aus bin ich direkt zu David de la Rosa gefahren. Ich habe behauptet, dass ich einfach mal wissen wollte, wie es ihm geht. Hatte eine Flasche Wein dabei, habe mich hingesetzt und mir sein Gejammer angehört. Wie sie sich kennengelernt haben, wie schwer die letzte Zeit für ihn war, und auch, wie es auseinandergegangen ist, bla, bla, bla. Ich musste nur warten, bis die K.-o.-Tropfen endlich Wirkung zeigten.«

»Du hast ihn umgebracht?« Tränen brennen in meinen Augen.

»Er war der perfekte Täter. So einer wie David hält das Ganze eh nicht lange aus. Eigentlich habe ich ihm doch nur geholfen, es zu Ende zu bringen. Habe seinen Abschiedsbrief getippt, ihn in die Badewanne verfrachtet und ihm die Pulsadern geöffnet.« Sein Lächeln wird breiter. »Hast du schon mal zugesehen, wie jemand ertrinkt, Romy?«

»Du …« Die Erkenntnis schneidet mit der Schärfe eines Messers durch meinen Verstand. Gabriel ist keinesfalls der Mann, den ich zu kennen glaubte. Er ist nicht nur ein Mörder, sondern ein Psychopath, der Spaß an der Kontrolle und an dem Gefühl hat, unantastbar zu sein. Er ist ein Monster. Und ich bin ihm ausgeliefert.

»Das Wasser lief und lief und lief … Es war nur eine Frage der Zeit, bis irgendein Nachbar den Wasserschaden melden und die Tür aufgebrochen werden würde.«

»Du bist krank«, flüstere ich.

»Vielleicht. Aber weißt du, was das Beste ist?« Er hebt eine Augenbraue. »Dass du es die ganze Zeit nicht gesehen hast. Du hast mich ja noch nicht einmal bei uns in der Garderobe bemerkt. Gerade hatte ich Siegfrieds Taschen durchsucht, als du hereingestürmt kamst. Ich hatte gerade noch Zeit, mich hinter der offenen Tür zu verstecken. Du warst genauso blind wie alle anderen und so begierig, mir zu gefallen, dass es schon fast langweilig war.«

»Was?« Mit einem Mal wird mir ganz heiß.

»Oh ja.« Sein Gesicht nähert sich meinem, als wolle er mich küssen. »Du wolltest mich so sehr. Ich musste mich nicht mal anstrengen, um dich im Auge zu behalten. Eine Einladung zum Italiener, ein paar belanglose Nettigkeiten und schon warst du bereit, dich mir an den Hals zu werfen. Keine Herausforderung, Romy. Gar keine.«

Meine Wangen brennen vor Scham.

»Und dann dieser Abend beim Japaner. Es war schon faszinierend, wie wenig du begriffen hast, in welche Gefahr du dich begibst.«

»Was meinst du?« Ich weiche zurück. Meine Beine zittern so stark, dass ich mich an der Urnenwand regelrecht festkrallen muss.

»Nun, ich musste sicherstellen, dass du nicht mehr weißt, als du mir verraten hast. Also habe ich dir etwas ins Glas gemischt. Nur ein paar Tropfen. Weißt du noch, wie wir bei dir zu Hause auf dem Sofa saßen? Ein Glas Wein, ein Lächeln von mir, und schon warst du weggetreten.«

Natürlich, mein Filmriss! Das Gefühl, sich an nichts mehr erinnern zu können, der verschwommene Tag danach …

»Während du geschlafen hast wie ein Baby«, seine Stimme hat einen selbstgefälligen Unterton, »hatte ich alle Zeit der Welt, mich in deinem Arbeitszimmer umzusehen. Ordentlich bist du ja nicht gerade, aber mit etwas Geduld findet man, was man sucht.«

»Du warst in meinem Arbeitszimmer?«

»Natürlich. Deine Notizen waren ganz interessant, zum Teil zumindest. Ich habe auch die Karte mit der Drohung gelesen, aber da wusste ich sie noch nicht einzuordnen.« Er legt den Kopf schief. »Du hältst dich für schlau, Romy, aber das bist du nicht. Vor allem nicht klug genug, um mich aufzuhalten.«

Der Boden unter meinen Füßen wankt. Ich presse meine Hände fester gegen die kalte Wand, um bloß nicht umzukippen. Der Schmerz in meinem Knöchel ist nichts im Vergleich zu dem in meinem Herzen. »Irgendetwas hast du übersehen. Es gibt immer Spuren, Gabriel. Beweise. Niemand kommt ungestraft davon.«

Gabriel tritt näher, unwillkürlich ziehe ich den Kopf ein, als er sich über mich beugt. »Es gibt keine Wahrheit, Romy, nur die, die ich zulasse. Glaubst du wirklich, ich hätte irgendetwas übersehen?« Er lacht leise. »Ich war gründlich. Sehr gründlich. Lukas' Tod ist aufgeklärt, und David … na ja, ein Suizid interessiert niemanden lange.«

»Du lügst«, flüstere ich. »Das perfekte Verbrechen gibt es nicht. Irgendetwas hast du übersehen, ich weiß es. Bestimmt hat die Kripo Lukas' Handy untersucht, sie wissen, dass er zuletzt mit Siegfried Barg telefoniert hat!«

»Weil dieser Drecksack, der alle seine Gespräche aufgezeichnet hat, ja auch nur ein einziges Mobiltelefon besaß?« Er schüttelt den Kopf. »Schon mal was von unregistrierten Prepaid-Handys gehört? Diese Dinger, die man verschwinden lässt, wenn sie zu heiß geworden sind?«

Erst jetzt wird mir klar, warum die Polizei meine Beobachtungen nicht ernst genommen hat. Radolin und die

Moosbach konnten die Zusammenhänge nicht erkennen, weil sie die einzelnen Puzzleteile nicht hatten. Der letzte Anruf auf Lukas' Handy ging an eine unbekannte Nummer. Bei Lukas' Spielsucht ist es kein Wunder, dass die Kripo anfangs davon annahm, die Spur würde in irgendein dubioses Hinterzimmer führen. Und da mit David der vermeintliche Täter inzwischen feststeht, wird es auch keinerlei Veranlassung geben, den Fall noch mal aufzurollen. »Und du denkst, du kommst damit durch?« Mache ich mir gerade selbst Mut?

»Wer sollte mir jetzt noch auf die Schliche kommen?«

Zum ersten Mal wird mir bewusst, wie wenig Chancen ich wirklich habe, ihm zu entkommen.

»Weißt du, Romy, ich hatte gehofft, das hier wäre nicht nötig. Aber du bist einfach zu neugierig. Zu hartnäckig. Vorhin habe ich mehrfach versucht, dich aufzuhalten, viel lieber hätte ich mich nämlich hier allein umgeschaut. Du hättest einfach aufhören können, aber nein, du musstest ja mal wieder deinen Kopf durchsetzen.« Er lächelt mitleidig. »Ich mache das wirklich nicht gern, aber du lässt mir keine Wahl. Du weißt einfach zu viel.«

»Gabriel, bitte.« Ich hasse mich für das Zittern in meiner Stimme. Das ist kein Spiel mehr. Hier geht es um mein Leben und Gabriel hat es in der Hand. Und er weiß es. »Du musst das nicht tun, du kannst aufhören. Es gibt immer einen Ausweg. Du kannst dich stellen, es gibt Hilfe für Menschen wie dich.«

»Mich stellen? Glaubst du wirklich, ich würde mein Leben einfach so wegwerfen? Für dich?« Er lacht. Eiskalt, berechnend, endgültig. »Nein, Romy. Ich bin nicht das Problem, du bist das Problem. Und Probleme …«, er betrachtet mich wie einen Gegenstand, »lösen sich am einfachsten, indem man sie beseitigt.« Seine Hände schnellen nach vorn und greifen nach meiner Kehle. Instinktiv will ich seine Finger wegdrücken, aber sein Griff ist wie aus Stahl. Kein Zögern, kein Mitgefühl. Sein Gesicht ist nah an meinem, seine Lippen zu einer schmalen Linie gepresst. Vergeblich schnappe ich nach Luft. Der Druck in meiner Lunge ist kaum auszuhalten, aber nichts im Vergleich zu der Panik, die mich überwältigt. Ich strample, meine Hände kratzen über seine Jacke, doch er lässt nicht los. Meine Sicht wird immer enger, alles wird langsamer, dumpfer, dunkler, als würde ich in einem Meer tiefer und tiefer sinken. Dann ist da nichts mehr. Nichts außer Schwärze.

Etwas flimmert in der Dunkelheit, ein flüchtiger Lichtschein am Rande meines Bewusstseins, dann werden aus den Schemen vertraute Gesichter. Lukas Delbrück, den Kopf spöttisch geneigt und hinter ihm mit sanftem Lächeln David de la Rosa. Irgendwo weiß ich, dass das hier nicht real sein kann und doch sehe ich sie direkt vor mir. Weitere Gestalten tauchen auf, zunächst blass und verschwommen, dann erkenne ich Siegfried Barg, Claudia Huck und neben ihr ein hoch aufgeschossenes Mädchen. Frida? Sie winkt, wie um mich willkommen zu heißen. Etwas zieht mich zu ihnen, als wäre es mein Schicksal, ihnen zu folgen. Ich eile ihnen entgegen, will bei ihnen sein und habe sie fast schon erreicht, als sich Claudia Huck in den Weg stellt. »Sie haben mir Ihr Versprechen gegeben!«, zischt sie. Selbst im Tod ist sie ganz die Alte. Na, das kann ja heiter werden!

KAPITEL 57 – MARGIT

Frankfurt-Innenstadt
Montag, 1. Dezember, vormittags

Der Geruch von Desinfektionsmitteln brennt in Margits Nase, während sie wartet. An der Decke summt leise eine Neonröhre, doch bis auf das gelegentliche Schließen einer Tür und den leisen Schritten auf dem Gang ist es bedrückend still. Bilder von Romy huschen durch ihre Gedanken. Ihr Lachen, die Haarsträhne, die ihr immer in die Augen fällt, ihre lebhafte Art zu gestikulieren – lauter Kleinigkeiten, die jetzt so fern sind, als gehörten sie zu einer anderen Welt.

Eine Träne läuft über Margits Wange. Wie konnte es nur so weit kommen? Dieser IT-Experte kam ihr gleich so seltsam vor, warum hat sie nicht auf ihr Bauchgefühl gehört und Romy vor diesem Kerl gewarnt? Es sei nicht ihre Schuld, haben Carmen und Roswitha ihr gestern immer wieder versichert, nachdem die Polizei angerufen hatte. Natürlich ist es nicht ihre Schuld, und doch fühlt es sich an, als hätte jemand ihr Herz in einen Schraubstock gespannt. Irgendwie hätte sie dieses schreckliche Unglück verhindern müssen! Sie hätte Romy aufhalten müssen, als sie ihre Nachbarin und diesen Drecksack vorgestern Nacht im Treppenhaus belauschte. Im Dunkeln auf den Hauptfriedhof einbrechen – was für eine absurde Idee. Derart an den Haaren herbeigezogen, dass Margit zunächst glaubte, sich verhört zu haben. Andererseits kennt sie Romys Dickkopf und ihre spontanen Einfälle, doch erst als Margit sie auf ihrem Handy nicht erreichen konnte, machte sie sich ernsthafte Sorgen . Geräuschvoll putzt sie die Nase. »Hätte ich es verhindern können? Sie aufhalten?«

Die Arme vor der Brust starrt Kommissar Radolin auf einen Lichtschalter an der gegenüberliegenden Wand. »Nein«, sagt er nach einer Weile. »Ich denke nicht.«

Margit nestelt am Gurt ihrer Umhängetasche. »Ich habe gemerkt, dass irgendwas im Busch war. Dass sie etwas beschäftigt. Ich hätte … ich hätte besser auf Romy aufpassen müssen!«

»Sie? Alleine? Auf diese Frau aufzupassen hätte noch nicht mal eine ganze Einsatztruppe geschafft!« Der Kommissar schnaubt. »Man kann nicht immer ahnen, was in jemandem vorgeht. Sie haben getan, was Sie konnten. Mehr kann niemand verlangen.«

Ein Räuspern lässt sie aufschauen. Auf leisen Sohlen ist ein Mann im weißen Kittel aufgetaucht. »Sind Sie so weit?« Er schaut auf sein Klemmbrett, und Margit nickt. Sie ist überhaupt nicht so weit, im Gegenteil – noch nie im Leben ist sie weniger für irgendetwas bereit gewesen. Aber was nutzt das schon? Sie verstaut das Taschentuch in ihrer Jackentasche, dann greift sie nach ihren Krücken und stemmt sich mühsam hoch. Nun heißt es tapfer sein!

Stumm folgen sie dem weißen Kittel den Flur hinunter. Radolin forschen Schrittes, Margit langsam hinterher auf ihre Krücken gestützt, bis sie schließlich vor einer Tür stehen bleiben. Der Mann öffnet sie und tritt ein. Margit zögert. Das Zimmer ist in steriles Licht getaucht. In der Mitte des Raumes erkennt sie eine schmale Gestalt, bis zum Hals zugedeckt. Margit wagt kaum hinzuschauen. Da liegt Romy. Ihre Augen sind geschlossen, die Nase spitz, ihre Lippen blass und farblos. Wie friedlich würde ihr Gesicht aussehen, wären da nicht die schrecklichen Würgemale an ihrem Hals. Margit presst die Hand vor den Mund.

»Romy?« Wie gerne würde sie sie berühren, um sich zu beweisen, dass das hier bitte nicht echt ist, doch sie ist wie gelähmt.

Romys Lider flattern. Zuerst nur ein leichtes Zittern, kaum wahrnehmbar – und doch, da ist es wieder, eine winzige Bewegung.

»Romy?« Margit wagt kaum zu atmen. Romys Lider öffnen sich zögernd, als wären sie schwer wie Blei. Ein Röcheln dringt aus ihrer Kehle, ihre Lippen bewegen sich, murmeln etwas Unverständliches.

Margit beugt sich über sie, streicht ihr das Haar aus dem Gesicht. »Romy, hörst du mich? Ich bin's, Margit! Ich bin da!«

»Schrei nicht so!« Romys Lippen bewegen sich erneut, sie schließt die Augen. »Kopfschmerzen«, nuschelt sie nach einer Weile.

Margit wischt sich hastig mit dem Handrücken übers Gesicht. »Alles gut. Ich bin hier.« Sie greift nach Romys Hand. »Was ich dir unbedingt sagen muss – ich hab's auch nicht zur Kampagneneröffnung geschafft. Wir wollten doch zusammen hin, weißt du noch?«

Romy blinzelt.

»Weißt du, ich habe nachgedacht!« Oh ja, das hat Margit. Von Carmen weiß sie, dass Nadir Çelik in Begleitung einer ausgesprochen hübschen jungen Frau erschienen ist. Als Cowgirl sei sie verkleidet gewesen, mit einem rosa Hut. Und die ganze Zeit haben sie Händchen gehalten. Margit schüttelt den Kopf. »Wir holen das nach, ja? Und wir machen's richtig groß. Es kommen noch so viele schöne Sitzungen, die Saison ist ja gerade erst am Anfang. Die Carmen kann uns wieder Karten besorgen, Ehrenkarten sogar, da sitzt man ganz vorne und …« Ein schwacher Laut dringt aus Romys Kehle, nicht ganz ein Lachen, aber etwas, das Margit als Zeichen der Zustimmung interpretiert.

»Ich will ja nicht stören«, der Arzt räuspert sich, »aber die Besuchszeit ist vorbei. Für den Anfang reicht es – die Patientin braucht jetzt absolute Ruhe.«

Am liebsten würde Margit widersprechen, doch Radolins Hand legt sich auf ihren Arm. Sie wischt sie beiseite, nicht unhöflich, aber entschieden. Er sieht ja schneidig aus mit seinem Bart, der Herr Kommissar, aber das ist ihr dann doch entschieden zu vertraulich.

»Ich komme bald wieder, ja? Versprochen!« Sie drückt Romys Hand ein letztes Mal. »Und denk daran – du und ich. Haus Ronneburg. Ehrenkarten! Aber du musst schnell wieder gesund werden, sonst wird das mit dem Tanzen nichts, versprochen?« Hat Romy etwa gerade mit den Augen gerollt? Nein, bestimmt hat sie nur gezwinkert. Margit spürt einen kleinen Hoffnungsfunken, als sie hinter dem Kommissar aus dem Krankenzimmer humpelt. Wäre doch gelacht, wenn sich für Romy nicht doch noch ein Mann finden ließe. Irgendjemand muss ja schließlich auf sie aufpassen, nicht wahr?

EPILOG

Wie es sich für jemanden gehört, der im Leben Eindruck hinterlassen hat, berichtete die Rhein-Main-Zeitung groß über Siegfried Bargs Beerdigung. Und unter all den Details, die für Gesprächsstoff sorgten, war Asja zweifellos das Highlight. Mit überdimensionaler Sonnenbrille und in einem umwerfenden Kostüm trat sie auf wie ein Filmstar. Hat sie wenigstens ein bisschen um ihren Liebhaber getrauert oder diese Show lediglich für die Paparazzi abgezogen? Ich weiß es nicht, genauso wenig, ob sie noch mit Joris zusammen ist. Es wirkt nicht so. Keine Spur von inniger Nähe, vielmehr habe ich den Eindruck, als würden sie sich aus dem Weg gehen.

Gabriel sitzt noch immer in Untersuchungshaft. Sein arrogantes Selbstvertrauen, mit dem er glaubte, alles im Griff zu haben, hat ihn schließlich doch zu Fall gebracht. Wie sich herausgestellt hat, war er nämlich gar nicht mit Davids Drohbrief bei der Polizei, wie er mir gegenüber immer behauptet hat. Ganz genau wusste er, dass ich aus Angst dort niemals nachhaken würde. Mit dem Märchen über seinen angeblichen Anwalt, der für mich alles regeln würde, hat er mich in trügerischer Sicherheit gewogen. Niemals hat er damit gerechnet, dass ihn ausgerechnet diese Lüge überführen würde.

Es war im Bürgerhospital, als mir im Streit mit dem Schnauzbart Gabriels Aussage herausgerutscht ist. Radolin hat es erst gar nicht registriert. Erst später, wie er mir erzählt hat, sei er ins Grübeln gekommen. Irgendetwas machte ihn stutzig, aber erst am Abend habe es Klick gemacht. Und weil ihm der aalglatte Gabriel sowieso schon eine Weile suspekt vorkam, hat er versucht, mich zu erreichen. Vergeblich, weshalb er zu meiner Wohnung gefahren ist, obwohl es kaum Anhaltspunkte gab. Sein mulmiges Bauchgefühl habe ihn einfach nicht losgelassen.

Zum Glück war Margit noch wach. Nachdem sie Gabriel und mich im Treppenhaus belauscht hatte und dann auch noch ein Kommissar bei uns vor dem Haus auftauchte, war sie in heller Aufregung. Ohne ihre Sorge hätte er mich nicht gefunden. Wäre er mit seinen Leuten auch nur einen Augenblick später an der Urnenwand eingetroffen, wäre es zu spät gewesen.

Felix Radolin hat mich noch zweimal im Krankenhaus besucht. Das erste Mal war noch sehr formell, eine Routineangelegenheit, wie er es nannte. Er müsse ein paar Dinge klären, hat er behauptet, aber ich hatte eher das Gefühl, dass er mich ein bisschen aus der Reserve locken wollte. Beim zweiten Besuch habe ich gefragt, wie es sein könne, dass ein so logisch denkender Mensch wie er plötzlich ein Bauchgefühl habe. Daraufhin hat er eine Weile geschwiegen. Der Anblick dessen, was in Siegfrieds Krankenzimmer passiert sei, habe ihn nicht mehr losgelassen, hat er geantwortet. Ich habe gespürt, dass da mehr war, etwas, das er mir nicht sagen wollte, und doch habe ich es verstanden: Es war dieser Blick auf den Tod, der ihn dazu gebracht hat, den starren Regeln seines Verstands zu misstrauen und stattdessen auf etwas zu hören, das er selbst nicht ganz begreifen konnte.

Etwas, das ich selbst immer noch nicht ganz begreife. Jedes Mal, wenn ich daran denke, ist es, als ob ich diesen Moment noch mal durchlebe. Dieses seltsame Gefühl von Schwerelosigkeit und dann Claudia Huck, die sich wie immer über mich aufregt. »Sie haben mir Ihr Versprechen gegeben!« War sie so zornig, weil ich aufgeben wollte? Oder war es ihr Versuch, mich zurückzuholen in eine Verantwortung, aus der ich mich still davonschleichen wollte? War sie real oder nur eine Projektion meines schlechten Gewissens?

Sie muss gewusst haben, dass es eines Tages so enden würde. Claudia war niemand, der dem Zufall vertraute, sonst hätte sie nicht die Tube Sekundenkleber in ihrer Handtasche gehabt. Sie hat das Türschloss damit verklebt, nur gerade so lange, um zu tun, was getan werden musste. Doch im Grunde spielt es keine Rolle. Was zählt, ist, dass ich überlebt habe – und dass ich das Versprechen, mich um Fridas Grab zu kümmern, halten werde. Erst vorgestern habe ich die alten Blumen entsorgt und durch ein schönes Gesteck ersetzt.

Ich habe viel gelogen. Manche Lügen hatten gute Absichten, andere waren eigennützig, wenn ich mal wieder zu bequem war, mich der Wahrheit zu stellen. Jede einzelne ist eine Last, die mal schwerer, mal leichter wiegt, aber nie ganz verschwindet. Ob ich damit aufhören kann? Nach all dem wäre es an der Zeit, endlich ehrlich zu sein – nicht nur zu anderen, sondern vor allem zu mir selbst. Aber das ist schwer. Vielleicht werde ich scheitern, vielleicht hin und wieder ein bisschen lügen, aber ich will es zumindest versuchen. Will den Mut finden, endlich Verantwortung für Dinge zu übernehmen, vor denen ich mich bisher erfolgreich gedrückt habe, auch wenn mir der Weg dorthin recht weit erscheint.

Meine Kopie von Siegfrieds Festplatte habe ich an Jürgen Kleiber geschickt. Mit einer Karte, handgeschrieben. Er hat sich nicht gemeldet, aber mit einer Antwort habe ich auch ehrlich gesagt nicht gerechnet. Auf Siegfrieds Beerdigung hat er mir kurz zugenickt, ich denke, damit ist alles zwischen uns geklärt.

Gleich habe ich einen Termin mit dem Schnauzbart. Er sei zwar nicht zuständig, aber er hat versprochen, sich die Akte meines Vaters zumindest anzuschauen. Nicht nur dafür bin ich ihm mehr als dankbar. Ich schaue auf die Uhr – wir sind erst in einer Stunde verabredet, mir bleibt also genügend Zeit für meinen Bummel durch die Goethestraße. Die Weihnachtsdeko ist wieder sagenhaft! Ich stehe vor dem gleichen Schaufenster wie neulich und bestaune die ausgestellten Kostbarkeiten. Dass ich mir jetzt jede einzelne Tasche leisten könnte, ist genauso verlockend wie die Vorstellung, wie sie sich an meiner Seite anfühlen würden. Ich gehe zur Eingangstür, die von hilfsbereiten Händen sofort für mich geöffnet wird. Eine Verkäuferin begrüßt mich freundlich. »Guten Tag, wie darf ich Ihnen helfen?«

Mein Herzschlag beschleunigt sich ein wenig, als ich die Papiertragetasche hochhebe. »Ich möchte diese Tasche zurückgeben.«

»Kein Problem, wir schauen uns das gleich an. Wenn Sie mir bitte folgen möchten?«

Die Rückgabefrist ist natürlich längst überschritten, aber ich bin zuversichtlich, dass meine Geschichte funktionieren wird.

»Darf ich mich nach dem Grund der Rückgabe erkundigen?« Ihr Lächeln verrutscht keinen Millimeter.

»Oh, es ist nichts mit der Tasche.« Die nächsten Worte kommen fast wie von selbst. Es ist die Wahrheit und es fühlt sich gut an, sie auszusprechen. »Ich habe gemerkt, dass ich sie gar nicht brauche.«

Fledermausfreunde Frankfurt: Klage gegen Millionenprojekt im Naturschutzgebiet
(von Jürgen Kleiber)

Es klingt wie ein Kampf zwischen David und Goliath: Der Verein Fledermausfreunde Frankfurt *hat Klage gegen den Bau des OsthafenTowers eingereicht. Das Millionenprojekt auf der Molenspitze steht nun vor einer ungewissen Zukunft. Im Vorfeld des Bauvorhabens war ein ökologisches Gutachten erstellt worden, das den Weg für das prestigeträchtige Projekt frei gemacht hat. Nun haben die Fledermausfreunde Beweise vorgelegt, die das Gutachten infrage stellen.*

»Wir konnten das Vorkommen einer bedrohten Fledermausart eindeutig nachweisen«, erklärt Vereinsvorsitzende Brigitte Pfeiffer. Die Tiere stehen unter strengem Artenschutz, was den Bau in einem besonders geschützten Bereich juristisch erschwert.

Die Einreichung der Klage wurde durch eine überraschende finanzielle Unterstützung möglich. Ein unbekannter Gönner spendete dem Verein kürzlich 100.000 Euro. »Diese großzügige Unterstützung gibt uns die Chance, uns für den Erhalt dieses einzigartigen Lebensraums einzusetzen«, sagt Pfeiffer.

Der Verein wirft den Verfassern des ursprünglichen Gutachtens gravierende Fehler vor. »Es ist schlicht nicht plausibel, dass eine so große Population übersehen wurde. Wir vermuten entweder Nachlässigkeit oder Manipulation aus wirtschaftlichen Interessen«, so die Vereinsvorsitzende. »Natürlich verstehen wir den Bedarf an Wohnraum, aber dieser darf nicht auf Kosten unserer Natur und gefährdeter Arten realisiert werden.« Der Verein hofft, dass der Fall auf eine größere gesellschaftliche Debatte über die Bedeutung von Naturschutzgebieten aufmerksam macht. Sicher ist jedoch, dass ihre Klage weit über die Grenzen Frankfurts hinaus Aufmerksamkeit erregen wird – als Beispiel für den oft schwierigen Ausgleich zwischen Naturschutz und urbaner Entwicklung.

DANKSAGUNG

Ein Buch zu schreiben ist ein einsames Geschäft. In der Theorie mag das stimmen, doch in der Praxis hätte ich diesen Krimi niemals ohne die Unterstützung so vieler wunderbarer Menschen vollendet.

Mein größter Dank gilt meiner Familie. In der Dunkelheit des Plots wart ihr mein Taschenlampenstrahl, habt mich mit Kaffee und Stullen versorgt, mir geduldig zugehört (auch wenn ihr nicht immer wusstet, ob ich über eine Figur oder einen echten Eckenheimer spreche) und mich daran erinnert, dass außerhalb des Hauptfriedhofs eine Welt voller Liebe auf mich wartet.

Ein riesiges Dankeschön möchte ich dem GMEINER-Verlag und seinen Mitarbeiterinnen und Mitarbeitern aussprechen, insbesondere meinem Lektor Sven Lang, der mich mit viel Geduld und einem unbestechlichen Blick durch die Untiefen meines Krimidebüts navigiert hat. Die Zusammenarbeit war nicht nur lehrreich, sondern eine echte Freude.

Liebe »echte« Margit – du weißt, wer du bist. Danke, dass du für »meine« Margit Patin gestanden und mir erlaubt hast, dich zumindest in gewisser Weise in meinen Krimi einzubauen. Jens Boderke – ohne dein Spezialwissen hätte Siegfried Barg seine Immobiliengeschäfte wohl auf Sand gebaut und ich wüsste immer noch nicht, wo man den besten Whiskey Sour Frankfurts bekommt. Dr. Christiane Nuber danke ich für ihre medizinische Expertise, die mir beim literarischen Morden sehr geholfen hat. Leonie Wolf – dank deiner wertvollen Einblicke kann Felix Radolin zumindest auf dem Papier ein würdiger Ermittler sein. Und Sandra Kutzli – danke nicht nur für Romy. Schnurrr!

Meinen Testleserinnen Alia Begisheva, Nadine Eick, Claudia Harrat und Michaela Metzner danke ich für ihre kritischen Augen, ehrlichen Rückmeldungen und ihre Begeisterung, wenn ich etwas richtig gemacht habe – das hat mich oft gerettet. Silke Krügel hat dafür gesorgt, dass sich die Handlung nicht in eine finanziell fragwürdige Richtung entwickelt hat. Steffi Bathe – dein Bild mit dem Büchertisch hat mir über so manchen Grabhügel geholfen! Mario Bekeschus – ich weiß gar nicht, in wie vielen Kategorien ich dich nominieren soll. Ohne dich hätte ich das Manuskript irgendwann in aller Stille auf einem Laufwerk beerdigt. Danke für den sanften Druck und dass du immer daran geglaubt hast, dass aus diesem Krimi etwas wird.

»Lügen sind Rudeltiere« mag aus meiner Feder stammen, aber ohne euch hätte ich die Geschichte nicht vollendet. Mein Dank gilt daher auch allen, die mich mit ihren Fragen und ihrem ehrlichen Interesse auf diesem Weg begleitet haben. Eure Neugier, euer Mitfiebern und eure aufmunternden Worte haben mir mehr geholfen, als ihr vielleicht ahnt.

Weitere Titel finden Sie auf den folgenden Seiten und im Internet:

WWW.GMEINER-VERLAG.DE